Carl Oskar Renner

Das Erbe der Radlmeiers

Der Stadt München,
die mich aufgenommen hat
wie die Mutter den heimkehrenden Sohn

Carl Oskar Renner

Das Erbe der Radlmeiers

rosenheimer

© 2015 Rosenheimer Verlagshaus GmbH & Co. KG, Rosenheim
www. rosenheimer.com

Die Originalausgabe erschien unter dem Titel:
»Die Radlmeiers«

Titelbild: Franz von Defregger
Lektorat und Satz: Bernhard Edlmann Verlagsdienstleistungen,
Raubling
Druck und Bindung: GGP Media GmbH, Pößneck
Printed in Germany

ISBN 978-3-475-54478-1

Inhalt

Im Englischen Garten 7

Auf der Schulbank 15

Herr Doktor Glas 23

»Abrahams Opfer« 31

Die Firmung 40

Das Waldgrundstück 47

Die Prinzessinnen schlafen 52

Prinz Iwan Bariatinsky 63

Die Beilngrieser Passion 73

Der Walzer 84

Maxi Borzaga und die erste Eisenbahn 91

Hofschauspielerin »Thekla« 100

Ein Wiedersehen 108

Die Nymphe mit der Lyra 115

Heilige Eide 125

»Maria in der Eichen« 133

Im Land der Hellenen 142

Oberkanonier Stanislaus Schmitt 148

Der Bock als Gärtner 156

Die Cholera 165

An der Donaustaufer Brücke 173

Das Weihnachtskripperl 183

Auf der Englburg 192

Zufälle 201

Eine Tänzerin und die Revolution 211

Raubmord vierten Grades 220

Hochzeit in Elbigenalp 234

Das Lied der Türmer 243

Die Bavaria 253

Odeonsplatz Nummer elf 258

»Halt! Zollkontrolle!« 266

Der Vielfraß 275

Das böse Jahr 1854 282

»Ich muss ihn hinrichten!« 289

Hochzeit 301

Im Stiegenhaus 312

Veit-Lukas 321

Das Ganze – Halt! 333

Die Tochter des Glasmalers 345

Der Totschläger 356

Schloss Suresnes 364

Schlosskonzert 372

Der »Bruder« von Piesenkam 381

Die Gräfin aus dem Osten 388

»Siste, viator! – Wanderer, bleib stehn!« 398

Das Gewitter 407

Das Damenringen 415

Das Toleranzhaus 427

Wetterleuchten 437

Umbrüche 446

Das letzte Kapitel 456

Glossar 458

Im Englischen Garten

»Ich habe den Herrn bereits zweimal aufgefordert, die Hunde nicht frei herumstreunen zu lassen! Der Herr hat sich um meine Aufforderung nicht gekümmert! So habe ich jetzt die Pflicht, den Herrn abzuführen! Er komme mit mir!«

Diese energischen Worte sprach Benedikt Radlmeier, Parkaufseher im Englischen Garten zu München. Es waren bedeutsame Worte. Bedeutsam nicht wegen ihres Inhalts, sondern wegen der Person, an die sie gerichtet waren: den bayerischen König Max Joseph.

Es geschah in der Frühe des 13. April 1814 nahe beim Rumfordschlössl. Der König, der fast jeden Morgen mit seinem großen Löwenhund und einem nichtssagenden Dackel im weiten Garten spazieren zu gehen pflegte, hatte Benedikt Radlmeier noch nie gesehen. Er konnte ihn auch nicht gesehen haben, denn der war erst etliche Tage zuvor aus Pleystein in der Oberpfalz gekommen. Wegen der halb erfrorenen Füße, die er aus dem Russlandfeldzug Napoleons mit nach Hause gebracht hatte – er hinkte auf beiden Seiten – war er zum Parkwächter gemacht worden. Auch er kannte seinen König nicht.

»Gehe Er nur voraus! Ich komme schon!« Max Joseph pfiff seinen Hunden und folgte.

Langsam erwachte auf den Straßen das Münchner Leben. Die beiden Männer und die beiden Hunde eilten mit großen Schritten dahin. Die Leute blieben immer wieder auf dem Wege stehen und grüßten mit tiefer Verneigung.

Das macht die neue Montur aus!, dachte Benedikt, streckte soldatisch die Brust heraus und zog den Bauch ein. Er dankte jedoch den Grüßenden nicht, weil er im Dienst war. Als sie an dem Säulenportal des Pavillon Royal vorübergingen, ließ der dort postierte Korporal, mächtig schreiend, die achtköpfige Wache zum Präsentieren des Gewehrs heraustreten. Das schien dem Benedikt Radlmeier doch zu viel, und er drehte sich um. Da gewahrte er, wie der Mann, den er da abführte, leicht an seinen Hut griff und sich damit bei dem Korporal bedankte. Nun wurde ihm plötzlich klar, in welch schrecklicher Lage er sich befand, und er blieb stehen, seine hilflosen Blicke auf den König gerichtet.

»Nicht stehen bleiben! Liefere Er mich ruhig bei der Residenzwache ab! Ich zeige Ihm schon den Weg!« Und weiter marschierten sie hintereinander dahin. Max Joseph streichelte lächelnd seinen Löwenhund, worauf der Dackel gleich eifersüchtig zu kläffen begann.

So ging's durch den Hofgarten dahin, bis sie vor die Residenz kamen, zum Eingang in den Brunnenhof. Hier war die königliche Leibwache im Spalier aufgezogen. Der diensthabende Oberleutnant erstattete Meldung. Der König nahm sie entgegen, indem er ruhig mit dem Kopf nickte. Dann wandte sich die Majestät an den Benedikt und sagte leise: »Wir kommen schon wieder zusammen!«

Der brave Parkwächter salutierte wortlos und stelzte auf die Schwabinger Gasse zu. Er kehrte nicht an seinen Dienstort zurück, sondern ging heim, ins Haus Nummer sieben, neben den beiden Häusern des Herrn Doktor Glas. Hier hatten sie ihm eine Wohnung zugewiesen, die so schlecht und recht für ihn, seine Frau Martha und den achtjährigen Ambros ausreichte.

Martha erschrak, als sie ihren Mann in der frühen Vormittagsstunde daherkommen sah. Nun hätte ihr alles andere zustoßen dürfen, nur dieser Schrecken nicht; denn sie war im neunten Monat schwanger. Als Benedikt dann noch mit der Nachricht herausplatzte, er habe soeben den König verhaftet, brach sie zusammen. Sie glaubte, man habe ihren Gatten aus dem Dienst hinausgeworfen, und sie seien brotlos geworden.

Benedikt erkannte zwar augenblicklich, wie unvernünftig er gehandelt oder gesprochen hatte, doch er konnte die Folgen nicht mehr rückgängig machen: Frau Martha fiel in die Wehen. Eilends bettete er sie in die Kammer und rannte ins Tal zur Mittermeierin. Die alte Hebamme begleitete ihn sofort zurück. Und sie kamen gerade dazu, als bei der armen Martha die Schmerzen ihrem Höhepunkt zustrebten. Nun war aber die Mittermeierin keine von der zimperlichen Sorte. In ein paar markanten Sätzen erklärte sie, Geburtswehen müssten durchgestanden werden, genauso wie der liebe Heiland am Kreuze seine Qualen durchgestanden habe. Die Martha solle also herzhaft beten und, wenn wieder eine Wehe komme, herzhaft drücken!

Unter solch massivem Zuspruch erblickte am späten Nachmittag ein Radlmeier'sches Töchterlein das Licht der Welt, ein – gottlob! – gesundes Kind. Nur die Fingernägelchen schienen noch nicht ganz fertig zu sein. Die Hebamme meinte jedoch, das habe weiters nichts zu bedeuten, sondern werde sich bald auswachsen.

Die Freude der Eltern war groß, da sie beide den heimlichen Wunsch gehegt hatten, es möchte doch zum Sohn nun noch eine Schwester hinzukommen.

Freudestrahlend eilte Benedikt am Morgen nach dem Geburtstag der Tochter hinab zum Englischen Garten, in der Hoffnung, dem König zu begegnen. Und er begegnete ihm. Doch hatte der hohe Herr diesmal die Hunde nicht dabei: »Ich wollte Ihn nicht in die Verlegenheit bringen, mich abermals der Residenzwache vorzuführen!« Max Joseph sagte das in seiner liebenswürdigen, väterlichen Art und schlug dabei dem Benedikt leicht auf die Schulter. Dann griff er in seine Manteltasche und reichte ihm 50 Gulden: »Eine solche Arretierung ist nicht an der Tagesordnung und glückt nicht jedem. Deshalb muss sie entsprechend belohnt werden!«

Benedikt bedankte sich herzlich, aber nicht überschwänglich. Denn wenn er auch erst 31 Jahre zählte, hatte ihm das Leben doch schon so übel mitgespielt, dass ihm Gefühlsausbrüche fast fremd geworden waren. Jetzt konnte er jedoch mit seiner Freude nicht hinterm Berg halten und musste dem hohen Herrn die Geburt der Tochter berichten.

»Und das sagt Er so trocken daher?«, entgegnete Max Joseph. »Da muss ich doch gleich fürs Weiset etwas tun!« Und er zählte dem Benedikt nochmals 50 Gulden in die Hand.

Der achtjährige Radlmeiersohn Ambros teilte die Freude der Eltern nicht. Er fühlte sich aus der Mitte an den Rand des Familienlebens gedrängt. Außerdem plagte ihn das hartnäckige Geschrei dieses »Balgs«, das sich nachts immer dann einstellte, wenn er im schönsten Schlummer lag, und das trotz aller Beschwichtigungsversuche der Mutter einfach nicht aufhören wollte. Ambros begann die heimische Wohnung zu meiden. Kaum dass er am Morgen seine aufgeschmalzene Brotsuppe hinuntergewürgt hatte, eilte er hinüber zum Haus »Beim Arsch ums Eck« und hinunter zum Milchturm, wo an der Stadtmauer die Ställe der königlichen Zugpferde lagen. Hier kam er sich in der Obhut der drei alten Rossknechte geborgen vor. Auch liebte er den Stallgeruch. Die Knechte mochten ihn und gestatteten ihm bald, mit Striegel und Bürste den einen oder anderen alten Gaul zu putzen. Dieses Tun und die Anerkennung, die er dafür von den Männern erfuhr, steigerten sein Selbstbewusstsein, das daheim durch den »plärrenden Bankert« Nacht für Nacht mehr und mehr untergraben wurde.

Mit ernster Sorge nahm Frau Martha, seine Mutter, diese Entwicklung des Buben wahr. Weil sie aber damit ihrem reizbaren Mann nicht in den Ohren liegen wollte, fraß sie den ganzen Kummer in sich hinein. Das wiederum bekam dem kleinen Kind nicht, denn das Kathrinchen trank mit der Muttermilch auch das mütterliche Herzeleid.

Benedikt Radlmeier merkte natürlich auch, dass sich seine kleine Familie innerlich aufzulösen drohte, und er sann in den vielen Stunden seines einsamen Dienstes auf Abhilfe. Es wollte ihm aber nichts Gescheites einfallen. Bis er eines Morgens – es ging schon in den Oktober 1814 hinein – wieder einmal dem König und seinen Hunden begegnete.

»Guten Morgen, Benedikt!«, sagte Max Joseph, während der Parkwächter stramm salutierte. »Wir haben uns schon eine ganze Weile nicht mehr gesehen; inzwischen beginnt's kalt zu werden!«

»Majestät sollten halt Handschuhe anziehen! Unsereiner ist freilich die Kälte von Russland her gewöhnt.«

»Was wird Er denn im Winter hier herunten machen, wenn alles verschneit ist?«

»Schnee schaufeln, Majestät! So steht's ausdrücklich in der Dienstvorschrift!«

»Das ist gut, Benedikt! Nachher brauchen wir nicht allweil droben im Hofgarten hin und her zu pendeln wie die armen Leut im Narrenhaus. Übrigens, Er hat ein ganz fahles Gesicht und sieht nicht gut aus; ist Er krank?«

Benedikt Radlmeier schaute ein wenig zur Seite: »Ach Gott, Majestät, man hat halt so seine Sorgen, besonders mit den Kindern!«

»Wem sagt Er das! Nicht umsonst heißt's: Kleine Kinder, kleine Sorgen; große Kinder, große Sorgen! Doch wer Sorgen hat, muss reden! Berichte Er!«

Und nun erzählte der Benedikt, wie bockbeinig sein Ambros seit der Geburt des Mädchens geworden sei und dass weder gute noch böse Worte bei ihm fruchteten. Den ganzen lieben Tag sei er unterwegs; nicht einmal zum Essen komme er heim, und die ganze Wohnung stinke nach Rossstall.

König Max strich sich mit der Linken den Backenbart zum Ohr, schaute ein Weilchen vor sich hin und meinte dann: »Wenn's dem Buben bei den Rössern so gefällt, dann sollt er vielleicht Kutscher werden. Da fängt er als Rossknecht an und hört, wenn er taugsam ist, als Hofkutscher auf. Freilich müsst er da nebenbei Französisch und Englisch lernen. Wie ist er denn da oben?« Und der König deutete mit seiner Hand an den Kopf.

Der Benedikt machte eine bedauernde Handbewegung: »Majestät, da oben wär er nit schlecht; aber ich kann ihm keine Schule bezahlen, selbst wenn er willens wär.«

»Darüber ließe sich ja reden. Bringe Er mir doch den Bengel morgen Früh mit hierher!«

Ambros Radlmeier sah rassig aus. Er war ganz seiner Mutter nachgeraten, die aus dem Böhmischen stammte: schwarzes, fülliges Haar, schwarze, unstete Augen, ein rundes Gesicht mit hervorstehenden Backenknochen. Er grüßte den König mit einer tiefen Verneigung und sagte dabei schelmisch: »Eurer Majestät künftiger Hofkutscher Ambrosius Radlmeier!«

»Bist du dessen schon so sicher, du Lausebengel?«

»Sicher nit, Majestät, es sei denn, Ihr tätet mir helfen, dass ich in die Schul gehn kannt.«

»Da könnte sich was machen lassen!«

»Da hat's aber noch einen Haken, Majestät! Wo soll ich denn lernen? Daheim kann ich das nit, denn da brüllt meine kleine Schwester wie ein Jochstier!«

»Ambros, das ist ein Krampf! Überleg dir's und lass es Uns wissen: so oder so!«

Max Joseph pfiff seinen Hunden und ging weiter, auf den Chinesischen Turm zu.

Der Radlmeier stand mit seinem Sohn da und schaute dem Herrn von Bayern nach. Ein Gefühl der Dankbarkeit schoss in seinem Herzen auf, aber auch ein Gefühl der Achtung vor seinem Buben. Allein schon, wie der mit dem König geredet hatte! Nicht respektlos, aber auch nicht kriecherisch, sondern ganz einfach menschlich und aufrichtig und ganz ohne Falsch! Ist das die neue Jugend? Die von jenseits des Rheins kommende Aufklärung? Von der die geistlichen Herren in ihren Predigten sagen, sie erschüttere alle gesellschaftliche Moral und zerstöre unser christliches Weltbild?

»Was sagst du zu unserem Herrn König, Ambros?«

»Nix, Vater! Ich kenn ihn ja noch nit, könnt ihn mir aber als Großvater gut vorstellen. Jedenfalls find ich nit schlecht, was er da mit mir vorhat.«

»Ob du's erreichst, hängt natürlich am End von deinem Fleiß ab!«

»Am Fleiß soll's nit fehlen, nur kann ich mir nit vorstellen, wie ich lernen soll, wenn die Kleine fortwährend schreit!«

»Ambros, du hast gehört, was der König gesagt hat. ›Das ist ein Krampf!‹, hat er gesagt. Wo kämen wir denn hin, wenn sich jeder seinen Arbeitsplatz nach Belieben aussuchen dürfte! Oder meinst du, es wird mir Spaß machen, im bevorstehenden Winter vom Morgen bis zum Abend hier die Wege freizuschaufeln und mir meine halb erfrorenen Beine noch mal zu erfrieren? Wir müssen uns alle nach der Decke strecken, die uns der Herrgott zugeteilt hat. Außerdem wird unser Kathrinchen immer größer; dann hört sich die Schreierei von selber auf.«

Ambros sagte darauf kein Wort, sondern wandte sich mit einem »Pfüat di!« zum Gehen. Wie ein junges Reh sprang er über die herbstliche Wiese, schaute eine Weile den Bachforellen zu und scheuchte dann ein paar Krähen auf, die sich allmählich ans Hungern gewöhnen wollten. Vater Benedikt sah ihm mit Wohlgefallen nach. Nein, schlecht ist er nicht, der liebe Bengel! Nur hat ihm die Mutter jeden Wunsch erfüllt, als sie noch allein war mit ihm; und jetzt findet sie keinen Ausweg, 's ist schon ein Kreuz! Die böhmischen Frauen haben zu viel Herz und manchmal wenig Verstand! Doch gerade das macht sie so lieb!

Auf der Schulbank

Seit dem Neujahr 1815 erfreute Ambros seine Lehrer durch Fleiß und Geist. Sie bewunderten seine Fähigkeiten im Erfassen geschichtlicher Zusammenhänge und waren erstaunt über die Klarheit, mit der er schwierige Rechenaufgaben löste. Und ein solches Talent sollte nach dem Willen Seiner Majestät Kutscher werden! Jammerschade!

Beschäftigte ihn die Schule nicht, so war der Bub unten im Marstall, doch nicht mehr bloß bei den alten Stallknechten. Jetzt unterstand er einem Stallmeister, dem Herrn Baron Lupini. Der erschien allwöchentlich einmal, nahm den Ambros mit sich in das kleine Kabinett, das an den Marstall angebaut war, und unterrichtete ihn anhand von schönen Bilderbüchern über die verschiedenen Pferderassen, über höfische Karossen und Schlitten, über Sättel und Geschirre und über die hohe Kunst der Reitschulen. Ambros musste täglich eine Stunde reiten lernen, musste sich – wann immer möglich – beim Hufschmied einfinden und ihm zuschauen, wie er den Rössern die Hufe ausschnitt und sie beschlug. Selbst in Gegenwart des Veterinärarztes sollte er, wenn sich die Gelegenheit böte, um kurze Aufklärung bitten über Räude, Rotz, Dämpfigkeit und Wurmkrankheiten bei den Tieren. Denn, so meinte der Vorgesetzte, ein aufmerksamer Kutscher habe schon manches edle Pferd gerettet!

Baron Lupini war vom Eifer des kleinen Radlmeier ebenso begeistert wie seine Lehrer an der Schule und berichtete – ebenso wie diese – jedes halbe Jahr darüber in die Hofkanzlei, von deren Rechnungshof sie ja teilweise besoldet wurden. Der König hielt, wenn er ab und zu mit dem Vater Radlmeier ins Gespräch kam, mit Lob für dessen Sprössling nicht hinterm Berg, was Benedikt mit Genugtuung quittierte. Jetzt war auch im Haus Nummer sieben an der Schwabinger Gasse der Friede wieder eingekehrt, was sogar das kleine Kathrinchen zu merken schien, denn es schrie weniger – zur Beruhigung der ganzen Familie. Zudem hatte der Nachbar, Herr Doktor Glas, geraten, dem Mädchen die beiden elterlichen Eheringe um den Hals zu hängen; dadurch übertrage sich viel mehr elterliche Liebe auf das Kind.

Ambros genoss die Gunst, die ihm von allen Seiten erwiesen wurde, und freute sich. Diese Freude beflügelte seinen Eifer so, dass man ihn mit Beginn des Jahres 1816 bereits in die Anfangsklasse einer höheren Schule geben konnte. Auch dort war man bald von seinen Fähigkeiten angetan und erwog, dem König die Aufnahme des Knaben in die Militärakademie zu empfehlen.

Jedoch stand die soldatische Laufbahn nicht in den Sternen des Knaben geschrieben – man musste diese Idee begraben, noch ehe sie so recht Gestalt angenommen hatte.

Im März dieses verhängnisvollen Jahres setzte ein so ungewöhnlich regenreiches Wetter ein, dass sich im ganzen Bayernland und in allen Ländern ringsum die Frühjahrsaussaat verspätete. Als es dann schließlich vom 3. Mai bis in den August hinein regnete, dazu Gewitter, Hagelschläge und Wolkenbrüche niedergingen und eisige Kälteschauer übers Land fegten, verfaulten vielfach Getreide, Futter, Kartoffeln und Hülsenfrüchte, und taube Ähren gingen auf. Zwei Drittel der gewohnten Ernte waren vernichtet, das andere verspätete sich um zwei Monate und musste im Gebirge sogar unter dem Schnee hervorgeholt werden. Wegen des fortwährenden Regens konnten die Bauern auch die Wintersaat nicht anbauen, und wer es doch versuchte, dem fraß Ungeziefer alles auf. Dann brach der Winter ein, und mit ihm kamen Teuerung und Wucher und eine unbeschreibliche Hungersnot.

Ambros und seinen Mitschülern machte der Hunger noch nicht viel zu schaffen, denn sie wurden in einer kleinen Mensa verpflegt, und die versorgte der Hof. Doch bei Radlmeiers in der Familie sah es schlecht aus. Frau Martha musste meist ohne Milch, ohne Butter, ohne Eier vom Markt nach Hause gehen. Ihr Töchterchen weinte vor Kälte, und so konnte sie in der Menge der anstehenden Frauen oft nicht warten, bis die Reihe an sie gekommen wäre; und keine der anderen besaß so viel Einsicht, sie vorzulassen – sie war ja bloß die vom Parkwächter!

Kehrte Ambros abends in die Schwabinger Gasse, Haus Numero sieben, zurück, hörte er die klagende Mutter und sah den verzweifelt dasitzenden und ohnmächtig nickenden Vater. Und dann vernahm er die bösen Nachrichten, die der Vater aus der Zeitung vorlas: Da schrieb ein Posamentierer aus Feuchtwangen, die armen Leut dort lebten von Wickenbrot, von gesammelten Disteln und aus den Feldern gestochenen Milchstöcken. Der Chronist Hertel von Rehau berichtete von gekochtem Heu, von eingegangenen Pferden und eingefangenen oder gestohlenen Kettenhunden, die das armselige Volk verzehrte; auch von einem Brot, das man sich aus Bucheckern, Heidelbeeren, Rosskastanien, Baumrinden, Stroh, Ochsenhäuten und Holz bereitete. »Und gestern«, fuhr Benedikt Radlmeier fort, »nach der Beerdigung des Metzgermeisters Maier, als die Trauergäste schon gegangen und die Totengräber noch nit gekommen waren, sind zwei Kinder über das Kreuz aus Isländischem Moos hergefallen, das die Metzgersfrau mit zu den Kränzen gelegt hatte, und haben es aufgegessen.«

Vater, Mutter und das zweieinhalbjährige Schwesterlein wurden von Tag zu Tag weniger, und von nirgendwoher war Hilfe zu erwarten. Am Heiligen Abend war es so schlimm, dass sie nur einen Minzentee gehabt hätten, wäre nicht der Ambros, von der Schule mit etlichen Scheiben Brot und einem halben Zopf beschenkt, wie ein Engel auf Bethlehems Feldern heimgekommen.

Im neuen Jahr 1817 aber setzte der Winter erst so recht ein. Viel Schnee warf der Himmel herab, und Benedikt hatte seine liebe Not, im Englischen Garten wenigstens die Hauptwege freizuschaufeln, weil sich die Herrschaften des Hofes und die Adligen doch manchmal eine Schlittenfahrt vergönnten. Leider spürte er von Tag zu Tag mehr, wie ihm die Kräfte schwanden, wie er nach wenigen Minuten in Schweiß ausbrach und wie er sich dann auf den Schaufelstiel lehnen und verschnaufen musste. Inmitten des Februars, als der Münchner Fasching trotz der Hungersnot auf vollen Touren lief, war Benedikt so erschöpft, dass er sich um die Mittagszeit drunten beim Himmelreich an die 13. Burgfriedenssäule hinkauerte und seinen schon fast kalten Tee trank. Und weil es dabei in dichten Flocken zu schneien begann und ringsum kein Laut zu hören war als nur das leise Rieseln des Schnees in den dürren Bäumen, setzte er sich ganz nieder, neigte den Kopf zur Säule und schlief ein.

Als er um die siebente Abendstunde immer noch nicht daheim war, schickte Frau Martha den Sohn zum Englischen Garten aus. Nach einer guten Stunde kehrte er, von würgenden Tränen geschüttelt, zurück: »Der Vater sitzt an der Säule und ist schon ganz kalt!«

In ihrer Not fiel der armen Frau nichts anderes ein, als hinüberzugehen in die Residenz. Sie weinte dem wachhabenden Oberleutnant ihr Elend vor. Der führte sie in die danebenliegende Waffenkammer und bat sie, bis um sechs

Uhr früh zu warten und dann wiederzukommen, denn zu dieser Stunde beginne Seine Majestät bereits mit den Audienzen. Als der Morgen angebrochen war, geleitete ein Kammerherr die zitternde Frau hinauf in den dritten Stock unters Dach, wo Max Joseph seine Dienstzimmer hatte. Noch ehe sie jedoch vorgelassen wurde, erschien der Staatskassierer und überreichte dem König sein tägliches Taschengeld: 1000 Gulden. Max Joseph schenkte davon gleich 100 der Parkwächtersfrau, als er von ihrem Jammer erfahren hatte, und versprach, sich um sie und die Kinder zu kümmern. Martha bat ihn, ihr eine Hilfstätigkeit in der Residenz zu vermitteln; auch dies sagte er zu. Zudem ließ er sie mit in die Liste jener 937 Personen eintragen, die aus seinen eigenen Mitteln wöchentlich eine Portion Brot erhielten.

Martha Radlmeierin wurde als Putzerin der Hofküche zugeteilt und durfte das Kathrinchen bei sich haben. Das liebe Kind war so entkräftet, dass es dort ruhig sitzen blieb, wohin es die Mutter setzte; es ließ nur seine großen Augen verwundert umherschweifen, denn hier begegnete ihm immer wieder Neues. Dem Kinde fehlte nun schon fast ein Jahr jede kräftigende Nahrung, die es als Frühgeburt doppelt nötig gehabt hätte. »Du musst ihm öfter ein Ei in Butter einquirlen!«, hatte der Doktor Glas gesagt. – Der hatte gut reden! Woher sollte sie Eier nehmen?

Mittlerweile kam das Frühjahr. Die Vögel kehrten über die Alpen aus dem Welschland zurück, und wilde Tauben bevölkerten wieder den Englischen Garten.

Da dachte sich der Ambros: Hühnereier kann sich die Mutter nicht leisten; vielleicht tun's aber Taubeneier auch! Darum strich er jetzt, wenn sein Dienst im Marstall beendet war, oft in dem weitläufigen Garten umher und schaute zu den Wipfeln der Bäume empor. Dort und da erkannte er ein Nest; darinnen mussten um diese Zeit die

Vögel beim Eierlegen sein! Er passte also den neuen Parkwächter ab. Sobald der hinter der nächsten Hecke verschwunden war, kletterte er flink wie eine Wildkatze auf den Baum und holte sich die Eier. Der Mutter waren diese Streifzüge zwar nicht recht, aber sie bewunderte doch im Stillen den Familiensinn des Sohnes.

Dann kam jener verhängnisvolle Abend im Mai. Ambros war auf eine Akazie gestiegen und gerade dabei, ein Nest zu leeren, als er den Wächter unvermutet zurückkommen sah. Vor Schreck griff er nach einem zu schwachen Ast; der brach, und der Junge fiel jämmerlich herab. Es war nur ein Glück für ihn, dass ein paar kräftigere Äste den Sturz abgeschwächt hatten.

Der Parkwächter wollte kein weiteres Aufsehen machen, sondern nahm den Buben, der nicht gehen konnte, unterm Arm und brachte ihn heim. Der rasch herbeigeeilte Doktor Glas schiente das gebrochene Bein und winkte beim Weggehen mit dem erhobenen Zeigefinger: »Du sollst keine Vogelnester ausnehmen! So steht's doch, wenn ich nicht irre, im Katechismus!«

Ebenso hieß es auch bei den Lehrern, als Frau Martha ihnen meldete, was geschehen war. Doch hier blieb es nicht bei dem Zitat, sondern Ambros wurde aus der Schule entlassen. Pflichtgemäß berichteten die Herren den Vorfall dem Herrn Baron Lupini, und der musste den Hof unterrichten. Der Stallmeister sah aber keinen Grund, den Lausbubenstreich – so wie es die anderen taten – als ein Verbrechen anzusehen, und bat den König um Milde. Er stellte zwar fest, dass an eine Überstellung des Buben in die Militärakademie wohl nicht mehr zu denken sei, meinte aber, dass man ihm die ursprünglich geplante Laufbahn des Hofkutschers nicht verbauen sollte. Nur müssten hierfür die Herren an der Schule dazu gebracht werden, ihn noch zwei Jahre zu unterrichten.

Der Fürst ging auf alle Vorschläge seines Stallmeisters ein und forderte ihn auf, sich auch weiterhin des »armen Kerls« tatkräftig anzunehmen, zumal jetzt die schlimmen Flegeljahre erst beginnen würden.

Die Lehrer zogen schiefe Gesichter, als Ambros mit geschientem Beim wieder im Unterricht auftauchte, und konnten es sich nicht verkneifen, ein paar niederträchtige Bemerkungen zu machen. Nur einer war da, der den Buben leicht beim Haarschopf packte und ihm ins Gesicht grinste: »Ich in deiner Lage wär noch ein Stückerl höher hinaufgestiegen; denn weiter droben hättst du den zurückkehrenden Parkwächter nicht gesehen – und der dich auch nicht!«

Das war der alte Mathematikus Franz von Spaun, ein in München halb beliebter, halb gefürchteter, auf alle Fälle sehr bekannter radikaler Demokrat. Er nahm sich kein Blatt vor den Mund und war deshalb auch wiederholt schon abgestraft worden. Erst wenige Wochen zuvor hatte die polizeiliche Zensur seine Kampfschrift »Gegen die übermäßige Kornsteuerung« beschlagnahmt, was ihn aber nicht hinderte, vor der Akademie der Wissenschaften eine geharnischte Rede gegen das »erwucherte Eigentum« zu halten.

Am Ende seiner Rede verließ er das Podium, trat mitten unter seine hochgebildeten Zuhörer, unter denen auch Kronprinz Ludwig saß, und rief laut: »Vor vier Monaten ist an der Burgfriedenssäule im Englischen Garten der Parkwächter vor Entkräftigung zusammengebrochen und erfroren. Er hinterließ mit der jungen Frau einen elfjährigen Sohn und eine dreijährige Tochter. Und weil der Sohn nicht mehr mitansehen konnte, dass die Mutter für das Schwesterchen nicht einmal mehr ein Ei zu kaufen bekam, kroch er auf die Bäume und nahm Vogelnester aus. Er fiel herunter, brach sich ein Bein und sollte wegen dieser, wie sie sagen, flagranten Missetat seine Studien nicht mehr fortsetzen dürfen, obwohl er zu den Fleißigsten und Begabtesten zählt. Meine Herren, ich fordere von der Regierung neben Handelssperren und Höchstpreisen ein Staatsmonopol mit der Beschlagnahmung allen verfügbaren Getreides. Dazu die härtesten Strafen, nämlich Tod, Schande und körperliche Züchtigung, für jeden Wucherer, Hamsterer und Gesetzesübertreter, den ich in seiner Galauniform an einem vierzig Ellen hohen Galgen baumeln sehen möchte! Keine, durchaus keine Schonung und Respektierung des Eigentums! Respektiert man denn Freiheit und Leben, wenn der Staat Rekruten braucht?«

Das war nun eine Rede, die manchen der Herren von seinem Sessel hob. Ein bewegtes Raunen ging durch den Saal. Als Erster meldete sich der Kronprinz zu Wort und bat um die Angabe der Wohnung des erwähnten Buben. Sie wurde ihm gegeben. Dann verwahrte sich der Großgrundbesitzer und Königliche Landrichter Xaver Desch gegen die geforderte Verletzung des Eigentumsrechts; andernfalls könne man gleich die Franzosen mit dem Fallbeil kommen lassen – das gehe schneller als das Hängen in luftiger Höhe!

Franz von Spaun erwiderte kaltschnäuzig: »Der auf den Schwanz getretene Kater pfaucht! Hört ihr's?«

Darauf verließen die meisten entrüstet den Saal.

Herr Doktor Glas

Die Wochen vor der Ernte waren für viele Tausende im Lande fürchterlich. Der große Hunger, die große Hoffnung und die große Angst vor einer möglichen Enttäuschung standen allen ins Gesicht geschrieben. Besonders den alten Leuten fiel das Überleben schwer. Die Mutter des Herrn Doktor Glas, die der Martha Radlmeierin immer wieder einmal aus der äußersten Not geholfen hatte, starb. Das traf den guten Doktor hart, denn er war nie verheiratet gewesen und hatte die 56 Jahre seines bisherigen Lebens sorglos unter ihren Fittichen verbracht.

Frau Martha fühlte sich deshalb verpflichtet, ihm wenigstens ihre Dienste als Wäscherin anzubieten. Sie sagte sich nämlich: Mit der Wäsche fängt's an! Ein Mann verdreckt unweigerlich, wenn er keine saubere Wäsche mehr hat!

Der Doktor dankte ihr diese liebenswürdige Unterstützung und besuchte sie manchmal am Abend, wenn sie ihren Dienst in der Residenz beendet hatte. Diese Besuche hatten offenbar nicht nur mit der Wäsche zu tun. Wer hätte es ihm verübeln wollen! Stets von der Mutter verhätschelt und von Natur aus unbeholfen, kam er zu Frau Martha mit allen möglichen und auch unmöglichen Fragen. Und sie erkannte sehr bald, dass er das Alleinsein in seinen beiden Häusern nicht mehr ertrug.

Als schließlich der Herbst kam und die allgemeine Hungersnot zu Ende ging, gab Frau Martha ihre Tätigkeit in der Residenz auf, um sich ganz dem Hauswesen des Doktors zu widmen. Sie blieb aber mit den Kindern in ihrer Wohnung, wohl wissend, dass jemand, der einmal in die Mühle der Gassenratscherei gekommen ist, sich von seinem guten Ruf bald verabschieden kann. Und der gute Ruf, so sagte sie sich, ist das Einzige, worauf eine Witwe nicht verzichten darf!

Der alternde Arzt blühte durch die Sorge der jungen Frau auf wie niemals zuvor in seinem Leben. Doch auch in Martha wurden dank der feinen, rücksichtsvollen Art des Medikus alte Träume wieder lebendig, mit denen sie sich einst als Mädchen das Zusammensein mit einem Mann ausgemalt hatte.

Dass ihr der verstorbene Benedikt ein solches Glück nicht hatte geben können, verstand sie, denn er war Soldat gewesen und am Ende ein Krüppel geworden. Aber Zärtlichkeit stand bei den Oberpfälzern auch sonst nicht hoch im Kurs.

Die Ausgeglichenheit der Mutter Martha verfehlte auch die Wirkung auf die Kinder nicht. Das Kathrinchen hatte längst aufgehört zu schreien; Ambros aber entwickelte in der Schule einen fast bedrohlichen Eifer, sodass sich Baron Lupini genötigt sah, ihn täglich noch eine zweite Stunde in der Reitbahn zu beschäftigen. Auch ordnete er an, dass er jeden Samstagvormittag mit den jungen Leuten der städtischen Reitschule kreuz und quer durch den Englischen Garten traben solle, damit sein Hirn etwas »ausgelüftet« würde.

So vergingen den vier Leutchen in der Schwabinger Gasse die Jahre 1818 und 1819 harmonisch und sorglos, denn Doktor Glas galt bei der mittelständischen Bürgerschaft Münchens als ein guter, erfahrener Arzt und wurde gern konsultiert. Das schlug sich natürlich auch in barer Münze nieder.

Dann kam das Frühjahr 1820. Ende Juni sollte Ambros seine Schule mit einem Generalexamen abschließen. Alle, die ihn kannten, setzten die größten Hoffnungen auf ihn. In der ganzen Stadt hatte sich's herumgesprochen, dass ihn, als den Primus seines Jahrganges, sicherlich eine Auszeichnung erwarten werde.

Dieses Gerücht war auch in den Kolonialwarenladen des Herrn Carl von Hagn gedrungen, der im Tal auf Hausnummer vier lag. Kolonialwarenläden zählten zu den informationsträchtigsten Punkten der Stadt und boten mehr Neuigkeiten als die zwölf in München kursierenden Zeitungen. So erfuhr denn auch das reizende elfjährige Töchterlein des adligen Kaufmanns, Charlotte, von dem allseits bewunderten Ambros Radlmeier. Das Mädchen musste im Laden fleißig mithelfen, denn die Familie war groß und das Leben teuer. So hörte Charlotte, was sich die Leute über den begabten Sohn des erfrorenen Parkwächters erzählten, auch dass er Hofkutscher werden wolle und offenbar in der Gunst des Königs stehe. Denn Seine Majestät habe persönlich eingegriffen, als die Lehrerschaft des Kollegs bei Sankt Michael den Buben wegen einer disziplinarischen Verfehlung habe relegieren wollen.

Ambros wurde für Charlotte interessant.

Tage später wusste sie mehr über ihn und bat den Vater, die städtische Reitschule besuchen zu dürfen.

Ende Juni wurden die Prüfungen abgenommen, und Ambros ging gemäß der allgemeinen Erwartung als Primus in allen Disziplinen daraus hervor. Vom Kronprinzen Ludwig bekam er eine Uhr geschenkt, vom König die Zusicherung, dass er sein Firmpate sein wolle, sobald der Weihbischof von Freising nach München käme.

Für Ambros setzte der Ernst des Lebens sofort nach der Schule ein. Er übersiedelte mit den paar Habseligkeiten, die er sein Eigen nannte, in den Marstall, wo ihm eine

Stube zugewiesen wurde. Baron Lupini erklärte ihm die Tagesordnung und übergab ihn dem Oberhofkutscher Franz Breitenbacher zur weiteren Ausbildung. Auch deutete er ihm an, er solle den Reitunterricht sehr ernst nehmen. Der gute Baron, der für den Buben ein Faible hatte, hoffte nämlich immer noch, Ambros eines Tages in die Kadettenakademie zu bringen.

Breitenbacher war, wie das bei den Stallmenschen so zu sein pflegt, ein rüder Geselle, doch klar in seinen Anordnungen und ehrlich in allem, was er sagte. Er mochte den Parkwächtersbuben gleich von allem Anfang an, nicht so sehr, weil der Grütze im Hirn hatte, sondern weil er aus einem bescheidenen Elternhaus kam; vielleicht auch ein bisschen deshalb, weil Ambros ein lieber Kerl war und sich stets freundlich und nett gab. Darum nahm er ihn auch gern mit, wenn er die Majestäten oder andere hohe Herrschaften über Land zu kutschieren hatte. Er machte ihn aufmerksam auf Gefahren des Weges und erklärte ihm, aus welchen Ursachen Pferde erschraken und scheuten. Beim Dahinfahren durch die Felder konnte es ein hüpfender Hase sein, auf Waldwegen ein plötzlich aus dem Niederholz herausbrechendes Reh. Ein verantwortungsvoller Kutscher müsse stets seine fünf Sinne beisammen haben und dürfe an nichts anderes denken als an das Wohl derer, die er fahre. Er sei ein Steuermann zu Lande! Sein Tun sei nicht bloß ein Beruf wie der eines Schusters oder Metzgers, durch den man Geld verdiene und dabei die Leut bescheiße, sondern eine Berufung, die das Gewissen belaste. Beim Jüngsten Gericht werde der Kutscher wahrscheinlich auf der Stufe der Schutzengel stehen, weil sich ihre beiderseitigen Aufgaben aufs Haar glichen!

Das waren fromme Reden, und Ambros nahm sie sich zu Herzen. Auch schloss er sich jeden Samstag den Herren und Damen der städtischen Reitschule an, die auf ihren Rösser quer durch den Englischen Garten bis hinunter zum Aumeister trabten.

Einmal – es war schon tief im Herbst – gesellte sich in der Nähe des Chinesischen Turmes das Edelfräulein Charlotte von Hagn zu ihm, denn er ritt meistens allein. Und ganz unvermittelt fragte sie: »Wie kommt es, dass du ein so gescheiter Junge bist, wo doch dein Vater nur ein armseliger Parkwächter war?«

Ambros stutzte ein paar Augenblicke, dann erwiderte er: »Wie kommt es, dass du so hübsch bist, wo doch dein Vater ein so gräuslicher Uhu ist?«

»Was geht dich mein Vater an!«, antwortete sie gereizt und blitzte ihn mit ihren großen Augen giftig an.

»Und was dich der meine! Außerdem ist der meine gestorben, und ich habe den lateinischen Spruch gelernt: ›De mortuis nil nisi bene!‹ Das heißt, über Tote soll man nur Gutes sagen. Mir scheint aber, dass es bei dir mit der Bildung, besonders der Herzensbildung, nicht weit her ist!«

Da griff sie ihr Pferd hart und stand: »Du bist ein Grobian, aber reiten kannst du! Wie eine Eins sitzt du im Sattel.«

»Komplimenten von Kindern, heißt es, darf man glauben. Ich glaube jedoch, dass du schon kein Kind mehr bist! Wie alt bist du überhaupt?«

»Da sieht man's wieder, dass du keinen Anstand hast. Seit wann fragt ein Mann eine Dame nach ihrem Alter!«

»Öha!«, entgegnete Ambros und lächelte. »Damen habe ich mir bisher anders vorgestellt; aber ich lerne gern etwas dazu, wenn sich mir die Gelegenheit bietet. Nur muss ich gestehen, dass sich meine Vorstellung von Damen eben ein bisschen zu verdüstern beginnt.«

Charlotte von Hagn schluckte: »Mir scheint, ich bin dir nicht gewachsen. Wie machst du das, dass ich dir nicht gewachsen bin?«

»Wie ich das mache? Ganz einfach! Ich mache mir aus eurem Adel nichts! Wenn man nämlich bei euch hinter die Kulissen schaut – so wie ich es jetzt tun konnte –, dann liegt mitunter eine ganze Fuhre Stallmist dahinter. Und Mist hat mir noch nie Respekt eingeflößt, es sei denn der Mist im Marstall, weil er mir verrät, dass unsere Pferde eine gute Verdauung haben!«

»Du bist gemein!«

Nach einer Weile fuhr sie fort: »Übrigens hat uns der König soeben das Adelsprädikat aberkannt.«

Ambros war überrascht: »Wieso? Hat dein Vater was verbrochen?«

»Weil der Vater im Tal ein Ladengeschäft betreibt und am Firmenschild das ›von‹ seines ererbten Namens stehen hat, ist das Hohe Haus gegen uns Sturm gelaufen.«

»Und ich dachte«, meinte Ambros, »eine Krähe hackt der anderen kein Auge aus. Ist das nun sehr schlimm für euere Familie, wenn das ›von‹ fehlt?«

»Was heißt schlimm! Vater macht sich deswegen nicht viel Kummer, aber mir schadet's! Ich will Schauspielerin werden und hätte als Adlige natürlich ganz andere Chancen als ein Fräulein Maier oder Huber. Meine Lehrerin ist derselben Meinung. Wir können's aber nicht ändern.«

»Du hast eine Schauspiellehrerin?«

»Die berühmte Marianne Lang! Hast du nie von ihr gehört?«

»Wie sollte ich? Mein Beruf bewegt sich doch auf einer ganz anderen Ebene; und wann käme ich je ins Theater!«

»Ich werde dir in den nächsten Tagen eine Eintrittskarte schenken. Da kannst du mich dann auf der Bühne sehen.«

»Spielst du denn schon?«

»Freilich spiele ich! Aber nur in kleinen Rollen! So kannst du mich nächste Woche als Isaak in ›Abrahams Opfer‹ sehen. Ich habe auch mitgespielt im ›Donauweibchen‹, in der ›Wallfahrt nach der Königsgruft‹ und im ›Wald bei Hermannstadt‹. Gegenwärtig proben wir den ›Bayerischen Grenadier‹ und ›Die Zimmerherren in Wien‹.«

»Und wo spielst du da?«

»Im Theater vor dem Isartor, gleich in der Nähe unseres Hauses.«

»Wenn ich dich richtig verstanden habe, dann spielst du den Isaak. Wie kann man als Mädl den Isaak spielen?«

Sie lächelte: »Du bist lustig! Ich ziehe mich doch nicht aus auf der Bühne!«

Er wandte sich zur Seite: »Immerhin, aber das sieht man doch!«

»Nichts sieht man, es sei denn, man ist unbedingt darauf aus, etwas zu sehen!«

Da drückte er sein Pferd mit den Schenkeln, und sie ritten den anderen nach, die schon weit voraus waren.

Als Ambros an diesem Abend nach Hause kam, saß der Doktor Glas da. Er erschien in der letzten Zeit sehr häufig. Das passte dem jungen Mann nicht. Und ganz und gar nicht passte ihm, dass er so viel mit dem sechsjährigen Kathrinchen herumtat. Er schaukelte es auf den Knien und betätschelte es hinten und vorne, und die Mutter lachte dazu. Wie konnte man dazu lachen? Und was wollte er überhaupt, der alte Kracher? Gewiss, er war noch sehr rüstig beisammen und hatte sogar am 27. August die Erstbesteigung der Zugspitze mitgemacht – aber trotzdem!

Ambros grüßte nur ganz kurz und zog sich dann ins Schlafzimmer zurück. Hier bemerkte er, dass Mutters Bett unordentlich dalag. Zeitlebens hatte er so was nicht gesehen! Er machte sich seinen Reim darauf, zog die Stiefel, die er sich schon abgestreift hatte, wieder an und begab sich in seine Stube im Marstall.

Der Oberhofkutscher Franz Breitenbacher, der hier seine Wohnung besaß, wunderte sich und fragte nach Grund und Ursache. Ambros sagte es ihm. Der kräftige Mann hörte ruhig zu. Darauf legte er seinem Schutzbefohlenen den Arm um die Schultern und ging mit ihm hinunter in die wohlige Wärme zu den Rössern. Im Mittelgang zwischen den Boxen auf und ab schreitend, machte er ihm klar, dass er von seiner Mutter in ihren jungen Jahren nicht verlangen könne, für den Rest ihres Lebens trauernde Witwe zu bleiben. Ambros müsse sogar froh sein, dass sie sich nicht irgendeinen Springinsfeld, sondern einen ernsten, reifen und angesehenen Mann zum Freund gewählt habe. Denn dieser Doktor genieße auch bei Hofe große Achtung und könne der ganzen Familie Radlmeier vielleicht noch von hohem Nutzen sein. Und der Breitenbacher fuhr fort: »Natürlich wurmt dich das, und du bist eifersüchtig, weil jeder anständige Bub seine Mutter für sich allein haben möcht. Doch schlag dir solche Gedanken aus dem Kopf! In zwei, drei Jahren bist du selber hinter den Mädeln her und lässt deine Mutter links liegen. Dann ist es dir wurscht, was die tut und wie sie sich für die Jahre ihres Alters absichert – ganz abgesehen davon, dass sie ja auch noch ein kleines Kind hat, das sie großziehen muss. Sei also vernünftig, Ambros, und vergiss nit aufs vierte Gottesgebot! Und jetzt leg dich droben nieder und schlaf bis in den Sonntagmorgen hinein! Dann gehen mir miteinand in die Heilig-Geist-Kirch und beten für dich um eine handfeste Erleuchtung!«

»Abrahams Opfer«

Am 6. Januar 1821, dem Dreikönigstag, betrat Ambros Radlmeier das Königliche Theater am Isartor in München und wurde Zeuge, wie Seine Majestät Max Joseph, der »gute Vater Max«, wie ihn die Münchner nannten, durch den fein verzierten Salon des Amphitheaters in die große Hofloge einzog, begleitet vom Kronprinzen Ludwig und dessen Gemahlin Therese. Der Königin Karoline waren diese »bäuerlichen Spiele von Evakathel und Schnudi, vom Tiroler Wastl und den Milchschwestern« zuwider, und nicht selten lag sie mit diesen und ähnlichen giftigen Worten ihrem königlichen Gatten in den Ohren. Er aber freute sich, wenn er sich inmitten seiner Untertanen, Leuten aus dem einfachen Volk, aufhalten durfte. Darum grüßte er jetzt vom Logenrand herunter und nahm ihr Jubelgeschrei huldreich entgegen.

»Abrahams Opfer«, so stand es auf dem Programm. Als im geschmackvoll eingerichteten Saalrund Ruhe eingetreten und die Wandleuchten von den livrierten Dienern zurückgedreht worden waren, erschien vor dem Vorhang der alte, ehrwürdige Intendant Joseph Marius von Babo. Jede Handbewegung, das Fingerspiel, jeder Augenniederschlag dieses noblen Herrn und jedes akzentuierte Wort verrieten den Meister der schauspielenden Zunft.

Zunächst deklamierte er den alttestamentlichen Text: wie der Stammvater Abraham auszog in die Berge, um getreu dem göttlichen Willen den Sohn zu töten und zur Ehre Gottes auf einem Scheiterhaufen zu verbrennen.

Dann erläuterte er das gewaltige Ausmaß des Selbstverzichts und der Unterordnung unter die lenkende Kraft der Welt, das in den Gestalten von Vater und Sohn, von Opferpriester und Opferlamm, hervortrete. Am Ende wünschte er, man möchte das Spiel mit den Augen eines betenden Menschen betrachten. Dann hob sich der schwere Bühnenvorhang, und das Rampenlicht fiel in sich zusammen.

Vater Abraham und Mutter Sara sitzen zwischen dem Säulenpaar eines Palastbaues und schauen mit Wohlgefallen auf den Sohn Isaak, der einen Bogen umhängen hat und sich eben einen Pfeil schnitzt. Dieser Isaak – Brust und Scham mit einem Tigerfell verdeckt – ist an den entblößten Körperteilen unschwer als Mädchen zu erkennen. Das merken auch die zuschauenden Mannsbilder sogleich, und jeder sehnt den Augenblick herbei, wo sich dieser weißhäutige Isaak umdreht – denn dann wird man's gewiss wissen!

Nach vielem frommen Wortwechsel zwischen Eltern und Sohn befiehlt Vater Abraham, Sara solle sich mit dem Kind zur Ruhe begeben; er selbst wolle den Tag noch mit Psalmen und Lobeshymnen beschließen. In biblischem Gehorsam verlassen die beiden unverzüglich den Schauplatz der Handlung, wobei die Späher unter den Zuschauern tatsächlich auf ihre Rechnung kommen. Denn dieser Isaak zeigt ihnen im Abgehen die halbe Hüfte.

Ein Engel erscheint und verlangt in himmlischem Auftrag die Opferung des Sohnes, sofern Abraham nicht der Berufung zum Stammvater eines großen Volkes verlustig gehen wolle. Der alte Mann wägt nun ab zwischen Ruhm und Vaterliebe. Dabei kommt er im Spiel nicht gut weg, weil Ehrgeiz und die Sucht nach einem großen Namen die natürlichen Gefühle für den Sohn ersticken. Der Engel, ein recht fadenscheiniges Frauenzimmer, rauscht ab, ohne dass sich auch nur ein einziges applaudierendes Händepaar geregt hätte. Als dann der Vorhang des ersten Aktes fällt, erntet auch der Erzvater nur einen So-lala-Beifall, von der alten, runzeligen Patriarchin gar nicht zu reden.

Der zweite Akt zeigt dasselbe Bild wie der erste, was von den Zuschauern mit einem ärgerlichen Murmeln quittiert wird. Dann aber tritt ein echter Esel auf, vom Knecht Hardl an einem Halfterriemen unter wüstem Fluchen hereingezerrt. Der Hardl stammt dem Anschein nach aus Brunnthal und spricht in sehr breiter Mundart. Das gefällt allenthalben. Als er gar dem Esel hinten noch eine Schaufel hinhalten muss, werden beide Akteure gleichermaßen bejubelt. Dann hält der Knecht dem Grauen einen längeren Vortrag über Anstand und feines Benehmen in Gegenwart von Majestäten und königlichen Hoheiten. Jetzt tobt das Haus, und der Herr Intendant reibt sich hinter den Kulissen die Hände: Nichts geht über einen gut verdauenden Esel!

Jetzt beginnt der Hardl seinen Gefährten mit Reisigbündeln zu beladen. Er hängt ihm so viele auf, dass der Eselskopf nur noch wie aus einem Kanal herausschaut. Die Bühnenwarte drehen ganz langsam die zurückgeschraubten Rampenlichter wieder auf, denn die Nacht muss dem Morgen weichen. Zugleich ahmt hinter den Kulissen einer das Lied einer Lerche nach. Das klingt gut, und man beruhigt sich.

Nun erscheint auf der Palasttreppe – von einem freudigen »Ah!« begrüßt – der Knabe Isaak. Er ist über dem Diskurs, den der Hardl mit dem Esel geführt hat, aufgewacht und macht darum dem Knecht ernste Vorhaltungen, die mit der Drohung enden, er werde sich bei seinem heiligen Vater beschweren. Der Knecht, eine Auspeitschung befürchtend, ist bestürzt, macht unterhalb der Treppe vor dem Patriarchensohn einen linkischen Kniefall und gelobt als Buße eine Fußwallfahrt nach Altötting.

Da schreit einer aus der Zuschauermenge: »Geh, Isaak, drah di hoit um!« – Das Mädchen lächelt, zeigt ihnen mit einem kurzen Knicks den Rücken und läuft in den Palast zurück. Abermals bricht ein Sturm der Begeisterung los. Jetzt schreitet Abraham langsam die Treppe herab. Er betrachtet den Esel, prüft die Menge des geladenen Holzes und lobt den Hardl. Der fasst wieder Mut und verpetzt nun seinerseits den Isaak, dass er sich in unanständiger Weise vor dem Volk gezeigt habe. Der Patriarch hebt beschwörend die Hände zum Himmel auf und beklagt die Verdorbenheit der heutigen Jugend. Darauf zieht er ein Stück Zeitung aus seinem weiten Gewand und spricht: »Vernimm, o guter Hardl, über diesen Punkt noch eine Stimme aus einer anderen Gegend! Da lese ich in der ›Bayerischen Landbötin‹, Numero 140, folgenden Aufsatz:

Es ist kaum ein Haus, kaum eine Familie im Lande, die nicht bittere und begründete Klagen über die Ausschweifungen, Sittenlosigkeit und Untreue ihrer Dienstboten und die standeswidrige, kostspielige Kleiderpracht der weiblichen Dienerschaft führt. Diese Klage betrifft gerade das Landgericht Erding am meisten. In besagter Gegend ist die Sittlichkeit so tief gesunken, dass die ledigen Weibspersonen auf den öffentlichen Tanzböden nach Belieben erscheinen und sich daselbst in Reihen aufstellen. Da oft vierzig, fünfzig und mehr solcher Individuen anwesend sind, so hat der Tänzer die Auswahl, welchem Objekt er durch Wink oder Pfiff sein Begehren äußern will.

O guter Hardl, sprich, was werden dieses für Mütter, und was von diesen für Kinder werden?«

Der schlurft ein wenig zur Seite, klopft sich wie ein Affe mit den Händen auf den Bauch und meint dümmlich: »Ja mei, lieber Erzvater, die Jungen müssen's ja doch einmal lernen!« Wieder brüllt der Saal, und der Vorhang fällt.

Wieder kommen die Bühnenwarte, wieder drehen sie die Lampendochte zurück und stellen rote Glaskugeln davor, die mit Wasser gefüllt sind. Als sich dann der Vorhang hebt, sieht man ein großes Gebirge, in einen blutroten Sonnenuntergang getaucht.

Aus der seitlichen Versenkung im Bühnenboden hört man einen Mann ächzen und einen Esel schalmeien; und gleich steigen sie zu viert herauf: Abraham auf eine Krücke gestützt, Isaak mit einer mächtigen Holzlast auf dem Buckel, zum Schluss der Esel mit dem Hardl. Der Erzvater befiehlt seinem Sohn, noch ein Stück höher den Berg hinaufzusteigen und dort aus den umliegenden Steinen einen Opferaltar zu errichten. Isaak gehorcht natürlich, ruft aber plötzlich von der Höhe herab: »Verehrter Herr Vater Abraham, wir haben doch gar kein Lamm, das wir opfern könnten!«

Ihm erwidert der Alte: »Der Herr im Himmel wird schon für ein Opferlamm sorgen! « Und dann weint er. Er weint echte Tränen, sodass die Leute im Saal ehrlich von Mitleid ergriffen werden – auch der Ambros Radlmeier, der im Hintergrund einer Seitenloge sitzt. Auch er kann sich der Tränen nicht erwehren.

Inzwischen hat der Knabe Isaak den Altar errichtet und ruft wieder: »Verehrter Herr Vater, wir können mit der Opferung beginnen!«

Nun lässt sich der alte Mann vom Hardl ein mächtiges Metzgermesser reichen und stakst den Berg hinan. Als er oben ist, wirft er den überhängenden Mantel von sich und krempelt die Ärmel seines Leibrocks hoch. Dann fasst er den Sohn – der leistet unter leisem Wimmern einen mäßigen Widerstand – um die Schultern, beugt ihn über den steinernen Altar und reißt das wuchtige Messer hoch.

Da schreit auf einmal einer im Saal: »Du, pass ja auf, sonst werd i glei pelzi!«

Etliche wollen lachen. Weil aber im gleichen Augenblick an einem Drahtmechanismus ein Engel vom Himmel niederfährt, vergeht es ihnen, und sie reißen nur stumm den Mund auf. Das Engelkleid ist nämlich an den Säumen mit einer Leuchtsalbe eingestrichen, die den Eindruck erweckt, als sprühten Funken aus dem Himmelsboten heraus. Dergleichen hat noch niemand gesehen, auch das Mädchen Charlotte von Hagn nicht. Darum reckt sie sich am Altar aus ihrer knienden, gedrückten Haltung auf. Dabei bleibt sie mit dem Tigerfell an einem Ast hängen und ist plötzlich ganz entblößt. Ein Glück nur, dass alle auf den funkelnden Engel starren. Doch der Ambros hat es gesehen, aber gleich den Kopf gesenkt und weggeschaut. Vater Abraham bemerkt das Missgeschick ebenfalls und hilft jetzt hinter seiner wuchtigen Gestalt dem »Sohn« wieder ins Fell. Er dreht sich dann zu den Zuschauern und lässt mit hoherpriesterlicher Gebärde das Metzgermesser fallen. Und gleich als wollte er die vom Himmel geforderte Opfergabe wenigstens symbolisch darbringen, nimmt er den Sohn auf seine Arme und hebt ihn empor.

Mächtiger Beifall erfüllt das Haus. Der Vorhang senkt sich und wird wieder hochgezogen, und nochmals und nochmals schreit das Volk: »Isaak, Isaak!« Darauf tritt Charlotte mit den anderen Akteuren in das Rampenlicht vor. Sie trägt nicht mehr das Fell, sondern einen feinen pelzverbrämten Überwurf, der ihre mädchenhafte Gestalt zwar erahnen, aber nicht sehen lässt. Sie verneigt sich mit feinem Lächeln nach hierhin und dorthin.

Da naht quer durch den Saal der Aufseher der Königsloge, fasst das Mädchen bei der Hand und geleitet es zum Hohen Haus. Alles Volk schaut hinauf und sieht, wie der »gute Vater Max« das Kind umarmt und wie der Kronprinz ihm ein Kettchen um den Hals hängt.

Im wehrhaften Gevierthof zwischen den Isartortürmen waren während des Theaters die Hofschlitten gestanden. Jetzt fuhren sie heraus und nahmen den König, den Kronprinzen und die sie begleitende Suite auf. Bald hatten sie sich im Tal verloren.

Während nun auch die anderen Zuschauer durch den nasskalten Abend heimwärts strebten, waren zwei handfeste Stiftsbräuburschen aus Erding von hintenher in das Bühnenhaus eingedrungen und schrien jetzt hinter den Kulissen: »Wo is er, der ausg'schamte Bazi, der Abraham? Her mit eahm!«

Alle Schauspieler traten aus ihren Kabinen heraus, auch der Abraham. Als sie ihn erblickten, packten sie ihn: »Jetzt habn wir dich, Bürschei! Derfst du dei Mäu aufreißn gegn uns Erdinger? Schmiarn tu i dir oane, dassd' die zwölf Apostel für a Räuberbandn anschaust, du zahnader Geltsgott, du zahnader!« Und schon schlugen sie auf den armen Mann ein.

Mit einem Mal stand Charlotte von Hagn da, ergriff eine Hellebarde, die an der Wand lehnte, und rief: »Lasst ihn – oder ich stech!« Die beiden Kerle erblickten das Mädchen. Da war es ihnen, als sähen sie Christi Himmelfahrt. Sofort ließen sie vom Abraham ab, schlossen die derben Hände wie zum Beten ineinander und stammelten: »Gell, liabs Madl, dass sich der net schämt! So was derf doch net sein! Meinst net aa, dass der 's Stiefelwichsn braucht?« Und schon wollten sie erneut auf den alten Schauspieler eindringen. Mittlerweile hatten sich jedoch die Kulissenschieber und die Bühnenwarte versammelt, jeder mit irgendeiner Waffe aus dem Theaterfundus. Das sah für die beiden Erdinger recht bedrohlich aus. Sie erkannten ihre brenzlige Lage und verließen schleunigst das Bühnenhaus auf dem gleichen Wege, den sie gekommen waren.

Ambros Radlmeier hatte eine schreckliche Nacht. Wilde Bilder hetzten durch seine Fantasie, scheinbar zusammenhanglos und doch immer wieder um die eine Mitte kreisend: um das Weibliche.

Da sah er das aufgewühlte Bett in der Schlafkammer seiner Mutter, sah den dürren Engel im funkensprühenden Trikot, sah die kleine Charlotte von Hagn und ihre zauberhafte Gestalt. Wie hatte sich ein so feines Mädchen im Theater auf die Palasttreppe hinstellen und lächelnd ihre Blöße zeigen können!

Nun, Schauspieler tragen in sich den ganzen Menschen, den guten und den bösen; sie müssen Schuld und Sühne, Verderbtheit und Reinheit gleich vollendet darstellen können. Dabei dürfen sie nicht ihre persönlichen Empfindungen geltend machen. Sie müssen mit ihrem Geist und ihrem Leib die Gefühlsskala und die Erlebniswelt der gesamten Menschheit umfassen. Und am Ende sind sie so arm, dass sie sich nicht einmal mehr selbst gehören, und doch so reich, dass sie allen alles werden können!

Was für ein Beruf! Oder ist es, wie der Breitenbacher von den Kutschern gesagt hat, vielleicht sogar eine Berufung? Wenn das so ist, dann müsste man das Mädchen zur Ehre der Altäre erheben!

Ambros träumte weiter: Da kniet sie auf dem Altar, niedergebeugt vom mörderischen Vater. Und dann richtet sie sich noch einmal auf, um einen Augenblick vor dem Ende auf ihr Leben zurückzuschauen, und steht plötzlich in unberührter Nacktheit da. Einer Märtyrerin gleich, setzt sie sich den stechenden Blicken eines in Unzucht schäumenden Pöbels aus, hilflos der Gemeinheit preisgegeben.

So stand der heilige Sebastian vor den Pfeilschützen, so auch unser lieber Herr Jesus vor den Folterknechten, als sie ihm die Kleider vom Leibe gerissen hatten.

Vielleicht liegt sogar etwas Heiliges in der Schauspielerei! Vielleicht wird von den Akteuren sogar Bekennermut gefordert! ...

Mit diesen Gedanken erwachte Ambros Radlmeier. Es war noch nicht Zeit zum Aufstehen. Weil er jedoch nicht mehr einschlafen konnte, dachte er an Charlotte und beschloss, beim gemeinsamen Ausreiten nie mehr mit ihr allein zu sein.

Die Firmung

Die Stadtbäche schlängelten sich in frühlinghafter Geschwätzigkeit dem Isarkanal im Englischen Garten zu. An ihren Ufern blühten Himmelschlüssel und Sumpfdotterblumen. Lang gezogene Beete von Vergissmeinnicht wetteiferten mit dem Himmelblau über der Münchner Stadt.

Herr Doktor Glas und Frau Martha Radlmeier spazierten auf die Burgfriedenssäule zu, das hübsche Kathrinchen in ihrer Mitte. Als sie vor der Säule standen, die von Eichenbüschen umwuchert war, sagte Frau Martha: »Hier, Kind, ist unser Vater erfroren!«

»Hat er denn keinen Pelz gehabt?«, fragte das Mädchen.

»Ach Gott, wir waren doch arm wie die Kirchenmäuse!«, erwiderte die junge Frau.

»Jetzt sind wir aber nicht mehr arm!«, begann das Kind nach einer Weile von Neuem.

Mit tiefer Stimme meinte der Medikus: »So verständlich es ist, dass ihr an euren Vater denkt, so unnütz ist es. Ihr macht euch nur ein schweres Herz. Das Leben muss weitergehen – und das Kathrinchen wird ab Mai die Zentralsingschule besuchen. Ich habe bereits mit dem Herrn Tenor Löhle gesprochen und alles geregelt.«

»Wird's nicht ein teurer Spaß werden?«, wandte Frau Martha ein.

Darauf der Doktor: »Umsonst kriegt man heutzutage nichts, und die Künstler wollen auch leben. Doch solange wir noch ein Geld haben und solange noch eins hereinkommt, werden wir's ausgeben. Denn wenn wir die

Kinder in ihrer Jugend nicht fördern – im Alter brauchen sie uns nicht mehr! Im Gegenteil, dann streiten sie sich nur um das, was wir ihnen als Erbteil hinterlassen haben, und verfluchen uns eher, als dass sie uns segnen.«

»Setzen wir denn dem Kind mit dieser Singschule nicht einen Floh ins Ohr? Da werden doch gegebenenfalls Hoffnungen geweckt, die später nicht zu verwirklichen sind.«

»Hoffnungen, Martha, sind das Brot des Lebens!«, erwiderte der Arzt. »Nimm sie uns weg, und wir verarmen und versumpfen! Gewiss, es ist traurig, unerfüllte Hoffnungen zu Grabe zu tragen; doch es ist barbarisch, ohne Hoffnungen dahinzuvegetieren!«

Meinte Frau Martha: »Die Hofoper soll, wie man hört, von ausländischen Künstlern überschwemmt sein; ein Münchner Kindl hat da sicher keine Chancen.«

Der Arzt lächelte: »Ich bewundere deine kühnen Gedanken, denn bis zur Hofoper habe ich weiß Gott noch nicht gedacht!«

»Entschuldige!«, erwiderte Frau Martha, schlug die Augen nieder und legte ihre Hand auf seinen Arm.

»Nein, nein, du hast recht!«, sagte er darauf. »Wenn mir aber der Herrgott noch etliche Jährlein schenkt, dann krieg ich das Kind schon noch dahin, wo ich's gerne sehen möcht. Gell, Kathrinchen, wir zwei, wir machen das!«

Da nahm das Kind seine herunterhängende Hand und schmiegte die Wange daran.

Der Herr Kompositeur Leopold Lenz, ein gestrenger Mann, stand der Zentralsingschule in der Hundskugelgasse vor. Tenor Löhle, der bei ihm angestellt war, wirkte als zweite oder dritte Kraft in der Hofoper, vermittelte aber nach außen den Eindruck, als wäre er der leibhaftige Orlando di Lasso, nur noch etwas bedeutender.

Als der Doktor das Kathrinchen dorthin brachte, tat Leopold Lenz sehr gnädig. Erst als Glas bemerkte, dass ihm der Herr Kompositeur noch zwei Rezepte schuldig war, schlug die Stimmung rasch um, und das Kind wurde sofort wie die besseren Bürgerstöchter behandelt. Dabei war die Schule sowieso nur von Privilegierten besucht, mehr aber noch von solchen, die den Mangel an Begabung durch finanzielle Zuschläge wettmachen konnten.

Was das Kathrinchen betraf, so galt hier das Gleiche. Der Doktor war in das Kind vernarrt und glaubte, ihm alle gesellschaftlichen Vorteile angedeihen lassen zu müssen; und dazu gehörte in München eben auch der Besuch der Zentralsingschule.

Charlotte Hagn – das »von« durfte sie nicht mehr führen – und Ambros Radlmeier hatten all die Monate her beim Ausritt einander zwar immer wieder gegrüßt, doch kaum mehr ein persönliches Wort miteinander gewechselt. Er hatte sie bewusst gemieden, und sie hatte das auch bemerkt.

Das änderte sich jedoch, als Mitte Mai in München zu vernehmen war, der neu ernannte Erzbischof Lothar Anselm von Gebsattel wolle persönlich von Freising kommen und im Liebfrauendom die seit vier Jahren ausstehende Firmung zelebrieren. Vier Jahre! Das waren weit über 400 Firmlinge. Zu ihnen gehörten auch Ambros Radlmeier und Charlotte Hagn. Mehrere geistliche Herren hatten sich quer durch die bayerische Landeshauptstadt angeboten, die jungen Leute auf das Sakrament vorzubereiten; so auch der aus der Verbannung zurückgekehrte Pfarrer Josef Klein von Heilig-Geist. Seinem ehrwürdigen Mitbruder von Sankt Peter war das zwar gar nicht recht, denn er wollte auch noch die frommen Gläubigen der Heilig-Geist-Pfarrei für sich haben. Doch der

König hatte ihm einen Nasenstüber und eine Mahnung zur Duldsamkeit gegeben. Weil sich nun die Firmlinge frei für einen der empfohlenen Instruktoren entscheiden durften und weil der Pfarrer Klein in großem Ansehen stand, liefen ihm sehr viele zu, so auch Ambros und Charlotte.

Klein war hässlich anzuschauen, strahlte jedoch unendlich viel Güte aus. Dadurch gewann er besonders die jungen Leute. Sooft er seinen mit sprachlicher Meisterschaft vorgetragenen Firmunterricht hielt, war die Heilig-Geist-Kirche gefüllt bis auf den letzten Platz, und feierliche Stille lag über den fein gegliederten, schlanken Barocksäulen:

»Meine lieben jungen Freunde! Der Heilige Geist, den der Bischof auf eure Häupter herabrufen wird, ist nicht bloß der fromme Glaube etlicher Betschwestern, sondern eine machtvolle Wirklichkeit. Wer jahrelang in leidvoller Verbannung saß und Tag und Nacht dem Druck gehässiger Polizeiaufsicht ausgesetzt war, der weiß um die Kraft des göttlichen Geistes. Denn ohne diese Kraft ginge man her, nähme einen Strick und hängte sich auf. Auch über euch, die ihr jetzt voller Kraft und Zuversicht ins Leben drängt, werden solche ›Strickstunden‹ kommen. Wehe dem, der dann nicht ausgerüstet ist mit den sieben Gaben des Heiligen Geistes: mit der Gabe der Weisheit, der Stärke und des Rates, mit der Gabe der Frömmigkeit und der Furcht Gottes, und endlich mit der Gabe der Einsicht und der Erkenntnis!«

Sie nahmen seiner feinen Art den Ernst der religiösen Wahrheit ab und besuchten dankbar die abendlichen Unterrichtsstunden. Als dann nach Wochen der Firmungstag herannahte, konnte Pfarrer Klein die große Schar bei der Zeremonienprobe dem Erzbischof zufrieden und sogar ein bisschen stolz im Liebfrauendom vorstellen.

Ambros Radlmeier fiel wieder ein, was der König einst versprochen hatte, und bat den Baron Lupini, bei Seiner Majestät wegen der Firmpatenschaft anzufragen. Der »gute Vater Max« erinnerte sich und beauftragte den Baron mit seiner allerhöchsten Stellvertretung. Hundert Reichstaler sollte der Junge als Patengeschenk erhalten. Außerdem würde er bei dem hohen Zeremoniell erstmals die prächtige Paradeuniform der Königlich Bayerischen Hofkutscher tragen. Diese Uniform und eine Alltagsmontur hatte sich Ambros in der Auer Kleiderfabrik anmessen lassen. Er sah darin aus, als wäre er ein Feldzeugmeister.

Der 6. Juni 1822 war der erste Firmungstag im Münchner Liebfrauendom seit den wirren Jahren der endlich gestürzten Regierung des allmächtigen Ministers Montgelas. Das würdige Gotteshaus war voll bis auf den letzten Platz, als der Erzbischof seinen Fuß über den »Teufelstritt« setzte, jene Stelle, von der aus man im ganzen Dom kein einziges Fenster sieht. Im Bewusstsein der wiedergewonnenen religiösen Freiheit fühlte sich Lothar Anselm wie Christus beim Einzug in Jerusalem; dies umso mehr, als ein mächtiger Chor auch noch das Lied sang: *Benedictus, qui venit in nomine Domini!* – »Gesegnet sei, der da kommt in des Herren Namen!«

Der Dompfarrer und die Vertreter der Politik aus Stadt und Land begrüßten ihn. Der Hof war nicht erschienen, denn der König hatte den Sturz seines Lieblings, des Grafen Montgelas, noch nicht verschmerzt; bei diesem Manöver hatte die Kirche kräftig mitgemischt.

Als dann die eigentliche Firmung mit der Handauflegung und Salbung begann und die einzelnen jungen Menschen mit ihren Paten vor den Erzbischof treten mussten, entstand plötzlich eine leichte Unruhe in der Domkirche. Baron Lupini war als Stellvertreter Seiner

Majestät, von vier Hartschieren begleitet, beim großen Domportal eingetreten und musste vom Kustos der bayerischen Metropolitankirche unter großer Assistenz aufgeführt werden. Zwei Presbyter und zehn Ministranten schritten zu beiden Seiten, in ihrer Mitte in der Paradeuniform der angehende Hofkutscher Ambrosius Radlmeier.

»Ist dös nit der Bua von dem derfrornen Parkwächter?« – »Der wo die beste Prüfung bei Sankt Michael g'macht hat?« – »Ja, ja, dem hat der gute Vater Max die Firmung versprochen!« – »Ein ganz ein saubers Bürschei!« – »Soll ja auch Hofkutscher werdn!«

So raunten die Leut einander zu, als das eigenartige Geleit zum Priesterchor emporstieg. Der Erzbischof, vom Zeremoniar leise unterrichtet, erhob sich von seinem Thron und ging dem Baron einige Schritte entgegen. Der ließ sich auf ein Knie nieder und küsste andeutungsweise den Ring des Kirchenfürsten, worauf dem Radlmeier sofort das heilige Sakrament erteilt wurde.

Ein sauberer Bursch! – So lautete auch das Urteil, das Charlotte fällte, von niemandem gehört, nur in ihrem eigenen Herzen. Und es sah nicht so aus, als ob in diesem Herzen die Gaben des Heiligen Geistes Furore machen würden; zu sehr war das Mädchen vom äußeren Schein geblendet, als dass sich Einsicht und die Erkenntnis hätten einstellen können.

Nach der Feierlichkeit hatte Ambros das G'schau, wie sie in München sagten, denn er begab sich mit dem Baron Lupini inmitten der Hartschiere in die Residenz, um die Glückwünsche und Reichstaler Seiner Majestät entgegenzunehmen.

Danach war er bei seiner Mutter zu Gast und saß mit dem Schwesterlein und dem Doktor Glas zu Tisch. Das Kathrinchen besuchte jetzt neben den Gesangsstunden auch noch eine Ballettschule und lernte da den feinen Benimm, was Ambros an ihrem graziösen Getue erkannte. Es gefiel ihm nicht, doch der Medikus wollte es so und bezahlte es auch.

Noch während der Mahlzeit kam eine Botin vom Krämer Hagn aus dem Tal und lud den jungen Herrn zum Nachmittagstee ein.

»Da steckt gewiss die kleine Komödiantin dahinter!«, meinte Doktor Glas. »Ein bezauberndes Dingerl, wenn auch schon recht aufgeweckt!«

»Kind, sei ja vorsichtig«, mahnte Frau Martha, »denn die Schauspieler sind ein gottloses Volk!«

Das Waldgrundstück

Beim Vieruhrtee im Hause Hagn ging's hoch her. Auf den zarten, erlesenen Tischchen, Säulchen und Kommödchen – weiß und in Gold gefasst – stand Glas von seltener Eleganz. Im Salon war eine lange Tafel aufgebaut, voll von glänzendem Silber und feinem Geschirr. Üppige Blumenarrangements verströmten aus den Winkeln einen diskreten Duft, und ein kleiner Zimmerbrunnen plätscherte mit schlankem Strahl und oben sich auffächernd in ein gehämmertes Kupferbecken. Fünf Serviermädchen, in Schwarz und Weiß gekleidet, standen an einem breiten Büfett, das mit Köstlichkeiten beladen war, gewärtig des Winkes der Hausfrau.

Jetzt zogen alle aus den verschiedenen Nebenräumen, verhalten redend, in den Salon ein, angeführt vom wuchtigen Hausvater. Hinter ihm das kleine Fräulein Charlotte, das Händchen auf Ambros' Arm, – man merkte ihr die Ausbildung durch den Spielleiter an –, und dann die übrigen Glieder der großen Familie. Die Firmlinge kamen in der Nähe der Erwachsenen zu sitzen. Denn ist man einmal gefirmt, hat man die Kinderstube verlassen.

Mit ungeteilter Bewunderung hörte man von Frau Hagn die Lobeshymnen auf ihre Tochter Charlotte. Obwohl die Künstlerin noch kaum vierzehn Jahre zählte, hatte sie schon zehn tragende Rollen gespielt, sodass sogar die Hofintendanz auf sie aufmerksam geworden war. Lasst sie noch ein paar Lenze älter werden und einen dem Hof nahestehenden Freund finden, dann ist ihre Karriere nicht mehr zu bremsen! Vielleicht wird ihr dabei der junge Radlmeier behilflich sein können. Denn die Hofkutscher und der liebe Gott haben einiges gemeinsam: Sie wissen alles und sagen nichts; und wenn sie doch etwas sagen, klingt's rätselhaft. Aber man kann sich auf sie verlassen.

Stolz schaute Charlotte bei diesem Lobpreis der Frau Mama auf Ambros, der leicht errötete, und kniff ihm unter dem damastenen Tischtuch in den Schenkel. Er aber konnte sich der Erkenntnis nicht erwehren, dass er in den Augen dieser edlen Dame die Rolle eines Zugtieres vor dem Triumphwagen der Tochter spielen sollte. Und er verspürte Lust, sich zu erheben und wortlos den Salon zu verlassen. Dass er's nicht tat – er wollte das Mädchen ausgerechnet an ihrem Firmungstag nicht verlegen machen.

Dann fing ein schöner Sommer an, so wie er eben in München ist: ein bisschen durchföhnt, ein bisschen verregnet, ein bisschen sehr heiß, aber alles in allem voller Himmelblau.

Für die beiden Firmlinge hatte der liebe Alltag wieder begonnen: im Theater am Isartor wieder die Proben, im Marstall die Arbeit am Ross, am Geschirr, am Wagen und bereits wieder am Schlitten. An den Samstagen aber war nach wie vor der Ausritt in den Englischen Garten und an die Isarauen. Für beide bedeutete dieser Ausritt den krönenden Abschluss der Woche, obwohl Charlotte gerade an Samstagen oft noch auftreten musste. Seit der Teestunde bei den Hagns waren sie nicht mehr zu trennen. Der Reitlehrer, der die ganze Schule zu begleiten hatte, wusste das. Und weil Ambros schon fast völlig ausgebildet war, kümmerte er sich um die beiden kaum mehr, sondern wandte seine Aufmerksamkeit den jüngeren Reitschülern und den reiferen Damen der höheren Gesellschaft zu. So konnte es geschehen, dass Charlotte an einem sehr warmen Septembersamstag zu Ambros sagte: »Heut bin ich müde. Komm, wir reiten auf unser Waldgrundstück in der Hirschau! Wenn die anderen vom Aumeister wieder zurückkehren, schließen wir uns stillschweigend hinten an.«

Das Waldgrundstück hatte Herr Carl Hagn erworben, um sich dort an schönen Sonntagen mit seiner Familie ungezwungen die Zeit vertreiben zu können. Es schloss nämlich zwischen dichtem Tannengebüsch eine kleine Wiese mit einem alten Eichenbaum ein und gewährte dem flüchtig vorbeigehenden Wanderer keinerlei Einblick.

Es scheint, dass hier seit etlichen Tagen ein paar Lustteufelchen ihren Mittagsschlaf hielten. Als jetzt Charlotte und Ambros in die Stille dieses Platzes eintraten, erwachten die Teufelchen, hüpften auf den Eichenbaum und warteten voller Vorahnung auf die Dinge, die da kommen würden. Und mit nicht geringem Vergnügen schauten sie dem Spielchen zu, das die zwei jungen Leute auf den ausgebreiteten Pferdedecken trieben.

Seit diesem Samstag nahm Ambros Radlmeier nicht mehr an den Ausflügen der Reitschule teil, obwohl ihn Charlotte einige Male durch ihre ältere Schwester grüßen ließ. Er hatte nämlich noch am Abend des denkwürdigen Tages den Pfarrer Klein bei Heilig Geist aufgesucht, und der hatte ihm geraten, jegliches Zusammentreffen mit dem Mädchen zu meiden. Außerdem war ihm vom Oberhofkutscher Breitenbacher eine erste große Aufgabe gestellt worden: Er sollte bei dem bevorstehenden Majestätenbesuch im Palais Royal zu Tegernsee den Viererzug mit den königlichen Töchtern hin und zurück fahren.

Diese königlichen Töchter waren nämlich die Ursache, dass der Kaiser Franz von Österreich und Zar Alexander von Russland den bayerischen König aufsuchten. Der

Erstere wollte eine Prinzessin für irgendeinen Erzherzog, der andere eine der zwei für seinen privaten Bedarf. Denn es hatte sich im Einflussbereich der Heiligen Allianz herumgesprochen, dass sich die Mädel des Hauses Bayern im Vergleich mit den »Truthennen« anderer Herrscherhäuser sehr vorteilhaft ausnähmen.

Der Vorstellung der königlichen Töchter in Tegernsee haftete also ein verhaltener Ruch von Politik an.

Der 7. Oktober 1822, ein klarer Altweibersommertag, in aller Herrgottsfrühe. Ambros Radlmeier war im Brunnenhof der Residenz aufgefahren. Auf den Köpfen der vier Rappen wippten weiß-blaue Reiherfedern, die silbernen Geschirrschnallen funkelten im milden Morgensonnenstrahl, das rote Riemenzeug glänzte. Hinten auf der Kutsche waren zwei Hartschiere aufgesessen; die noch leicht übernächtigten Hofdamen und Kammerfrauen traten aus dem Tor.

Wenn fünf lustige Mädchen miteinander reden, ist das, als hätte sich ein halbes Regiment abflugbereiter Stare zum letzten Appell auf der Dachrinne versammelt. In blühenden Kleidern voller Rüschchen und Schleifchen tänzelten sie daher, in den Händen die geschlossenen Sonnenschirmchen, die im Oktober sicherlich nicht mehr vonnöten waren. Die Frau Mama, Königin Karoline, winkte ihnen von einem der oberen Fenster herab und rief: »Au revoir!«, denn auch sie musste noch an diesem Tag zur großen Abendtafel in Tegernsee sein; der Zar und der Kaiser hatten es so gewünscht. Geht es nämlich um schöne Töchter, hat die Mutter ein Mitspracherecht; geht es um hässliche, dann genügt die Aussagekraft des väterlichen Portemonnaies!

Als der Viererzug das Isartor passierte und dabei von vierzig Trabanten in die Mitte genommen wurde, schaute Charlotte Hagn aus der obersten Kammer ihres

Vaterhauses herunter und hätte liebend gerne gewinkt, wenn Ambros ihr wenigstens einen flüchtigen Blick gegönnt hätte. Aber nein! – Sind denn Begegnungen wie die am Waldgrundstück im Gemüt eines Mannes so einfach auszulöschen? Kann man sie so schnell wegwischen? Offensichtlich ist es so! – Nun gut! Dann schaust du eben nicht her!

Und in ihrem Herzen sprach Charlotte trotzig: Ich spiele für alle – und, wenn ihr wollt, mit allen!

Die Prinzessinnen schlafen

Als sie gegen Mittag im Schlosshof zu Tegernsee ankamen, war ein Zug der königlichen Leibgarde angetreten, und der Feldmarschall Fürst Wrede begrüßte mit seinem Adjutanten, dem Oberst Heydeck, die Prinzessinnen. Irgendwo hinter einer schweren Gardine stand Zar Alexander und schaute genüsslich auf die aussteigenden jungen Damen hinab.

Ambros fuhr die Kutsche zu den Stallungen, wo sich dienstbeflissene Knechte sogleich um die Pferde kümmerten. Dann stand auch schon der Franz Breitenbacher da und grinste: »Hast, scheint's, nit umg'worfen, Bua!«

»Hätt ich?«, fragte Ambros zurück und strahlte über die Anerkennung.

»Jetzt gehst zum Essen! Nach einer halben Stund hol ich dich ab.« Der Oberhofkutscher sprach's und ließ den jungen Mann stehen.

Warum der heut so kurz angebunden ist?, dachte Ambros und begab sich in den Schlosskeller.

Er bestellte sich einen Schweinsbraten mit Knödeln und Kraut, wie es die gut bayerische Art will. Die Portion, die ihm die stämmige Resi hinschob, hätte leicht eine Familie mit zwei Kindern satt machen können. Aber so sind sie halt, die Kellnerinnen und die Köchinnen am Tegernsee: Kommt ein sauberes Mannsbild daher, müssen sie's verwöhnen!

Die halbe Stunde war um, der Breitenbacher stand unter der Tür, nickte und ging wieder. Ambros erhob sich hinter dem schweren Ahorntisch und folgte ihm. In der Haferkammer beim Stall trafen sie sich. Hier trafen sie aber auch noch einen dritten, den Oberst Heydeck. Als der Franz Breitenbacher den Türriegel hinter sich zugeschoben hatte, begann der Oberst im Flüsterton: »Radlmeier, Er ist das Firmpatenkind Seiner Majestät des Königs. Ich stelle Ihm jetzt eine große Aufgabe – im Namen Seiner Majestät. Ist Er willens, sie zu übernehmen?«

»Herr Oberst, jederzeit, wenn ich ihr gewachsen bin!«

»Ist Er bereit, so wie es das Amt des Hofkutschers verlangt, alles, was Ihm aufgetragen wird, in den Mantel des Schweigens zu hüllen?«

Ambros wunderte sich ein bisschen über die Feierlichkeit dieser Rede, denn über die Schweigepflicht hatte ihn schon von allem Anfang an der Baron Lupini belehrt. Dennoch erwiderte er: »Herr Oberst, ich schweige!«

Heydeck legte jetzt die Hand auf seine Schulter und ging mit ihm in den hintersten Winkel der Haferkammer: »Die Prinzessinnen, die Er soeben gebracht hat, muss Er mit Einbruch der Nacht, kurz nach Beginn des Seefestes, in der schweren Lakaienkutsche zweispännig auf Schloss Dachau bringen! Von Sankt Quirin ab werden Ihn die vierzig Trabanten begleiten. Hat Er verstanden?«

»Verstanden, Herr Oberst!«, antwortete Ambros.

»Und Er fragt nicht, warum?«

Ambros schaute auf den Breitenbacher, dann schauten beide auf den Oberst.

Der neigte sein Gesicht zu den Gesichtern der beiden und raunte: »Der Zar hat in der vergangenen Nacht insgeheim die Zugänge zu den Zimmern der Prinzessinnen erkunden lassen …«

Da schauten der junge und der alte Hofkutscher vor sich auf den Boden nieder und nickten. Nichts mehr war im Unklaren; sie hatten verstanden.

Das festliche Mahl der drei Majestäten wurde durch die Prinzessinnen angenehm erheitert. Dabei prüften die Augen des Zaren eine jede nach ihrer Brauchbarkeit zu vorgerückter Stunde. Am Nachmittag kam dann auch noch Königin Karoline an und wurde vom Beherrscher des geliebten Mütterchens Russland mit überbetonter Liebenswürdigkeit hofiert.

Inzwischen liefen die letzten Vorbereitungen für das Seefest an, denn langsam zog die Nacht herauf. Die Tölzer Flößer hatten ein riesiges Floß gebaut und ruderten es an den Landesteg des Schlosses, wo es von den Fischern mit Teppichen bedeckt und mit bunten Lampions behängt wurde. Im dunklen Hintergrund auf Wiessee zu versammelten sich Boote mit Fackelbränden. Sie fächerten sich, während sie näher kamen, nach hierhin und dorthin auf, um dann im weiten Rund einen leuchtenden Kranz zu bilden. Zwischen ihnen wurden drei kleinere Flöße mitgezogen, auf denen jetzt die »Goaßlschnalzer« mit dem widerhallenden rhythmischen Knallen ihrer Peitschen das Fest eröffneten.

Da traten auch schon die Majestäten mit ihrem Anhang aus dem Schloss. Fackelträger geleiteten sie auf das Prunkfloß, während die Saaldiener mit Gläsern und Krügen reihum einen köstlichen Wachauerwein ausschenkten, den Kaiser Franz gestiftet hatte. Irgendwo seitlich begannen auf einem breiten Boot etwa 30 Musikanten schwungvolle Weisen zu spielen. Auf einem anderen postierten sich drei Alphornbläser mit ihren langen Instrumenten.

Während sich Kronprinz Ludwig mit dem Zaren eingehend über diese Alphörner unterhielt, kam ein Kammerherr zu König Max und sprach leise mit ihm. Darauf wandte sich der an seine Gäste und meinte mit einer bedauernden Geste: »Meine Frauenzimmer lassen sich entschuldigen; denen ist die Nachtluft zu rau. Ich kann ihnen halt am Tegernsee kein milderes Klima machen! Weiß der Himmel, 's ist schon ein Jammer mit den Weibern!«

Dem Zaren kam diese Mitteilung gar nicht gelegen, hatte er sich doch vor dem Abend eine kleine Eroberung versprochen. Er wandte sich denn auch sofort vom Kronprinzen ab und winkte dem Fürsten Igor Bariatinsky, dem russischen Gesandten in Bayern. Dieser bestätigte ihm, dass die Truhen mit den Gewändern der Prinzessinnen gar nicht ausgepackt worden seien und demnach mit einer sofortigen Rückkehr der Damen gerechnet werden müsse. Ihm wolle jedoch scheinen, »die alte Henne habe den Fuchs gewittert«.

Ihm antwortete der Herrscher mit einem gemeinen russischen Fluch und gelobte, seine unfähigen Informanten demnächst herzhaft auspeitschen zu lassen.

Da wurde die Aufmerksamkeit aller auf ein großartiges Schauspiel gelenkt. Jenseits des Sees, am Hang der finsteren Berge, leuchteten, von 120 Holzknechten angezündet, mit einem Mal Bergfeuer auf. Und so als ob eine mächtige Hand sie hinschriebe, erkannte man bald die etwa 50 Meter hohen Buchstaben A, F, M – die Initialen der drei Majestätennamen Alexander, Franz und Max. Dieses Schauspiel entzückte den Zaren derart, dass er allen Groll vergaß, der sich in seinem Herzen zusammengebraut hatte. Er ließ sofort von dem schweren »Wässerchen« bringen, das die Seinen stets mit sich führten, und schenkte selbst allen ringsum in die Weingläser ein. Die feurigen Buchstaben waren noch nicht niedergebrannt, als die ersten hohen Herrschaften auf dem Prunkfloß von den Stühlen kippten und weggetragen werden mussten.

Um dieselbe Zeit rumpelte auch die schwere Lakaienkutsche über das Tegernseer Katzenkopfpflaster auf Sankt

Quirin zu, wo die Trabanten mit brennenden Fackeln warteten.

Ach, was war das eine trübselige Fahrt! Die Mädchen flennten Rotz und Wasser, weil sie nicht hatten bleiben dürfen, sondern von der Frau Mama auch noch fürchterlich zusammengeputzt worden waren.

Ambros Radlmeier hatte diese peinliche Szene von der Wagenremise aus miterlebt, und noch immer klang ihm das Wort der Königin in den Ohren: »Wir sind bayerische Prinzessinnen und kein Freiwild für moskowitische Schürzenjäger! Punktum!« – Also gibt's Kräche auch in den höchsten Familien!, dachte er sich jetzt und quittierte das Geschluchze der Mädchen mit Gelassenheit. Warum denn auch nicht? Letzten Endes bestehen wir alle aus Fleisch und Blut, selbst wenn die vom Adel behaupten, sie hätten blaues. Unser Herrgott ist ein ehrlicher Kaufmann. Die Ware, die er auf den Markt gebracht hat, ist einheitlich gut, nur wird sie von uns Menschen gerne verhunzt. Dann sagen wir: rotes Blut und blaues Blut, reicher Mann und armer Mann, Parkwächtersbub und Edelfräulein – auch wenn das Edelfräulein das »von« nicht mehr vor ihren Namen setzen darf.

Auch so ein Krampf! – Ist denn der Carl Hagn jetzt, wo er – um seine zahlreiche Familie zu ernähren – saure Gurken, Salzheringe und Vanillepulver verkauft, des ererbten Adelsprädikats unwürdig? Wieso? Gurken, Heringe und Vanille werden doch auch von den Adligen gegessen! Sind sie etwa in den Händen banal, im Magen aber wieder hoffähig? Arme Charlotte, dich haut's jetzt umeinand! Möchtest gern ans Hoftheater, gehörtest auch hin, weil du was kannst; aber nur weil sie deinem Alten das durch Generationen überkommene »von« gestrichen haben, will dich diese Himmelsziege Marianne Lang nicht mehr unterrichten. Als ob euer Geld weniger wert

wär als das der Törring'schen oder Preysing'schen Salat-
wachteln! – Aber nur Geduld, Mädchen! Vielleicht komm
ich mal mit dem König ins Gespräch; dann werd ich ihn
ein wenig aufklären!

Indem Ambros so vor sich hinsinnierte (was er nicht
hätte tun dürfen!), kamen sie nach Gmund. Da preschte
plötzlich durch die Nacht ein Reiter daher. Als er vor
der Kutsche hielt, erkannte man einen Leutnant der
Hartschierleibgarde. Das ganze Geleit blieb stehen, die
Prinzessinnen rissen die Kutschenfenster auf, die Tränen-
ströme versiegten.

Der Offizier sagte scharf: »Anordnung Ihrer Majestät,
der Königin: Es besteht dringend die Veranlassung, vom
geplanten Weg abzuweichen und in Dietramszell einzu-
kommen! Ich reite voraus!« Und schon war er wieder in
der Finsternis verschwunden.

»Dietramszell? Kutscher, was ist das, Dietramszell?«
Prinzessin Ludovika, die jüngste, fragte mit halb ver-
weinter Stimme.

Ohne sich umzudrehen, erwiderte Ambros: »Prinzessin, Dietramszell ist ein Augustinerchorherrenstift,
das –«

Sie unterbrach ihn und schrie förmlich: »Ja, sollen wir
jetzt bei den Mönchen schlafen?«

»Verzeihung, Prinzessin! Die Chorherren wurden
vor zwanzig Jahren verjagt. Seitdem ist Dietramszell ein
zentrales Aussterbekloster für die vielen säkularisierten
Nonnen im Lande.«

Wieder pfauchte die Prinzessin: »Ich lege mich doch
nicht zu alten Weibern! Lieber schlafe ich in der Kutsche!«

Die anderen stimmten der kleinen Schwester zu, und
schon war aller Kummer vergangen. Das Abenteuer,
wenn auch harmlos, reizte die Fantasie an: eine Nacht
in der Kutsche – aus dunklen Fenstern von Nonnen

beäugt – ganz nahe die stampfenden Schritte der Wacht-posten – eine uralte, ächzende Klosteruhr irgendwo im Gebälk und ein Käuzchen im Kirchturm – ah, wie schauerlich schön!

Eine Stunde verstrich, es verstrich eine zweite. Über einer dünnen Wolkenbank stand der Mond und erhellte gespenstisch den Kirchsee. Sie fuhren an der Wallfahrt »Maria im Elend« vorbei, dann standen sie vor dem Klostertor zu Dietramszell. Ein alter Mann in schwarzer Kutte öffnete mit schlurfenden Schritten die beiden hohen Torflügel, trat zur Seite, verneigte sich, und Ambros fuhr in den geräumigen Innenhof, der von etlichen Fackeln mäßig beleuchtet war. Der Alte schloss das Tor, während draußen der Hartschierleutnant die Berittenen in die Stallungen und Wirtschaftsgebäude einwies.

Nun trat der Greis in demütiger Haltung an den Wagen: »Ich bin Max Grandauer, der letzte Propst von Dietramszell, jetzt Beichtiger der hier hausenden Klosterfrauen. Die Fürstenzimmer stehen wie eh und je bereit, heute zur gastlichen Aufnahme der Prinzessinnen.«

Recht vorlaut erwiderte Ludovika: »Wir bleiben im Wagen!« Dabei schlug sie das Fenster zu.

Max Grandauer verbeugte sich wieder und wandte sich Ambros zu: »Aus der Zeit, da wir noch Reitpferde besaßen, ist eine Krippe da; sie steht dort drüben; Hafer ist aufgeschüttet.« Er sprach's und verschwand durch eine quietschende Seitentür im Klosterbau.

Ambros spannte seine schweren Rösser aus und führte sie zur Krippe. Wasser schöpfte er aus dem Brunnen in der Mitte des Innenhofes. Dann war es ruhig, so ruhig, dass man hören konnte, wie die Pferde mit den Zähnen den Hafer zermalmten. Und wieder verrann eine Stunde. Plötzlich hörte man, wie jemand mit einer zarten Glocke durch die Klostergänge dahinläutete. Es war Mitternacht.

Die in diesem Hause zusammengepferchten 150 Nonnen – meist waren es Klarissinnen vom Angerkloster in
München – erhoben sich von ihren harten Lagern und
schlichen tief verschleiert, mit einem Windlicht in der
Hand, in die Kirche. Wie Irrwische sah man sie hinter
den nachtdunklen Fenstern vorüberhuschen. Und schon
begann im Chor ein feines Orgelspiel.

Ambros Radlmeier ging diesem Klang nach, fand auch
eine kleine Tür und betrat das hohe, prächtige Gotteshaus.

Die Prinzessinnen waren schon im Halbschlaf gelegen,
als das Glöckchen ertönte. Jetzt schlugen sie die Wagen-
fenster auf und hörten den zarten Klang der Orgel, sahen
auch den Schattenriss des Kutschers, der wegging.

»Der lässt uns allein!«, entrüstete sich Ludovika.

Elisabeth jedoch, die Älteste, meinte beschwichtigend:
»Ja und? Hier frisst uns doch niemand! Gehen wir halt
dem Kutscher nach! Denn mit dem Schlafen wird jetzt
sowieso nichts.«

Da stiegen die fünf Mädchen aus und gingen, eng an-
einandergeschmiegt, dem Ambros nach. Als sie die Tür
öffneten, sahen sie ihn wie den Zöllner im Evangelium
hinter einer Säule stehen. Sofort stellten sie sich um ihn
herum, und eine flüsterte: »Was machen die hier mitten in
der Nacht?«

Ambros flüsterte zurück: »Beten! Sie verrichten ihr
mitternächtliches Stundengebet.«

»Machen die das jede Nacht so?«, fragte eine andere.

»Jede Nacht, Prinzessin!«

»Das ist doch ein Wahnsinn! Diese alten Frauen brauchen Schlaf. Bringt man sie denn nicht langsam um, wenn
man sie zu jeder Mitternacht aufweckt?«

Ambros kam sich diesen protestantischen Mädchen gegenüber sehr wichtig vor: »Das haben sie gewusst, als sie
Nonnen wurden, und niemand hat sie gezwungen. Sie

haben sich auch mindestens ein Jahr lang erproben dürfen. Mit der Zeit aber, so glaub ich, gewöhnt man sich an einen solchen Lebensrhythmus.« Fast gönnerhaft sagte er das.

Die Prinzessinnen gafften.

Da verstummte die Orgel. Vorne schritt Max Grandauer in einem violetten Vespermantel an den Hochaltar und sang mit rostiger Stimme den Eingangsvers:

O Gott, komm mir zu Hilfe!
Herr, eile, mir zu helfen!

Im Chor antwortete mit dem gleichen Vers die Schar der Frauen. Darauf erhob sich im Chorgestühl eine, die noch zu den Jüngeren zählen mochte. Es war die Oberin dieser verbannten Klostergemeinschaft, eine Tochter aus dem katholischen Zweig des Hauses Pappenheim, die sich Maria Hyazintha von den Zähren Christi nannte. Sie schlug ihren Schleier zurück und rezitierte – von der Orgel sanft untermalt – mit jubilierender Stimme den Psalm:

Als ich jung war, hast du mich gerufen;
nun ich alt geworden bin,
weiche dein Antlitz nicht von mir!
Herr, du bist mein Hirt
und lässest mich rasten auf grüner Au.

Die übrigen Nonnen wiederholten im Chor:

Als ich jung war, hast du mich gerufen;
nun ich alt geworden bin,
weiche dein Antlitz nicht von mir!
Herr, du bist mein Hirt
und lässest mich rasten auf grüner Au.

Erneut stand jetzt der alte Propst Grandauer auf, schritt an ein Rednerpult, und die Klosterfrauen setzten sich. Er ließ seinen Blick durch das weite Gotteshaus schweifen und begann:

»Meine lieben Schwestern! Mit dieser Anrede meine ich nicht bloß euch, die ihr seit fast zwei Jahrzehnten da in den Chorstühlen sitzt und eurem Ende entgegenharrt, sondern auch euch, liebe junge Prinzessinnen dort hinter der Säule! ›Als ich jung war, hast du mich gerufen‹; so haben wir eben gesungen. Das gilt von uns Alten, das gilt aber auch von euch jungen Töchtern des Hauses Bayern. Wer weiß, was unser Herrgott damit beabsichtigt, dass er euch zu dieser mitternächtlichen Stunde nach Dietramszell gerufen hat! Auf alle Fälle: Er hat euch gerufen. Als junge, verheißungsvolle Menschen hat er euch gerufen, als die künftigen Mütter großer Geschlechter. Ihr seid ja nicht frei in euren Entscheidungen, so wie diese alten Frauen es waren, als sie vor langer Zeit entschieden haben, in einen Orden einzutreten. Sie haben sich gegürtet und sind dorthin gegangen, wohin sie wollten. Ihr, meine lieben königlichen Töchter, werdet – um die Worte des Johannesevangeliums zu gebrauchen – euch nicht selber gürten dürfen, sondern ihr werdet gegürtet werden, und ihr werdet vielleicht dorthin geführt werden, wohin ihr nicht wollt. Das ist eure große Aufgabe, ist euer hartes Los. Wenn wir also – ihr und wir – das Glück hatten, uns in diesem denkwürdigen Augenblick zu begegnen, so wollen wir die Gunst der Stunde nutzen und füreinander beten: Herr, als wir jung waren, hast du uns gerufen! Du bist unser Hirt und lässest uns rasten auf grüner Au. Und müssten wir gehen in dunkler Schlucht, wir fürchten kein Unheil, denn du bist bei uns. Amen.«

Die Nonnen sangen noch einen langen lateinischen Hymnus und zogen dann in feierlicher Gelassenheit wieder ins Kloster zurück. Frau Maria Hyacintha, die allein am Schluss der Schwesternschar schritt, löste sich jetzt von ihren Getreuen und ging durch das ganze leere Kirchenschiff auf die Prinzessinnen zu. Aus einem Abstand von gut drei Schritten sagte sie mit verhaltener Stimme: »Königliche Hoheiten, die Fürstenzimmer unserer armen Behausung stehen immer noch bereit. Darf ich vorausgehen?«

Da folgten sie ihr wortlos wie die kleinen Entlein der Mutter.

Ambros Radlmeier begab sich zu seinen Rössern und sah, dass es ihnen gut ging. Er streichelte sie sanft über die Nüstern, reichte jedem in der hohlen Hand ein Stücklein Zucker und legte sich dann in die Kutsche, wo es noch nach berauschenden Pariser Parfümen duftete.

Als er erwachte, lag der Nebel so dicht über dem Kloster, dass der Kirchturm völlig eingehüllt war. Ambros wischte sich den Schlaf aus den Augen und ging zu den Pferden. In der Krippe hatte ihnen schon jemand Hafer aufgeschüttet, und es war nicht schwer zu erraten, wer. Dann stand er auch schon da, der Pater Max Grandauer, und sagte still: »Die Prinzessinnen schlafen.«

Ambros spannte darum die Rösser noch nicht ein, sondern wandte sich fragend an den Leutnant, der eben zum großen Tor hereinkam. Von ihm erfuhr er, irgendwelche wilden Gesellen seien während der Nacht um das Haus geritten. Als sie jedoch die wachhabenden Trabanten wahrgenommen hätten, seien sie fluchend abgezogen.

Am frühen Vormittag, als der Nebel aufgestiegen war, setzten alle die Reise nach Schloss Dachau fort. Und in der Kutsche schien abermals das halbe Regiment Stare versammelt zu sein.

Prinz Iwan Bariatinsky

Zwei Tage später saß Ambros Radlmeier im Sattel und war unterwegs nach Tegernsee, um den leeren Viererzug nach Dachau zu holen. Die Prinzessinnen brauchten ihn, mussten sie doch bei der Eröffnung der neuen Reitschule und der Hofgartenarkaden des Herrn Baumeisters Klenze zugegen sein. Und da durften sie – weiß Gott! – nicht in der alten, wackeligen Lakaienkutsche vorfahren!

Dann fiel der erste Schnee, und bald lud der Englische Garten zu märchenhaften Schlittenfahrten ein. Der Hof, der Adel und die reiche Münchner Bürgerschaft wetteiferten in der Ausstattung ihrer Gefährte. Dabei trug die Damenwelt Pelz und Velours in allen Farben und Fassonen.

Am beliebtesten aber war das abendliche Schlittschuhlaufen am Kleinhesseloher See. Auch Charlotte Hagn schleifte fast täglich über die spiegelglatte Fläche, stets darauf bedacht, die Eleganz ihres wohlgeformten Körpers geltend zu machen. Nachdem sie erst vor wenigen Tagen dem jungen Prinzen Iwan Bariatinsky, dem Sohn des russischen Gesandten, vor die Füße geglitten war, hatte sie nun auch einen ständigen Kavalier. Dieser Fürstensohn, bereits über zwanzig, tat sich nämlich bei den Töchtern des bayerischen Hochadels schwer, vernünftigen Anschluss zu finden, weil er anzüglich und unbeherrscht war. Alle Mädchen suchten das Weite, sobald der »wilde Kaukasier« in ihrer Nähe erschien. Bariatinsky benahm sich jedoch der kleinen Charlotte gegenüber äußerst ritterlich, denn in der Tiefe seiner wüsten Seele hegte er Achtung vor dem Kind; und Charlotte strahlte noch sehr viel Kindlichkeit aus – auch wenn ihr selbst das gar nicht recht war.

An einem Novembersonntag kamen auch die Radlmeiers mit dem Herrn Doktor Glas zum Kleinhesseloher See. Der Doktor, der sehr viel auf die Bewegung in Gottes freier Natur hielt und selbst ein hervorragender Eisläufer war, schob einen Sesselschlitten vor sich her, in dem Frau Martha saß. Das Kathrinchen tänzelte federleicht daneben hin und verriet die anerzogene Kunst der Ballettschule. Ambros war ebenfalls mitgegangen, obwohl er dem Schlittschuhlaufen nichts abgewinnen konnte; doch das Schwesterchen hatte es gewünscht.

Er stand also neben der Eisfläche und schaute dem bewegten Treiben der Paare und Einzelläufer zu. Plötzlich wurde er von jemandem ins Schienbein gehackt, sodass er vor Schmerz sofort zusammenbrach. Einige herumstehende Burschen hoben ihn auf. Sagte einer: »Das war der mit der kleinen Komödiantin. Hab's deutlich gesehen!« Die anderen stimmten ihm bei.

»Was wirst du jetzt machen, Ambros?«, fragte der Bursche.

»Was ich machen werde? Ich werd mir den Mann erst einmal von vorne ansehen.«

»Mit uns kannst du auf alle Fälle rechnen!«, sagte ein anderer und ballte dabei die Faust.

Dann gingen sie auseinander, während Ambros stehen blieb. Und richtig, nach knappen zehn Minuten sah er Charlotte und ihren Kavalier mit weit ausladenden Schwüngen abermals daherkommen. Er erkannte den Russen, wandte sich aber ein wenig zur Seite, um den beiden nicht ins Gesicht schauen zu müssen. Da hackte der Kerl doch wirklich noch einmal nach ihm aus! Ambros zuckte jedoch blitzschnell zurück. Dabei sah er, wie sich Charlotte mit schadenfrohem Lächeln kurz nach ihm umdrehte.

So ist das also!, dachte er sich.

Doch dann standen die anderen schon wieder bei ihm – mit fragenden Gesichtern. Er gab ihnen ein Zeichen, und sie schlenderten gemeinsam auf den Chinesischen Turm zu. Da sagte Ambros: »'s war der wilde Kaukasier. Es scheint, sie hat ihn angestiftet.«

»Wieso sie? Ihr seid doch mitsammen ausgeritten!«

Ambros schüttelte missmutig den Kopf: »Da hat's eben was gegeben!«

»Darf er dich deswegen hacken?«, fragte ein anderer.

Darauf Ambros: »Er hat nur einmal gehackt, und ein zweites Mal hat er's versucht. Heut Abend werd ich ihm das Hacken verleiden. Bleibt in der Nähe! Mischt euch aber nit ein! Passt jetzt auf, wann er das Eis verlässt!«

Es war halb fünf, und es begann zu dunkeln. Wie sie's erwartet hatten, schritt der Bariatinsky mit dem Mädchen gegen Schwabing zu, denn hier stand das Landhaus der russischen Gesandtschaft. Kurz vor dem Dorf erhob sich eine leichte, bebuschte Bodenwelle. Hier wartete Ambros. Als die beiden bis auf fünf Meter herangekommen waren, trat er hinter den dürren, verschneiten Haseln hervor und stellte sich ihnen mitten in den Weg. Wie erstarrt blieben sie stehen.

Ambros kam sofort zur Sache: »Nun, Durchlaucht, wie oft willst du mich noch hacken? Sag's ruhig! Es hört uns niemand! Wir sind hier ganz alleinig!«

Der Russe antwortete nicht, sondern rannte den anderen an. Freilich war er um Jahre älter, doch bei Weitem nicht körperlich so gestählt wie Ambros.

Was dann geschah, dauerte nicht lange. Nachdem sie einige Schläge ausgetauscht hatten, lag der Fürstensohn im Schnee und rührte sich nicht. Da sagte Ambros zu Charlotte: »Ich weiß, dass du dich an die Hohen halten musst, um voranzukommen; so will's ja das Rezept deiner Frau Mama. Deine Verachtung habe ich aber deswegen nicht verdient. Lass du mich in Ruh, und ich lass dich in Ruh! Ich versichere dir: Was zwischen uns war, bleibt in mir versiegelt. Ich bin nämlich ein Hofkutscher!«

Darauf kehrte er wieder zurück und schlug den Weg übers Lehel ein. Als er sich in seiner Kammer entkleidete, sah er, dass an seiner Faust Blut klebte; auch sein Schienbein war arg zerschunden. Er rieb es mit kräftigem Pferdebalsam ein und legte es während der Nacht hoch.

Anderentags fühlte er sich gestärkt und befreit. Denn was ihn seit jenem Erlebnis am Waldgrundstück gequält hatte und in Gedanken nicht loslassen wollte, war wie weggeblasen. Eines von den ganz seltenen winterlichen Gewittern war mit kurzem Blitz- und Donnerschlag niedergegangen, hatte die Luft gereinigt und breitete die glitzernden Schneefelder der blassen Sonne vors Gesicht hin.

Nun konnte es Weihnachten werden!

Man hatte den Prinzen Iwan zu seinen Eltern gebracht, wo sich zunächst ein lautes Lamento erhob. Als er jedoch nach zwei Tagen wieder fest auf den Füßen stand, erwartete ihn vonseiten seines Vaters eine ähnliche Behandlung wie vorher schon von Ambros; er wurde mit einprägsamen Worten belehrt, dass sich ein Bariatinsky im fremden Land nicht mit Weibchen verlustiere, denen noch die Eierschalen hinter den Ohren hingen.

In Wirklichkeit hatte der väterliche Unmut andere Gründe: Zar Alexander machte seinen Gesandten Bariatinsky für das damalige Missgeschick in Tegernsee verantwortlich und hatte ihn deshalb durch Seine Exzellenz Iwan Woronzew abgelöst. Bariatinsky sollte nach

Lichtenstein gehen und im Frühjahr und Herbst die Zugvögel zählen; das sei die ihm konvenierende diplomatische Tätigkeit!

Damit war Charlottes Verhältnis zum Fürstensohn ausgestanden, noch ehe es eines geworden war.

Bei der Mitternachtsmette in der Heilig-Geist-Kirche fühlte Ambros Radlmeier plötzlich, wie ihn jemand von hinten anstupste. Er drehte sich um. Charlotte raunte ihm zu: »Führst du mich nachher heim?« Er gab ihr keine Antwort, und darum blieb sie hinter ihm stehen. Er spürte, wie sie gleichsam mit Zangen nach ihm griff. Sollte er sich wieder einfangen lassen? Wieder, nachdem er die Freiheit kaum erst zurückgewonnen hatte?

Ach Gott, was ist doch der Mensch für ein armseliges Wesen! Da macht er gute Vorsätze, schwört sich im Herzen feierliche Eide, ruft die Sterne zu Zeugen seines besten Willens an – und stürzt in die Gosse, noch ehe er die Straße richtig betreten hat!

Als nach der festlichen Hirtenmesse alles Volk den Kirchenausgängen zustrebte, gingen die beiden jungen Menschen zunächst über den Radlsteg hinauf und das Zwingerbergl hinab. Dann kehrten sie um und blieben bei Hausnummer vier im Tal ein Weilchen stehen.

»Ich werde beim Silvesterball in unserem Volkstheater tanzen. Wenn du willst – hier hast du eine Freikarte!«

Sie gaben sich ein zartes, kaltes Küsschen. Charlotte verschwand im Innern ihres Hauses, und Ambros erreichte, beim Arsch-ums-Eck-Haus vorbei, den alten Marstall. Er verschloss sich in seiner Stube. Heuer war's das erste Mal, dass er den Heiligen Abend nicht bei Mutter und Schwester verbrachte. Nach all dem, was in diesem Jahr geschehen war, hätte er jetzt seinen Lieben nicht ohne Falsch in die Augen schauen können. Außerdem reichten die Blicke der Mutter sowieso bis in seine innerste Seele hinab; jede Tarnung wäre da sinnlos und lächerlich gewesen.

Dann begann er zu grübeln. Sollte die alte Misere jetzt wieder angehen? Oder sollte er nicht lieber den guten Pfarrer Klein aufsuchen, sofort, unverzüglich, noch in dieser Stunde? Denn wehe dem Einsamen in dieser längsten Nacht des Jahres! Wehe dem jungen Mann, den die Mittagsteufel in ihren Krallen haben! Nicht nur dass sie ihm die Reize des Mädchens in hundert Variationen vorgaukeln, nein, schlimmer noch, viel schlimmer! Sie machen ihn lendenlahm und knieweich und rauben ihm seine Entschlusskraft!

Ambros stand auf, ging ans Fenster und schaute durch die Eisblumen in die Finsternis. Steht denn nicht irgendwo in der Heiligen Schrift: Der Geist ist zwar willig, aber das Fleisch ist schwach? O Gott, sie haben auch seinem Geist schon die Flügel gebrochen! Für ihn ist es nicht mehr möglich, sich zu erheben, sich von der Erde loszureißen und in höhere Sphären aufzuschwingen! Da gibt es nur noch das Unten, die Niederung – und ein Irrlicht im Moor! Wer aber ins Moor geraten ist, sinkt und sinkt und erleidet im Versinken hundert Tode! Ich, Ambros Radlmeier, stecke im Moor, und je heftiger ich mich gegen den Untergang wehre, desto rascher und unaufhaltsamer sinke ich! ...

So ging er mit wenig Freude zum Silvester ins königliche Volkstheater am Isartor – aber er ging. Auf den Programmzetteln hieß es, dass ein Monsieur Delamotte eigens für diese Ballnacht eine Szene geschrieben und in Noten gesetzt habe: »Der Schleiertanz der Salome«. Die Titelrolle sei von der jungen Künstlerin Charlotte Hagn dankenswerterweise übernommen worden.

Salome! Das war doch die, um deretwillen dem biblischen Täufer Johannes das Haupt abgeschlagen wurde. Ob das nicht ein Omen ist?, fragte sich Ambros eine Sekunde lang und betrat das festliche Haus. Alles war an diesem Abend exotisch ausgerichtet. Schon im Vestibül wurde er von zwei Mädchen empfangen, die wie nubische Sklavinnen kostümiert und geschminkt waren und ihn unterwürfig an seinen Platz geleiteten. Von der Decke herab hingen zwei üppige Kronleuchter, von denen vielfarbige Glasschnüre baumelten. Vor dem Bühnenvorhang saßen mit verschränkten Beinen abermals nubische Sklavinnen und kokettierten mit den Kleinbürgern, Schreibern und Hausmeisterssöhnen, die sich zu ihnen hindrängten.

Während sich langsam der Saal füllte und die Beleuchter bereits die Bühnenlampen anzündeten, kam der Finessensepperl zu Ambros und überreichte ihm aus seinem Handkorb einen Brief, wartete auch in bescheidener Haltung und mit niedergeschlagenen Augen auf den Botenlohn. Der Finessensepperl war in München als *postillon d'amour* bekannt. Der Brief kam von Charlotte. Sie bat ihn, das Ende ihrer Szene abzuwarten; sie werde dann gleich bei ihm sein.

So geschah es auch. »Der Schleiertanz der Salome« war ganz auf die Ausgelassenheit der Silvesternacht zugeschnitten. Während sich der König Herodes und seine Gattin Herodias unentwegt deftige Münchner Grobheiten an den Kopf warfen, tanzte die Tochter Salome in wehenden Schleiern herein. Ein paar Geiger fiedelten hinter der Bühne eine sphärische Musik, wodurch die wahrhaft akrobatischen Bewegungen des Mädchens noch mehr die Schwerelosigkeit von Licht und Luft bekamen. Das war ein andächtiges Niedersinken und ein grandioses Aufspringen, ein schlangenhaftes Sich-Winden und ein Sich-Aufrecken. Da schien es manchmal, als hätte diese

69

Tänzerin gar nichts Körperliches mehr an sich. Wahrhaftig, Charlotte Hagn war eine Künstlerin!

Nein, sie war eine Zauberin, eine Hexe! Dem Himmel sei Dank, dass die Jahrhunderte der Hexenverbrennung der Vergangenheit angehörten! Denn dieses Mädchen wäre dem Gericht der Inquisition nicht entgangen!

Der Jubel im Saal brauste sehr stark auf, verebbte jedoch bald. Denn der brave Münchner, der im Laufe eines Jahres sowieso nur zwei- oder dreimal auf einen Ball gehen kann, will an Silvester kein Theater sehen, sondern tanzen. Er will seine Alte ein paarmal zünftig herumlassen und der einen oder anderen Dirn von nebenan herzhaft in die Schenkel kneifen – wenn's geht! Es geht aber nur dann, wenn der ganze Tanzboden gerammelt voll ist, wenn alles sich schiebt und quetscht, sodass man gar nicht weiß, wo man sein Tanzbein hat, bei der Partnerin oder bei der Nachbarin.

Als daher die Baierbrunner Musikanten mit Jodlern und Juchezern auf die Bühne kamen, brüllte der ganze Saal. Der Silvesterrummel begann.

Charlotte hatte sich in Windeseile umgekleidet und war schon bei Ambros: »Hat dir die Salome gefallen?«

»Wie kannst du fragen! Seitdem ich dich zuletzt auf der Bühne gesehen habe, bist du graziöser geworden und viel schöner.«

Sie mimte Verlegenheit und schaute errötend zu Boden: »Komm, tanzen wir!«

Das allgemeine Durcheinander und die körperliche Nähe steigerten die Erregung. Die beiden hatten kaum eine Stunde die süße Qual dieser Enge ertragen, da fragte Charlotte: »Wollen wir nicht zu dir gehen?« Da gingen sie in seine Stube – was verboten war – und blieben daselbst, bis alle Kirchenglocken hoch über der Stadt das neue Jahr 1823 eingeläutet hatten.

Als der Türmer von Sankt Peter die zweite Neujahrs-
stunde anblies, begleitete Ambros das Mädchen über
die Zweibrückenstraße ins Tal zum Haus Nummer vier.
Siehe, da stand, in einen dicken Schafspelz gehüllt, die
wuchtige Frau Hagn unter der Tür. Sofort begann sie zu
keifen: »So hab ich mir's gedacht! Junger Mann, ich sag
Ihm eins: Lasse Er jetzt endlich seine dreckigen Stallfin-
ger von meiner Tochter! Sie ist leider noch zu dumm, um
einzusehen, dass nur ein Herr, nicht aber ein Rossknecht
ihre Zukunft sein kann!«

Und sie verabfolgte dem Mädchen zwei saftige Watschen.

Schon seit vielen Wochen hatten sich die Schneiderinnen
und die Maskenverleiher auf den 15. Januar 1823, den ersten Faschingsball im Hoftheater, eingestellt. Die Beobachter des Direktoriums der Hofbühne, die bei jenem
Silvesterball die »Salome« des Monsieur Delamotte
gesehen hatten, waren so entzückt gewesen, dass sie die
Szene – freilich mit feinerer Kostümierung – für ihre erste
Faschingsredoute übernehmen wollten. Nur müsste eine
kurze Probe vorausgehen. Diese Probe war auf den Vor-
abend angesetzt.

Dabei gehörte aber zum Kreis der künstlerischen
Beobachter auch der junge Chevalier Otto de Bray auf
Irlbach und Straubing. Er war zwar eben erst verheiratet
worden, hatte aber mit seiner Bewunderung für Charlot-
tens Talent nicht hinterm Berg halten können. Als daher
die Probe über die Bühne ging, saß er in einer Seitenloge
und starrte unentwegt das Mädchen an. Die Szene war
noch nicht zu Ende, da schickte er den Logendiener in die
Künstlergarderobe und ließ die Tänzerin zu sich bitten.

Man hat nie so recht erfahren, wie es gekommen
war; jedenfalls stand um Mitternacht Karl von Fischers

herrliches Hoftheater in hellen Flammen und brannte völlig nieder. Jener Logendiener soll ausgesagt haben, der Chevalier sei nach dem Eintreten der Demoiselle aufgestanden und habe drei der vier Logenkerzen ausgeblasen, ihn selber habe er weggeschickt. Ob dann der Herr später auch die vierte Kerze ausgelöscht habe, könne nicht ergründet werden.

So groß das Missgeschick auch war, der Hofjude Aaron Seligmann ließ sich sofort bei König Max melden und erklärte sich bereit, die gesamten Kosten zu tragen, wenn man ohne Verzug mit dem Wiederaufbau beginne. Nachdem aber der alte Baumeister Fischer bereits gestorben war, berief man eilends einen neuen: Leo Klenze. Seligmann wurde in den Adelsstand erhoben und zum Baron von Eichthal gemacht.

Die Beilngrieser Passion

Als das Gerücht, das der Logendiener ausgestreut hatte, dem Ambros Radlmeier zu Ohren kam, sagte er Charlotte Hagn innerlich erneut Lebewohl. Weil er jedoch seine Schwäche kannte, fasste er keine Entschlüsse mehr, machte auch keine Vorsätze, denn – so hatte Pfarrer Klein einmal gepredigt – »der Weg zur Hölle ist mit guten Vorsätzen gepflastert«. Dafür wollte er sich und seinen Kummer schlicht der Gnade Gottes überlassen.

Auch Charlotte hielt sich von Ambros fern; vielleicht war ihr selbst schon zuwider, wie sie sich ihm gegenüber verhalten hatte. Der Hauptgrund aber dürfte das Gerede gewesen sein, in das sie nach dem Theaterbrand gekommen war. Es konnte der Wiedergewinnung ihres Adelsprädikats sicherlich nicht förderlich sein, wenn sie sich in dieser Lage sogar noch dem Hofkutscher wieder zuwandte.

Jetzt wurde sie in ihrem Beruf auch viel stärker eingespannt, denn der Zulauf zum Schauspielhaus am Isartor schnellte nach dem Ausfall des Hoftheaters sprunghaft in die Höhe. Monsieur Delamotte, der nicht nur in ihr Können verliebt war, gab ihr die Titelrolle im »Käthchen von Heilbronn«.

Bei der ersten Aufführung war auch der Kronprinz Ludwig anwesend. Charlottes Spiel gefiel ihm so sehr, dass er ihr durch seinen Adjutanten einen Strauß Frühlingsblumen überreichen ließ. Dazu hatte er noch in der Loge diesen schmeichelhaften Vers geschrieben:

Wenn du einst wirst, was du heute versprichst,
dann wirst du die Größte;
Denn schon jetzt sind die Großen
kaum noch größer als du.

Mit diesem Spruch war der etwas angekratzte Ruf der jungen Künstlerin wieder aufpoliert, und alle kulturbeflissenen Münchner, die die Logengeschichte sowieso nicht recht geglaubt hatten, freuten sich mit dem Mädchen.

Damals machte auch ein Theater in der Provinz von sich reden: das Passionsspiel von Beilngries. Der Kronprinz, der allen Bestrebungen zur Hebung der Volksbildung gegenüber sehr aufgeschlossen war, wollte sich dieses Spiel anschauen, zumal manche ungut darüber sprachen. So erhielt Ambros Radlmeier vom Herrn Baron Lupini den Auftrag, die große, geschlossene und wappenlose Hofreisekutsche zu richten, weil Prinz Ludwig am Montag in der Karwoche – wohlgemerkt: inkognito! – über Vohburg und Bettbrunn in dieses Städtchen fahren wollte. Das Inkognito müsse peinlich gewahrt werden, weshalb auch er, Ambros, keine Uniform tragen dürfe.

Die wappenlose Hofreisekutsche fuhr an jenem Montagmorgen von der Remise aus geradewegs nach Schwabing und hier in den Gevierthof des Landhauses der Gräfin Rambaldi. Diese edle Dame zählte damals zu den Schönsten der Schönen in München und war auf Veranlassung des Prinzen schon als Madonna gemalt worden. Das Bild musste freilich bald zurückgezogen werden.

Der Prinz und die Gräfin bestiegen jetzt die Kutsche. Sie waren beide nach englischer Art gekleidet; niemand hätte sie erkannt.

Ambros fuhr über Hohenkammer und gelangte bei Pfaffenhofen an die lieblich dahinfließende Ilm. Warm durchsonnt breitete sich die fruchtbare Hallertau vor ihm aus. Und er spintisierte: Liegt es in der Natur oder ist es das Vorrecht der Großen, dass die Männer neben ihrer Eheherrin noch andere Frauen haben dürfen, und dass die Ehefrau diese anderen dulden muss? Denn wen immer man unter den Höflingen betrachtet, da ist keiner, der nicht in fremden Schlafzimmern gastlich verkehrte! Wenn ihnen aber dieses Vorrecht nicht zusteht, was bedeutet dann der ganze Hofkirchensprengel? Ein Hofkapellendirektor, fünfzehn Hofkapläne, vier Hofbenefiziaten, vier Hofpriester und vier protestantische Pfarrer – was treiben die alle bei Hofe? Was sehen sie als ihr Betätigungsfeld an? Sind denn die zehn Gebote Gottes und die Gebote der Kirchen nur für den kleinen Mann da? Und haben nicht diejenigen recht, die hinter der vorgehaltenen Hand raunen: Jetzt hat das Bayernland mit Rom ein sogenanntes Konkordat geschlossen; passt auf, jetzt werden sich König und Kirche, Papst und Parlament zusammensetzen und beraten, wie sie uns das Fell noch restlos über die Ohren ziehen? Der brave Bayer aber, der saublöde Hund, wird zetern, zittern und zahlen! Den Napoleon haben sie vor zwei Jahren, oder wann war es doch gleich, auf einer Verbrecherinsel verrecken lassen, doch der Herr von Metternich in Wien und der Herr von Zentner in München, die haben seine Reitpeitschen geerbt und hauen lustig drein!

Ambros schüttelte den Kopf: Was sind das für giftgeschwollene Gedanken! Diese Welt ist kein Paradies; und solange sie kein Paradies ist, kann's auf ihr auch keine paradiesischen Zuständ' geben! Aus!

Zu Mittag waren sie in Geisenfeld und stiegen beim Klosterbräu ab, wo der Adjutant eine »Hopfenzupferbrotzeit« für vier Leute bestellt hatte. So kam es, dass Ambros mit am Tisch saß.

»Bist du nicht der«, fragte der Prinz, »den man beim Ausnehmen von Vogelnestern erwischt hat?«

»Ja, Herr!«, antwortete Ambros. »Deswegen bin ich auch nicht in die Kadettenschule gekommen.«

»Gefällt dir die Hofkutscherei?«

»Doch, Herr, nur ist's manchmal recht langweilig.«

»Langeweile lässt sich vertreiben. Lern deutsche Geschichte! Ich lasse dir Bücher schicken.«

»Vielen Dank, Herr!«, erwiderte Ambros.

Darauf unterhielten sich die drei anderen auf Englisch. Davon verstand Ambros nichts. Er beeilte sich mit dem Essen und nahm dann seine Maß Bier mit hinaus in den Hof zu den Rössern. Geschichte lernen! Da hatte der Kronprinz wohl nicht unrecht, denn schon im Lateinunterricht hatte es geheißen: *Historia magistra populorum* – »Geschichte ist die Lehrmeisterin der Völker«.

Eigentlich ein feiner Zug von einem künftigen König, seinen Kutscher mit Büchern versorgen zu wollen! Vielleicht sind die Könige überhaupt besser als ihre obersten Handlanger; in der Kirche wird's genauso sein. Die Handlanger sind schuld, da wie dort. Die machen sich nämlich immer lieb Kind bei ihren Oberen. Arschkriecher sind sie, und einer möcht den anderen übertrumpfen – natürlich zu Lasten dessen, der zinsen muss: des Untertanen!

Nachdem die Herrschaften gegessen hatten, besuchten sie Sankt Emmeram, die ehemalige Klosterkirche der Benediktinernonnen, ein bedeutendes Kunstwerk. Dabei soll, gemäß einer späteren Aussage des Adjutanten, der Prinz erklärt haben: »Durch den Klostersturm wurde unendlich viel Wertvolles vernichtet. Bin ich einmal König, werde ich manch Barbarisches, wozu mein Vater Ja und Amen gesagt hat, wieder gutzumachen haben!«

Am späten Nachmittag waren sie in Vohburg und logierten sich im Schloss ein, in jenen denkwürdigen Räumen, in denen einst der junge Herzog Albrecht mit seiner schönen Agnes, der Baderstochter von Augsburg, Jahre des Glückes und der Liebe verlebt hatte. Drei Tage lang suchten der Kronprinz und die Gräfin das unwiederholbare Wunder der beiden wenigstens zu erfühlen. Der Adjutant, ein Freiherr von Zweibrücken, der das Blut einer französischen Tänzerin in den Adern hatte, meinte am Abend, als er mit Ambros in der Schlosswirtschaft beisammensaß und schon weit über den Durst getrunken hatte: »Die beiden wollen auf Albrecht und Agnes machen! *Quel malheur!* Mit ihrem Fleisch gewordenen Ave-Maria-Gesicht steht die Rambaldi da wie der Klatschmohn an der Mauer. Und er, er schreitet steif dahin wie ein brünftiger Hirsch im Gelände. Sie sind um fünfzehn Jahre zu alt und um dreißig Pfund zu fett, *malheureusement!*«

Gründonnerstag Früh setzten sie ihre Reise über Pförring fort und langten am frühen Nachmittag in Beilngries an. Im Wirtshaus »Zur Krone« hatte sie der Adjutant, der vorausgeritten war, bereits als »Mister und Mistress Wilson« angemeldet.

Ganz Beilngries war vom Passionsfieber erfasst, denn die Stadt selbst spielte mit. Am Karfreitag füllte sich die Hauptstraße beiderseitig schon ab neun Uhr mit Schaulustigen, die auf Bauernfuhrwerken aus den umliegenden Ortschaften angekommen waren. Den vier »Engländern« hatte der Kronenwirt nahe bei der Kirche einen bestuhlten Platz verschafft. Hier sollte nämlich gegen den Willen der Ortsgeistlichkeit der erste Teil des Spiels – die Abendmahlsszene – ablaufen. Gegenüber der Kirche nahm soeben auf einem eigens errichteten Podium der Landrichter Cesare von Brunelli mit Gemahlin und zwei mächtigen Fanghunden seinen Platz ein. Das Spiel fing an.

Vom oberen Tor her hörte man aus mehreren Hundert Kehlen ein Hosianna-Gebrüll: der Einzug Jesu in

Jerusalem. Da drängten auch bereits die ersten gläubigen Anhänger des Herrn in den Platz herein, vor allem Frauen und Kinder. Dahinter folgte eine Schar sich wütend gebärdender Schriftgelehrter, und in einem größeren Abstand der Herr auf einem Esel, von palmwedelnden und wüst grölenden Männern umringt. Der Mann, der die Rolle des Herrn gegen Bezahlung übernommen hatte, war ein Taglöhner namens Simondeo, dem dieses Spiel fast einen Monatslohn einbrachte. Als sie vor der Kirche angelangt waren, hoben sie den Mann vom Esel, indem sie ihn etliche Mal in die Höhe schwangen. Darauf allgemeines Gelächter. Nun wurde ein Tisch herbeigebracht, und Simondeo setzte sich mit zwölf Männern daran. Mädchen trugen Krüge voller Bier auf. Die Männer lümmelten sich auf den Tisch, tranken in ekelhafter Weise und rülpsten laut.

Da stand der Herr von Brunelli auf und schrie über den Platz: »Genug gesoffen! Jetzt den Kreuzweg!«

Schon schleppten sie aus einer Seitengasse ein schweres Kreuz heran, zerrten den Taglöhner hinter dem Tische hervor und luden es ihm auf die Schulter. Dabei schlugen andere, wohl die »römischen Soldaten«, mit Stöcken und Ochsenziemern auf ihn ein. Der Mann fluchte, warf das Kreuz hin und trat mit den Füßen nach seinen Peinigern. Das Volk johlte und jubelte, der Landrichter hielt sich den Bauch vor Lachen und feuerte die »Soldaten« an: »Weiter, weiter! Lasst nicht locker! Der hält was aus, wird gut bezahlt!« Wieder legten sie ihm das Kreuz über, wieder prügelten sie ihn – zur fortwährenden Ergötzung der Zuschauer.

Da glaubte der von Brunelli ein Übriges tun zu müssen: Er hetzte einen seiner Fanghunde auf den Gequälten. Das grässliche Vieh warf den armen Kerl nieder und stemmte seine Vorderpfoten auf ihn. Weil aber darüber auch die »Soldaten« erschrocken waren, pfiff Brunelli seinen Hund zurück. Simondeo hielt diesen Augenblick für günstig, rappelte sich auf und rannte in eine Gasse hinein. Die anderen ihm nach. Er rannte durch das Seelnonntor hinaus und sprang in die vorbeifließende Altmühl. Sie zogen ihn heraus und brachten ihn nass, wie er war, wieder vor den Landrichter. Der aber ließ ihm sofort von dem Schergen, der die Hunde hielt, auf dem Podium fünfundzwanzig Arschhiebe erteilen, weil er den Ablauf des Spiels auf gröblichste Weise und gegen die getroffene Vereinbarung beeinträchtigt habe. Das Volk tobte.

Bis zu dieser Szene hatten die »Engländer« zugeschaut. Jetzt entfernten sie sich aus dem Hexenkessel und gingen hinter die Kirche zum Pfarrhof.

Dort sagte der Kronprinz: »Ambros, geleite die Gräfin ins Quartier! Wir zwei kommen bald nach!«

Dann klopften sie an die mit einem Kreuzschnitzmuster versehene Haustür.

Die Rambaldi schaute den Ambros an: »Willst du mir nicht den Arm reichen? Oder genierst du dich etwa mit mir?«

»Aber bitte, Hohe Frau! Wie könnte ich denn wagen, einer Gräfin den Arm anzubieten!«

Sie henkelte sich fest bei ihm ein, denn er war schon um ein Weniges größer als sie. Als Paar sahen sie gut aus. Jetzt machten sie einen Umweg durch eine leere Seitengasse.

Fragte die Rambaldi: »Was sagst du zu dieser Wahnsinns-Orgie? Sind die Leute noch zu retten?«

»Mit Verlaub, Frau Gräfin«, entgegnete Ambros, »mir scheint, die Leut sind's gar nicht so sehr, sondern der Landrichter ist's. Er lenkt doch den ganzen Aufzug und schürt die Wildheit.«

»Ein widerlicher Mensch! Ein Bluthund, wie seine Begleiter! Der Kronprinz hatte etwas Ähnliches vermutet, ehe er hierher fuhr.«

Nachdem er ein Weilchen überlegt hatte, meinte Ambros: »Ich habe einen Geistlichen gekannt, der hat bei der Christenlehre einmal behauptet, die gegenwärtige viel gepriesene Aufklärung verwildere unsere Zeit. Und dieser Mann ist jahrelang aus seinem Münchner Wirkungskreis verbannt gewesen.«

Die Rambaldi blieb einen Augenblick stehen und besann sich: »Die Aufklärung, junger Freund, hat zwei Seiten. Alles Menschliche hat zwei Seiten! Dein Pfarrer aber urteilt einseitig. Denn die Macht der Kirche und der Klöster musste in die Schranken gewiesen werden. Dabei ist Unrecht geschehen und Werte sind unwiederbringlich vernichtet worden. Jedermann wird das bedauern. Doch denk nur einmal an die Aufhebung der Leibeigenschaft, denk nur an die Einführung der allgemeinen Schulpflicht! Oder glaubst du, du hättest Hofkutscher werden können ohne das Schulsystem des Grafen Montgelas?«

Ambros nickte zustimmend, sie aber fuhr fort: »Dein Pfarrer hat von der Verwilderung unserer Zeit gesprochen. Er hat nicht ganz unrecht, wenn wir das eben Erlebte betrachten; er hat aber auch nicht ganz recht, weil nun einmal das Volk in seiner Freude über die wiedergewonnene Freiheit über die Stränge schlägt. Deine eigene Berufserfahrung mit einem Fohlen wird dir's bestätigen. Die Freiheit ist ein kostbares Gut; der Mensch muss aber zu ihrem rechten Gebrauch erst erzogen werden!«

Jetzt blieb Ambros stehen: »Frau Gräfin, ich danke für dieses Gespräch! Es hat mein Blickfeld erweitert.«

»Wenn heute ein junger Mann wie du danken kann, so ist das ein Zeichen einer wohldosierten Aufklärung. Dafür danke nun ich!«

Mittlerweile waren sie bei der »Krone« angelangt und bemühten sich, durch einen hinteren Eingang die Treppe zu ihren Zimmern zu erreichen. Es glückte mit Müh und

Not, denn nach der misslungenen Passion drängte alles Volk in die Wirtshäuser und Tavernen.

Als sie die Treppe hinaufstiegen, stürzte plötzlich ein dicker Rothaariger, der die Gräfin erspäht hatte, von hinten her auf sie zu und griff ihr grunzend an die Beine. Ambros sah ihn kurz und erkannte den Landrichter Cesare Brunelli. Er zögerte einen Augenblick, langte aber dann dem hohen Herrn einen Faustschlag hin auf den seidenen Brustlatz, dass Seine Exzellenz wackelte und dann seitlich ein paar Stufen hinunterkollerte. Nun entwickelte sich unter wüstem Geschrei ein wildes Durcheinander.

Pfarrer Florian Ungenad hatte das Klopfen an seiner Haustür gehört und schaute erst einmal zum Fenster heraus; denn sicher ist sicher!

»Was wünschen die Herren?«, fragte er.

»Christian von Zweibrücken und Lord Wilson! Wir hatten schon lange von der Beilngrieser Passion gehört und wollten sie nun einmal sehen!«

Schüchtern machte dann der bereits ergraute Mann die Tür auf: »Heut weiß einer wirklich nit, was frommt, denn schon seit Jahren sind bei uns am Karfreitag alle Teufel los. Fast sieht's aus, als wollten sie kurz vor der Besiegung durch unseren gekreuzigten Heiland noch ihre ganze Macht aufbieten. Tretet doch hier in diese Kammer ein, meine Herren!«

Sie betraten den armselig ausgestatteten Raum, und der Adjutant fuhr fort: »Habt Ihr diese blasphemischen Zustände je einmal an Euere höhere Kircheninstanz gemeldet?«

Der Pfarrer zuckte mit den Achseln: »Lieber, verehrter Herr, man schweigt besser. Wer jahrelang rechtlos war und aller Willkür der politischen Behörden ausgesetzt, hat verlernt, den Mund aufzutun. Und mit unserem

Herrn Landrichter ist schon ganz und gar nit gut Kirschen essen.«

»Und das Volk von Beilngries?«, fragte der Kronprinz alias »Lord Wilson«.

»Tut das so mit?«

»Ach, unser gutes Volk! Die Leut wollen halt manchmal eine Gaudi haben!«

»Eine Gaudi nennt Ihr diese Verhöhnung des Leidens Christi, und seid ein Pfarrer?«

»Sie meinend ja nit so, guter Herr! Sie wollten bloß ein bisserl lachen. Ihr wisst vielleicht aus Eurer eignen Jugend – denn Ihr habt sicher den einen oder anderen Gutshof gehabt –, wie da diese Leut haben fronen und scharwerken müssen. Dortmals hatten sie nix zu lachen! Ich glaub, der liebe Herrgott nimmt ihnen die paar ausgelassnen Stunden nit krumm. Ich predige nämlich oft selber von der Kanzel herunter: Selig, die noch lachen können, denn sie leben länger und sterben lieber!«

Welch eine entwaffnende Art dieses alten Mannes!

Jetzt stand er auf und schlurfte zu einem Wandschränkchen hin: »Ihr Herren, ich kann euch leider nur einen schlechten Messwein anbieten; den kriege ich nämlich von oben geschickt. Selber leidt's mir keinen. Darf ich übrigens fragen, wo Ihr untergebracht seid?«

»Beim Kronenwirt, Herr Pfarrer!«, antwortete Herr Christian.

»Das ist gut; der Kronenwirt ist rechtschaffen. Nur werd ich euch nachher unseren Mesner und seine zwei großen Buben mitgeben. Denn wenn sie einen Affen haben, die Mannsbilder, dann werden etliche rabiat. Müsst ihnen nur gleich eine Handvoll Watschen ans Maul hingießen; die vertragen die schon, und dann sind sie staad.«

Die Augen wurden ihnen feucht, als sie die liebevolle und saure Gabe des Pfarrers zu sich nahmen. Als sie darauf gingen, steckte der Prinz ein Brieflein mit 100 Gulden in sein Weinglas.

Zu fünft kamen sie gerade in dem Augenblick in der »Krone« an, als Ambros den Landrichter an die Stiegenrampe geklebt hatte. Der schrie nach seinen Hunden: »Vorax, Rapax, packt ihn!« Weil nun die herbeigeeilten Tiere nicht wussten, wen sie packen sollten, stürzten sie sich blindwütig auf ein paar herumstehende Burschen. Die brüllten, zogen ihre festen Messer und stachen auf die rasenden Bestien ein. Da jaulten und heulten auch diese und verkrochen sich unter der Treppe. Als die gebissenen jungen Männer merkten, dass die Hunde nicht mehr im Gefecht waren, warfen sie sich auf den Herrn von Brunelli und bearbeiteten ihn von allen Seiten derart, dass er sich erbrechen musste. Da ließen sie von ihm ab.

Auf den Ruf des Landrichters nach seinen Hunden war Ambros mit der Rambaldi im Arm die Treppe weiter hinaufgeeilt und in seine Kammer gestürzt. Blass hockte sie sich auf sein Bett hin, er aber schob die Kommode, den Tisch und die zwei Stühle an die Tür. Man konnte ja nicht wissen …

Die fünf vom Pfarrhof hatten dem Stiegenhauskampf von hinten her zugeschaut. Als die Lage geklärt war, drückte der von Zweibrücken den Mesnersleuten ein paar Gulden in die Hände und folgte seinem Herrn die Treppe hinauf. Auf den Anruf des Kronprinzen öffnete Ambros die Tür. Dann schauten alle einander reihum an – und lächelten.

Fünfzehn Tage danach lasen die Berufenen in einem Akt des Justizministeriums:

Es ist dahin zu wirken, dass der Herr von Brunelli cassiert wird. Gezeichnet: Ferdinand von Spieß, Ministerialrat.

Der Walzer

Die Hofmusikintendanz gibt bekannt, dass aus Anlass der überaus glücklichen Verlobung Ihrer Königlichen Hoheit, unserer hochverehrten Prinzessin Sophie, mit Seiner Kaiserlichen Hoheit, dem Erzherzog Franz Karl, welche am 28. Mai dieses Jahres 1824 in Tegernsee begangen worden ist, heute im hiesigen Hofgarten zu München ein Galakonzert stattfinden wird, an welchem alle 77 Instrumental-Hofmusici mitwirken werden. – Gezeichnet: Joh. Nep. Freiherr von Poißl, Kämmerer und Hoftheaterintendant.

So hatte man's an diesem 5. Juni, einem Samstag, morgens in allen Münchner Zeitungen gelesen. Und jetzt zeigte die Theatinerkirche elf Uhr an. Herr Doktor Glas hatte im Hofgartencafé Tambosi drei Plätze reservieren lassen, für Frau Martha, das Kathrinchen und für sich. Als sie jetzt zu dritt von der Schwabinger Gasse daherkamen und von einem Garçon an den langen Tisch vor dem Hofgartentempel geführt wurden, saßen da bereits ein paar liebe Bekannte: der Herr Egid von Kobell, Generalsekretär des Geheimen Ausschusses; der Graf Berchem-Haimhausen; die Frau Legationsrätin Aurelia von Pfeffel – ihr Gatte war bayerischer Gesandter in Dresden; und die Frau Obrist von Sulzer, ebenfalls Gesandtengattin – ihr Ehemann August wirkte in Darmstadt. Man kannte sich gegenseitig, weil alle dem Doktor schon manches offene und geheime Wehwehchen anvertraut hatten. Außerdem wohnte man ja nur um ein paar Ecken herum voneinander entfernt.

Als sie die drei kommen sah, zischelte die dicke Pfeffel giftig: »Wie gut doch der Radlmeierin dieses blausamtene Besuchskleid steht! Wüsste man nicht, dass ihr Verstorbener nur Parkwächter war, man könnte sie wirklich für die Arztensfrau halten!«

»Ja, ja!«, polterte der Berchem, dass der halbe Hofgarten es hätte hören können. »Man sieht's, wie gut es dem alten Äskulap tut, dass ihm eine junge Hebe einschenkt!«

»Nur keinen Neid aufkommen lassen!«, sagte der Doktor lächelnd und rückte für Frau Martha den zartbeinigen Stuhl zurecht. »Selig, die lange gedarbt haben, denn sie werden gesättigt werden!«

Frau Martha war ein bisschen rot angelaufen. Das stand ihr gut, und die von Sulzer neigte sich über den Tisch zu ihr hinüber: »Wie der Tag aus dem Morgen; wie die Dämmerung aus der Nacht.«

Während die Herren ihrerseits Bemerkungen zu machen begannen, sagte Frau Martha zu ihrer Tochter: »Kathrinchen, bitte geh zum Tempel hinüber; vielleicht siehst du Herrn Fränzl. Grüß ihn schön von uns!«

Während sie noch redete, kam der erwähnte Hofmusikdirigent Wilhelm Fränzl mit seinen Künstlern durch das neue Hofgartentor. Die inzwischen versammelten einigen Hundert Leute klatschten und brachen in Begeisterungsrufe aus.

Das weggeschickte Kathrinchen eilte sofort auf den Dirigenten zu und fasste ihn an der Hand, worauf er seinen Arm um die Schultern des Mädchens schlang. Der würdige Herr und das feingliedrige Kind boten ein entzückendes Bild.

»Wieso das?«, fragte die Obristin. »Ist das Kind mit dem Fränzl befreundet?«

Frau Martha erwiderte: »Seit der Doktor das Kathrinchen in die Ballettschule geschickt hat, hat sich der

Dirigent seiner ein bisschen angenommen; die Kinder tanzen ja mit in der Oper.«

»Was ich für ein Verbrechen halte!«, schimpfte die Legationsrätin Aurelia. »In dem Alter gehören sie in die Kirchenbank, nicht auf den sündigen Bühnenboden!«

»Von dir, glaub ich, sind die Kirchenbänke am wenigsten abgenutzt worden!«, meinte der Graf und lachte schallend. »Ich erinnere mich nämlich noch gut, wie scharf du hinterm Hubert her warst. Damals hat dich doch der Pastor sogar mannstoll geheißen. Weißt du's nicht mehr?«

»Berchem, zähm dein ungewaschnes Mundwerk!«, keifte die von Pfeffel und schmollte.

»Ich tät halt ruhig sein, liebste Aurelia«, suchte Kobell zu versöhnen. »Du kennst ihn doch, unseren Grafen!«

Doch sie legte erneut los und wurde sogar ausfällig: Der Berchem sei schon immer ein Grobian gewesen, weshalb er bis zur Stunde auch keine anständige Frau bekommen hätte.

Egid von Kobell reckte den Zeigefinger an die spitze Nase und sprach mit prophetischem Tonfall: »Und ich sage euch, ihr Kinder Israels: Wehe, dreimal wehe über die, welche stets das letzte Wort haben müssen, denn sie werden plärren in alle Ewigkeit!«

Graf Berchem-Haimhausen aber klopfte dem Kobell mit der Hand auf den Arm und flüsterte deutlich vernehmbar: »Es gibt Menschen, bei denen entblößt sich die Kümmerlichkeit ihres seelischen Besitztums in grausiger Nacktheit, sobald sie den Mund aufmachen!«

Da erhob sich Frau Aurelia brüsk und ruderte – quabbelig wie gestockte Milch – in Richtung Theatinerkirche davon.

»Warum sie bloß so gereizt ist?«, fragte der Arzt.

Mit verhaltener Stimme erwiderte die von Sulzer: »Sie hat von Dresden eine ärgerliche Information erhalten.«

»Ja, ja, die Sächsinnen!«, sagte der Graf und schnalzte mit den Fingern.

»Kennst du die auch?«, fragte der Doktor.

Darauf bleckte der von Berchem genüsslich die gelben Zähne.

Die Hofmusik hatte sich unter der flachen Kuppel des Tempelchens aufgebaut. Schneidig und korrekt spielte die mächtige Schar erst ein paar Märsche. Dann folgte das allgemein erwartete Stück: »Bei Männern, welche Liebe fühlen«.

Da erhoben sie sich, die Alten und die Jungen, die meisten im neuen blauen Wiener Modefrack, und klatschten und grölten mit; die einen überwältigt von steriler Erinnerung, die anderen überwältigt vom Übermut: Bei Männern, welche Liebe fühlen!

Aber immer noch warteten alle auf die viel umstrittene Walzermusik. Manche, namentlich die Bigotten, wünschten sie in den Abgrund der Hölle hinab. Dennoch konnten auch sie sich nicht des Gefühls von Beschwingtheit und Freude erwehren, sobald die Dreivierteltakte erklangen.

Und jetzt erklangen sie.

Da geschah nun etwas, das die Zeitungen nachher noch tagelang kauten und wiederkäuten. Kaum hatten die Geigen den Rhythmus der ersten Takte gefunden, fasste Herr Fränzl das seitlich stehende Kathrinchen an beiden Händen, verbeugte sich vor ihr, während sie einen virtuosen Ballettknicks machte, und drehte sich mit ihr auf den glatten Marmorfliesen im Walzerschritt. Der durchtrainierte, schlanke Körper des Mädchens, das weit aufwehende weiße Kleid, das hüftenlange, fliegende Haar und das neckische Basthütchen darauf mit der zarten Rosengirlande – und daneben der vollendete Kavalier aus der Kurfürstenzeit: das alles zusammen war ein Kunstwerk. Das Volk ringsum hielt den Atem an, denn hier konnte man Musik nicht nur hören, sondern auch sehen, und zwar in seltener Harmonie.

Es war ein langer Walzer, und die Hofmusikanten ließen keine Wiederholung aus, so sehr entzückte sie selbst die tänzerische Wiedergabe ihrer klingenden Kunst. Als aber das Finale im Presto zu wirbeln begann und das Mädchen beide Ärmchen dem Maestro um den Hals schlang und sich mehr tragen als führen ließ, da dröhnte der ganze Hofgarten unter den immer und immer wiederkehrenden Wellen der Begeisterung.

Das war die Geburtsstunde des Wiener Walzers in München!

Verschiedene Herrschaften vom Hof hatten aus den neuen Arkaden zugeschaut. Sie steckten die Köpfe zusammen.

Dann löste sich die Oberhofmeisterin, die etwas schwerhörige Exzellenz Baronin von Hacke, von ihnen und trat an den langen Tisch, zu dem auch das Kathrinchen, hochrot und schwer atmend, zurückgekehrt war und nun einen Arm um die Schultern der Mutter legte.

»Eben hab ich's vernommen, Doktor, dass das Mädchen dir gehört. *Mon respect!* Kein Wunder bei dieser liebenswürdigen Frau, du alter Schwerenöter! Ich muss dich doch wieder einmal aufsuchen, oder willst du zu mir kommen?«

»Exzellenz, ich muss mit Verlaub richtigstellen ...«

Doktor Glas sprach's, doch sie ließ ihn nicht weiterreden. »Ich weiß schon«, fuhr sie fort, »das Licht in ihren Augen hatte dir's angetan! Sei ja dankbar dafür!« Sie küsste Frau Martha und das Kathrinchen sanft auf die Stirn, erhob gegen den Doktor lächelnd den drohenden Zeigefinger und begab sich wieder zu ihrer höfischen Gesellschaft. Die ging nun zum Tambosi hinein, wo ein Kabinett für sie reserviert war.

Sagte Graf Rechberg: »Was darf unsereiner zum hohen Verlobten unserer Prinzessin Sophie bemerken?«

Erwiderte die Baronin von Hacke: »Was man bemerken darf, geht mich nichts an; aber ich sage, dass er vollkommen vertrottelt ist. Das arme Mädel muss einem leidtun.«

Darauf der Minucci: »Was da der Kaiser treibt, ist die Politik der Rassezüchter. Der Erzherzog Franz ist, wie wir aus berufenem Munde eben vernommen haben, ein gebremster Geistesriese, sein Bruder Ferdinand hat die hinfallende Krankheit. Unsere Mädchen aber sind nicht nur Prinzessinnen aus dem ältesten deutschen Herrscherhaus, sondern auch gesunde, blutvolle Weibchen. Sie sollen das abgestandene habsburgische Blutgerinnsel auffrischen.«

»Ihr habt vielleicht giftige Goschn!«, sagte Graf Wiser und schüttelte seine echten roten Locken.

»Und was meint der Rundingen?«, fragte die Oberhofmeisterin.

Der Theatermann klopfte gekonnt seine Manschetten in die Frackärmel zurück: »Exzellenz, wer wie die Habsburger stets nur Hausmachtpolitik vor Augen hatte, darf sich nicht wundern, wenn die alte Hütte von Mauerschwamm befallen ist. Ob's unserer baldigen Erzherzogin und künftigen Kaiserin Sophie glücken wird, dem Wiener Verfall Einhalt zu gebieten, das weiß der liebe Gott allein.«

Graf Rechberg wandte sich ebenfalls an die alte Exzellenz: »Es wär interessant zu wissen, wie unser Königshaus urteilt.«

»Das kann ich euch ruhig sagen. Gleich nach der Verlobung hat mir die Königin händeringend erklärt: ›Ich danke dem Himmel, dass er weniger übel aussieht als sein Bruder; gleichwohl ist er überaus *desagreable*. Mich würde er zu Tode langweilen – und Sophie ist so hübsch und geistreich.‹ – So das Urteil der Königin! Er, der König, hat ja keins!«

Baronin Hacke sprach's und winkte abschätzig mit der Hand. Sie war im Hofdienst ergraut, hatte allen sechs Prinzessinnen in die Windeln geschaut und nahm für sich das Recht in Anspruch, in der königlich bayerischen Familienpolitik mitzumischen. Wenn auch ihre Worte manchmal waren wie gewetzte Sicheln, schlug man sie dennoch an allerhöchster Stelle nie in den Wind.

Maxi Borzaga und die erste Eisenbahn

Inzwischen hatte der Oberbaudirektor Leo Klenze die Wiedererrichtung des Hoftheaters so vorangetrieben, dass man mit der Eröffnung zu Beginn des neuen Jahres 1825 rechnen konnte. Monsieur Delamotte wurde zum Intendanten ernannt, das Isartortheater geschlossen. Demoiselle Charlotte Hagn wurde schriftlich mitgeteilt, sie sei nahtlos in das neue Haus übernommen – Resultat des kronprinzlichen Verses! Als sie das Schreiben ihren Eltern vorlas, meinte die Frau Mama: »Mach's jetzt wie die Maxi Borzaga, die vom Leihhauskassierer in der Rochusgasse!«

»Was macht die?«, fragte Charlotte.

»Dummerchen!«, antwortet die alte Hagn. »Was wird sie denn machen, wenn der Herr Kronprinz dort ein und aus geht!«

Da brummte Carl Hagn: »Weib, beherrsch dich!«

Maximiliane Borzaga in der Rochusgasse neben der Dreifaltigkeitskirche! Der Vater aus Rovereto, die Mutter eine Mesnerstochter von der Salvatorkirche. Arme Leut! – Das hatte Charlotte ausgekundschaftet, noch ehe es Nacht geworden war; und am anderen Morgen war sie schon dort.

»Bin die Charlotte Hagn und hätt gern mit eurer Tochter, der Maxi, gesprochen!«, sagte sie, als sie in das bescheidene, aber äußerst reinliche Häuschen trat.

Darauf Frau Borzaga: »Ja freilich! Wer kennt denn die Demoiselle Hagn nit, die so lieb tanzen kann! Werd's der Maxi gleich sagen, was sie für ein' raren Besuch kriegt.«

Dann kam die Tochter auch schon die knarzende Treppe herab: ein feines Gesicht, rosa angehauchte Wangen, Kirschenmund, pechschwarze Augen, pechschwarze, seitlich hochgesteckte Locken, die weiche Gangart einer Raubkatze.

»Die große Künstlerin kommt zu mir? Muss ich Sie oder Ihr oder darf ich du sagen?«

Charlotte streckte sich ein wenig und gab ihr einen leichten Kuss: »Die Frage hätt ich und nicht du stellen müssen, denn du bist die Ältere.«

»Die drei Jahr'! Komm in meine Kammer!«

Was in der Kammer geredet wurde? – Was eben Mädchen, die hübsch sind und die das auch wissen, nun einmal so reden. Ein bisschen gegenseitiges Anhimmeln, ein bisschen von der und der, ein bisschen von dem, was in der neuesten »Flora« stand, und – von ihm, der einem das Herzchen bewegt.

Sagte die Maxi: »Du, dein Hofkutscher ist fei' ein sauberner Kerl!«

»Du kennst ihn?«, erwiderte Charlotte gelangweilt und fügte wegwerfend hinzu: »Zwischen uns ist's aus!«

»Er hat mir schon ein paar Mal ein Brieferl vom Kronprinzen gebracht. Weißt, der schreibt meist, eh er kommt.«

»Ja, hab's gehört, dass er öfters bei euch vorbeikommt. Wie ist denn das so mit Seiner Hoheit?« Dabei hob Charlotte den Ausdruck »Seiner Hoheit« theatralisch hervor.

Maximiliane blickte fragend; ihre schwarzen Augen bekamen einen stechenden Glanz: »Glaubst du vielleicht, wir hätten was miteinand?«

»Was will er denn dann bei dir?«

»Da schau her, ich zeig dir, was er will!« Maximiliane brachte eine Schatulle, in der die Briefchen lagen. »Da schreibt er's!« Sie las: »Ich will die Schönheit der Töchter unseres Landes zum Ruhme Bayerns malen lassen!«

Nun machte Charlotte große Augen: »Na ja, du verdienst's, dass er dich malen lässt. Und wer ist noch gewürdigt worden?«

»Soviel ich weiß, auch die Gustl, die vom Buchhalter Strobl. Zu der ist erst in der vergangenen Woch der Hofmaler Stieler aus der Barerstraß kommen und hat sich ihr G'wand zeigen lassen; der bestimmt nämlich, was sie anhaben muss, wenn er sie malt.«

»So, so, die Gustl! Die geht aber doch schon mit dem jungen Förster, dem Hilber.«

»Ja, und? Wie der Kronprinz neulich beim Bürgerball war und zu ihr gesagt hat: ›Du bist die Schönste im ganzen Königreich Bayern!‹, da hat sie ihm gleich geantwortet: ›Königliche Hoheit, dann befördern Sie doch bitte den Hilber, denn wir wollen bald heiraten!‹ Und er hat ihn auch tatsächlich befördert.«

Mit vielen Fragen in ihrem schönen Köpfchen und mit ein paar Rätseln in ihrer Brust verließ Charlotte Hagn das Häuschen in der Rochusgasse: die Schönheiten des Bayernlandes! …

Als Vater Borzaga am Abend aus dem Leihhaus kam, erzählten sie ihm, dass die vom Kramer Hagn aus dem Tal da gewesen sei. Nur so. Darauf wurde er sehr böse, hieb mit der Faust auf den Tisch, dass gleich der Bierkrug aufhüpfte, und schrie: »Ich kann und will ihr nix nachsagen, dieser Komödiantin, aber was man so hört, das langt! Meinetwegen soll jeder seine Kinder ziehen, wie er will; ich mach's auch so! Und deswegen kommt mir die nit mehr ins Haus! Und die Besuche vom Herrn Kronprinzen Ludwig werd ich auch einstellen! Erst neulich hat mich so ein gräuslicher Federfuchser g'fragt, ob's denn wahr sei, dass ich eine öffentliche Bübin daheim hätt. Hab ihm zwar gleich eine gelangt, so übers Kassenpult weg, aber man sieht, was die Leut reden. Was dann die Malerei betrifft – nix gegen die Malerei! Aber wenn 's Deandl zum Stieler muss, dann geht mir jedes Mal die Großmutter mit! Nicht dass sich der Hohe Herr bei der Gelegenheit an der Maxi gütlich tun könnt! Merkt euch das alles!«

Mit Vater Borzaga war nicht zu spaßen. Darum gab's keine Widerrede. Dass er jedoch auch sehr einfühlsam sein konnte, das erwies sich ungefähr ein halbes Jahr später.

Der Kronprinz, von seinem Leibarzt, dem Doktor Ringseis, aufmerksam gemacht, hatte seine Besuche in der Rochusgasse unterlassen. Schon schien es, als ob auch die Sache mit der Malerei der »Schönheiten« eingestellt sei, da erschien plötzlich wieder einmal der junge Hofkutscher Ambros Radlmeier im Haus der Borzagas und brachte ein Brieflein. Es kündigte nicht den Besuch Seiner Königlichen Hoheit an, sondern trug die Bitte vor, Demoiselle Maximiliane wolle sich beim Hofmaler Monsieur Joseph Stieler in der Barer Straße zwecks einer Skizzierung einfinden. Befehlsgemäß wurde die Mesner-Großmutter mit der glutäugigen Enkelin in Marsch gesetzt.

Tage danach, als die Borzagas zu dritt bei Tisch saßen, meinte der Vater: »Der Bua vom erfrornen Parkwächter hat sich ordentlich rausgemacht. In dem Alter schon Hofkutscher, das heißt was! Wenn dös so weitergeht, bringt er's bis zum Stallmeister. Hat ihn nit die vom Hagn einmal in der Reißn gehabt?«

»Die Charlotte braucht was anderes!«, sagte Mutter Borzaga.

»Freilich! Die will hoch hinaus. Deswegen gab's ja auch damals die Affär in der Theaterloge!«

»Nix G'wisses weiß man nit!«, erwiderte Maxi. »Aber seitdem hat der Radlmeier mit ihr Schluss gemacht.«

»Das wär einer für dich! Ein anständiger Kerl mit einer anständigen Zukunft!«, sagte der Vater, und er sagte es mit einer derartigen Wucht, dass man spürte, er hatte es schon lange sagen wollen.

Nach einer längeren Pause meinte die Maxi: »Hätt nix dagegen!«

»Versuch's halt!«, drängte der Alte.

»Mal sehn!«, entgegnete die Junge.

»Aber, Vater!«, zähmte die Mutter.

Da hatte doch der Herr Joseph von Baader die Idee, draußen im Nymphenburger Park den Versuch mit einer – wie er sich ausdrückte – »Eisenstraße« zu machen. Auf Holzroste waren eigenartig profilierte Eisenstangen geschraubt worden. Große Wagen mit gusseisernen Rädern fuhren darüber, und zwar viel schneller, als es ein galoppierender Viererzug vermocht hätte. Dabei konnten in jedem dieser Wagen bis zu zwanzig Personen sitzen. Das musste man gesehen haben!

Wie im Strom zogen die Münchner nach Nymphenburg hinaus.

Zu eben dieser Zeit hatte der Baron Lupini den Ambros auch dorthin versetzt, weil Seine Majestät demnächst vor dem Lärm in der städtischen Residenz flüchten wollte. Ambros wohnte in der königlichen Schwaige obenauf. Drei Zimmer standen ihm zur Verfügung: eins zum Wohnen, eins zum Schlafen, und sogar ein Gästezimmer.

Jetzt stand er am Fenster und schaute hinab auf die wogende Menschenmenge. Wie schön es doch ist, den Augen der Kollegen und Vorgesetzten entzogen, einfach allein zu sein! Hier schert sich niemand um einen. Außer denen in der Küche drunten, den zwei alten Drachen. Die eine schleppt ihren Bauch daher wie ein überfütterter Wachtelhund, und die andere, mein Gott!, eine Haut hat die, gleicht der Kruste eines ausgedörrten Kuhfladens! Aber gut sind sie zu ihm! So gut müssen Großmütter sein! Ambros denkt sich's; er weiß es ja nicht; er hat nie eine gekannt. Die seinigen hatten einmal droben in der Oberen Pfalz gehaust, und jetzt sind sie, scheint's, schon gestorben.

Plötzlich rief ihn jemand, von unten herauf. Er trat in der Fensternische nach vorne, schaute hinab und sah die Maxi Borzaga. »Gehst du nicht die Eisenstraße anschauen?«, fragte sie.

»Gehst du?«, fragte er zurück.

»Wenn ich seh, wie schön's da heraußen ist, hab ich gar keine Lust zu dem Trubel.«

»Wart, Maxi, ich komm hinunter!« Ambros sprach's, sauste die Treppe hinab, und schon stand er bei ihr. Er hatte sie zwar schon etliche Mal gesehen, als Briefbote. Jetzt aber konnte sie keinen Brief erwarten, und doch war sie da! Heute hatte sie auch ein anderes Gesicht, kein beobachtetes, sondern ein freies, kühnes. In ihren Augen schimmerte der engelhafte Glanz, auf den der Mittagsteufel, von dem der Pfarrer Klein manchmal sprach, noch keinen schwarzen Tupfer gemalt hat.

»Wenn du willst, Maxi, dann können wir hintenherum zur Badenburg gehen.«

»Hab nix dagegen!« Sie sprach's, und er trat an ihre linke Seite.

Oh, dieser Nymphenburger Park! In seinen Riesenkastanien rauscht der Wind wie schon zu Max Emanuels Zeiten und ruft ins Ungewisse. Die weißen Götterstatuen leuchten und laden ein. »Wenn ich manchmal abends diesen Weg gehe«, sagte er, »dann empfinde ich, dass alles Irdische gewalttätig ist und alles Menschliche fordernd; nur das Göttliche ist einladend.«

»Du redest fast wie der Kronprinz, so geschwollen!«, erwiderte sie und lächelte.

»'s färbt ab!«, entgegnete er launig.

»Wie weit kannst du's noch bringen bei Hofe?«

Was für eine Frage!, dachte er. »Wenn mir kein Unglück passiert und wenn ich gesund bleib, dann könnt ein Stallmeisterposten schon einmal drin sein. Doch solche Gedanken mach ich mir nit, wo ich doch erst angefangen hab.«

»Bist weitaus der jüngste Hofkutscher. Sie mögen dich wohl gern?«

»Kann nit klagen!«

»Alle mögen dich gern!« Lauernd schaute sie schief aus den Augenwinkeln.

»Alle?«, fragte er.

Da ließ sie diesen Gesprächsfaden fallen und dachte: Man muss aufhören, wenn's am besten schmeckt!

Nach einer Weile fuhr sie fort: »Hast du auch schon gehört, dass die Leut über mich quatschen?«

»Nit nur das!«, antwortete er. »In der gestrigen ›Flora‹ steht ein Gedicht.«

»Über mich?«

»Über dich! Hat dich nit so ein Schreiberling aufgesucht, wie du beim Maler Stieler gesessen bist? Der hat's geschrieben; ich glaub, ich hab mir's gemerkt.«

Und er deklamierte:

Auf das Bildnis eines jungen Frauenzimmers in schwarzem Kleid.
Der Stirne Glanz,
der Augen reiner Bogen,
der Wangen Flor,
des Munds geborstne Kirschen,
der Locken Nacht,
drin Liebesgötter birschen.
Dein Taufschein lügt –
dich hat der Süd gezogen!

»Mein Gott, mein Gott! Wie wird da der Vater wieder schimpfen!«, seufzte Maximiliane.

Vater Borzaga ließ es beim Schimpfen allein nicht bewenden. In dem Bewusstsein, dass jeder Mensch das Recht auf Unantastbarkeit seiner Person hat und darin von niemandem angegriffen werden darf, begab er sich eines Abends zur Hofpfisterei. Hier in der Nähe befanden sich die Büro- und Setzräume der »Flora«.

Er wartete. Unentwegt waren seine Augen auf die Tür gerichtet, aus der Sabinus Oberkofler, der Redakteur, kommen musste.

Er kam und ging in Richtung der Dienergasse, Borzaga hinter ihm drein, immer enger und enger. Schließlich griff er ihm unter den Mantelkragen und schnürte ihm ein wenig die Luft ab. Dann zog er ihn in einen Hofeingang hinein.

»Lump, dreckater!«, sagte er. »Wie du mir, so ich dir! Der Taufschein von meinem Madl soll derlogen sein, sagst du! Ein so ein Katzlmacher von Italiener soll ihr Vater sein, sagst du! Und nix wie Liebesgötter soll sie im Hirn haben, sagst du! Die ganze Stadt wird jetzt aufs Madl hindeuten. ›Dös is d'Borzaga-Hur!‹, wird's heißen. – Drum werd ich dir jetzt auch was sagen!«

Sprach's und schlug den schmächtigen Sabinus Oberkofler nieder. Er beobachtete ihn noch eine Weile. Und weil er sah, dass er noch atmete, ging er in die nahe Schwabinger Gasse. Beim Doktor Glas klopfte er. »Geh, Doktor«, meinte er, »richt den Schreiberling wieder her! Hab ihn ein wenig auseinandergenommen drüben in der Dienergass.«

Gemeinsam eilten sie an den angegebenen Ort, wo der Sabinus soeben wieder zu sich kam. Mit flackernden

Augen schaute er auf den wilden Mann, als fürchtete er eine Nachbehandlung. Der trat ganz nahe zu ihm hin und drohte: »Schick du mir auch nur einen Gendarm ins Haus, dann könnt sein, dass ich mich vergiss und dir 's Lichterl ganz und gar ausblas!«

Der alte Doktor aber beruhigte die beiden: »Männer, seid g'scheit! Du hab Respekt vor der Ehr, und du hab Respekt vorm Gesicht des lieben Mitmenschen! 's Leben ist viel zu kurz, als dass man sich's gegenseitig vergällen dürft!«

Hofschauspielerin »Thekla«

Vater Borzaga hatte nicht unrecht, denn ganz München redete über seine Tochter. Für Maximiliane bedeutete es ein dauerndes Spießrutenlaufen, wenn sie durch die Stadt ging. Umso mehr zog es sie jetzt hinaus nach Nymphenburg.

Auch dem Kronprinzen hatte der ihm vertraute Maler Julius Schnorr von Carolsfeld geraten, dem Gerede in der Stadt für eine Zeit lang auszuweichen und sich zur Familie nach Brückenau zurückzuziehen. Den Fürsten beschäftigte gerade zu diesem Zeitpunkt die italienische Marchesa Marianna Florenzi, eine Dame, die nicht nur überaus schön, sondern ebenso äußerst begabt und gebildet war. Fast täglich schrieb er ihr einen Brief nach Perugia, manchmal auch zwei.

Maximiliane Borzaga machte also den Weg nach Nymphenburg drei- bis viermal wöchentlich, bisweilen bezahlte ihr Vater in diesen unwirtlichen Herbsttagen dafür sogar einen Lohnkutscher.

Weil Ambros Radlmeier ausschließlich dem König zur Verfügung stehen sollte, Seine Majestät aber am liebsten zu Fuß durch den Park wandelte, hatte er nicht viel zu tun und konnte sich stundenlang seiner reizenden Besucherin widmen. So spazierten auch sie durch die weitläufige Anlage.

Eines Tages begegneten sie dem »guten Vater Max«, der von einigen Hartschierleibgardisten aus der Ferne begleitet wurde. Sie grüßten sehr höflich, und er blieb stehen:

»Du bist doch der, welcher die Vogelnester ausgenommen hat; und ich bin dein Firmpate!«

»Mit Verlaub, ja, Majestät!«

»Und diese schwarze Hexe da hast du dir angelacht! Ein netts Dingerl! Gib aber acht und verlang nicht zu viel von ihr! Und lass sie nicht im Glauben, dass es ihr vornehmster Lebenszweck sei, zu gefallen! Kinder muss sie haben, das ist ihr Lebenszweck!«

»Dank, Majestät, für die Lehre!« Wieder verbeugten sie sich.

»Und jetzt geht und macht Brotzeit!« Er griff in die Manteltasche und gab ihnen zehn Gulden. Dann schlurfte er auf dem Kiesweg langsam weiter.

Maximiliane ging natürlich mit Ambros auch in seine Wohnung in der Schwaige. Beglückt saßen sie beisammen. Er trat ihr aber nicht näher. Er wollte vermeiden, dass sich das Erlebnis mit Charlotte wiederholte. »Ist das Bett beschritten, ist das Recht erstritten!« Diesen Spruch hatte er vor noch nicht allzu langer Zeit gelesen. Das sollte nicht geschehen, solange sie nicht verheiratet wären! Denn kein Zustand ist schöner, als verliebt und trotzdem frei zu sein!

Am 12. Oktober kutschierte Ambros Seine Majestät zu einem Hausball beim russischen Gesandten Woronzew. Dort ging es sehr nobel her. Sogar ihm wurden erlesene slawische Speisen aufgetischt, und Wodka ließen sie fließen, sodass mehr davon auf der Tischplatte als im Becher war. Ambros wehrte sich aber energisch und verwies auf seine Pflicht. Das wollten sie nicht einsehen und erklärten: Lieber besoffen im Graben als nüchtern auf dem Kutschbock, selbst auf die Gefahr hin, dass es danach die Nagaika gäbe!

Als die Gastgeber gegen neun Uhr abends die Stimmung so aufgequirlt hatten, dass sich selbst die wohlerzogensten bayerischen Hofdamen von den Iwanen auf sehr gewagte Art anfassen ließen, bat der König um Entschuldigung und verabschiedete sich. Seine Begleiter ließ er wissen, sie möchten ruhig noch blieben, solange sie wollten; er aber müsse schlafen gehen, denn er sei müde. Es war bekannt, dass Seine Majestät schon seit Jahren spätestens um zehn Uhr das Schlafgemach aufsuchte, darum verwunderte sein jetziger Aufbruch niemanden.

Ambros stand an der Auffahrt zur russischen Botschaft mit dem Viererzug bereit. Den hatte der Zeremonienmeister vorgeschrieben, um dem Gesandten die gebührende Ehre zu erweisen; denn hierin waren die Herren aus dem Osten empfindlich. Die beiden hinten sitzenden Trabanten halfen dem König in die Kutsche und deckten ihm die Knie zu, wehte es ja doch schon ziemlich kalt von Schwabing herüber. Der Herr der Bayern winkte noch einmal dem Fürsten und der Fürstin Woronzew zu und rief nach vorne: »Patensohn, fahr mich anständig!« Dann schlug er das Fenster zu. Vor dem Nymphenburger Schloss stieg er aus und verschwand mit etlichen zehn Kämmerern und dem Leibarzt in seinem Trakt.

Eine knappe Stunde später lag auch Ambros in seinem Schlafzimmer und träumte von zwei schönen Mädchen, die einander im Weg standen.

Als die Schlossuhr vom Türmchen die fünfte Morgenstunde des 13. Oktober schlug, stand er auf, um nachzusehen, ob die Stallknechte seine Rösser richtig fütterten und putzten. Auf dem Rückweg vom Stall kam ihm ein Kammerherr entgegengerannt und rief: »Unser König ist tot!« Und schon sprengten hohe Offiziere der Leibgarde durch die Einfahrtshalle hinaus in die Stadt: in die Residenz, ins Rathaus, in die Dompfarrei, zur Landschaft: »Unser König ist tot!« – Wie schlafend war Max Joseph dagelegen, als ihn der Kammerdiener gewohnheitsgemäß um halb sechs Uhr wecken wollte.

Eine Stunde lang läuteten alle Kirchenglocken über der Stadt.

Max Joseph war kein Kirchenfreund gewesen, doch klug genug, mit der Kirche ein Konkordat zu schließen um des inneren Friedens willen. Ein Ehrenmann war er gewesen und in der Ehe stets treu. Er hatte allen Herrschern Europas Achtung abgenötigt.

So hatten ihn auch seine Münchner gekannt, so hatten sie ihn geliebt, so trauerten sie jetzt um ihn. Und mancher stellte die bange Frage: Was dürfen wir von seinem Nachfolger erwarten? Denn wenn man dem Kronprinzen die Weibergeschichten auch nicht übel nahm – der Bayer liebt das Leben, besonders das barocke! –, so hegte man dennoch Bedenken.

Nun saßen also im Atelier beim Herrn Hofmaler Joseph Stieler abwechselnd zwei schöne bayerische Töchter: Auguste Strobl und Maximiliane Borzaga, Letztere stets von der Großmutter beschirmt. Diese Vorsicht war im Moment freilich übertrieben, denn der »böse Wolf« hielt sich immer noch in Brückenau auf. Doch Vater Borzaga wollte wegen des Straßengequatsches lieber zu viel als zu wenig tun, wollte auch noch im Nachhinein seinen Angriff auf den Sabinus ein bisschen rechtfertigen, hatte es sich doch nicht verheimlichen lassen, was in einer dunklen Ecke nahe der Dienergasse geschehen war.

Eine dritte schöne Tochter saß nicht beim Stieler und wäre doch so gerne dort gewesen: Charlotte Hagn. Dafür saß sie oft in ihrer Kammer und betete Litaneien der Eifersucht vor sich hin: Was ist denn schon Besonderes dran an diesen »anständigen Bürgerstöchterlein«! Letzten Endes strotzen sie doch vor Dummheit! Die Gustl, nun ja, die versucht wenigstens frech zu sein und ist dabei manchmal sogar schlagfertig! Aber die Maxi, pff!, mit ihrer geistigen

Hühnerbrüstigkeit! Die kann ja nicht einmal Deutsch! Wenn sie was sagt, riecht's nach Kuhstall!

Dann wieder fragte sich Charlotte: Was soll ich tun, dass er mich auch malen lässt? Soll ich dem Herrn Stieler ein süßes Brieferl schreiben, damit er mich vorschlägt? Oder soll ich etwa wie die anderen in die Odeonskonzerte gehen und jeweils einen Eckplatz besetzen, damit er auch mich nach der Symphonie mustern kann, so wie der Bauer hinten am Rindermarkt die Kälber mustert? Weiß der Himmel, ich wäre wirklich ein Kalb, wenn ich mich so vergäbe! Gewiss, ich werde mich um seine Gunst bemühen, aber auf dem Weg, der mir durch meinen Beruf vorgezeichnet ist. Und es müsste mit allen neun Teufeln zugehen, wenn mir's nicht gelänge!

Sie fragte Monsieur Delamotte, der jetzt als zweite Kraft bei der Hoftheaterintendanz saß, ob sie nicht im feierlichen Begrüßungsprogramm zu Ehren der neuen Majestät debütieren dürfe. Delamotte versprach ihr eine gute Rolle in Schillers »Wallenstein«; dieses dreiteilige Schauspiel sei nämlich als Huldigungsaufführung gedacht.

»Vielleicht gar die Rolle der Thekla?«, fragte Charlotte mit verliebtem Augenaufschlag.

»Kindchen, süßes, du sagst es! Die Rolle der reizenden Thekla! Wer könnte sie denn entzückender bringen als unsere verführerische Charlotte!« Bei diesen Worten klopfte ihr der alte, zahnlose Katerich aufs Gesäß.

Das Jahr 1825 war traurig ausgeklungen, das neue kündete sich großartig an. König Ludwig I. verlegte die Ludwig-Maximilians-Universität von Landshut nach München und eröffnete sie mit einem Prunkgottesdienst bei Sankt Michael. Beim anschließenden Festbankett hielt der gewaltige Publizist Joseph von Görres eine wohlbedachte und viel beachtete Rede, in der er sich auch an den

König wandte: »Sei ein Schirmvogt und Hort des Glaubens, damit Bayern wieder werde, was es zuvor gewesen: ein Schild und Eckstein der deutschen Kirche! Wolle nicht gestatten, dass der Christen Recht allein im bürgerlichen Leben gelte, das Staatsrecht aber heidnisch sei! In der Mitte deines Volkes herrsche Gottes Gesetz, und du sei nur seiner Diener erster!«

Am späten Nachmittag: Galapremiere von »Wallenstein« in drei Teilen von Friedrich von Schiller, aufgeführt unter der Schirmherrschaft des Königs im königlich bayerischen Hoftheater zu München unter der Intendanz von Johann Nepomuk Freiherrn von Poißl, Spielleitung Monsieur Gustave Delamotte.

Der Theatercouturier hatte auf Anordnung des Spielleiters für Charlotte-Thekla ein Kostüm gestaltet, so aufwendig und teuer, wie es die bisherigen Rechnungsbücher noch nie aufgewiesen hatten: taubengraue Brokatseide, direkt über Venedig importiert, das tiefe Dekolleté von feinstem Hermelinbesatz umspielt, um die Schultern eine bis zu den Hüften schwingende echte Perlenkette, daran ein großes Bischofskreuz mit gefassten Gablonzer Edelsteinen, ein Perlengehänge über den vornehmen Wellen des braunen Haares und ein Augsburger Goldgeziert mit je drei perlenden Tropfen an den im Lockengewirr verborgenen Ohren. Die mitspielende Thekla-Mutter wurde gleich krank vor blassem Neid, und nur eine hohe einmalige Extragage konnte gerade noch acht Tage vor der Premiere die Heilung erwirken.

Und jetzt fieberte und knisterte es im strahlenden Theaterrund, hier zeigte sich München noch einmal im Nachglanz bayerischer Barockkultur. Ein Heer Wallenstein'scher Jäger stand in Spieß und Stange, Spitzenkragen und Reiherhut auf Gängen und Stiegen, geziert mit kunstreich geleimten Knebelbärten. Marketenderinnen, im umgehängten Fässlein einen scharf gebrannten Enzian aus Roßholzen, servierten ihn den Gästen in feinem Zinn. Dort und da stiefelte ein finster blickender Profos daher und flößte allein schon durch sein rot geschminktes Gesicht Haltung ein.

Der Saal füllte sich bis zum letzten Platz, doch nicht darüber. In einer vorderen Reihe saßen die Gustl und die Maxi, in ihrer Mitte Meister Joseph Stieler. Charlotte Hagn lugte durch das Guckloch des Bühnenvorhangs, sah sie und sprach zu sich selbst: Schön bin ich auch, aber ich habe noch etwas mehr zu bieten als ihr schillernden Seifenblasen ohne Herkunft! Da sitzt ihr, als steckte euch ein Besenstiel im Kreuz! So sehr hat euch der Farbtopf in der Barer Straße die unbedeutende Häuslerfigur begradigt! – Dann schüttelte sie den gehässigen Gedanken ab und war bei »Wallenstein«. Der erste Teil ging mit Lagerfreudigkeit und Kapuzinerpredigt temperamentvoll über die Bühne.

Der zweite Teil: »Die Piccolomini«, dritter Akt, achter Auftritt, Thekla an ihren Geliebten. Jetzt, Charlotte Hagn, deine große Stunde, nein, deine großen Minuten! Gib deinen Worten Hall und Widerhall und einen gewaltigen Nachhall in seinem Herzen!

Sie schritt herein, schritt vor, weit vor – so weit durfte man gar nicht – und sah nur noch die Königsloge.

Der Zug des Herzens ist des Schicksals Stimme.

Das klang so, als ob weiße Perlen auf schwarzer Marmorplatte aufhüpften, einmal und einmal und noch einmal.

Ich bin die Seine. Sein Geschenk allein
Ist dieses neue Leben, das ich lebe.
Er hat ein Recht an sein Geschöpf. Was war ich,
Eh seine schöne Liebe mich beseelte?

Hat er dich verstanden, Charlotte? Denn dein Spiel war mehr als Schauspiel, es war Bekenntnis! Es war Hingabe – ein Gemisch vielleicht von Hingabe und Anbiederung!

Als dann auch der dritte Teil, »Wallensteins Tod«, unter aufbrausendem Jubel ausgeklungen war, ließ der König das Mädchen durch einen Flügeladjutanten zu sich und seiner Gemahlin in die Loge bitten. Er küsste sie sanft auf die Stirn, reichte ihr einen wertvollen Rubinring mit der Innengravur seines Siegels und sprach: »Hofschauspielerin!«

Da fiel sie auf ein Knie und küsste seine Hand, auch die der Königin.

Acht Tage danach, als König Ludwig wieder einmal bei seinem verehrten Meister Stieler vorbeikam und die Gustl und die Maxi zum soundsovielten Male bewundert hatte, meinte er: »Und jetzt die Hagn als Thekla! Denn in ihr haben sich Kunst, Schönheit und Unschuld vermählt!«

Da dachte der Maler bei sich: Oh edler Herr, so kennst du die Mittagsteufel!

Ein Wiedersehen

Ambros Radlmeier war nach dem Tod des alten Königs wieder in den Marstall zurückversetzt worden. Oberhofkutscher Franz Breitenbacher kränkelte. Er hatte den Baron Lupini gebeten, ihm den Jungen als Unterstützung beizugeben und dafür jemand anderen zu den Kutschen abzuordnen; mit dem Radlmeier verstehe er sich am besten.

»Das könnt schon ein kleiner Wink sein!«, meinte die Maxi, als er ihr von diesem Vertrauensbeweis erzählte. Vater Borzaga aber fiel gleich mit der Tür ins Haus und rief: »Da wird's Zeit zum Heiraten! Denn jung gefreit hat noch niemanden gereut! Was, Mutter? Wir haben's auch schon nimmer derwarten können! Halt dich ran, Ambros! Der Mond am Himmel ist nit so wechselhaft wie 's Weibervolk!«

Es war nicht schwer, die Windrichtung zu erkennen, aus welcher der gute Mann gesprochen hatte, und Ambros dachte sich: Nix da mit »Bett beschritten, Recht erstritten«! Ich warte, damit sich an das, was vergangen ist, eine glücklichere Zukunft fügt!

Als sie einmal gemeinsam seine Mutter in der Schwabinger Gasse besuchten, sagte Doktor Glas in einem unbeobachteten Augenblick zu Ambros: »Das Mädl ist reif für den Mann!« – Also noch einer, bei dem der Wind aus derselben Richtung blies! Als ob sie sich verschworen hätten!

Um die Weihnachtszeit herum – es war eigentlich gar nicht so übermäßig kalt – klagte der Vater Borzaga plötzlich übers Reißen in den Schultern. Er fragte den Doktor Glas. Der riet ihm Bad Kreuth; die dortigen eisenhaltigen Schwefelbäder hätten bisweilen wahre Wunder gewirkt. Ob er sich's denn auch leisten könne? – Nun, leicht werde es ihm nicht fallen, aber etwas Erspartes, ein Notgroschen, sei schon vorhanden!

Auf einem Gäuwagerl – im weiten Umkreis von München lag fast kein Schnee – fuhr ihn der Ambros zunächst bis Holzkirchen; dort nahmen sie einen Schlitten. Die Maxi war auch dabei, wie sich's für eine anständige Tochter gehört, wenn sie ums Wohl des Vaters besorgt ist. Und sie hatte alle Ursache, besorgt zu sein: Er war ja der einzige Ernäher der Familie. Drum konnte sie auch verstehen, wenn er auf eine Heirat drängte. Sie hatte nichts gelernt und besaß kein Vermögen. Sollte es mit dem Vater schlimm stehen, sodass er gezwungen wäre, auf Wochen oder gar Monate hinaus seiner Beschäftigung fernzubleiben – was der liebe Gott verhüten wolle! –, müsste sie glatt in einen Wirtskeller zum Putzen gehen. Auch das möge der Herrgott verhüten. Denn wenn die Mannsbilder in den Wirtschaften ein Weiberts spüren, meinen sie gleich, es habe für sie da zu sein; gerade eine Putzerin. – Warum denn auch der Ambros bloß so schüchtern ist!

In der weiten Eingangshalle des »Wildbad Kreuth« mussten sie warten. Schließlich erschien ein Arzt; er stellte sich als Doktor Krämer vor. Ein großer, strohblonder Mann, etwa Ende zwanzig. Er setzte sich zum Vater Borzaga und ließ sich seinen Wehdam erzählen. Dabei schaute er immer wieder auf die Maxi hin. Sie fühlte diese Blicke und empfand sie wie feine Schlingen, Rosshaarschlingen, mit denen man kleine, arglose Vögel fängt.

»Ja, mein lieber Borzaga«, sagte er dann, »wir müssen ein paar Versuche machen und danach abwarten. Ihr seid wahrscheinlich ständig in der Zugluft gesessen und habt Euch bis ins Mark hinein verkühlt. Also sagen wir einmal, zunächst sechs Wochen! Und wie steht's mit der Bezahlung? Fünf Gulden je Tag!«

Starr sah der Vater die Tochter an. Auch der Arzt sah ihr jetzt voll ins Gesicht und nahm in ihren wunderbaren Augen die aufsteigenden Tränen wahr. Ihm war's, als wären die Lichtsplitter in diesen Augen scharfe Pfeilspitzen mit Widerhaken. Sie bohrten sich erbarmungslos in sein Inneres und blieben da haften.

»Nun, lieber Borzaga, ich seh schon, Ihr seid kein reicher Mann. Wollen wir also über die Bezahlung nicht reden, sondern Euch erst einmal gesund machen!«

»Ja freilich, Herr Doktor, wenn ich dann gesund bin und wieder schaffen kann, werd ich Euch alles bezahlen bis auf den letzten Groschen! Sonst müsst halt 's Deandl mithelfen, dass wir alles zusammenkriegen. Arbeitn is ja keine Schand nit!«

»Wir werden's schon sehen! Macht Euch jetzt keine Sorgen, und auch das liebe Deandl soll sich keine machen, sondern soll getrost heimfahren und wiederkommen, wenn der Vater Zeitlang hat!«

Doktor Krämer erhob sich und geleitete die Maxi vor das Hallentor, wo der Ambros im Schlitten saß. Mit einem eleganten Handkuss verabschiedete sich der Arzt, winkte ihr auch noch nach, bis der Schlitten hinterm dicht verschneiten Niederholz verschwand.

»Was meinen denn die Ärzte?«, fragte Ambros.

Weinerlich antwortete das Mädchen: »Es wird lang dauern, hat er gesagt, der Doktor; und viel Geld wird's kosten!«

Schon wollte der junge Mann sein Erspartes – und das war nicht wenig – anbieten.

Da sah er wieder den Arzt vor sich und sah den Handkuss – und da war er verschreckt.

Während der folgenden fünf Monate fuhr der Ambros die Maxi fast alle vierzehn Tage nach Kreuth, bis in den späten Frühling hinein. Als er wieder einmal nach dem nächsten Termin fragte, sagte sie, dem Vater gehe es bereits bedeutend besser, sodass sich die Besuche langsam erübrigten. Ambros spürte in dieser Antwort die verhalten mitgesprochene Lüge.

Ein paar Tage später wusste er's genau: Die Maxi war von einem großen, strohblonden Herrn abgeholt und nach Kreuth gefahren worden.

Und wieder nach geraumer Zeit war der Vater Borzaga da und ging wieder ins Leihhaus zum Dienst. Die Maxi jedoch schien er im Wildbad vergessen zu haben.

Dachte sich der Ambros: Zu wenig ist nix; nix aber ist gleich gar nix!

Charlotte Hagn, von Königs Gnaden Hofschauspielerin in München, gestattete sich keine Liebschaft, denn solange sie dem Stieler Porträt saß, musste sie jederzeit mit der Ankunft Seiner Majestät rechnen. Da durfte man kein gespaltenes Herz haben. Kenner schöner Frauen – und der König war ein solcher – besitzen dafür die Spürnase eines Hühnerhundes. Sie musste jetzt ganz und gar für ihn offen sein. Sie wollte ihm Ergebenheitsbriefe schreiben, wollte vor allem Klage führen gegen den Vater, wegen dessen Kramerladen sie das Adelsprädikat eingebüßt hatte. War sie doch die Enkelin eines Wirklichen Geheimen Hofkammerrates!

Wenn der »raue« Vater den Adel veruntreut hatte, so war das seine Sache! Sie wollte nicht für seine Sünden »in immerwährender Schwebe zwischen Furcht und Angst« geradestehen!

Am 18. November 1827 erbat sie sich eine Audienz. Sie verließ diese als Charlotte »von« Hagn. Meister Stieler, dem sie auch an diesem Tage eine Stunde saß, fühlte sich gezwungen, den Glanz ihrer unschuldsvollen Augen um eine Nuance zu bereichern.

Weil's auf den Botschaften, den auswärtigen wie den inländischen, wegen des unverbrüchlichen Friedens in der Heiligen Allianz nichts zu tun gab, man aber dennoch diplomatische Tätigkeit nachweisen musste, hatte der russische Attaché in München, ein Graf Rzevoutzki, eine Idee. Er hatte seinen allmächtigen Zaren bewogen, »Bayerns derzeit gloriöseste Hofschauspielerin, Freiin Charlotte von Hagn«, zu einem Gastspiel nach Sankt Petersburg einzuladen.

Das Gastspiel gestaltete sich so erfolgreich, dass sich die Berliner Hofbühne bei König Ludwig um die Künstlerin bemühte. Weil der Herr von Bayern – periodisch, wie schon seit acht Jahren – wieder einmal bei der geistvollsten Dame jenes Jahrzehnts, der Marchesa Marianna Florenzi, in Perugia turtelte, sandte er der dritten »schönsten Tochter des Bayernlandes« seinen Segen in die preußische Metropole nach, denn Charlotte war von Russland erst gar nicht mehr nach München zurückgekommen.

Dieses und das folgende Jahr verliefen im Familienbereich des bayerischen Königshofes spannungsgeladen, weil die Sache mit den schönen Mädchenköpfen Formen annahm, die kaum noch vertretbar waren. Da sollten es 36 werden, aufgehängt zu je 18 im Festsaalbau der Residenz. Mit bayerischen Mädchen, vor allem Münchnerinnen, hatte es angefangen. Eine volksfreundliche Idee! Und jetzt? Da gab es eine aus London, eine ganz gewappelte! Die hatte mit 16 Jahren einen 71-Jährigen geheiratet und ihm sogar ein Kind gebracht. Seitdem streunte sie in der Weltgeschichte herum – und diese Motte soll unter die Schönen! Da gab es eine Ungarin – die sollte gemalt und sogar Palastdame werden! Und da gab es besonders diese 30-jährige Welsche, diese Marianna – die sollte nicht nur gemalt, sondern auch bei Hofe vorgestellt werden! Ja, wo sind wir denn eigentlich?

Da kam der denkwürdige 6. Juni 1830, denkwürdig und traurig zugleich. Jetzt war sie eingetroffen, die Marianna, mit ihrem alten Conte Florenzi, den sie mit 14 Jahren geehelicht hatte. Angeblich wollten sie ihre beiden Kinder besuchen. König Ludwig empfing sie. Als sie der Königin Therese ihre Aufwartung machen wollten, wurden sie abgewiesen. Sie beklagten sich darüber bei Ludwig. Entrüstet begab er sich zur Familie und fing an zu schreien. Therese wurde förmlich und erklärte: »Die Königin wird Graf und Gräfin Florenzi weder empfangen, noch wird sie zulassen, dass sie bei Hofe präsentiert werden. Sollte jemand dieses versuchen, wird die Königin einen Skandal provozieren!«

Ludwig, außer sich vor Wut, schlug seine Gemahlin zweimal hart ins Gesicht. Da trat der 18-jährige Kronprinz Max vor und zog den Degen. »Ein Schlag noch!«, sagte er kühn und hielt den Vater in Schach. Der rief laut nach der Leibgarde. Vier Mann stürzten ins Kabinett.

»Führt den Kronprinzen in seine Gemächer!«

Sie salutierten und führten ihn ab.

7. Juni. An den Kronprinzen Maximilian von Bayern. Der Kronprinz wird bis auf Weiteres dem König nicht unter die Augen treten. Er wird bis zum 10. Juni München verlassen haben, um seine Studien in Berlin zu beginnen. Er wird inkognito dahin reisen und sich daselbst einlogieren, bis ihm der König von Bayern eine kleine Hofhaltung eingerichtet hat. Der außerordentliche bayerische Gesandte in Berlin, Friedrich Graf von Luxburg, ist unterrichtet. – L., rex.

Am 9. Juni, kurz nach Sonnenaufgang, fuhr Ambros Radlmeier auf einem Zweispänner mit dem Kronprinzen und seinem Hofmeister Konstantin Freiherr von Redwitz über Schwabing und Freimann auf Freising zu. Zwei Wochen später wurden sie bei der Hofkirche in Berlin vom bayerischen Legationssekretär empfangen und in ein Hotel eingewiesen. Wie staunten sie, als ihnen hier die Hofschauspielerin Charlotte von Hagn entgegentrat! Mit strahlendem Lächeln begrüßte sie die beiden Herren; den Kutscher sah sie entweder nicht oder sie blickte durch ihn hindurch. Während der zwei nächsten Tage hielt sie sich beim Kronprinzen auf, am dritten begab sich Ambros auf die Heimreise.

Einige Zeit nachdem er wieder in München war, traf er den Vater Borzaga. Der erzählte ihm überglücklich, die Maxi sei eine wohlbestallte »Frau Doktor« in Bad Kreuth und ginge im siebten Monat schwanger.

Die Nymphe mit der Lyra

Im Frühjahr 1832 trugen sie den geachteten Medikus Dr. Glas aus der Schwabinger Gasse auf den Südlichen Friedhof hinaus. Seine beiden Häuser hatte er der Gefährtin seines letzten Lebensjahrzehnts, der Witwe Martha Radlmeierin, testamentarisch hinterlassen. Er war kein Wachhund der lieben Christenheit gewesen, aber er hatte die eingefleischte Unredlichkeit des Menschen gehasst wie die Pest. Einer seiner Grundsätze, nach denen er gelebt und gewirkt hatte, lautete: »Der Mensch braucht gemeinhin mehr Liebe, als er verdient.« Diese Maxime hob sogar der Hilfspriester am offenen Grab hervor.

An diesem offenen Grab standen viele Leute, auch etliche »Bessere«. So zum Beispiel der Chef der Universität, Monsieur von Schubert. Ihm hatte der gute Doktor seinerzeit bei der Inthronisation als »Rector magnificus«, wo die Rede auf die mit dem hohen Amt verbundene Verantwortung gekommen war, den launigen Satz gesagt: »Ist man ein Depp, braucht man keine Verantwortung zu tragen. Also sei man ein Depp!« Der hohe Gelehrte hatte schon wiederholt an dieses Wort denken müssen.

Jetzt unterhielt er sich leise mit dem Bildhauer Ludwig von Schwanthaler und fragte ihn, ob auch er ein Patient des Doktors gewesen sei. Der schüttelte den Kopf und erwiderte: »Lachen Sie mich nicht aus, Magnifizenz, aber mich hat die weinende Demoiselle dort hierher gelockt!«

»Sind Sie denn sogar auf Friedhöfen hinter Ihren Modellen her?«

Erwiderte der Meister: »Ich tät mir eine aus der Höll holen, wenn sie schön ist!«

Fast entsetzt meinte der Rektor: »Ja, ist sie denn schön? Ich versteh nicht viel davon.«

Der Schwanthaler antwortete: »Sie müssten das Mädl im Ballett gesehen haben! Von vollendeter Grazie und bezaubernder Lieblichkeit! Wollte sie aber einmal traurig sehen! Darum bin ich hier!«

»Absonderliche Suchten!«, entgegnete der andere, und gemeinsam verließen sie den Friedhof.

Als sie vor das schmiedeeiserne Tor kamen, fuhr gerade ein Landauer heran. Ihm entstieg, auf eine Dienerin gestützt, Exzellenz die Baronin von Hacke.

»Meine Herren«, sagte sie, »haben sie den alten Doktor Glas schon eingescharrt? Bin ich doch wieder einmal zu spät dran! Aber er war auch nicht immer pünktlich, wenn ich ihn gebraucht hab!« Und schon stieg sie, stets mit dem rechten Fuß vorantastend, die paar Treppen zum Tor hinauf. Sie schlurfte zu jener Gräberreihe hin, wo aus einer Schar dunkel gekleideter Frauen und Männer schwungweise blauer Weihrauch aufwölkte. Der Hilfspriester und die Leute beteten gerade das letzte Vaterunser und fuhren fort: »Herr, gib ihm die ewige Ruh, und das ewige Licht leuchte ihm! Herr, lasse ihn ruhen in Frieden. Amen.«

Viele reichten den drei trauernden Hinterbliebenen mit ein paar Beileidsworten die Hand: »Die Erde mög ihm leicht sein!« Schließlich wurde eine kleine Gasse frei, sodass auch die Baronin ans Grab hinkonnte. Sie packte das Schäufelchen, warf drei Brocken Humus in die Grube und sprach halblaut vor sich hin: »Du lieber alter Esel, mir hast du mit deinen Salben und Wässerchen geholfen, dir selber konntest du's nicht! Schade, dass es dich nicht mehr gibt! Hab dich doch zu gern ein bisserl auf den Arm genommen; jetzt ist mir auch dieser Spaß vergällt!

Bleib halt drüben an der Tür stehen und schau heraus! Ich komme auch bald! Ich möcht dich gerne wiederhaben! Gut Nacht, Freunderl!« Dicke Tränen kullerten der alten Dame über die ledernen Wangen.

Darauf wandte sie sich an Frau Martha und küsste sie auf die Stirn. Das war so ihre Art, wenn sie jemanden mochte. »Hat er dich nicht auf dem Trocknen sitzenlassen?«, fragte sie. »Hat er dir die Häuser vermacht?«

Als Frau Martha nickte, fuhr die alte Exzellenz mit einem dunklen Ton in der Stimme fort: »Wollt ich ihm auch geraten haben! Denn schon vor Jahren hat er mir erklärt, dass er das beabsichtigt. ›Exzellenz‹, hat er gesagt, ›mein Sach, das kriegt die Nachbarin!‹ So war's öfter seine Rede. Und jetzt sag ich dir was: Lass die Häuser herrichten, mach innen noble Gästezimmer! Du liegst nahe bei der Residenz und beim Preysing; da gibt's immer Diplomaten und ähnliche Herumtreiber, die die eine oder andere Nacht gut wohnen wollen. Die zahlen ordentlich; sie haben's ja! Und bleib, wie du bist, meine Liebe!«

Abermals ein Küsschen, und die Baronin ging, wie sie gekommen war.

Zu dritt saßen sie dann daheim in der Schwabinger Gasse bei Tisch, und das Kathrinchen weinte noch immer. Er war ihr Vater und Großvater zugleich gewesen, er hatte sie gefördert, wo er nur konnte – ebenso auch verwöhnt. Wenn sie jetzt an der Hofoper als eine der besten Ballerinen galt, so gebührte ihm das Verdienst. Denn als er festgestellt hatte, dass es mit der Singschule nicht recht gehen wollte, hatte er ihr keinen Vorwurf gemacht, sondern sich um etwas anderes bemüht, eben um die Ballettschule. Und siehe, welcher Erfolg!

Ambros war mit ihm alles in allem ausgekommen; geliebt hatte er ihn nicht, obwohl sich der Arzt auch um seine Zuneigung bemüht hatte. Jetzt freilich wurde dem jungen Mann klar, was sie alle ihm zu danken hatten, und er leistete ihm im Herzen Abbitte für vieles.

Sie besprachen auch den Vorschlag der alten Oberhofmeisterin. Ambros fand ihn sehr gut und erklärte sich bereit, sein Gespartes beizusteuern, falls es vonnöten sei. Das jedoch lehnte Frau Martha entschieden ab: »Du bist in dem Alter, in dem der anständige Mann ans Heiraten denken soll. Was ist das aber für ein Bräutigam, der kein Geld hat! Ich weiß es von damals, als dein Vater – Gott hab ihn selig! – um mich warb. Da war freilich Krieg, und wir Mädl sind froh gewesen, dass wir angesichts der vielen Tausend Toten überhaupt noch einen Mann gekriegt haben, auch wenn er arm und versehrt war. Heut ist das alles anders, heut haben wir Frieden. Heut sind die Mädl anspruchsvoller.«

»Bin ich anspruchsvoll, Maman?«, fragte Kathrinchen.

»Wie soll ich wissen, Kind, was für Vorstellungen du dir von einem künftigen Mann machst!«

Das Mädchen hatte zu weinen aufgehört und schwärmte: »Groß muss er sein, schwarz muss er sein, vornehm muss er sein, taktvoll und feinfühlig muss er sein und …«

Ambros unterbrach die Schwester: »… und ein Trottel müsst er sein, wenn er dann ausgerechnet dich nähm!«

»Siehst du, da haben wir's! Ausgerechnet wie du dürft er eben nicht sein!«

»Streitet nit, Kinder!«, warf die Mutter dazwischen. »Zwei Männer hab ich gehabt, und mir ist's, als wären wir jeweils nur eine Stund beisammen gewesen. Dieses Gefühl kommt aber nit von ungefähr, sondern man muss entsprechend miteinander gehaust haben, vor allem rücksichtsvoll, so wie's im Evangelium steht: ›Einer trage des anderen Last!‹ Merkt euch den Spruch, Kinder, und schreibt ihn in Goldbuchstaben ins Herz!«

Es entstand eine Pause. Die Geschwister wollten die Mutter nicht verletzen, konnten sie doch ihre Moralpredigten schon fast auswendig. Darum schwiegen sie.

Frau Martha bemerkte dieses betretene Schweigen, darum unterbrach sie es und meinte: »Seid nicht bös, Kinder, ich bin halt altmodisch!«

Darauf erhob sich Ambros, fiel ihr um den Hals und sprach: »Aber schön bist du, Mama!«

»Dummer Bua«, erwiderte sie errötend, »sagt man denn so was zur eignen Mutter?« und tätschelte ihn zart – er war ja doch erst 26!

»Wie man erfährt, Radlmeier, hast du jetzt Verantwortung für Mutter und Schwester zu tragen. Deshalb befördert dich hiermit Seine Exzellenz der Obriststallmeister von Keßling zum Oberhofkutscher. Du übernimmst die Aufgaben unseres Franz Breitenbacher; er geht in Pension.« Baron Lupini sprach's und reichte Ambros die Hand.

Oberhofkutscher! Mit 26 Jahren! Das hatte es seit Gründung des bayerischen Königshauses noch nie gegeben. Ob da nicht die alte Oberhofmeisterin dahintersteckte? Jedenfalls sah's ihrem großmütterlichen Wesen ganz und gar ähnlich.

Lupini zählte zu jenen adligen Herren im Königreich Bayern, die nicht viel Aufhebens von sich machten, sondern auf dem Posten, auf den sie gesetzt waren, gewissenhaft ihre Pflicht taten. Er hatte unter seinesgleichen keine Feinde, aber auch nur wenige Freunde. Er schätzte die sogenannten »kleinen Leute« und fühlte sich in ihrer Gesellschaft wohl. Darum sagte er jetzt zu Ambros: »Lass satteln! Wir besuchen die Menterschwaige. Solche Tage muss man feiern, damit sie in Erinnerung bleiben!«

Als sie im Wirtsgarten unter den aufquellenden mächtigen Lindenbäumer saßen und einander zutranken, meinte der Baron: »Erinnere ich mich recht, so bist du seinerzeit, als du noch die Schule besucht hast, im Fach Geschichte eine Koryphäe gewesen. Wer war Kekrops?«

»Nach zehn Jahren Stall- und Fahrdienst verlangt Ihr viel von mir, Herr Baron! Immerhin! Kekrops muss ein griechischer Sagenkönig gewesen sein, der nach Athen kam, um das dort in Sklaverei und Entartung versunkene Volk wieder zu seiner Zivilisation zurückzuführen. Stimmt's so, Herr Baron?«

»Hab von dir keine andere Antwort erwartet – und nun pass auf! Unser bayerisches Königshaus geht einer Heldenzeit entgegen. Das Volk der Neu-Griechen wird seit Jahrhunderten von den türkischen Paschas unterjocht. Vor geraumer Zeit ist dieses Volk zum Kampf um seine Freiheit angetreten, leider ist es aber zu schwach, um die Unterdrücker bezwingen zu können. Deshalb haben Russland, England und Frankreich ihm hilfreich unter die Arme gegriffen. Zugleich beschlossen sie am vergangenen 7. Mai, unseren Prinzen Otto, den Wittelsbacher, auf einen Königsthron zu erheben, der freilich erst begründet werden muss. So wird das herrliche Volk der Hellenen wieder leichter zu sich selbst finden und seiner Feinde Herr werden.«

Ambros Radlmeier überlegte eine Weile und meinte dann bedächtig: »Ist es denn mit der Ernennung eines Königs getan? Wenn den Griechen gegen die Türken geholfen werden soll, dann braucht doch dieser König eine bewaffnete Hand. Und wer wird sie ihm bewaffnen?«

»Wer sonst, als das Volk, von dem er kommt!«, erwiderte der Baron nicht ohne Schärfe.

»Bayern auf wildfremden Kriegsschauplätzen …!« Ambros sprach's und schüttelte den Kopf. »Warum machen das die Russen nicht? Deren Volk ist doch mindestens zehnmal stärker als wir!«

Der Baron tupfte mit der Hand auf Ambros' Arm: »Dein Gedanke ist richtig, aber nicht diplomatisch. Gewiss könnte Russland die Türken schlagen; dagegen wehren sich jedoch England und Frankreich, und nicht zu Unrecht. Denn von dort, wo die Russen sich einmal festgesetzt haben, sind sie schwer wieder wegzubringen. Und auf lange Sicht könnten sich die Russen leicht im gesamten Mittelmeerraum festsetzen. Wer aber will das schon?«

»Nun dachte ich aber«, warf Ambros ein, »die Russen seien – zusammen mit England – unsere Verbündeten?«

»Das stimmt!«, erwiderte Baron Lupini. »In der Politik verhält es sich aber so, dass der eine eifersüchtig darauf bedacht ist, den anderen nicht größer werden zu lassen. Man spricht dann von der Aufrechterhaltung des europäischen Gleichgewichts.«

Ambros lächelte: »Mit anderen Worten: Futterneid – wie bei den hässlichen alten Hennen am Misthaufen!«

Nun lächelte auch der Baron und sagte: »Ambros, bleib so klug, wie du bist!«

Wenige Tage später erhielt das Kathrinchen einen Brief.

Hochverehrte Demoiselle Radlmeier, liebwerte Künstlerin! – Der Ihnen hier schreibt, schätzt Ihre Kunst sehr hoch ein. Noch höher schätzt er Ihre Gestalt, und dies ohne jegliche unlautere Nebenabsicht, sondern – und das werden gerade Sie ihm nachempfinden können! – aus einem rein künstlerischen Beweggrund.

Damit ich nicht lange herumrede! Ich trage mich schon seit einiger Zeit mit dem Gedanken, eine Nymphe zu zeichnen. Ich habe lange ausgeschaut und gesucht, bis ich das geeignete Modell fand, nämlich Sie, verehrte Demoiselle! Vielleicht haben Sie es wahrgenommen, dass ich während der letzten Monate alle Balletttänze unserer

Hofoper besucht habe, weil ich überzeugt war, die gesuchte Gestalt, wenn überhaupt, nur hier zu finden.

Ich bitte Sie daher höflich, mir Ihre Zustimmung nicht zu versagen, sondern mich in meinem neuen Atelier in der offengelassenen Salvatorkirche aufzusuchen.

In aller Ergebenheit ganz der Ihre: Ludwig von Schwanthaler, Hofbildhauer.

Stolz las das Mädchen den Brief der Mutter vor. Doch Frau Martha hatte die Maler und Schreiner im Haus und war mit ihren Gedanken ganz bei der Neugestaltung ihrer Räume. Sie drückte wohl ihre Freude über die Einladung durch den gefeierten Künstler aus, sonst aber hielt sich ihre Anteilnahme sehr in Grenzen. Das Kathrinchen, ein wenig beleidigt, machte sich sogleich auf den Weg in die Salvatorkirche. Dieses Gotteshaus war, wie zahllose andere, im Jahr des Kirchensturms 1803 als »überflüssig« aufgelöst und in der Folge zweckentfremdet worden. Jetzt hatte es der Hofbildhauer wegen seiner großen Aufträge und der 50 Gesellen und Lehrlinge, die er beschäftigte, pachtweise erworben. Außerdem pflegte er mit seinen Künstlerfreunden hier rauschende Feste zu feiern, an denen das gelehrte und prominente München mit großer Begeisterung teilnahm.

Hier trat das Kathrinchen ein und blieb, überwältigt und ein wenig schüchtern, wie ein Bettelkind bei der Türe stehen. Ein Aufräumer redete sie auch gleich in barschem Ton an: »An dieser Kirchentür, da gibt's keine Almosen! Geh 'nüber zum Heiligen Geist! Die dort sind zuständig für solches Gelichter!«

Es war nur ein Glück, dass sich weit hinten ein schwerer Vorhang öffnete und ein schöner Mann hervortrat. »Wer beehrt uns da mit seinem Besuch?«, rief er aus und kam rasch näher.

Das Mädchen wollte ihm den Brief zeigen, den es in der Hand hielt. Er aber ergriff diese Hand sofort und küsste sie. »So rasch erfüllen Sie meine Bitte, liebe Demoiselle! Wie mich das freut!« Dann nahm er sie sanft unterm Arm und geleitete sie ständig erklärend durch den Raum: »Sie sehen, wir arbeiten hier an verschiedenen Aufträgen zugleich. Dort erkennen Sie die Fassadenfiguren für die Ludwigskirche. Dieses sind die Giebelfiguren für die Walhalla. Eine Arbeit auf Jahre hinaus wird dieser Gesimsfries in Hochrelief sein; er ist 24 Meter lang und soll den Speisesaal eines adligen Palais zieren.«

Sie wandten sich der anderen Seite zu. Hier hatte man eine Zeichnung in Aquarell und Feder auf Pauspapier und grauem Karton an die Wand geheftet: »Auch dies wird ein Vorzimmerfries, für den Königsbau der Residenz. Hier unterweisen die Musen den Dichter Hesiod im heiligen Gesang. Dort ist der schöpferische Eros dabei, aus dem Chaos Himmel und Erde zu schaffen. Ganz links endlich sehen Sie Aphrodite dem Meer entsteigen; Eros nimmt sich ihrer an und geleitet sie zu den Unsterblichen.«

Dann standen sie vor dem sechs Meter hohen, gespaltenen Vorhang. Der Meister drückte ihn auseinander und bat das Mädchen in einen Raum, der voll bunter Tücher hing, die aus dem Kirchengewölbe herabgelassen und wieder hinaufgezogen werden konnten. Mehrere Staffeleien, durch den weiten Raum verteilt, zeigten, mit wie vielen verschiedenen Werken der Künstler gleichzeitig beschäftigt war. Jetzt führte er das Kathrinchen an einen großen Tisch in der Mitte, ließ sie in einem wuchtigen Armstuhl Platz nehmen und setzte sich selbst halb auf den Tisch.

»Wie ich bereits in meinem Brief erwähnt habe, drängt es mich zur Gestaltung einer Nymphe. Nymphen sind Göttinnen, die aus dem Himmel kamen und niedergestiegen sind in die Urgewalt des Meeres, der Fauna

123

und Flora der Erde. Sie verkörpern also beides: die Höhe und die Tiefe, das Lichte und das Finstere, das Sanfte und das Zerstörerische. Am Anfang fanden sich in ihnen diese Gegensätze noch in herrlicher Harmonie vereint. Doch bald ging diese Einheit in der Unendlichkeit des Alls verloren – ihr inneres Sein wurde zerrissen, darüber trauern die Nymphen. Liebes Fräulein, seien Sie mir jetzt eine solche Nymphe voller Melancholie! Eine kleine Göttin, die gern eine Hymne auf ihre himmlische Herkunft gesungen hätte, nun aber die Lyra weglegen musste, weil sich um sie herum die Gewässer ausbreiten, aus denen die tosenden Stürme steigen und jegliche Musik übertönen.«

Ludwig Schwanthaler führte das Mädchen hinter einen Paravent, sie musste sich entkleiden und mit einem seidenen Tuch um die Hüften schürzen. Als sie so wieder herauskam, flocht er ihr ein paar Wasserblumen ins lange Haar, rückte eine kleine Felsenkulisse zurecht und bat sie, sich darauf niederzulassen, leger mit einem entblößten Bein. Dann übergab er ihr die Lyra und sprach: »Trauer hat Ihr Herz ergriffen; Sie sind nicht in der Lage, den Gesang zu singen.«

Da legte das Mädchen lässig beide Arme um die Lyra und stützte den seitlich gewendeten Kopf in die Linke. Der Meister nahm ein kleines Zeichenpapier, setzte sich an den Tisch und skizzierte.

»Wenn der Himmel will, dann werde ich noch viele Nymphen nach Ihrem Vorbild schaffen.« Ludwig von Schwanthaler sprach's und geleitete das Kathrinchen bis zum Paravent.

»Mama, wie alt kann der Herr von Schwanthaler sein?«

»So um die dreißig, will mir scheinen! Warum, Kathrinchen?«

»Wenn das mein Mann wär! Aber er will mich nicht!«

Heilige Eide

Das acht Tage dauernde Münchner Landwirtschafts- und Oktoberfest dieses 32er-Jahres hatte wieder Stadt und Land auf die Theresienwiese gerufen und wartete mit allerhand Überraschungen auf – wie es die Bayern gewohnt waren. Dennoch hatte in diesem Jahr eine eigenartig gespannte Stimmung die Festteilnehmer ergriffen. Es lag viel Neues in der Luft. Der 17-jährige Prinz Otto, erwählter König von Griechenland, hatte in der Residenz einen eigenen Trakt bezogen, wo ihm vom königlichen Vater eine kleine Hofhaltung eingerichtet worden war. Und dann sprach sich's seit etlichen Tagen herum, man erwarte eine hohe griechische Abordnung, die im Namen ihres Volkes dem neuen Herrscher einen Akt der Huldigung leisten wolle.

Die Bestätigung für dieses Gerede erhielt die Witwe Radlmeier sozusagen aus erster Hand. Ein höfischer Kämmerer war bei ihr erschienen und hatte gefragt, wie viele Zimmer sie etwa für das Begleitpersonal der Delegation anbieten könne. Denn die vornehmen Gesandten selbst sollten im Palais Preysing untergebracht werden; da durfte ihre Gefolgschaft nicht weit entfernt sein. Frau Martha konnte dem Höfling vier ganz neu ausgestattete Räume zeigen. Der war entzückt und notierte diese Zimmer für einen – wie er sich ausdrückte – »hohen Offizier und Freiheitshelden«.

Dann verbreitete es sich plötzlich wie ein Lauffeuer durch München, die Delegation sei bereits in Triest eingetroffen, müsse jedoch wegen einer Seuche noch eine Zeit lang in Quarantäne verweilen und werde in einigen Tagen in München sein. Das Oktoberfest, das man den Herrschaften zeigen wolle, werde deshalb um eine Woche verlängert. Das rief nicht geringen Jubel beim Volk auf der Wiesn und in den Straßen und Gassen der Stadt hervor; sie feierten ja so gern.

Auch der Hofoper kam der Besuch aus dem Land der homerischen Helden überaus gelegen, konnte man doch jetzt auch dem Ausland gegenüber beweisen, auf welch hohem künstlerischen Niveau man sich in der Metropole des Bayernlandes bewegte. Schon seit Monaten studierte man Daniel Aubers »Der Gott und die Bajadere« ein. Demoiselle Radlmeier war mit einem vornehmen Part im Ballett betraut worden; die Schwanthaler'sche Entdeckung hatte nicht wenig dazu beigetragen.

In jenen Tagen brach in der Stadt das »Griechenfieber« aus: Die jungen Leute, und bald auch ältere, kleideten sich mit weiß-blauer Schärpe und rotem, bequastetem Fez, etliche sogar mit einer Fustanella, einem faltenreichen Röckchen, und zogen so durch die oktoberfestlichen Gassen.

Es war ein strahlender Herbsttag, als endlich die griechische Gesandtschaft vor dem Isartor in München haltmachte: Voraus eine Abteilung erlesener Gardesoldaten in farbenfroher Montur, angeführt vom Nationalhelden, dem Obristen Ilias Mavromichalis, dahinter drei Galakutschen, die Wien geliehen hatte. Beim Isartor begrüßte sie der Bürgermeister Jakob Klar, hieß sie willkommen und reichte ihnen Brot, Salz und Wein. 50 Gendarmen nahmen darauf die Gäste in ihre Mitte und geleiteten sie zum Rathaus. Jubelndes Volk stand durchs ganze »Tal« zu beiden Straßenseiten. Im Rathaus gaben die drei würdigen Gesandten, eingekleidet in roter Tracht, ihre Geschenke ab, und jeder empfing als Gegengabe den bayerischen Löwen aus feinstem Nymphenburger Porzellan.

In der Residenz nahm sie der Graf Armannsperg in Empfang. Sie durften Seiner Majestät König Ludwig eine kurze Aufwartung machen. Die königliche Familie war erst wenige Tage zuvor aus ihrer Sommerresidenz Aschaffenburg nach München zurückgekehrt. Am frühen Abend entließ man die Gesandtschaft in die für sie vorgesehenen Unterkünfte: die drei Würdenträger ins Palais Preysing, den Obristen und den Sekretär zur Frau Radlmeier, die Garde in die Türkenkaserne.

Der verdiente Freiheitskämpfer Mavromichalis hatte in gedrängter Kürze etwas Deutsch gelernt; sein Kollege sprach es zufriedenstellend. Beide aber hatten auch Französisch gelernt. Die Unterhaltung mit Frau Martha floss recht zäh dahin. Als aber das Kathrinchen von der Probe heimkam und zu später Stunde auch noch der Ambros sich dazugesellte, entwickelte sich ein heiteres und sehr interessantes Gespräch bis in die tiefe Nacht hinein. Der Obrist erzählte von seinen Heldentaten und beleuchtete das tragische Schicksal seines Volkes, das durch innere Parteiungen zerfressen sei und nur durch einen ausländischen Regenten zusammengeschweißt werden könne. Allerdings müsste dieser verstehen, die griechische Seele für sich zu gewinnen. Das erwarte man von dem jungen Herrscher aus dem Hause Bayern.

Anderentags: Großer Einzug des Hofes und der auswärtigen Gäste auf der Wiesn. In periodischer Wiederkehr wurden Kanonen abgefeuert. Bisweilen musste die Hartschiergarde energisch vorgehen, damit die dicht gedrängte Volksmenge dem königlichen Geleit Platz machte. Jedermann wollte diese fremden Gesichter sehen, ob sie genau so fremd seien wie die Namen, die man mittlerweile zu hören bekommen hatte: Miavlis, Bozzaris, Kaliopulos.

Wie man bloß so heißen kann! Wie kernig klingt dagegen das münchnerische Huber und Maier!

Die Griechen machten große Augen, als sie auf die Wiesn einfuhren. Da stolzierte das glänzend geputzte Preisvieh daher, da jagte ein Pferderennen über die Bahn, da waren die Könner beim Vogel- und Armbrustschießen beisammen. In eigens gebauten niedlichen Landhäuschen und geräumigen Bretterbuden konnte man zum guten Bier Ringkämpfe zwischen Handwerksburschen sehen und Harfenmädchen hören. In Glückshäfen konnte man ohne viel Mühe viel Geld loswerden, sodass bei jedem ein Ordnungshüter stehen und aufpassen musste, dass sich Glücksverleiher und Glücksverlierer nicht in die Haare gerieten. Denn an einem so herrlichen Wiesntag schmeckte das Bier noch mal so gut und stachelte das zünftige bayerische Gemüt auf.

All das wurde von den griechischen Gästen bestaunt, denn ihnen war das fremd.

Nur die Ringkämpfe fanden sie kläglich. Im Vergleich zu dem, was die Jugend in ihrer Heimat bot, war das hier weit entfernt von der Eleganz eines Kampfes; für sie war es nichts anderes als ein rüdes, stümperhaftes Einander-Wehtun.

Aber auch König Ludwig konnte eine gewisse Enttäuschung nicht verhehlen, dass nämlich von diesen Männern keiner die altgriechische Sprache beherrschte, in der er sich gern mit ihnen unterhalten hätte. Welch ein geistiger Verfall!, dachte er sich. Von Griechenland war einst die menschliche Kultur ausgegangen, hatte die gesamte alte Welt befruchtet und die wildesten Völker gezähmt. Jetzt sollte nach 2500 Jahren ein Bayer diesen inzwischen in Barbarei versunkenen Stamm wieder zu der einstigen Höhe führen! Was für eine Aufgabe! Wird ihr der 17-Jährige gewachsen sein?

Als die Nacht anbrach, leuchtete über der Wiesn ein prachtvolles Feuerwerk auf. Die Gäste bewunderten es zwar, gaben jedoch zu verstehen, dass es schon vor vielen Jahrhunderten die Aufsehen erregenden »griechischen Feuer« gegeben habe, eine gewaltige Abwehrwaffe gegen eindringende Feinde, nicht bloß eine Volksbelustigung. Die Gastgeber mussten daraus entnehmen, dass man bei den Griechen für solche Spielereien nichts übrig hatte.

Der andere Tag war für die Vorstellung und Huldigung beim jungen König Otto im Hofgartentrakt der Residenz vorgesehen. Dabei versicherte der Herrscher, er werde noch vor Jahresende nach Griechenland abreisen, und er bat die drei Legaten, bis dahin seine Gäste zu sein.

Gegen Ende Oktober begann die neue Theatersaison. Die Hofoper ließ durch Zeitungen und in Aushängen verkünden, sie habe als Auftakt nach dem Pariser Vorbild die Oper »Der Gott und die Bajadere« vorgesehen. Es sei auch ein französischer Ballettmeister engagiert worden, um Aubers Werk nach französischer Auffassung künstlerisch zu interpretieren.

Die Premiere war auf den 29. Oktober angesetzt. Zwei Könige, deren gesamter Hofstaat, die hohen hellenischen Gäste und die vornehmsten Köpfe des in München ansässigen in- und ausländischen Adels waren vertreten. Selbstverständlich auch der Obrist Ilias Mavromichalis – der sich schon im Radlmeier'schen Haus auffällig für das Kathrinchen interessiert hatte, aber heute, als sie die Rolle der Fatma tanzte, endgültig für sie Feuer fing.

Er besuchte fortan jede Aufführung, und jeden Abend holte er das Fräulein beim Garderobenausgang ab, um sie auf dem schnellsten Weg nach Hause zu begleiten. Es hatte ja die kalte Jahreszeit begonnen, und der erste Schnee fiel – für den geborenen Spartaner ein schlecht verträgliches Klima. Da schätzte man eine warme Stube ebenso wie ein warmes Bett; beides stand im Haus der Frau Radlmeier zur Verfügung.

Frau Martha war entsetzt, als sie merkte, was sich da tat, und teilte ihren Kummer dem Sohn mit. Ambros wiederholte daraufhin das Wort des gottseligen Doktor Glas, das dieser einmal über die Maxi Borzaga gesagt hatte: »Sie ist reif für den Mann!«

»Man darf nicht alles mit der Natur und ihren Sehnsüchten entschuldigen!«, erwiderte Frau Martha. »Der Mensch ist mehr als das liebe Vieh, und ein Mädl ist doch nicht bloß eine Kalbin!«

»Gewiss, Mutter«, versuchte Ambros zu beschwichtigen, »entschuldigen kann man 's Kathrinchen nicht, aber man muss sie verstehen! So sehr sie der Doktor beruflich gefördert hat, so wenig hat er sie wirklich erzogen. Im Gegenteil, er war verliebt in sie und hat ihr alles hinausgehen lassen, hat ihr jeden Wunsch von den Augen abgelesen. Deswegen stoßen alle Mahnungen bei ihr auf taube Ohren. Denn wenn alles schon so weit ist, wie du sagst, dann kann sie nur noch ein harter Donnerschlag zur Vernunft bringen. Den möchte ich der Schwester allerdings nicht wünschen!«

Blitz und Donner sind Naturgewalten; der Mensch hat sie nicht in seiner Hand. Plötzlich türmen sie sich vor dir auf; ob du sie gewünscht oder befürchtet hast, sie brechen herein, entladen sich – und läutern und reinigen die Atmosphäre.

Die Wochen gingen dahin, das Kathrinchen und der Grieche waren so oft beieinander, wie es ihnen die Umstände nur erlaubten. Auf einmal hieß es: Am 6. Dezember tritt Seine Majestät König Otto die Reise in das Land seiner Bestimmung an! Diese Nachricht wirkte auf die beiden wie ein Donnerschlag.

Abschied! Oberst Ilias Mavromichalis schwor dem Kathrinchen und ihrer Mutter täglich sieben heilige Eide, er werde entweder nach etlichen Monaten wieder nach München zurückkehren oder das Mädchen zu sich kommen lassen. Er besitze in den Vorbergen Arkadiens Haus und Hof und Ländereien, dorthin ziehe er sich aus dem Trubel der Städte immer wieder zurück.

Die beiden Frauen übertrafen sich gegenseitig an Einfalt und Gutgläubigkeit. Der schöne Grieche hätte beteuern können, für sie das Blaue vom Himmel herunterzuholen; sie wären still und ergeben sitzen geblieben, mit ausgebreiteten Armen, und hätten gewartet, bis es so weit wäre. So sehr hatte der große Soldat jetzt auch Frau Martha in seinen Bann gezogen.

Doch dann erlebte die Familie Radlmeier noch ihren ganz privaten Donnerschlag. Ambros erhielt den Auftrag, den jungen König zunächst bis Triest zu fahren. Ob er noch mit nach Griechenland werde übersetzen müssen, hänge von dem Ausmaß und Fassungsvermögen der Schiffe ab, die für die Überfahrt bereitstünden. Seit dem Tod des Doktors waren der Sohn für die Mutter und die Mutter für den Sohn wieder die wichtigsten Menschen auf der Welt geworden. So fühlten sich beide hart getroffen.

Während nun ab Mitte November eine bayerische Hilfsbrigade von 3582 Mann aus allen Garnisonen zusammengestellt und auf einen sechswöchigen Übergang über die vereisten Alpen in Marsch gesetzt wurde, um sich in Triest einschiffen zu lassen, rüstete in München der Oberhofkutscher Ambros Radlmeier einen Viererzug und vier Wechselpferde aus.

Am Tag des heiligen Nikolaus – wild fegte der Schneesturm vom Hofgarten bis zum Isartor – nahm Otto Abschied von der Familie. Vater Ludwig gab ihm einen Regentschaftsrat von drei erfahrenen Männern und zwei

Millionen Gulden mit, damit der liebenswürdige, doch unerfahrene Sohn die ersten Hürden in seiner neuen Aufgabe glücklich meistere.

Der lange Zug setzte sich in Bewegung, halb München war auf den Beinen, und manche Träne des Mitleids kullerte in parfümierte Riechtüchlein. Als sie bei den Franziskanern vorüberfuhren, standen auch Frau Martha und das Kathrinchen winkend da. Die Mutter sah nur den Sohn, das Mädchen nur den zum königlichen Flügeladjutanten aufgerückten griechischen Obristen. Beide Frauen dachten in ihren Herzen: Wann werden wir uns wiedersehen? – Und auch sie weinten.

Bei einem damals noch namenlosen Straßenrodungsdorf – heute heißt es zur Erinnerung an diesen Tag »Ottobrunn« – trennte sich auch der königliche Vater von seinem Sohn und segnete ihn.

»Maria in der Eichen«

Am Weihnachtstag brachte die Hofoper erneut Aubers »Gott und die Bajadere«. Die Aufführung ging schief, und das Stück musste bis auf Weiteres vom Spielplan abgesetzt werden. Grund: Die Ballerina »Fatma« brach auf dem Höhepunkte ihres tänzerischen Duetts mit der Partnerin »Zolo« plötzlich zusammen. Der sofort herbeigerufene Arzt stellte nach der oberflächlichen Untersuchung lächelnd fest: »Mademoiselle, ich müsste mich täuschen, wenn Sie nicht schon im Anfang des dritten Monats sind!«
Schon wieder ein Donnerschlag!
Eingehüllt in ihren flauschigen Mantel wie eine Mumie, verließ das Kathrinchen den Garderobentrakt. Draußen vor der Tür stand kein Ilias Mavromichalis, der sie, wie so oft, in die Arme geschlossen hätte. Dafür pfauchte sie der raue Nordwind an. Sie kam zur Mutter. Frau Martha versuchte zu trösten: »Kind, er hat dir versprochen wiederzukommen. Ich kann mir nicht vorstellen, dass er so schlecht ist und sein Versprechen nicht wahr macht. Vielleicht lässt sich aber alles noch abwenden. Empfiehl dich der lieben Muttergottes und mach eine Wallfahrt nach Maria Eich!«
Und sie reichte der Tochter das Legendenbüchlein. Darin war zu lesen, dass hundert Jahre zuvor eine sterbenskranke Dienstmagd aus Planegg ihre Zuflucht zu »Maria in der Eichen«, zur himmlischen Frau, genommen habe und »kriechend auf den Knien durch den ganzen Ort bis zur Gnadenstätte geschloffen« – und gesund geworden sei.

Am Festtag der Unschuldigen Kinder machte sich das Kathrinchen auf den Weg. Keinen Hund hätte man vor die Haustür gejagt, so stürmisch begann der Tag. Sie aber ging unbeirrbar dahin. Ihr Leid ließ sie die Umwelt nicht beachten. Sie kam an der Sendlinger Kirche vorbei, wo einst etliche Tausend bayerische Freiheitskämpfer in der Mordweihnacht den Tod gefunden hatten. Sie kam an der Blutenburg vorüber, wo die jungen bayerischen Herzoge oft ihre Flitterwochen gefeiert hatten. Sie kam nach Lochham, nach Gräfelfing und bog dann in den Kreuzlinger Forst ein. Hier herrschte Stille. Der Wald lag tief verschneit. Es gab nur eine einzige Spur, die vielleicht ein Wildheger getreten hatte. Hoch droben in den Tannenwipfeln, von denen immer wieder Schneebänke herabfielen und zwischen den Ästen zerstäubten, rauschte der raue Nordwind und pfiff auf den Nadeln seine kalten Melodien. Irgendwo im Niederholz bellte ein Fuchs, und ein Krähenpärchen krächzte sich gegenseitig die Qualen des Hungers vor.

Drei Stunden war sie jetzt gegangen. Ihre Kleider starrten an den unteren Säumen von Schnee und Eis. Bei einer Weggabel musste sie links abbiegen; hier hatte ein frommer Mann, der aus Feuersnot gerettet worden war, vierzehn steinerne Kreuzwegstationen errichten lassen, je zwanzig Meter voneinander entfernt. Das Kathrinchen blieb bei der ersten Station stehen und fing an zu beten: Jesus wird zum Tode verurteilt. Herr, verzeih mir, denn dieses Urteil habe auch ich mitgesprochen!

Und sie plagte sich weiter: Jesus nimmt das schwere Kreuz auf seine Schultern. Lieber Herr, verzeih mir, denn auch ich habe dir die Last meiner Sünden aufgebürdet!

Jesus fällt das erste Mal unter dem Kreuz! Ich bete dich an, Herr Jesu Christ, und benedeie dich, denn durch dein heiliges Kreuz hast du die ganze Welt erlöst – auch mich!

So betend schleppte sich das Mädchen von einer Station zur anderen. Als bei der vierzehnten bereits die Gnadenkapelle inmitten uralter Eichen zu sehen war, warf sie sich in den Schnee nieder und machte es wie jene Magd aus Planegg: »Kriechend auf den Knien« gelangte sie völlig erschöpft an das kleine Gotteshaus, dessen Tür der Sturm aufgerissen hatte. Eine kleine Schneewächte zog sich fast bis zur Kommunionbank vor. Auch durch diese kroch das Kathrinchen noch hindurch. Beim Spießegitter brach sie dann zusammen. Der Einsiedler Aurelian, der seine Behausung gleich neben dem Gnadenaltar hatte und durch ein Guckfensterchen auf die Muttergottesstatue schauen konnte, wenn er betete, tat das Schiebtürl auf, denn er hatte gehört, wie das Mädchen hingefallen war. Und da sah er sie liegen. Er kam heraus, trat zu ihr und erkannte, dass sie ohnmächtig und noch jung war. Er holte die Schafwolldecke von seinem Lager, breitete sie über das Kathrinchen und rannte hinaus, zum Forsthaus. Der Oberförster war nicht da, aber sein Adjunkt Konrad Berger. Ihm erzählte er, was geschehen war.

Berger wollte eben den Amtsgaul vor den Kastenschlitten spannen, um Heu zu den Wildständen hinauszufahren. Er beeilte sich, und sie kamen vor die Kapelle. Behutsam hoben sie das Mädchen auf und legten sie aufs Heu, deckten sie auch mit dem Wollvlies wieder zu. Dabei erwachte sie. Der Adjunkt fragte sie, woher sie käme. Als sie's ihm kaum hörbar geflüstert hatte, fuhr er eilends nach München und brachte sie in die Schwabinger Gasse, nicht ohne ihr vorher noch einen kräftigen Schluck seines herzhaften Weingeists eingeflößt zu haben.

Während der vergangenen Wochen war das Geleit des Königs Otto von Griechenland über Aibling nach Kiefersfelden gelangt. Hier an der Grenze hatten sie in einer

Gedenkminute dem bayerischen Vaterland ein letztes Lebewohl gesagt und waren dann bei grimmiger Kälte über Innsbruck, Steinach, Lienz und Villach am 18. Dezember nach Triest weitergereist. Im Hafen von Piruno lief gerade die englische Fregatte »Madagaskar« ein, ein mächtiger Dreimaster, der den Auftrag hatte, die junge Majestät an ihren Bestimmungsort zu bringen. Das Schiff war geräumig, sodass das ganze Geleit mit Ross und Wagen verladen werden konnte.

Leider war an der dalmatinischen Küste eine heftige Bora aufgetreten. Der kalte Fallwind zwang den Kapitän, noch einige Tage vor Anker liegen zu bleiben. Und das war für alle ein Glück, denn in der Nacht zum Heiligen Abend kam es in der nördlichen Adria zu einem gewaltigen Seebeben, das viele Schiffe verschlang, die keinen sicheren Hafen mehr hatten erreichen können.

Als sich darauf der Wind gedreht hatte, fuhren sie ab und liefen nach drei Tagen in Kerkyra auf Korfu ein. Hier mussten sie abermals vor Anker gehen, weil die 24 Schiffe der Hilfsbrigade noch nicht eingetroffen waren.

Das neue Jahr 1833 wurde vom Schiffskapitän mit 21 Kanonenschüssen begrüßt. Die Griechen, die im Geleit ihres neuen Königs mitreisten, wurden missmutig, weil sich die Ankunft der bayerischen Soldaten verzögerte und man deshalb nicht weiterfahren konnte. Der Kapitän versicherte allerdings, dass man um diese Jahreszeit, vor allem bei zunehmendem Mond, mit ungünstigem Wetter rechnen und darum Geduld aufbringen müsse. Auch ordnete er an, die drei Mastbäume, von denen jeder gut seine 150 Fuß maß, mit starken Ketten zu umgürten, weil mit einem Nachlassen des fürchterlichen Sturmes vorerst nicht zu rechnen sei.

Als der König und sein Gefolge, die sich alle schrecklich langweilten, beim Vertäuen der Masten zuschauten, wollte es das Missgeschick, dass Ambros Radlmeier, der ganz hinten stand, einem niederfallenden Tau ausweichen musste und ins Meer fiel. Ein wachhabender Matrose hatte das gesehen, sprang ihm sofort nach und brachte ihn wieder an Deck. Darüber war König Otto derart entzückt, dass er dem Grafen Armannsperg, der neben ihm über die Reling schaute, die goldene, mit Diamanten besetzte Uhr aus der Westentasche zog und sie dem Matrosen schenkte. Den Oberhofkutscher trugen sie in den Pferdestall. Der Schiffsarzt ließ ihn entkleiden und mit einer Essenz einreiben, worauf er 16 Stunden schlief.

Am 20. Januar lief die Flottille mit der Hilfsbrigade endlich in den Hafen von Kerkyra ein. Sofort traf man auf der »Madagaskar« alle Vorbereitungen zur Weiterfahrt. Ambros musste den Rössern feste Lederriemen unter die Bäuche schnallen, damit die Tiere bei hohem Seegang nicht hin und her geworfen wurden und sich die Knochen brachen.

Am 22. lichtete man die Anker, am 23. fuhr man an der Insel Kefalonia vorbei und hielt auf Kap Matapan zu, die südlichste Spitze des Peloponnes. Dann freilich wurde die gesamte Flottille, einschließlich des Admiralsschiffes, volle sechs Tage und Nächte auf der stürmischen See von der eiskalten Bora gejagt, sodass von den braven Bayern elf Mann starben, noch ehe sie das Land ihrer Bestimmung gesehen hatten.

Am 30. Januar endlich konnten sie in den Hafen von Nauplia einfahren. Vier Tage mussten sie noch auf den Schiffen bleiben, dann erst wurden sie ausgebootet, und am 6. Februar hielt König Otto seinen feierlichen Einzug in die schrecklich verwüstete Stadt, in der er zunächst seine Residenz aufschlagen musste. Ein Geistlicher und schöne griechische Frauen mit kleinen Kindern auf den Armen begrüßten ihn. Die Engländer, die bisher die

Zitadellen der Stadt besetzt gehalten hatten, lösten ebenso wie die Fregatten je 21 Kanonenschüsse und übergaben darauf die Torwache den Soldaten der Hilfsbrigade.

Damit hatten die Bayern von Griechenland Besitz ergriffen. Eine neue europäische Ära schien sich anzubahnen.

Zu ebendieser Zeit, sechs Wochen nach jenem verhängnisvollen Tag der Unschuldigen Kinder, begann sich der Gesundheitszustand der Demoiselle Cathrine Radlmeier wieder zu normalisieren. Das hartnäckige Fieber wich. Eine Fehlgeburt war nicht eingetreten.

Die beiden Frauen hofften weiter auf eine baldige Rückkehr des Obristen und königlichen Flügeladjutanten Ilias Mavromichalis, damit das zu erwartende Kind wenigstens ehelich geboren würde. Außerdem plagten sie mehr und mehr Geldsorgen. Denn vom Vermieten der paar schönen Zimmer in ihren Häusern konnten sie nicht leben. So überlegten sie hin und her, wie sie wohl den Kindsvater im fernen Griechenland erreichen könnten.

Eines Tages erfuhren sie, dass zu Ehrenberg in der Hallertau ein Pfarrer hause, ein »Geisterpfarrer«, wie ihn die Leut nannten. Der könne in die Zukunft schauen, Menschen in Bann schlagen, und er besitze Macht über die Natur. So habe er erst neulich bei einem Großbrand im nahen Hohenwart auf einen Laib Brot ein paar Buchstaben gekritzelt, habe das Brot ins heranlodernde Feuer geworfen – und die Flammen seien erloschen. Desgleichen sei er auf dem Weg zum Gottesdienst nach Raitbach einem Wilderer begegnet, habe ihn an ein Marterl hingebannt, sodass sich der Gesell nicht mehr habe rühren können, bis der »Geisterpfarrer« nach seiner Messe wieder zurückkam und den Bann löste. Einem alten Mutterl soll er gar gesagt haben, dass ihr Sohn, der mit dem Napoleon nach Russland gezogen war, noch lebe und bald kommen werde. Und tatsächlich sei er nach zwanzig Jahren wieder heimgekehrt.

An diesen Ehrenberger Pfarrer wollten auch sie sich wenden.

Weil der Herr Accoucheur Xaver Geier wiederholt zu seiner Schwester nach Pfaffenhofen fuhr und weil er für die kommende Niederkunft bereits vorgesehen war, nahm er beide Frauen eines Tages im März mit und brachte sie ins Widum nach Ehrenberg. Wie zwei arme Sünderinnen traten sie beim »Geisterpfarrer« ein, berichteten ihm alles und fragten ihn, ob mit der baldigen Rückkehr des Kindsvaters zu rechnen sei.

Der geistliche Herr schaute sie mit durchdringenden Blicken an, erhob sich hinter seinem Schreibtisch und zeichnete einer jeden ein Kreuz auf die Stirn. Dabei meinte er väterlich: »Wiederkommen wird er. Ob's euch aber freuen wird, möcht man bezweifeln! Vergesst nit aufs Beten!«

Beglückt fuhren sie mit dem Accoucheur wieder nach München und krebsten nun von einer Wiedersehenshoffnung zur anderen – Woche für Woche, Monat für Monat. Bis dann Ende Juli die junge Radlmeierin einem gesunden Knaben das Leben schenkte. Der Kaplan in der Dompfarrei machte ein recht sauertöpfisches Gesicht, als er ins Matrikelbuch schreiben musste: »Hermes Ambrosius Radlmeier, nach christkatholischem Ritus getauft am 29. Juli 1833, ein uneheliches Kind der Katharina Radlmeier. Vater unbekannt.«

Man hatte also die Schande nicht abwenden können, Gott sei's geklagt!

Doch das Kathrinchen machte sich nichts daraus. Das ungewollte Kind war da, daran ließ sich nichts ändern; doch wollte sie wegen dieses Kindes künftig nicht in Sack und Asche leben. Sie war noch jung und wollte ihre jungen Jahre genießen!

Anders verhielt sich Frau Martha. Getreu der alten Weisheit »Gibt der Herr ein Häslein, so gibt er auch das Gräslein« vertraute sie auf die göttliche Vorsehung, doch sagte ihr der nüchterne Verstand, dass man nicht die Hände in den Schoß legen durfte, sondern dieses »Gräslein« auch suchen musste. Sie begab sich also wieder in die Residenz, in der Hoffnung, hier abermals in den Küchendienst eintreten zu können. Und sie hatte sich nicht getäuscht: Sie durfte wieder wie ehedem putzen und aufräumen.

Da gab es unter den anderen Frauen, die dort dienten, noch einige alte, die sich an sie erinnerten, besonders die Beschließerin. Sie war in einer ähnlichen Lage wie Frau Martha, weil auch ihr Sohn mit nach Griechenland hatte ausziehen müssen. Kein Wunder, dass sich da oft ein kleines Pläuschchen zwischen Tür und Angel nicht umgehen ließ. So erfuhr Frau Martha auch von der Möglichkeit, auf einem schnelleren als dem üblichen Weg Briefpost nach Griechenland zu befördern.

Eines Abends im Spätherbst setzte sie sich also hin und schrieb:

Lieber Ambros! Weiß nicht, wann dich dieses Schreiben erreichen wird, aber irgendwann wird's schon sein. Uns geht's gut. Wir sind jetzt zu dritt. Das Kathrinchen hat nämlich am 27. Juli einen Buben auf die Welt gebracht. Er heißt Hermes Ambrosius, weil du als Taufpate eingeschrieben bist.

Jetzt hoffen wir halt, dass sein Vater bald wieder nach München kommt und hier einen Hofdienst übernimmt. Es sind ja andere Griechen auch schon da. Mit dem Ballett ist's beim Kathrinchen aus, denn sie geht auseinander wie

eine Dampfnudel. Ich selber bin wieder in der Residenz-
küche, weil wir von dem bisserl Vermieten nicht leben
könnten. Vielleicht triffst du zufällig den Ilias. Dann sag
ihm, dass er einen schönen, kleinen Buben hat und dass
sich 's Kathrinchen gar arg nach ihm sehnt.

Mit ihrer letzten Bemerkung hatte Frau Martha ein Weilchen gezögert, denn von dieser Sehnsucht war bei der
jungen Mutter weiß Gott nichts zu erkennen. Im Gegenteil, sie hielt gerne Ausschau, wenn sie zum Markt oder in
die Kirche ging, und es war nicht zu leugnen: Die Augen
der Männer verweilten auf ihrer strammen Gestalt meist
länger, als es die strenge Anstandsregel wollte – und das
Kathrinchen war nicht unfroh darüber. Die Mutter sah's
mit Sorge und flehte ihre Tochter geradezu an, doch die
Finger von den Mannsbildern zu lassen, weil diese eine
ledige Mutter als Freiwild betrachteten oder gar als eine
Pfütze, in die jeder ungestraft hineinlatschen dürfe.

Das Kathrinchen aber lächelte nur und meinte: »Mutter, hab keine Angst!«

Im Land der Hellenen

Baron Fleury, der Oberstallmeister König Ottos, hatte den Oberhofkutscher Radlmeier der Residenzwache von Nauplia für besondere Aufgaben zugeteilt. Der Grund dafür war, dass Ausfahrten Seiner Majestät im weiteren Umkreis der Stadt sich wegen der miserablen Straßenverhältnisse als völlig unmöglich erwiesen. Ambros hatte die mitgebrachte Hofkutsche in eine verdreckte Remise des Palais Royal stellen und mit Säcken zudecken müssen. Niemand hätte vorauszusagen gewagt, wann man sie je wieder verwenden würde, denn die Verwahrlosung ringsum stank zum Himmel.

Er hatte seine und noch zehn andere Rösser zu betreuen; dazu waren ihm zwei griechische Stallknechte beigegeben worden, Kerle, die von Ungeziefer strotzten. Auch die kleine Kammer abseits der Toreinfahrt, die ihm eingeräumt worden war, hatte er erst mit einem Räucherholz, das einer der Knechte herbeibrachte, zwei Tage und zwei Nächte lang ausschwefeln müssen, bevor er sie beziehen konnte. Sonst gab es für ihn nichts anderes zu tun, als jeden Tag zwei Rösser auszureiten.

Bei einem solchen Ausritt kam er auch an den Trümmern von Tiryns vorbei, wo der sagenhafte König Eurystheus regiert haben soll, in dessen Dienst der Held Herakles unglaubliche Taten vollbrachte. Vor 14 Jahren hatte sein Geschichtslehrer davon gesprochen, und jetzt stand Ambros auf jenem sagenhaften Boden und hätte sich nicht gewundert, wenn hinter einem Schutthügel oder unter ein paar niedergebrochenen Säulen plötzlich der bewusste Herakles aufgetaucht wäre. – O holde Kinderzeit!

Als er in die Residenz nach Nauplia zurückkehrte, wurde er von der Torwache sofort zum Oberstallmeister befohlen. Baron Fleury teilte ihm mit, der Herr Obrist Ilias Mavromichalis sei vor wenigen Stunden mit einem großen Gefolge angekommen; die Pferde stünden im Marstall. Der Herr habe nämlich geheiratet und sei eben dabei, die junge Gemahlin Seiner Majestät vorzustellen. Wie lange die Herrschaften voraussichtlich in der Residenz bleiben würden, habe man noch nicht erfahren.

Ambros begab sich in den Marstall, wo die beiden griechischen Knechte vollauf mit der Betreuung der 24 hinzugekommenen Rösser beschäftigt waren. Es waren lauter edle Tiere, aber störrisch und überreizt. Man hatte sie seit dem Aufbruch in den Bergen Arkadiens nicht geschont.

»Sie wollen jetzt keine Menschenstimme hören!«, meinte Ambros und verließ mit den Knechten den Stall. Als er ihn kurz vor Mitternacht von Neuem betrat, merkte er, dass sie sich beruhigt hatten, erkannte aber auch, dass sie an den Fesseln von Läusen zerfressen waren. Noch in der gleichen Nacht rührte er eine Mixtur zusammen, und nachdem sie am Morgen den Pferden aufgeschüttet hatten, machten sie sich zu dritt an deren Füßen zu schaffen.

Während dieser beschwerlichen Tätigkeit – die Rösser empfanden die Mixtur eher schmerzhaft als wohltuend – betraten der Baron Fleury und der Obrist den Stall; offensichtlich wollten sie ausreiten. Als sie sahen, was sich da tat, blieben sie stehen und schauten interessiert zu.

Plötzlich sagte der Obrist, zu Ambros gewandt: »Bist du nicht von München?«

Ambros stellte sich stramm und erwiderte: »Exzellenz haben seinerzeit im Haus meiner Mutter gewohnt!«

»*Merde alors!*«, schimpfte Mavromichalis, drehte sich weg und verließ den Stall; der Baron folgte ihm.

Wochen später kam Frau Marthas Brief in Nauplia an. Er bescherte dem Ambros bittere Stunden der Ratlosigkeit. Gern hätte er der Mutter und Schwester die traurige Tatsache verheimlicht; aber war es nicht grausam, die beiden Frauen in der Hoffnung auf einen glücklichen Ausgang weiterleben zu lassen? Schließlich erwog er, den Obristen zu stellen. Die letztere Möglichkeit verwarf er zuerst, müsste sie doch unweigerlich zu seinem Schaden ausschlagen, wenn nicht gar zu seinem Untergang führen. Denn die Griechen verstanden es meisterlich, einen Unliebsamen mit der Bemerkung verschwinden zu lassen, er sei wahrscheinlich in die Berge gegangen. Fiel dieser Ausdruck, dann wusste dortzulande jedermann, was es geschlagen hatte, nämlich die letzte Stunde.

So entschloss er sich, den Brief der Mutter zwar zu beantworten, den Obristen jedoch nicht zu erwähnen. Denn keine Antwort ist auch eine, und die Zeit heilt viele Wunden!

Sofort nach dem Abzug der Engländer aus der großen Zitadelle von Nauplia hatte König Otto die Reinigung und vollkommene Instandsetzung dieser Festung angeordnet. In dem verwahrlosten Zustand, in dem sich das Bollwerk befand, hätte es nämlich keinen ernsten Ansturm ausgehalten. So hatten zum Beispiel die Geschützstellungen den Soldaten als Aborte gedient.

Im Herbst dieses 33er-Jahres konnte dann der Festungskommandant die Beendigung der geforderten Arbeiten melden. Eine Woche danach ließ der König eine Inspektion seinerseits anmelden.

Begleitet von den beiden Obristen Heydeck und Mavromichalis und dem Grafen Armannsperg sowie etlichen höheren Offizieren der neunten Batterie des ersten bayerischen Feldartillerieregiments schritt der junge Herrscher durch alle Kasematten, Gräben und Stellungen und ließ sich über Sinn und Zweck der einzelnen Fortifikationsanlagen aufklären. Dabei begegnete ihnen auf einmal ein blutjunger Kanonier, der vollständig betrunken über den Weg torkelte und sich dann an der Mauerecke heftig erbrach. Ein Leutnant stellte ihn sofort, konnte aber mit Müh und Not nur den Namen des Mannes erfahren: Stanislaus Schmitt aus Günzburg. Ein paar herbeigerufene Kameraden führten ihn ab. Etliche Tage danach wurde er in die Residenz kommandiert und dem Oberhofkutscher Ambros Radlmeier als Rossknecht unterstellt. Das war eine Disziplinarstrafe. Ferner hieß es – und daraus erkannte man das gute Herz des Monarchen –, er werde zwar nicht degradiert, wohl aber bei nächstbester Gelegenheit nach Bayern »transferiert« – zu Deutsch: abgeschoben.

Stanislaus Schmitt musste sich nun in allen Belangen mit dem Radlmeier auseinandersetzen; ihm war er militärischen Gehorsam schuldig.

»Wie alt bist du, Stanislaus?«

»Zwölf geboren!«

»Und stammst aus Günzburg?«

»Aus Günzburg!«

»Du hast, wie man hört, eine höhere Schulbildung genossen!«

»Sechs Jahr' Gymnasium; dann haben sie mich mit Sang und Klang ärschlings hinausgeschmissen!«

»Grundlos?«

»Hab die Büffelei satt gehabt bis über die Hutschnur! Drauf bin ich Soldat geworden, weil ich gehofft hab, hier Karriere zu machen und in die Offizierslaufbahn einsteigen zu können. Scheiße! Bis zum Oberkanonier hab ich's gebracht!«

Ambros wiederholte seine Frage: »Grundlos?«

Stanislaus entgegnete wütend: »Überall sind sie mir aufsässig! Und wie lange wird's dauern, dann kannst auch du mich nicht mehr riechen.«

»Hast du noch Eltern?«

»Freilich! Aber weil mein Vater Lehrer ist, will er nichts mehr von mir wissen, seitdem ich aus dem Gymnasium geflogen bin.«

Ambros nickte bedächtig: »Du meinst also im Ernst, alle seien dir aufsässig. Hast du dich denn nie gefragt, warum sie dir aufsässig sind? Wenn sie's sind, die Leut, dann müssten sie doch Gründe dafür haben! Und diese Gründe wirst du ihnen wahrscheinlich liefern. Denn es ist nicht anzunehmen, dass alle, die mit dir zu tun hatten und zu tun haben, grundlos auf dir herumhacken!«

»Was bohrst du in mich hinein? Bist du denn mein Beichtvater?«

Ambros wurde ernst: »Stanislaus Schmitt, merk dir eins! Der Schwimmer kann ins Tiefe gehen; der Nichtschwimmer ersäuft schon in der Pfütze. Du musst erst etwas können, etwas leisten, etwas sein! Du darfst nicht bloß meckern! Mit der Meckerei machst du dich bloß lächerlich! Ist dir denn noch nie aufgegangen, dass du überall versagt hast? Du verlangst von den Leuten, die dich umgeben, dass sie deine eigensüchtigen Launen ertragen, selber aber bist du unduldsam, bist immer nur fordernd. Wo kämen wir denn hin in der Welt, wenn jeder stets die Marotten des eigenen Schädels auf Kosten der anderen durchdrücken wollt? Vor allem dann, wenn er nicht einmal etwas leistet oder Fähigkeiten hat, sondern nur eine große Goschn?«

Der Oberkanonier blähte sich auf: »Da haben wir's ja wieder! Wie ich gesagt hab! Ich brauch nur den Mund aufmachen, und schon zieht man über mich her!«

Ambros winkte heftig ab: »Mit dir ist nicht zu reden wie mit Menschen, sondern mit dir muss man brüllen wie mit Ochsen: Du bist genauso nur durch Gebrüll ansprechbar! Dann also in Gotts Namen! Hör zu! Du bist im Marstall den beiden griechischen Knechten gleichgestellt! Du hast die gleiche Arbeit zu verrichten wie sie! Widersetzlichkeit wird nicht geduldet, Schlamperei wird bestraft! Der Beschwerdegang zum Stallmeister, Baron Fleury, steht dir jederzeit offen. Geh jetzt!«

Stanislaus grüßte soldatisch und begab sich in den Stall. Ambros ging in den sonnigen Tag hinaus; er war erregt und brauchte Ruhe. Und er sprach zu sich selbst: Wer, um Vernunft anzunehmen, den Stock braucht, muss ihn kriegen! Denn Erkenntnis ist immer schmerzhaft, aber darum auch heilsam. Andererseits bleibt unbestritten, dass sich niemand in die Lage eines anderen versetzen kann. Daraus ergibt sich, dass ich auch niemanden verurteilen darf. Wer gab mir denn das Recht, mit dem jungen Kerl so hart ins Gericht zu gehen? Wie ein Pharisäer hab ich ihn behandelt! Der gottselige Doktor Glas hat einmal gesagt: Der Anfang jedes menschlichen Gesprächs ist das Wohlwollen! Ich werde also meine Haltung dem Stanislaus gegenüber zu ändern haben!

Oberkanonier Stanislaus Schmitt

Das wittelsbachische Königreich auf hellenischem Boden, der große Traum Ludwigs I., des Herrschers an der Isar, ließ sich nicht so einfach verwirklichen, wie man es sich in München vorgestellt hatte. Die Griechen, geprägt durch die jahrhundertelange türkische Herrschaft, zeigten wenig Neigung, sich für mitteleuropäisches Kulturleben zu begeistern. Darum setzten sie auch dem Eindringling Otto und seiner bayerischen Hilfsbrigade hinterhältigen Widerstand entgegen. Insbesondere griff der Stamm der Palikaren die vorgeschobenen Posten immer wieder aus Berghöhlen und Ruinen an und brachte ihnen hohe Verluste bei. Bis ins Frühjahr 1834 hatte die königlich bayerische Hilfstruppe elf Offiziere, zwei Feldkapläne und 411 Mann verloren, ein Zehntel ihres Bestandes. Die Folge davon war, dass man in der Schweiz und in anderen deutschsprachigen Ländern daranging, ein Freiwilligenkorps von 5400 Mann aufzustellen, um die Hilfsbrigade abzulösen.

Diese Ablösung erwies sich auch noch aus anderen Gründen als zwingend notwendig. Die braven Bayern vertrugen das Mittelmeerklima und die Ernährung nicht. Die Ungezieferplage setzte ihnen arg zu, und eine Typhusepidemie ging unter ihnen um. Das zwangsweise Tragen des massiven Raupenhelms in der Hitze der griechischen Berge tat ein Übriges. Manchmal lagen ihrer bis zu drei Viertel von ihnen krank danieder. Andere litten unter Heimweh und nervösen Störungen und siechten sachte dahin. All diese unerfreulichen Erscheinungen heizten wiederum den Alkoholgenuss an.

Als dann endlich im Spätherbst dieses 34er-Jahres das Korps der Freiwilligen langsam eingeschleust wurde, begab sich der Rest der Hilfsbrigade nach Navarino, um von da aus in See zu stechen und nach Hause zurückzukehren.

Auch Ambros Radlmeier und der Oberkanonier Stanislaus Schmitt durften die Heimreise antreten. Zunächst ging es von Nauplia aus über die arkadischen Gebirge an die Küste des Ionischen Meeres. Der Marsch über die Berge und durch die Täler, über die der Borasturm eisig kalt hinpfiff, dauerte nahezu 14 Tage. Dann kamen sie in Navarino an, dem antiken Pylos. Hier hatte, so erzählt es der alte Dichter Homer, der greise König Nestor gehaust, der vor den Toren Trojas manch gewichtiges Wort zu seinen Landsleuten gesprochen und manchen Heißsporn zur Mäßigung gemahnt hatte.

Begünstigt durch die nordwärts streichende Bora, lichteten die französischen Seeleute am 12. Dezember 1834 die Anker. Die Schiffe trieben flott dahin und langten nach elf Tagen im Hafen von Triest an. Hier mussten sie eine 14-tägige »Kontumaz« über sich ergehen lassen, das heißt, die Schiffe mussten vor Anker liegen bleiben. Das war eine schikanöse Geste Wiens, dem der Freihafen Triest gehörte. Denn die Österreicher hatten mit wenig Freude auf den Einzug des Wittelsbachers in Griechenland geschaut. Während dieser erzwungenen 14 Tage Aufenthalt in der bedrückenden Enge der Schiffe wurden die ohnehin geschwächten und nervlich überreizten Soldaten ungemütlich und drohten sich an der Schiffsmannschaft zu vergreifen.

Eines Nachts gelang es fünf Mann, unter ihnen auch Stanislaus Schmitt, das Land zu erreichen und im Hafen ein Frauenhaus aufzusuchen. Als sie gegen Morgen wieder zurückkehrten, wurden sie von der Bordwache aufgegriffen und erhielten nach französischem Seerecht – noch nass, wie sie waren – an Ort und Stelle mit einem Schiffstau 25 Hiebe auf den nackten Hintern. Diese Strafe wurde, um ein abschreckendes Beispiel zu statuieren, so intensiv durchgeführt, dass die fünf Männer elf Tage lang auf dem Bauch liegen mussten.

Weihnachten auf dem Schiff, Neujahr auf dem Schiff!

Ambros Radlmeier stand in einer dieser Nächte an der Reling und horchte in die Stille der Stadt, die dort und da vom Uhrenschlag eines Kampanile klangvoll unterbrochen wurde. Bisweilen dröhnten auch ein paar Kanonendonner von der Zitadelle durch die Nacht, wenn draußen ein wachhabendes Kriegsschiff vorüberglitt.

Wenn er jetzt heimkommen wird nach München, wie werden sie ihn empfangen, die Mutter und das Kathrinchen und ihr anderthalbjähriger Sohn Hermes? Ihre erste Frage wird dem Ilias Mavromichalis gelten, und er hat ihnen nie geschrieben, dass dieser nun verheiratet ist! Da werden sie still durchs Haus weinen, er aber wird jetzt Sohn und Bruder und Vater zugleich sein müssen und der Ernährer aller. Wenn er je gehofft hatte, nach seiner Heimkehr vielleicht doch noch ein Mädchen zu finden, so durfte er diese Hoffnung nunmehr begraben. Wer heiratet denn schon in solche Verhältnisse hinein!

An Epiphanie 1835 durften die bayerischen Soldaten endlich an Land gehen. Ambros kümmerte sich um seinen Rossknecht – er trug ihm während der ersten Tage, als dessen Gesäß noch wund war, die paar Habseligkeiten und Mitbringsel, die er in Griechenland erstanden hatte. Nach einem 50-tägigen Marsch über Laibach, Graz, Braunau, Simbach, Straubing und Regensburg kamen sie Anfang März halb erfroren in München an.

Beim feierlichen Gottesdienst im Liebfrauendom ließ Seine Königliche Majestät jedem Heimkehrer »ein ehrenvolles Denkzeichen« an die Brust heften. Es bestand aus Gusseisen und war an einem blau gewässerten Band zu tragen. Darauf durften die einen für 14 Tage zu ihren Angehörigen ziehen, die anderen, die keine hatten – so wie Stanislaus Schmitt –, rückten in die Kasernen am Oberwiesenfeld ein.

Ambros kam heim in die Schwabinger Gasse.

Da hatte sich manches verändert – nicht zum Guten. Frau Martha, seine Mutter, sah blass aus und zitterte, wenn sie eine Tasse oder einen Teller in die Hand nahm, wie ein alter Mann. Ihr Lächeln, das einst aus einem beglückten Herzen kam, stand wie eine Qual auf ihrem Gesicht; sie hatte es wohl verlernt in der zurückliegenden langen Zeit.

Aus dem früher so zierlichen Kathrinchen war eine wuchtige Kathrine geworden, aufgedunsen an Brust und Hüften wie die Küchenmägde beim Tambosi. Auch sie lächelte. Und auch dieses Lächeln war gezwungen: Es sollte geschwisterliche Zuneigung bekunden, zeigte aber unverkennbar den durch zwei Jahre hindurch geübten Ausdruck der Verführung.

Der kleine Erdenbürger Hermes, den die Nöte der Mutter und der Großmutter noch nicht plagten, trippelte durch die Räume und freute sich, freute sich auch über den neuen Onkel und war nur ein bisschen enttäuscht, dass ihm dieser Onkel nichts zum Naschen und auch kein Spielzeug mitgebracht hatte. Die anderen Onkel, die die Mama reihum ins Haus brachte, pflegten gebefreudiger zu sein.

Beim ersten gemeinsamen Abendessen berichtete nun Ambros, was er über den Obristen Mavromichalis wusste.

Er glaubte, sich bei diesem Bericht keine Rücksichtnahme auferlegen zu müssen, schien doch die Schwester den Vater ihres Kindes schon längst abgeschrieben zu haben. Frau Martha dagegen, die immer noch seine Rückkehr erwartet und sich dann einen anderen Lebenswandel der Tochter erhofft hatte, nahm diese erneute Enttäuschung äußerlich mit scheinbarer Gelassenheit hin. Ihr tat nur das unschuldige Kind leid.

Von seinen sonstigen griechischen Erlebnissen erzählte Ambros nichts. Denn die beiden Zuhörerinnen hätten nicht zugehört, weil ihre Herzen von ihm abgewandert waren. Dem Verwandtschaftsgrad nach gehörten sie wohl noch zusammen, doch hatten sie sich nichts mehr zu sagen. Er versprach ihnen, sich nach besten Kräften um ihr leibliches Wohl zu bemühen, schränkte jedoch sein Versprechen der Schwester gegenüber ein. Er verlangte nämlich, sie solle sich um eine anständige Arbeit umsehen, weil er nicht bereit sei, dem Tagediebstahl Vorschub zu leisten.

Auf dieses Wort hin giftete ihn das Kathrinchen an und schrie: »Auch von dir lass ich mir keine Vorschriften machen! Es geht dich nämlich gar nix an, wie ich mein Geld verdien! Jedenfalls kann ich auf deine Unterstützung verzichten! Aus dem Haus darfst du mich nit verweisen; darüber hab ich mich bereits von einem Freund, einem Rechtskundigen, informieren lassen. Du kannst über mich denken, was du willst, genau so wie die Mama! Ich richt mir 's Leben nach meinem Gusto ein, ob's euch passt oder nit!«

Ambros nickte und machte eine Geste des Verständnisses.

Triumphierend fuhr sie fort: »Übrigens hat mich der Herr von Schwanthaler wieder zu sich geladen; er braucht ein Modell für eine Kolossalstatue auf der Oktoberwiesn.

Vielleicht scheibt sich mit dem noch was; dann dürft ihr vor mir den Hut ziehn und einen Knicks machen, wenn ich vorbeifahr!« Ohne Gute-Nacht-Gruß ging sie in ihre Kammer.

So waren also die Fronten unter den beiden Geschwistern abgesteckt: Bruder und Schwester hatten sich auseinandergelebt. Und noch einmal knickte in Frau Marthas Herz eine kleine Hoffnung zusammen – die Hoffnung, die sie an die Begegnung der beiden geknüpft hatte.

Der Baron Lupini empfing seinen Protegé mit großer Freude. Gleichzeitig stellte er allerdings fest, dass er dünner geworden sei, was seinem Gesicht eine fast durchgeistigte Note gebe. Ambros musste lachen: »Ja, Herr Baron, fünfzig Tage hungern im Schnee und Eis der Alpen, das vergeistigt! Hätt der Rückzug noch ein paar weitere Tage gedauert, wär von uns überhaupt nur noch der Geist übrig geblieben!«

Lupini, der sachte zu altern begann, meinte gutherzig: »Jetzt aber haben wir dich wieder, Ambros! Ich weiß zwar noch nicht, wo ich dich hinsetzen soll, aber irgendwas Gehöriges finden wir sicher. Vorab hast du nichts anderes zu tun, als verfügbar zu sein und mich durch dieses herrliche Frühjahr ins Grüne zu begleiten!«

So geschah es auch. Tagelang ritten sie ins Münchner Umfeld hinaus, nach Dachau, nach Hohenkammer, nach Schleißheim, vor allem aber aufs Oberwiesenfeld. Auch am Samstag, dem 16. Mai 1835.

Das Oberwiesenfeld, der große Exerzierplatz der Münchner Garnison, galt seit eh und je als beliebtes Ausflugsziel der städtischen Bürgerschaft.

Im Dahinreiten erzählte Ambros dem väterlichen Freund die Sorgen, die ihn wegen seiner Schwester plagten.

Der Baron hörte sich alles an und sprach dann ohne viel Aufhebens: »Wenn sich das bei dem Mädel als eine Art Prostitution auswirkt, wie ich deinen Worten fast entnehmen möcht, dann sind die Bürgermeister dafür zuständig. Die können da vielleicht einen Riegel vorschieben, ohne dass die Geschichte erst in der Öffentlichkeit breitgetreten wird. Und sie werden das umso lieber tun, wenn sie sehen, dass Mutter und Bruder ihnen dabei die Steigbügel halten. Begib dich einfach zum Herrn von Teng! Der ist erst vorvergangenes Jahr zum Bürgermeister gewählt worden, ist also noch ziemlich neu – und die neuen Besen kehren gut!«

Ambros bedankte sich. Er musste die Angelegenheit noch bedenken, hängt man doch die eigene Schwester nicht einfach hin; auch lässt man nicht gerne wildfremde Menschen in der eigenen Familie herumwühlen und den Bodensatz, den es ja überall gibt, nach oben kehren.

Es war ein schwülwarmer Samstagnachmittag, so gegen halb vier Uhr. Die exerzierenden Soldaten waren eingerückt, gähnend leer lag das weite Oberwiesenfeld da, nur in der Ferne ragte beim Kugelfang der Pulverturm auf. Sah man genau hin, konnte man vor dem Wachhaus die neun diensthabenden Kanoniere erkennen. Der Baron und Ambros ritten gemächlich dahin.

Mit einem Male gab es dort eine so mächtige Explosion, dass die beiden Pferde aufstiegen, ihre Reiter abwarfen und davonjagten. Balkenstücke und Ziegelbrocken flogen umher, eine Wolke von Pulverdampf schwebte wie ein riesiger Pilz über dem Feld und zog langsam stadtwärts. Die beiden Männer waren völlig benommen. Weit hinten am Horizont sahen sie, als sie sich erhoben hatten, ihre Rösser stehen. Ambros und der Baron klopften sich gegenseitig den Staub von der Montur und marschierten dann auf die Reittiere zu. Als sie in die Stadt kamen, stellten sie fest, dass zersplitterte Fensterscheiben und geborstene Dachziegel die Gassen bedeckten. Besonders gelitten hatten die Residenz und der Liebfrauendom.

Fünf Tage später wurde den vollkommen zerfetzten Leibern von neun Soldaten in der Sankt Michaelskirche unter starker Beteiligung, auch des Hofes, die Totenfeier gehalten. Dabei erfuhr man, dass der Oberkanonier Stanislaus Schmitt, der sich ebenfalls unter den Opfern befand, in der Kaserne einen Brief hinterlassen habe. Er schrieb darin, er werde das Pulvermagazin in die Luft jagen, weil er von seinen Vorgesetzten dauernd unwürdig behandelt worden sei.

Der entstandene Schaden wurde auf eine Viertelmillion Gulden geschätzt, und die Münchner hatten monatelang einen schier unerschöpflichen Gesprächsstoff.

Der Bock als Gärtner

Joseph von Teng, Zweiter Bürgermeister der Landeshauptstadt München, hörte sich den Bericht des Oberhofkutschers Ambros Radlmeier scheinbar gelassen an. In Wirklichkeit war er peinlich berührt. Hier drohte nämlich etwas an die Öffentlichkeit zu kommen, was ihn die Stellung und den guten Namen kosten konnte. Denn auch er gehörte zu Kathrinchens Favoriten. Er war jener Rechtskundige, der das Mädchen bezüglich der Wohnung in der Schwabinger Gasse beraten hatte. Ihm schwirrte jetzt durch den Kopf, dass er gegen das Mädchen einerseits etwas unternehmen musste, andererseits nichts unternehmen durfte. Unternahm er etwas, so würde sie toben, ihn bei anderen Liebhabern verraten und ihm unweigerlich den Stuhl vor die Tür setzen; unternahm er nichts, würde ihm der Kutscher keine Ruhe lassen, würde nörgeln und zu böser Letzt erfahren, wo die Glocken hingen. In beiden Fällen eine öffentliche Bloßstellung.

»Lieber Radlmeier«, begann er, als Ambros ausgeredet hatte, »das ist kein einfaches Problem. Da steht nämlich auch der Ruf eurer Mutter mit auf dem Spiel. Denn wenn wir vonseiten der Stadt euer Haus in der Schwabinger Gasse polizeilich beobachten lassen und die Bürgerschaft erfährt, warum, dann kann euere Mutter das Zimmervermieten einstellen und verliert damit eine Einkommensquelle. Besser sollte man dem Mädel mit mehr Toleranz begegnen. Aufgewachsen ohne Vater, verhätschelt vom lieben Doktor Glas – Gott hab ihn selig! –, ist sie sehr früh in die höheren Kreise gekommen und hat da meist nur die negativen Seiten kennengelernt. Die Folge war, dass sie sich mit dem Griechen einließ, der sie säuberlich hinters Licht geführt hat.«

Ambros unterbrach ihn: »Bürgermeister, woher wissen Sie denn das alles?«

Der von Teng zuckte im Inneren zusammen, denn dieses Wissen stammte von Kathrinchen selbst. Er antwortete aber mit kaltschnäuziger Juristengebärde: »Mein Gott, Radlmeier, die Wände haben bekanntlich Ohren, und der Wind verweht vieles. Außerdem ist man als Stadtoberhaupt verpflichtet, bisweilen auch ein bisschen hinter die Türen zu schauen. Jedenfalls darf man die Katharina Radlmeierin nicht schlechtweg verurteilen. Ebenso wenig kann man das Haus in der Schwabinger Gasse als ein Freudenhaus bezeichnen. Denn soweit uns bekannt geworden ist, kehren dort ein paar honorige Mannsbilder ein, von denen feststeht, dass sie altersmäßig nur noch die platonischen Liebe pflegen können. Wozu dann das große Gesumse! Man jagt doch Wachteln nicht mit Metzgerhunden!«

Ambros war angenehm berührt, dass da ein wildfremder Mann, der noch dazu die städtische Autorität verkörperte, die Sache so überaus verständnisvoll betrachtete und nicht an die große Glocke zu hängen versuchte: wahrhaftig, ein edler Mensch!

So fuhr er mit sehr gemäßigten Worten fort: »Trotzdem, Bürgermeister von Teng, liegt mir das Kind sehr am Herzen. Denn wenn ich auch das Treiben der Schwester übersehen kann, bin ich doch der Meinung, dass man das Kind nicht bei ihr belassen darf, ohne um seine weitere Entwicklung fürchten zu müssen.«

»Der Gedanke ist nicht abwegig, Radlmeier, im Gegenteil, er spricht ein großes Verantwortungsbewusstsein aus.

Vielleicht sollte man ihr das Kind tatsächlich nehmen und seine Großmutter mit der weiteren Erziehung betrauen. Denn Frau Martha Radlmeierin ist noch eine verhältnismäßig junge Frau. Freilich müsste vorher die Kindsmutter gehört werden. Ich werde also diesen Gedanken weiterverfolgen, werde Mutter und Tochter aufs Rathaus bitten und den Kasus in aller gebotenen Vertraulichkeit und Verschwiegenheit klären. Dem Onkel des Kindes müsste man natürlich nahelegen, ein wenig die Stelle des Vaters wahrzunehmen!«

Ambros bedankte sich, und dem Stadtoberhaupt fiel ein mächtiger Stein vom Herzen.

Während seines folgenden Besuches beim Kathrinchen brachte der Bürgermeister von Teng die Rede auch auf das Kind. Er hatte ja schon wiederholt gemerkt, wie sehr ihr bei dem anrüchigen Lebenswandel der kleine Hermes im Weg war, und er legte ihr daher nahe, die Verantwortung für das Kind in die Hände der Mutter und des ledigen Bruders zu legen; denn das werde sie in die Lage versetzen, ihre eigene künstlerische Persönlichkeit zu verwirklichen. Dass bei der aufgeschwemmten Gestalt des Mädchens von künstlerischer Verwirklichung, etwa im Ballett, nicht mehr die Rede sein konnte, übersah er geflissentlich. Im Gegenteil, er wollte Kathrinchens Eitelkeit schmeicheln, um dafür von ihr desto freundlicher bedient zu werden. Er machte ihr auch die Einladung aufs Rathaus, zusammen mit der Mutter, recht schmackhaft, weil nur so die Übergabe des Kindes verbindlich geregelt werden könne.

Es war eine traurige Zusammenkunft, als Mutter und Tochter unter dem Vorsitz eines von niederträchtigen Absichten geleiteten Mannes über das Schicksal des kleinen Hermes verhandelten. Frau Martha weinte, das

Kathrinchen erklärte frech, das Kind strapaziere ihre Nerven derart, dass sie unweigerlich im Irrenhaus landen werde, wenn sie nicht für einige Jahre von dem »Balg« loskomme. Der Bürgermeister aber tat, als wollte er ein unparteiischer Makler sein und vor allem das »wohlverstandene Interesse des Kindes« wahrnehmen.

Der leidgeprüften Frau Radlmeierin war in den letzten Monaten freilich nicht entgangen, dass sich unter den Besuchern ihrer Tochter auch dieser Bürgermeister befunden hatte. Sein verzuckertes Geschwätz schien ihr darum von vornherein verdächtig. Ein starker Widerstand gegen seine Vorschläge regte sich in ihrem Herzen. Andererseits wollte sie das Enkelkind nicht in Kathrinchens Händen belassen. Darum fasste sie sich und sprach: »Den Hermes nehme ich gern zu mir, doch nur unter der Bedingung, dass meine Tochter bei mir auszieht. Denn am End weiß das Kind nicht, zu wem es eigentlich gehört.«

Da schaute das Mädchen den Bürgermeister bestürzt an, hatte er ihr doch erklärt, der Verbleib im Hause könne ihr rechtlich zugesichert werden. Diese Wendung schien er nun aber nicht in Betracht gezogen zu haben und verstummte zunächst.

»Wovon soll ich dann leben, und wovon soll ich dann eine Miete bezahlen?«, schrie das Kathrinchen heraus und wandte sich wütend zur Mutter hin.

Ruhig erwiderte Frau Martha: »Diese Frage solltest du an den Herrn Bürgermeister richten!«

Dem war, als hätte ihm einer einen Faustschlag ins Gekröse versetzt. Er musste tief Atem holen, einmal, zweimal. Dann sagte er zum Kathrinchen: »In München ist noch niemand verhungert. Die städtische Wohlfahrt und die kirchlichen Verbände werden Sorge tragen.«

»Die Kirche wird in dem Fall nicht sonderlich scharf sein zu helfen!«, versetzte Frau Martha in spitzem Tonfall.

»Frau Radlmeierin, Sie wollen also die Tochter nicht mehr im Hause behalten?«, fragte der Bürgermeister ebenfalls mit spitzem Akzent.

»Unter den bisher gegebenen Voraussetzungen nicht!«

»Vielleicht bereuen Sie das noch!«, sagte er drohend.

Darauf Frau Martha: »Möglich! Doch werde ich mich unverzüglich an Seine Majestät wenden, falls mir Unrecht widerfahren sollte!« Sie war im Gesicht hochrot angelaufen, sah sie doch nicht ein, sich von dem Mann, der sich an der Tochter mitversündigte, auch noch bedrohen zu lassen.

Herr von Teng spürte, dass er sein Pulver verschossen hatte, er erhob sich und sprach: »So möge es denn bei Ihrem Willen bleiben! Das Kind Hermes Radlmeier wird Ihrer Obhut übergeben, und die Demoiselle Cathrine Radlmeierin wird das Haus der Mutter in der Schwabinger Gasse verlassen. Ich bitte die Demoiselle, noch ein paar Minuten hier im Amt zu verweilen!« Er verneigte sich, und Frau Martha verließ das Rathaus.

Was jetzt?, fragte er sich.

Es war eine Minute vor zwölf; er musste jetzt seine Beziehungen zu dem Mädchen abbrechen, wenn er nicht in einen öffentlichen Skandal verwickelt werden wollte. Geschähe dies sofort, so bestand zumindest noch die Möglichkeit, alles abzuleugnen, falls die Dirn aus der Schule schwatzen sollte. Ja, er könnte dann den Spieß sogar umdrehen und ihre Aussagen als Racheakt bezeichnen, weil er sich wegen ihrer brüchigen Moral gezwungen gesehen habe, die weitere Erziehung des kleinen Kindes der Großmutter zu übertragen.

Er setzte also eine martialische Amtsmiene auf und schnarrte in tiefem Brustton: »Demoiselle Radlmeierin, Sie haben erkannt, wie weit die Dinge aufgrund Ihres zweifelhaften Lebenswandels gediehen sind. Sie werden wohl auch einsehen, dass Ihnen die Stadt nur noch in der Nähe des Südlichen Friedhofs ein Domizil anweisen kann.«

»Wohl bei den lustigen Fräulein?«, unterbrach sie ihn spöttisch. »Da hast du aber die Rechnung ohne den Wirt gemacht, denn ich werde dich bloßstellen, wo ich kann, du elender Kerl!«

»Wir werden uns gegen ehrenrührige Anschuldigungen zu verwahren wissen! Gehen Sie jetzt! Über alles Weitere werden Sie von Amts wegen unterrichtet werden!«

Er kehrte sich von ihr ab und begab sich ins Nebenzimmer.

Kathrinchens Übersiedlung in das Haus der öffentlichen Töchter vollzog sich reibungslos, hatte sie doch nicht mehr als einen Schrank, das Lotterbett und eine Kommode mitzunehmen. Die paar Nachbarn, die diesen Umzug bemerkten, wunderten sich nicht; und für die anderen war es eben ein Umzug und nicht mehr.

Zur selben Zeit erhielt das Kathrinchen auch die Einladung des Herrn Ludwig von Schwanthaler ins Atelier am Salvatorplatz. Im Vorgefühl einer großen Zukunft machte sie sich auf den Weg dorthin. Der berühmte Meister empfing sie so, wie man eine Fürstin empfängt: selbstbewusst und ergeben zugleich. Und wieder bat er sie hinter den Paravent, bat sie, sich zu entkleiden und ein dort liegendes Fell anzulegen. Als sie dann so hervortrat, zurrte er ihr das Fellkleid über der wuchtigen Nacktheit zurecht und reichte ihr einen Siegeskranz in die Hand, den sie hochhalten sollte. Dann zeichnete er sie.

»Sie sind ein vollendetes Modell«, sagte er, »ich werde Sie noch oft zu mir bitten müssen.«

Wie wohl dem Kathrinchen diese Bemerkung tat! Wohler hätte es ihr freilich getan, wenn er sie anschließend

161

hinter dem Paravent in die Arme genommen hätte. Doch das tat er nicht!

Drei Wochen später – Freunde hatten ihm zwischenzeitlich mitgeteilt, auf welch schlüpfrigen Pfaden sich die »skizzierte Bavaria« bewegte – schrieb er ihr einen Brief des Inhalts, er sehe sich außerstande, von der angefertigten Skizze Gebrauch zu machen, wie er denn auch von einer weiteren Einladung absehen müsse. Als kleine Tröstung erlaube er sich, 100 Gulden beizulegen.

100 Gulden sind auch ein Geld!, sagte sich das Kathrinchen – und im Übrigen kann er mich!

Von diesem Zeitpunkt an watete das Mädchen noch tiefer in die Pfütze hinein.

Inzwischen hatte der Baron Lupini den Ambros auf Schloss Dachau versetzt. Da gab es so viel wie nichts zu tun. Denn im Winter – es hatte bereits bis in die Täler herab geschneit – suchte der Hof das Schloss in der Regel nicht auf, weil es zu luftig gebaut war.

Der junge Mann konnte sich also der anregenden Gesellschaft des Künstlerstädtchens widmen, konnte auf den Wiesen Krammetsvögel jagen und an Sonntagen mit ein paar höheren Töchtern über die Felder reiten, insbesondere den Kanal entlang, der sich schnurgerade bis Schleißheim erstreckte. Die Mädchen schlossen sich ihm gerne an, weil er die Reitkunst bis ins Kleinste beherrschte, sodass sie von ihm manches lernen konnten. Das war jedoch nicht der alleinige Grund, im Gegenteil, die meisten waren entzückt von der feinen Art und eleganten Zurückhaltung dieses Oberhofkutschers, der so reizend von seinen griechischen Erlebnissen zu erzählen verstand.

Ja, ja, es ist schon so: Wer am Hofe lebt, hört viele Uhren schlagen, Uhren, von deren Existenz auch der

Bürger, der hier heraußen in der Provinz zu den Honoratioren gehört, keine Ahnung hat! So einen wie den zum Mann zu haben, müsste eine abwechslungsreiche Angelegenheit sein – in jeder Hinsicht!

So dachten sie fast alle, besonders aber die Irmgard, resche Tochter des Oberlehrers Schäfer. Sie war erst 20 Jahre alt, besaß jedoch im Umgang mit den Mannsbildern bereits eine gewisse Erfahrung, obwohl der gestrenge Herr Vater unentwegt hinter ihr herschnüffelte. Als er nun feststellte, dass das Töchterlein häufig den Weg auf den Schlossberg nahm, wusste er bald, wie viel's geschlagen hatte. Er war nicht ungehalten, denn der junge Mann im Hofdienst schien große Erwartungen zu rechtfertigen; nur wollte er wissen, wie es um seine Vergangenheit und seine Familie bestellt war – schleichen sich doch mitunter gerade bei den Höflingen zwielichtige Gestalten ein.

Während nun Ambros Radlmeier die Besuche des Mädchens – ein paar Mittagsteufel waren jeweils dabei – freundlich begrüßte und sich ihre Gunst nicht schon wieder durch moralische Scheu verscherzen wollte, fuhr der Herr Oberlehrer nach München und klopfte beim Bürgermeister an. Ganz beiläufig horchte er ihn über den Oberhofkutscher aus und musste sich berichten lassen, dass die Mutter zwar drei Häuser in der Schwabinger Gasse besitze, dass sie aber auch eine ungeratene Tochter habe, die mit anderen »lustigen Fräulein« an der Mauer des Südfriedhofs auf Kundschaft warte. Besagter Tochter sei auch von einem Griechen ein Kind angehängt worden, das die Großmutter zusammen mit ihrem Sohn, dem Hofkutscher, aufziehen müsse.

Das genügte dem Schulmeister Schäfer. Heimgekehrt nach Dachau, teilte er seine Erkundungen der Tochter mit und gab ihr zu bedenken, dass sie allenfalls mit der »Aufzucht« eines zweijährigen Kindes zu rechnen habe, ganz zu schweigen von einer Schwägerin, die auf dem Strich gehe.

Damit war für die Irmgard das Kapitel Ambros Radlmeier erledigt. Eine kaum geöffnete Tür war krachend ins Schloss gefallen. Der Hofkutscher nahm den erneuten Rückschlag mit dem Gleichmut eines Fatalisten hin und zog sich in sich selbst zurück wie eine Schnecke in ihre Behausung.

Die Cholera

Kurz vor der Wende zum Jahr 1836 ging durch die Münchner Zeitungen die Nachricht, König Otto von Griechenland, der eben erst volljährig geworden war, beabsichtige, seiner Familie in München einen Besuch abzustatten.

Besuch! Die Bürgerschaft der Landeshauptstadt war nicht auf den Kopf gefallen. Man reist doch nicht von Griechenland daher, nur um Grüß Gott zu sagen! Hinter dem Besuch verbirgt sich einiges, und es wird auch bereits hinter vorgehaltener Hand gesagt, was sich da verbirgt. Da unten auf dem Balkan stimmt's nämlich nicht mehr! Die Griechen, besonders die Athener, die seit fast 3000 Jahren ein ausgeprägtes Gefühl für Demokratie oder Volksherrschaft haben, wollen keinen Alleinherrscher über sich dulden. Insbesondere dann nicht, wenn dieser Herrscher auch noch einer anderen Religion, der katholischen, angehört. Und auch darum nicht, weil dieser junge, wenn auch liebenswürdige Bayer keine Frau hat. Bei den Hellenen ist man nichts, wenn man nicht eingebettet ist in eine Familie. Darum hat ja auch der sagenhafte Paris von Troja, der leicht hundert Frauen hätte haben können, vorgezogen, eine einzige Frau zu rauben, Helena, damit sie seine Gattin würde. Für die Ehe- und Kinderlosigkeit haben die Hellenen wenig Verständnis. Darum also will er nach München kommen, der liebe König Otto!

Am 29. Mai – es kündigte sich gerade ein Gewitter über der Stadt an – fuhr er im Achterzug durch das Isartor ein. Hundert Mann seiner griechischen Leibgarde, befehligt vom Flügeladjutanten, dem Obristen Ilias Mavromichalis, ritten halb vor, halb hinter ihm. Offenbar muss er Angst haben, da drunten im Griechenland, raunten sich die Münchner zu; bei uns kann der König ganz alleinig durch die Stadt gehen! Weiß Gott, er ist immer noch ein netter Kerl! Mit Recht darf man sich fragen, was für eine er heiraten wird. Eine Bayerin gewiss nit, dafür ist er zu schüchtern! Eine Österreicherin? Die sind so schmalzgebacken! Freilich tät's nit schaden, wenn er eine Wienerin nähm; der Metternich müsst sofort umstecken und ein paar Handbusserl nach München dirigieren. Bleibt nur noch eine Preußin! – Geh, schämts euch doch! Was soll er denn mit einer Preußin! Die sind kalt wie die Hundeschnauzen! – Na ja, man wird's ja sehn!

Andere wieder meinten, er solle doch gleich eine Griechin heiraten, so was Ähnliches wie die Kleine dort im zweiten Wagen mit dem goldbestickten Leibchen und dem roten Fez auf dem schwarzen Haar. Da hätt doch auf einmal aller Streit und Hader ein End! – Dieser Meinung widersetzten sich andere: Wenn er die nimmt, muss er die 99 anderen Rasseweiber, die's da drunten noch gibt, ausschlagen. Was aber das heißt bei einem Volk, das die Blutrache praktiziert, ist nit auszudenken!

Eine Französin oder Englische darf's auch nit sein wegen der Russen; ebenso verhält sich's umgekehrt! Denn wehe, man lässt die Iwane ans Mittelmeer! Da kann man gleich nach Amerika auswandern, denn die Russen sind unersättlich wie die Wölf' in ihrer Taiga!

Das war die Politik des kleinen Mannes zwischen Isartor und Marienplatz, zwischen Residenz und Südlichem Friedhof – manchmal mit gesundem Menschenverstand, manchmal voller abenteuerlicher Vermutungen.

König Otto erhielt wieder seinen Trakt in der Residenz, die Begleitoffiziere und Diplomaten wurden im Palais

Preysing untergebracht, auch der Obrist Ilias Mavromichalis. Gleich am ersten Abend betrat er das Haus Nummer sieben in der Schwabinger Gasse. Als er nach dem Kathrinchen fragte, deutete Frau Martha nur auf den Knaben und sagte: »Ihr Sohn Hermes!« Dann weinte sie. Er hielt sich noch ein Weilchen bei ihr auf und erfuhr, wie es mit dem Kathrinchen bestellt war. Sein Söhnchen nahm er weiters nicht zur Kenntnis. Darauf eilte er zum Südlichen Friedhof und verbrachte diese Nacht und fast alle anderen Nächte in ihrer Kammer – bis hinein in den Herbst.

Inzwischen hatten sich, was König Otto anging, zwei Probleme klar herausgestellt: zum einen, dass er kein Geld mehr hatte; zum anderen, dass er kränklich war und laut Weisung des königlichen Leibarztes eine Kur in Karlsbad antreten müsse. Für das Geld wollte Vater Ludwig sorgen; der Kur musste sich Otto leider persönlich unterziehen, obwohl er am liebsten bei seiner Mutter geblieben wäre.

Er begab sich also – mehr gedrängt als gewollt – Mitte September in den weltberühmten königlich böhmischen Badeort, wo Zar Nikolaus von Russland ebenso wie die österreichisch-ungarischen Majestäten verkehrten. Für die Auffahrt in Karlsbad sorgte der königliche Vater Ludwig mit Ross und Wagen aus dem Marstall in München. Ambros Radlmeier sollte den schlichten Wagen kutschieren. Der Flügeladjutant Mavromichalis konnte seinen Herrn nicht begleiten, denn er litt an einer Darmerkrankung. Diese hinderte ihn jedoch nicht, auch weiterhin beim Kathrinchen zu wohnen. Die beiden empfanden ihre Zweisamkeit als genauso beglückend wie damals vor vier Jahren. Sie fragte nicht nach seiner Frau und seinen Kindern, er erzählte nichts von seiner Ehe; nur einmal, als es schon in den kalten Münchner November hineinging und seine Darmerregungen immer heftiger wurden, sprach er so ganz beiläufig von einer Pilgerfahrt nach Mekka, die er kurz vor dem Aufbruch nach Bayern mit seiner muslimischen Gattin unternommen hatte. Und er äußerte die Befürchtung, dass er sich dabei wegen der fürchterlichen hygienischen Zustände an dieser heiligen Stätte möglicherweise eine Infektion zugezogen habe.

Als er ein paar Tage später in der Hofapotheke vorsprach, konnte ihm der alte Apotheker Franz Pettenkofer diese Befürchtung bestätigen: Er hatte die Cholera.

Wie ein Lauffeuer verbreitete sich diese Schreckensnachricht durch München: die Cholera! Und weil Hiobsbotschaften meist gehäuft und massiv auftreten, hieß es zwei Tage danach, das Fräulein Katharina Radlmeierin, eine vom Südlichen Friedhof, sowie ein Knabe aus der griechischen Begleitung des Königs Otto im Preysingpalast seien auch von der Seuche befallen. Dass es zwei Griechen waren, ließ die Herkunft der Infektion erkennen; denn das Fräulein hatte diese Krankheit gewiss – wen sollte es auch wundern bei ihrem Gewerbe! – von dem Hellenen mit eingekauft.

Diese Annahme konnte sogar der Neffe des Hofapothekers, der 18-jährige Max Pettenkofer, unterstreichen. Er arbeitete nämlich an der Untersuchung des Saftes einer mexikanischen Pflanze, genannt Mikania Guaco, und hoffte, daraus ein Heilmittel gegen die Cholera zu gewinnen. Noch aber war es nicht so weit. Gleichwohl erklärte er, man müsse, um eine Ausweitung der Katastrophe zu verhindern, den Lustmädchen den Kontakt mit der männlichen Bevölkerung Münchens vorläufig untersagen, weil eine Ansteckung gerade in den analen Bereichen des menschlichen Körpers möglich sei.

Darauf ordneten die zusammengerufenen Ratsherren der Stadt an, die Kammern der Fräulein und das Palais Preysing auszuräuchern. Als die Sanitäter mit dem Stadtphysikus in die Kammer der jungen Radlmeierin eintraten, fanden sie den griechischen Obristen bei ihr. Der Physikus untersuchte sie kurz und erkannte an der Blaufärbung und Kälte von Haut und Gliedern sowie an den bereits eintretenden Wadenkrämpfen, dass mit dem Ableben der beiden jungen Menschen innerhalb der nächsten Stunden gerechnet werden musste. Er legte ihnen nahe, ihre persönlichen Angelegenheiten, die die Zukunft beträfen, in Ordnung zu bringen. Die Frage des Obristen, ob eine Überführung seines Leichnams nach Griechenland möglich sei, musste er wegen Ansteckungsgefahr strikt verneinen. Darauf blieb er bei ihnen.

Ilias Mavromichalis schrieb einen Brief an seine Frau, die mit dem zweiten Kind schwanger war. Dann bat er den bayerischen König Ludwig in einem kurzen Schreiben, ihm ein ehrenvolles Grab in München richten zu lassen. Auch das Kathrinchen schrieb ein paar Zeilen an Mutter und Bruder mit der Bitte um Verzeihung. Ihren Sohn erwähnte sie nicht. Der Physikus wollte ihnen noch einen Kapuziner schicken, doch sie lehnten ab. Weil er dann merkte, dass sie allein sein wollten, verließ er sie und nahm ihre Briefe mit. Spät in der Nacht kehrte er zurück; da lebten sie bereits nicht mehr. Noch in dieser Nacht ließ er die Leichen hinter der Mauer im Südlichen Friedhof begraben.

In den nächsten Tagen stellte sich heraus, dass sowohl unter den Fräulein als auch unter einigen honorigen Männern der Stadt die Seuche ihre Opfer gefunden hatte. Darauf ließen die Geistlichen aller Münchner Kirchen Gebetsstunden ankündigen, denen sich jedoch die Medizinprofessoren an der Universität widersetzten mit der Befürchtung, große Menschenansammlungen könnten die Ausbreitung der Epidemie nur noch fördern. Indes, die Gläubigkeit der Bürgerschaft überwog die Weisheit der Gelehrten: München ging beten.

König Ludwig muss tief erschüttert gewesen sein, als er die Nachricht vom Tode des hohen Offiziers erhielt, denn er setzte sich sogleich hin und schrieb in klassischem Griechisch, dessen er wie kaum ein anderer mächtig war, eine Grabinschrift:

Spartas Berge verlassend, beschirmt ich des innig geliebten
Herrschers Leben und Ruhm, sorgend mit treuem Bemühn.
Heldenmütiger Männer Geschlecht, die ich oft zu den
Waffen-
stätten geführt, in des Kriegs leuchtenden Werken geübt.
Doch mich schützte der männliche Mut und unendliche
Kraft nicht,
als von den Meinigen schreckliche Seuche mich schlug.
O Heimat, o König, o Haus und unmündige Kinder,
lebt wohl! Klage jedoch ziemet nicht meinem Geschlecht.

Gleichzeitig beauftragte der Herrscher den Baumeister Leo Klenze, dem griechischen Nationalhelden, dem Ritter des königlich griechischen Erlöserordens, ein Grabmal zu entwerfen.

Das Kathrinchen, das oft vor der Mauer gestanden war, wurde hinter der Mauer eingescharrt. Wenige Tage nach ihrer Beerdigung kamen Mutter und Söhnchen vorbei, besprengten den im Frost erstarrten kleinen Erdhügel mit etwas Weihbrunn und wünschten ihr die Ruhe und den Frieden im Herrn; denn vom irdischen Frieden hatte sie in den 22 Jahren ihres Lebens nicht viel verspürt. Ruhelos waren die Sehnsüchte ihres Herzens gewesen, und das hatte sie in die Unbeständigkeit getrieben.

»Kommt jetzt die Mama nicht mehr zu mir?«, fragte der kleine Hermes.

»Nicht mehr!«, erwiderte Frau Martha und drückte die Wange des Kindes an ihr tränennasses Gesicht.

König Otto von Griechenland war mit seinem einfachen Gefolge über Eger nach Karlsbad gereist und hatte das für ihn bereitgestellte Hotel »Bayerischer Hof« bezogen, ein gutbürgerliches Haus; denn er reiste inkognito. Jeden Vormittag – so hatte der Kurarzt angeordnet – unterzog er sich im maria-theresianischen Mühlbad einer Trinkkur und etlichen anderen Anwendungen. Er litt nämlich an der Leber und an der Galle.

Natürlich war das Inkognito Seiner Majestät schon gelüftet gewesen, noch ehe Otto angekommen war, und jedermann, der ihm in den Badehäusern, den Kolonnaden oder auf den Waldpromenaden begegnete – und wie gern begegnete man ihm! –, machte seine respektvollste Reverenz. Trotz der herbstlichen Witterung hatten sich allerhand Angehörige gräflicher und fürstlicher Häuser in Karlsbad eingefunden, denn es färbte so schön ab, wenn man in Briefen den lieben daheimgebliebenen Freunden und Bekannten mitteilen konnte, man habe Seite an Seite mit dem König von Griechenland aus der Sprudelquelle das 72 Grad heiße Wasser getrunken. Unter diesen renommierten Gästen befand sich auch der regierende Großherzog Paul von Oldenburg mit seiner feinen Tochter Amalie.

Es ist nun nicht offenbar geworden, inwieweit Oldenburg der zufälligen Begegnung nachgeholfen hat; fest steht jedoch, dass sich zwischen dem König und der Prinzessin gleich in den ersten Tagen etwas vollzog, das nicht erklärbar ist, sondern unbewusst aus den Tiefen des menschlichen Herzens aufsteigt … Als dann noch vorzeitig der schneereiche Erzgebirgswinter hereinbrach, erlaubte sich der Abt des Prämonstratenserstifts Tepl, König Otto seinen Herrschaftsschlitten samt Viergespann und Kutscher zu schicken, damit er sich durch die Herrlichkeit des winterlichen Gebirges fahren ließe. Dieses Gefährt kam den beiden verliebten Fürstenkindern außerordentlich zustatten, wie denn auch der Kurarzt mit Erstaunen feststellen konnte, dass der Gesundheitszustand Seiner Majestät sich sprunghaft gebessert hatte.

Der Stiftskutscher, ein kreuzbraver Erzgebirgler aus Gottesgab, hatte seine helle Freude. Er konnte sich unterwegs gar nicht genug tun im Erklären, wenn er die beiden jungen reichen Leutchen – für ihn waren sie nur ein nettes Liebespärchen – zu den Burgruinen der alten Rittergeschlechter geleiten konnte. Diesen Geschlechtern war es ja zu verdanken, dass die Edelmetallschätze des Gebirges ans Tageslicht gehoben wurden, was den Reichtum des Böhmerlandes im Mittelalter begründet hatte.

Der junge König aber und die Prinzessin genossen diese Tage der Ausfahrt wie eine große Köstlichkeit.

Dagegen war der Oberhofkutscher Ambros Radlmeier in dieser Zeit zum Nichtstun verurteilt. Er hatte nur seine vier Rösser zu betreuen. Dazu gehörte auch, dass er sie täglich ein paar Stunden in der herrlichen Schneelandschaft tummelte. Wiederholt lenkte er sie zwischen dem Keilberg und dem Wirbelstein hinauf auf Böhmisch-Wiesenthal zu oder auch bis Stolzenhahn und Schmiedeberg. Er bewunderte die dort heimische Spielwarenschnitzkunst und erstand für seinen kleinen Neffen Hermes eine Garnitur Kripperlfiguren und eine ritterlicher Burgbesatzung.

War er dann wieder daheim im »Bayerischen Hof«, setzte er sich zur Jungfer Beschließerin, und sie ratschten.

An der Donaustaufer Brücke

Augusta Kalteneggerin, die Beschließerin im Hotel »Bayerischer Hof« zu Karlsbad, stammte wie ihre Herrschaft aus Niederbayern – die Herrschaft aus Straubing, sie selbst aus Donaustauf. Es gehörte seit vielen Jahrzehnten zur Tradition dieses Hotels, dass es von Bayern bewirtschaftet wurde, schon wegen der herzhaften Küche, die dem Gusto manch anderer Deutscher nicht entsprach. Gleichwohl war der alte Herr Geheimrat Goethe noch vor Jahren gern hier zu Gast gewesen, weil ihm's die geräucherten bayerischen Leber- und Blutwürst' angetan hatten.

Die Jungfer Gusti gehörte zu jenen jungen Frauen, deren Alter man nur unter Einbeziehung einer Fehlerquote von plus oder minus zehn Jahren schätzen konnte. Körperlich hätte man auf 18 Jahre getippt, charakterlich hätte man sie für 30 gehalten.

»Deinen Herrn hat's ja ganz ordentlich derwischt!«, sagte sie zum Ambros, als sie sich zu ihm an den Mittagstisch setzte.

Er machte eine Geste, die weder Ja noch Nein bedeutete, und erwiderte: »Das Menschenherz ist halt ein merkwürdiges Ding! Manchmal kommt's mir vor wie eine fleischfressende Pflanze, nur dass es eben nicht jede Fliege frisst, die ihm in die Quere kommt, sondern nur ausgesuchte Exemplare.«

»Ist dein Herz auch eine solche Pflanze?«, fragte sie.

Ambros lächelte.

»Und wie viele ausgesuchte Exemplare mag's denn schon gefressen haben?«

Er lächelte immer noch und schaute sie an: »So eins wie du ist bisher noch nit dabei gewesen!«

Ein wenig geziert entgegnete sie: »Nur gehör ich nicht zu den Fliegen, die sich auf jede Pflanze hocken, auch wenn sie ein noch so nettes Aussehn hat. Freilich hab ich nit immer so gedacht, sonst hätten mich nit schon ein paar Pflanzen fressen und wieder ausspucken können! Doch mit der Zeit und der Erfahrung wird man irgendwann klüger.«

»Klüger und immer klüger, bis man vor lauter Klugheit sitzen geblieben ist!«, gab er zurück.

»Ach Gott, wer weiß denn schon, was für unsereins besser ist! Bleibst sitzen, bist dir selber zur Last; nimmt dich einer, hast seine Last mitzutragen. Die Frau ist doch als Lastesel geboren. Doch das wär nit einmal so schlimm, daran gewöhnt man sich. Schlimmer und das Schlimmste ist, wenn du genommen und dann weggeworfen wirst. Wer das ein paarmal erlebt hat, ist misstrauisch und für lange Zeit geschreckt.«

Warmherzig schaute er sie an. Sie war ehrlich. Dann meinte er: »Würdest du mich auch für so einen halten?«

»Das weiß man halt vorher nit, wofür man einen halten darf. Immerhin hast du ein offnes G'schau! Wollen wir's miteinand versuchen?«

»Vielleicht sollt man's!«, erwiderte er.

Am Allerseelentag ritt Ambros Radlmeier, begleitet von zwei Trabanten, nach München. Er sollte an der Residenzwache ein Schreiben für Seine Majestät König Ludwig übergeben, nach erhaltener Antwort aber unverzüglich nach Karlsbad zurückkehren. Das Wachpersonal war völlig durcheinander und hätte den Ambros fast übersehen. Sie hatten nämlich soeben erfahren, dass ein gelehrter Mann namens Steinheil zwischen der Akademie und der Bogenhausener Sternwarte mit Draht einen gelungenen Fernsprechversuch gemacht habe und jetzt dabei sei, auch die Residenz in diese »Telephonanlage« mit einzubeziehen. Da dachte sich der Ambros: Wenn schon ein Draht genügt, dann werden die Boten und die Kutscher überflüssig!

Als der Hofmarschall mit dem Karlsbader Schreiben beim König eintrat, war gerade dessen Vertrauter, der Herr von der Tann, bei ihm. Gemeinsam lasen sie den Brief. Darin bat der junge König Otto seinen Vater um die Bewilligung, die Prinzessin Amalie von Oldenburg heiraten zu dürfen; die oder keine andere!

Ludwig ließ sich sofort den Adels-Almanach bringen. Da stand beim regierenden Hause Oldenburg auch die Prinzessin Amalie, 18 Jahre alt. Meinte der König launig zu dem Soldaten von der Tann: »Ein seltener Fall, doch bei diesem Paar wird er eintreten: Eine Jungfernschaft und eine Junggesellenschaft gehen miteinander in diesem Hochzeitsbett verloren!«

Es verstand sich natürlich von selbst, dass der königliche Vater seinem königlichen Sohn die gewünschte Heiratserlaubnis gab, zumal dieser Sohn volljährig war und den Vater nur aus angestammter Ehrfurcht gefragt hatte.

Kaum war Ambros Radlmeier mit der Antwort aus München in Karlsbad einpassiert, erging an ihn der Auftrag, die Fahrt nach Oldenburg vorzubereiten; denn die Hochzeit sollte am 22. November 1836 in der dortigen altehrwürdigen Lambertikirche gefeiert werden. Und bereits im folgenden Frühjahr wollten die beiden Jungvermählten in Griechenland ihre Herrscherpflichten wahrnehmen.

Den beiden anderen Verliebten von Karlsbad, dem Oberhofkutscher und der Beschließerin, waren nur wenige

Tage des Zusammenseins und stillen Liebe gegönnt. Der 10. November trennte sie. Es war eine schmerzvolle Trennung. Trotz der Kürze der Zeit war beiden klar geworden, dass sie zueinanderpassten. Dieses Urteil waren sie in der Lage zu fällen, weil beide keine Kinder mehr waren und ihren Tribut an Lebenserfahrung bereits gezahlt hatten. Beim Abschied gaben sie sich das Wort, im kommenden Sommer zu heiraten. Danach sollte die Gusti mit ihrem Vater – die Mutter war schon seit Jahren gestorben – nach München in die Schwabinger Gasse übersiedeln, nachdem er das Fischerhäuschen in Donaustauf verkauft hätte. Die Gusti selbst wollte noch bis ins späte Frühjahr hinein im »Bayerischen Hof« bleiben, denn sie verdiente nicht schlecht; und wer von Haus aus arm ist und dennoch heiraten möchte, tut gut daran, sich um jeden Kreuzer zu bemühen.

Bereits im Januar 1837 reiste das griechische Königspaar von Oldenburg über München nach Griechenland.

Ambros blieb jetzt in der Landeshauptstadt. Er wurde mit der Ausbildung zweier Burschen betraut, die von der Kammer für die Hofkutscherei vorgesehen waren. Die beiden kamen von drinnen aus dem Gebirg, irgendein Klostervorsteher oder Prälat hatte sie empfohlen. Sie waren erst dreizehn Jahre alt. Der eine hieß Sepp Krämer.

»Sepp Krämer, woher kommst du?«, fragte Ambros.

»Von Kreuth, Herr Oberhofkutscher! Und ich soll Sie von meiner Stiefmutter schön grüßen! Ihr kennt euch, hat sie gesagt.«

»Deine Stiefmutter? Hat sie vielleicht ledig Maxi Borzaga geheißen?«

»So ist es, Herr!«

»Dann ist dein Vater Badearzt in Kreuth!«

»Wie Sie sagen, mein Herr!«

»Die Maxi!« Ambros sagte es so vor sich hin. Dann packte ihn die Neugierde, und er fragte weiter: »Deine wirkliche Mutter, was ist mit der?«

»Ich hab sie nicht gekannt; sie ist bei meiner Geburt gestorben.«

»Und wie geht's deiner Stiefmutter? Ist sie gesund?«

Sepp Krämer zuckte mit den Achseln: »Wenn ich mir's so recht überleg, geht's ihr eigentlich nicht gut. Sie hat zwei kleine Kinder und wird nicht fertig damit; und da hat sie auch noch mit mir fertig werden sollen! Das war einfach nicht drin! Und weil's nicht drin war, haben sie mich nach Ettal zu einem Mönch getan. Der hat mich kirre machen sollen. Aber ich mag nicht eingesperrt sein! Ich will heraus! Ich will Felder und Wälder und Himmel und Erde sehn!«

Ambros schaute sich den Gesellen näher an: »Was du da sagst, ist gar nicht verkehrt, Sepp Krämer! Wenn du aber meinst, du bräuchtest als Hofkutscher nix zu lernen, dann bist du gewaltig am Holzweg. Du hast Latein zu lernen, hast die Grundzüge des Griechischen zu lernen, hast Französisch zu lernen und musst dir eine Ahnung von der bayerischen Geschichte aneignen. Wenn du das ordentlich beherrschst, ist's recht. Beherrschst du es nicht ordentlich, wirst du sang- und klanglos an die frische Luft gehängt! Denn auch wir verstehen uns aufs Kirremachen!«

Ein wenig trotzig erwiderte der Bursch: »Ich bin doch der Sohn vom Badearzt, und meine Stiefmutter hat gemeint, dass Sie schon etwas Brauchbares aus mir machen werden. Außerdem hängt ihr Bild bei den Schönheiten!«

Ambros überlegte ein Weilchen: »Sepp Krämer, du bist ziemlich unbedarft! Was dein Vater ist, interessiert hier niemanden! Es interessiert auch niemanden, was die Maxi meint und wo ihr Bild hängt! Hier zählst nur du, deine Anständigkeit und dein Fleiß! Ich will dir helfen, wo ich kann; ich werde auch jederzeit zu dir halten, wenn du mir dein Vertrauen schenkst. Zwei Dinge hasse ich aber wie die Pest: Hinterlist und Geschwätzigkeit! Ein Hofkutscher schaut nämlich allen und allem geradeaus ins Gesicht, schweigt aber wie ein Grab!«

Sepp Krämer schürzte die Lippen und dachte sich: Überall Druck! Hier werde ich nicht alt! -

Und so war es. Als im Frühjahr dieses 37er-Jahres die schöne Maximiliane Borzaga, Gattin des Badearztes Dr. Joseph Krämer, im Alter von 31 Jahren in Bad Kreuth starb – dem Vernehmen nach an einer Lungengeschichte –, fuhr Sepp Krämer zur Beerdigung und kehrte nicht mehr nach München zurück.

Während der ersten Monate dieses Jahres waren zwischen Karlsbad und München etliche Briefe hin und her gegangen. Diese Briefe hatte der Metternich'sche Geheimdienst sämtlich »perlustriert«, aus Furcht, es könnte sich auf dem Postweg die französische Revolution in die Donaumonarchie einschleichen. Doch in diesen Zeilen war weiß Gott nicht die Rede von Umsturz, sondern nur von gegenseitiger Zuneigung, von Freude, dass man sich gefunden hatte, und von der Hoffnung, bald für immer beisammen zu sein.

Ein gütiger Zufall hat es gewollt, dass die letzten beiden Briefe erhalten geblieben sind. Da schreibt Ambros Radlmeier an Auguste Kaltenegger:

Liebe Gusti! Wir haben ein schönes Frühjahr in München, und ich wünschte mir nichts sehnlicher, als dass du hier sein könntest. Neulich habe ich in der Hofküche zwei junge Köchinnen reden hören. Über das Gespräch bin ich erschrocken. Die eine stand am Herd und rührte; dabei schimpfte sie und verlästerte das ewige Kochen und das

Waschen und das Bügeln. Die andere pflichtete ihr bei und meinte, sie werde nie heiraten, denn das Leben in der Ehe bestehe nur aus dem.

Da hab ich an Dich gedacht, Gusti! Dein Alltag an meiner Seite wird dereinst auch immer »nur aus dem« bestehen. Mit allen seinen tausend Eintönigkeiten und Wiederholungen, mit seinem ewigen Einerlei wirst Du diesen Alltag leben und durchleben müssen. Doch das nicht nur so irgendwie, sondern Du wirst Dir diesen Alltag zum erträglichen, ja nicht nur das, sondern zum frohen gestalten müssen. Freilich wird es Feierstunden der Zweisamkeit und Festtage der Liebe geben, doch die werden wie kleine Inselchen sein im weiten Meer oder wie vorübergleitende Stromschnellen in einem sonst müden Gewässer. Hast Du nicht Angst davor, wenn Du Dein gegenwärtiges bewegtes und beschwingtes Leben betrachtest? Das hab ich mir dieser Tage so gedacht. – Leb wohl!

Der Antwortbrief trägt das Datum des 10. Mai 37 (Ambros' Brief war ohne Datum):

Lieber Ambros! Dein Brief war schön, und auch nicht. Hältst Du mich denn für eine so dumme Gans, dass ich nicht wüsst, was mich als Ehefrau erwartet? Jedenfalls werde ich mich bemühen, jedem Einzeltag sein schönes Lebensrecht zu geben und sein Stäubchen Sonne dazu. Und jedem Alltag sein eigenes Gesicht und sein eigenes Lächeln auf diesem Gesicht. Überhaupt wollen wir nicht so viel grübeln! Ein Wagnis ist die Ehe allemal. Wenn wir aber beide guten Willens sind, dann schaffen wir's!

Ich hab hier bereits gekündigt und kehre gegen Ende Mai nach Donaustauf zum Vater zurück. Vielleicht bietet sich Dir dann eine Gelegenheit, mich zu besuchen. Ich tät mich freuen!

Ambros freute sich auch und ersuchte den Baron Lupini um etliche Tage Urlaub im Juni, sagte ihm auch, dass es sich um einen Besuch bei seinem künftigen Schwiegervater handle.

»Wollen wir hoffen«, meinte der alte Herr, »dass es endlich was G'scheits wird! Mit 31 ist man zum Heiraten schon ein recht harter Knochen!«

Der Baron gab ihm ein gutes Pferd, und am 21. Juni ritt Ambros über Dachau nach Ingolstadt, um hier eine sogenannte »Ulmer Schachtel« zu erreichen. So hießen die Schwabenschiffe, die etwa 25 Meter lang und sechs Meter breit waren und zwischen Ulm und Wien verkehrten. Als er sich in der Veste Ingolstadt unterhalb des Schlosses beim Ländhüter erkundigte, wurde ihm gesagt, er könne wegen des Rosses nur bis Regensburg mitfahren, weil man dort eine Ladung bayerischen Zuchtviehs übernehme und jeden Platz auf dem Schiff brauche. Ambros war's zufrieden, ist es doch von Regensburg nach Donaustauf nur noch ein Katzensprung.

Es war spät am Abend, als sie in der ältesten bayerischen Herzogsstadt Regensburg anlangten. Er begab sich in eine einfache Herberge unweit der Steinernen Brücke, wo meist die Pferdehändler einkehrten. Hier war auch für sein Ross gut Platz.

Als er am anderen Morgen aufwachte und in den Stall kam, sah er, dass sich sein Gaul niedergelegt hatte, was selten genug geschah. Er schüttete Hafer auf und zog das Tier in die Höhe. Merkwürdig, das Ross konnte auf einem Hinterfuß nicht auftreten! Ambros schaute nach. Weiß Gott, da steckte doch mitten im Huf ein spitzer Nagel! Hatte das auf den paar Schritten vom Ländplatz her geschehen können, oder war da einer von diesen Rosskämmen, diesen ausgekochten Gaunern, am Werk gewesen? Er befreite das traurige Pferd und wusch ihm die

Wunde aus. Dennoch war nicht daran zu denken, nach Donaustauf hinunterzureiten; im Gegenteil, er musste das Tier zu einem Veterinär bringen.

Als das geschehen war, kehrte er zum Ländplatz zurück, wo bereits wieder ein Schiff angelegt hatte, das nach Linz fuhr. Er zahlte das geforderte Salär und setzte sich zu den anderen Fahrgästen. Gegen sieben Uhr ländeten sie ab, es mochten 70 Personen sein, lauter heitere und fröhliche Leut. Einer war unter ihnen, ein Böhme, der hatte eine »Ziach«, eine Handharmonika, und spielte lustige Weisen. Dem jungen Volk, das mitfuhr, zuckte es in den Beinen, und gern hätten sie eine Polka getanzt, wenn die Schiffsplanken nicht so rau und holprig gewesen wären. Aber sie sangen. Schon kam die hölzerne Brücke bei Donaustauf in Sicht, und die ersten rüsteten sich, ans Land zu gehen, auch Ambros Radlmeier.

Nun weiß der liebe Gott, wie es geschah – plötzlich rammten sie ein Brückenjoch, das augenblicklich über den Leuten zusammenbrach. Das Schiff neigte sich, und sämtliche Passagiere rutschten oder rollten in die Donau; ebenso die vielen Kaufmannsgüter. Ein heilloses Geschrei erhob sich über dem Strom, und immer noch krachten Balken nieder und trieben mit den Wellen davon. Wer einen dieser Balken erwischen konnte, klammerte sich jämmerlich daran und schrie um Hilfe.

Auch im Fischerhaus, das ein paar Hundert Meter weiter stromabwärts am Ufer stand, hatten sie das Unglück bemerkt. Der alte Kaltenegger trat vor die Tür, hinter ihm die Tochter Gusti. Sofort sprang sie ins Boot und ruderte hinaus, den Dahertreibenden entgegen. Unter ihnen befand sich auch der Ambros. Er rang mit einem anderen Schiffbrüchigen um einen Balken. Die Gusti erblickte ihn, schrie ihm zu und arbeitete mit dem Ruder gegen die Strömung. Da trieben sie beide, der Ambros und der andere,

181

auf das Boot zu, ließen den Balken los und griffen nach den Rettungsstricken, die am Bootsrand hingen. Dasselbe taten auch noch fünf andere, die sich über Wasser gehalten hatten. Die Gusti drehte das Steuer, um mit der Strömung an das sandige Ufer zu gelangen. Als sie's erreicht hatte, krochen die sechs Männer und ein Mädchen zum Treidelweg hinauf und blieben erschöpft liegen, die Fischerstochter aber ruderte nochmals in den Strom. Wieder wurden sie an ihr Boot geschwemmt, wieder erfassten sie die Stricke und zerrten an ihnen. Diesmal waren es nicht sieben, sondern 20 Schiffbrüchige. Dafür aber war das Boot zu klein. Es kippte um, das Mädchen stürzte in die Flut, winkte noch einmal zum Ufer hin und versank.

Ein paar Tage nach dieser Katastrophe schrieb der »Bayerische Eilbote«:

Es ist nicht unsere Aufgabe, nach den Schuldigen zu fragen; dafür haben wir ein Flussrecht und die dazugehörigen Richter. Unbegreiflich aber muss es jeden denkenden Menschen anmuten, dass die Schiffer sich an einer so schwach gebauten hölzernen Brücke wie der von Donaustauf ein lärmendes Singen und Musizieren haben gefallen lassen. Nicht einmal ein lautes Beten hätten sie gestatten dürfen!

Etliche Wochen später trieben Wasserleichen an die Linzer Schiffsmühlen. Sie waren jedoch bereits so entstellt, dass niemand sie hätte erkennen können. Die meisten trugen auch kein Gewand mehr am Leib.

Ambros Radlmeier wollte den Vater Kaltenegger, wie's vereinbart gewesen war, mit nach München nehmen. Der lehnte jedoch ab, weil er hier das letzte Winken seiner Tochter gesehen hatte.

Das Weihnachtskripperl

Trostlosigkeit und Wehmut beherrschten Ambros, als er nach München heimritt. Tief treibendes Gewölk jagte einen tristen Landregen vor sich her; das Pferd hinkte noch immer, sodass er es zumeist führen musste; in seinem Herzen war eine große Hoffnung zusammengebrochen, und kein Lichtblick wollte sich auftun. Völlig erschöpft kam er nach Tagen im Marstall zu München an. Auch dem lieben Baron Lupini gelang es nicht, dem jungen Mann über seinen unendlichen Kummer hinwegzuhelfen. Es war ein Glück, dass sich der Hof wieder in die Aschaffenburger Residenz begeben hatte und darum in der Landeshauptstadt keine Empfänge zu erwarten waren.

Langsam kroch der Sommer dahin. Die Hundstage kamen, und der Herbst begann. Dann war das Doppelfest Allerheiligen-Allerseelen. Da gedachte man der Verstorbenen, besuchte ihre Gräber, legte einen Kranz oder ein Gebinde hin und zündete betend eine Kerze an. Ambros und seine Mutter hatten sich entschlossen, den kleinen Hermes nicht mit auf den Friedhof zu nehmen. Nicht weil sie in dem Kind die Erinnerung an die Mutter hätten auslöschen wollen, sondern nur, um es nicht noch zusätzlich zu belasten. Denn wenn auch das Kathrinchen wohl keine sehr gute Mutter gewesen war, sie war eben die Mutter, und dergleichen Bindungen sind unzerstörbar und lassen sich auch nicht ersetzen.

Nun mussten sie aber zwangsläufig ersetzt werden! Darum sollte der kleine Bub nicht schon wieder vor dem aufgeworfenen Grabhügel stehen und den Eindruck gewinnen müssen, als hätte man seine Mama gewaltsam mit Erde zugeschüttet. Denn was versteht schon ein Kind vom Tod! Ist er doch sogar den Erwachsenen ein Geheimnis.

Am Nachmittag des 5. Dezember hatte sich Ambros dienstfrei genommen und spazierte mit seinem kleinen Neffen durch die Innenstadt, denn es war Christkindldult. Unzählige Lichter schimmerten auf hoch ragenden Fichtenbäumen. In der einen Bude konnte man Leckerbissen aus Nürnberg kaufen, in der anderen gab es Puppen. An wieder anderer Stelle marschierten alle europäischen Heere in Blei auf. Unter einem Zelt erheiterten tollpatschige Hanswurste die Zuschauer mit immer neuen und immer blöderen Blödeleien. Das gefiel allen, besonders den Kindern.

Ambros kaufte die vergoldeten Nüsse und die versilberten Birkenreiser, die heut Abend noch der »Klas« daheim in der Schwabinger Gasse in einen Strumpf stecken würde, den der kleine Hermes schon am Mittag vor die Tür gelegt hatte. Wenn man noch ein bisschen in der Stadt herumgeht, vielleicht noch einen Besuch bei der Hammerthaler Muttergottes in der Heilig-Geist-Kirche macht und ein »Gegrüßet seist du, Maria« betet, das man von der Großmama gelernt hat, könnt es sein, dass der heilige »Klas« schon da gewesen ist und seine lieben Gaben in den Strumpf getan hat. Das könnt wirklich sein! Darum darf man jetzt nicht müde werden, sondern muss sich schön vom Onkel an der Hand führen lassen, bis der Türmer von Sankt Peter die fünfte Stunde bläst: eins, zwei, drei, vier, fünf! – »Hörst du ihn blasen, Hermes? Hast du auch mitgezählt?«

Inzwischen hatte Frau Martha, die den beiden im Abstand gefolgt war, die Nüsse und die Birkenreiser nach

Hause gebracht und dem Strumpf anvertraut. Welch eine
selige Freude war das, als der Onkel und der Neffe heim-
kamen! Im ganzen Haus roch es sogar noch ein wenig
nach dem braven Heiligen, und ein leichter, bläulicher
Weihrauchduft schwebte überall.

In der stillen Adventszeit erinnerte sich Ambros Radlmeier, dass er noch die Kripperlfiguren und die Burgbesatzung aus dem Erzgebirg besaß. Angesichts seiner
Verwirrung über das Schicksal der Gusti Kaltenegger
hatte er diese kleine Gabe für den Neffen völlig vergessen.
Nun wollte er dem Kind eine doppelte Freude bereiten
und selbst ein Krippenhaus dazubauen. Er ging her und
sägte sich am Abend, wenn er den Dienst beendet hatte,
eine Vielzahl kleiner Holzwürfel zurecht, zerrupfte auch
etliche Zeitungen und übergoss diese mit Wasser. Nach
einer Woche war aus den Zeitungen ein streichbarer
Papierbrei geworden. Auf Mutters Küchenherd kochte er
Leim, was Frau Martha recht zuwider war, denn die heiße
Brühe roch – Frau Martha sagte »stank« – sehr beißend.
Dann nahm er ein Brett, das er genau in den Herrgotts-
winkel eingepasst hatte, und schuf darauf aus dem Papier-
brei eine Felsengrotte: den Stall für die Heilige Familie.
Über der Grotte wuchs aus dem Felsen, mit den Holz-
würfeln errichtet, eine Ritterburg, die Ambros der Burg
Prunn im Altmühltal nachgebildet hatte. Da gab es die
Zugbrücke über den Graben, Türme, schöne Fenster und
Türen und im Burghof den tiefen Ziehbrunnen mit einer
Winde und dem Eimer am Strick. Da konnte man das
Frauengemach sehen mit Polsterbänkchen; da öffnete sich
auch ein Kellergewölbe, in dem ein Weinfass lag; auf dem
wuchtigen Bergfried war ein kleiner Unterstand für den
Türmer. Die vielen Hölzchen wurden gut verleimt, und
als der ganze Bau vollendet war, bestrich ihn der Bauherr
mit schönen leuchtenden Farben.

Während dann Frau Martha am Nachmittag des Heiligen Abends mit dem Enkel auf die Rodelbahn im Englischen Garten ging, montierte Ambros das prächtige Bauwerk in den Herrgottswinkel, setzte dann das Jesuskind hinein und seine heiligen Eltern mit den Gloriaengeln und den Hirten, mit den Rittern und Rössern und den Edeldamen aus dem Erzgebirge. Was war das doch für eine liebliche Szenerie! Das ganze Kripperl stand so niedrig, dass der kleine Hermes die Figuren nicht bloß anschauen, sondern auch noch mit ihnen spielen konnte.

Es war eine selige Viertelstunde für alle drei, als dann Frau Martha mit dem Buben das Zimmer betrat. Die schwarzen Griechenaugen des Kindes strahlten, seine Lippen bewegten sich und brachten dennoch kein Wort hervor, und die Händchen langten schüchtern nach all dem Schönen, unschlüssig, ob sie lieber dies oder das oder überhaupt nichts berühren sollten. Und immer wieder schaute Hermes bald auf den Onkel, bald auf die Großmama, als wollte er das Erstaunen auch aus ihren Augen lesen.

Weil um diese Stunde die ganze Stadt um Christbaum und Kripperl versammelt war, herrschte auf den verschneiten Straßen vollkommene Ruhe. In diese Ruhe hinein begannen in der siebten Abendstunde die Türmer von Sankt Peter herab das salzburgische Lied zu blasen: »Stille Nacht, heilige Nacht«. Da öffnete Frau Martha das Fenster, und so wie sie horchten jetzt viele Münchner in die Christnacht hinaus: »Christ, der Retter, ist da!«

»Hast du nicht vor Jahren schon einmal Seine Majestät nach Beilngries gefahren?«, fragte der Baron Lupini seinen Oberhofkutscher Radlmeier.

»Freilich, Herr Baron, nur ist Seine Majestät damals noch nicht Majestät gewesen!«, erwiderte Ambros. »Ist der Zweck der Reise schon bekannt?«

186

»Dreierlei soll sie bringen: Eine tagelange vergnügliche Schlittenfahrt; einen Besuch bei den Kanalarbeiten in Beilngries; einen Aufenthalt auf der Englburg bei der geistvollen Gräfin Tauffkirchen. Deren Gemahl, Obristsilberkämmerer Tauffkirchen, hat nämlich den König dorthin eingeladen und wird ihn auf der Reise auch begleiten. Denn wer im Besitz einer gescheiten Frau ist, muss mit ihr prunken, wenn ihm selber ein paar Lichter abgehen!«

»Und das Ganze ohne Gardisten und Trabanten?«, fragte Ambros.

Lupini schmunzelte: »Wozu braucht man Gardisten und Trabanten, wenn man dich hat?«

Ambros überhörte die wohlwollende Frotzelei und meinte ein bisschen besorgt: »Da hinten, wo die Englburg liegt, in den bayerisch-böhmischen Wäldern, hausen die Schiller'schen Räuber. Und Wölfe soll's auch noch geben. Was tu ich, wenn uns ein Rudel dieser Bestien anfällt, uns und die Rösser?«

Darauf der Baron: »Mir scheint, du liest Schauermärchen! Die Englburg liegt bei Tittling, und von Tittling bis zum Böhmerwald ist's fast zweimal so weit wie bis Passau. Du wirst eine der schönsten bayerischen Landschaften sehen, das Dreiburgenland, und dies bei dem herrlichen Winter.«

Es war am Tag nach Lichtmess, mitten in der Faschingszeit, als König Ludwig mit seinem Vertrauten in einem vierspännigen Kastenschlitten von Nymphenburg aufbrach. Ambros Radlmeier nahm den gleichen Weg, den sie damals gefahren waren. In Beilngries logierten sie sich wieder – inkognito – in der »Krone« ein. Nach dem Abendessen begaben sich der König und der Graf ins katholische Pfarrhaus.

15 Jahre sind eine lange Zeit. Der Pfarrer war mittlerweile noch grauer geworden und ging gebückt.

»Herr Pfarrer, ich bin schon einmal bei Ihnen gewesen, damals an einem Karfreitag, als sie hier in Beilngries die mehr als merkwürdige Passion gespielt haben. Können Sie sich noch erinnern?«

»Ja, ja, die Passion! Gott hab ihn selig, den armen Simondeo!«

»Fürchterlich!«, sagte der König. »Und hat den Herrn Landrichter, der ihm so übel mitgespielt hat, die gerechte Strafe ereilt?«

»Lieber Herr, das weiß ich nicht!«, entgegnete der Pfarrer. »Nur ist es im Allgemeinen so, dass eine Krähe der anderen kein Auge nit aushackt, und wär sie auch noch so hässlich!«

Der König, gestützt auf sein Inkognito, fragte weiter: »Ist es im Bayernland so schlecht bestellt mit der Justiz?«

»Ach Gott, es soll schon besser geworden sein, sagen die Leut. Ich selber kümmer mich wenig darum, und überhaupt jetzt, wo sie auch bei uns mit dem sogenannten Ludwigskanal begonnen haben. Da kommt so viel fremdes Volk daher, das stiehlt wie die Elstern. Wenn du aber zu denen was sagst, kann's passieren, dass sie dir irgendwo auflauern und ein paar über den Schädel hauen, dass dir Hören und Sehen vergeht. Das hast du dann davon! Sehen Sie, lieber Herr, so steht's bei uns mit der Justiz!«

»Und euer König?«

»Unser König! Was soll man da schon sagen! Mir scheint, er schert sich nit ums kleine Volk. Die einen sagen, er habe nix anderes zu tun als zu bauen; die anderen behaupten, er kümmere sich allerwegen nur um die hübschen Weiber. In München soll's sogar eine ganze Galerie geben, wo er die Bilder dieser Lustdeandl aufg'hängt hat. Mir kann's recht sein! Ob's aber seiner Frau gegenüber recht ist, das möcht ich bezweifeln. Ein Landesfürst sollte halt auch hierin mit einem guten Beispiel vorangehen.«

König Ludwig war angesichts dieser entwaffnenden Offenheit ein bisschen verlegen geworden.

Der Graf Tauffkirchen merkte das und fragte den Pfarrer: »Meinen Sie denn wirklich, dass der König mit all diesen gemalten Fräulein ein näheres Verhältnis eingegangen ist?«

»Was ich mein', Herr, das fällt hier gar nit ins Gewicht. Aber als Ortsgeistlicher muss ich wissen, was in den Herzen meiner Pfarrkinder vor sich geht. Und da steht's in diesem Puncto nit zum Besten. Freilich, unsere Bauern haben alle miteinand Dreck am Stecken, doch wollen sie diesen Dreck nit auch am Stecken ihres Königs sehen. – Indes, beste Herren, Sie sind doch nit auf den Pfarrhof gekommen, um sich die Querelen eines alten, griesgrämigen Mannes anzuhören!«

Erwiderte der König: »Sie haben uns schon eine ganze Menge über den Bau dieses Ludwigskanals gesagt, ohne dass wir Sie gefragt hatten. Das ist nämlich unser Anliegen. Wir wollen wissen, ob hier ehrlich gearbeitet wird oder ob sich ein Schlendrian breitmacht. Wir sind so eine Art Kontrollkommission und wollen verhindern, dass dem König und den bayerischen Steuerzahlern auf unredliche Weise das Geld aus dem Beutel gezogen wird.«

Der Pfarrer holte – wie schon 16 Jahre zuvor – aus seinem Wandschränkchen eine angebrochene Flasche schlechten Messwein: »Meine Herren, Sie sind gewiss gut beraten, wenn Sie sich um diese Dinge kümmern. Denn zum einen findet der Plan mit diesem Kanal nit die ungeteilte Zustimmung unserer Leut; zum anderen haben unsere Bauern den Schlendrian – wie Sie es soeben nannten – tagtäglich vor Augen. Hinwiederum hab ich schon etliche Mal in der Predigt mit eingeflochten, dass man nit hinter jeden Taglöhner einen Aufpasser stellen kann, sondern dass man in einem Kulturland, wie es unser

Bayernland ist, mit der Wohlanständigkeit und Ehrlichkeit eines jeden sollt rechnen können!«

Der König und der Graf unterhielten sich noch eine ganze Weile und gewannen aus klugen Bemerkungen des Pfarrers mancherlei nützliche Aufklärung.

Inzwischen hatte sich der Ambros mit dem Kronenwirt in ein Schwätzchen eingelassen und erfahren, dass bei dem damaligen Kampf im Stiegenhaus mit dem Brunelli und seinen Hunden der Landrichter gar nicht gut weggekommen war. Im Gegenteil, der Schlag, den er vom Ambros vor den seidenen Brustlatz erwischt hatte, war ihm auf die Lunge gefallen und hatte einen Blutsturz nach sich gezogen, sodass der hohe Beamte schon aus diesem Grund abgelöst werden musste – was im ganzen Landgericht jedermann freudig begrüßt hatte.

Anderentags nahmen sich der König und der Graf beim Wirt Reitpferde und besichtigten die einzelnen Grabungsstellen nördlich von Beilngries, die jetzt wegen des starken Bodenfrostes verwaist dalagen. Der Herrscher konnte seine Unzufriedenheit nicht verheimlichen und erklärte mit bedenklicher Miene, dass man nach Lage der Dinge mit einer Bauzeit von zwölf Jahren werde rechnen müssen, ehe das erste Schiff vom Main zur Donau werde durchfahren können.

Lächelnd entgegnete der Tauffkirchen: »So geht's den Bauwütigen!«

Worauf ihn der König mit der Reitgerte leicht auf den Schenkel schlug.

Über Dietfurt und Riedenburg fuhren sie nach drei Tagen bis Kelheim. Hier im Rathaus trafen sich die Herren mit dem Baumeister Friedrich Gärtner, der ihnen den Plan für eine Sieges- oder Befreiungshalle vorlegte, die auf dem

Michelsberg zum Gedenken an den erfolgreichen Kampf gegen Napoleon errichtet werden könnte. Der König war begeistert und erteilte den Auftrag, die über 45 Hektar nötigen Grundstücke zu erwerben. Im gleichen Atemzug erging an Herrn Schwanthaler die Aufforderung, 34 Viktorien oder Siegesgöttinnen aus Marmor zu gestalten. Das blütenweiße Gestein für diese engelsähnlichen Figuren sollte aus dem Vintschgau kommen; so hatte es der Baumeister Gärtner geplant.

Da stieß auch der andere königliche Architekt, Leo Klenze, zu den Männern im Rathaus. Er war nämlich schon seit etlichen Jahren mit dem Bau der nahen Walhalla beschäftigt und hatte ebenfalls mit der Marmorbeschaffung zu tun. Er riet dringend, doch Marmor aus Carrara zu verwenden. Die mächtigen Blöcke für die Schwanthaler'schen Figuren könne man nämlich vom Vintschgau kaum über die Alpen befördern, während der carrarische von Livorno auf dem Seeweg nach Holland und dann auf dem Rhein, dem Main und dem bis dahin fertigen Ludwigskanal unmittelbar nach Kelheim verfrachtet werden könne. Das war einsichtig, und es ergingen auch sofort die nötigen Weisungen an die Königliche Hofkammer nach München.

Zu viert fuhren sie dann weiter der Donau entlang, denn der Kastenschlitten war sehr geräumig. Der König wollte noch den Fortgang der Bauarbeiten an der Walhalla sehen, bevor er sich auf der Englburg verwöhnen ließ.

Auf der Englburg

Über Regensburg lag schon die tiefe Nacht, als sie in den Domhof einfuhren. Darum gab es auch kein weiteres Aufsehen unter den Leuten. Ebenso wenig am anderen Morgen. Die einstige freie Reichsstadt war an Durchreisende gewöhnt.

Es war ein Morgen in klirrender Kälte. Der Viererzug sauste mit dem großen Schlitten zum Ostentor hinaus. Die Rösser gingen wie die Spieluhren. Ambros hatte ihnen bereits am frühen Morgen, noch vor dem Hafer, die Stollen an den Hufeisen scharf feilen lassen – bei der Glätte auf den Straßen in der Donauniederung eine notwendige Vorsorge.

Nach einer Stunde kam Donaustauf in Sicht. Die Jochpfeiler der zerstörten hölzernen Brücke ragten wie verfaulte Zähne mitten aus dem Strom. Ambros befiel Wehmut. Hier hatte sich ein Schicksal erfüllt, vielleicht das härteste in seinem bisherigen Leben. Noch einmal sah er im Geist das Mädchen winken, ehe das graue Wasser die verzweifelt emporgereckte Hand verschluckte. Herr, gib ihr die ewige Ruhe!

Walhalla! Der Königsbau zur Erinnerung an alle großen Deutschen oder – wie der Bayernkönig geschrieben hatte – »Teutschen«, ob Künstler, Denker, Priester, Staatsmann oder Soldat.

König Ludwig stieg die 385 marmornen Stufen hinauf. Leo Klenze schritt eine Stufe hinter ihm, bereit, ihn zu stützen, wenn er auf dem glatten Gestein ausrutschen sollte. Aber der quicklebendige Herrscher tat ihm den Gefallen nicht. Er hielt sich auch nicht lange auf der Plattform auf, was dem Baumeister ein bisschen wehtat; Klenze hatte mehr Interesse erwartet. Doch wen interessiert selbst der feinstgekörnte Marmor, wenn fingerdickes Eis ihn beschlagen hat!

»Wie viele Jahre werden bis zum Richtfest noch vergehen?«, fragte der König.

»Mit Verlaub, Majestät, das hängt von der Flüssigkeit Eurer Finanzen ab!«

Ludwig legte die Hand auf den Arm des bedeutenden Mannes: »Klenze, Wir werden Uns bemühen, obwohl Unsere Bayern glauben, Wir bezahlten Unsere Bauten mit ihren Steuergeldern.«

Nach einem kurzen Blick ins Innere verabschiedete er sich mit großer Freundlichkeit von den beiden Architekten und kehrte mit dem Grafen Tauffkirchen zum Schlitten zurück.

Schon seit Neujahr herrschte auf der Englburg fieberhafte Geschäftigkeit: Der König kommt! Welchem Schloss in Bavern wird schon eine solche Ehre zuteil! Zumal dann, wenn darin keine Schönheit wohnt, die der Meister Stieler für die Galerie abkonterfeien könnte!

Zwei Riesen, so berichtet die Sage, hatten die Englburg und den gegenüberliegenden Fürstenstein erbaut. Sie hatten jedoch damals nur einen einzigen Hammer zur Verfügung, als sie die mächtigen Steine für die Burgmauern aus den Gipfeln brachen. Darum mussten sie sich diesen über das Tal hinweg zuwerfen. Das soll während der Bauzeit ganz reibungslos vor sich gegangen sein, bis der Englburger Riese seinen Bau vollendet hatte. Darauf war er boshaft geworden und hatte den Hammer dem Kollegen auf

Fürstenstein nicht mehr gegönnt, sondern hatte ihn über alle Berge hinweg ins Mittelmeer geschleudert. Der Fürstenstein war deswegen nicht zu der Vollendung gediehen wie die Englburg, – Grund genug für den Fürstensteiner, den Kollegen so lange zu befehden, bis sie sich gegenseitig ruiniert hatten. Ihre Bauwerke aber hatten die Jahrhunderte überdauert.

Wer diese Sage erdichtet hat, muss die riesenhaften Fundamente der Englburg gekannt haben. Vielleicht ist er einst in der Ritterzeit als fahrender Sänger hier eingekehrt, ebenso wie jetzt der König von Bayern: als ein herzlich willkommener Gast. Frau Anna, umgeben von ihren drei Töchtern, begrüßte den Herrscher unter dem mächtigen Einfahrtstor mit bestechender Eleganz und geleitete ihn ins Erkerzimmer des Hochschlosses. Von dort aus konnte der Blick über das hügelige Dreiburgenland hin bis hinein in den tiefen Böhmerwald schweifen. Der König, für alles Schöne empfänglich, lobte sich selbst, dass er sich zu diesem Besuch entschlossen hatte.

Am Abend versammelte man sich unter den Spitzbogengewölben des alten Rittersaales. Die Gräfin konnte eine kleine Verlegenheit nicht verheimlichen, denn der preußische Freiherr von Owen, ein reicher Rittergutsbesitzer und Freund ihres Mannes, hatte sich ebenfalls für diese Stunde angesagt, war aber noch nicht eingetroffen. Ob ihm vielleicht auf der langen Reise von Berlin her etwas zugestoßen war? Denn die Wege durch die Oberpfalz strotzten von Eis und Schnee, und in den Wäldern stürzten die Bäume unter der Last der weißen Pracht.

Während nun der König an der Tafelrunde von seinen Bauplänen erzählte und von den Schwierigkeiten, die sein Sohn Otto in Griechenland zu meistern hatte, erreichte der Schlitten des erwarteten Freiherrn den Schlosshof. Herr von Owen, ein gut aussehender Mittfünfziger, reiste in Begleitung einer Dame, was man auf Englburg nicht gewusst hatte; galt er doch als ein eingefleischter Junggeselle. Frau Anna schaute deshalb auch etwas befremdet drein.

»Hochverehrte Gräfin, ich hoffe, Seine Majestät wird nicht ungehalten sein, wenn ich eine Dame mitbringe, die als eine der Ersten für würdig befunden worden war, in die Galerie der Schönheiten aufgenommen zu werden: die Berliner Hofschauspielerin Charlotte von Hagn.« Der Freiherr lachte breit über die wuchtige Front seines Gesichtes. Charlotte stand süß lächelnd neben ihm und genoss die liebenswürdige Unbeholfenheit der Gräfin Tauffkirchen.

Im Niederschloss, gleich hinter dem Zwinger, lagen die Ställe, Remisen und Gesindestuben, auch ein paar Unterkünfte für durchreisendes Personal. Hier hatten sie den Ambros einlogiert und gleich daneben den preußischen Kutscher Gotthold, der einen gewetzten Berliner Schnabel besaß. Ihnen leistete gleich an diesem ersten Abend der Herrschaftskutscher des Hauses Gesellschaft, Max, ein braver Niederbayer, der freilich zum Lachen immer in den Keller zu gehen schien. Auch jetzt musste er die 76 Stufen hinuntersteigen – nicht des Lachens halber, sondern weil ihn die Köchin gebeten hatte, Bier und Wein heraufzuholen. Ambros bot sich sofort an zu helfen; da ging auch Gotthold mit. Diese gemeinsame Tat brachte sie einander schlagartig näher. Als sie dann in der Speisekammer des Gesindes an einem eigenen Tisch ihr Abendessen erhielten, waren sie bereits mitten in einem lebhaften Gespräch.

Sagte Gotthold, der es darauf abgesehen hatte, auf den Busch zu klopfen: »So ein königlicher Oberhofkutscher muss doch Geld haben wie eingekellerte Kartoffeln!«

»Freilich«, erwiderte Ambros, »ab und zu muss man's umschaufeln, damit's von unten her nit anfängt zu faulen!«

Max tat einen dreckigen Lacher, weil er den Preußen nicht leiden konnte, und meinte: »Wär auch schlimm fürs Haus Bayern, wenn so ein schäbiger freiherrlicher Rossknecht genauso viel verdienen tät wie ein königlicher Beamter!«

»Du suchst Streit«, entgegnete Gotthold, »aber heute bin ich zu sehr abgeschafft und ausgefroren. Ab morgen Früh kannst du die letzten fünf faulen Zähne, die dir aus dem Brotladen stinken, loswerden; brauchst dich nur zu melden!«

Da sprang der Max in die Höhe, als hätte ihn hinten hinein eine Wespe gestochen. Doch Ambros, der neben ihm saß, packte ihn und drückte ihn auf den Stuhl: »Wenn ich der Anlass bin, dass ihr euch in die Haare geraten wollt, dann nehm ich mir auch das Recht, euch niederzuhalten! Seid doch vernünftig! Da hat man noch keinen anständigen Becher Wein miteinander getrunken, und schon ist der Teufel los! Dabei seid ihr beide um ein gutes Stück älter als ich und keine jungen Hitzköpf' mehr! Schämt euch! Wenn ihr's aber partout zu einer Schlägerei kommen lassen wollt, dann bin ich dabei, versteht ihr! Und ich wett, dass keiner von euch in seinem ganzen herrschaftlichen Kutscherleben je so viel Dresche bezogen hat, wie er sie dann kriegen wird!« Und er zeigte ihnen seine beiden Fäuste, die allerdings die Ausmaße von mittleren Milchkübeln hatten.

Ein paar Knechte, die an einem anderen Tische hockten, hatten beinahe andächtig zugehört und im Stillen gehofft, hier auch ein wenig mitmischen zu können. Nun wurde aber nichts daraus, und der Max empfahl sich mit Götzens Gesundspruch, wie das meist bei denen der Fall ist, die gerne möchten, aber nicht können. Ambros und der Preuße blieben zurück.

»Du kommst, wie man hört, von Berlin. Bin vor längerer Zeit auch einmal da hingefahren, hab aber von der Stadt nicht viel gesehen.«

»Darüber brauchst du nicht traurig zu sein! Denn dorthin, wo Berlin schön ist, kommt unsereins sowieso nicht: an den Hof, zu den Redouten, ins Theater.«

»Weil du vom Theater sprichst – eine Münchnerin soll bei euch Hofschauspielerin sein. Hast du davon gehört?«

»Ich sag ja grade, dass unsereins mit dem Theater nix zu tun hat! Und überhaupt mit Schauspielerinnen! Die widmen sich nur solchen Herren, von denen sie ausgehalten werden. Du als Hofmensch könntest dir vielleicht eine vergönnen, zumindest so ab und zu einmal. Bei mir aber ist da nix drin!«

Sie waren müde und begaben sich zur Ruhe. Auch in den Zimmern der Herrschaften verloschen die Lichter – die Englburg schlief.

Der andere Tag war für einen ausgiebigen Spaziergang durch den uralten Schlosspark vorgesehen, in dem zwischen malerischen Felsgruppen mächtige Baumriesen standen. Hier erhob sich auch über einer Steinsäule das liebliche Bild einer Schutzmantelmadonna und hätte vielleicht zum Beten eingeladen, wäre es nicht so grimmig kalt gewesen.

So marschierten sie flott dahin, vor allem der König inmitten der drei Tauffkirchen'schen Töchter. Das waren herzhafte und gesunde Mädchen, die noch kein Stäubchen von Verstädterung angeflogen hatte. Ludwig gefiel ihre natürlichen Vornehmheit, ihre Augen leuchteten wie der dunkle Rothauer See, zu dem sie jetzt gemeinsam hinunterstiegen, dem verschlafenen Tal zu.

»Das ist unser See!«, sagte die eine mit Betonung, und eine andere fügte hinzu: »Majestät, Sie sollten im Sommer hierher kommen und mit uns baden! So frisch wie nach einem Bad im Rothauer See sind Sie in Ihrem ganzen Leben noch nie gewesen. Hier steigen nämlich heilsame Gase und prickelnde Quellen aus der Tiefe. Das belebt.«

Frohgemut erwiderte Ludwig: »Wir danken für diese freundliche Einladung und werden auf sie zurückkommen, falls Wir nicht vergessen! Für heut Abend allerdings wollen – umgekehrt – Wir euch einladen in Unser reizvolles Erkerzimmer. Sagt es doch gleich euren Eltern!« Da rannten sie alle drei mit Hallo den Waldpfad hinauf – die Damen hatten es wegen des vereisten Bodens nicht gewagt herunterzukommen. Der König folgte lächelnd und bestätigte das Gezwitscher der Mädchen.

Und am Abend traf man sich. Ludwig hatte selbst bei der Aufstellung der Tafel mitgeholfen. Beim Platz der Gräfin Anna stellte er eine Nachbildung der Schäferszene aus Nymphenburger Porzellan auf, die einst der große Modelleur Bustelli geformt hatte. Die Komtessen erhielten je eine Figur aus der »Italienischen Komödie« desselben Meisters.

Es waren feine Geschenke, eines Königs würdig. Nach dem Souper bat er dann die Hausherrin um eine Lesung aus ihrem Buch, denn er habe schon viel Lobendes über dieses Werk gehört, sei aber noch nicht dazugekommen, darin zu lesen.

Darauf rückte er selbst ihr den Ohrenstuhl im Erker zurecht und stellte ein Windlicht hin, während er seine anderen Gäste bat, die Tischkerzen auszulöschen. Draußen rüttelte der böhmische Wind an den Fensterläden des Hochschlosses und zerbrach im Park manchen vom Frost erstarrten Ast.

»Wir müssen«, begann die Gräfin zu lesen, »unsere Äste anbinden, unsere Kinder hegen. Es ist die höchste Regel der Weisheit, nach der sowohl ganze Völker als auch einzelne Familien erzogen werden müssen: dass die Erzieher den Ausschweifungen ihrer Zöglinge so viel als möglich vorbeugen. Leider aber lässt man sie sündigen und glaubt alsdann alles getan zu haben, wenn man die Sünder mit Ruten peitscht. Die meisten Verbrechen aller Zeit sind nichts anderes als die Folgen der vernachlässigten Erziehung.«

Frau Anna rückte sich eines der Windlichter näher und faltete vor ihrem Kinn still die Hände: »Majestät, liebe Freunde, in den Kindern liegt unser verlorenes Paradies. Und die Geister unserer eigenen Jugendjahre steigen aus der Erinnerung herauf und lächeln uns aus den Augen der Unschuld an, die unsere edelsten Empfindungen zur höchsten Erkenntnis unserer reinen, göttlichen Natur erweckt. Die frohe, helle und lautere Morgenröte des Lebens steht im Gegensatz zu unserer schwülen Lebensmittagshitze und Abendgewitterluft vor uns, und ein unerklärliches Gemisch von Lust und Weh überwältigt uns, wenn wir hineinschauen in das Gewühl dieser kleinen, unschuldsvollen Welt.«

König Ludwig wandte sich an die drei Töchter, die mit glühenden Wangen dasaßen, und sprach: »Mädchen, was für eine Mutter hat euch der Himmel geschenkt! Das edle Menschentum, von dem Meister Goethe sprach, hat in ihr Gestalt angenommen.«

Da erhob sich die älteste Tochter, ging zur Mutter hin, küsste sie leicht auf die Wange und bat sie um das Buch. Sie blätterte und suchte eine bestimmte Stelle. Dann las sie, neben der Mutter stehend: »Ich habe euch, meine Töchter, nicht auferzogen und nicht gelehrt, dass ihr den Männern bloß zum Zeitvertreib dient und eure Würde und

Standesehre auf ein tändelndes Nichtstun oder auf Pracht und Gemächlichkeit baut. Der Reiz all dieser Genüsse verschwindet. Werdet wirtschaftliche Frauen! Eure Gatten müssen euch hoch schätzen, nicht vergöttern! Sucht Ehre und Freude nicht außer dem Hause, sondern in nützlichen Beschäftigungen! Sobald ihr es dahin gebracht habt, dass eure Gatten in eurer häuslichen Gesellschaft sich wohl befinden, werdet ihr zeitlebens glücklich sein!«

Das Mädchen verneigte sich. Frau Anna stand auf und schlang einen Arm um die Schulter des Kindes: »Majestät, wir danken fürs Zuhören!«

Der König trat hin, küsste der edlen Frau die Hand und sprach: »Jetzt haben Wir's gespürt, dass Wir auf der Burg der Engel sind!«

Am anderen Morgen strotzten alle Fenster von der kristallenen Pracht dicker Eisblumen. Man kam sich vor, als säße man im Himmel hinter lauter milchigweißen Vorhängen.

Drunten im Schlosshof rührte sich's: Ambros Radlmeier fuhr mit seinem Viererzug durch das Torhaus herein; die beiden Kollegen Max und Gotthold führten ihm die Rösser am Zügel. Seine Majestät wollte abreisen.

Droben im Hochschloss schabte Charlotte von Hagn mit einer Haarnadel die Eisblumen vom Fenster, um zu schauen. Da sah sie ihn. Er war männlicher geworden. Er hatte Haltung, jetzt mehr denn je. Ob im Sattel, ob auf dem Bock, stets saß er aufrecht wie eine Eins.

Vielleicht ist man im Leben manchmal saublöd!, sagte sie auf gut Bayerisch zu sich selbst und beschloss, sich zur Verabschiedung des Königs entschuldigen zu lassen.

Zufälle

»Demnächst gibt's am Treidelweg an der Isar ein Schauspiel zu sehen; wenn du Zeit hast, Mama, könntest du mit dem Hermes hinübergehen.«

»Was für ein Schauspiel?«, fragte Frau Martha.

»Da wird eine kaiserliche Schnapsidee an euch vorbeiziehen. Vorgestern hab ich nämlich den Zaren von Tegernsee nach Miesbach fahren müssen. Als er da die Kühe weiden sah, hat er sofort 60 Stück Jungvieh gekauft und vor aller Augen erklärt, er werde die Tiere zu Fuß nach Russland in Marsch setzen. Unser König hat zwar ein wenig den Kopf geschüttelt, doch der hohe Gast beharrte auf seinem Entschluss. Ich hab mir's ausgerechnet, das sind – ein paar Umwege mit einbezogen – gute 2000 Kilometer schon bis nach Kiew in der Ukraine.«

»Die armen Viecher!«, seufzte Frau Martha.

»Dazu will er sich 20 russische Kulaken, das sind Bauern, und zwei Hufschmiede kommen lassen, denn die Hufe der Rinder sollen mit Eisen beschlagen werden.«

So geschah es auch. Zar Nikolaus von Russland, der sich mit seiner preußischen Gemahlin schon seit August in Bayern aufhielt, die meiste Zeit am Tegernsee, wollte das Miesbacher Vieh in seinem Reich heimisch machen. Und weil es keine Transportmöglichkeit gab, mutete er den Rindern diese Reise zu.

Tatsächlich zogen die Rinder etliche Wochen später an München vorüber – zum Spaß der sich ans Hirn greifenden Bürger und zum Leidwesen der Wegmacher und

Straßenkehrer. Es ist nicht bekannt geworden, ob und wie viele Tiere drüben angekommen sind. Wahrscheinlich war das Ganze ein Schlag ins Wasser.

Auch Frau Martha war mit dem Enkel zur Isar gegangen. Sie hatten den Zug der Rinder gesehen. Der kleine Junge war erschrocken und hatte geweint, sodass der Großmutter nichts anderes übrig geblieben war, als vorzeitig nach Hause zurückzukehren. Hermes war überhaupt ein schreckhaftes Kind. Der Arzt führte diesen bedauerlichen Zustand darauf zurück, dass es ihm schon im Mutterleib an Liebe und Geborgenheit gefehlt habe. Dass diese Diagnose wohlbegründet war, ließ sich nicht leugnen.

Für Frau Martha bedeutete das eine große Sorge. Darum war es auch kein Wunder, dass sie den Enkel verwöhnte. Leider fand sie dabei nicht das rechte Maß. Hermes nützte mit den Jahren die Güte der Großmutter aus. Er tat vor ihren Augen engelhaft, hinter ihrem Rücken betrog er sie.

Das zeigte sich bereits, als er in die Trivialschule kam. Dort benahm er sich auch dem Lehrer und den Mitschülern gegenüber zwiespältig. Dies umso mehr, als er außerordentlich begabt war und die schulischen Anforderungen spielend bewältigte. Darum langweilte er sich und kam auf dumme Gedanken. Zunächst ärgerte er bloß den Lehrer und den Katecheten. Bald jedoch beklagten sich auch Bürger, insbesondere diejenigen, an deren Häusern er auf dem Schulweg vorüberkam. Hier warf er Sand oder Steinchen durch die geöffneten Fenster, dort strich er Hundekot an die Türklinken. Den sich sonnenden Kater des Herrn Domdechanten streichelte er geflissentlich so lange, bis er ihm eine Schnur an den Schwanz geschlungen hatte. Dann befestigte er diese am Hausglockendraht, gab dem Tier einen Klaps und rannte davon – der

Katerich aber zerrte fauchend und kläglich jammernd an der Glocke.

Ambros unterhielt sich mit seiner Mutter oft über das Sorgenkind, doch sie fanden keinen Ausweg. Dann wandte er sich an den alten Freund und Gönner, den Baron Lupini. Es gab ja kaum ein Problem, über das er nicht mit ihm hätte reden können.

Der alte Stallmeister hörte sich das Klagelied seines Oberhofkutschers ruhig an. Dann sagte er sehr gelassen: »Mein Lieber, ich habe nie Kinder gehabt. Ich tue mich daher schwer, über Kindererziehung etwas zu sagen, was wirklich Hand und Fuß hat. Ich weiß aber einen vielleicht gangbaren Weg, über den du einmal nachdenken solltest. Gebt doch das Kind in die wiedererrichtete Klosterschule nach Scheyern! In diesem Hauskloster unseres wittelsbachischen Königshauses hat der Hohe Herr Ludwig erst vor drei Jahren wieder Benediktiner angesiedelt. Er hat ihnen die Aufgabe gestellt, eine Art Progymnasium einzurichten und tüchtige junge Leut heranzubilden. Wenn dein Neffe, wie du sagst, begabt ist, dann müsst es doch mit dem Teufel zugehen, wenn ihn die schwarzen Mönche nicht zurechtdengelten.«

»Herr Baron, Sie vergessen, dass unser Hermes den Makel der unehelichen Geburt trägt. Ob die Mönche darüber hinwegsehen können und wollen?«

»Sie werden wohl müssen, wenn Hofmänner wie du und ich bei ihnen höflich vorsprechen. Es sei denn, ihr möchtet, dass der Bub Pfarrer wird; unehelich geborene Pfarrer, glaub ich, gibt's nicht.«

»Davon ist nicht die Red gewesen! Wollen Sie mir Geleitschutz geben, Herr Baron?«

»Dazu bin ich umso mehr bereit, als ich den neuen Prior von Scheyern, den Pater Rupert Leis, erst vor wenigen Tagen am ›Fetzengarten‹ in der Blumenstraß kennengelernt hab. Scheint, er ist ein frommer, gebildeter und dabei weltoffener Herr. Mit einem solchen müsst man doch auch über uneheliche Söhne reden können!«

»Und wann wollen Sie nach Scheyern reiten?«

»Lieber Freund, ich hab's nicht mehr so mit dem Reiten. Richt für morgen das Gäuwagerl her und pack deinen Neffen; dann fahren wir.«

Es war eine entzückende Fahrt durchs Dachauer Land und über Ilmmünster hinaus. Die Bauern bestellten ihre Felder für den Winter. Die Kinder hüteten die Herden und verbrannten das Kartoffelkraut in kräftig rauchenden Meilern. Ein paar letzte Schwärme von Zugvögeln strichen über die Stoppelfelder, und die ewig hungrigen Krähen zerhackten die Furchen hinter den ackernden Ochsenknechten.

Herbst zwischen Ilm und Paar, Herbst im Wiegenland des Hauses Wittelsbach! Weit hinten glänzten im Morgenlicht die gelben Klostermauern. Von hier waren sie ausgegangen, die »Grafen von Scheyern«, wie die ersten Wittelsbacher hießen – das älteste Herrschergeschlecht des Abendlandes, ein Geschlecht, das immer für seine Überzeugungen eingestanden war, auch wenn Kaiser und Päpste es anders wollten.

»Hermes, hinter diesen Mauern wirst du wohl die nächsten Jahre zubringen müssen!«, meinte Baron Lupini mit Wohlwollen in der Stimme.

Der achtjährige Knabe spitzte die Lippen: »Wie im Gefängnis, Herr Baron!«

»Auch so könnte man's sehen! Aber es ist die falsche Sicht! Du sollst hier in der Zurückgezogenheit und Ruhe lernen und dich bilden, damit du einmal ein tüchtiger Hofmann wirst. Oder hast du dir deine Zukunft anders vorgestellt?«

»Herr Baron, darüber hab ich noch nicht nachgedacht. Aber das weiß ich: Frei sein wie die Krähen hier und die Zugvögel dort, das muss schön sein!«

Lupini seufzte: »Liebes Kind, frei sein, das ist gewiss schön; Hunger haben weniger!«

Darauf wusste Hermes nichts zu erwidern. Da empfand Ambros mit dem Neffen ein stilles Mitleid.

Pater Rupert Leis strich dem Knaben über den schönen, schwarzen Hellenenkopf und lächelte: »Es wird dir nicht leichtfallen bei uns, und du wirst manchmal hart sein müssen gegen dich selbst. Aber wer ein Geier ist, braucht die Tauben nicht zu fürchten! Ein Kerl wie du macht nicht schlapp vor Schwierigkeiten!«

Hermes grinste und wiederholte das Wort im Stillen: Wer ein Geier ist …! Bin ich also ein Geier? Ein Raubvogel? – Und laut sagte er: »Hochwürdiger Herr, ein scharfes Geieraug hab ich, doch ein Raubvogel bin ich nit!«

Indem er ihn an den Schultern fasste, antwortete der Prior: »Das mit dem Geier hast du in die falsche Kehle gekriegt, Freund! Ich hab nicht den Raubvogel gemeint, sondern den kühnen Flieger! Dass du der bleibst und in unserem Hause über allem schwebst, das erwarte ich von dir! Vor allem aber, dass du über dir selber schwebst und dich selbst scharf im Auge behältst!«

Mit abgewandtem Gesicht erwiderte Hermes: »Herr, bisher hab ich weder meiner Großmutter noch meinem Onkel Freude gemacht!«

»Muss das auch in Zukunft so sein?«, fragte der Prior.

»Muss nicht!«, entgegnete Hermes und schaute dabei dem geistlichen Herrn geradeaus in die Augen.

Der aber zeichnete ihm ein Kreuz auf die Stirn.

Ein Präfekt führte darauf den Buben durchs ganze Haus, zeigte ihm Studierzimmer, Schlafsäle und Unterrichtsräume und war manches Mal belustigt durch dessen wachen Geist. Währenddem bot der Prior den beiden Hofmännern ein Gläschen Wein an. Dabei besprachen sie auch die uneheliche Herkunft des Kindes und das traurige Schicksal seiner Eltern. Dieses ist es vor allem gewesen, das den geistlichen Herrn versöhnte.

Hermes durfte vier Wochen später in die Studienanstalt Scheyern einziehen.

Er überwand die Trennung von München rascher und besser als seine Großmama die Trennung von ihm. Frau Martha, die seit Kathrinchens Tod mit abgöttischer Liebe an dem Knaben hing, fand sich jetzt in der vollkommenen Einsamkeit ihrer Häuser nicht mehr zurecht. Nicht als ob sie keine Gäste gehabt hätte, im Gegenteil, seitens des Hofes wurden immer wieder vornehme und geldige Leute zu ihr geschickt. Dieser Vorzug konnte sie jedoch nicht über den Verlust des Enkels hinwegtrösten. Darunter litt auch ihr sonst so überaus herzlicher Umgang mit den Gästen. Diese beklagten sich bald über ihre Vernachlässigung. Daraus zog nun die Hofkammer ihre Folgerungen und schickte nur noch zweitrangige Besucher. Martha spürte das, wusste auch, woher es kam, besaß aber nicht die Kraft, sich aus der inneren Not zu befreien.

Ambros kam jetzt öfter und redete ihr zu. Er musste aber von Mal zu Mal deutlicher den seelischen und auch körperlichen Verfall seiner Mutter wahrnehmen. Ihr fehlte der Lebenswille. Als sie dann auch noch begann, sich selbst zu vernachlässigen, sah er sich gezwungen, den Hof zu unterrichten, man solle keine Gäste mehr bei seiner Mutter unterbringen. Weil dadurch ihre Einnahmequelle wegfiel, musste Ambros für sie aufkommen. Dafür reichten seine Einkünfte zwar aus, aber er hatte ein böses Gefühl dabei, insbesondere in den Zeiten, wenn er tagelang von München fern sein musste. Es war ihm nämlich schon aufgefallen, dass seine Mutter dann kaum noch etwas aß, sondern in selbstzerstörerischem Trübsinn lautlos dahinvegetierte.

So geschah, was er hatte kommen sehen: Frau Martha wurde bettlägerig, sodass er sie ins Heilig-Geist-Spital bringen musste. Hier verlosch ihr Leben im Frühjahr 1842.

Ambros ließ seine Mutter neben dem Kathrinchen am Südlichen Friedhof bestatten. Viele Leute aus der Nachbarschaft gaben der guten Frau das letzte Geleit. Sie war eine von den Stillen gewesen, hatte immer treu ihre Pflichten erfüllt, so erfüllt, dass sie mit 56 Jahren verbraucht war und sich sozusagen dem Tod selbst angeboten hatte. Als Ambros und sein Neffe Hermes nach dem Begräbnis in die Schwabinger Gasse zurückkehrten und die gähnende Leere sahen, fingen beide zu weinen an.

Doch das Leben musste weitergehen.

»Hermes, wir werden uns eine Wohnung behalten; alles andere vermieten wir an Schauspieler und Sänger. Nur fehlt eine Wirtschafterin, die den Betrieb in Schuss hält.«

»Mach nur, wie du denkst, Onkel! Du machst es schon richtig!«

Ambros brachte den Neffen wieder nach Scheyern und sah sich dann in der Dompfarrei nach jemandem um, der ihm bei der Nutzung der Häuser behilflich sein könnte, etwa einer Witwe, die den Verdienst daraus gut gebrauchen konnte. Da gab es gewiss einige, die für diese Aufgabe auch brauchbar gewesen wären. Nur hätte der junge Mann wissen sollen, nach welchen Gesichtspunkten man sich eine Hausverwalterin aussucht. Denn das Gesicht, das Gehaben und der Umgang konnten kein Maßstab sein. Fleiß und guter Charakter jedoch ließen sich nach dem Äußeren nicht taxieren. Ambros begab sich also zum Dompfarrer selbst und trug ihm sein Anliegen vor.

Der würdige Herr – er war beim napoleonischen Feldzug 1812 mit in Russland gewesen – kam gleich zum Kern der Sache: »Mein lieber Ambros, von den alleinstehenden Frauen in unserer Pfarrei halte ich viele für geeignet – doch wie stellst du dir das Verhältnis zu ihr vor? Wie soll das auf die Dauer gehen? Eigentlich wäre es längst an der Zeit gewesen, dass du geheiratet hättest. Dann hättest du jetzt keine Sorgen mit dieser Sache. Eine ordentliche Ehefrau ist nämlich auch eine ordentliche Wirtschafterin.«

Kopfschüttelnd erwiderte Ambros: »Viermal hab ich's versucht, Herr Dompfarrer, und viermal hab ich ins Leere gelangt!«

Darauf der alte Mann: »In Abwandlung eines Wortes unseres lieben Herrn Jesus möcht ich dir entgegnen: ›Nicht bloß viermal, sondern vierzigmal viermal müsstest du's versucht haben!‹ Dann könnten wir weiterreden. Ich will aber trotzdem versuchen, eine zu finden. Sollte mir's gelingen, bring ich sie gleich zu dir. Du selbst darfst dich jedoch auch bemühen!«

Es wurde Sommer, und der Dompfarrer kam nicht. Es wurde Herbst, und auch Ambros hatte noch keine Wirtschafterin gefunden.

Da feierten sie in München wieder einmal das Oktoberfest. Von ferne her drückten die Gäste und Besucher in die Stadt herein, und wer ihnen eine Schlafkammer bieten konnte, der nahm viel Geld ein. Zu denen gehörte Ambros nicht, obwohl in seinen Häusern elegante Zimmer bereitstanden.

Bis eines Abends drei Damen bei ihm anläuteten. Die eine kannte er vom Sehen; sie war ihm in jüngster Zeit ein paarmal in der Residenz begegnet. Unter den Hofbediensteten hieß es jedoch, dieses entzückende Mädchen habe sich bis jetzt noch nicht von Seiner Majestät einseifen oder gar vom Stieler malen lassen, obwohl ein entsprechendes Bestreben des Monarchen durchaus erkennbar gewesen sei. Es war die 21-jährige Caroline Hetzenecker, junge Primadonna an der Münchner Hofoper. Die beiden anderen Frauen stellten sich als ihre Mutter und die Dienerin Amalie vor. Weil ihr Haus am Promenadeplatz noch vor dem Winter vollkommen renoviert werden sollte, fragten sie Ambros, ob er ihnen für zwei Monate Unterkunft gewähren könne.

Der Name Hetzenecker hatte in München und darüber hinaus einen guten Klang, und so ersuchte Ambros die Damen einzutreten. In aller gehörigen Form setzte er ihnen seine Lage auseinander. Zwar habe er brauchbare Räume – und er führte die Frauen von einem zum anderen –, doch verfüge er leider nicht über eine Wirtschafterin. Da meinte jedoch die Dienerin Amalie, das solle seine Sorge nicht sein, denn gerade darum sei sie mitgekommen. Wenn er nichts dagegen habe, werde sie hier wirtschaften wie am Promenadeplatz.

Madame Hetzenecker fügte diskret hinzu, er brauche um die Miete nicht besorgt zu sein.

So zogen die drei Frauen in die Schwabinger Gasse ein und belegten ein ganzes Haus.

Die Primadonna war erst vor Kurzem aus Mailand zurückgekehrt, wo ihr der bayerische Monarch eine fast zweijährige Ausbildung ermöglicht hatte. Viel umworben vom Prinzen zu Wales und den größten italienischen Bühnen, lehnte die Künstlerin alle Anträge ab, weil sie ihren königlichen Gönner nicht enttäuschen wollte. Er lohnte ihr diese Dankbarkeit reichlich und bewilligte ihr ein jährliches Gehalt von 3000 Gulden.

Die Arbeiten am Hetzeneckerhaus zogen sich nun bis weit ins Frühjahr 1843 hinein, doch die drei Frauen fühlten sich wohl in der Schwabinger Gasse, so wohl, dass die

Dienerin Amalie den beiden Damen kündigte, als sie um Ostern wieder in ihre angestammte Wohnung zurückkehrten. Sie erklärte, die Aufgaben am Promenadeplatz belasteten sie in ihrem Alter zu stark. Gleichzeitig bat sie Ambros, ihr den Posten der Wirtschafterin in seinen Gästezimmern zu übertragen.

Ambros war's zufrieden und der Dompfarrer ebenfalls. Die Dienerin Amalie erfüllte alle Voraussetzungen.

Caroline Hetzenecker war über den Verlust der langjährigen Verwalterin zunächst untröstlich. In derselben Zeit aber fand sie einen großen Verehrer – er nannte sich selbst einen »alten Haushahn« – in dem Maler Moritz von Schwind. Der schätzte sich glücklich, für sie die Kostümentwürfe zeichnen zu können. Für König Otto von Griechenland malte er sogar ein Bild von ihr, das jahrelang den Hof in Athen begeisterte.

Eine Tänzerin und die Revolution

Hermes Radlmeier war begabt und ließ die Schulmeister-
herzen der Mönche in Scheyern höher schlagen. Weniger
zufrieden waren sie mit seiner Disziplin. Klarer gesagt:
Er eckte fast ununterbrochen an. Bald wischte er den Mitschülern eins aus, bald war einer der Lehrer Zielscheibe
seiner Lausbüberei. Dazu kam sein nun erwachendes Interesse an der Weiblichkeit. Wenn die Schüler zweimal in
der Woche gemeinsam unter Führung eines Präfekten spazieren gingen, so richtete sich seine Aufmerksamkeit fast
ausschließlich auf die vorbeigehenden Mädchen, denen er
immer wieder provozierende Worte nachrief. Natürlich
wurde das – wie in Internaten so üblich – den Vorgesetzten
mitgeteilt, die sich darauf ihren Reim machten.

*Lieber Herr Ambros Radlmeier! – Wir müssen auch um
das seelische Wohl unserer Schüler besorgt sein. Wir sehen
es aber gefährdet durch ihren Neffen. So hoch wir seine
geistigen Fähigkeiten einschätzen, so sehr bedrückt uns
seine zwielichtige moralische Haltung.*

Mit diesen Worten begann ein Brief, den der Prior Anfang
des Jahres 1847 nach München schrieb. Es folgten einige
beweiskräftige Beispiele für die »zwielichtige moralische
Haltung« und dann die Schlussfolgerung:

*Wir müssen Sie daher ebenso höflich wie dringend ersu-
chen, den Schüler Hermes Radlmeier nach abgelaufenem*

Schuljahr aus unserer Lehranstalt zu nehmen. Wir geben der Hoffnung Ausdruck, dass er sich in Ihrer blutsverwandtschaftlichen Nähe besser entfalten kann, als dies in der Anonymität unseres Hauses möglich wäre.

Hermes ging ins 14. Lebensjahr. Er war hoch gewachsen, besaß elegante Manieren und verstand glänzend zu unterhalten. Er gab sich gern mit Mädchen ab, doch das beruhte auf Gegenseitigkeit, und wenn er beschwingt durch die Gassen ging, trafen ihn viele bewundernde Blicke. – Und jetzt musste ihn der Onkel zurückholen nach München!

In der Schwabinger Gasse hatte seit vier Jahren Amalie das Sagen. Zwischen ihr und Hermes traten zu Ambros' Verwunderung überhaupt keine Schwierigkeiten auf. Er ging mit der gesetzten Frau sehr rücksichtsvoll um, und sie behandelte ihn als einen feinen jungen Mann. Der häusliche Friede blieb gewahrt.

Anders sah das Verhältnis zwischen Onkel und Neffen aus. Ambros sah in Hermes die Verkörperung von Katharinas Lebensgier und fühlte sich berufen, diese mit allen Mitteln niederzuhalten. Er hoffte, dieses Ziel durch harte körperliche Arbeit zu erreichen. Dass Hermes später in den Hofkutscherdienst eintreten sollte, stand für Ambros außer Zweifel. Darum nahm er ihn jetzt mit in den Stall zu den Rossknechten. Er musste zeitig aufstehen, füttern, ausmisten und striegeln, die Wagen waschen und schmieren, Geschirre reinigen und Decken klopfen, kurz, all die niedrigen Dienste verrichten, die von einem Stallknecht verlangt wurden.

Diese Tätigkeiten ermüdeten den jungen Mann und lenkten ihn von dem ab, worum seine Gedanken in den letzten Monaten hauptsächlich kreisten; doch sie schürten auch seine Abneigung gegen den Onkel und trieben ihn in die Arme dieser rüden Männer. Und deren Gesprächsstoff und Unterhaltungston lenkten seine seelische Entwicklung in eine Richtung, die Ambros keine Freude machen konnte.

Dem Oberhofkutscher entging es nicht, wie ihm der Neffe langsam entglitt. Mit dem Baron Lupini hätte er sich gern besprochen, konnte es aber nicht, weil der nach einem Schlaganfall nicht mehr ansprechbar war; die Ärzte schüttelten die Köpfe und zuckten mit den Achseln: wenig Hoffnung.

So wandte er sich eines Abends an die Wirtschafterin Amalie: »Was sagen Sie zu meinem Neffen?«

Die Frau schien diese Frage schon lange erwartet zu haben, denn sie antwortete bündig: »Herr Radlmeier, wenn Sie's mit ihm so weitertreiben, werden Sie erleben müssen, dass er ins Malefizhaus kommt und am Galgen endet!«

Ambros schluckte: »Soll ich ihn vielleicht hätscheln? Am liebsten möcht ich ihn halb tot schlagen!«

Amalie erwiderte: »Diese Einstellung spürt er. Und da erwarten Sie Vertrauen?«

Ambros winkte ab und verließ die Wirtschafterin. Sie ist vernarrt in den Kerl!, dachte er sich. Vernarrt wie alle Weiber, die in seine Nähe kommen!

Mit Hermes redete er kein Wort mehr. Er kümmerte sich auch nicht darum, wie er seine Freizeit verbrachte. Ebenso wenig fragte er, wenn Hermes abends spät nach Hause kam. Kein Wunder, dass der sich mehr und mehr den Stallknechten anschloss und sie begleitete, wenn sie nach Giesing oder in die Au zu ihren Mädchen gingen.

Zu dieser Zeit saß im Arbeitshaus in der Au ein Mädchen, Anna Billmaier. Wegen Streunens und verschiedener Diebstähle hatte die Stadt sie zu Zwangsarbeit für zwei Jahre eingewiesen. Ein Jahr war bereits ohne jegliche Beanstandung vorübergegangen, sodass sich die Leitung des Hauses entschloss, die Anna tagsüber auswärts zu beschäftigen. Solche Arbeitskräfte waren billig und darum sehr gefragt. Auch kam der Lohn dem Haus zugute, das damit seine Kosten für die anderen Sträflinge bestreiten konnte.

Die Wirtsleute in der alten Herberge »Zum Kriechbaumhof« in Haidhausen hatten um eine tüchtige Magd gebeten und die Anna Billmaierin erhalten. Sie musste die niedrigsten Dienste verrichten und obendrein – wenn's dem Wirt gefiel – dem einen oder anderen Herbergsgast zu Willen sein. Das machte jedoch der Anna nichts aus. Schon seit ihrem zwölften Lebensjahr hatte man sie dazu gezwungen, diese Dinge zu tun, und eines Tages kannte sie es nicht mehr anders.

Diese Anna ging jeden Morgen von der Au bis zum »Kriechbaumhof« und kehrte jeden Abend wieder ins Arbeitshaus zurück, sommers wie winters. Sie scherte sich um niemanden, auch wenn einer sie anquasselte, sondern ging ihren Weg am Hochufer der Isar dahin, vorbei an der Sankt Nikolaikirche, übern Gasteig und dann den Stadtbach entlang auf die neu erbaute Mariahilfkirche zu.

An einem solchen Abend im Oktober schlenderte auch Hermes durch die hohen Isaranlagen gemütlich dem Gasteigkircherl zu, kam kurz davor an der Wegmacherhütte vorbei und trat dahinter, weil er das Wasser abschlagen musste.

Über dem ging die Anna vorbei. Sie blieb stehen, schaute und machte eine provozierende Bemerkung.

Er richtete sich auf und erwiderte: »Hast wohl so was noch nit g'sehn?«

»Bei dir nit!«, antwortete sie und setzte hinzu: »Könntest mir's aber zeigen, drin in der Hüttn!«

Hermes ging hin, zog den Pflock aus dem Türriegel der Wegmacherhütte heraus und machte das quietschende Türl auf. Sie traten beide ein, und er schloss hinter sich zu.

Sie kamen während der folgenden kalten Jahreszeit hier noch öfter zusammen, allerdings immer nur auf kurze Zeit, denn Anna wollte im Arbeitshaus nicht auffallen. Bei diesen Begegnungen erzählte sie ihm auch ihre Lebensverhältnisse. Da gewann Hermes Einblick in ein fürchterliches Schicksal.

»Hast nit mal drandenkt zu heiraten?«, fragte Hermes.

»Ich? Heiraten? Wer nimmt denn so was wie mich? Tätst du so eine heiraten?«

»Warum nit? Herbergsmagd und Stallknecht, meinst nit, dass das gut zusammenpassen könnt?«

Überlegen antwortete Anna: »Du bist zu jung für mich. Außerdem wirst du eines Tags in den Hofdienst kommen, und da kannst du kein Weib nit brauchen, das gestohlen und gesoffen hat und zwei Jahr' Arbeitshaus hat verbüßen müssen! Mir ist mein Weg schon bestimmt, und der wird immer an der Grenz zwischen Recht und Unrecht dahinlaufen. Ich gehör halt zu den Verrufenen!«

»Das ist's ja grad, was ich ändern möcht, Anna!«

»Und was sagt dein Onkel?«

»Bis jetzt weiß er noch nix! Sobald du aber aus dem Arbeitshaus raus bist, nehm ich dich mit in die Schwabinger Gass!«

»Das ist ein Krampf, Hermes! Ich hab doch gar nix zum Anziehn!«

»Ich werd sparen! Und wenn du dir bis Pfingsten auch was zusammensparen kannst, dann wär's doch g'lacht, wenn wir dir nit ein anständigs G'wand kaufen könnten!«

»Wennsd' meinst, Hermes!«, sagte Anna und warf sich ihm an den Hals.

Von da ab sparten sie jeden Kreuzer, und weiterhin kamen sie regelmäßig zusammen.

Frau Amalie, die Wirtschafterin, bemerkte bald mit Sorge, dass Hermes sich verändert hatte, und erriet auch den Grund. So erklärte sie eines Tages in ihrer liebenswürdigen Art: »Kind, du darfst unmöglich so weitermachen! Das ist nicht nur der Ruin deiner Berufsaussichten, sondern vor allem deiner Gesundheit. Danke Gott, dass der Onkel gegenwärtig bei Hofe sehr beansprucht wird! Noch hat er nichts gemerkt; kommt er dir aber dahinter, dann wird das wahrscheinlich schlimm für dich. Doch ganz abgesehen davon – wenn du den Suppenlöffel zum Mund führst, zitterst du wie ein alter Mann. Das ist bedenklich!«

Dem Baron Lupini, der in aller Stille das Zeitliche gesegnet hatte, war als oberster Stallmeister der Freiherr von Freiberg gefolgt. Ihm wurde jetzt vom König aufgetragen, der Gräfin Landsfeld – für die Münchner war sie auch nach ihrer Erhebung in den Adelsstand weiterhin nur die Tänzerin Lola Montez – in ihr Palais in der Barer Straße einen Hofkutscher für dauernd abzustellen. Dadurch sollte es der zwielichtigen Dame, die sich der besonderen Gunst des Königs erfreute, möglich sein, jederzeit höfisch aufzutreten und sich den Respekt der Bevölkerung zu erzwingen. Die Wahl für diese Aufgabe fiel auf Ambros Radlmeier, den Seine Majestät in guter Erinnerung hatte.

Mit diesem neuen Posten war in das stille Leben des Oberhofkutschers plötzlich eine starke Unruhe gekommen. Die Gräfin führte eine sehr aufwendige Hofhaltung, zumal König Ludwig sie täglich zu besuchen pflegte. Er hatte ihr eine mit Kronen verzierte Equipage geschenkt und eine Leibgarde bewilligt, die meist aus der studentischen Burschenschaft der »Alemannen« rekrutiert wurde.

Zu ihrer Sicherheit bediente sich die schöne Blauäugige außerdem eines Bluthundes, doch auch mit Reitpeitsche, Dolch und Pistolen verstand sie umzugehen. Ihr geheimer Begleiter, der Kavallerieleutnant Nußbaumer, sowie Staatsrat Berks und der Schokoladenmacher Rottenhöfer waren stets in ihrer Nähe, durften jedoch offiziell nicht in Erscheinung treten.

Für Ambros war es am Anfang schwierig, in diesem Gewirr von Sicherheitsdienst, Huldigungen und Liebeskult den rechten Durchblick zu gewinnen. Denn all diese Herren traten einander geradezu auf die Fersen, wenn es um Ergebenheitsbeweise gegenüber der temperamentvollen Dame ging. Jeder beobachtete den anderen eifersüchtig, ob er nicht ein Quäntchen Gunst mehr einheimse; und jeder glaubte, zum Wohl der Gräfin Landsfeld seine Untergebenen auf Trab halten zu müssen.

Ende Januar dieses denkwürdigen 48er-Jahres – es war zu der Zeit, als Hermes und Anna ihren Sparvorsatz gefasst hatten –, kam es in München zu Aufständen der Bürgerschaft gegen Lola Montez. In der Barer Straße tobten regelrechte Kämpfe zwischen dem Volk und den »Lolajanern«, der Leibgarde der Gräfin. Dennoch ließ es sich die Dame nicht nehmen, in ihrer Equipage auszufahren, über die breitesten Plätze und durch die belebtesten Straßen. Sie wollte sehen, ob denn dieser Pöbel nicht in die Schranken zu weisen wäre!

Ambros sah die drohenden Gesichter und hörte Fluchworte, die an Deutlichkeit nichts zu wünschen übrig ließen. Da kam er auf den Gedanken, den Neffen ins Palais der Gräfin mitzunehmen, nicht zuletzt wegen seiner persönlichen Sicherheit. Er gab ihm eine Hofkutschermontur und ließ ihn bei Ausfahrten neben sich auf dem Kutschbock sitzen. Als Lola den jungen Mann zum ersten Mal sah, lächelte sie und streichelte ihm die Wange – eine

Geste, für die der Schokoladenmacher sein halbes Vermögen geopfert hätte.

10. Februar: Erneuter Volksauflauf in der Barer Straße. Lola prostet von ihrem Balkon spöttisch der Menge zu und gießt Sekt auf sie herab. Der junge Graf Hirschberg, der bei den »Alemannen« in hohem Ansehen steht, und Leutnant Nußbaum bringen jetzt den Mut auf, der Dame zu erklären, dass sie sich auf eine Flucht gefasst machen müsse. Zunächst tobt sie und will die beiden Kavaliere in gewohnter Art ohrfeigen, packt aber schließlich doch einen Koffer.

11. Februar: Sturm des Volkes aufs Palais. Ambros spannt zwei Rösser vor eine unauffällige Kutsche. Gräfin Landsfeld und ein unkenntlicher Herr steigen ein. Zwei berittene Studenten mit roten Kappen bilden das Geleit. Im Galopp saust die Kutsche dem Englischen Garten zu. Zwei Stunden lang muss Ambros auf verschiedenen Wegen versuchen, die Residenz zu erreichen. Sie will zum König. Doch die Residenz ist umlagert, und die hohen Tore sind verriegelt. Nun befiehlt sie, das Schlösschen Blutenburg anzufahren. Hier steigt sie ab und schickt die beiden Radlmeiers mit einem Briefchen nach München zurück. Sie verlangt vom König, umgehend empfangen zu werden. Doch zum ersten Mal tut nun der Herrscher Bayerns nicht das, was die verehrte und geliebte Frau will: Er händigt ihr einen Reisepass aus.

Der Würfel war gefallen, Lola Montez hatte verspielt.

Noch in den Abendstunden ließ sie sich nach Starnberg fahren. Hier stieg sie ab. Die zwei Rösser, die zwei Kutscher und die zwei Kavaliere kehrten noch in der Nacht müde in die Landeshauptstadt zurück.

Die Februar-Unruhen wollten nicht verebben, obwohl man wusste, dass die Gräfin über Lindau bereits auf dem Weg in die Schweiz war und man ihr den Titel »Gräfin von Landsfeld« aberkannt hatte. Es war etwas anderes. Der große Aufruhr, der zunächst von Frankreich ausgegangen war, lag in der Luft und rüttelte an den Thronen der Mächtigen. Das Volk stellte an König Ludwig freiheitliche Forderungen, deren Erfüllung er mit seinem Herrschergewissen nicht vereinbaren zu können glaubte. So stand ihm nur noch der Weg ins Privatleben offen:

Bayern! Eine neue Richtung hat begonnen, eine andere als die in der Verfassungsurkunde enthaltene, in welcher Ich nun im 23. Jahre geherrscht. Ich lege die Krone nieder zugunsten Meines geliebten Sohnes, des Kronprinzen Maximilian.

Treu der Verfassung regierte Ich, dem Wohle des Volkes war Mein Leben geweiht; als wenn Ich eines Freistaats Beamter gewesen, ging Ich mit dem Staatsgute, mit den Staatsgeldern um. Ich kann jedem offen in die Augen sehen. Und nun Meinen tief gefühlten Dank allen, die Mir anhingen. Auch vom Throne herabgestiegen schlägt glühend Mein Herz für Bayern, für Teutschland!
München, 20. März 1848
Ludwig

Einige Wochen danach begleitete der Oberstallmeister Freiherr von Freiberg die beiden Radlmeiers in Gala zur Residenz. Seine Majestät König Max II. Joseph überreichte jedem eine Kassette mit 50 Dukaten, beförderte Ambros zum »Hof- und Leibkutscher« und ließ Hermes offiziell in den Oberstallmeisterstab als Eleven aufnehmen.

Raubmord vierten Grades

Das gemeinsame Erlebnis bei der Flucht der Lola Montez hatte Onkel und Neffen Radlmeier einander nähergebracht, hatte auch für mehrere Wochen die Gemeinsamkeit zwischen Hermes und Anna völlig unterbunden. Doch als sich nach den Zugeständnissen des neuen Königs Max II. an das Volk die Wogen des Aufruhrs wieder geglättet hatten und die Münchner Stadt zu ihrer liebenswürdigen Gemächlichkeit zurückgekehrt war, suchte der junge Mann von Neuem die Begegnung mit dem Mädchen.

»Hab schon sagen hören, dass dich der König sehr geehrt hat, und hab mich auch sehr g'freut! Freili' nur im Stillen! Bist mir schon arg abgangen!«

»Stell dir vor, Anna, ich hab 50 Dukaten! Da können wir dir ein schönes G'wand kaufen!«

»Da wird nix draus, mein Lieber! Die Dukaten rührst du nit an! Denn wenn aus uns zweien wirklich was werden sollt, brauchen wir eh viel Geld. Ich spar mir's schon selber zusammen!«

Das Pfingstfest kam, und Anna Billmaier wurde aus dem Arbeitshaus in der Au entlassen. Man stellte ihr ein sehr ordentliches Zeugnis aus und vermittelte sie sogar als Dienstmagd zu dem Gänsemästerehepaar Kaspar und Kreszenzia Steckermaier nach Fürstenried.

Fürstenried! Das hieß für Anna und Hermes, dass sie sich nur noch jedes Wochenende sehen würden, denn bis Fürstenried waren es zwei Wegstunden. Sie vereinbarten also, sich fortan auf halbem Wege, etwa hinterm Harras, zu treffen.

Es waren schöne Wochen in der Sommerzeit, ungetrübt von der Angst, entdeckt oder verraten zu werden. Denn Anna war frei und konnte in ihren paar Mußestunden am Sonntag tun und lassen, was sie wollte. Leider aber währte diese Zeit nicht lange. Ende Juli erging nämlich vom Stallmeisteramt an Hermes die Weisung, sich für die Übersiedlung nach Hohenschwangau bereit zu machen, um dort den Dienst als Schlosskutscher zu übernehmen; dafür stellte man gern Eleven ab.

Anna war entsetzt, als er ihr's sagte. Ihr Gesicht verzerrte sich: »Jetzt ist's aus für mich! Und du hast mich noch nit deinem Onkel gezeigt.«

»So pressiert's doch nit, Anna! Heut und morgen krieg ich eh noch nit die Erlaubnis zum Heiraten, weder vom Hof noch vom Onkel.«

Hermes sagte es begütigend. Da begann sie aber zu toben und zu schreien, er habe sie jetzt bloß satt und wolle sie los sein. Und es hätte nicht viel gefehlt, da wäre sie ihm an den Kragen gegangen und hätte ihn verhauen, denn das wäre nicht ihre erste tätliche Auseinandersetzung mit einem Mann gewesen. Dann aber brach sie in ein wildes Weinen aus, das ihren ganzen starken Körper schüttelte.

Hermes erkannte, dass sie sich in der letzten Zeit Hoffnungen auf eine baldige Heirat gemacht hatte. Wie sollte er ihr diese Eile ausreden? Ob er da nicht ein Feuer entzündet hatte, das er nicht mehr zu löschen imstande wäre? – Nein, los sein wollte er die Anna sicherlich nicht! Denn sie hatte ihn manchmal geradezu mütterlich behandelt, hatte ihn aber auch aufgeklärt über manch Hintergründiges zwischen Mann und Frau, von dem er keine Ahnung hatte. Er wollte wirklich nicht ohne sie leben! Im Augenblick stand jedoch die gemeinsame Zukunft auf dem Spiel, und es wäre hirnverbrannt gewesen, jetzt etwas zu übereilen.

Doch Anna ließ sich nicht zur Vernunft bringen.

Hermes durfte München ab sofort nicht mehr verlassen, weil seine Abberufung von einer Stunde auf die andere erfolgen konnte. So gingen sie an jenem Sonntag sehr schmerzlich auseinander. Annas letztes Wort war: »Ich krieg noch mein neues Kleid, worauf du dich verlassen kannst!« Das hatte drohend geklungen.

An Mariä Geburt nach dem Festgottesdienst ging Hermes Radlmeier mit einem Viererzug in Begleitung seines Onkels Ambros auf seine erste größere Reise nach Hohenschwangau. Die Fahrt beanspruchte seine Aufmerksamkeit so stark, dass er keinen Augenblick an Anna denken konnte. Als sie über Starnberg, Weilheim und Schongau nach zwei Tagen beim Schloss ankamen, teilte ihnen der Hofmeister mit, sie hätten sich unverzüglich nach Elbigenalp in Tirol zu begeben, um dort im Gasthof »Zur Sonne« Ihre Majestät Königin Marie mit den Prinzen Ludwig und Otto – der Letztere war erst wenige Monate alt – abzuholen. Als sie nach weiteren zwei Tagen wieder im Schloss angekommen waren, wurde Ambros verabschiedet und ritt nach München zurück. Noch vom Pferd herab sagte er zu seinem Neffen: »Sobald du die Zügel in die Hand nimmst, gehörst du nicht mehr dir, sondern denen, die du kutschierst!«

Während der folgenden Wochen unternahm die Königin, die als Kind in der Nähe des schlesischen Riesengebirgs aufgewachsen war, einige Bergtouren. Hermes hatte sie und die zwei Kammerfrauen, die sie begleiteten, im Gäuwagerl jeweils bis zum Ort des Aufstiegs zu fahren, wo ein paar geübte Bergführer bereitstanden. Abends oder – wenn sie in einer Berghütte übernachtete – am anderen Tag kehrte sie dann braun gebrannt ins Schloss zurück, obwohl die Kammerdamen sie immer wieder anflehten, ihre zarte Gesichtshaut doch nicht so unbarmherzig der Höhensonne auszusetzen. Die Majestät nahm derlei Bemerkungen wohlwollend entgegen und quittierte sie mit einem feinen Lächeln.

Die Schicksale der Menschen unterliegen einer Gesetzmäßigkeit, die aus Erbgut, Erziehung, Gnade und Versuchung und auch aus einem mehr oder minder handfesten persönlichen Dazutun resultiert. Und wie bei einem Fleischpflanzl mindestens zwei verschiedene Fleischarten, etliche Eier, fünf verschiedene Gewürze, weiße und rote Zwiebeln, dazu Semmelbrösel in harmonischer Dosierung zusammengemengt werden müssen, um einen köstlichen Geschmack zu erzielen, so müssen auch die schicksalhaften Gegebenheiten günstig und gnädig zusammenwirken, damit die menschliche Entwicklung einer Person glücklich verläuft. Hier wie dort verdirbt jede Disharmonie, jede falsche Zutat den Gusto des Ganzen. – Ein Vergleich, der vielleicht unangemessen klingt, aber mit Sicherheit nicht hinkt!

Anna Billmaier kehrte mit rasendem Herzen zu ihren Gänsemästersleuten nach Fürstenried zurück. Je stärker sie sich in die Stunde der Trennung von Hermes vertiefte, umso mehr verrannte sich ihr schlicht gebautes Hirn in die Vorstellung, ihr ganzes Missgeschick sei nur auf das Fehlen eines entsprechenden Kleides zurückzuführen. Hätte sie dieses Kleid all die Monate her schon besessen, wäre die Vorstellung beim Onkel längst erfolgt, und die Dinge befänden sich im Lot. Weil nun die Abreise des geliebten Hermes nahe bevorstand, das Kleid aber immer noch fehlte, wollte sie eilends einen Wandel schaffen, um dieser Abreise vielleicht doch noch zuvorzukommen.

Beim Abendessen an diesem Sonntag wurde eine zweite Magd, Elise Maierhofer von der Au, neben sie an den Tisch gesetzt. Diese Neue sollte nicht so sehr Magddienste verrichten, sondern das Gänsemästen lernen, denn ihre Eltern waren Geflügelhändler.

Da aber eine zweite Kammer im Haus nicht zur Verfügung stand, sollten die gleichaltrigen Mädchen in einem Raum schlafen. Dies umso mehr, als Elise an ihrem freien Sonntag sowieso nicht in Fürstenried bleiben, sondern in die Au zu ihren Eltern gehen wollte. Nach dem Essen bat Elise ihre Kammergefährtin, ihr beim Auspacken behilflich zu sein. Da stellte nun Anna fest, dass die Händlerstochter vier Kleider in ihren Schrank hängen konnte, eins schöner als das andere.

In der Nacht fand Anna lange keinen Schlaf. Vier Kleider! Zunächst erwog sie, sich eines auszuleihen, wenigstens für den Tag der Vorstellung beim Onkel in der Schwabinger Gasse. Sie verwarf aber diesen Gedanken bald, weil das nur eine vorübergehende und keine Dauerlösung gewesen wäre. Außerdem müsste sie sich vor Hermes schämen, wenn er sie nach der Herkunft des Kleides fragte. Und ihr ein Kleid abkaufen? Leider! So viel Geld hatte sie noch nicht beisammen; denn das waren keine billigen Kleider.

Stunde um Stunde verrann, die Nacht rückte vor, der Morgen graute, Anna aber wusste noch immer nicht, wie sie in den Besitz eines dieser Kleider kommen könnte. In der Frühe beim Aufstehen ließ sie sich die Kleider noch einmal zeigen, bewunderte sie und betastete sie mit drei Fingern, so als ob sie Mehl auf die Güte der Ausmahlung hin prüfte. Herrliche Kleider!

»Hast du keine Kleider?«, fragte Elise.

Anna empfand diese Frage als eine Beleidigung, drehte sich um und ging an ihre Arbeit. Und von Stund ab redete sie mit anderen kein Wort mehr. Das schmerzte Elise, und mehrmals fragte sie nach der Ursache; doch Anna gab ihr keine Antwort.

So verging die Woche, und der Sonntag kam. Ein ganz und gar verregneter Sonntag, und kalt war's dazu. Bei diesem Wetter wollte Elise in Fürstenried bleiben und sich den ganzen Nachmittag schön ausruhen. Als daher das Mittagessen vorüber war, entkleidete sie sich und legte sich ins Bett.

In diesem Augenblick ergriff einer dieser Dämonen, die die Welt bevölkern und hinter den Menschen her sind wie die Spürhunde, von Annas Herz Besitz. Wie eine Natter starrte sie die schlafende Elise an und näherte sich ihr schleichend. Der Dämon reichte ihr ein dick mit Daunen gefülltes Kopfkissen und schob sie sachte, doch unaufhaltsam zum Bett des tief atmenden Mädchens hin. Er hob mit ihr das Kissen langsam in die Höhe, und gemeinsam drückten sie es auf Elises Gesicht. Ein letzter Aufruhr der Lebensgeister durchzitterte den Körper der Erstickenden. Sie schlug ein paarmal heftig um sich und knickte dann in den Hüften zusammen. Der Dämon führte Anna noch an den Kleiderschrank, dann verschwand er.

Da legte sich auch Anna zum Schlafen hin.

Elise kam nicht zum Abendessen. Anna erklärte, sie liege noch im Bett, und ging darauf spazieren.

Als nach zwei Stunden Elise noch immer nicht zum Essen kam, schaute die Gänsemästersfrau nach und sah, dass das Mädchen bereits am Erkalten war. Sie schrie nach ihrem Mann. Der eilte zum Ortsvorsteher, und der schickte einen berittenen Boten zur Gendarmerie nach München.

Inzwischen war Anna zurückgekehrt und tat sehr verwundert, als sie den Auflauf in ihrer Kammer sah; hatten sich doch bereits drei Gendarmen eingefunden, dazu ein

225

Gerichtsarzt. Im Schein einer Kerze untersuchte der Arzt den Leichnam und stellte sehr bald den Tod durch Ersticken fest. Währenddem durchwühlten die drei Sicherheitsbeamten Schrank, Kommode und Kasten, auch das Bett der Anna Billmaier. Als einer das verknitterte Kopfkissen von Annas noch nicht aufgeräumtem Bett nahm und von allen Seiten befühlte, quollen ihm zwei Kleider entgegen.

»Hebt die Anna Billmaierin ihre Kleider so auf?«, fragte er.

Frau Kreszenzia Steckermaier schaute für ein paar Augenblicke wie im Traum auf die Kleider und schrie dann: »Die Kleider, die gehören doch der Elise!«

Nun griffen die Gendarmen mit harter Hand nach Anna und zerrten sie hinunter in die Wohnstube der Hausleute. Nachdem sie einige gezielte Fragen gestellt hatten, gestand Anna ihre Tat mit der Begründung, sie benötige unbedingt ein schönes Kleid, weil ihr Liebhaber sie seinem Onkel wegen der Heirat vorstellen wolle.

Habe sie denn einen Liebhaber?

Und was für einen! Einen Hofkutscher, der jetzt nach Hohenschwangau fahre. Und auch der Onkel sei ein Hofkutscher! Lauter feine Leut! »Da staunts ös, was!«

Der Gerichtsarzt gab noch in der Nacht den Kooperator Bescheid und fuhr dann mit den Gendarmen und der Anna im großen, ratternden Kastenwagen nach München. Die Anna wurde in den Falkenturm eingeliefert.

Gleich in den folgenden Tagen begannen die Männer der Justiz mit dem Verhör. Sie hatten leichtes Spiel, denn die Übeltäterin erzählte in rührender Offenheit alles, wonach man sie fragte. Verwunderlich war nur, dass sie nicht einen Funken Reue oder Beklemmung zeigte, obwohl sie das Verbrecherische ihrer Tat einsah. Nur dass man ihr die Kleider wieder weggenommen hatte, bedauerte sie mehrmals.

Die Untersuchungsrichter waren sich bald darin einig, dass diese Frau nicht nur im Augenblick der Tat, sondern überhaupt nicht voll zurechnungsfähig war. Damit man klarer sah, mussten Zeugen vernommen werden.

Zunächst wurden geladen: der Liebhaber Hermes Radlmeier, dessen Onkel Ambros Radlmeier, die Mutter und die Ziehmutter, der Kaplan von Haidhausen und der Direktor des Arbeitshauses in der Au.

Dr. Ägidius Zimmermann, der Vorsitzende des Gerichts, verlangte von den Zeugen zunächst nur eine eingehende Darstellung der Persönlichkeit der Täterin.

Zuerst wurde die Mutter aufgerufen, ein Haufen Fleisch, mit einem von Schmutz starrenden Kattunkleid behängt, triefäugig, an zwei Krücken daherschlurfend. Nachdem der Gerichtsschreiber die Personalien notiert hatte, fragte Dr. Zimmermann, wer denn der Vater dieser Anna Billmaier sei.

»Ja mei, Herr Richter«, antwortete die Frau, »wenn i dös wüsst! Dortmals bin i mit die Tölzer Flößer unterwegs g'wen. Und wissen S' scho, Herr Richter, die san allweil voll wie die Ziegenböck' im Frühjahr. Und da sans' halt über mi herg'falln wie die Heuschrecken ins Gelobte Land. Wie könnt i da wissn, wer's war!«

Mit dieser Frau weiterzureden, war müßig. Allein schon die Tatsache, dass sie die Mutter der Angeklagten war, war für diese ein Milderungsgrund, wenn man bedachte, welches Erbgut sie der Tochter mitgegeben hatte. Darum befassten sich die Richter auch gar nicht weiter mit ihr, sondern wandten sich der Ziehmutter zu.

Diese musste dem Aussehen nach eine ganz saubere Dirn gewesen sein, doch der Schnaps hatte sie wurmstichig gemacht wie eine verfaulte Türschwelle. Der

Gerichtspräsident wollte von ihr wissen, wie sich das Mädchen Anna unter ihrer Obhut entfaltet habe und ob sich in der Erziehung Schwierigkeiten ergeben hätten.

Mit einem tiefen Seufzer, der eine Welle der Entrüstung ankündigte, erwiderte sie: »Schauen S' auf meine grauen Haar', Herr Richter, nachher wissn S', was i mit dem Weib mitg'macht hab!« Die Frau berichtete dann in sehr dramatischer Weise, Anna habe schon in ihrer frühesten Jugend ein außerordentlich heftiges Temperament besessen. Sie sei überempfindlich gewesen und habe dann – in späteren Jahren natürlich! – tagelang gezecht, wenn sie einmal gestraft worden sei.

Dr. Zimmermann unterbrach den Redefluss der Frau: »Da hat ihr wohl die Ziehmutter das beste Beispiel gegeben!«

Doch die tat, als hätte sie nichts gehört, und fuhr fort: »In der Schul hat sie nix aufg'nommen. Dabei ist sie aber bei Bübereien allweil obendran g'standn. Und g'logen hat sie, dass d' nachher ganz blau warst. Wie s' dann in d' Feiertagsschul kommen is, da hat s' glei von Anfang an einen sündhaftn Hang zu dem andern G'schlecht g'habt, hat Liebschaftn eing'fädelt und is eitel g'wesen wie der Pfau!«

»Darum ist sie ja auch von der Ziehmutter auf die Gasse gejagt worden und hat dort das gelernt, was ihr in der Feiertagsschule noch abgegangen war!«, sagte der Richter grimmig.

Doch die Frau war nicht auf den Mund gefallen und erwiderte: »Herr Richter, hätt ich denn alle zwei umsonst füttern sollen, sie und das Wurm, das sie mir ins Haus bracht hat? Das arme, unschuldige Wesen hat mir g'langt, und das hab ich heut noch und is schon vier Jahr' alt!«

Das waren Abgründe von Schuld und Elend, und eins bedingte das andere. Dr. Zimmermann schickte die Frau hinaus und ließ den damaligen Kaplan kommen. Von ihm erhoffte er sich einen Hinweis, eine Handhabe, um über das Schicksal der Angeklagten einigermaßen sachlich befinden zu können.

Die Aussage des geistlichen Herrn war offenbar gut vorbereitet: »Anna Billmaier besuchte die Schule fleißig und konnte in allen Lehrgangsstunden einen beachtlichen Fortgang verzeichnen. In sittlicher Beziehung jedoch war sie unruhig und musste schon in ihrem zwölften Lebensjahr wegen Unkeuschheit gezüchtigt werden. Eitel war sie schon als Kind, war auch die stete Begleiterin von Burschen in den Wirtshäusern und auf den Tanzplätzen. Ihre moralische Verwilderung und Gottverlassenheit dürfte auf die mangelhafte häusliche Erziehung zurückzuführen sein.«

Der Richter war mit dieser Aussage nicht zufrieden und bohrte weiter: »Hochwürdiger Herr, Sie sind vom Beichtstuhl her auf die Begriffe von Schuld und Unschuld festgelegt; wie taxieren Sie in dieser Sicht die Tat der Angeklagten?«

Der Geistliche bedeckte sich mit der Hand die Augen und antwortete sehr langsam: »Einmal auf die Straße gesetzt, geriet das Mädchen in einen verbrecherischen Kreislauf, dem zu entrinnen sie nicht imstande war. Es geziemt uns nicht, gegen sie einen Stein aufzuheben, geschweige denn, einen zu werfen!«

Dr. Zimmermann bedankte sich und bat sodann den Direktor des Arbeitshauses in den Gerichtssaal. Sie mussten dem würdigen weißhaarigen Herrn einen Stuhl hinstellen, denn er atmete schwer, als er begann: »Ich habe die Billmaierin die vergangenen zwei Jahre zwangsweise unter meinen Fittichen gehabt. Ich habe viele Stunden mit ihr geredet, habe auf sie eingeredet und dabei erkannt, dass sie – in andere Lebensverhältnisse gestellt – ein genauso wertvoller Mensch geworden wäre wie wir alle, die wir uns zur intakten Gesellschaft zählen. Es lässt sich nicht verkennen, dass das Laster bei unserer Anna niemals so um sich gegriffen hätte, wäre die Ziehmutter ein Weib gewesen mit genug Verstand, die vielleicht angeborene Leidenschaftlichkeit des Mädchens mit Liebe zu zügeln und in die Schranken der Gehörigkeit zu weisen. Nicht dass ich gegen die körperliche Züchtigung wäre, Herr Präsident; aber sie muss aus einem verstehenden Geist und einem mitfühlenden Herzen resultieren, und das muss für den Gezüchtigten erkennbar sein. Hat er es dann auch einmal erkannt, dann wird er – das wage ich zu behaupten! – die Notwendigkeit der Züchtigung bejahen.«

Der Richter fragte: »Herr Direktor, Ihre Anschauung in Ehren! Wo kämen wir aber hin, wenn wir bei jedem Verbrechen nicht den Verbrecher, sondern seine Umwelt verantwortlich machen wollten? Denn schließlich ist jedem Menschen ein freier Wille gegeben, eine Tat auszuführen oder zu unterlassen!«

»Zu entscheiden zwischen dem und dem und am End zu richten, das, Hohes Gericht, ist Ihre furchtbare Aufgabe! Ich möchte sie nicht mit Ihnen teilen!«

Auch bei ihm bedankte sich Dr. Zimmermann, verabschiedete ihn mit Handschlag und verlangte die beiden Hofkutscher.

»Meine Herren«, damit wandte er sich an sie, »vielleicht verstehen Sie mein Befremden darüber, dass sich Hofbediente bereitfinden konnten, ein Gassenmensch, das jetzt zur Mörderin geworden ist, in den ehrenhaften Bezirk ihrer Familie aufzunehmen.«

Ihm antwortete Hermes: »Hohes Gericht, ich bitte, meinen Onkel ganz und gar aus dieser Sache herauszuhalten, denn er hat erst vorgestern, am Tag des Aufrufs zur Zeugenschaft, erfahren, was zwischen mir und Anna war. Nicht er wollte Anna Billmaier in unsere Familie aufnehmen, sondern ich wollte sie ihm vorstellen und ihn bitten, sie heiraten zu dürfen.«

Dr. Zimmermann wurde spitzig: »Junger Mann, es war naiv, diese Verbindung angesichts der gesellschaftlichen Unvereinbarkeit ins Auge zu fassen!«

»Hohes Gericht«, erwiderte Hermes, »die Anna war mir gut zum Vergnügen, und ich bin kein Windhund!«

Der Richter winkte ab: »Zur Sache! Anna Billmaier behauptet, Hermes Radlmeier habe von ihr verlangt, sich neue Kleider zu beschaffen.«

Hermes entgegnete: »Verlangt nicht! Ich hab ihr zu verstehen gegeben, dass sie ein besseres Kleid haben müsse, bevor ich sie dem Onkel vorstellen könne.«

»Haben Sie ihr auch gesagt, auf welche Weise sie sich das Kleid beschaffen soll?«

»Ja, durch Sparen!«

»Haben Sie ihr nicht auch gesagt, Sie wollten ihr beim Sparen helfen?«

»Ja, Hohes Gericht, das hab ich!«

»Sie haben ihr jedoch keinen einzigen Kreuzer gegeben; wollten sie wohl nur hinhalten?«

»Das, was ich verdiene, verwaltet der Onkel; und von dem kleinen Trinkgeld hab ich schon etwas beisammen.«

»Warum haben Sie's ihr nicht gegeben?«

»Ich hab ihr erklärt, sie solle sich mit der Vorstellung beim Onkel Zeit lassen, denn einmal sei ich jetzt nicht in München, und fürs andere würde ich zunächst weder vom Onkel noch vom Hof die Genehmigung zum Heiraten erhalten.«

»Bekennen Sie sich mitschuldig an dem Verbrechen?«

»Nein, Hohes Gericht! Doch die Anna tut mir leid. Denn schließlich hat sie gehofft, durch die Verbindung mit mir aus ihrem Elend herauszukommen; nur wollte sie's zu rasch erzwingen.«

»Gesetzt den Fall, sie kommt frei, würden Sie sie dann noch immer heiraten wollen?«

»Gewiss, Hohes Gericht!«

In den folgenden Wochen und Monaten, in denen der Fall der Dienstmagd Anna Billmaier von allen Seiten weiter untersucht und verhandelt wurde, witterten auch die Bänkelsänger und Moritatendichter guten Verdienst und verfassten »kriminelle Flugblätter«, die sich in wüsten Reimen über das »weibliche Ungeheuer« ergingen:

Erdrosselt lag sie nun im Blut,
O grässliches Verbrechen!
Und jetzt das Scheusal nimmer ruht,
Will sich am Leichnam rächen.
Als ihre Hand befleckt mit Mord
– Die Leich sich scheint zu regen –,
Fährt sie im Mordgeschäfte fort
Und d' Füß ihr abzusägen.
Zerschnitt nun jetzt mit Henkerslust
Den Leib bis auf die Lunge,
Verschnitt sogar ihr noch die Brust
Und riss heraus die Zunge.

Von alldem ist weder in der damals gängigen Presse noch in den Gerichtsprotokollen zu lesen. Es handelte sich um einen Raubmord vierten Grades, auf den die Todesstrafe stand. Das war schon schlimm genug; doch die Nachricht verkaufte sich besser, wenn man sie pikanter aufbereitete!

Am 29. Januar 1849 erging dann das Urteil:

Seine Königliche Majestät erkennt in der Untersuchung
gegen Anna Billmaier, ledige Dienstmagd von Fürsten-
ried, wegen Mordes zu Recht:

Primo, Anna Billmaier ist des Verbrechens des quali-
fizierten Mordes, verübt an Elisabetha Maierhofer, als
Urheberin schuldig und deshalb mit der Todesstrafe zu
belegen.

Secundo, im Kostenpunkt ist das Urteil des königlichen
Appellationsgerichts von Oberbayern vom 29. Novem-
ber 1848 zu bestätigen, auch sind die weiteren durch die
Revision veranlassten Kosten auf die Staatskasse zu ver-
weisen und die vom Defensor der Inquisitin mit 1 fl. 12 kr
für die Revisionsschrift liquidierten Schreibgebühren zu
genehmigen.

Am selben Tag wurde Anna Billmaierin zu lebenslängli-
chem Zuchthaus begnadigt.

Hochzeit in Elbigenalp

Onkel und Neffe gingen nach der Vernehmung vor dem Kriminalgericht in München kühl auseinander, ohne Händedruck, ohne Gruß. Hermes kehrte nach Hohenschwangau zurück, Ambros in die Schwabinger Gasse. Jeder ging seinen Pflichten nach. Während sich Ambros mehr um die Organisation im Marstall an der Residenz kümmern musste, hatte Hermes Ihre Majestät, die Königin Marie, mit dem kleinen Prinzen Ludwig durch den malerischen Zauber des Alpseekessels um Hohenschwangau zu fahren: zum Frauenstein, auf dem Alpenrosenweg, dem Schwarzenbergweg, dem Gnomensteig, zum Pindarplatz und zur Marienbuche. Bisweilen fuhren sie auch hinüber ins Tirol, etwa nach Pinswang, zum Schluxen oder nach Weißhaus.

Als dann der erste Schnee fiel – und um den Alpsee herum fiel er sehr üppig –, fuhren sie mit dem Schlitten aus. Freilich nur auf ein paar wenigen der vielen reizenden Wege, denn die Bauern konnten nicht überall räumen.

Zwei Touren liebte die Königin vor allem: die Tagesfahrt nach Elbigenalp in den Gasthof »Zur Post« und die Kurzfahrt ins Weinhaus »Zum Schluxen« gleich hinter der Grenze. Das Gefährt war jeweils von zwei berittenen Gardeoffizieren begleitet, und im großen Kastenschlitten saßen die beiden Kammermaiden Ihrer Majestät: die fürsorgliche Carla von Lama und die niedliche Perréne de Serrat. Die Väter dieser Mädchen dienten im bayerischen Heer.

Die in Frankreich geborene Perréne de Serrat hatte sich schon vom ersten Tag an für Hermes erwärmt, und zwar so auffällig, dass Königin Marie sie wiederholt zu mehr Distanz ermahnen musste. Doch das kleine Edelfräulein schien nicht viel vom Standesunterschied zu halten. Der feine junge Mann, dem die griechische Abkunft auf den Leib geschrieben war, beschäftigte sie in Gedanken fast den ganzen Tag, und wenn sie sich am Abend ein paar Minuten von der Hofgesellschaft freimachen konnte, war ihr erster Weg der zu den Stallungen.

Hermes benahm sich ihr gegenüber sehr zurückhaltend. Sein Herz hing noch immer an Anna Billmaier. Wenn auch seit dem entsetzlichen Ereignis von Fürstenried an eine Verbindung mit ihr nicht mehr zu denken war, sprachen doch seine Gefühle immer noch eine andere Sprache als sein Verstand.

Aber die kleine Nobeldame war hartnäckig. Und weil sie auch noch entzückend aussah und durch ihre mädchenhafte Art betörend wirkte, wurde das Eis brüchig. Hermes empfand bald ihre Nähe als angenehm und befreiend.

Als dann das neue Jahr kam und der Fasching seinen Einzug auch auf Hohenschwangau hielt – Königin Marie liebte die kleinen Festlichkeiten im Schloss sehr –, konnte es nicht ausbleiben, dass sich die Jugend suchte und fand.

So fanden sich auch Perréne und Hermes in seiner abgeschiedenen Klause hinter den Wirtschaftsgebäuden – und sie fanden sich fast jeden Abend bis in den hohen Februar hinein.

Mitten in diesen Trubel platzte auf einmal die Mitteilung des Münchner Kriminalgerichts an den Hofmeister Ihrer Majestät auf Hohenschwangau, dass der Hofkutscher-Eleve Hermes Radlmeier monatelang intime Beziehungen zu einer Frau unterhalten habe, die inzwischen des

Mordes überführt und zum Tod verurteilt, dann jedoch begnadigt worden sei. Es werde alleruntertänigst gebeten, diesen Tatbestand in Erwägung zu ziehen und über die weitere Verwendung des Genannten zu entscheiden. Jedenfalls wolle ein Königlich Bayerisches Kriminalgericht hierauf pflichtschuldigst aufmerksam gemacht haben.

Der Hofmeister befahl den jungen Mann unverzüglich zu sich, las ihm das Schreiben vor und entließ ihn auf der Stelle aus dem Hofdienst.

Ohne Montur, nur mit seinen zivilen Sommersachen bekleidet, stand Hermes im Handumdrehen auf der Straße – mitten im kalten Februar, ohne Ziel, herausgerissen aus einer aufblühenden Idylle. Sollte er reumütig zum Onkel nach München zurückgehen? Weiß Gott, das nicht! Der Onkel müsste ihn ja so, wie er war, zur Tür hinauswerfen. Damit war auch die Zuflucht zur Amalie, der Wirtschafterin in der Schwabinger Gasse, verbaut, auch wenn die ihn noch am ehesten verstanden oder zumindest nicht mit ihm gebrochen hätte. – Vielleicht sollte er sich an den Prior in Scheyern wenden? Die Mönche besaßen auf ihren Klostergütern sicherlich Rösser und konnten einen Kutscher oder – wenn nicht anders – einen Rossknecht brauchen. Doch auch hier stand der Brief des Kriminalgerichts im Weg, der vermutlich früher oder später dem Prior zugespielt würde. Außerdem hatten sie ihn schon aus ihrer Lehranstalt gefeuert; wie sollten sie ihn jetzt wieder aufnehmen, wo er in Beziehung zu einer Mörderin gestanden war!

So sinnierend trottete Hermes auf der Fürstenstraße der Grenze zu. Die Gendarmen kannten ihn von den vielen Fahrten mit der Königin. Nur wunderten sie sich, dass er ganz in Zivil war.

»Wo wolln wir denn hin bei derer Költn?«

»Hätt beim Schluxen was zu tun.«

»Ja, ja, der Schluxen, der kann's halt mit der bayerischen Königin, der Hallodri!«

Dem alten, graubärtigen Schluxen-Wirt erzählte Hermes seine ganze leidige Geschichte. Der stellte ihm einen
Glühwein hin und setzte sich dazu. Es war noch niemand
in der Gaststube.

Meinte der Wirt: »Könntest viel Geld machen mit
Wein und Tabak und welscher Seide. Riskierst freili' allerhand, manchmal riskiert einer sogar sein Leben.«

»Schmuggeln meinst?«

»Bist noch jung, hast deine fünf Sinn' beinand, bist nit
dumm – so einer könnt die Jager lackmeiern!«

»Hilfst mir?«, fragte Hermes.

»Tät i sonst mit dir redn?«

Dann redeten sie. Es wurde ein langes Gespräch und
dauerte bis in den Abend hinein. Der Schluxen war gerissen und verstand es, dem jungen Kerl die Schmugge-
lei schmackhaft zu machen. Es ging um die Belieferung
der Niemann'schen Weinwirtschaft in Füssen. Teuerste
italienische Weine und edle Tabake aus fernen Ländern,
die über Genua kamen, wurden beim Niemann gehandelt und waren für beide Wirte, diesseits wie jenseits der
Grenze, außerordentlich ertragreich, vorausgesetzt, dass
sich die entsprechenden »Grenzgänger« fanden. Wie viele
davon den »Jagern« bereits ins Garn gegangen oder von
ihnen gar erschossen worden waren, damit rückte der
Schluxen natürlich nicht heraus. Wozu auch? »Jeder« – so
sagte er immer wieder – »muss sehn, wie er mit'm Arsch
an die Wand kommt!« Er zahlte seine Leute gut – genauso
wie der Niemann in Füssen. Er beherbergte seine Tiroler
Grenzgänger bei sich – genauso wie der Niemann seine
bayerischen in Füssen. Er verlangte aber auch eine rührige
Arbeit, denn nur die Menge mache das große Geld!

Hermes sagte zu.

Die ersten Wochen bis weit in den März hinein wohnte er beim Schluxen, wurde aber von ihm täglich »ins Revier« geschickt, das hieß, er musste durchs Grenzgebirge streifen, musste den Jager-Wechsel auskundschaften, vor allem aber ein paar sichere Verstecke ausmachen, wo man im Bedarfsfall die wertvolle Ware deponieren konnte. Diese Streifzüge musste Hermes allein machen, denn kein Grenzgänger durfte vom anderen wissen oder gar von ihm abhängig sein.

Dann begann die erste Tour.

Der Schluxen gab dem jungen Mann ein Schreiben an den Niemann mit, in dem von hoher Eignung und großem Sachverstand des Neuen die Rede war. Zudem wurde auf dessen eigenartige Beziehung zum Hohenschwangauer Hof hingewiesen, eine Beziehung, die sich auf das Geschäft günstig auswirken könnte, falls es nämlich gelänge, die königlichen Wagen und Schlitten, die ja wiederholt beim Schluxen vorbeikämen, jeweils mit in den Dienst der Sache zu stellen. Die »Liab«, die hier mitspiele, sei zu jeder Tat fähig!

Kein Wunder also, dass der Niemann-Weinwirt, der auch Fremdenzimmer vermietete, dem Hermes eine Dachkammer zu heimlicher Begegnung anbot. Auch versicherte er ihm, jede schriftliche Mitteilung leicht ins Schloss nach Hohenschwangau befördern zu können.

Diese Möglichkeit nahm Hermes sofort wahr und schrieb einen Brief an Perréne de Serrat, in dem er ihr von der Dachkammer erzählte und sie um einen Besuch bat.

Die »Liab« versetzt Berge – warum sollte es ihr nicht gelingen, eine Schlossmauer zu übersteigen? Perréne kam für eine Nacht ins Niemann'sche Weinhaus nach Füssen.

In dieser Nacht erklärte ihr Hermes, wie unter dem Kutschbock Schmuggelwaren verstaut werden könnten, falls Ihre Majestät wieder einmal beim Schluxen einkehren würde. Doch in dieser Nacht passierte auch noch etwas anderes: Perréne de Serrat erwartete ein Kind.

Während der folgenden Wochen, in denen Perréne beim Schluxen äußerst eifrig war, wechselte viel begehrte Schmuggelware die Grenze ins Bayerische. Das edle Fräulein hatte nämlich den alten Sebi, den Nachfolger des Hermes, mit ihrem Charme bald so eingewickelt, dass er willenlos alles unter seinem Kutschbock verbergen ließ, was der Wirt herbeischleppte. Die Weitervermittlung in Hohenschwangau machte keine Schwierigkeiten, denn der Niemann von Füssen belieferte die Schlossküche und hatte deshalb freie Ein- und Ausfahrt.

Das ging so bis weit ins Frühjahr 1849 hinein, und jede Woche trafen sich Hermes und Perréne in der Dachkammer zu Füssen. Als aber Mitte Mai bei dem Mädchen die Tage zum zweiten Male ausblieben und sich zugleich gewisse Veränderungen einstellten, durften sie die Augen vor dem, was in Perrénes Körper im Gange war, nicht mehr schließen. Sie wollten es auch nicht.

Eines Abends, als die kleinen Prinzen bereits schlummerten, erbat sich Perréne eine Audienz bei Ihrer Majestät und erzählte ihr unumwunden alles.

»Weißt du auch, Kind, warum der junge Gesell den Hofdienst quittieren musste?«

»Majestät, zwischen Hermes und mir sind keine Geheimnisse. Darum ist es nicht mehr die Frage, ob wir einander gehören wollen oder nicht, sondern lediglich, wie wir's meinen Eltern in München behutsam beibringen könnten.«

»Das wird die kleinere Frage sein, meine liebe Perréne! Die wichtigere, vielleicht wichtigste ist, wovon wollt ihr leben mit dem Würmchen, das euch Gott vielleicht schenken wird? Hermes ist nichts und hat nichts und ist ein Waisenkind, und von deinem Vater ist nichts zu erwarten.«

Perréne erhob sich aus dem Sessel, den ihr die Königin angeboten hatte: »Eben weil ich das weiß, und weil ich gar keinen Ausweg weiß, bitte ich Eure Majestät um zweierlei. Zum einen bitte ich: Nehmen Sie Hermes wieder in den Hofdienst zurück! Er hat nichts verbrochen, sondern hat die andere eben nur gern gehabt, was man ihm doch nicht als Verbrechen ankreiden darf. Zum anderen bitte ich: Lassen Sie uns hinten im Schloss, bei den Stallungen oder in den Wirtschaftsgebäuden, eine kleine Wohnung anweisen! Ich weiß, dass ich nicht mehr Kammermaid sein kann; doch hörte ich neulich den Herrn Schlosskaplan klagen, die Bibliothek liege derart im Argen, dass überhaupt nichts mehr zu finden sei. Darf ich sie ordnen und damit unser Hiersein erkaufen?«

Bewegt von dieser Anhänglichkeit erwiderte Königin Marie: »Perréne, ich hätte dir so viel praktische Denkart nicht zugetraut. Sie beweist aber, dass ihr's miteinander schaffen werdet. Ich will alles in die Wege leiten, worum du gebeten hast; ich werde auch selbst mit deinen Eltern reden. Doch eines mag ich nicht: dass ihr in wilder Ehe auf Hohenschwangau lebt.«

»Unser Herr Kaplan wird aber …«

»Ich weiß, Kind, er kann nicht über seinen Schatten springen; und er ist an kanonische Vorschriften gebunden. Das sind zwar die geistlichen Herren in Elbigenalp drüben auch, doch besitzen sie ihre herrliche Tiroler Ruhe und verstehen es besser als die Unseren, Göttliches, Kirchliches und Menschliches unter einen Hut zu bringen. Ich werde mich mit ihnen über euch unterhalten.«

Perréne machte vor der Herrin einen Fußfall und weinte. Da schloss die Königin sie in die Arme: »Mädchen, wir Weiber müssen doch zusammenhalten!«

Vier Wochen später traute der alte Geistliche Rat Lech-
leitner das blutjunge Paar in der Dorfkirche von Elbigenalp und hielt dabei eine Ansprache, die lange Zeit von
sich reden machte:

»Es war keine Großtat, mein lieber Sohn Hermes, der
kleinen Hofjungfer ein Kind anzuhängen. Sie wird dir's
leicht gemacht haben. Das ist geschehen, und daran beißt
die Maus keinen Faden ab. Unser Herrgott hat euch einander zugeführt; er wird wissen, warum. Nun ist es freilich leicht, einander in die Arme zu nehmen; schwerer ist
es, ein Kind in die Arme zu nehmen; aber einen Ehegat-
ten ertragen und ihn halten, wenn er außigrasn will, das,
meine Lieben, ist ein Kunststück, das ihr noch werdet
schaffen müssen – vorausgesetzt, dass euch der Herrgott
dazu berufen hat. Viele hat er nämlich nicht berufen, etwa
die Pflastertreter, die in einer sogenannten harmonischen
Ehe dahinleben. Aber die Gratwanderer, die bald hier,
bald da ins Rutschen kommen und ins außereheliche Bett
leicht hineinschlittern könnten, wo man sehnsüchtig auf
sie wartet, das sind die großen Balancekünstler, die großen Akrobaten im Zirkus dieser Welt. Brav sind die nicht.
Sondern sie sind Adam und Eva, ständig in der Katz-
balgerei mit einer Mordstrumm Schlange. Dieses Luder
lässt sie nicht los, sondern ist mit dem Apfel fortwährend
hinter ihnen her. Dass da die zwei ab und zu einen Blick
nach hinten zur rotbackigen Frucht des Erkenntnisbau-
mes werfen, ist verständlich. Freilich, der Herrgott will's
nicht, dass sie nach hinten schauen. Wenn sie aber nach
vorne schauen, geht's ihnen nicht viel besser. Denn auch da
gibt's Rotbackiges zu sehen, das gemieden werden muss,
weil's bereits von einem anderen erheiratet worden ist.
Ihr werdet's also schwer haben, und ihr werdet auf euch
selber aufpassen müssen wie die Haftelmacher! Doch
der Herrgott wird euch die Kraft nicht versagen, weil er

niemanden über Gebühr in Versuchung geraten lässt. – Er hat euch ja auch jetzt schon ein paar Helfer gegeben.«

Dabei deutete der alte Herr auf die beim Brautpaar stehende Königin, auf ihren Hofmeister und auf den Obristen Victor de Serrat, und fuhr fort: »Ihr habt eine liebenswürdige und verständnisvolle Gönnerin, die Fürstin eures Landes. Ohne sie wäret ihr in eurer Not eh verratzt und verraten gewesen. Ihr habt den Hofherrn um euch, den zwar gestrengen, aber einsichtsvollen Sachwalter der Hofhaltung. Haltet euch an ihn, denn er ist auf Hohenschwangau sozusagen die Mutter des königlichen Hauswesens; und Mütter sind gut, auch wenn sie gut aufpassen müssen, dass alles seine Ordnung hat. Endlich habt ihr noch den Soldaten als Beistand, einen klugen Mann, der den Adel seines Hauses nicht angesehen hat. Das hat ihm und euch der König Max in München gelohnt, denn er gewährt euch in dieser Stunde, wo ihr eure Hände zum Treuegelöbnis ineinanderlegt, die Gunst, künftig den Namen ›Radlmeier de Serrat‹ in einem Namenszug zu führen. Dies auch im Hinblick auf den noblen spartanischen Stamm, dem du, Hermes, entsprossen bist. – In der Sakristei kriegt ihr's dann schriftlich. – Und jetzt in Gotts Nam'! Sprecht mir euren ehelichen Treueschwur nach!«

Königin Marie hatte das Hochzeitsmahl beim Postwirt in Elbigenalp ausrichten lassen. Zu sechst saßen sie dann bei Tisch, denn der Geistliche Rat gehörte dazu.

Nicht gekommen war Ambros Radlmeier, der Onkel.

Das Lied der Türmer

Dem Hof- und Leibkutscher Ambros Radlmeier in München war nicht recht wohl an jenem Tag, an dem sie in Elbigenalp feierten. Dazu machte auch noch die Wirtschafterin Amalie in der Schwabinger Gasse ein Gesicht wie eine eingelegte saure Gurke.

In Gotts Nam'!, dachte Ambros und ließ die Wucht ihrer moralischen Auslassungen, die während der gemeinsamen Mahlzeit urplötzlich auf ihn niederzuprasseln begannen, am dicken Kutschermantel seines Herzens abtropfen.

Gerade heute hatte er dafür einen besonderen Grund: einen Brief aus Berlin von der Freifrau Charlotte von Owen und von Hagn.

In ihrer gewohnten handfesten Art teilte sie ihm mit, sie werde sich demnächst von ihrem »alten, klapprigen Ehemann« scheiden lassen, der zwar Zoten reißen, aber ihren Wunsch nach einem Kind nicht erfüllen habe können.

Weiter schrieb sie:

Sobald ich geschieden bin, komme ich wieder nach München. Sei so lieb und verschaff mir ein Haus in der Stadt! Der Freiherr kann zahlen; er hat's nämlich. Du kannst Dir nicht vorstellen, wie sehr ich mich freue! Ich glaub, dass ich wieder jung werde; aber die Theaterei reizt mich nicht mehr. Ich will nur noch leben, umgeben von Gleichgesinnten – und von Dir!

Da schaue sich einer dieses Miststück von Weib an!, dachte Ambros gleich als Erstes in Erinnerung an frühere Jahre und die Art, wie Charlotte mit ihm oft umgesprungen war. Ihre schönen Jahre, ging es ihm in seinem Zorn durch den Kopf, hat diese Frau verschleudert, und jetzt verlöschen bei ihr allmählich die Lampen.

Doch dann kamen auch die anderen Erinnerungen, und seine Stimmung wurde sanfter. Drei Jahrzehnte lang haben ihn die Mittagsteufel mit dem Erlebnis auf der Waldwiese genarrt – wie hätte er da diese Frau vergessen können! Zudem soll man nicht nachtragend sein, als Mann schon gar nicht!

Nicht nachtragend, richtig! Dann aber auch nicht dem Neffen Hermes gegenüber! Denn ebenso wenig männlich ist es, mit zweierlei Maß zu messen!

Am selben Abend schrieb Ambros zwei Briefe: einen nach Berlin, den anderen nach Hohenschwangau. Beide Briefe atmeten Freundlichkeit, Teilnahme und Verständnis. Dem Neffen und seiner Frau stünden die Häuser in der Schwabinger Gasse jederzeit offen. – Die Freifrau könne ruhig schon ihre Kisten und Koffer packen, denn bei dem gegenwärtigen stürmischen Auf und Ab in der Stadt böten viele Reiche ihre Häuser zu günstigen Preisen an und zögen aufs Land.

Den Brief an Hermes zeigte er der Amalie und brachte damit ihr Gesicht zum Strahlen; den anderen zeigte er ihr nicht. Man braucht der Eifersucht nicht vorzeitig die Tür aufzuschließen, denn sie zertrümmert sowieso alle Schlösser!

In diesen Sommertagen kehrte der alte Sebi wieder nach München zurück und meldete sich beim Ambros mit einem Brief vom Neffen Hermes. Auch erzählte er viel von Hohenschwangau und besonders von der jungen Frau

Radlmeierin: was für ein lieber Kerl sie sei und wie wichtig sie's immer habe, namentlich jetzt, wo sie mit dem Herrn Kaplan die Bibliothek ordne. Der brave Mann war ganz verliebt in die einstige Kammermaid. Er berichtete dem Ambros hinter der vorgehaltenen Hand auch, dass er etliche Wochen lang unter dem Kutschbock Schmuggelware vom Schluxen mit aufs Schloss genommen habe. »Freili' hab ich da tun müssen, wie wann ich's nit g'spannt hätt, dass mir die Frau Perréne das Zeugs unterg'schoben hat. Ihr Verlobter, der dortmals außer Dienst war, hat ja davon leben müssen!«

In dem Brief drückte Hermes seine Freude aus, dass der Onkel wieder der Alte war, und versprach, ihn bei passender Gelegenheit in der Schwabinger Gasse zu besuchen. An einen Wohnungswechsel sei vorerst nicht zu denken, weil die Arbeit in der Schlossbibliothek, die Perréne übernommen habe, sicherlich ein paar Jahre in Anspruch nehmen werde. Dazu komme, dass Ihre Majestät nach wie vor Wert lege auf die Gesellschaft seiner Frau, wie denn auch die beiden Prinzen Ludwig und Otto häufig zu ihr kämen. Vielleicht sei es aber dem Onkel möglich, gelegentlich nach Hohenschwangau zu kommen und ihr zwar kleines und ärmliches, doch sehr glückliches Hauswesen im hinteren Schlossbau zu besuchen.

So war der Familienfriede wiederhergestellt.

Weil in dem Brief das Wörtchen »ärmlich« stand, beeilten sich Ambros und die Wirtschafterin, einen großen Aussteuerkoffer voll guter Wäsche herzurichten. Denn es wär eine Sünd, erklärte die feinfühlige Frau, wenn man in der Schwabinger Gasse vor lauter Wohlhabenheit nit wüsst, wohin mit dem Geld, und die jungen Leut da hint' im Gebirg müssten Mangel leiden!

Obwohl sich das Verhältnis des bayerischen Königs Max zu seiner preußischen Gemahlin Marie merklich abgekühlt hatte, besuchte er sie dennoch jeden Monat für ein paar Tage auf Hohenschwangau. Hatte bisher ein anderer Hofkutscher den Herrscher da hingefahren, so tat es von nun an Ambros selbst. Da sah er auch das erste Mal die kleine Perréne an, die er zwar schon kannte, aber eben nur so, wie der Kutscher eine gewöhnliche Kammermaid kennt, die um mehr als zwanzig Jahre jünger ist als er. Er freute sich an den beiden jungen Menschen und spürte, dass sie glücklich waren. Um Weihnachten herum, so meinte Perréne, habe sie ihre Niederkunft zu erwarten.

Ob sie denn dazu nicht lieber nach München kommen wolle in die Schwabinger Gasse, wo ihr die Amalie jeden Wunsch von den Augen ablesen werde?

Das sei zwar sehr lieb vom Onkel und von der Amalie, doch habe sie sich jetzt schon derart in die Stille auf Hohenschwangau hineingelebt, dass sie nur ungern das Treiben und den Rummel der Landeshauptstadt auf sich nehmen wolle. Auch möchte sie ihre sehr interessante Betätigung mit den Büchern nicht missen!

Und ihre Eltern? Möchten nicht vielleicht sie die Tochter in ihrer schweren Stunde bei sich haben?

Das sei nicht zu erwarten, weil beide ihren eigenen gesellschaftlichen Verpflichtungen nachgingen und sich durch die Gegenwart der Tochter – noch dazu mit Kind – nur gestört fühlen würden! Die Mutter sei immer schon ichbezogen gewesen, und Papa fühle sich von jeher in Gesellschaft junger Damen wohler als daheim!

Nun ja, dachte sich Ambros, so geht's natürlich auch!

Kurz vor dem Christfest musste Königin Marie mit den beiden Söhnen nach München kommen; ihr Schwiegervater, der abgedankte König Ludwig, hatte es gewünscht.

Für Perréne bedeutete das eine bitterböse Überraschung, musste sie doch in ihren schweren Tagen nicht nur den Trost durch die viel geliebte Fürstin, sondern auch die Gegenwart des Ehemannes entbehren. Hermes musste nämlich die Königin nach München fahren und ihr dort jederzeit zur Verfügung stehen.

Auch Marie empfand es als grausam, die junge werdende Mutter mit ein paar Dienerinnen und Mägden und dem alten Schlosskaplan in dem weiten Bau allein zu lassen. Nach kurzer Überlegung befahl sie daher Hermes und ihren Hofmeister zu sich. Gemeinsam beschlossen sie, Perréne mit in den Fürstenschlitten zu packen und kurz vor München, etwa bei Gräfelfing, in der Wirtschaft abzusetzen. Hier sollte sie jemand in aller Verschwiegenheit abholen und in die Schwabinger Gasse bringen.

So geschah es auch.

Niemand erfuhr von dem Weihnachtsgeheimnis, das die glückliche Wirtschafterin Amalie in ihren Kammern vorbereitete. Selbst die Hebamme durfte jeweils nur im Schutz der finsteren Nacht und wie ein Schäfer in einen dicken Pelz gehüllt auf Nummer sieben erscheinen.

Der alte König Ludwig hatte sich für den Heiligen Abend eine Überraschung aller seiner Angehörigen ausgedacht. Im Weißen Saal der Residenz ließ er – das hatte es noch nicht gegeben – neun prächtig geschmückte Christbäume aufstellen, für jedes Familienmitglied einen. Auf diesen Bäumen brannten Lichtlein, halbe Nussschalen, mit Öl gefüllt und einem Endchen Baumwolle darin; Lakaien hatten die Aufgabe, immer wieder rechtzeitig Öl nachzugießen.

Das Entzücken bei der königlichen Familie und ihrem Gefolge war unbeschreiblich, als man nach dem Weg durch die dunklen, langen Gänge am Ende aus dem geöffneten Portal des Saales den flackernden Schimmer dieser Bäumchen sah. Das Familienoberhaupt bescherte bald alle mit einem würdigen Geschenk, worauf sie sich gemeinsam *en grand cortège,* wie es hieß, zur Mitternachtsmette in die Reiche Kapelle begaben. König Max fuhr darauf mit der Gemahlin nach Schloss Nymphenburg, wo die Prinzen schon längst in süßem Schlummer lagen.

Auch beim Radlmeier in der Schwabinger Gasse war der Weihnachtsfriede eingekehrt. Keine auswärtigen Gäste hatten sich angesagt, sodass die vier Menschen ganz und gar einander gehörten. Ihre Gespräche drehten sich – wie konnte es auch anders sein! – um das kommende Kind, das der Mutter bisweilen Beschwerden verursachte. Man suchte sie mit Liebe zu trösten und wusste doch, dass das müßig war, weil jede Gebärende die Stunden der Einsamkeit durchstehen muss, in die kein fremdes Wort und kein Seufzen des Mitleids dringt.

Die Weihnachtstage krochen dahin. Die Hebamme erklärte, man müsse um die Jahreswende auf den Empfang des neuen Erdenbürgers gefasst sein.

Die Silvesternacht kam. Klar funkelten die Sterne über der immer noch geschäftigen Stadt, deren Bewohner sich auf allen Straßen und Gassen zum Böllern und Schießen versammelten. Die Glöckner begaben sich in die Kirchen, und die drei Türmer von Sankt Peter stellten sich, wie es Brauch war, feierlich vor dem Hauptportal der Residenz auf, um dem Landesfürsten und seiner Familie ein gesegnetes, glückbringendes Neujahr zu wünschen. Viel Volk begleitete sie.

Auch bei Radlmeiers öffnete man trotz der Kälte ein Fenster. Die Hebamme hatte Perréne zu Bett gebracht und saß bei ihr, weil sich entfernte Anzeichen der beginnenden

Geburtswehen eingestellt hatten. Die zwei Männer und Amalie standen daneben.

Da vernahmen sie durch die nächtliche Stille die Worte der Türmer:

Schon wieder ist ein Jahr entschwunden
Für uns in allzu raschem Lauf.
Wer hält die schnell entfliehnden Tage,
Wer hält die flücht'gen Stunden auf?

Wenn wir auf das Vergangne blicken,
Erfüllt uns wohl oft stiller Schmerz.
Und wir erwarten dann die Zukunft
Mit ahnungsvollem, bangem Herz.

Doch Gott lenkt uns nach seinem Willen,
Er führt die Welt durch seine Macht.
Wir müssen mit Geduld ertragen,
Was uns sein Wille zugedacht.

Und widerfuhr im alten Jahre
Uns manche herbe Traurigkeit,
So möge sie hinuntersinken
Mit ihm in die Vergangenheit!

Doch jener blickt auf das Vergangne
Mit frohem, seligem Genuss,
Der, was er immer auch vollbrachte,
Zu keiner Zeit bereuen muss.

Drum glücklich, wer mit dem Bewusstsein
Beginnt des neuen Jahres Lauf,
Ihm bringt es keine Trauertage,
Bringt keine trübe Zeit herauf.

Er hat des Himmels reichen Segen,
Da er mit sich zufrieden ist,
Und glücklich stets wird ihm vergehen
Des künft'gen neuen Jahres Frist.

Und darum wünschen wir einander,
Dass wir mit uns zufrieden sei'n,
So werden sicher wir uns alle
Im neuen Jahr des Glücks erfreun!

Die königliche Familie hatte droben aus den Fenstern des Weißen Saales herausgeschaut und die Wünsche der Türmer mit Winken und Lächeln entgegengenommen. Wohler freilich taten den drei Männern die zehn Dukaten, die jeder am Portal durch den diensthabenden Gardeoffizier im Namen der Majestäten erhielt.

Kurz danach schlug die Turmuhr bei Sankt Peter die Mitternacht an. Da fielen die hundert Glocken der ganzen Münchner Stadt ein. Es war ein rauschendes Meer von Tönen, das über die Dächer hinwegwogte, sich dort und da an den Giebeln brach und die Fenster hineindrang zu den Armen und Reichen.

Auch im Haus Nummer sieben der Schwabinger Gasse war dieses Klingen zu hören, doch niemand achtete darauf, weil bei Perréne die periodisch und immer rascher wiederkehrenden Wellen der Geburtswehen eingesetzt hatten. Die Hebamme verwies jetzt die drei Angehörigen aus der Stube, bat aber die Wirtschafterin, heißes Wasser und warme Tücher bereitzuhalten. Am besten wär's, wenn die beiden Mannsbilder schlafen gingen, denn wenn man sie auch zum Kindermachen brauche, so seien sie beim Geschäft des Kinderkriegens absolut überflüssig, wenn nicht sogar störend!

Das waren deutliche Worte.

Wer aber, so fragten sich die beiden Männer, kann da schlafen?

Sie setzten sich also miteinander auf die Holztreppe im Stiegenhaus und starrten vor sich hin. Jedes Mal, wenn aus der Stube ein Schmerzensschrei an ihre Ohren drang, zuckten sie zusammen. Bis Ambros mit einem Mal einen Rosenkranz aus der Tasche zog und halblaut zu beten begann: »... den du, o Jungfau, zu Bethlehem geboren hast. Heilige Maria, Mutter Gottes, bitt für uns arme Sünder ...«

Auch Hermes schien geneigt, das Schicksal seiner werdenden Familie ganz in die Hände des allmächtigen Gottes zu legen: »Herr, ohne dich können wir nichts tun!«

Die Stunden verrannen, die Glocken läuteten den Neujahrsmorgen ein, die Schmerzen der Gebärerin vermehrten sich in dem Maß, in dem ihr Widerstand sich verringerte.

»Was ist denn das, junge Frau? Ihr werdet doch nicht aufhören zu pressen! Im Gegenteil, jetzt erst recht! Jetzt haben wir's gleich!«

Die Hebamme sprach's, und Perréne raffte das letzte Quäntchen Kraft zusammen, das ihr zu Gebote stand. Und gerade diese letzte Anstrengung war noch vonnöten gewesen, um ihrem Erstgeborenen im Frührot des 1. Januar 1850 ans Licht der Welt zu verhelfen: Veit-Benedikt wird er heißen, und auch er soll, wenn Gott will, dereinst ein rechter Hofkutscher werden!

Hermes Radlmeier de Serrat meldete pflichtgemäß die Geburt seines Sohnes in der Residenz und in der Dompfarrei. Am Abend erschien die Kammermaid Carla von Lama und überbrachte die Glückwünsche Ihrer Majestät. Sie berichtete, dass Königin Marie zunächst weiterhin in Nymphenburg wohnen und einige Teeabende geben werde, zu denen Perréne ebenfalls eingeladen sei. Sie möge sich also mit ihrer Genesung etwas beeilen! Hohenschwangau werde man erst um Ostern wieder beziehen.

Da wurde Perréne fast ein wenig traurig.

Traurig waren aber auch noch zwei andere: der Schluxen in Tirol und der Niemann in Füssen. Denn seitdem der alte Sebi mit dem königlich bayerischen Gefährt die Grenze nicht mehr passierte, waren ihre Geschäfte auf unerklärliche Weise zurückgegangen. Und jetzt hatte sich die Hohe Frau gar noch entschieden, in München zu bleiben!

»'s ist schon ein Kreuz mit die jungen Leut!«, lamentierte der alte Schluxen. »Da bringt man ihnen erst was Anständigs bei – und wenn man dann ein' Nutzen draus erwartet, lassens' einen im Stich! Varreck!«

Die Bavaria

Hatte Königin Marie damit gerechnet, nach den Frühjahrsstürmen wieder ins Gebirge zurückkehren zu können, so machte ihr der Schwiegervater Ludwig einen Strich durch die Rechnung. Er hatte beschlossen, in diesem 1850er-Jahr das kühnste seiner Bauwerke aufstellen zu lassen: das fast 30 Meter hohe Kolossalstandbild der Bavaria. Die Gesamtkosten für diese Schwanthaler-Statue von 218.886 Gulden waren von ihm ganz allein über mehrere Jahre hinweg aufgebracht worden – manchmal mit Hängen und Würgen; nun, da sie in allen Einzelheiten fertig gegossen war, wollte er seinen Münchnern, die ihm noch zwei Jahre zuvor wegen der Lola so übel mitgespielt hatten, trotz allem an ihrem Oktoberfest diese Freude gönnen. Da musste natürlich auch der ganze Hof anwesend sein!

Für Hermes und seine Familie hieß das: in München bleiben. Jetzt war Perréne darüber nicht unglücklich, nahm ihr doch die Amalie fast alle Arbeit um den kleinen Veit-Benedikt ab. Sie konnte sich pflegen, mehr denn je; sie konnte Theater, Museen und Galerien besuchen, vor allem konnte sie in gesellschaftlichen Zirkeln anwesend sein, so etwa bei den Teeabenden der Königin, zu denen sie häufig geladen wurde. Diese Teestunden, zu denen man sich teils in der Residenz, teils auf Schloss Nymphenburg versammelte, besaßen wenig oder fast gar kein Niveau. Die Königin verstand es zwar, durch ihre Schönheit alle zu bezaubern, war jedoch eine von Kunst und

Wissenschaft vollkommen unbeleckte junge Frau. Wer mit ihr über Alltägliches, über Gassenweisheiten, Hinterhofabenteuer und Wirtshausschlägereien zu plaudern verstand, galt bei ihr als ein angenehmer Unterhalter.

Perréne wurde von der Königin wie eine Schwester geschätzt und gehätschelt. Dies auch deswegen, weil die beiden Prinzen Ludwig und Otto sie mehr liebten als die eigenen Eltern. König Max gab sich seinen Söhnen gegenüber überaus kühl; ihn fürchteten sie eher. Auch Marie pflegte keine enge Beziehung zu ihren kleinen Söhnen, seitdem der Gatte Gouvernanten und hochgebildete Pädagogen für deren Erziehung eingesetzt hatte. Mutterliebe war da nicht gefragt; – und warum sollte sie sich vordrängen? Hielt sich jedoch Perréne in Nymphenburg auf, dann lebten die Prinzchen auf, denn die junge Frau scherte sich nicht um die schiefen Blicke der Zuchtmeister, sondern tollte mit den kleinen Kerlen in den Wiesen herum. Marie freute sich darüber, denn solches Tun wäre ihr – weil nicht vereinbar mit Würde – zweifellos von vielen verübelt worden.

Hermes, der ausschließlich zum Fahrdienst für die Königin Marie verpflichtet war, brauchte sich nicht über zu starke Belastung zu beklagen und konnte häufig in der Schwabinger Gasse bei seinem Söhnchen sein. Mit ihm freuten sich auch der Großonkel Ambros und die Wirtschafterin Amalie. Die arbeitete sich beinahe zu Tode. Es war vorauszusehen, dass sie über kurz oder lang all diesen Strapazen nicht mehr gewachsen sein würde. Wer sie sah, erkannte, dass sie überlastet war und dass nur noch Großmüttergefühle sie aufrechterhielten.

Dies änderte sich jedoch schlagartig, als Ambros eines Tages mit der Nachricht heimkam, er habe für Madame Charlotte von Owen und von Hagn am Odeonsplatz das Haus Nummer elf gekauft. Die einstige berühmte

Schauspielerin wolle sich von ihrem Mann in Berlin scheiden lassen und nach München zurückkehren. Noch am gleichen Abend erklärte Amalie, sie sei nicht mehr imstande, die bisherige Arbeit zu verrichten, und kündigte ihren Dienst.

Ambros bedauerte es sehr. Ihm wurde klar, dass Amalie ihn heimlich verehrt haben musste, auch wenn sich das bei ihr nur in Anhänglichkeit und besonderem Fleiß bei der täglichen Arbeit geäußert hatte. Er bedrängte sie deshalb auch nicht, sondern ließ sie, als das Oktoberfest gekommen war, ihre Habseligkeiten packen. Auf seine Frage, ob er sie irgendwohin fahren dürfe, antwortete sie bloß mit einer abweisenden Geste.

Perréne war über diesen Wechsel nicht glücklich. Sie musste nun ihr Kind in allem selbst betreuen und sich außerdem um das Hauswesen und die Vermietungen kümmern. Dabei gingen ihr die beiden Männer sehr zur Hand, doch sahen sie auch ein, dass hier bald eine neue Lösung gefunden werden musste. Doch Perréne kam ihnen zuvor. Eines Abends erklärte sie, sie wolle wieder nach Hohenschwangau ziehen, auch wenn Ihre Majestät vorerst noch in München bleiben müsse.

»Und ich und der Onkel?«, fragte Hermes überrascht.

Bedauernd erwiderte sie: »Um den Onkel braucht niemandem bange zu sein, er wird am Odeonsplatz versorgt werden; und du müsstest halt in eine Volksküche gehen!«

Das war für Hermes zu viel. Er nahm den Hut und begab sich zum Onkel in den Marstall: »Sie will wieder ins Gebirg, und ich soll derweil in die Volksküche gehen!«

Ambros merkte, dass sich hier eine heikle Lage anbahnte, ein Ehekonflikt. Es war also dringend, baldmöglichst eine andere Wirtschafterin zu gewinnen. Es lebten doch in allen Gassen Mädchen und Witwen, die sicherlich mit Handkuss in die Schwabinger Gasse eingezogen wären! Diese Lösung rief jedoch bei Perréne wenig Begeisterung hervor, als sie am Abend mit ihr darüber sprachen: »Du wirst doch nicht glauben, dass ich mir ein Kuckucksei ins Nest legen lasse!«

»Und wenn du drinnen im Gebirg bist und ich hier in der Stadt?«, fragte Hermes hart.

Perréne schaute ihn kühl an: »Dann musst du eben tun, was du nicht lassen kannst!«

Ambros schüttelte den Kopf: »Kinder, so geht's nicht! Ich weiß aber auch nicht, wie es anders gehen soll! In der Stallmeisterei war zu hören, dass die ›Bavaria‹ demnächst aufgestellt werden soll. Bis dahin muss die Königin noch hierbleiben, folglich auch Hermes. Bis dahin müssten wir also auf irgendeine Weise allein durchkommen. Wenn wir alle Vermietungen ausschlagen – glaubst du nicht, Perréne, dass du's dann schaffst?«

Diese freundliche Art, mit der ihr der Onkel da begegnete, ließ sie weich werden. Zwar weinte sie – ein wenig aus Trotz, ein wenig aus Reue –, nickte dann aber zustimmend, sodass der häusliche Friede in der Schwabinger Gasse wiederhergestellt war.

Königin Marie hatte ihrem Schwiegervater die Ehre erwiesen und die Aufstellung seines größten Bauwerks mitgefeiert. Fast zehn Monate hatte sie in München verbracht – jetzt reichte es! In der zweiten Oktoberhälfte reiste sie mit den Prinzen und dem Hofstaat wieder ins Gebirge nach Hohenschwangau. Hermes Radlmeier kutschierte die Hohe Frau; Perréne folgte mit dem kleinen Veit-Benedikt in einem anderen Wagen. So sonnig wie der Reisetag war, so fröhlich waren die Gemüter der Reisenden.

König Max ließ seine Gemahlin nicht ungern ziehen, konnte er doch mit ihr keinen weittragenden Gedanken erörtern, vor allem nicht seine Trias-Idee.

Was hatte es mit dieser Idee für ein Bewenden?

Da sollte ein Bund der deutschen Klein- und Mittelstaaten unter Bayerns Führung gegründet werden. Dieser Bund sollte als dritte deutsche Großmacht neben Österreich und Preußen wirkungsvoll in die europäische Politik eingreifen können; dies umso mehr, als das Haus Bayern ja auch in Griechenland saß und so ein Mittel hatte, um die Habsburger gegebenenfalls in die Schranken zu weisen.

Königin Marie wies derlei Spintisierereien von sich. Sie liebte das Leben und – je mehr sie sich dem Hof entfremdete – besonders das Leben der kleinen Leute. Deshalb nahm sie auch ihre Fahrten ins Tirol – zum Schluxen und nach Elbigenalp – bald wieder auf; und Perréne begleitete sie.

Gleich beim ersten Mal, als sie zum Schluxen kamen, meinte der in einem unbeobachteten Augenblick zu Hermes: »Mein Lieber, du hast mich vielleicht hängen lassen! Da hab ich im Keller 1000 Flaschen tunesischen Wein und am Speicher anderthalb Zentner indianischen Tabak liegen, und niemand bringt mir das Zeug zum Niemann nach Füssen!«

»Jetzt hör aber auf!«, erwiderte Hermes. »War ich denn der einzige Grenzgänger an deiner Leine?«

»Nit der einzige, wohl wahr, aber der beste!«

»Das hört sich gut an, alter Sünder! Und fast möcht ich hinter dem Wort dein Ansinnen spüren, es könnt jetzt wieder weitergehn!«

»Und warum nit? Jetzt, wo du das Fuhrwerk selber wieder hast, müsst doch das Geschäft für uns noch erspießlicher sein!« Der Schluxen grinste und wischte sich mit der Pfeifenspitze den Seehundsbart von den Lippen.

»Leicht überleg ich mir's noch!«, sagte Hermes und wandte sich weg.

Odeonsplatz Nummer elf

Freifrau Charlotte von Owen und von Hagn, geschiedene Rittergutsbesitzerin aus Berlin, reiste im eigenen Wagen. Sie hatte in Ingolstadt eine letzte Station eingelegt, um bei der Ankunft in München frisch zu sein. Denn hat man einmal 40 Jahre auf dem Buckel, muss man mit sich selbst haushälterisch umgehen: ausgiebig schlafen, mäßig essen, noch mäßiger trinken, am mäßigsten aber lieben! Nicht wie in den Jahren in Berlin. Was würde König Max sagen, wenn sie ihm gegenüberträte – in Erinnerung an das, was sich damals in Berlin zwischen ihnen abgespielt hatte?

Als die feine Kutsche am Odeonsplatz Nummer elf zu früher Nachmittagsstunde vorfuhr, stand der Hof- und Leibkutscher Ambros Radlmeier unterm Portal und lächelte. Charlotte stieg aus, eilte die fünf Stufen zu ihm hinauf und fiel ihm um den Hals: »Du lieber Gesell!«

Ambros packte sie an den Schultern und hielt sie von sich weg, so wie das Kind ein Püppchen betrachtet: »Bist halt immer noch so klein, Liebstes!« Das war sicher ein dummes Begrüßungswort, aber was soll's, wenn einem nix anderes einfällt!

Hinter der Tür standen die Köchin und das Stubenmädchen, die Charlotte hatte einstellen lassen, und machten ihren eingeübten Hofknicks, ein bisschen linkisch zwar, aber gut gemeint. Darauf trug die Köchin einen dampfenden Kaffee auf, und der Kutscher beeilte sich, den Kamin zu schüren, denn die Münchner Oktoberabende sind oft schon kühl.

Dann saßen sie beisammen bis in die tiefe Nacht hinein und wärmten süße und bittere Erlebnisse aus früheren Jahren auf. Dabei kamen sie vom Hundertsten ins Tausendste. Gerade das machte sie froh und schwemmte all die vielen Jahre weg, sodass es ihnen vorkam, als säßen sie wie einst auf dem Waldgrundstück hinterm Englischen Garten unter der hohen Eiche, in deren Geäst die Mittagsteufel gelauert hatten.

Nach Allerheiligen reiste das alte Königspaar Ludwig und Therese in die Winterresidenz nach Aschaffenburg. Diese Abreise wollte Charlotte noch abwarten, ehe sie dem jungen König Max ihre Aufwartung machen würde. Sie mochte dem alten nicht in die Hände laufen.

Als er aber fort war, bat sie um die Audienz.

Max war freudig erregt, als er sie wiedersah. Als er dann noch erfuhr, dass sie am Odeonsplatz wohnte und in München zu bleiben beabsichtigte, keimte in ihm die Hoffnung auf ein paar Schäferstündchen auf, was an seiner überbetonten Liebenswürdigkeit deutlich abzulesen war.

»Könnte Sie's nicht gelüsten, Charlotte, an Unseren Symposien teilzunehmen?«

»Symposien? Was für Symposien, Majestät?«

»Da treffen wir uns hier im Grünen Saal. Dichter, Künstler und Gelehrte. Wir lesen vor, wir unterhalten uns, wir führen auch hitzige Streitgespräche.«

»Kann man denn mit Ihnen streiten?«

»O meine Liebe, mit Uns kann man alles!«

»Alles wäre zu viel, Majestät! Doch diese Symposien könnten mich reizen.«

»Wir werden die Münchner Gelehrtenwelt darauf aufmerksam machen, dass uns der Himmel die Hagn geschickt hat, die berühmte Hofschauspielerin und gewaltige Diseuse. Sie bereichern uns alle, geliebte Freundin!«

Charlotte erkannte, dass es Zeit war, den König um Beendigung der Audienz zu bitten, wenn sie nicht eine zaghaft beginnende Intimität riskieren wollte. Und auch Max erkannte, dass sie's erkannt hatte. Er geleitete sie zur hohen Flügeltür und küsste ihr die Hand.

Das Wiedersehen mit der einst geliebten Bühnenschönen, die freilich inzwischen ihre Karriere beendet hatte, war für König Max ein mächtiger Ansporn. Er ließ in der zweiten Novemberhälfte alle bedeutenden Münchner Architekten zu einem Symposion laden. Unter den 37 g'standenen Männern als einzige Frau Charlotte von Owen und Hagn. Die meisten der Herren kannten sie, denn viele stammten selbst aus dem deutschen Norden und hatten sie in Berlin auf der Bühne gesehen. Eine große gegenseitige Vorstellung war also unnötig. Es war aber ein reizvolles Schauspiel, welche Worte der Bewunderung auch die Jüngeren unter den Anwesenden für sie fanden.

Als sich dann alle auf den grünsamtenen Stühlen, Sesseln und Liegen niederglassen hatten, erschien der König. Man war gespannt auf seine Begrüßung, hatte es doch ein derart differenziertes Symposion bisher noch nicht gegeben.

»Liebe Freunde!«, begann er. »Lassen Sie Uns Unser Anliegen an Sie ganz kurz formulieren! Fast alle Unsere Vorfahren – nicht zuletzt Unser hochgeschätzter Vater, König Ludwig – haben viel und Großartiges gebaut. Die meisten jedoch haben in ihren Bauwerken verschiedene vorausgegangene Zeiten und Stile nur kopiert und eigenen Erfindungen wenig Raum gewährt. Unser Auftrag an Sie wäre: Schaffen Sie Uns einen neuen Kunst- und Baustil!«

Die Männer saßen da, als hätte sie einer in Hypnose versetzt, regungslos und zunächst wohl auch ratlos. Ein neuer Kunststil? Kann man Kunststile herbeibeordern? Kann man Kunst machen? Und wenn, wie? Und wenn es tatsächlich gelang, eine Kunst zu machen – wie könnte man die Öffentlichkeit dafür begeistern?

König Max erkannte ihre Betroffenheit: »Liebe Freunde, Sie müssen Uns nicht hier und jetzt, nicht heute und morgen antworten. Es scheint nämlich, als hätte Unser Ansinnen Sie überwältigt.«

Da bat Charlotte ums Wort. Zunächst entschuldigte sie sich, dass sie als Erste rede. Dann fuhr sie fort: »Majestät, verzeihen Sie meine Geradheit, aber Ihr Ansinnen ist nicht nur überwältigend, sondern geradezu ungeheurlich!«

Die Männer zuckten zusammen, doch sie ließ sich nicht beirren.

»Hätte mir vor 29 Jahren, als ich zwölf war, der gottselige Marius von Babo, damals Intendant am Isartortheater, gesagt: ›Charlotte, du musst im Wallenstein die Thekla spielen!‹, wär mir ein Lachen ausgekommen und ich hätt ihn fragen müssen: ›Meister, bin ich denn reif dafür?‹ – Vier Jahre später hab ich die Thekla gespielt, und zwar im Hoftheater. Darum, Majestät, alles zu seiner Zeit! Jede Kunst, auch die Baukunst, und jeder Stil, auch der Baustil, wächst heraus aus den Menschen, die an einem Ort leben. Nur so entsteht schöpferischer Geist und schöpferische Kraft. Daran kann weder ein fürstliches Diktat noch eine königliche Belohnung etwas ändern. Erlauben Sie, dass ich einen Vers des Freiherrn von Auffenberg zitiere:

Der Eiche Wachstum wird oft frech vom Pilz verlacht.
Sie braucht Dezennien, und er nur eine Nacht.

Majestät, lassen Sie Ihren Baukünstlern die Zeit, und mit der Zeit wird auch die uns und diesen Jahrzehnten angemessene Kunstform reifen! Sonst geht es Ihnen wie dem

Kaiser Nero mit seinem Goldenen Haus in Rom. – Haben Sie mir meine Direktheit verziehen, Majestät?«

Der König erhob sich, verneigte sich galant und küsste Charlotte zart auf die Wange. Da klatschten all die Männer beifällig in die Hände. Darauf meldete sich der Oberbaurat Friedrich Bürklein zu Wort: »Königliche Majestät, Sie haben uns mit Ihrer Aufforderung einen Schuss vor den Bug versetzt. Was mich angeht, so hat mich Ihre Idee verstört. Ich will sie gern aufnehmen und in mir gären lassen. Doch zunächst schließe ich mich den Gedanken der verehrten Freifrau von Hagn an!«

Ähnlich äußerten sich auch die Baumeister Kreuter und Riedel sowie die Gartenarchitekten Effner und Lenée.

Als keiner mehr ums Wort bat, sagte König Max: »Liebe Freunde, nachdem niemand von Ihnen Unserer Meinung ist, wollen Wir gern Unseren Irrtum bekennen. Es ist etwas anderes, ein Heer in den Krieg zu führen, als den Geist auf den Plan zu rufen. Soldaten kann man vergattern und in diese oder jene Richtung dirigieren; der Geist hingegen weht – um ein Wort der Heiligen Schrift zu gebrauchen –, wo er will. Wir danken Ihnen für die Offenheit, mit der Sie zu Uns geredet haben! – Indes, Wir haben noch ein anderes Anliegen. Freilich hängt auch dieses mit der viel geschmähten ›Wittelsbachschen Bauwut‹ zusammen. Könige sollen Wegmacher sein! Unser Ahnherr, der Kurfürst Max Emanuel, hat einen Wasserweg von Schleißheim nach Dachau graben lassen. Unser verehrter Vater hat seine Ludwigstraße bauen lassen und ist eben dabei, diese mit einem Siegestor zu krönender Vollendung zu bringen. Auch Wir wollen Unsere Straße bauen: eine Maximilianstraße. Deshalb bitten Wir Sie, Uns Ideen zu geben, Vorschläge zu machen, Pläne einzureichen. An Unserer fürstlichen Großmut soll es nicht mangeln!«

An diesen offiziellen Anlass des Symposions schloss sich eine sehr angeregte Unterhaltung bis weit nach Mitternacht an. Dabei stand Charlotte von Hagn im Mittelpunkt. Sie musste erzählen, und sie verstand zu erzählen, denn sie war weit herumgekommen und hatte viele bedeutende Persönlichkeiten kennengelernt. Selbst mit dem Zaren hatte sie vertraulichen Umgang und war in russischen Palästen gefeiert und angehimmelt worden. Sie gehörte zu der Art von gereiften Frauen, die imstande sind, auch über das eigene Versagen mit souveräner Gelassenheit zu reden. Damit erregte sie die Bewunderung all dieser Männer, die ja ebenfalls auf dem Fechtboden der Zeit schon ihre Siege gefeiert und ihre Niederlagen eingesteckt hatten.

Als man schließlich aufbrach, erbot sich Max, die Schauspielerin in seinem Schlitten die paar Schritte zum Odeonsplatz hinüberzufahren. Ob er sich dabei mit einer bestimmten Absicht trug? Wenn, dann ist sie ihm durch Ambros Radlmeier vereitelt worden. Denn als der Schlitten an den fünf Stufen vorfuhr, stand er mit einem Windlicht unter dem Portal. Fragend schaute der König Charlotte an; doch sie meinte lächelnd: »C'est la vie, Majesté!! Er ist ein Freund aus meiner frühen Jugend! Und alles Getrennte findet sich wieder!«

»Hatte sich der König bei dir eingeladen?«, fragte Ambros, als sie am Kamin saßen.

»Hatte nicht, aber hätte gern!«, erwiderte Charlotte.

»Du brauchst dich durch mich bei dem, was du tust, nicht beeinträchtigt fühlen. Im Gegenteil, ein Wort genügt, und ich gehe.«

»Mon Dieu, Ambros! Ich habe dich früher so oft weggeschickt, und du bist immer der gleiche gute Mensch geblieben. Mit vierzig hat man sich die Hörner weidlich abgestoßen. Ich dank dir, dass du bei mir bist! Von München – und von dir bringt mich jetzt wohl niemand mehr weg.«

»Ein bisserl verrückt bist du schon, Charlotte! In deinem Alter setzt man sich doch noch nicht aufs Altenteil, auch nicht im Beruf.«

»Mann, das verstehst du nicht! Ich habe Shakespeare und Schillers große Heldinnen und Damen gespielt; meinst du, ich könnt jetzt hier am Hoftheater mit Gouvernantenrollen anfangen und mich dann sachte hinaufdienen? Oder glaubst du etwa, eine Münchner Heroine wird um meinetwillen von ihrem Postament heruntersteigen? Die hätt ja Tinte gesoffen! Du weißt, mein Lebensunterhalt ist mehr als gesichert, mein Ehrgeiz befriedigt. Und schau mich doch an, wie ich in die Breite geh! Heut will man Wespentaillen sehen!«

»Ein wenig übertreiben darf man schon; doch was du da machst, ist nicht mehr wirklichkeitsbezogen!«

»Ambros Radlmeier, ich wiederhole: Das verstehst du nicht! In meinem Beruf muss man wissen, wann man abzutreten hat, will man sich nicht lächerlich machen.«

Das Haus am Odeonsplatz Nummer elf machte schon während dieses Winters dem Grünen Saal der Residenz Konkurrenz, denn auch Charlotte von Hagn sammelte einen Kreis Menschen aus Kunst und Kultur um sich, allerdings in bescheidenerem Maße. Zwei, drei Dichter, zwei, drei Maler – doch ohne Frauen. Darüber begann man in den höheren Gesellschaftskreisen Münchens bald zu spotten. Die Schauspielerin ließ sich aber nicht anfechten, sodass die bösen Mäuler ihr Gift am Ende nicht loswurden.

Ambros wohnte zwar noch in einem seiner Häuser, hielt sich aber meist am Odeonsplatz auf. Mit dem Vermieten war's vorbei. Wer hätte denn die Arbeiten verrichten sollen, die damit verbunden waren! Auch hieß es in gut unterrichteten Kreisen, dass die Stadtväter und ein paar Geldige den Bau eines Luxushotels für Diplomaten und regierungsnahe Personen planten. Einer vom Hof wollte sogar erfahren haben, der Bau werde den Namen »Zu den vier Jahreszeiten« tragen, um auszudrücken, dass das noble Haus allen Witterungsunbilden gewachsen sei – in München nicht ganz problemlos. Was bedeuteten da schon die paar Räume beim Radlmeier!

Ambros überlegte, ob es da nicht sinnvoll sei, die zwei Häuser, die vom gottseligen Doktor Glas stammten, zu veräußern und das Geld ertragreich anzulegen.

»Halt! Zollkontrolle!«

Auf Hohenschwangau hatte sich das Leben wieder in die alten Bahnen eingespielt. Königin Marie war glücklich, ringsum ihre Berge zu haben. Sie freute sich an ihren beiden Söhnen, freute sich auch, wenn der König kam und bald wieder abreiste. Vor allem aber liebte sie die Ausfahrten ins Tirol.

Hermes war mit dem Schluxen wiederum handelseins geworden und nahm unter dem Kutschbock die schönste Schmuggelware mit aufs Schloss, wo sie der Niemann aus Füssen in gewohnter Weise abholte. Das brachte natürlich auch schöne Gulden, und die taten besonders Frau Perréne gut. Ihr Gatte allerdings fühlte sich nicht so ganz wohl dabei. Denn einmal machte er sich strafbar, außerdem gefiel ihm das ziemlich luxuriöse Leben seiner Frau immer weniger. Er deutete ihr wiederholt an, dass sie nicht mehr die Kammermaid einer Königin, sondern die Frau eines Kutschers sei und dass der Aufwand, den sie trieb, den Missmut der Höflinge herausfordere. Doch Perréne schlug diese Bemerkungen in den Wind, weil sie nach wie vor vertrauten Umgang mit der Herrin pflegte und deshalb den Standeswechsel gern überspielte.

Und Hermes schmuggelte weiter. Der Schluxenwirt, ein echter Gauner, den auch nicht das geringste Gewissen belastete, munterte den jungen Mann ständig auf, während er die anderen Grenzgänger wegen ihrer angeblichen Unfähigkeit verhöhnte. Er bezahlte diese auch nicht mehr so wie vorher. Und wenn sie sich aufregten, stellte er ihnen den Brotkorb vor die Tür mit der gehässigen Bemerkung, er habe einen an Hand, der ihm das Zehnfache über die Grenze schaffe. Diese Männer nun, die sich alles, was sie zum Leben brauchten, mühsehlig errackern mussten, empfanden darüber eine gewaltige Bitterkeit und einen kaum zu zähmenden Zorn. Und da der Schluxen sich zu sicher fühlte, machte er wohl auch die eine oder andere Andeutung zu viel, wer sein bester Mann sei.

Es kam, wie es kommen musste: Eines Tages im Hochsommer wurde einer von den Leuten des Wirts von den Tiroler Jägern aufgegriffen, nach Innsbruck geschickt und dort eingesperrt. Bei den wiederholten Verhören, die die Grenzgendarmerie mit ihm führte, verriet er ihnen, dass es einen Schmugglerring gebe, und nannte als dessen wichtigstes Mitglied den Kutscher der Königin von Bayern.

Das war nun ein Geständnis, das die Beamten lieber nicht gehört hätten. Sie mussten es jedoch protokollarisch festhalten und eine Sprosse höher hinaufmelden. So gelangte es von Sprosse zu Sprosse bis ans hellhörige Ohr des Landeshauptmanns von Tirol; der aber fing an zu zittern. Er darf doch niemals an der Grenze seines Landes das Gefährt einer bayerischen Königin aufhalten und untersuchen, sprich »perlustrieren« lassen! Das wüchse sich zu einem Politikum erster Größe aus! Andererseits durfte er's nicht unter den Teppich kehren, ohne dadurch unglaubwürdig zu werden und das gesamte Sicherheitsgefüge des heiligen Landes Tirol Lügen zu strafen. Und den Fall nach Wien abschieben? Sie werden ihm antworten: Du bist der Landeshauptmann. Bei dir ist's geschehen! Sieh du selber zu, wie du dich aus der Schlinge ziehst!

In seiner Not telegrafierte er einem entfernten Verwandten, der in der Wiener Hofkanzlei saß. Der antwortete, dass dies eine außerordentlich heikle Sachlage sei und ein Höchstmaß von Taktgefühl erfordere, weil die kaiserliche Diplomatie gegenwärtig alles daransetze, Bayern für ein Bündnis gegen Preußen zu gewinnen. Eine einzige unbedachte Handlung könnte da unabsehbare Folgen heraufbeschwören.

Nun, das hätte der brave Landeshauptmann selbst gewusst! Er wollte vom Herrn Vetter erfahren, wie er sich verhalten sollte, eine Ausmalung des Tatbestandes benötigte er nicht. Nachdem er also allein auf sich gestellt war, rief er sämtliche höheren Gendarmerieoffiziere zu sich. Gemeinsam hechelten sie den Fall nach allen Seiten hin durch und gelangten zu diesem Ergebnis: Auf keinen Fall darf das Gefährt – ob Wagen oder Schlitten – angehalten oder gar untersucht werden, wenn sich die Königin darin befindet! Wenn jedoch der Hofkutscher die Grenze mit leerem Gefährt passiere oder wenn nur irgendwelche Hofdamen darin säßen – wie das schon etliche Male geschehen sei –, müsse er zwecks »eingehender Inaugenscheinnahme« gestellt werden. Wie es nämlich eine Erfahrungstatsache sei, dass die Katze das Mausen nicht lasse, so werde auch ein eingefleischter Schmuggler sein Tun so lange wie möglich fortsetzen, noch dazu, wenn er sich – wie in diesem Falle – unter einem königlichen Schutzmantel geborgen wisse.

Diese Richtlinien wurden in einem streng geheimen Rundbrief allen Gendarmerieposten an der Landesgrenze nach Bayern mitgeteilt.

Zu dieser selben Zeit beschlossen einige junge Männer aus dem bayerischen Gebirge, zusammen mit dem Bruder Prokop von den Kapuzinern und ein paar Lehrern, den höchsten Berg der bayerischen Alpen, die Zugspitze, zu besteigen und auf ihrem Gipfel ein mächtiges Kreuz aufzurichten. Die 28 Eichenstücke dieses Kreuzes wollten sie – ausgenommen der Ordensmann – gemeinsam hinauftragen und droben fachmännisch zusammensetzen und verkeilen.

Nun kannten aber alle Bewohner des Oberlandes die Begeisterung ihrer Königin für das Wandern in den Bergen. Sollte man sie da nicht von diesem historischen Vorhaben unterrichten? Sie vielleicht sogar dazu einladen? Etwa so: Alle Gebirgler täten es sich als eine Ehr anrechnen, wenn die Landesherrin es wagen würde, gemeinsam mit ein paar verwegenen Untertanen den höchsten Berg des Vaterlandes zu bezwingen – was in der ganzen Welt wohl einmalig sei?

Der junge Kapuziner aus Altötting bot an, der Hohen Frau die Einladung zu überbringen.

Es war kein alltäglicher Vorgang, dass ein katholischer Ordensmann der protestantischen Fürstin eine Bitte vortragen wollte. Königin Marie konnte ihre Überraschung zunächst nicht verbergen. Doch der brave Kuttenträger hatte mit seiner entwaffnenden Schlichtheit nach drei, vier Sätzen ihre Zuneigung gewonnen und verließ sie nach zehn Minuten mit der Zusicherung, sie werde am Sturm auf den Zugspitzgipfel teilnehmen und wollte sogar einen Span für die Verkeilung des Kreuzes tragen.

Als der Hofmeister den Entschluss seiner Herrin nach München meldete, gab es hier viel Herumgetue wegen der Etikette, bis der König erklärte, man brauche nur 50 bergerfahrene Leibgardisten nach Garmisch in Marsch zu setzen; um alles andere solle sich die Königin selber kümmere, denn sie wisse genau, was sie sich zumuten dürfe. Die Gardisten erhielten den Befehl, das Hochgebirgsgelände, durch das sich die Bergsteiger bewegen würden, aus sehr respektvoller Entfernung zu durchstreifen, damit nicht irgendein Wilderer auf dumme Gedanken käme.

Am 28. August 1851 – Königin Marie hatte in ihrem Kalender Goethes Geburtstag vermerkt – fuhr Hermes

Radlmeier, von vier berittenen Hartschieren begleitet, die Hohe Frau im leichten Gäuwagerl über Ettal und Farchant zum Treffpunkt in der Garmischer Poststation. Mit Hoch-Rufen wurde sie von den 29 kühnen Männern und vielem ringsum stehenden Volk begrüßt. Sofort eröffneten sie eine Lagebesprechung, die der Kapuzinerbruder Prokop leitete. Man kam überein, sich noch an diesem Tage bergmäßig auszurüsten, die Nacht in Garmisch zu verbringen und tags darauf in der dritten Morgenstunde aufzubrechen. Nach der Rückkehr wolle man ein Grußtelegramm an Seine Majestät nach München schicken und sich dann den verschiedenen bereits angereisten Zeitungsmenschen stellen. Die Heimfahrt Ihrer Majestät sollte erst nach einer weiteren Übernachtung in Garmisch erfolgen.

Königin Marie wies darauf den Hermes an, sofort wieder nach Hause zu fahren und sie erst um die Mittagszeit des übernächsten Tages abzuholen.

Allein nach Hause! Blitzartig fuhr ihm ein Gedanke durch den Kopf. Als die Rösser gefressen hatten, verabschiedete er sich von seiner Fürstin und wünschte ihr Berg Heil. Sie lächelte. Er verließ Garmisch, fuhr bei Griesen unbehelligt über die Grenze und kam an den Plansee. Dass ihm ab Griesen in größerer Entfernung ein berittener Grenzwächter folgte, nahm er nicht wahr. Er gelangte durchs Archbachtal an den Lech und am frühen Abend zum Schluxen.

»Oho, wie gibt's denn so was! Heut ohne die Hohe Frau?«

»Heut ohne! Dafür darfst du das Wagerl vollladen bis an den Rand!«

Der alte Schlaufuchs verzog sein Gesicht zu einem freundlichen Grinsen, spannte die Pferde aus und schob den Gäuwagen in seine Remise; er machte auch hinter sich das schwere Tor zu. Als sich eine gute Stunde später die

Sonne hinter den Allgäuer Alpen zum Untergang neigte, spannte er wieder ein, gab dem Hermes einen wohlwollenden Klaps auf die Schulter und sagte: »Pfüa' Gott!«

Inzwischen hatte sich der Berittene, der dem königlichen Gäuwagerl gefolgt war, auf einem Umweg beim Grenzposten eingefunden, den Hermes jetzt passieren wollte. Nach gewohnter Art schnalzte der Hofkutscher schon von Weitem mit der Peitsche, worauf die Grenzer stets ehrfurchtsvoll zur Seite getreten waren und stramm salutiert hatten. Das taten sie jetzt nicht, sondern einer – der glänzenden Uniform nach ein höherer Offizier – stellte sich mitten in den Fahrweg und hielt die Hand hoch. Mit Leichenbittermiene befahl er: »Halt! Zollkontrolle!«

Hermes hielt die Rösser sanft an und rief: »Hofkutscher der Königin von Bayern!«

»Das könnt jeder sagen! Absteigen!«

Er war noch nicht recht vom Bock herunter, da stürzten sich vier oder fünf Grenzer, die er noch nie gesehen hatte, auf das Wagerl, hoben die Pferdedecken und die Plache in die Höhe und fanden in reicher Fülle, was sie suchten: Tabakballen, zierliche Weinfässlein und zwei gefüllte Ziegenschläuche französisch-algerischer Provenienz.

»Ist Ihre Königliche Majestät von Bayern derart auf den Hund gekommen, dass sie schmuggeln und unser armes Land Tirol um den Grenzzoll prellen muss?« Der Offizier sprach's wütend und ließ Hermes ohne jegliche Erklärung in einen festen Keller des Zollhauses einsperren.

Während der Nacht wurde er von den fremden Tiroler Gendarmen gründlich verhört, bis sie es ihm endlich gegen Morgen zu abnahmen, dass er zwar bayerischer Hofkutscher sei, dass jedoch seine Herrin mit dem Schmuggel nichts zu schaffen habe, sondern dass es sich hier um seine ganz private Angelegenheit handle.

Es war ihnen also gelungen, den Mann dingfest zu machen und zu einer Aussage zu bewegen, die Bayerns Königin völlig aus dem Spiele ließ. Dafür dankten sie ihrem Herrgott und schickten im Frührot des neuen Tages eine Kurierpost zu den bayerischen Grenzern auf der anderen Seite: Sie möchten veranlassen, dass der Kutscher Hermes Radlmeier de Serrat samt seinem Gespann nach Abgeltung der Dienstgebühren von 116 Gulden und 48 Kreuzern am Zollhaus ausgelöst werde. Die Ware, die er unverzollt über die Grenze zu transferieren versucht habe, sei vom Fiskus des Landes Tirol beschlagnahmt worden.

Die bayerischen Beamten ließen sofort einen Reiter mit dieser Kurierpost nach Hohenschwangau abgehen. Der kehrte nach einer knappen Stunde mit dem Lösegeld zurück und übergab es den Tiroler Zöllnern. Hermes passierte darauf die Grenze. Kaum war er in seinen Schlosshof eingefahren, wurde er zum Hofmeister befohlen. Der eröffnete ihm mit kurzen, aber bündigen Worten, dass er seines Postens als Hofkutscher enthoben sei. Er habe im Lauf des Monats September mit der Familie das Schloss zu verlassen. Zur Vermeidung von Härten und weil er bisher seinen Dienst untadelig verrichtet habe, werde man ihm das Salär auch noch für den kommenden Monat zahlen. Im Übrigen müsse er sich um eine andere Existenz kümmern, am besten in München, wo ihm der Onkel behilflich sein könne.

Tags darauf wurde ein anderer Kutscher nach Garmisch abgeordnet, um die Königin heimzuholen. Sie war nicht wenig überrascht, als Perréne noch am selben Abend um eine Audienz bat und ihr brühwarm berichtete, was sich zugetragen hatte. Als dann der Hofmeister erschien und den Fall von der anderen Seite beleuchtete, fühlte sich Marie außerstande, die Entlassung rückgängig zu machen, zumal ihr ja noch Hermes' leidige Affäre mit der Mörderin Anna Billmaier in Erinnerung war. Diese Geschichte erwähnte auch der Hofmeister in seinem Schreiben an das Stallmeisteramt zu München.

Ein aus dem Gleis der anständigen Bürgerlichkeit geworfener junger Mann stand mit nichts auf der Straße!

Sie liehen ihm ein Pferd, und er ritt nach München. Am Abend saß er mit dem Onkel in der Schwabinger Gasse. Wie sollte es weitergehen?

»Es bleibt keine andere Wahl, als zwei unserer Häuser zu verkaufen. Du bist sowieso der einzige Erbe; drum spielt es keine Rolle, ob du sie jetzt oder später erhältst. Mit dem Erlös aus den Häusern kannst du dir eine neue Existenz schaffen. Als Wohnung bleibt euch dann das dritte.«

»Und du, Onkel?«

»Ich komme am Odeonsplatz unter!«

Zaghaft fragte Hermes: »Was soll ich nun anfangen?«

Ambros antwortete: »Du kennst dich mit Ross und Wagen aus: Nimm das Geld, mach ein Fiakerunternehmen auf! Eine Kutsche, drei Rösser. Wir lösen hier das Parterre auf und errichten dort Stall und Remise.«

Ambros hatte vermieden, auch nur das kleinste tadelnde Wort zu sagen. Wozu auch? Das Unglück ließ sich nicht mehr abwenden, es musste ertragen werden. Und da war es besser, sich die Last gegenseitig erträglicher zu machen. Hermes dankte ihm für diese feine Rücksicht ebenso wortlos.

Sie fanden bald einen Käufer für die Häuser. Genauso rasch gelang es Ambros, von der Stadt die Genehmigung für einen Fiakerbetrieb zu erhalten. Dann gaben sie den Umbau ihres Hauses in Auftrag. Weil aber diese Arbeit nicht bis Ende September beendet sein konnte, erhielt Hermes vom Hofmeister die Erlaubnis, mit der Familie noch bis zur Vollendung des Baues auf Hohenschwangau wohnen zu bleiben.

Es war ein nasskalter, trüber Tag, als Perréne mit dem Kind kurz nach Allerseelen in die Schwabinger Gasse einzog. Dazu kam, dass sie sich elend fühlte, weil sie ein weiteres Mal schwanger geworden war. Die beiden Männer waren jedoch rührend um sie bemüht.

Die Stadt hatte dem Hermes einen Fiakerstandplatz am Hofgarten eingeräumt.

Während des Winters lief das Unternehmen schlecht. Wer ließ sich denn schon wochentags durch die Stadt oder durch den Englischen Garten fahren! Hätte nicht Ambros der kleinen Familie hilfreich unter die Arme gegriffen, sie wären – weiß Gott! – gezwungen gewesen, die Rösser wieder zu verkaufen, nur um das nackte Dasein zu fristen.

Als das Frühjahr kam, besserte sich ihre Lage, denn die Münchner Lebensart zog viele Fremde an. Außerdem holte der König zum nicht geringen Ärger seiner eigenen Landsleute die sogenannten »Nordlichter«, Künstler und Gelehrte von nördlich des Mains, in seine Residenzstadt. Es waren durchaus honorable Männer, wie Emanuel Geibel, Martin Greif, Paul Heyse, Adolf von Schack oder Franz Dingelstedt – aber eben keine Bayern. Diese Geistesgrößen und noch viele andere mit ihrem Anhang waren für Hermes Radlmeier die Brotgeber.

So bescheiden er auch leben musste, war er doch nie missmutig und verlor die ihm angeborene Freundlichkeit und Eleganz des Umgangs nicht. Aus diesem Grund vertrauten ihm auch die Hofbeamten in der Residenz gern illustre Gäste an. Aus deren Händen floss natürlich das Trinkgeld reichlicher. Reichtümer konnte er nicht schöpfen, doch kehrte in die Schwabinger Gasse Nummer sieben langsam die Zufriedenheit ein.

Der Vielfraß

Perréne gebar einen zweiten Sohn; sie freuten sich über den neuen Erdenbürger und nannten ihn Veit-Lukas. Doch das Kind wollte nicht recht zu Kräften kommen, sodass die junge Mutter eines Tages – es war kurz vor Kirchweih – hinüberging in die Hofapotheke und es dem Herrn Apotheker Max Pettenkofer zeigte. Er schaute sich das arme Würmchen an, nickte bedauernd und meinte: »Meine Liebe, das ist der Typhus! Der liebe Gott wolle unsere Stadt bewahren!« Dann gab er ihr ein Medikament und befahl ihr, mit niemandem darüber zu reden, auch niemandem das Kind zu zeigen. Und eine Stunde später bat er Seine Majestät König Max um eine Audienz. Sie wurde ihm unverzüglich gewährt.

»Majestät, wir haben den Typhus in der Stadt!«

»Um Gottes willen, Pettenkofer!«

»Und wir werden ihn so lange haben und immer wieder haben, solange – mit allerhöchstem Respekt zu sagen! – der Saustall mit den Versitzgruben nicht beseitigt ist und solange wir kein gesundes Trinkwasser haben. Die alten Römer haben schon vor 2000 Jahren die Notwendigkeit von Kanälen und Wasserleitungen erkannt. Wir dagegen bauen Paläste und Straßenzüge und Eisenbahnen, um darin am End elend zugrunde zu gehen! Wir zählen heut in München 106.000 Einwohner; Rom dagegen war eine Millionenstadt. Ich frag mich bloß, wohin die am Tiber gekommen wären, wenn sie dieselbe Schlamperei geduldet hätten wie wir an der Isar!«

»Lieber Pettenkofer, wir müssen uns zusammensetzen und beraten! Am besten gleich jetzt zu Kirchweih! Oder wollen wir gemeinsam ausfahren? Die Tage sind noch schön!«

»Ganz wie Majestät belieben!«

Am Kirchweihmontag frühmorgens stand der Hof- und Leibkutscher Ambros Radlmeier mit der schweren Kastenkutsche und einem Viererzug vor der Residenz. Es stiegen ein: der König, der Erste Bürgermeister Jakob Bauer, der städtische Architekt Zenetti und der Professor Pettenkofer. Garden und Hartschiere waren abgesagt worden. Ziel: das Dachauer Hinterland auf Schrobenhausen zu. Während sie zügig durch die idyllische Landschaft dahinfuhren, legte Pettenkofer auseinander, wie miserabel es in München mit den sanitären Verhältnissen bestellt sei, und forderte zweierlei: eine Schwemmkanalisation durch die ganze Stadt und eine Reform der Wasserversorgung. Da habe man das gesunde Isartal, das Mangfalltal, man habe den Peißenberg und den Taubenberg – die besten Wasserspeicher, die sich eine Großstadt nur denken könne –, aber man habe kein Geld, weil man glaube, dafür keins haben zu müssen! »Indes, Majestät, und Sie, meine geschätzten Herren, wenn Sie und Ihre Nachkommen nicht eines Tages durch überhand nehmende Seuchen elend krepieren wollen, dann ist es Zeit, radikal umzudenken!«

Das waren harte Worte, und die Herren schauten betreten an ihren Nasen nieder.

Langsam wurde es Mittag. Sie befanden sich gerade in Schiltberg und hielten auf Scheyern zu, denn bei den Mönchen ist gut Brotzeit machen. Da begegnete ihnen kurz vor Singenbach einer mit einem Posthut. Der Gesell war so dick, dass man aus ihm hätte bequem zwei machen können, und selbst die wären noch ganz stattlich ausgefallen.

Der Bürgermeister Bauer, ein leutseliger Mann, winkte ihm zu, worauf der andere rief: »Wollt ihr mich etwa mitnehmen? Bloß bis zur Pfarrei!«

Der König ließ halten, und der gewichtige Postler stieg ein.

»Nit dass ich euch zur Last fallen möcht! Beileibe nit! Ich mach tagtäglich meine 30 Kilometer und brauch keine Kutschn nit! Aber heut pressiert's. Da treffen sich in Singenbach etliche Pfarrer zum Mittag; denen soll ich was voressen.«

»Voressen?«, fragte der Architekt.

»Ja weißt, Meister«, erwiderte der andere, »i verdruck ebbes!«

»Ah so«, meinte Pettenkofer, »und da sollst du den Pfarrern zeigen, wie viel du fressen kannst?«

»Du hast den Finger drauf!«, entgegnete der Postler und verzog sein Gesicht.

Dann waren sie schon in Singenbach beim Widum, wo fünf oder sechs geistliche Herren vor der Haustür standen. Als jetzt der Viererzug hielt, erkannten sie die Majestät, liefen hochrot an und verneigten sich tief. Meinte der König mit launiger Miene: »Haben eben von einem großen Essen vernommen. Ob da für uns vier noch etwas abfällt?«

Erwiderte der hochwürdige Hausherr Donatus Gromer: »Verzeihen, Majestät, es ist sicher ein ungeziemlicher Scherz, doch wollten wir gerne wissen, wie viel unser Antonio de Luci verträgt. Er hat sich nämlich gerühmt, dass wir Pfarrer gar nicht so viel auf den Tisch bringen könnten, dass er es nit wegputzt.«

Darauf König Max: »Dann wird für uns nichts mehr zu haben sein!«

»So ist's nit, Majestät!«, meinte ein anderer Pfarrer. »Unsere Kocherinnen sind ja auch da; die werden schon was herbringen!«

»'s ist aber nix Königlichs, Majestät!«, ergänzte wieder ein anderer.

»Aber doch wohl was Bayerischs!«, gab der König zurück und lächelte.

Dann stiegen sie ab und betraten das Pfarrhaus, ehrfurchtsvollst begrüßt von den reifen pfarrherrlichen Jungfrauen. Als für die Gäste Platz geschaffen worden war, sagte Herr Donatus:

»Ich bitt Eure Majestät, nix dagegen zu haben, wenn wir unseren Postboten, dem diese Zusammenkunft hauptsächlich gelten sollte, zuerst bedienen. Wir können es nämlich nicht glauben, was sich die Leut von der Fassungskraft seines nimmersatten Innenraums erzählen.«

»Nur zu, nur zu!«, entgegnete Max, und Heiterkeit verbreitete sich unter den Anwesenden.

Nun wurde eine neunpfündige gebratene Gans hereingetragen und auf einem eigenen Tischchen vor dem Postboten aufgestellt; sie schwamm in herrlich gebräuntem Fett. Dazu kam eine Schüssel Kartoffelsalat von etwa vier Pfund. Als der Postler sich diese 13 Pfund ohne sonderliche Mühe einverleibt hatte, brachte man ihm auf dem Holzteller sechs geräucherte Würste, mit sechs Semmeln und zwei Maß Bier garniert. Er arbeitete tapfer drauflos, musste jedoch gegen Ende der Mahlzeit um Entschuldigung bitten, dass er jetzt eine kurze Pause einlege. Er habe nämlich während seines vormittägigen Dienstganges von den Bauern zu Gerolsbach bereits zwölf ausgezogene Kirchweihnudeln und »a paar Kranz Würscht« zu essen bekommen. Nach dieser Erklärung setzte er bald seine Tätigkeit fort, ohne im Geringsten Ermüdungserscheinungen zu zeigen.

Inzwischen hatten die geistlichen Mägde auch für die hohen Gäste aufgetragen, und man begab sich gemeinsam an eine große Tafel. Dem Antonio de Luci war noch nicht zum Heimgehen zumute, und er erlaubte sich, die Herrschaften zu unterhalten. Eigentlich heiße er Anton Lutz, der andere sei sein Künstlername.

Welche Kunst er denn betreibe?

Er sei leidenschaftlicher Schauspieler und gehöre zum Ensemble des Stadttheaters Schrobenhausen, das unter der Leitung des Drechslermeisters Andreas Dilser stehe und im Rathaus gastiere.

Was er denn da spiele? Welche Art von Rollen?

All die Jahre her nur Charakterrollen. In jüngster Zeit freilich habe ihn der Herr Direktor unverständlicherweise degradiert und zum Programmzettelausträger gemacht. Doch auch in dieser kläglichen Rolle fühle er sich der Kunst verpflichtet.

Die Gäste und die Geistlichen amüsierten sich köstlich. Dies umso mehr, als Antonio de Luci gegen Ende ihrer Mahlzeit noch einmal Appetit bekam und einen sechspfündigen Schweinsbraten vertilgte.

Inzwischen war es hoher Nachmittag geworden. König Max gab dem Ambros den Auftrag, nach Sandizell zu reiten und den dortigen Herrn Reichsgrafen um ein Nachtquartier zu bitten. Das schöne Wasserschloss war erst 100 Jahre alt und galt in seiner Gesamtheit als ein Bauwerk von seltener Eleganz. Die Schlossherrin war entzückt und aufgeregt zugleich, als sie von dem Heil erfuhr, das ihrem Hause widerfahren sollte.

Wie staunte Ambros, als er beim Nachtmahl plötzlich die Irmgard Schäfer wiedersah, jene Oberlehrerstochter von Dachau. Wie viele Jahre war es her, dass sie ihn damals auf Schloss Dachau wiederholt besucht hatte! Bis dann wegen seiner verrufenen Schwester mit einem Mal alle Brücken abgebrochen worden waren. Sie hatte immer hoch hinaus gewollt, die Irmgard, schon wegen ihres gebildeten Vaters, und jetzt war sie hier in Sandizell als eine Art Wirtschafterin gelandet. Nichts gegen diesen Beruf, doch welch ein Absturz gegenüber den Träumen der Jugend! Die Hauptschuld trug allerdings sie selbst, weil sie sich in jener Zeit – als ob sie sich hätte trösten wollen – mit einem zugereisten Maler in Dachau eingelassen und von ihm ein Kind bekommen hatte. Das Kind war gestorben, der Maler verschwunden, und kein anständiger Bursch in der Stadt hatte sie mehr angeschaut. Was also tun? Vater Schäfer hatte es wenigstens kurz vor seinem Tod noch mit Hängen und Würgen erreicht, dass sie den Dienst in diesem Herrenhaus antreten konnte.

Jetzt brachte Irmgard dem Ambros das Nachtmahl in die kleine Kammer, die sie ihm zugewiesen hatten. Beinahe wäre ihr das Tablett aus den Händen gefallen, als sie ihn erkannte. Sie musste sich sehr schnell hinsetzen, um nicht knieweich zu werden.

»So sehen wir uns wieder!«, sagte sie.

»Bist du zufrieden in diesem vornehmen Hause?«, fragte er.

»Zufrieden, Ambros? Unsereiner darf keine Ansprüche mehr stellen! Ich hab mein Leben verpfuscht, und 's hätt doch so schön werden können – mit dir!«

»Wer weiß das schon, Irmgard?«

»Bist du nit verheirat'?«

»Bei mir ist's immer bloß bis zum ersten Kennenlernen gekommen; dann hat mich jede satt gehabt und ist davon.«

»Dass aus uns zweien nix worden ist, das dank ich leider meinem gottseligen Herrn Vatern!«

»Vielleicht war's gut so, Irmgard! Denn mit mir hättst's ja auch nit weiter bracht als bis zu einer einfachen Kutschersfrau!«

»Und wie weit hab ich's jetzt bracht? An mir streift sich doch jeder die Schuh' ab: hier das Personal, dort die Herrschaft. Ich steh immer in der Mittn drin und hab niemanden, an den ich mich ein bisserl anlehnen könnt. Und wenn einer kommt – 's kommen ja viele Leut nach Sandizell, auch bessere! –, dann möcht mich jeder meistens bloß für eine Stund' oder für ein paar Nächt'. Das ist mein Leben, und so wird man alt und älter.«

Bei diesen Worten wurden der Irmgard doch tatsächlich die Augen feucht. Ambros war versucht, tröstend seinen Arm um ihre Schultern zu legen; er erkannte jedoch gleich die Sinnlosigkeit und die Gefährlichkeit dieser Geste, dachte auch an Charlotte, die am Ende die größeren und älteren Rechte auf ihn hatte.

Irmgards seelisches Gerüst war jedoch stabil und widerstandsfähig, sodass sie sich am anderen Morgen wieder ins alltägliche Einerlei schicken konnte, zwar mit einem lachenden und einem weinenden Auge, aber dennoch. Menschen wie sie bewältigen mit ihrer starken Natur oft die Widerwärtigkeiten des Lebens mit einem Blick in den Spiegel, wobei sie sich zuraunen: »Schäm dich!«, und dann strecken sie die Zunge gegen sich selber heraus.

Als die vier Männer am anderen Tag bei Sonnenuntergang in München eintrafen, hatten ihre Gespräche in der Kutsche zu fassbaren Entschlüssen geführt. Zum einen sollte der Bau der Schwemmkanalisation unverzüglich beginnen, sobald die Pläne erstellt wären; zum anderen sollte Baurat Bürklein den Auftrag erhalten, den Verlauf der Maximilianstraße bald abzustecken, damit die erforderlichen Vorarbeiten in Angriff genommen werden könnten; als Drittes war von den Herren beschlossen worden, für die geplante Allgemeine Deutsche Industrieausstellung in München einen angemessenen Bau zu errichten. Man dachte an ein riesiges Glashaus, einen Glaspalast, mit dessen Ausführung sie die Firma Cramer-Klett in Nürnberg betrauen wollten.

Das böse Jahr 1854

Ein böses Jahr – so nannten sie dieses Jahr in der Geschichte Münchens. Zunächst ließ es sich vielversprechend an, denn die für den Monat Juli geplante Ausstellung bewirkte in der ganzen Stadt und über sie hinaus eine Geschäftigkeit.

Im Botanischen Garten sah man den herrlichen Glaspalast entstehen. Und wie! Innerhalb von 78 Tagen stellte die Nürnberger Firma das Wunderwerk aus Stahl und Glas auf, umgab es mit Gartenkulturen und hoch schäumenden Fontänen und erleuchtete es im Innern mit vielarmigen Gaslicht-Kandelabern.

Standbilder und Gemälde aller geschichtlichen Zeitalter bildeten eine zusätzliche Attraktion neben den Erzeugnissen des deutschen Gewerbefleißes. Über andere Einzelheiten ließ sich streiten, wie zum Beispiel über den zehn Meter hohen Obelisken aus duftender Seife oder die mächtige Orgel, die man durch das halbe Bauwerk dröhnen ließ, sobald ein halbwegs brauchbarer Organist sich an den Spieltisch setzte.

Im Hoftheater zog man die besten deutschen Schauspieler zu einem »Gesamtgastspiel« zusammen. Bei der Eröffnung am 15. Juli rief König Max voller Begeisterung aus: »Wir trinken auf das Wohl der berühmten Gäste Unserer Bühne und auf das Gedeihen der dramatischen Kunst in Deutschland!«

Drei Tage später – Goethes »Faust« stand auf dem Programm – schlug die Schicksalsgöttin zu.

Kurz vor der Aufführung ritt ein junger Mann aus Zürich in München ein, um die bezaubernde Marie Seebach als Gretchen zu sehen. Kaum hatte er sein Reittier abgestellt, eilte er ins Theater. Doch noch ehe die Schauspielerin aufgetreten war, brach er zusammen. Sie trugen ihn hinaus in die Garderobe, wo der Polizeiarzt an ihm die Cholera feststellte.

Und von überallher strömten Besucher nach München.

Es wäre nun verantwortungslos gewesen, hätte man das Unheil verheimlichen wollen; man gab es also öffentlich bekannt. Darauf vollzog sich unter bisweilen fürchterlichen Umständen eine wahre Massenflucht der angereisten und anreisenden Gäste. Hals über Kopf suchten sie das Weite. Viele vergaßen in den Wirtschaften, in denen sie sich eingemietet hatten, ihr Hab und Gut.

Dann griff die Seuche in der Stadt um sich. Die Bürgermeister mussten 31 zusätzliche Totengräber beschäftigen. Diese trugen an manchen Tagen hundert und mehr Verstorbene zum Sendlinger Tor hinaus. Ein paar Münchner, die sich's leisten konnten, fuhren mit der Eisenbahn bis Gauting – bis dahin war sie bereits gebaut – und eilten dann weiter nach Starnberg, unaufhörlich die Todesangst im Rücken.

Auch Charlotte von Hagn erwog, die Stadt zu verlassen. Weil jedoch Ambros sie seines Dienstes wegen nicht hätte begleiten können, entschloss sie sich schließlich zu bleiben. Sie blieb von der Cholera verschont, erlitt jedoch einen Schlaganfall, aufgrund dessen ihr rechtes Bein gelähmt war und sich Schwierigkeiten mit der Sprache und dem Gedächtnis einstellten. Während sich aber die Sprachhemmungen bald verloren, blieb die Wachheit ihres Gedächtnisses auch weiterhin gestört. Die Symposien bei ihr verloren ihre Reize, und die Besucher blieben langsam aus. Da war am Ende nur noch der Ambros.

Hermes hatte wenig später einen Geistlichen zur wundertätigen Muttergottes nach Ramersdorf zu fahren. Als er auf dem Rückweg ohne den Gast über »die Lüftn« kam, geriet er urplötzlich in ein fürchterliches Gewitter. Über den ganzen Lilienberg hatte sich eine dunkle Wolke gesenkt, aus der heraus unaufhörlich Blitze zuckten und Donnerschläge hallten. Dazu prasselten Schlossen nieder, so groß wie Taubeneier, und peitschten auf die Köpfe und Rücken der Pferde. Diese verloren vor Furcht und Schmerz die Nerven und jagten in wilder Flucht den Berg hinab, auf die Isarbrücke zu. Hier streiften sie einen Gaslaternenpfahl, die Deichsel brach, der hochräderige Droschkenwagen kippte um und warf Hermes im Bogen über das Brückengeländer in den Fluss hinab. Wäre der junge Mann ins Wasser gefallen, hätte es ihm möglicherweise nicht arg geschadet; so aber prallte er auf die Balken eines Eisschollenbrechers auf, wie sie vor den Jochpfeilern standen, und brach sich die Wirbelsäule. Er muss sofort tot gewesen sein, denn die Isar schwemmte ihn bis an den Rechen der Kraemermühle, wo man den Leichnam noch am Abend herauszog.

Hermes Radlmeier de Serrat, ein feiner Mann am Beginn seiner besten Jahre, hinterließ zwei Söhnchen, einen vierjährigen und einen zweijährigen, und eine sehr junge Frau, die mit leidenschaftlicher Liebe an ihm gehangen hatte. Er hinterließ diese drei Menschen in mehr als bescheidenen Verhältnissen.

Wieder war es jetzt der väterliche Onkel Ambros, der wie der barmherzige Samariter in der Schwabinger Gasse erschien, tröstend, helfend und – zahlend. Aber auch Charlotte von Hagn stellte sich ihm als Samariterin tatkräftig zur Seite. Ihre unerfüllte Sehnsucht nach einem Kind meldete sich in ihrem Herzen wieder zu Wort, und sie bot Perréne an, die Söhne zu sich zu nehmen, falls sie wieder in den Hofdienst eintreten wolle. Und, weiß der Himmel!, eine glücklichere Lösung hätte sich kaum finden lassen!

»Warum machst du das?«, fragte Ambros. »Hoffentlich nicht mit Rücksicht auf mich?«

»Du bist nicht wenig eingebildet, Ambros!«, erwiderte sie. »Zum einen möchte ich Versäumtes nachholen; zum anderen tu' ich's der Kinder wegen. Lass dir nämlich dies gesagt sein: Ein junges Ding wie Perréne dürfte jetzt erst auf den Geschmack des Zusammenlebens mit einem Mann gekommen sein. Sie dürfte also über kurz oder lang neben ihren Kindern in den Armen irgendeines Kavaliers einschlafen. Bliebe es dabei – warum nicht? Doch die Kavaliere werden rasch wechseln – oder könntest du dir vorstellen, unsere heutigen Kavaliere nähmen zwei Kleinkinder mit in Kauf? Wären's Kavaliere wie du, dann schon! Doch solch gütige Lappen wie dich gibt's kaum mehr. Und das ist gut! Denn eure Sorte ist fürs heutige Leben nicht brauchbar!«

Ambros schüttelte den Kopf: »Verstehe ich dich recht, dann sind fürs Leben nur brauchbar die Draufgänger, die Schwerenöter, die Gesinnungslumpen und alle, die aus den Kloaken der menschlichen Gesellschaft aufsteigen! Dann freilich hätten wir's mit unserer vielgerühmten Aufklärung und Zivilisation weit gebracht! Und Zeit wär's, dass der Antichrist käm!«

»Ach Gott, mein lieber Freund, dein Leben war bisher eine Idylle und wird es wohl auch weiterhin bleiben. Dafür darfst du deinem Herrgott jeden Tag danken! Mir war es vergönnt – nein, auferlegt! –, in dumpfige Keller und stinkige Hinterhöfe geführt und da genommen zu werden ...«

»Hör auf mit diesem Gerede!« Ambros erhob abwehrend die Hände.

»Ja, ich höre auf! – Darum aber heißt es verhindern, dass die Kinder vorzeitig solchen Anfechtungen ausgesetzt werden! Ich betrachte das als meine künftige Lebensaufgabe.«

Inzwischen war auch die Choleraseuche abgeklungen, und von den einstigen Besuchern der Ausstellung kehrten einige zurück.

Drei Monate nach dem tragischen Tod ihres Mannes – die Kinder waren bereits ins Haus am Odeonsplatz Nummer elf gezogen – reiste Perréne mit Königin Marie, die gerade an der feierlichen Beisetzung ihrer Schwiegermutter Therese teilgenommen hatte, nach Hohenschwangau und nahm hier die einst begonnene Tätigkeit wieder auf.

Charlotte von Hagn sollte recht behalten. Schon während der Faschingstage des folgenden Jahres lernte Perréne in Füssen einen »Kavalier« – jedoch keineswegs einen Höfling, sondern einen biederen, kernigen Bauernburschen – kennen und traf sich etliche Wochen regelmäßig mit ihm. Der junge Gesell verlor aber bald das Interesse, und die Witwe stand wieder allein da.

Doch auch dieses Mal nicht lange. Der einstige König Ludwig, mittlerweile 69 Jahre alt, litt nach dem Tod seiner Gemahlin unter der Einsamkeit, die er dadurch bekämpfte, dass er herumreiste. Auch nach Hohenschwangau hatte er sich eingeladen und kam zur Jagdzeit des 55er-Jahres mit kleinem Gefolge hier an. Die Schwiegertochter Marie verehrte ihn sehr, denn er verstand es, trotz seines Alters durch seine galante Art die meisten anderen Männer aus dem Felde zu schlagen, besonders seinen eigenen Sohn, den König Max. Die junge Königin hatte aus Tirol etliche Stutzen erworben und bat den alten Herrn zur Gamsjagd. Das kam dem zustatten, zumal sich auch ein paar Kammermaiden – unter ihnen

Perréne – daran beteiligen wollten. Die junge Königin hatte schon während des ganzen Frühjahrs mit ihnen Schießübungen gemacht.

Auf der Hochplatte und um den Ammersattel herum begann bald ein munteres Treiben. Ludwig und Marie, dazu eine Handvoll Kammermaiden, etliche Kavaliere und Hofjäger zogen allwöchentlich aus, um die Freuden der Hochgebirgsjagd zu erleben. Man biwakierte unter freiem Himmel und nächtigte in den Hütten. Man schmolz zu einer Gemeinschaft zusammen, begegnete einander mit Freundlichkeit und übersah geflissentlich die kleinen Missstimmungen und Unarten, die so gerne das zwischenmenschliche Klima vergiften. Die Königin schirmte ihre Mädchen vor den Zudringlichkeiten der Mannsbilder ab, so gut es ging wenigstens – denn nicht immer ging es. Vor allem dann nicht, wenn der Herr Schwiegervater selbst wie ein Wachtelhund hinter der holden Weiblichkeit her war. Die neckische Perréne hatte es ihm besonders angetan. Er überschlug sich fast an Aufmerksamkeiten und überreichte ihr bald ein paar Waldbeeren, bald ein Sträußlein von Almblumen. Stiegen sie zum Jagen in die Felsen hinauf, suchte er ihre Nähe, trug ihren Stutzen, zog sie an der Hand oder stützte und schob sie gar von hinten. Die übrige Gesellschaft lächelte, doch Perréne dachte an ihren Witwenstand und ihre beklagenswerte finanzielle Lage. So spielte sie eine Zeit lang mit dem Gedanken, ob sich aus der Begeisterung des alten Königs bare Münze schlagen ließe. Es gab ja dafür Beispiele unter den Schönen der Schönheitengalerie. Von denen hatte sich manch eine mit königlichen Geldern eine beachtliche Existenz gegründet. Warum sollte also, was etwa einer Karoline Lizius geglückt war, nicht auch ihr gelingen?

König Ludwig verfasste für sie, wie es so seine Gewohnheit war, in diesen Wochen ein paar Liebesgedichte. Weil ihr jedoch das Empfinden für die Feinheiten der deutschen Sprache fehlte, gab er das wieder auf und beschenkte sie fortan mit Schmuck und Geld.

Doch als die Zeit der Jagd vorbei war, zeigte sich, wie sehr die Flammen dieser Leidenschaft nur die eines Strohfeuers gewesen waren. Ludwig reiste zu seiner Tochter, der Großherzogin Mathilde von Hessen, und Perréne widmete ihre Zeit nun wieder stärker den königlichen Prinzen. Nach ihren eigenen beiden Söhnen empfand sie dagegen kaum Sehnsucht; oder wenn sie doch bisweilen an sie dachte, so gewann bald die Angst um die eigene Freiheit die Oberhand über alle zart anklopfenden mütterlichen Gefühle.

»Ich muss ihn hinrichten!«

In den späten Fünfzigerjahren regte sich in der bayerischen Landeshauptstadt ein vielfältiges kulturelles Leben. Da gründete der Dichter Emanuel Geibel die Vereinigung der »Krokodile«, einen Verband von Dichtern und Schriftstellern, die zumeist aus dem deutschen Norden stammten. Eine andere Poetenrunde, die sich vornehmlich aus Einheimischen zusammensetzte und in der Wirtschaft »Zum goldenen Hahn« in der Weinstraße versammelte, liebte den problemlosen Humor und huldigte bajuwarischer Lebensfreude. Neben vielen vorhandenen kleineren periodischen Publikationen erschienen damals die »Neue Münchner Zeitung« und die »Münchner Neuesten Nachrichten«.

Im »Lerchengarten« an der Nymphenburger Straße schließlich fanden sich jene kleinen Leute ein, die zwar klug und begabt waren, es aber in ihrem Leben – wer weiß, warum? – zu nichts gebracht hatten. Es waren grundehrliche, liebe Menschen aus allen Schichten, die vor allem die demokratisierende Macht des Bieres zusammenhielt. Sie galten als die eigentlichen Vertreter der »lachenden Stadt«, wie das rasch wachsende, nun bereits auf eine Einwohnerzahl von 150.000 zugehende München damals genannt wurde.

König Max hielt nach wie vor seine beliebten »Symposien« mit blitzgescheiten Männern ab – und auch die Königin, die sich in dieser Zeit wieder häufiger in München aufhielt, lud zu »Teeabenden« ein, bei denen freilich zumeist nur leeres Stroh gedroschen wurde, weil sich die Bildung der Hohen Frau in sehr engen Grenzen bewegte und mit den Visionen der Dichter wenig anzufangen wusste.

Perréne Radlmeier de Serrat war nicht nach München mitgekommen, sondern gebeten worden, die beiden Prinzen zusammen mit einer kleinen Hofhaltung nach Berchtesgaden zu begleiten. Die Söhne wären den Eltern in der Residenz oder in Nymphenburg nur im Weg gestanden. Für sie selbst war den Aufenthalt im Schatten des Watzmann ohnehin lockender als die Steifheiten in der Hauptstadt.

Als Hofmeister hatte der König den jungen Grafen Nepomuk von Jonner bestellt, einen eleganten Mann, einen Meister der Fechtkunst und zirkusreifen Reiter. Perréne und der Graf freundeten sich sehr bald an, weil ja eine junge Witwe für jeden Mann ein »gefundenes Fressen« ist – sie bringt eine Fülle von Erfahrungen mit, die unliebsame Folgeerscheinungen intimer Beziehungen von vornherein ausschließen.

Aufgabe des Grafen war es, die beiden Prinzen sportlich zu ertüchtigen, während Perréne sie neben dem Pflichtunterricht in den Feinheiten der französischen Umgangssprache zu bilden hatte. Er wie sie hatten also nahen Umgang mit den fürstlichen Kindern. So fiel es weiters nicht auf, wenn sie häufig zusammen gesehen wurden. Zudem gab der Graf der jungen Frau Unterricht im Fechten und übte täglich mit ihr. Dabei schauten die Prinzen gerne zu, ehe die Reihe an sie selbst kam; denn auch sie sollten den eleganten Umgang mit dem Degen erlernen.

Prinz Otto, um drei Jahre jünger als sein Bruder Ludwig, zeigte sich mit seinem geschmeidigen Körper als besonders geschickt darin, wie er überhaupt seinem ganzen Wesen nach feinfühliger und vornehmer war als der andere. Das machte Ludwig wütend, der – hochgewachsen und kernig wie ein Baum – von ungebändigtem Ehrgeiz besessen war und nicht ertragen konnte, dass ihm der Bruder in irgendeiner Weise vorgezogen wurde.

An einem freundlichen Sommermorgen des Jahres 1857 hatte Jonner die Prinzen wieder einmal im Degenfechten miteinander üben lassen und am Ende ganz beiläufig zu Ludwig gesagt: »Sie müssten versuchen, Ihrem Bruder etwas von seiner Wendigkeit abzuschauen; denn beim Fechten gibt nicht die Kraft, sondern die Spritzigkeit den Ausschlag!«

Diese Bemerkung des Erziehers war wohl gut gemeint, schürte aber den Neid und die Eifersucht im Herzen Ludwigs nur noch mehr.

Die Prinzen wurden zu wohlverdienter Entspannung in den Park auf der Schlossterrasse entlassen. Jonner räumte noch ein paar Degen weg und begab sich dann ins Rehbachstöckl hinüber, um Perréne zu einem kleinen Spaziergang abzuholen. Als sie wieder zurückkehrten und beim Priesterstein vorbeikamen, blieben sie einen Augenblick lang entsetzt stehen. Mitten auf der Wiese lag Prinz Otto, an Händen und Füßen gebunden. Ein dicker Knebel steckte in seinem Mund. Um den Hals war ihm ein Taschentuch geschlungen, an dem Prinz Ludwig den Wehrlosen wie einen Sack über den Rasen zu einem Apfelbaum hinzerrte. Mit mächtigen Schritten eilten sie zu den beiden Königskindern, um den schwächlichen Otto zu befreien. Doch Ludwig stellte sich ihnen breitspurig und mit blitzenden Augen entgegen.

»Prinz, was ist Ihnen denn da eingefallen!«, rief Jonner laut und riss ihm das Taschentuch aus der Hand.

Ludwig stieß den Grafen mit beiden Fäusten vor die Brust und schrie: »Das geht Sie gar nichts an! Er ist mein

Vasall und wagt es, ungehorsam zu sein! Ich muss ihn hinrichten! Wozu bin ich denn der Kronprinz!«

Jonner packte ihn und drehte ihm die Arme auf den Rücken: »Es tut mir leid, dass ich Ihnen Schmerz verursachen muss!«

Da spuckte ihm Prinz Ludwig ins Gesicht.

Perréne hatte während dieses Gerangels den Kleinen von seinen Fesseln befreit. Als sie ihm den Knebel aus dem Mund löste, musste er sich übergeben und war nicht imstande, allein wieder auf die Beine zu kommen. Gemeinsam trugen sie ihn hinüber ins Schloss, während Ludwig breitspurig wie ein Landsknecht stehen blieb und ihnen nachschaute.

Eine Stunde später war ein berittener Sonderkurier mit einem Brief nach München unterwegs. Der König war über den Vorfall ebenso erschrocken wie aufgebracht und verfügte Ludwigs sofortige Rückkehr nach München. Hier hat den Prinzen eine empfindliche Strafe ereilt; welche, ist jedoch nicht aktenkundig geworden. Jedenfalls muss sie so einprägsam gewesen sein, dass er von da ab das Schloss Berchtesgaden zeitlebens nie mehr aufgesucht hat.

Am Odeonsplatz Nummer elf waren inzwischen zwei Buben herangewachsen. Veit-Benedikt ging ins achte, sein Bruder Veit-Lukas ins sechste Jahr. Charlotte von Hagn behütete sie wie die Henne ihre Küken. Sie unterrichtete sie, ließ sich mit ihnen ausfahren, ging mit ihnen sonntags in die Theatinerkirche zum Gottesdienst. Freilich war ihr Gehen bloß ein hässliches Dahinhumpeln an einer Holzkrücke. Wer sie sah und kannte – und fast alle Münchner kannten sie –, nahm in der einen oder anderen Weise Anteil an ihrem Schicksal. Diese einst so stolze Frau, von vielen Skandalen umwittert – jetzt ein Wrack! Jetzt geht sie beten mit zwei Kindern, die ihr nicht gehören, die sie liebt und bewahrt, die ihr aber auch die Bitterkeit der Lähmung erträglicher machen. Seht nur, wie sie dasitzen, vorn in der Bank, der eine rechts, der andere links von ihr! Wie sie andächtig aufschauen zu ihr, und wie sie halblaut mit ihr den Rosenkranz beten! Der Kleinere macht das Kreuzzeichen immer noch mit der linken Hand; das verwehrt sie ihm und streichelt ihm dabei sanft über den Kopf. Dieses Kerlchen ist ein bisschen Grieche, ein bisschen Franzose. Dass man die Mutter gar nicht mehr zu Gesicht kriegt! So sind sie halt, diese jungen höfischen Weiber! Sollten unter ihresgleichen bleiben und keinen Kutscher heiraten! Sie hat dem armen Hermes kein Glück gebracht! Und wer weiß, wo sie sich jetzt herumtreibt!

Wo sie sich jetzt herumtrieb? König Max hatte die Hofhaltung in Berchtesgaden aufgelöst und wieder nach Hohenschwangau zurückgegliedert. Perréne war zu ihren Büchern in die Bibliothek gegangen; Graf Jonner aber hatte um seinen Abschied gebeten. Nach jenem peinlichen Vorfall mit dem Kronprinzen blieb ihm gar nichts anderes übrig. Der König sah das ein und fand ihn mit einer stattlichen Summe ab, vermittelte ihn auch an den Hof seiner Schwester, der Großherzogin Mathilde, nach Darmstadt.

»Hätte es keine andere Lösung gegeben, als zu gehen?«, fragte Perréne.

»Nenn sie mir, und ich bleibe!«, erwiderte der Graf.

»Kann denn ein Zwölfjähriger ein ausgewachsenes Mannsbild brüskieren?«

»Es sind zwei verschiedene Dinge, sich brüskieren und sich anspucken zu lassen! Stell dir vor, ich begegne ihm; er lacht mir doch ins Gesicht und hält mich für einen, der fürchtet, außerhalb Bayerns verhungern zu müssen!«

»An mich denkst du gar nicht!« Das klang vorwurfsvoll.

In diesem bevorstehenden Winter, so hatte es geheißen, werde Ihre Majestät die Königin nicht nach Hohenschwangau kommen. Darum beeilte sich Graf Jonner auch weiters nicht mit seiner Abreise. Er und Perréne genossen leidenschaftlich jeden gemeinsamen Tag, der ihnen noch blieb.

Sie erinnerte sich, dass er einmal – es war noch in Berchtesgaden gewesen – mit frivoler Kaltschnäuzigkeit zu ihr gesagt hatte, er habe sich in der Gewalt und brauche die »Hosentürlsteuer« nicht zu fürchten; und solange das so sei, werde er auch nicht heiraten. »Denn solange du frei bist, gehört dir jedes Weib!«

An diesen Satz und an die damalige Bemerkung von der »Hosentürlsteuer« – womit er die Unterhaltspflicht des Mannes für ein uneheliches Kind gemeint hatte – dachte jetzt Perréne. Dann warf sie flüchtig die Frage hin: »Wie würdest du dich heute zu deiner famosen ›Hosentürlsteuer‹ stellen, wenn ich dir sagte, dass ich schwanger bin?«

Er schaute sie an, starr wie ein gestochenes Kalb, und musste sich dann leicht benommen hinsetzen. Doch dann erhob er sich wieder und schlug wie ein Irrer auf Perréne ein. Er packte sie, warf sie auf den Boden, trat sie, riss sie in die Höhe und trat sie wieder in den Leib. Während sie das Bewusstsein verlor und blutend liegen blieb, ließ er sich ein Ross satteln und ritt davon – nicht nach München, sondern seinem künftigen Bestimmungsort zu.

Es war für Perréne ein Glück, dass noch vor der Nacht ein Ofenknecht vorbeikam. Er sah sie liegen und alarmierte den Hofmeister. Der schickte einen schnellen Reiter nach Füssen ins Spital und bat um einen Arzt. Der Reiter kehrte mit der Weisung zurück, die Frau müsse sofort hingebracht werden, wolle man nicht ihr Leben riskieren.

Da wurde die junge Frau in einem Rennschlitten nach Füssen gefahren.

Acht Tage lang schwebte sie zwischen Tod und Leben, und selbst die behandelnden Ärzte waren nahe daran, die Hoffnung aufzugeben. Bis sich plötzlich eine jähe Wende ergab.

Was war geschehen?

Eigentlich gar nicht viel. Bloß der Niemann-Wirt war besuchsweise vorbeigekommen. Er hatte auf dem Hohenschwangauer Schloss erfahren, dass das französische Deandl, das seinerzeit mit dem Schmuggler Hermes öfter bei ihm in der Dachkammer untergeschlüpft war, im Spital liege und übel dran sei. Und weil's halt Christenpflicht ist und weil er von dem Hermes – Gott hab ihn selig! – allerhand profitiert hatte, musste er doch das liebe Wittiberl besuchen! Außerdem – aber das wusste niemand – hatte ihm der liebe Gott eine ganz eigenartige Kraft in die mächtigen Pratzen gelegt: Langte er nämlich mit denen in einer bestimmten Absicht irgendwohin, dann gingen Strahlen von den Fingern aus, prickelnde Ströme. Die taten ihm selber fast ein bisserl weh, in dem aber, was er anlangte, bewirkten sie eine wohltätige Veränderung. Das war so, aber das durfte er niemandem sagen, weil sie ihn nur gehänselt und ausgelacht hätten. Die Leut sind ja ein blödes Volk!

»Gell, Kind, du sagst das auch: Die Leut sind ein blödes Volk! Aber du brauchst keine Angst nit haben; du wirst schon wieder!« So hatte er zu Perréne gesagt, hatte ihr eine halbe Minute lang die Hand auf den Bauch gelegt – natürlich über die Zudecke! – und war dann gegangen. Und von Stund ab war der Blutfluss wie abgebrochen.

Als der Hof in München von Jonners Gewalttat erfuhr, sperrte der König sofort die 20.000 Gulden, mit denen der junge Graf abgefunden werden sollte. Auch ließ er nach

Darmstadt telegrafieren, man möge den Übeltäter, sobald er eintreffe, unverzüglich festnehmen. Doch Graf Nepomuk Jonner traf nie in Darmstadt ein.

Nach einem dreiwöchigen Aufenthalt im Füssener Spital entschloss sich Perréne, dem Hofleben Adieu zu sagen und nach München in das Haus in der Schwabinger Gasse zu ziehen, in dem sie mit ihrem Mann und den beiden Kindern ein paar glückliche Jahre verlebt hatte. Ob sie die Kinder wiederbekommen würde, schien sehr fraglich, denn der Onkel Ambros hatte seine Grundsätze. Perréne wusste es: Frauen, die aus der Reihe tanzten, waren ihm in der Seele zuwider, noch dazu, wenn sie auf die Mutterpflichten vergaßen. Und sie hatte jahrelang darauf vergessen! Es wäre kein Wunder, wenn er wie der Engel mit dem Flammenschwert unter der Haustür stünde und sie wieder wegschickte.

Doch gleich, was auch immer auf sie zukommen sollte – sie wollte ein neues Leben beginnen, wollte vor allem zu ihren Söhnen zurückfinden! Es würde vielleicht eine Zeit lang dauern, bis der Onkel das begriff, aber sie wollte es versuchen! Und schließlich war er ja kein Unmensch! Was aber die andere betraf, die Schauspielerin, mit der wollte Perréne schon fertig werden! Gewiss, die hatte sich um die Kinder große Verdienste erworben, nicht aber das Recht, sie ihr abspenstig zu machen. Hier würde Perréne mit Schwierigkeiten, vielleicht sogar mit harten Auseinandersetzungen rechnen müssen.

Das waren die Gedanken der jungen Frau, als sie mit dem Schlitten nach Starnberg und von dort mit der neuen Eisenbahn für 21 Kreuzer nach München fuhr.

Sie hatte dem Onkel ihr Kommen brieflich mitgeteilt, und nun stand er tatsächlich am Bahnhof, um sie abzuholen. Weiß Gott, mit dem Onkel müsste gut hausen sein!

Als sie in die Schwabinger Gasse kamen und das Haus Nummer sieben betraten, merkte Perréne, dass es seit Jahren unbewohnt war. Der Onkel hatte es also nicht vermietet, hatte kein Kapital daraus geschlagen, dass sie sich von ihm abgewandt hatte. Es war geheizt worden, doch wohl erst seit ein paar Tagen, denn die Winterkälte hockte noch in allen Winkeln und Ecken.

»Darf ich jetzt wieder hier wohnen?«, fragte sie schüchtern.

»Du kommst in unser gemeinsames Eigentum; wie könnte ich dir vorenthalten, was dir gehört?«

»Und die Buben?« Diese Frage klang noch schüchterner.

»Auch sie gehören dir! Weißt du aber, wie du sie ernähren willst?«

»Im Augenblick weiß ich das noch nicht. Ich werde mich jedoch in den nächsten Tagen an die Königin wenden.«

»An die Königin!«, wiederholte Ambros Radlmeier bedächtig und fuhr dann fort: »Eine ganz unverbindliche Frage, Perréne: An Frau von Hagn willst du dich nicht wenden? Ich meine nur, weil sie ja all die Jahre her deinen Kindern wirklich eine großartige Mutter gewesen ist und weil ich für beide Teile fürchte. Denn Frau Charlotte, die ja ein Schlagerl gestriffen hat, hängt mit Hingebung an den Buben, und die Buben haben ihre ganze Liebe auf sie übertragen. Ich fürchte darum, dass man sie nicht auseinanderreißen kann, ohne dort und da einen Schaden anzurichten. Wenn du dich aber mit ihr besprechen würdest, könnt es sein, dass ihr miteinander und mit den Kindern eine Verhaltensweise findet, die euch allen gerecht wird und euch alle froh macht. Und mir, der ich ein bisserl wie der heilige Josef dahinterstehen möcht, wär's halt auch recht!«

Da setzte sich Perréne sachte an den Tisch hin, schlang die Arme übers Gesicht und weinte leise.

Sanft legte er seine Hand auf ihre Schultern: »Kind, wir haben schon gehört, was mit dir passiert ist. Auch das ist ein Grund, dass wir jetzt alle zusammenstehen müssen. Du sollst wieder ganz gesund werden und neuen Mut fassen; und wenn dir über kurz oder lang ein anständiger Mann in den Weg kommt, dann sollst du dich unsertwegen nicht abgehalten fühlen, ihn zu heiraten. Wär's jedoch unnatürlich, bei deinen Jahren ledig zu bleiben!«

Perréne blieb an diesem Tage und während der darauffolgenden Nacht allein im Haus und versuchte zu ordnen, was sie seinerzeit in Unordnung hinterlassen hatte. Es war ihr eigenes Hauswesen. Hier hatte sie sich mit Hermes und den kleinen Buben durchgeplagt, mehr schlecht als recht. Erinnerungen wachten auf: ein paar schöne, aber auch viele leidvolle. Doch nichts war so bedeutungsvoll, so großartig wie die Gegenwart, wie der Onkel!

Am anderen Morgen – sie traute ihren Augen nicht – fuhr ein eleganter Schlitten vor. Ihm entstiegen eine Dame auf Krücken und zwei Buben, alle festlich gekleidet. Die Buben trugen je einen Buschen und Tannengrün in den Händen. Perréne eilte vom ersten Stock hinab und öffnete die Haustür.

»Wir wollen nur Grüß Gott sagen zur Mama!« Charlotte von Hagn sprach's, und die Buben reckten ihre Buschen mit unsicheren Blicken der blassen Perréne entgegen. Mit feuchten Augen nahm sie die Gabe der Kinder an, kniete sich hin und schloss die Kerlchen in ihre Arme. Dann blieben alle drei bei ihr. Zu Mittag fuhren sie gemeinsam zum Odeonsplatz, wo ein köstliches Mahl gerichtet worden war, zu dem auch Onkel Ambros eintraf.

Am Nachmittag ließ sich Charlotte ausfahren; die Mutter sollte mit ihren Söhnen ganz allein sein. Alle drei sollten die ersten Schritte aufeinander zugehen, ohne dass jemand neugierige Blicke auf sie warf; denn wer zusammenfinden will, sollte ungestört bleiben.

Kaum hatte sich Charlotte entfernt, brachte Veit-Lukas ein kleines Ringelspiel daher, ein Karussell, wie sie alljährlich auf der Oktoberfestwiesn zu sehen waren; er hatte es selbst aus Nussschalen und Flaschenkorken zusammengebastelt. Nur beim Getriebe – das Ding konnte nämlich durch eine Kurbel bewegt werden – war ihm der Onkel hilfreich an die Hand gegangen. Stolz führte er's seiner Mutter vor und schaute sie immer wieder von der Seite an, ob ihr's denn auch wirklich gefalle. Perréne bewunderte es gebührend. Dann sagte er: »Ich schenk dir's, wenn du bei uns bleibst. Wenn du aber wieder fortgehst, musst du mir's zurückgeben, ja?«

Sie drückte ihn an sich und erwiderte: »Das ist lieb von dir, dass du mir's schenkst, Veit-Lukas! Sei aber ohne Sorge, ich bleib schon bei euch.«

Darauf nahm Veit-Benedikt sie an der Hand und führte sie zum Ohrenstuhl, in dem Charlotte zu sitzen pflegte: »Ich habe ein schönes Gedicht gelernt; darf ich's dir aufsagen?«

Perréne streichelte ihm über das glatte, schwarze Hellenenhaar, das ihm der Großvater Ilias vererbt hatte: »Natürlich darfst du's aufsagen! Ich bitte dich darum!«

Dann stellte sich der knapp Achtjährige artig hin, machte eine Verbeugung, so wie er's in der Schule gelernt hatte, und trug von Schiller die Ballade »Der Ring des Polykrates« vor – mit einfühlsamer Betonung und feinen, kleinen Gesten. Der künstlerische Einfluss der guten »Tante« Charlotte ließ sich nicht verkennen.

Auch ihn schloss Perréne in die Arme. Dabei schaute Veit-Lukas aufmerksam zu, ob der Bruder nicht vielleicht etwas mehr mütterliche Zärtlichkeit erführe als er selber.

Perréne hatte aber offensichtlich das rechte Maß getroffen, sodass sich die Miene des Kleinen wieder entkrampfte und er nun seinerseits die Mutter an der Hand nahm, um sie in sein Zimmer zu führen: »Da wirst du noch viel, viel Schönes sehen!«

Danach musste die Mutter natürlich auch Veit-Benedikts Zimmer besuchen und auch hier – wie schon vorher – des Lobes voll sein. Plötzlich fragte der Bub: »Wenn du jetzt bei uns bleibst, müssen wir dann wieder ins kleine Haus ziehen?«

»Kinder«, erwiderte Perréne, »darüber wollen wir uns mit Tante Charlotte und Onkel Ambros unterhalten. Denn das versteht ihr sicher: Wir dürfen jetzt die Tante und den Onkel nicht allein lassen; sie würden sehr traurig werden – und das wollen wir doch nicht!«

»Nein!«, sagte Veit-Lukas energisch. »Wir bleiben hier!«

»Ihr könnt alle bei mir bleiben; mein Haus ist geräumig. Dennoch soll dir, liebe Perréne, das Haus in der Schwabinger Gasse als Refugium erhalten werden. Denn wir Menschen sind wandelbar und können einander plötzlich so auf die Nerven gehen, dass man eine Ausweichmöglichkeit braucht. Außerdem wirst du vielleicht dann und wann einen lieben Gast empfangen wollen …«

Charlotte von Hagn sprach's, und bei dieser Entscheidung blieb's.

Hochzeit

Perréne erholte sich dank Charlottes Liebenswürdigkeit wie auch der offenen Gemüter ihrer Buben. Onkel Ambros genoss das Glück, in der großen Familie zu leben. Manchmal jedoch saß er traumverloren da und schaute in die Weite. Woran er wohl dachte?

»Woran denkst du?«, fragte Perréne eines Tages im späten Frühjahr, als sie mit ihm auf der sonnigen Gartenbank saß.

»Woran ich denke? Wenn man über die fünfzig hinaus ist, denkt man an vieles, vor allem an das, was man in der Vergangenheit schlecht gemacht hat.«

»Was willst denn du schon schlecht gemacht haben, Onkel! Höchstens das eine, dass du nicht geheiratet hast. Denn gerade du mit deiner feinen Art hättest einer Frau den Himmel auf Erden geboten! Du wirst nicht laut, du streitest nicht, du musst nicht das letzte Wort haben. Du bewahrst jederzeit Haltung. Mit einem Wort, du bist ein vollendeter Kavalier.«

Ambros flocht die Finger ineinander wie zum Beten und entgegnete: »Du hast recht! Es war schlecht, dass ich nicht geheiratet hab, doch ich kann mir allein die Schuld nicht geben; die Umstände haben's mit sich gebracht.«

»Und jetzt? Warum heiratest du jetzt nicht?«

Er schaute sie groß an: »Perréne, das ist nicht einfach. Charlotte stammt aus adligem Hause, ist wohlhabend, besitzt viel Geld und bewohnt ein kleines Schloss. Auf einen Heiratsantrag müsste sie mir ins Gesicht sagen: Du hast's halt auf mein Sach abgesehen! Abgesehen davon, dass ich nicht weiß, ob ihr einstiger Mann noch lebt und das einer Verbindung entgegensteht.«

»Mein lieber Onkel Ambros, jetzt hör mir gut zu! Ich habe auch mit Charlotte über dieses Thema gesprochen. Und weißt du, was sie gesagt hat? Sie hat ganz ähnlich geredet wie du! Ich bin ein verbrauchtes Weib – hat sie gesagt –, bin halb gelähmt und tauge zu nichts! Ich kann ihm doch nicht zumuten – hat sie gesagt –, dass er vielleicht jahrelang an mir Samariterdienste leisten muss! – So hat sie gesagt! Aber ihr macht etwas verkehrt, ihr zwei! Ihr lebt in gegenseitiger Rücksichtnahme aneinander vorbei und lasst eure reifen Jahre verstreichen, anstatt sie euch freudvoll zu machen.«

»Daran ist viel Wahres!«, erwiderte Ambros. Er nickte ein paarmal vor sich hin und verfiel dann wieder in sein Nachdenken. Er dachte zurück an jenen Reittag, an das Waldgrundstück – an die Mittagsteufel. Eine solche Erinnerung stirbt nicht … Ruckartig erhob er sich, reichte Perréne die Hand und sagte: »Tochter, ich dank dir schön!«

Dann eilte er fort und ließ sie allein im Garten.

An Martini – ein Schneetreiben, dass man keinen Hund hinausgelassen hätte – beauftragte der Stallmeister Freiherr von Järten den Hof- und Leibkutscher Ambros Radlmeier, ein Fräulein Carlotta von Breidbach am Münchner Bahnhof abzuholen und zu Ihrer Majestät Königin Marie nach Schloss Nymphenburg zu bringen: »Die Dame trägt ein blaues Kleid, einen Schal von weißem Marabu, eine weiße Pelzkappe *à la russe* und einen ebensolchen Muff.«

»Und welcher Schlitten?«, fragte Ambros.

»Wegen der hohen Bestimmung des Edelfräuleins werden wir nicht umhin können, einen von den goldbeschlagenen Gala-Rennschlitten zu nehmen.«

»Gala-Rennschlitten! Sehr wohl, Herr von Järten!«

»Und du fragst nicht nach der hohen Bestimmung der Dame?«

»Herr, seit wann steht es einem Kutscher zu, derlei Fragen zu stellen? Dagegen hätt ich eine persönliche Frage: Ich will heiraten; darf ich um eine Woche Urlaub bitten?«

»Heiraten? Du auch?«

»Wer noch, Herr von Järten?«

»Komm mit mir!«

Sie zogen sich in den Dienstraum des Freiherrn zurück, und er erzählte: »Hätt ich's nicht aus berufenem Munde erfahren, ich glaubte es nicht! Stell dir vor, die alte Majestät Ludwig will sich mit seinen 72 Jahren mit der 20-jährige Breidbach vermählen, genau mit dem Dingerl, das du abholen sollst. Er könnte ja leicht ihr Großvater sein!«

»Freilich, Herr Stallmeister, doch das müsste vorab von ihr abhängen. Denn wenn sie gesund ist, muss sie wissen, was er ihr noch zu bieten hat. Ansonsten dürfte es für ein 20-jähriges Deandl reizvoll sein, zu wissen, dass man etwa mit 30 eine recht anziehende Königswitwe sein kann – von dem ›Diridari‹ gar nicht zu reden.«

»Sag, was du willst, doch ich finde eine solche Verbindung geschmacklos.«

Ambros zuckte die Achseln, und der Stallmeister ergänzte seinen Satz: »Geschmacklos und unanständig!«

»Herr von Järten, neulich las ich bei einem französischen Literaten den Satz: ›Anständig ist, was ich will!‹«

»Ambros, den Satz kenn ich! Der Literat hat ihn einem Wüstling in den Mund gelegt.«

Mit einer Verbeugung erwiderte der Hofkutscher: »Pardon, diesen Umstand hatte ich nicht in Betracht gezogen. Ich darf mich in aller Form von ihm distanzieren!«

Der Freiherr lächelte und nickte: »Ambros, du bist ein weitläufiger Mann! Ich wünschte, von deiner Sorte noch etliche zu haben! – Nun aber zu dir! Heiraten willst du! Und wer ist die Auserkorene?«

»Sie können sich's denken: Meine Hausfrau, die einstige Schauspielerin von Hagn.«

»Ist sie nicht gehbehindert?«

»Gerade deswegen, und auch weil sie meine Jugendliebe war!«

»Wenn du sie nicht bloß aus Mitleid heiratest, lass ich's gelten. Du bist dir aber im Klaren, dass du dir damit ein Kreuz auferlegst.«

»Gewiss, Herr Stallmeister! Doch hätte sie mich damals in jungen Jahren genommen, wären wir heute genauso weit, und ich dürfte nicht hergehen und mich wegen des Kreuzes beklagen, sondern wir müssten in schöner Gemeinsamkeit unter unserem Joch weitergehen – ›bis dass der Tod euch scheidet‹.«

»… und so frage ich dich, Ambros Radlmeier, willst du bei ihr ausharren, bis dass der Tod euch scheidet?«

»Ich will es!«

»Ich frage auch dich, Charlotte Freifrau von Owen und von Hagn, ob du bei ihm ausharren willst, bis dass der Tod euch scheidet?«

»Ich will es!«

»So reicht denn einander die Hände!«

Es war der Benefiziat Josef Hofgericht von Heilig Geist, der jetzt seine Stola um die vereinten Hände der beiden schlang und dabei das programmatische Diktat sprach: »Was Gott verbunden hat, das soll der Mensch nicht trennen!«

Die Aprilsonne des Jahres 1859 sandte durch ein hohes Rundfenster der fein gegliederten Hallenkirche einen starken Strahl und beleuchtete die drei Menschen, die vor dem Gemälde des Pfingstwunders den Ehebund schlossen und segneten. Der Erste Bürgermeister von München, Kaspar von Steinsdorf, und der königliche Stallmeister Freiherr Cyprian von Järten standen als Zeugen daneben, während die beiden Knaben Veit-Benedikt und Veit-Lukas mit ihrer Mama in der ersten Bankreihe saßen, über die der Mesner ein festlich rotes Tuch gebreitet hatte.

Beim schlichten Hochzeitsschmaus, zu dem sie sich im Weinhaus Hammerthaler im Tal versammelt hatten, raunte der Freiherr dem Ambros zu: »Die kleine Breidbach, die du damals im Schlitten vom Bahnhof abgeholt hast, war so vernünftig und hat Seiner Majestät einen handfesten Korb gegeben und einem nassauischen Oberstallmeister den Verlobungsring angedreht. Ein beachtlich kluges Mädchen!«

»Und er?«, fragte Ambros. »Wie hat er's aufgenommen?«

»*Que voulez-vous!* Mit 72-jähriger Würde!«

Der Herbst dieses Jahres 1859 brachte Unruhe ins Haus elf am Odeonsplatz. Veit-Benedikt sollte am Domberg in der Bischofsstadt Freising ein klerikales Internat beziehen. Er hatte den Wunsch geäußert, Geistlicher zu werden. Veit-Lukas dagegen hatte vor, ins Wilhelm-Gymnasium einzutreten. Er wollte den Fußstapfen seines verunglückten Vaters und seines lieben Großonkels folgen und Hofkutscher werden. Vier Jahre höhere Schule würden genügen, hatte Ambros gemeint; dann könne er den Jüngling in seine eigene Obhut nehmen und vielleicht noch bis zum Bereiter ausbilden. Dann würde er selbst etwa 60 Jahre alt sein und abtreten müssen, wie's im Hofdienst so Brauch und Sitte war. Nicht etwa so wie beim Heer; da dienten die Offiziere, bis sie über den eigenen Sargdeckel stolperten …

30. August. Über dem Freisinger Moos schwebten lang gezogene blaue Morgennebel. Schwärme scheidender Schwalben flogen über Land und probten den Abflug. Auch Veit-Benedikt Radlmeier de Serrat hatte von der lieben Tante Charlotte Abschied genommen, bei der die Tränen reichlich geflossen waren. Jetzt saß er in der rot ausgeschlagenen Kutsche neben seiner traurigen Mama. Warum flennten sie denn bloß? Als er vor etlichen Wochen erklärt hatte, das geistliche Studium zu wählen, da waren sie alle in Jubel ausgebrochen und hatten ihn entzückt in ihre Arme geschlossen; und jetzt, wo's losgehen sollte – dieses Geheule!

Der Hagn'sche Herrschaftskutscher brachte Mutter und Sohn bis an den Fuß des Domberges und ersuchte Madame Perréne, nachher zum Lindenkeller zu kommen, denn er müsse dort eines seiner Rösser vom Hufschmied behandeln lassen, weil es hinke und anders den Rückweg nach München nicht mehr durchhalte.

Sie stiegen miteinander langsam den steilen Steinweg hinauf bis zum gedrungenen Eingangstor. Ein schnauzbärtiger Pförtner fragte sie mürrisch nach ihrem Begehr und gab ihnen dann einen vorbeirennenden Buben mit, der sie zu einem Herrn Präfekten führte. Diesen Herrn hatte Ambros bereits brieflich unterrichtet, sodass er den neuen Zögling sofort freundlich begrüßte. Dessen Mutter bat er, sich von ihm zu verabschieden, denn die Schlaf-, Studier- und Aufenthaltsräume der Knaben lägen in der Klausur; Frauen dürften da nicht hinein. Veit-Benedikt küsste recht formlos und kurz seine Mutter und verschwand dann mit dem Präfekten in der tiefen Flucht eines gewölbten, dunklen Ganges.

In diesem Augenblick war es ihr, als führte man das Kind in eine Folterkammer, und sie wischte sich mit einem Riechtüchlein die Augen trocken. Als sie auf den weiten

Domhof hinaustrat, wurde sie von der schief einfallenden Herbstsonne so geblendet, dass sie beinahe einen älteren Herrn angerempelt hätte, der bei einem anderen Portal herauskam. Sie entschuldigte sich und wollte weitergehen. Der andere jedoch, der ihr ganz nahe ins untröstliche Gesicht geschaut hatte, fragte, ob er ihr vielleicht helfen könne. Sie verneinte und fing erneut zu weinen an.

»Madame«, sagte da der andere, »mir hat der Herr Erzbischof soeben eine große Freude bereitet; da kann ich niemanden weinen sehen. Halten Sie mich aber nicht für aufdringlich, denn ich bin ein alter Mann. Wenn Sie wollen, lade ich Sie in den Lindenkeller zu einer frischen Forelle ein. Madame, Sie dürfen mich Lügen strafen, wenn Sie je im Leben eine feinere Forelle gegessen haben! Ich will Ihnen von meiner Freude berichten und hoffen, dass auch Sie sich mit mir freuen, denn geteilte Freude – wie es so schön heißt – ist doppelte Freude. Ich bin der Maler Moritz von Schwind aus München.«

Perréne blieb stehen: »Herr von Schwind! Ich habe ihre Märchenbilder von der Schwester im hohlen Baum und den sieben Raben bewundert. Mein Fuhrwerk steht ebenfalls im Lindenkeller.«

Als sie dann bei Tisch saßen, erzählte der Maler, dass ihm ein sehr ehrenvoller Auftrag »in den Garten gewachsen« sei, nämlich die Altarbilder an dem neuen Flügelaltar für die Münchner Frauenkirche zu gestalten.

Perréne berichtete ihm darauf von ihrem eigenen Kummer, doch der Künstler erwiderte: »Verehrte junge Freundin, der Dichter Friedrich von Schiller hat den für Sie ermunternden Satz geschrieben: ›Der Mann muss hinaus ins feindliche Leben!‹ Danken Sie Gott, dass Ihr Söhnchen in bischöflicher Obhut dieses feindliche Leben in den Griff bekommen darf! Freilich, so ganz natürlich ist das Leben unserer katholischen Geistlichen nicht; den aber, dem die

Gnade der Beharrlichkeit gegeben ist, betrachte ich als einen Heiligen. Der Herrgott segne Ihren Sohn!«

Nach dem Essen ließ Perréne einspannen, denn das Pferd war neu beschlagen worden. Moritz von Schwind geleitete sie hinaus an ihren Kutschenwagen; er selbst reiste nämlich weiter Richtung Landshut. Als er ihr nach Wiener Art charmant die Hand geküsst hatte und sie wie eine Braut im tiefen Rot ihres Wagens saß, rief er voller Entzücken: »*Chère Madame,* schenken Sie mir noch zehn Minuten, dass ich Sie und Ihr Gefährt skizziere! So müsste die Rast auf einer Hochzeitsreise aussehen!«

Perréne musste sich in die Wagenecke schmiegen, er zog Blatt und Stift aus einer Mappe hervor und hatte nach wenigen Minuten jenes liebenswürdige Bild entworfen, das zu seinen besten Werken zählt.

Auf dem Heimweg dachte Perréne an das Schiller-Wort und dankte im Herzen dem Maler für die tröstende Stunde. In München stieg sie nicht am Odeonsplatz ab, sondern ließ sich in die Schwabinger Gasse fahren. An diesem Abend wollte sie mit sich allein sein, und sie blieb die ganze Nacht hindurch mit sich allein, denn der Schlaf wollte sich nicht einstellen. Immer wieder sah sie den Sohn im dunklen Gewölbegang verschwinden, und immer wieder schreckte sie die hässliche Vorstellung, er könnte nie zurückkehren. Gewiss, sie war ihm jahrelang keine gute, nein, überhaupt keine Mutter gewesen! Und dennoch empfand sie es jetzt wie ein Martyrium, dass er beschwingt weggegangen war, in ein neues Leben hinein, an dem sie keinen Anteil mehr hatte, kein Mutterrecht mehr besaß. Und sie fragte sich, ob das so sein müsse. Ob man Kinder nur gebiert, um sie eine Zeit lang zu stillen, eine Zeit lang zu verwöhnen, sich eine Zeit lang an ihnen grün und blau zu ärgern, um sie am Ende zu verlieren. Weg sind sie, wie wenn nichts gewesen wär – und 's ist doch das eigene Blut! Ist denn eine Frau bloß ein Automat?

Völlig erschöpft erhob sich die junge Frau am Morgen und eilte zum Odeonsplatz. Sie sank vor Charlotte auf die Knie und verbarg ihr Gesicht in ihrem Schoß. Als das der kleine Veit-Lukas sah, kniete er sich an die Seite der Mutter hin und weinte mit.

»Kinder, Kinder, so geht das nicht!«, sagte die kluge Frau und fasste Mutter und Sohn an der Hand. »Es hat keinen Zweck, wenn man die Trauerweiden unseres Lebens mit der Tränengießkanne befeuchtet! Betrachten wir sie lieber als notwendige Zierbäume an den Bächen unserer Tage und Jahre; die rottet man nicht aus, ohne die Festigkeit der Uferböschungen zu gefährden. Reißt euch zusammen, und morgen fahren wir zum Würmsee!«

Ambros, der am Abend von diesem Vorhaben erfuhr, bezeichnete es als eine »Schnapsidee« und machte Charlotte ernsthafte Vorhaltungen. Wie könne sie sich bei ihrer Gehbehinderung solchen Strapazen unterziehen! Ein unbedachter Schritt, und sie werde hinfallen und sich ernsthaft verletzen. Jetzt sei sie 50 Jahre alt; die Zeit der Lausdeandlstreiche müsse da eigentlich vorüber sein!

»Schnurr nicht, alter Katerich!«, entgegnete sie schmunzelnd. »Bist ja bloß neidisch, dass ich noch so viel Auftrieb hab! Fahr du ruhig deinen alten schwerhörigen König von einer Galerieschönheit zur anderen! Mich hält der Umgang mit der Jugend jung!«

Damit hatte sie ihm den Wind aus den Segeln genommen, und er war froh, dass sie trotz ihres Leidens so viel Lebensfreude ausstrahlte. Überhaupt lebte sie mehr und mehr auf, seitdem sie verheiratet waren. Es schien, als ob diese feste Verbindung ihr Halt und Stütze böte.

Sie fuhren also mit dem Stellwagen nach Starnberg bis zur Lände und begaben sich dort auf den Raddampfer

»Maximilian«, der erst acht Jahre zuvor vom König Max auf dem Würmsee in Dienst gestellt worden war. Es war ein schönes Schiff, wenn auch nicht annähernd vergleichbar mit den Prunkschiffen des einstigen Kurfürsten Max Emanuel. 30 Meter lang, ohne die Radkästen fünf Meter breit, Tiefgang siebzig Zentimeter. Die Schaufelräder mit je zwölf rot angestrichenen Schaufeln hatten einen Durchmesser von über vier Metern und wurden durch eine holzbeheizte Dampfmaschine mit 80 Pferdestärken betrieben. 300 Fahrgäste konnte das Schiff befördern, dazu noch einen Schleppkahn für weitere 150 hinter sich herziehen.

Als zwei Matrosen sich der auf der Krücke daherhumpelnden Charlotte annehmen wollten, dankte sie energisch, verfügte sich sofort in den Unterdecksalon der ersten Klasse und bestellte in der Restaurationsküche für sich, Perréne und Veit-Lukas ein fürstliches Menü: »Die Wagenfahrt durch den Forst hat hungrig gemacht; außerdem werden wir jetzt bis Seeshaupt und zurück sieben Stunden auf dem Wasser sein, und das Wasser zehrt. Da erinnere ich mich an eine Seefahrt auf der Jacht des Zaren. Was haben wir damals – mit Verlaub gesagt – gefressen und gesoffen! Und niemandem ist übel geworden. Man hat's eben gebraucht.«

»Tante, sag, was hast du denn beim Herrn Zaren gemacht?«, fragte der Bub. »Hat's dir in Bayern nicht mehr gefallen?«

»Ich habe in Russland Theater gespielt, mein Kind!«

»Hast du da Russisch reden müssen?«

»O nein, mein Liebling! Die am Zarenhof leben, verstehen Deutsch und Französisch genauso gut wie ihre eigene Muttersprache.«

»Und warum bist du nicht beim Zaren geblieben?«

»Ja, warum bin ich nicht geblieben? Der Zar hat immer nur junge Schauspielerinnen haben wollen. Nach dem

Ablauf von drei Jahren war ich ihm zu alt; dann haben jüngere meine Rollen gespielt.«

Fragte Perréne: »Hat denn unter diesem raschen Wechsel nicht die Qualität des Theaters gelitten?«

»Hat schon!«, entgegnete Charlotte. »Doch bei den Schauspielerinnen spielte nicht ihr Spiel die Hauptrolle, sondern das, was sie sonst noch anzubieten hatten.«

»Und du hattest sonst nichts anzubieten?«, fragte Veit-Lukas.

»Leider, mein liebes Kind, leider! Ich hatte bereits alles angeboten.«

Diese Antwort klang wehmütig, sodass Perréne das Gespräch auf den indianischen Hahnenbraten lenkte, den die Bordküche vorzüglich zubereitet hatte.

Nach Tisch stiegen sie hinauf aufs Sonnendeck. Veit-Lukas bestaunte das mächtige Zugreifen der Schaufelräder und den dicken Qualm, der aus dem acht Meter hohen Schornstein quoll. Die beiden Frauen ließen sich ein gutes Glas Wein bringen. Dabei versuchte Charlotte ihrer jungen Freundin verständlich zu machen, dass sie entweder heiraten oder eine Beschäftigung ergreifen müsse. »Denn Müßiggang ist nicht nur aller Laster Anfang, sondern er verdirbt ganz allgemein den Charakter und untergräbt die körperliche wie geistige Gesundheit. Der Mensch muss eine Aufgabe haben! Nachdem wir uns aber die Erziehungsaufgabe unseres Veit-Lukas teilen, fehlt dir eine Hälfte. Mein Liebstes, wir wollen nachdenken, wie diese halbe Leere auszufüllen wäre!«

Im Stiegenhaus

Charlotte wäre keine lebenserfahrene Frau gewesen, wenn sie es nicht verstanden hätte, ihre Netze dort auszuwerfen, wo die Wasser fischreich sind. Ein paar Tage nach der Dampfschifffahrt humpelte sie von ihrem Schlösschen hinüber zur Hofapotheke, um sich vom Herrn Professor Max Pettenkofer eine Einreibemixtur zu holen. Sie war seine ständige Kundschaft und nahm sich daher das Recht, mit dem gescheiten Max – er war etliche Jahre jünger als sie – auch über Belangloses zu ratschen. Konnte sie doch bei ihrer sonstigen Bissigkeit recht geistreich sein.

»Max, wie stellst du es bloß an, stets so beschwingt und aufgeräumt zu sein?«

»Meine Liebe, ich bin eben gut verheiratet; du hoffentlich auch!«

»Bin ich! Hab aber trotzdem meinen Kummer!«

»Kummer, Charlotte, ist die Würze des Lebens. Wer keinen Kummer hat, lebt wie ein Kalb am Euter der Mutterkuh! Darf ich's nicht wissen, was dich kümmert?«

»Du musst es sogar erfahren! Bin doch deswegen hergekommen! Du kennst meine angeheiratete Nichte Perréne de Serrat, eine reizende Französin mit zwei noch reizenderen Buben, der Mann verunglückt. Kannst du sie nicht in deiner Apotheke als Helferin beschäftigen? Sie braucht nämlich eine Aufgabe.«

»Eine Aufgabe? O du alte Kupplerin, sie braucht einen Mann, und da hast du's auf meinen jungen Magister abgesehen!«

»Max, du bist hässlich! Du beleidigst mich!«

»Liebstes, wann hätte je ein kleiner Bauernfänger wie ich eine ausgekochte Diplomatin wie dich zu beleidigen vermocht! Aber reden wir vernünftig! Ich stell deine Nichte ein; ich beauftrage auch den Magister, sie anzulernen. Was er ihr dann sonst noch beibringen wird, geht mich nichts an. Bist du zufrieden?«

»Noch eins, Max! Sie kann aber nur halbtags zu dir kommen. Sie hat noch einen Sohn hier, der ins Wilhelm wechseln soll; um den muss sie sich ja auch kümmern. Das verstehst du!«

»Ach Gott, bei dir versteh ich alles – und noch mehr!«

»Frech brauchst du nicht zu werden, mein Lieber! Behandle vielmehr eine Frau, die sich so für ihre Nichte einsetzt wie ich, mit Achtung! Aber ich danke dir sehr, und wenn du nicht so hoch aufgeschossen wärst, hätt ich dir gleich ein Busserl gegeben!«

Da neigte er sich zu ihr, und sie küsste ihn auf die Stirn, »denn bei deiner Matte von Bart findet man ja das Gesicht nicht!«

Perréne begab sich also nun täglich, während Veit-Lukas die Schulbank drückte, in die Hofapotheke und blieb dort bis Mittag. Magister Furkler hatte die Aufgabe, sie in die ersten Handgriffe und Hilfeleistungen einzuweisen, wie man sie von ihr künftig erwartete.

Ihre Dienste waren besonders bei der Salbenzubereitung gefragt. Da musste sie in Mörsern verschiedene Ingredienzien zu Pulver verreiben; in kleinen Handmühlen mussten Fruchtkerne oder dürre Blütenstängel zerkleinert werden; der Absud von gekochten Wurzeln, eingelegten Blättern, in Alkohol gebeizten Blumen musste gefiltert, gerührt und in genauem Verhältnis vermixt werden. Döschen, Gläser und Fläschchen waren mit

Aufschriften zu versehen, und immer und immer wieder hieß es: »Bevor Sie an die Bereitung einer Arznei herangehen, Hände waschen, gegebenenfalls Mund und Nase mit einer Maske verhüllen!« Perréne stellte sich bei all dieser Tätigkeit sehr geschickt an. Das brachte ihr die besondere Aufmerksamkeit des Herrn Magisters ein, ebenso den Neid der drei Kolleginnen. »Ja, ja«, tuschelten sie untereinander, »'s ist halt eine Französin! Die können's mit den Mannsbildern!«

Sie vermied jedoch peinlich, dem jungen Mann auch nur die leisesten Avancen zu machen. Solange ihre Söhne noch klein waren und nicht auf eigenen Füßen stehen konnten, wollte sie für niemand anderen da sein als für sie. Mussten sie schon den Vater entbehren, sollten sie wenigstens jetzt auf ihre Mutter zählen können!

Frau Charlotte bewunderte im Stillen ihre Nichte und fragte sich, woher die Frau bloß diese Widerstandskraft nahm; zumal ihre Schönheit gerade jetzt in voller Blüte stand.

Eines Tages – es war wieder einmal Fasching in München – glaubte Ambros seiner Frau die Antwort geben zu können: »Vor einer Woche hatte ich am frühen Morgen im Tal zu tun. Ich gehe gerade durch den Rathausbogen, da kommt unsere Perréne daher, eingehüllt in einen dicken Wollschal, und verschwindet in der Heilig-Geist-Kirche. Ich folge ihr und ducke mich hinter eine hohe Säule. Eben hat die Sieben-Uhr-Messe begonnen. Perréne kniet in einer Seitenbank. Wie nun der Benefiziat das Sakrament austeilt, geht sie vor und kommuniziert. Ich denke mir: Das darf doch nicht wahr sein! Und ich passe sie am nächsten und am übernächsten Morgen wieder ab, folge ihr und sehe sie jedes Mal zur Sieben-Uhr-Messe gehen.«

»Meinst du allen Ernstes«, fragte Charlotte, »dass ihr das die Kraft gibt?«

»Die Geistlichen sagen es, und Perréne scheint es mir zu beweisen. Wir zwei können da nicht mitreden. Unser Innenleben verläuft da viel zu spießbürgerlich. Jedenfalls hab ich Respekt vor ihr!«

Veit-Lukas bereitete seiner Mutter keine Schwierigkeiten. Zwar besaß er nicht die Intelligenz seines verunglückten Vaters, verfügte aber über eine außerordentliche körperliche Wendigkeit – trotz des in früher Kindheit mit viel Glück und der Hilfe des Professor Pettenkofer überstandenen Typhus. Als daher in diesem 1860er-Jahr in München ein Turn- und Sportverein gegründet wurde, baten sie seine Mutter, den Sohn der Jugendgruppe beitreten zu lassen. Perréne besprach sich darüber mit Onkel Ambros, der den Beitritt befürwortete: »Der Bub wird ja doch kein Gelehrter werden, sondern in unsere Fußstapfen treten. Da ist körperliche Ertüchtigung wichtiger als hohe geistige Disziplin!«

Veit-Benedikt dagegen, der nur zu allen heiligen Zeiten nach München auf Besuch kam, glänzte in Freising durch seine Begabung, die dank seines großen Fleißes noch mehr zur Geltung kam. Dazu kam eine natürliche Frömmigkeit, von keinerlei Scheinheiligkeit getrübt. Seine Vorgesetzten sagten ihm bereits eine beachtliche Zukunft im Wirkungsbereich der Diözese voraus.

Als dann 1862 König Otto von Griechenland verjagt wurde und viele bayerische Beamte und Soldaten mit ihm in die Heimat zurückfliehen mussten, brach im Land eine unverkennbare Nervosität aus. Wieder einmal war ein wittelsbachischer Traum, der noch dazu überaus viel Geld gekostet hatte, im Dunst verflogen. Und wieder einmal begannen die sonst so braven Bayern zu granteln und zu raunzen. Vor allem die jungen Leute fingen an, widerborstig und aufmüpfig zu werden, was bis in die Schulen hinein spürbar wurde. Auch in den verschiedenen Vereinen und sogar in den religiösen Kongregationen standen die Jungen gegen die Alten auf und waren nicht mehr bereit, deren Verfügungen kritiklos hinzunehmen. Eine nicht ungefährliche Haltung!

Im Hause Radlmeier vergingen einige Jahre, ohne dass sich etwas Nennenswertes ereignet hätte.

Veit-Lukas galt im Turn- und Sportverein wegen seiner unbestreitbaren körperlichen Form sehr viel. Diese Anerkennung nun stieg ihm derart zu Kopf, dass er glaubte, gewisse wohlmeinende und aus der Erfahrung gewonnene Anweisungen seiner Sportlehrer in den Wind schlagen zu können. So geschah es, dass er eines Tages ohne die geforderte und notwendige Hilfestellung über das »Pferd« sprang, fiel und sich dabei den linken Unterarm brach. Darauf bekam er aus unerfindlichen Gründen hohes Fieber und musste vier Wochen lang das Bett hüten.

Während dieser vier Wochen besuchte ihn wiederholt einer seiner Lehrer, ein Mann in den besten Jahren. Anfangs hielt Perréne diese Besuche für ganz uneigennützig, als gälten sie ausschließlich dem Wohl des Sohnes. Als sie jedoch dahinter auch eine andere Absicht witterte, setzte sie ihr nicht gleich den gebotenen Widerstand entgegen, sondern sonnte sich in dem Gedanken, begehrt zu sein.

Der Mann erkannte das und fiel eines Abends, als er das Zimmer seines Schützlings verlassen hatte, im Treppenhaus über sie her. Sie ließ es geschehen und setzte sich erst zur Wehr, als er sich von ihr abwandte. In der Stille des Hauses hatte aber der kranke Sohn die Bewegung auf der Treppe bemerkt. Er erhob sich, trat aus dem Zimmer heraus und ging den Lehrer an. Er traf ihn mit der rechten Faust so hart an der Schläfe, dass er ohnmächtig die Stufen hinunterkollerte. Perréne sah ihn liegen und eilte

hinüber in die Hofapotheke, um den Dr. Funkler – denn
der hatte inzwischen den Doktortitel erworben – her-
beizuholen; wusste sie doch, dass er seine Forschungsarbeiten meist bis in die späte Nacht hinein ausdehnte. Er
kam sofort mit, und bald hatten sie den vielfach Verbeul-
ten wieder ins Bewusstsein zurückgeholt. Der wusste
zunächst nicht, wie ihm geschah. Als er jedoch seine Lage
erkannt hatte, bat er ein bisschen linkisch um Entschuldigung und verließ das Haus – um es nie wieder zu betreten.

Tags darauf – Veit-Lukas konnte noch immer nicht
zur Schule gehen – erzählten sie den Hergang dem Onkel
Ambros, als er kurz bei ihnen vorbeikam. Er hörte sich
den Bericht ruhig an und gewann dabei die Überzeugung,
dass der fast 12-Jährige seine Studiererei besser sofort
beenden und zu ihm in den Marstall kommen solle. Er
erklärte, dass für diese Umstellung jetzt, solange er selbst
noch in der Stallmeisterei tätig sei, die besten Voraussetzungen bestünden. Später aber könne der Fall aussichtslos
werden, da sehr viele junge Menschen in diesen Hofdienst
drängten.

Der Vorfall im Stiegenhaus schien bei keinem der Beteiligten ernsthafte Folgen hinterlassen zu haben. Dafür waren
sich Dr. Funkler und Perréne um vieles nähergekommen.
Hatte sie ihm bisher stets die kalte Schulter gezeigt, so war
sie in dieser Nacht gezwungen gewesen, ihm ihre Hilflosigkeit zu bekennen. Eingestandene Hilflosigkeit aber
verpflichtet gern zur Dankbarkeit gegenüber dem Helfer;
und mit der Dankbarkeit gehen Anerkennung und Zuneigung Hand in Hand. Jetzt, wo sich die junge Frau auch
um den zweiten Sohn nicht mehr zu kümmern brauchte,
konnte sie in der Hofapotheke ihren Dienst ganztägig
verrichten und wurde dabei von Funkler bevorzugt in
seine eigenen Arbeiten eingeweiht.

Das führte zunächst zu einem Sturm der drei anderen Damen auf die Kanzlei des Herrn Professor Pettenkofer. Weil sie aber, trotz besten Willens, der Französin weder eine Dienstverletzung noch skandalöses Benehmen nachweisen konnten, legte ihnen der Chef nahe, sich zu bescheiden, werde ja doch der gute Kollege Funkler kaum mit einer fertig, geschweige denn mit allen vieren. Mit dieser launigen Bemerkung blies ihnen Pettenkofer den Marsch, und der Betriebsfriede stellte sich wieder ein.

König Max kränkelte. Waren schon fast zeitlebens Kopfschmerzen seine bittere Begleitung gewesen, so klagte er bereits seit dem Ende des Jahres 1863 auch über Appetitlosigkeit. Der Leibarzt hatte zu dieser Zeit noch gehofft, das Weihnachtsfest im Kreis der Familie würde einen Wandel herbeiführen. Als sich jedoch mit dem beginnenden Neujahr 1864 der Zustand des Herrschers eher verschlimmerte, glaubte der Arzt, die Verantwortung nicht mehr allein tragen zu können, und zog den Professor Pettenkofer hinzu.

Der kam mit seinem Adlatus Doktor Funkler, den er für einen ausgezeichneten Diagnostiker hielt. Weil sich nun auf der Haut des Kranken dunkelrote bis violette Flecken zeigten und sich zu gleicher Zeit allgemeine Müdigkeit und Atemnot einstellten, kamen alle drei zur Überzeugung, es müsse sich um eine besondere Spezies von Rotlauf handeln, der sich zunehmend auf die Herzklappen schlage. Umschläge und Salben auf die rot angelaufenen Hände würden da nicht viel helfen.

Königin Marie, die sich mit den Prinzen ebenfalls in der Residenz aufhielt, musste sich vom Professor sagen lassen, dass der Gemahl das Jahr nicht mehr überleben werde. Es erscheine daher geboten, möglichst unauffällig die für den Regierungswechsel erforderlichen Maßnahmen zu treffen. Darauf verständigte Baron Moy, der Adjutant des Königs, den Innenminister und den Erzbischof Scherr. Er ersuchte sie, sich vor allem des Kronprinzen Ludwig anzunehmen und ihn auf die ersten politischen Maßnahmen vorzubereiten, die nach der Übernahme des Thrones zu treffen seien.

Ohne Schmerzen und mehr und mehr vor sich hindämmernd verschied der König am 10. März 1864. Tags darauf leistete sein Nachfolger, König Ludwig II., den Eid auf die Verfassung und bat die trauernde Witwe Marie, fortan den Titel »Königinmutter« zu führen. Sie wiederum ersuchte ihn, sich nach den Bestattungsfeierlichkeiten mit einer kleinen Hofhaltung nach Hohenschwangau zurückziehen zu dürfen.

Während der Krankheit ihres Mannes hatte Marie zu Dr. Funkler ein besonderes Vertrauen gefasst. Da sie jetzt für länger, wenn nicht gar für dauernd, im Gebirge leben wollte, wünschte sie einen immer gegenwärtigen Leibarzt und fragte deshalb den jungen Doktor. Der wusste die hohe Gunst zu würdigen, erbat sich aber die Erlaubnis, auch auf Hohenschwangau seine Forschungen fortsetzen zu dürfen. Als die Königinmutter zustimmte, wagte er noch um die Begleitung von Madame Perréne Radlmeier de Serrat zu bitten, weil sie in seine Arbeiten eingeweiht sei; er werde sie aber aus seinen eigenen Mitteln bezahlen.

Lächelnd erwiderte ihm die Hohe Frau: »Doch beleidigen wollen Sie Uns nicht, Doktor!«

Darauf teilte Dr. Funkler die Absicht der Königinmutter Perréne mit, und sie besprach sich mit Charlotte und Ambros. Der erhob seine Arme mit der Geste eines Propheten und meinte: »Schon in der Bibel heißt es: ›Da verlässt das Weib Vater und Mutter, um dem Manne zu folgen!‹ Möge dir's gelingen! Deine Söhne werden nach wie vor in unserem Haus eine Heimstatt haben.«

Entgegnete Perréne: »Gewiss, ich folge dem Mann; ob er mich jedoch heiratet, wage ich kaum zu vermuten, denn er hat sich der Wissenschaft verschrieben, und die gibt der Liebe keinen Raum.«

»Wird dich das erfüllen, dich mit knapp über 30?« Charlotte sprach's und schaute Perréne prüfend an.

»Die Tätigkeit erfüllt mich sicher, Tante! Und auf das andere hat unsereins zu warten!«, erwiderte sie.

Nach einer Weile sagte Ambros: »Du bist in den letzten Jahren ruhiger und hübscher geworden.«

Perréne schlug die Augen nieder: »Ich weiß nicht, ob auch dies ein Resultat seiner Forschungen ist. Doch Funkler erklärte neulich so ganz nebenbei: ›Wer schöne Gedanken denkt, kriegt ein schönes Gesicht!‹ Vielleicht darf ich das auch auf mich beziehen. Auf jeden Fall danke ich es euch, weil ihr mir alle Sorgen und Nöte stets liebreich aus dem Weg geräumt habt. So ist es kein Wunder, dass mich nie trübe Gedanken heimgesucht haben. Und wenn ich jetzt von euch gehe, darf ich es mit dem Bewusstsein, dass mir am Odeonsplatz immer noch eine Tür offen steht?« Perréne fragte verhalten.

Charlotte legte ihre schon etwas gealterte Hand auf die feingliederige der anderen: »Wie sollte sie dir verschlossen sein, wenn deine Söhne hier aus und ein gehen?«

Da schaute Perréne zur Seite und musste ihrem Täschchen ein Riechtüchlein entnehmen.

Veit-Lukas

Es war die Zeit der Rosen, und im Blumengarten von Hohenschwangau schritt Perréne mit einer Schere durch die Rabatten, um von den schönsten ein paar für die Tafel abzuschneiden. Seine Majestät, der junge König Ludwig, schien Sehnsucht nach seiner Mutter zu haben. Am Abend zuvor war er eingetroffen; Onkel Ambros hatte ihn gebracht. Jetzt wollte Perréne auch dem Onkel ein paar Blümchen auf die Stube stellen.

Mit dem König war noch einer gekommen, den sie als Tonkünstler bezeichneten, ein Sachse namens Richard Wagner. Jetzt stolzierte er drüben unter den Alleebäumen auf und ab und summte vor sich hin. Vielleicht komponierte er gerade.

Plötzlich blieb er stehen und rief: »Hallo, schönes Kind!«

Perréne drehte sich um; sie war erschrocken.

Er winkte ihr und kam eilends herüber: »Wie würde ich mich glücklich schätzen, wenn mir Eure schöne Hand ein Röslein anstecken wollte!« Er sprach mit graziöser Frivolität und versuchte, einen Arm um ihre Hüften zu legen. Sie wich ihm aber aus und erwiderte: »Wenn das der Brauch ist dort, woher Sie kommen, dann sollten Sie wieder dahin gehen! Hier in Bayern könnt es sein, dass ein anderes Mädchen Sie bei derlei Praktiken aufs Maul schlägt!« Und sie wandte sich dem Schloss zu.

Er motzte noch hinter ihr drein, schlenderte aber gleich wieder zur Allee hin, um sich weiterhin den künstlerischen Eingebungen zu stellen, die, ach!, so jäh unterbrochen worden waren und die ihm der Bayernkönig so großherzig honorierte.

Am Abend saß Perréne mit Onkel Ambros beisammen. Er berichtete ihr von München, von Tante Charlotte, von ihren Söhnen: »Ich muss mit dir über Veit-Lukas reden. Wir haben ihn in der Stallmeisterei ausgebildet; er ist alles in allem sehr tüchtig, leider aber auch sehr grob. Wir müssen ihn über kurz oder lang von München nach auswärts versetzen, und zwar entweder nach Schloss Berg am Würmsee oder hierher nach Hohenschwangau. Darum meine Frage an dich, Perréne: Möchtest du ihn hier haben, oder wär's dir lieber andersrum?«

»Natürlich möchte ich ihn hier haben, Onkel! Vielleicht wird er dann ein bisschen manierlicher!«

»Dasselbe hab ich mir auch gedacht: Der Umgang mit der Mama, die Gegenwart der Königinmutter und anderer Damen könnte einen heilsamen Einfluss auf ihn ausüben. Zutiefst ist er ja ein feiner Kerl, geradlinig und ehrlich; aber ein Raufbold. Der kann schon giftig werden, wenn ihn einer bloß anschaut. Vielleicht baut sich sein Jähzorn ein wenig ab, wenn er keine anderen Kutscher neben sich hat. Bei mir in München ist er nicht auf Dauer tragbar.«

Im 66er-Frühjahr erfolgte die erste Anstellung des Hofkutschers Veit-Lukas Radlmeier de Serrat auf Schloss Hohenschwangau mit der Verpflichtung, nebenher die edlen Pferde Seiner Majestät des Königs zu bereiten; der junge Herrscher kam nämlich jetzt weniger denn je hierher, sondern hielt sich mit dem Fürsten von Thurn und Taxis und dem Reitknecht Völk auf der Roseninsel auf – zum großen Ärger der bayerischen Regierung und der Münchner. Was für eine zum Himmel stinkende Verantwortungslosigkeit! Da werden am See Feuerwerke abgebrannt, während sich der preußische Bismarck auf einen Krieg gegen Österreich und Bayern einrichtet! Und da wurde auch noch ausgerechnet der »lutherische und verkappte Preuße« Ludwig von der Tann zum Generalstabschef ernannt!

Veit-Lukas verlebte im Gebirge eine ruhige Zeit, auch als dann im Juli die geruhsamen bayerischen Regimenter bei Kissingen von den schlagkräftigen Preußen fast im Handumdrehen geschlagen worden waren. Kaum aber waren die ersten Verwundetentransporte in München eingetroffen und in Notlazaretten untergebracht, eilte die junge Königinmutter, Marie, in die Landeshauptstadt und verrichtete – sie, die Preußin! – Samariterdienste an den armen bayerischen Soldaten. Da hat ihr mancher, der bisher nicht gut auf sie zu sprechen war, im Herzen Abbitte geleistet. Sie ließ sich begleiten von ihrem Leibarzt Dr. Funkler und dessen Gehilfin Perréne. Veit-Lukas aber fuhr die drei jeweils von der Residenz zu ihren Einsatzorten, hatte er sich doch jetzt auch in München ausschließlich für die Königinmutter bereitzuhalten.

Manch eine der höheren Töchter, die sich noch aus früheren Zeiten entfernt an ihn erinnerte, blieb beim Vorbeifahren des königlichen Gefährtes hinter der nächsten Hausecke stehen oder verschwand kurz in einer Toreinfahrt – nicht um die Hohe Frau, sondern ihren feschen Kutscher zu sehen. Welchen jungen Mann würde das nicht mit Stolz erfüllen!

Im Marstall wiederum gab es noch den einen oder anderen, mit dem er sich vordem angelegt hatte. So konnte es bei seiner heftigen Art und bei dem Neid der jungen Kollegen nicht ausbleiben, dass sie sich gegenseitig gründlich das Fell gerbten, sobald sich die geringste Gelegenheit bot.

Bei einem solchen »Rafferts« nun kam zufällig der Obriststallmeister vorbei. Er blieb stehen und schaute zu. Als sie ihren Mut und ihre Wut abgekühlt hatten und aus Mund und Nase bluteten, stellte er sie: »Gut, meine jungen Herren! Das Königreich Bayern schätzt sich glücklich, solch kräftige Männer zu haben, die man bei den schweren Reitern einsetzen kann. Morgen Früh beziehen Sie die Kaserne bei der Kohleninsel auf sechs Jahre! Sollten Sie bis dahin das erforderliche Quantum allgemeiner Gesittung gewonnen haben, stünde Ihrer Rückkehr in den Hofdienst nichts im Wege!«

Noch in derselben Nacht musste Ambros die Posten umbesetzen. Am Morgen übernahm er selbst die Kutsche der Königinmutter; dabei konnte er Perréne kurz über das Missgeschick ihres Sohnes berichten.

Bei den schweren Reitern hatte sich's eingebürgert, schlecht erziehbare Burschen, egal welchen Alters und Standes, zur Artillerie abzustellen mit der Bemerkung, die überschüssigen Kräfte der Abkommandierten in die richtigen Bahnen zu lenken. Diese Bemerkung erlaubte es den militärischen Stockmeistern, von ihrem erzieherischen Instrument ungehemmt Gebrauch zu machen, dazu nach Belieben den einen oder anderen Tag Hungerkur zu verordnen. Diese Methode hatte sich als erfolgreich erwiesen und war angetan, schon bei ihrer Erwähnung Soldatenherzen erzittern zu machen.

Veit-Lukas erschien in der Morgenfrühe mit einem Marschbefehl bei der Kohleninsel. Er wurde in die Schreibstube befohlen. Als der diensthabende Offizier den Marschbefehl las, grinste er bis hinter die Ohren: Wieder so ein Höfischer, den der Hafer gestochen hat! Nun, man hat Erfahrung mit solchen Leutchen! Anfangs schlagen sie aus wie bedürftige Stuten; nach drei Monaten sind sie windelweich und können getrost zu schweren

Wagen und Geschützen beordert werden. Dort tun sie dann ihre Pflicht bis zur Erschöpfung, so gewissenhaft, dass man um ihre Gesundheit besorgt sein muss. Denn kaltmachen darf man einen solchen Höfischen nicht, Gott bewahre! Die sind genau registriert, und man erwartet sie dort zurück. Anders ist das freilich bei irgendeinem Bauernspitz. Dergleichen geht niemandem ab, höchstens einer Jungbäuerin, bei der er hat aushelfen müssen.

Der junge Hofkutscher wurde in eine 30-Mann-Stube geschickt. Als er eintrat, stand auch schon der Stockmeister, den sie den »schönen Beni« nannten, neben ihm und gab ihm rechts und links ein paar Watschn mit der Bemerkung: »Hast wohl vom Grüßen no nix g'hört?«

Veit-Lukas wollte ein Wort der Entschuldigung sagen, da schrie der andere: »Was? Frech werden auch noch? Und aufmucken auch noch? Und widerreden auch noch? Und gar noch widersetzlich?« Bei jedem dieser Worte schlug der wilde Gesell so hart auf den Burschen ein, dass er zusammenbrach und von den anderen, die genüsslich zugeschaut hatten, aufgeklaubt werden musste.

Dieser Vorgang wiederholte sich im Laufe der folgenden Monate noch etliche Male, bis der »schöne Beni« bei Veit-Lukas jenen Stumpfsinn feststellte, der ihm den Erfolg seiner Erziehungsmaßnahmen signalisierte. Er konnte sich nun verstärkt den Neuzugängen widmen. Denn diese verschafften seiner Henkerseele eine weit größere Genugtuung, weil sie noch über eine gewisse Reserve von Aufmüpfigkeit verfügten, die es auszurotten galt.

Eines Tages hieß es dann: Veit-Lukas Radlmeier de Serrat, zur Artillerie nach Straubing! Wegen seiner schönen Handschrift teilten sie ihn hier bald der Schreibstube zu. Da war nun binnen Kurzem alles Leid und Elend vergessen, ist doch die Schreibstube beim Kommiss so etwas wie der Himmel auf Erden. Die »Schreibstubenhengste«

haben eigentlich nur eine einzige Aufgabe zu erfüllen – diese allerdings gekonnt! Sie müssen immer tun, als ob sie etwas täten, und dürfen in diesem Tun nie erlahmen. Auch dann, und gerade dann, nicht erlahmen, wenn sich vielleicht ein Vorgesetzter ein kleines Pläuschchen mit ihnen genehmigen möchte. Da müssen sie es dann ähnlich machen wie die gierigen Hennen am Morgen, wenn ihnen die Magd den Kukuruz hinstreut: unverwandt den Kopf niederhalten und fleißig picken – oder vielmehr unverwandt die Schreibtischplatte anstarren und fleißig schreiben!

Veit-Lukas hatte diesen Dreh bald heraus und erweckte durch seine Geschäftigkeit den Eindruck, als hätte er die halbe bayerische Armee schreibstüblich zu betreuen. Mit Anerkennung ruhten die Blicke der Gewaltigen auf ihm, zumal zwischenzeitlich auch bekannt geworden war, dass er ein paar Jahre ans Gymnasium hingerochen hatte.

Eines Tages schlug ihn der Batteriechef seinem Bataillonskommandeur zur Überstellung in die Kadettenschule vor. Veit-Lukas werde, so meinte er, einmal einen Offizier abgeben, der von der Pike auf gedient und auch die Erfahrungen des niedrigsten der Soldaten gemacht habe. Der Oberst zögerte nicht, denn das »de Serrat«, dieses nach fremdem Adel duftende Anhängsel an seinem Namen, tat ein Übriges. Veit-Lukas wurde nach München zurückgegliedert.

Die bayerische Kadettenschule war nach österreichischem Vorbild aufgebaut und in drei Lehrjahrgänge eingeteilt. Der junge Radlmeier machte vom ersten Tag an eine gute Figur. Die beginnende Offizierslaufbahn erfüllte ihn mit Stolz, denn für Leute seiner Herkunft sind solche Höhenflüge sonst nur in Träumen erfüllbar. In den schulischen Disziplinen bemühte er sich, besser zu sein als jeder andere. Das trug ihm freilich ab und zu den

Vorwurf ehrgeizigen Strebertums ein, doch nur vonseiten derer, die aus wohlhabenden Familien stammten und jetzt schon über ein beachtliches Kontingent von Bequemlichkeit und Faulheit verfügten. Dergleichen Zeitgenossen – das wusste er – durfte man nicht weiter beachten, denn für die hatte der liebe Herrgott andere Maßstäbe gesetzt, »damit« – wie der Oberst von Pfistermeister erst vor Kurzem bei einem Appell öffentlich erklärt hatte – »das bayerische Heer auch die zur Abschreckung dienenden keimfreien Trottel besäße«. Zu diesen wollte Veit-Lukas weiß Gott nicht gehören. So konnte es nicht ausbleiben, dass er schon nach zwei Jahren zum Fähnrich befördert wurde und somit das Leutnantspatent praktisch bereits in der Tasche hatte.

Dieses Patent ließ jedoch noch eine ganze Weile auf sich warten. Im Juli 1870 hieß es nämlich in der Kadettenschule: Auf nach Frankreich! Bismarck hatte den Bayernkönig so lange bekniet, bis dieser seine Soldaten gegen Kaiser Napoleon III. ausziehen ließ. Die Kadetten wurden einer Artillerieeinheit zugeteilt und kamen Ende August nach Bar-le-Duc. Dort wurden sie im Café des Oiseaux einquartiert. Der preußische König – so hieß es – reite hier in der Gegend herum; vom bayerischen war nichts zu sehen.

Der hatte sich auf irgendeine Jagdhütte in den Bergen zurückgezogen und las germanische Heldensagen. Die Münchner Kadetten führten wochenlang ein bequemes Leben, das ihnen die glutäugigen Mädchen von Bar-le-Duc versüßten.

Am 1. September jedoch war dieser kriegsmäßig verordnete Schlendrian zu Ende; da mussten sie in der frischen, sonnigen Morgenfrühe durch eine bergige Gegend auf Sedan zu reiten. Bald sahen sie die Stadt, rauchumhüllt, vor sich im Tal liegen. Aus den Mauern und Erdwerken erhob sich heftiges, weißwolkiges Geschützfeuer. Diese Wölkchen rührten von zu früh geborstenen französischen Granaten her, deren Zeitzünder zu kurz eingestellt waren.

Um die Mittagszeit erhielten sie Befehl, sich kampfbereit zu machen. Sie standen schweigend hinter einem Gehölz; sogar die Pferde schienen den bevorstehenden Einsatz zu wittern und hielten die Ohren steif. Da trat plötzlich der preußische König mit den Männern seines Hauptquartiers und ein paar Leibkürassieren aus dem Wäldchen. Sie salutierten, er winkte ihnen kurz zu. Hundert Schritt vor ihnen wölbte sich ein kleiner Hügel; den stiegen die Herren hinauf und zückten ihre Fernrohre und Feldstecher. Kuriere kamen, gaben ihre Meldungen ab und jagten mit neuen davon. Im weiten Umkreis nichts als Pulverdampf, Rauchwolken und brennende Dörfer; über allem das Donnern der Geschütze. Hatte man die Kadetten vergessen, oder standen sie gar zur Rückendeckung des Königs da?

Stunde um Stunde verrann. Ein bayerisches Johanniterdepot fuhr im Tal unten mit Verwundeten vorbei. Feldgendarmen trieben gefangene Turkos und Zuaven hinter die deutsche Front zurück. Die meisten dieser französischen Hilfstruppe waren übergelaufen; sie machten zufriedene Gesichter, denn für sie war der Krieg aus. Doch auch für alle anderen dauerte er nicht mehr lange. Während sich das Kampfgetümmel verstärkte, während etliche bayerische und schwäbische Bataillone nach vorne hetzten, kamen drei preußische Offiziere in gestrecktem Galopp den Hang heraufgeritten, und einer schrie von Weitem: »Majestät, der Kaiser ist gefangen!«

Ein gefangener Franzosenkaiser in den Händen eines siegreichen Preußenkönigs!

Am 2. Februar 1871 feierte die Landeshauptstadt München mit Lichtern und mit Tannengrün die Erstürmung von Paris. Ohne wilden Jubel, ohne Triumphgeschrei, ohne Spektakel. Irgendwelche Norddeutsche hatten ein mächtiges Standbild der »Germania« auf einen sechsspännigen Wagen gesetzt und fuhren damit durch die Hauptstraßen der Stadt. König Ludwig, begleitet von seiner Mutter Marie, fuhr hinterdrein. Es folgte die königliche Leibgarde und dann das Kadettenkorps. Der Jubel für den Herrscher hielt sich in Grenzen. Die älteren, einfacheren Bürger verstanden das alles nicht. Knappe fünf Jahr vorher hatte man gegen die Preußen gekämpft, und heute zogen die Leut eine »Germania« daher! Als ob unsere eigene »Bavaria« nit langen tät! Aber so geht's halt, wenn man sich einem dahergelaufenen Sachsen verschreibt! Man verliert den Sinn und den Gusto fürs Eigene!

Im Laufe des Frühjahrs und Sommers kehrten alle bayerischen Truppen in die Heimat zurück. Darauf erfolgte die Auszeichnung der tapferen Männer. Die Münchner Kadetten, die zu keiner Feindberührung gekommen waren, dafür aber ohne eigenes Zutun den preußischen König bewacht hatten, wurden zu Leutnants befördert und erhielten von Berlin eine goldene Verdienstmedaille. Darauf wurde Veit-Lukas als Ausbildungsoffizier zu den schweren Reitern in deren Kaserne bei der Kohleninsel abkommandiert.

Er meldete sich dort an der Torwache. Man erwartete ihn. Sofort bekam er seinen »Pfeifendeckel« oder »Putzer« gestellt, der ihm das Pferd abnahm. Da traute er doch wahrhaftig seinen Augen nicht: Vor ihm baute sich als wachhabender Unteroffizier der »schöne Beni«, fürchterlicher Stockmeister dieses Haufens, auf und machte mit zitterig salutierender Hand Meldung. Der Lieutenant schaute ihn an, und der andere erbleichte. So mag es dem

Kaninchen zumute sein, das zur Kobra in die Schlangengrube geworfen wird.

»Was es doch für Zufälle gibt!«, sagte Veit-Lukas.

»Jawoll, Herr Leutnant!«, brüllte der Stockmeister; denn so gehörte sich's.

Die Ausbildung der schweren Reiter vollzog sich in den Sommermonaten auf dem Oberwiesenfeld. Da war Platz, da gab es wenig Zuschauer, da konnte dem kleinen Mann das letzte Quäntchen Zivilcourage so gründlich abgenommen werden, dass es ihn auf Jahre hinaus nicht mehr nach eigener Meinungsbildung gelüstete, getreu dem Grundsatz: Recht hat mancher, aber er sollte es nie sagen!

Weil nun der »schöne Beni« ebenfalls zu den Ausbildern gehörte, konnte es nicht ausbleiben, dass auch sein Zug eines Morgens von Veit-Lukas besucht wurde. Und weil dieser zwischenzeitlich erfahren hatte, dass der Stabsfeldwebel seinen Stock wie eh und je mit unverminderter Grausamkeit gebrauchte, wollte er ihn gleich zu Beginn über die neue Gangart in der Kompanie nicht im Unklaren lassen.

Beni rollte seinen Zug gewohnheitsmäßig auf und ließ die anderen Unteroffiziere einzeln mit der Schleiferei der Mannschaften beginnen, während er selbst die Oberaufsicht führte und wie ein wütender Truthahn mit gespreizten Schritten von einer Gruppe zur anderen stakte. Er brüllte schier unaufhörlich und zog bald hier, bald dort einen jungen Kerl heraus, den schikanierte er dann so lange, bis ihm ein Gemisch von Schweiß, Rotz und Tränen übers ganze Gesicht rann. Hatte er ihn so weit, ließ er ihn noch etliche Zwanzig Meter weit querfeldein robben, wobei er nahe neben ihm blieb und ihn zu schnellerer Bewegung antrieb.

Danach war mancher dieser Geschundenen kaum mehr fähig, sich vom Boden zu erheben.

Veit-Lukas ritt zur einen, ritt zur anderen Gruppe hin und schaute wortlos zu. Eine halbe Stunde vor dem Einrücken, als die Sonne fast im Mittag stand und sengend niederbrannte, rief er den Stockmeister zu sich: »Lassen Sie jetzt den Zug vergattern!«

»Den Zug vergattern!«, wiederholte der andere und gab die gehörigen Befehle.

Als das Häuflein geschlossen dastand, zog er den Säbel und kommandierte: »Der ganze Zug auf meinen Befehl!«

Nun ließ er die Soldaten mitsamt den Unteroffizieren und dem »schönen Beni« marschieren und wenden und kehren; ließ sie stehen und das Gewehr präsentieren, ließ sie laden und feuern. Die Salven, die wie ein Schuss krachen sollten, gingen restlos daneben. Das war kein Wunder, denn den jungen Männern hing vor Erschöpfung schon fast die Zunge heraus. Gleichwohl rügte er sie, fächerte dann den ganzen Zug auf und ließ sie robben, das Gewehr vor sich quer in den Händen. Fünf Meter etwa mussten sie sich so dahinquälen. Darauf rügte er sie noch schärfer und schrie sie an: »Soll das eine Truppe sein? Ein undisziplinierter Sauhaufen ist das! Mir scheint, die Herren wollen aufmucken! Ich werde euch zeigen, wie das Robben vor sich zu gehen hat! Stabsfeldwebel, treten Sie vor! Lassen Sie durch Ihr eigenes Beispiel diese ungeschliffene Meute sehen, wie der Soldat zu robben hat!«

Der Beni ließ sich ein Gewehr geben. Nun musste er sich auf den Befehl des Leutnants niederwerfen und im vorgegebenen Tempo auf den Ellbogen dahinarbeiten. Er war schon etwas beleibt und tat sich sehr hart, durfte jedoch weder Schwäche noch gar Unfähigkeit merken lassen. Veit-Lukas ritt näher an ihn heran und beschleunigte das Tempo. Dabei schrie er: »Da, betrachtet den Stabsfeldwebel! Bewegt er sich nicht wie ein junger Gott?« Und weiter kommandierte er und forcierte das Tempo: »eins, zwei, eins, zwei!« Der Beni war im Gesicht schon rot wie ein gekochter Krebs, doch Veit-Lukas hörte nicht auf. Wieder schrie er: »Auf!«, und dann: »Kehrt!«, und dann: »Nieder!« Und der arme Stockmeister musste die ganze Strecke wieder zurückrobben. Als er sich darauf mühselig erhoben hatte, sagte der Lieutenant: »Stabsfeldwebel, Sie haben der Truppe ein Beispiel gegeben! Morgen kommen wir darauf zurück. Rücken Sie jetzt ein!«

Der »schöne Beni« würgte die aufgestiegene Galle in sich hinunter und durfte doch kein missmutiges Wort verlieren. Er war sich aber im Klaren, er würde unter diesem Kompaniechef nichts zu lachen haben. Deshalb nahm er sich vor, fortan mehr Menschlichkeit walten zu lassen.

Das Ganze – Halt!

Inzwischen hatten in Rom die Kardinäle der katholischen Kirche mit dem Papst im Vatikan ein Konzil abgehalten. In deutschen Landen widmete man dieser Versammlung wegen des Franzosenkrieges nicht sehr viel Aufmerksamkeit, die kirchlichen Kreise ausgenommen.

Dort gärte es. Es ging um zwei große kirchliche Anliegen: um die schon etliche Jahre vorher verkündete Unbefleckte Empfängnis der Gottesmutter Maria und um die Lehre von der Unfehlbarkeit des Papstes in Glaubensfragen. Da wogten die Meinungen hin und her – auch unter den Theologen in Bayern. Einer der hervorragendsten Gelehrten auf der Fakultät war Ignaz Döllinger, ein bescheidener, liebenswürdiger Mensch, zugleich aber auch ein scharfsinniger Denker. Er genoss die Verehrung aller Studenten, ob in München oder in Freising. Auch Veit-Benedikt Radlmeier de Serrat, der in der Bischofsstadt bereits die Vorlesungen besuchte, zählte zu seinen Bewunderern.

Das Vatikanische Konzil hatte die Unfehlbarkeit des Papstes in einem Dogma erhärtet. Die Folge war, dass quer durch die ganze kirchliche Welt die gegensätzlichen Standpunkte deutlicher hervortraten und schärfer akzentuiert wurden, besonders in den Niederlanden und am Rhein. Aber auch in München. Hier war es vor allem ebendieser Döllinger, der sich gegen das Dogma aussprach. Damit stellte er sich gegen seine eigene Kirche, wurde aber vom bayerischen König gestützt.

Veit-Benedikt geriet jetzt in Gewissensnot: Er wollte den verehrten Lehrer nicht verlieren, wollte sich aber auch die Treue zur angestammten Kirche nicht untergraben lassen. Darum bat er ihn eines Tages um eine Unterredung.

Döllinger verstand den jungen Mann und empfand für ihn Achtung und Mitleid zugleich: »Lieber Freund, ich für meinen Teil lehne die kirchliche Allgewalt des römischen Papstes ab. Das hindert uns aber nicht, seinen historischen Primat anzuerkennen. Diesen Primat haben mehrere ökumenische Konzilien und die Väter der alten Kirche dem Bischof von Rom als dem ›Ersten unter Gleichen‹ stets zugesprochen. Sie aber, guter Freund, dürfen sich nicht durch mich beeinträchtigen lassen! Denn die letzte Richtschnur unseres Denkens ist unser Gewissen – für mich das meine, für Sie das Ihre!«

Ratlos erwiderte Veit-Benedikt: »Magnifizenz, wie soll ich Geistlicher werden, wenn ich hier keinen Ausweg sehe? Darf ich da überhaupt diesen Beruf anstreben?«

Der würdige Herr mit dem herrlich geschnittenen Charakterkopf legte seine Hände auf die Schultern des jungen Theologen und sagte: »Was Sie dürfen und was Sie nicht dürfen, das können Sie weder von mir noch von einem anderen erfahren, sondern das muss Ihnen im Reden und Ringen mit Gott offenbar werden.«

Im Reden und Ringen mit Gott! Veit-Benedikt sagte es immer und immer wieder zu sich selbst – und eines Tages verließ er den Domberg zu Freising, kehrte nach München zurück und berichtete dem Onkel Ambros und der Tante Charlotte von seinem inneren Zwiespalt. Sie wussten nichts Handfestes zu entgegnen, sondern dachten sich bloß: Wer könnte da eine Verantwortung übernehmen?

Darauf quälte sich der junge Mann wochen- und monatelang durch Unsicherheit und Zweifel hin, bis er eines Tages – es war schon Herbst geworden – die Tante vorübergehend um ein Reitpferd bat. Er wollte in die Stille des Oberlandes, in die glasklare Luft der Vorberge fliehen, wollte durch Wälder, Wiesen und Moore reiten, wollte in die Morgensonne über den Seen und in den Sternenhimmel über den Hügeln schauen – vielleicht dass ihm so eine Erleuchtung käme.

Charlotte zeichnete ihm ein Kreuzchen auf die Stirn, als er sich verabschiedete, und meinte: »Kind, du begibst dich ins Ungewisse. Das kann von großem Vorteil sein. Denn wenn es um Lebendiges geht, ist es gut, misstrauisch zu sein gegen Rechnungen, die restlos aufgehen. Merk dir noch ein paar Lebensregeln, die sich deine alte Tante bitter hat erkämpfen müssen! Das Glück hasst den Lärm und liebt die Zurückgezogenheit. Es entspringt dem ehrlichen Genuss seiner selbst. Es braucht keine Zeugen und keine Zuschauer. Und es duldet keine innere Kälte! Mir scheint, dass du zu den Menschen gehörst, die in ihrem Inneren getroffen werden müssen, ehe sie zur äußeren Wahrheit unserer unehrlichen Welt aufbrechen können. Genauso wie deine äußere Höflichkeit, die ich so sehr an dir liebe, aus deinem Inneren kommt. Bleib Gott befohlen!«

Dann ritt er hinaus, auf Holzkirchen zu, kam ins uralte Siedlungsland um Sachsenkam und mietete sich in der einstigen Klosterschenke zu Dietramszell ein. Früh und abends kniete er stundenlang in der prachtvollen Kirche, tagsüber streunte er – auch bei Regen und im ersten Schneetreiben – in den Wäldern umher. Einmal brachte ihn der Zufall vor die arg verwüstete Allgaukapelle hinter Piesenkam.

Er betrat sie und war entzückt von der farbenfrohen Freskenmalerei in ihren ausgewogenen Gewölben. Noch mehr entzückte ihn aber, dass da eine gemauerte Einsiedelei stand, in der zwar von wilden Bauernburschen alles zertrümmert worden war, die aber auch in harten

Winterszeiten noch bewohnbar sein musste, denn den Herd hatten die Wüstlinge heil gelassen; und der versprach Wärme.

Anderentags ritt Veit-Benedikt zum Pfarrer nach Piesenkam und fragte, ob oder unter welchen Bedingungen er ihm gestatte, die Einsiedelei zu beziehen. Der geistliche Herr erklärte, dass er sich da erst an übergeordneter Stelle erkundigen müsse und kaum vor ein, zwei Wochen werde Auskunft geben können.

Als diese Zeit um war, kam Veit-Benedikt wieder ins Widum nach Piesenkam und erfuhr, was man von dem Einsiedel auf der Allgaukapelle verlange: Vor allem habe er die Aufgabe, ein Gott wohlgefälliges Leben zu führen. Darum solle er jeden Tag die Messe in der Kirche zu Piesenkam besuchen. Auch müsse er früh, mittags und abends zum »Engel des Herrn« die Kapellenglocke läuten. An Sonn- und Feiertagen habe er mit den Pilgern und Wallfahrern, die möglicherweise zu ihm kommen würden, eine Vesper zu halten. In der Fastenzeit solle er jeden Tag den Kreuzweg und im Marienmonat Mai jeden Tag den Rosenkranz beten. Auch müsse er einmal in der Woche den Kindern eine Christenlehre halten und ihnen dabei besonders den Katechismus erklären. Dem Herrn Ortspfarrer sei er zu demütiger Unterwerfung verpflichtet.

Er werde wahrscheinlich, wenn er ein ordentliches Leben führe, von den Bauern genügend Lebensmittel erhalten, auch öfters von ihnen zu Tisch geladen werden. Hierbei lauere aber eine große Gefahr. Denn die Bauerntöchter, besonders die Mägde auf den Höfen könnten den einschichtigen Gottesmann betören und in der Sommerszeit in die hohen Kornfelder locken, um sich mit ihm daselbst sündhaft zu verstricken. Darum sei es seine Aufgabe, derlei Bauernhöfe zu meiden, sobald er auch nur die geringste Versuchung wittere. Dies werde ihm auch in seinem persönlichen Interesse empfohlen, denn vor etlichen Jahrzehnten sei ein Einsiedler in der Allgaukapelle erstochen worden, weil er eine Magd verführt und geschwängert hatte.

»Ich werde alles beherzigen!«, sagte Veit-Benedikt.

»Und wer wird dir die Einsiedelei herrichten?«, fragte der Pfarrer.

»Ich selber, hochwürdiger Herr!«, antwortete er.

»Hast du Geld?«

»Ich hab Verwandte, die ich darum bitten kann.«

»Wenn's so weit ist, werd ich dir ein paar Bauernburschen zuweisen; die solln dir helfen!«

»Gelt's Gott, Herr Pfarrer!«

Er ritt nach München und eröffnete dem Onkel und der Tante seinen Entschluss. Ambros schüttelte den Kopf, doch Charlotte verstand ihn und schenkte ihm reichlich, was an Geld vonnöten wäre. »Und wenn dir etwas übrig bleibt, verwahr es gut, denn wir wissen nicht, was für Zeiten wir entgegengehen! In Preußen, wo der bissige Hund Bismarck regiert, haben sie einen Kulturkampf begonnen; da wird alles, was geistlich riecht, aufs Korn genommen. Sieh dich also vor!« Veit-Benedikt nahm diese liebevolle Mahnung der Tante mit Dankbarkeit entgegen; sie focht ihn jedoch kaum an. Er lebte mit seinen Gedanken bereits in einer anderen Welt, in der Welt der Armut und Entsagung. Ihm wurde mehr und mehr deutlich, dass alles Werkeln und Diskutieren um geistliche Dinge nichts anderes ist – meistens! – als geistreiche Spiegelfechterei. Dergleichen wollte er künftig von sich fernhalten. Er wollte in der Stille beten und der lieben Gott preisen, der im Himmel ist. Wozu sich also vorsehen? Es gibt ja schon eine Vorsehung, die göttliche, und die wird auch auf ihn ein Auge haben!

Eines Morgens fuhr in einer mit Goldblech beschlagenen Chaise, die von vier Schimmeln gezogen wurde, Frau Adele Spitzeder, eine in München stadtbekannte Dame, am Odeonsplatz Nummer elf vor. Zuerst stieg ihre Gesellschafterin Rosa aus, eilte zum Vestibül des Schlösschens und fragte das Hausmädchen, ob »die berühmte Hofschauspielerin Charlotte von Hagn« geneigt und willens sei, »die mindere Kollegin Adele Spitzeder vom Schauspielhaus Zürich« auf eine Minute zu empfangen.

Charlotte war erstaunt. Was konnte diese stinkreiche Spitzederin von ihr wollen?

Dann saßen die drei Frauen beisammen, Charlotte im schlechten Hausgewand, die Krücke neben sich; die beiden anderen, gute zwanzig Jahre jünger, in rauschenden Seidenkleidern und mit Schmuck auf und auf behängt.

»Hochverehrte, große Kollegin«, begann die Spitzeder, »ich bin gekommen, Sie um einen Rat zu bitten. Denn nur eine Dame von Ihrer Seelengröße ist imstande, mich zu verstehen.«

Bei diesen Worten spielte ihre üppig beringte, zarte Rechte mit dem edelsteinbesetzten Bischofskreuz, das auf ihrem wogenden Busen hing. Dann fuhr sie fort: »Ich habe, wie Sie sicherlich wissen, große Spenden an Waisenhäuser, Gemeindearme und für kirchliche Zwecke gegeben. Ich habe in Feldafing eine Villa, in den besten Wohngegenden Münchens sechzehn Miethäuser erworben, um sie den Ärmsten zur Verfügung zu stellen. Ich habe am Platzl eine Volksküche eröffnet, in der täglich bis zu drei Ochsen und an die 20 Kälber gegen billiges Geld verzehrt werden. Und jetzt trage ich mich mit folgendem Gedanken: Für meine Volksküche möchte ich eine eigene Brotfabrik, ebenso eine eigene Brauerei in der Au schaffen. Ich habe die Westendhalle erworben und möchte daraus einen Vergnügungspalast mit Theatern, Tanzsälen und Kegelbahnen gestalten. In Nymphenburg habe ich bereits eine weitgedehnte Pferderennbahn geplant, sowie eine großzügige Arbeitersiedlung nach Art der Fuggerei in Augsburg. Und nun meine Frage an Sie, edle Kollegin: Könnten Sie mir mit Ihrem sicher nicht unbeträchtlichen Vermögen vorübergehend zu meinen bekannten Zinsbedingungen beispringen? Sie wissen, dass ich monatlich – ich wiederhole: monatlich! – zehn Prozent zahle, während die anderen Münchner Banken nur fünf Prozent fürs ganze Jahr verrechnen. Meine Finanzlage erlaubt es mir sogar, für das in meinem Unternehmen angelegte Kapital die Zinsen auf drei Monate im Voraus zu bezahlen. Ich appelliere also an Ihre Großherzigkeit im Interesse unserer Armen und bitte Sie, sich dazu meiner Großherzigkeit zu bedienen!«

Charlotte überlegte. Das war schwindelerregend, was sie da hörte. Zehn Prozent Zinsen im Monat, das heißt, dass man im Jahr für 100 angelegte Gulden 120 Gulden Zins erhält, also das Kapital mehr als verdoppelt hat! Und für 100.000 angelegte Gulden hat man in zehn Jahren mehr als eine Million Zinsen, und 30.000 Gulden sofort auf die Hand! Da zog Charlotte ihr Geld von der Hypothekenbank ab und erhielt von Adele Spitzeder einen Wechsel auf 100.000 Gulden.

Als Ambros am Abend aus dem Marstall kam und die Frau ihm das »Geschäft ihres Lebens« erzählte, zog er eine Zeitung aus der Tasche und las: »Um allen böswilligen Gerüchten gegen mich zu begegnen, erkläre ich hiermit, dass die vertrauensvoll bei mir angelegten Kapitalien jeden Tag, wie bisher bei Fälligkeit, bei mir erhoben werden können. – Adele Spitzeder, Privatiere und Hausbesitzerin, Schönfeldstraße 9.«

Charlotte schaute ihren Mann mit großen Augen an: »Gehörst auch du zu denen, die dieser hochgemuten

Förderin der Stadt München durch Misstrauen die Wohltätigkeit vergällen?«

»Misstrauen ist mir fremd; das weißt du, Charlotte! Wenn aber schon öffentliche Zweifel an der Lauterkeit der Geschäfte dieser Frau in der ganzen Stadt umgehen, und zwar massiv umgehen, dass sie sich öffentlich zur Wehr setzen muss, halte ich Vorsicht für angezeigt. Ich kann darum deinen Schritt nicht verstehen.«

Bedächtig erwiderte Charlotte: »Ich verkenne nicht, dass mein Schritt gewagt ist. Wenn aber die ›Dachauer Bank‹ der Spitzeder 19.500 Kunden zählt, dann müssten die allesamt Opfer ihres Betrugs sein. Aber 19.500 Gelackmeierte – entschuldige, Ambros, das kann mir beim besten Willen nicht eingehen!«

Arme Charlotte!

Anfang November 1872 erging in allen zwölf Münchner Zeitungen folgender Aufruf des königlich-bayerischen Bezirksgerichts:

Die längst vorauszusehende unvermeidliche Katastrophe ist über die Spitzeder'sche Dachauer Bank hereingebrochen; das Geschäft ist gesperrt, Adele Spitzeder in Civil-Sicherheitsstrafe. Auf Antrag einer Anzahl Gläubiger wurde vom kgl. Bezirksgericht Prüfung der Vermögenslage angeordnet und gestern in der Wohnung der Spitzeder durchgeführt. Dieselbe lieferte als Ergebnis: dass die größte Unordnung in der Geschäftsgebarung herrschte, die Bücher äußerst mangelhaft geführt wurden und Überschuldung zweifellos vorliegt. Voraussichtlich wird ehestens die Gantausschreibung erfolgen. Gläubiger der geschlossenen Dachauer Bank werden gut tun, ohne Säumnis ihre Forderungen beim kgl. Bezirksamt München I anzumelden.

Nun setzte ein Ansturm auf das Gericht ein. Die Forderungen, die bereits innerhalb dreier Tage angemeldet wurden, beliefen sich auf 2.800.000 Gulden.

Schlag auf Schlag erfolgte dann die Versteigerung der Spitzeder'schen Vermögenswerte: Auf dem Anger brachte der königliche Gerichtsvollzieher die sechs schönen Pferde und die fünf eleganten Chaisen der Dame unter den Hammer; der Erlös betrug 6500 Gulden. Ihren gesamten Schmuck hatte die betrügerische Frau der geliebten Freundin Rosa vermacht, sodass dem Pfänder hier kein Zugriff mehr möglich war. Die Möbel und Einrichtungsgegenstände im Haus an der Schönfeldstraße waren wurmstichig. Blieben noch die Häuser; doch die waren mit hohen Hypotheken belastet.

Aus den Herzen von 19.500 Gläubigern stiegen Fluchpsalmen zum Himmel auf. In Charlottes Herz jedoch flossen Gift und Galle zusammen und erregten die noble Frau so sehr, dass sie einen zweiten Schlaganfall erlitt und nun doppelseitig gelähmt war. Ambros bat darauf um Entlassung aus dem Hofdienst; er wollte sich fortan der Pflege seiner Gattin widmen. Es fiel ihm nicht leicht, die Stätten seines jahrzehntelangen Wirkens so plötzlich zu verlassen. Besonders waren es die Rösser, deren Großteil er persönlich für die höfischen Aufgaben gezogen hatte. Es sollen ihm sogar Tränen über die Wangen geronnen sein, als nach der Verabschiedung der jüngste Hofkutscher die Tür des Marstalls hinter ihm schloss. Ein Trost war für ihn, dass just in diesem traurigen Augenblick der Großneffe Veit-Lukas an der Salpetergasse stand, um den »Onkel« abzuholen; Charlotte hatte es veranlasst.

Hatten die beiden alternden Menschen bisher schon recht unauffällig miteinander gelebt, so begann jetzt für sie eine stille Zeit, in vieler Hinsicht von Bescheidenheit geprägt.

Ihr herrschaftlicher Kutscher wurde entlassen, ebenso die beiden Zimmermädchen; nur die Köchin behielt man. Drei Pferde und sämtliche Herrschaftswagen konnte Ambros günstig verkaufen; ein Pferd und das Stellwagerl mussten für den eigenen Bedarf genügen. Das Haus am Odeonsplatz war schuldenfrei, und sie wollten es auch in Zukunft bewohnen. Das Häuschen an der Schwabinger Gasse jedoch sollte vermietet werden, damit ihnen daraus etwas Bargeld zuflösse. Denn Charlotte war nach dem Zusammenbruch der »Dachauer Bank« – wie sie selbst es ausdrückte – »arm wie eine Kirchenmaus«, sodass sie von dem zehren mussten, was Ambros im Laufe seiner Dienstzeit hatte zurücklegen können. Das war zwar nicht wenig, doch die ärztliche Fürsorge um Charlotte verschlang viel. Auch konnte man absehen, dass die arme Frau eines Tages, wenn Ambros nicht mehr die Kraft aufbringen würde, sie zu stützen und zu heben, zur Pflege in ein Spital gegeben werden musste – und das kostete noch mehr Geld.

Charlotte blieb jedoch trotz allem guten Mutes: »Unser Herrgott wird schon ein Einsehen haben und den Vorhang zuziehen, wenn ich meine Rolle vergesse; denn soufflieren taugt jetzt nicht mehr!«

Sie spielte indes ihre Rolle noch volle zwei Jahre, wohl mühselig, doch nie verzweifelt, und immer voller Liebe für ihren Mann, der unentwegt bemüht war, ihr jeden Wunsch von den Augen abzulesen. »Wer hätte damals auf Vaters Waldgrundstück gedacht, dass es mit uns zweien so werden muss! Und was hab ich dir alles angetan! Wie hab ich dich oft gedemütigt! Und doch warst du immer wieder für mich da, wenn mich meine Laune zu dir trieb!«

»Was soll denn dieses Gerede! Wir waren eben auf Umwegen füreinander bestimmt. Wo steht geschrieben, dass es im Menschenleben immer harmonisch dahinplätschern muss? An dir und mit dir habe ich das Leben erfahren gelernt. Wir waren keine edlen Menschen, wir wollen uns aber auch nicht selbstquälerisch vergarstigen!«

Täglich richtete Ambros die flehende Bitte an das Schicksal, ihr noch lange das Leben und ihm noch lange die Kraft zu lassen, ihr das elende Los zu verschönern. Obwohl sie nur daliegen und ihn anschauen konnte, tropften doch ihre Worte in den Raum, wie wenn Perlen auf schwarzen Marmor fallen: nachzitternd und im Zittern sich sanft verlierend.

Der gute Professor von Pettenkofer kam öfter vorbei, nicht um zu heilen – denn hier gab's nichts mehr zu heilen –, sondern um sich an der Freundlichkeit der beiden leidgeprüften Menschen zu freuen. Auch konnte er ihnen von seinem einstigen Adlatus, dem Leibarzt Ihrer Majestät, und von dessen Mitarbeiterin Perréne berichten. Die hatten sicherlich das große Los gezogen, denn die Königinmutter hielt sich fast ständig außer Landes in Elbigenalp auf, wo man ihre Konvertierung zum katholischen Glauben betrieb. Sie erfreute sich blendender Gesundheit, sodass der Leibarzt seine Forschungen auf Hohenschwangau ungestört betreiben konnte. Er und Perréne schienen zwar nicht verheiratet zu sein, führten jedoch ein fast gemeinsames Leben.

Am 12. Oktober 1874 lief in ganz Bayern die frohe Botschaft um, dass die einstige Landesherrin, Königinmutter Marie, in der Dorfkirche zu Waltenhofen ihrem angestammten protestantischen Glaubensbekenntnis abgeschworen hatte und durch den Bischof Daniel von Speyer nach römisch-katholischem Ritus getauft worden war. Genau an diesem Tag ging in raschem Absturz Charlottes Leben zu Ende. Viele Jahre lang hatte sie Freude und Schmerz, Liebe und Leidenschaft, Ruhm und Enttäuschung erfahren, hatte von sich abgeschüttelt, was ihr nicht gemäß schien, war aber bei alledem meist von guten Sternen geleitet worden.

Ambros ließ die Gattin mit der Dankbarkeit des lange einsam Gebliebenen neben seiner Mutter begraben, doch noch lange war ihm, als wäre sie in jedem einzelnen Zimmer des Schlösschens am Odeonsplatz anwesend.

Der gute Mensch bedarf zu seinem Glück keiner Zeugen und Zuschauer, er kann auch in seinem Unglück die Klageweiber entbehren. Ambros Radlmeier fand angesichts seiner erneuten Einsamkeit Trost in der Religion: Er verstand zu beten. Und seit dem Dahinscheiden seiner Frau erschien es ihm, als wäre ihm das jenseitige Ufer selbst schon bekannt und als könne der Übergang dorthin nicht sonderlich hart sein. Er starb zwei Jahre später bei einem Spaziergang im Englischen Garten, auf der Bank neben just jener Burgfriedenssäule, unter der einst sein Vater verhungert und erfroren war.

Der Oberleutnant Veit-Lukas Radlmeier von den schweren Reitern ließ ihn neben Charlotte bestatten, ohne vorher seinen Bruder Veit-Benedikt erreicht zu haben. Nicht dass dieser verschollen gewesen wäre, doch kannte niemand im Tölzer Oberland einen Einsiedler mit dem schwungvollen Namen Radlmeier de Serrat; sondern da gab's nur den von der Allgaukapelle bei Piesenkam, und der nannte sich schlichtweg »Bruder«.

Die Tochter des Glasmalers

Am Fronleichnamstag 1875 gelang es dem wegen Geistesgestörtheit auf Schloss Nymphenburg untergebrachten Prinzen Otto, dem Bruder des Königs, seiner Bewachung zu entfliehen. In einem Parforceritt traf er in den Vormittagsstunden in München ein, stieg vor dem Liebfrauendom aus dem Sattel und betrat das überfüllte Gotteshaus, wo Erzbischof Scherr von Freising gerade das Hochamt zelebrierte. Der Prinz, ein schöner Mann, den alles Volk kannte und verehrte, drängte sich durch die Menge nach vorn, stieg im Altarraum die blumigen Stufen hinan und betete – hingeworfen vor den Kirchenfürsten – laut das Confiteor.

Der Auftritt war peinlich. Doch gleich nahmen sich zwei Kanoniker liebevoll des jungen Mannes an und geleiteten ihn in die Sakristei, wo inzwischen die Nymphenburger Bewacher des Prinzen, erregt und in Angstschweiß gebadet, eingetroffen waren.

Darauf beschloss das Haus Wittelsbach, den Armen fester in Gewahrsam zu nehmen, und wählte als seinen bleibenden Aufenthaltsort das einstige Jagdschlösschen Fürstenried aus. Hier bewohnte der Prinz eine weite Flucht prächtiger Zimmer, mit erlesenem Geschmack fürstlich ausgestattet. Auf den Damasttapeten hingen wertvolle Gemälde mit Motiven von Berchtesgaden und Hohenschwangau, die in der Vorstellungswelt Ottos Erinnerungen an die noch unbeschwerte Kinderzeit wachrufen sollten. Statuen, Marmorgruppen,

Springbrunnen und Wasserkünste im Park sollten sein Gemüt erheitern; Gewächshaus und Wintergarten luden zu stillem Verweilen ein.

Die Wachmannschaft von Nymphenburg wurde wegen Pflichtverletzung abgezogen; eine neue von 24 Mann unter dem Befehl des als diskret bekannten Oberleutnants Veit-Lukas Radlmeier de Serrat wurde zum »Ehrendienst« – wie der offizielle Ausdruck lautete – nach Fürstenried verpflichtet und bezog die Diensträume über dem Marstall, während die zahlreiche Dienerschaft daneben über den Wagenremisen hauste.

Es war ein leichter, ein Paradedienst, für die Soldaten so recht angetan zum Faulenzen und Austüfteln von allerhand Ludereien, wie es eben zu sein pflegt, wenn gefühlvolle Kammermaiden und stramme Dienstmamsellen unter dem Nachbardach wohnen.

Unter den Küchenmägden diente auch die Relli Hartauer. Sie war mit ihrem Vater aus dem böhmischen Städtchen Winterberg nach München gekommen. Er, von Beruf Glasmaler, arbeitete bei der Firma Steigerwald, um sich in Majolikamalerei zu vervollkommnen. Anfangs wohnten sie miteinander in der »Blauen Taube« am Sendlingertorplatz.

Als dann durch Zufall die Relli in den Küchendienst nach Fürstenried kam, mietete sich der Vater Andreas Hartauer eine Schlafstelle beim Hofheubinder Johann Maier an der Promenadestraße. Er half ihm ab und zu aus, denn er verstand etwas von der Landwirtschaft. Bei Steigerwald war man mit ihm sehr zufrieden.

Zufrieden war man auch in Fürstenried mit seiner Tochter Aurelia. Sie galt als anständiges, bescheidenes Mädchen, nicht duckmäuserisch, sondern immer gut aufgelegt. Mit ihren 18 Jahren zählte sie zu den jüngsten unter der weiblichen Dienerschaft, weshalb sie sich von den älteren und »wissenden« oft »derblecken«, also auslachen lassen musste. Dies nicht zuletzt auch darum, weil sie abends nicht wie die meisten anderen bei den ehrendienstlichen Soldaten unehrenhafte Dienste leistete. Diese Zurückhaltung rührte hauptsächlich daher, dass ihr die Mutter schon früh gestorben war und sie den Vater, der in der Wallerner Glashütte arbeitete, daheim hatte versorgen müssen. Die Frau Obristhofmeisterin Euphrosine von Arden wie auch der Adjutant des geistig umnachteten Prinzen lobten das Mädchen über den Schellenkönig, und der Oberleutnant Radlmeier de Serrat sah sie gern. Sie dagegen lehnte jeden seiner Annäherungsversuche, selbst wenn er wie auf Taubenfüßen daherkam, fein, aber rundweg ab.

»Warum sind Sie so abweisend, Relli?«, fragte er einmal, als er ihr in den Kräutlgarten nachgegangen war.

»Wär ich zugänglich, Herr Offizier, hätten Sie schon längst alle Achtung vor mir verloren. Von unsereinem glauben die Herren, dass man leicht hergeht. Das ist ja vielleicht manchmal auch so. Von mir soll das keiner sagen können, bevor er mir nicht vor Zeugen das Ringerl angesteckt hat. Adieu!«

Veit-Lukas empfand diese Abfuhr zwar als hart, doch nicht verletzend. Derlei bewirkt im Herzen des Mannes meist einen vehementen Anstieg des Zuneigungspegels, ungeachtet aller möglichen und noch zu erwartenden Körbe. Jetzt schien das Mädchen dem jungen Mann erst recht begehrenswert.

Zugleich aber wurde er sich auch darüber klar, dass sie seinem Stand nicht entsprach. Im nächsten Jahr sollte er zum Rittmeister befördert werden; Major, Oberstleutnant und Oberst waren noch erreichbar, freilich nur unter der Bedingung, dass er das nötige Vermögen besaß und eine Frau aus der höheren Gesellschaft nahm. Für solche Frauen war das »Weibliche Institut für höhere Stände« in der Ludwigstraße Nummer 18 zuständig und sehr lieferfreudig. Ihm und seinem Bruder gehörten mittlerweile das Schlösschen am Odeonsplatz und das Häuschen an der Schwabinger Gasse. Damit konnte er sich sehen lassen. Aber mit der Glasmalerstochter?

Deren Armut war jedoch nicht das einzige Hindernis.

Eines Tages – er stieg ihr nämlich jeden Tag nach! – erzählte sie ihm auch von ihrer Heimat im Böhmerwald und von ihrer Herkunft: »Ich will Ihnen nicht verheimlichen, dass ich ein ›Probiererl‹ bin.«

»Probiererl, was heißt das?«, fragte er interessiert, auch wenn er sich's bereits denken konnte.

»Das ist nämlich so!«, erklärte sie dann. »Bei uns in der Gegend von Winterberg gehört fast aller Grund und Boden dem Herrn Fürsten Schwarzenberg. Der führt in seinem Schloss am Ort ein großes Haus, braucht natürlich auch viele Leut. Wenn da nun ein Mädel ist, das gut aussieht, dann schickt man sie aufs Schloss. Die jungen Herren Prinzen und auch andere junge Herren vom Adel schauen sich dann die Mädel an. Diejenigen, welche ihnen gefallen, dürfen auf dem Schloss bleiben als Dienstmägde, werden recht ordentlich bezahlt, müssen aber auch den jungen Herren dienen, wenn's die grad gelüstet.«

»Das sind ja wilde Zustände bei euch da drüben!«

»Wild oder nicht! Unsere armen Holzknecht' oder Glasschleifer sind froh, wenn sie ein Maul weniger zu stopfen haben. So ist meine Mutter ebenfalls aufs Schloss gekommen, und die Prinzen haben an ihr herumprobiert, bis nach zwei Jahren eben so ein ›Probiererl‹ zur Welt gekommen ist: ich!«

Veit-Lukas hatte ihr aufmerksam zugehört: »Da sind Sie eine halbe Prinzessin, Fräulein Relli!«

»Damit kann ich mir nix kaufen, Herr Offizier! Und bei den Männern mit der Frage hausieren gehen, ob sie nicht vielleicht eine – wie Sie's nennen – ›halbe Prinzessin‹ heimführen möchten, das liegt mir nicht. Ich bleib in Ehren eine Dienstmagd, mag's kommen, wie's will!«

Immer wieder ging ihm das Schicksal des Mädchens im Kopf um. Selbst wenn die Kreise, in denen er einmal verkehren würde, erführen, dass sie eine ›halbe Prinzessin‹ sei, würde das bei ihnen nur Spott auslösen: eine Geschichte für die alten Weiber hinter der Ofenbank, wenn sie die Enkelchen auf eine gute Nacht vorbereiten wollen!

Und dennoch wollte er dieses Mädchen gewinnen! Zunächst horchte er bei seinen Regimentskameraden herum, erfuhr jedoch nicht einen Schimmer von Verständnis.

Er fragte den Militärpfarrer; der hatte schon manchen Offiziersehebund gesegnet und war dabei auch in die Hintergründe eingeweiht worden. Doch er schüttelte nur den Kopf: »Lieber Oberleutnant, da spielen die ehernen Gesetze alten Brauchtums mit, angesichts derer es nur heißen kann: Biegen oder brechen!«

Biegen oder brechen! Nachdem die Dinge so weit gediehen waren, konnte Veit-Lukas mit seiner Absicht nicht mehr hinter dem Berg halten. Er musste Relli nun geradeheraus fragen, ob überhaupt und unter welchen besonderen Umständen im Besonderen sie seine Frau werden wolle. Erst wenn er hierüber volle Klarheit hatte, konnte er letzte Schlüsse ziehen.

Es war natürlich auch dem Mädchen nicht verborgen geblieben, welche Empfindungen er für sie hegte, und auch sie hatte sich ihre Gedanken gemacht, hatte vor allem mit dem Vater darüber gesprochen. Andreas Hartauer, ein nüchterner Mann, verstand die Gefühle der

Tochter sehr wohl, war jedoch der Meinung, dass man auf Gefühle keine tragfähige Zukunft bauen könne. Immerhin wollte er selbst mit dem Herrn Offizier reden. Mädchen seien nämlich für Monturen sehr anfällig und wären dann nicht in der Lage zu erkennen, was dahinterstecke. Meistens stecke vonseiten der Herren Offiziere bloß die Sucht nach einer billigen Betthäsin dahinter! Kurz und gut, Relli möge dem Herrn Oberleutnant einen schönen Gruß von ihm ausrichten, und er solle am kommenden Samstag in den Buttermelchergarten kommen; da träfen sich die in München sesshaften Böhmerwäldler, und man könne sich bei dieser Gelegenheit gegenseitig gleich reinen Wein einschenken.

Veit-Lukas kam in den Buttermelchergarten, den er von seinem Aufenthalt in der Schwerreiterkaserne gut kannte, hatten doch die Herren hier manche Nacht durchgezecht und manchem lustigen Fräulein die Hölle heiß gemacht. Er fragte eine Kellnerin nach dem Stübchen, in dem sich die aus dem Böhmerwald zusammengefunden hätten. Dort trat er ein und setzte sich leise an einen Ecktisch gleich hinter der Tür, weil vorn ein stattlicher Mann mit schwarzem Spitzbart gerade ein Lied vortrug. Es schien ein trauriges Lied zu sein; vor allem in der letzten Strophe klang das Heimweh mit:

Nur einmal noch, o Herr,
Lass mich die Heimat sehn,
Den schönen Böhmerwald,
Die Täler und die Höhn!
Dann scheid ich gern von hier
Und rufe freudig aus:
Behüt Gott, Böhmerwald,
Ich geh nach Haus!

Und dann der wehmütige Kehrreim:

Das war im Böhmerwald,
Wo meine Wiege stand,
Im schönen, grünen Böhmerwald.

Da lief manchem dieser Pfeife rauchend dahockenden Mannsbilder eine Träne über die zerfurchten Backen. Sie umringten den Sänger, klopften ihm auf die Schultern, und einer meinte: »Gelt's Gott, Anderl! Das ist das beste Lied, das du uns gemacht hast! Gelt's Gott!«

Dieser Anderl bewegte sich nun schnurgerade in die Ecke zu dem Offizier hin und sagte: »Bin der Hartauer aus Winterberg; die Aurelia ist meine Tochter. Mir scheint, wir hätten miteinander ein Wörterl zu reden!«

»Glaub's auch!«, entgegnete Veit-Lukas und rückte für den anderen einen Stuhl näher an den Tisch.

»Will mir bloß mein Bier holn!«, sagte der Hartauer.

Dann saßen sie nebeneinander, und der Hartauer begann:

»Ich kenn Euch nicht, und Ihr kennt mich nicht! Aber ich weiß, dass Ihr meine Tochter haben wollt. Dagegen hätt ich nix zu sagen, wenn's ehrlich wär. Aber 's kann nicht ehrlich sein, denn Ihr seid noch ein junger Offizier und müsst nach oben streben, und da wird Euch das Mädel im Weg stehn. Das weiß ich, denn ich hab auch gedient und war schon in Königgrätz anno 66 dabei. Ich glaub nicht, dass die Herren Offiziere seitdem besser geworden sind, insonderheit ehrlicher; das glaub ich einfach nicht! Demnach soll Euch mein Kind bloß als eine Soldatenhur dienen – und dafür ist sie mir zu schad!«

»Weiß nicht, Herr Hartauer, was Sie von mir jetzt für eine Antwort erwarten –«

»Bin kein Herr!«, unterbrach ihn der Waldler.

Veit-Lukas erwiderte gereizt: »Also ohne Herr! Sie können mir Ihre Tochter verweigern; das ist Ihr gutes Recht! Doch mich als unehrlich hinzustellen, dazu haben Sie kein Recht! Ich bin hierher gekommen, um mich mit Ihnen auszusprechen, nicht aber um mir von Ihnen Grobheiten anzuhören!«

Mit ganz anderem Tonfall antwortete Hartauer: »Ich bitt um Entschuldigung, doch so war's weiß Gott nicht gemeint! Wenn Sie's recht bedenken, werden Sie mich verstehn. Die Aurelia ist alles, was ich hab. Es wird mir eh hart genug werden, wenn ich sie hergeben muss. Wenn ich sie dann gar noch einem Unrechten gegeben hätt – das wär furchtbar!« Und er reichte dem anderen die Hand zur Versöhnung.

Veit-Lukas schlug ein und entgegnete: »Dann kann jetzt ich reden! Ich weiß ebenso wie Sie, dass es mit der Heiraterei bei den Offizieren keine einfache Sache ist. Sie werden auch droben beim Stab meinetwegen keine Ausnahme machen; aber ich will's versuchen. Und wenn sie mich dann abschlägig bescheiden, hau ich ihnen den ganzen Krempel hin. Ich bin ausgebildeter Hofkutscher und kann noch jederzeit meine Fühler bei Hofe ausstrecken. Freilich, Hofkutscher sind keine Offiziere! Doch der Dienst ernährt seinen Mann und wird auch noch eine Frau und ein paar Kinder ernähren!«

Andreas Hartauer schluckte: »Hätt ich nicht gedacht, dass es bei Euch so tief sitzt. Wenn's aber so ist, dann in Gotts Nam! Dann werd ich eben nach Jahr und Tag alleinig in unserem Böhmerwald hocken und zusehen müssen, wie ich mit dem Arsch an die Wand komm – verzeiht mir den Ausdruck!«

»Hartauer, Sie können doch hierbleiben. Mein Bruder und ich, wir haben ein Haus und ein Häusl; da wird doch zumindest für einen Schwiegervater Platz sein. Ein zweiter Schwiegervater oder gar eine Schwiegermutter ist nicht zu erwarten, denn mein Bruder hat auf geistlich studiert.«

»Darüber lässt sich reden, wann's Zeit ist. Alles andere werdet Ihr mit der Aurelia auszumachen haben. Denn schließlich ist es ja ihre Haut, die sie zu Markte trägt.«

»Eine saubere Haut!«, sagte der junge Mann und schmunzelte, und der alte Mann fügte hinzu: »Mein Gott, Ihr wisst ja wohl, woher sie stammt; glasgemalt ist sie jedenfalls nicht!«

Es war vorauszusehen gewesen, dass das Regiment der geplanten Verehelichung des Oberleutnants Radlmeier de Serrat nicht zustimmen würde. Darauf erklärte er seinen Austritt aus dem bayerischen Offiziersverband. Gleichzeitig wandte er sich – erstmals nach gut zehn Jahren – an seine Mutter und schilderte ihr seine Lage. Er bat sie auch, sich bei Ihrer Majestät der Königinmutter um seine Wiederaufnahme in den Hofdienst zu verwenden, was ihm damals bei der strafweisen Überstellung zu den schweren Reitern zugesichert worden war.

Perréne, immer noch Maries Vertraute und Dr. Funklers Assistentin, hatte wenig Mühe, im Oberstallmeisteramt die erneute Einstellung ihres Sohnes zu erwirken. Der junge Mann wurde sogar – angesichts seines militärischen Dienstgrads und des Umstands, dass er Chef der Ehrenwache bei Prinz Otto war – sofort zum Oberhofkutscher befördert. Nach Ablauf eines Jahres – so sicherte man ihm zu – werde er zum Dienstgrad eines Königlichen Hof- und Leibkutschers aufsteigen.

Relli Hartauer hatte alle seine Bemühungen um die gemeinsame Zukunft mitverfolgt und auch daraus den Ernst seiner Absichten erkannt. Nach der standesamtlichen

353

Trauung, die jetzt auch in Bayern vorgeschrieben war, quittierte sie ihren Dienst in Fürstenried und zog ins Haus am Odeonsplatz. Ihr Vater kam nicht mit, obwohl Veit-Lukas ihn darum gebeten hatte. Ist man ein einfacher Glasmaler, wohnt man nicht in einem Schloss – auch nicht in einem Schlösschen! Außerdem sind die ersten Monate in einer jungen Ehe für das Werden der Familie so bedeutend, dass da jeder Dritte als Störenfried empfunden werden muss! So sagte er es, und daran hielt er sich auch. Er wollte nur noch kurze Zeit in München bleiben, denn es drängte ihn, irgendwo im Österreichischen nach dem Beispiel der Firma Steigerwald, bei der er jetzt zwei Jahre tätig gewesen war, ein eigenes Geschäft zu eröffnen – sich selber zur Genugtuung und den Enkelkindern, falls ihm solche vergönnt sein sollten, zu Ansporn und Freude.

Kaum war das Jahr 1880 vergangen und der brave Vater Hartauer nach Winterberg heimgekehrt, kam ihm die Nachricht nachgeflattert, er sei Großvater eines strammen Buben geworden, »damit« – wie der Schwiegersohn schrieb – »die Hofkutschiererei in der Familie nicht ausstirbt!« Bei der Taufe hatten sie ihm den Namen Andreas gegeben. Da ging der stolze Großvater in die Pfarrkirche und bestellte eine Dankmesse.

An seine Tochter aber schrieb er diesen Brief:

Du hast das Glück, einen gut gestellten Mann bekommen zu haben, einen Mann, der für Dich sogar seine Offizierslaufbahn aufgegeben hat. Daraus kannst Du sehen, wie sehr er Dich mag. Glaub aber ja nicht, dass die Zuneigung ohne Deine Pflege immer so bleibt! Bisweilen sind Männer so empfindlich wie die Fühler von Schmetterlingen. Vielleicht macht Veit-Lukas hier eine Ausnahme, denn er scheint mir eher von aufbrausender Gemütsart zu sein. Doch darauf darfst Du Dich nicht verlassen. Oft sind gerade die nach außen hin Robusten im Innern sehr leicht verletzbar. Halt Dir also Dein Eheglück warm, das der liebe Gott nun auch mit dem kleinen Andreas gesegnet hat! Wenn aber Dein Mann, was leicht sein kann, irgendwo aneckt und wild wird, musst Du für die ausgleichende Güte sorgen! Vor allem jedoch betracht Dein Glück nie als eine Selbstverständlichkeit! Selbstverständlich ist nur der Tod! – Ich werde mich bald von hier fortmachen, denn ohne Dich ist's leer in Winterberg. Ich fahre nach St. Pölten, wo ich Aussicht auf ein Geschäft hab. Von dort lass ich wieder was hören. Bleibt mir alle schön gesund, und dem kleinen Andreas ein Kreuzerl aufs Goscherl!

Der Totschläger

Der kleine Andreas gedieh, sein Vater erfreute sich der Gunst des Oberststallmeisters, des Freiherrn von Lerchenfeld, und Frau Relli war in ihrer Nachbarschaft beliebt und geachtet. Wegen seiner stattlichen Erscheinung und des sicheren Auftretens ließ man Veit-Lukas vor allem die Galaeinsätze fahren. Er entledigte sich solcher Aufgaben mit großer Eleganz und wurde allenthalben bewundert. Bewundert auch deshalb, weil er um seiner Ehe willen die vielversprechende militärische Laufbahn aufgegeben hatte. Ein alter Kaplan an der Residenz, von dem das Paar getraut worden war, erklärte sogar öffentlich, diese Ehe sei vonseiten des Offiziers eine heroische Handlung gewesen, habe er doch damit aller Welt zu verstehen gegeben, dass er den Kastengeist des gesellschaftlichen Lebens der Zeit mit Verachtung strafe.

Gegen Ende September begingen die Münchner wieder einmal ihr bedeutendes Zentrallandwirtschaftsfest, das sie kurz Oktoberfest nannten. Alle Jahre stellten die Brauereien Bierzelte auf, in denen sie auch Würstl und Käse servieren ließen, damit die Trinkfreudigkeit durch eine entsprechende Unterlage im Magen gefördert wurde.

In diesem 81er-Jahr nun hatte der Himmel dem Gastwirt und Metzgermeister Johann Rößler eine epochale, eine Jahrhundertidee eingegeben. Um etwas mehr gastronomischen Schwung in das Fest zu bringen, entschloss sich der geniale Mann, eine Ochsenbraterei nach Art der alten Rittersleut zu errichten. Da sollte jeweils

ein veritabler Ochse – natürlich ausgenommen und ent-
häutet – als Ganzes aufgespießt, in zwei mächtige Gabeln
gehängt und durch langsames Drehen über einem Holz-
kohlenfeuer zu saftiger Bräune gebraten werden. Der fin-
dige Metzgermeister hatte sich auch ein Dampflokomobil
beschafft, das – an den Spieß montiert – die gleichmäßige
Umdrehung des viele Zentner schweren Ochsen ermög-
lichte. Dieses technische Wunderwerk, die ausnehmende
Güte des Ochsenbratens und der Preis von 50 Pfennig je
Pfund bewirkten, dass »Johann Rößlers Special-Restau-
ration« täglich zum Bersten voll war.

Um seinen Leuten ein besonderes Vergnügen zu bereiten, bestellte der Oberststallmeister von Lerchenfeld am
letzten Oktoberfesttag in Rößlers Zelt einen Tisch für
100 Personen und ließ jedem g'standnen Mannsbild Bier-
zeichen für fünf Maß und einen Gutschein auf zwei Pfund
gebratenen Ochsen aushändigen. Denn ein königlich bayerischer Stallmeister, Leibkutscher, Oberbereiter, Postillon, Bereiter, Mittelmann, Vorreiter, Eleve, Rossknecht
und Wagenschmierer habe auch hier seine Standfestigkeit
zu beweisen!

Als nun am vorgesehenen Tag in der elften Vormittagsstunde der Rößler durch fünf Böllerschüsse über die
weite Oktoberfestwies'n hin allen Gästen kundtun ließ,
dass in seinem Zelt ein Ochse gar geworden sei, strömten
die von der Stallmeisterei heißhungrig hinein. Wie waren
sie aber erstaunt, als da bereits eine Halbkompanie schwerer Reiter saß! Die hatten sich vom Wirt etliche Tische in
Hufeisenform zusammenschieben lassen; in ihrer Mitte
thronte – schon beachtlich angesäuselt – der Stockmeister, der »schöne Beni«, und grinste wie ein Nürnberger
Lebkuchenpferd.

Dieses Grinsen! Dieses hundsgemeine Grinsen! Veit-
Lukas sah es, und es tat ihm weh. So hatte der wüste

Gesell jedes Mal gegrinst, wenn er mit seinen Fäusten einen armseligen Soldaten ins Gesicht geschlagen oder ihm mit dem Stock den nackten Hintern zerfetzt hatte. Der Radlmeier drehte sich halb zur Seite, um dieses Grinsen nicht zu sehen. Doch der Beni hatte seinen ehemaligen Leutnant erkannt und schrie wie ein Jochstier über die Tische hinüber: »He, du! Herr Oberleutnant! Wie lebt sich's denn so unterm Pantoffel?«

Da brüllte die ganze Soldatenschar – nicht aus Abneigung gegen den einstigen Vorgesetzten, sondern dem Stockmeister zu Gefallen.

Veit-Lukas blieb stehen. Nein, so weit durfte sich keiner vergessen, auch im Suff nicht! Er schaute den Mann hart an, in der Hoffnung, er werde sich dann zusammenreißen. Doch der ergriff seinen Maßkrug und schüttete das Bier dem Radlmeier ins Gesicht: »Schmeckt's, Herr Oberleutnant?«

Dem Stockmeister steckte die niederträchtige Frage noch halb in der Kehle, da hatte ihn Veit-Lukas mit dem Steinkrug des Nachbarn auch schon niedergeschlagen. Der beleibte Mann fiel über den Tisch, krümmte sich wie ein Wurm und sackte dann unter die Bank. Ein paar seiner schweren Reiter hoben ihn auf und schüttelten ihn. Umsonst! Der Stockmeister war tot.

»Erheben Sie sich von Ihren Plätzen!« Der Diener rief es durch den Saal. Das vereinigte Hohe Zivil- und Militärgericht betrat von hinten her das Podium. Der Zivilrichter begann: »Verkündung des königlich bayerischen Gerichtsurteils: Der Oberleutnant der Reserve, Veit-Lukas Radlmeier de Serrat, zur Zeit Oberhofkutscher im Dienste Seiner Majestät des Königs, wird wegen Totschlags zur Mindeststrafe von sechs Monaten ohne Bewährung verurteilt.«

Das Hohe Gericht setzte sich, und der Vorsitzende redete weiter:

»Begründung des Urteils: Gemäß Paragraph 213 der Strafgerichtsordnung ist mit einer Mindeststrafe von sechs Monaten Gefängnis zu belegen, wer einen Menschen ohne eigene Schuld, sondern durch schwere Beleidigung von dem Getöteten zum Zorne gereizt und hierdurch auf der Stelle zur Tat hingerissen wurde, getötet hat. Der im zitierten Paragraphen angezogene Tatbestand ist durch 56 Zeugen erhärtet worden. Der Verurteilte hat das ihm zudiktierte Strafmaß angenommen und ist unverzüglich ins Gefängnis einzuweisen. – München, den 17. November 1881.«

Die Mitteilung dieses Vorfalls und die Kommentare zum Urteil standen natürlich in allen Münchner Zeitungen und gelangten auch nach Hohenschwangau. Königinmutter Marie ließ Perréne zu sich kommen.

»Meine Liebe, du wirst sofort nach München fahren! Wichtiger als alle eure Forschungsarbeiten hier ist jetzt die Unterstützung deiner Schwiegertochter. Eine Zeitung schreibt, die junge Frau sei bereits wieder in Umständen, obwohl das Söhnchen noch kein Jahr zähle. Besprich dich mit ihr, such auch deinen Sohn auf, denn mit dem Hofdienst ist es für immer vorbei. Ich will den jungen Leuten gern helfen, doch werden sie das noble Haus am Odeonsplatz nicht halten können; es ist für sie sowieso um einige Nummern zu groß. Seht zu, dass ihr's günstig losschlagt und dass dein Sohn nach der Verbüßung der sechs Monate bald eine Tätigkeit aufnehmen kann, die seine Familie ernährt. Frag ihn, wie er sich die Zukunft vorstellt! Ich erwarte deinen baldigen Bericht, damit ich vorfühlen kann! Dr. Funkler soll während deiner Abwesenheit spazieren gehen; er sieht eh aus wie eine schimmlige Quarkschnitte!«

Die herzhaften Worte der Hohen Frau verfehlten ihre Wirkung in Perrénes Herzen nicht, wenn sie sich zunächst auch nicht vorstellen konnte, wie sie mit dieser Schwiegertochter umgehen sollte; das Mädl besaß doch keinerlei Bildung!

Als sie daher nach München kam, war ihr erster Weg der in die Hofapotheke, um ihren einstigen Dienstherrn, den Professor Pettenkofer, ins Vertrauen zu ziehen. Hatte er doch stets seine schützende Hand über sie gehalten.

»Ja, was treibt er denn so, der liebe Herr Kollege Funkler? Funkelt er immer noch in Retorten und Essenzen herum?« Der wuchtige Pettenkofer lächelte.

Perréne erwiderte bescheiden: »Er ist sehr fleißig, Herr Professor, doch bin ich nicht in der Lage, Ihnen über seine momentanen Arbeiten Auskunft zu geben; ich bin dabei nicht eingebunden, und er redet auch nicht darüber.«

»Na ja, in Gotts Nam! Er gehört halt auch zu jenen Spinnern, die die Geheimnisse ihrer tiefschürfenden Forschungen und Erfindungen mit ins Grab nehmen, um die Würmer damit zu beglücken! Die sind nämlich scharf auf derlei Funkler'sches Gefunkel, das die Öffentlichkeit scheut!« Das klang beinahe gehässig.

Darum entgegnete Perréne: »Verehrter Herr Professor, Sie sollten ihn nicht schmähen, denn die Strebsamkeit haben doch Sie selbst ihm eingegeben! Sie sind nach wie vor sein großes, hoch über ihm stehendes Vorbild.«

»Nein, nein, Kind, ich wollte ihn nicht verletzen! Ich weiß doch, wie ernst er unsere Wissenschaft nimmt. Nur eins wundert mich: dass du an seiner Seite noch nicht versauert bist; oder bist du's schon?« Pettenkofer wühlte in seinen Vollbart hinein, als wollte er ihn walken.

»Herr Professor, ich bin 50, da spielt das alles keine Rolle mehr. Außerdem habe ich jetzt ein ganzes Bündel Kummer und Sorgen auf mir.«

»Brauchst mir nichts zu erzählen, meine Liebe! Hab's in der Zeitung gelesen. Eins aber sag ich dir gleich vorweg: Es wird sich wohltuend auf das Mannschaftsklima bei den schweren Reitern auswirken, dass es den Stockmeister nicht mehr gibt. Denn was dem zur Last gelegt werden muss, das haben wir nicht selten hier in unserer Apotheke erfahren. – Und nun zu diesem herrlichen Totschläger!«

Max Pettenkofer kannte den einstigen Oberleutnant, kannte auch dessen junge Frau und das Söhnchen Andreas. »Perréne«, sagte er, »du bist ein brauchbarer Mensch. Dass du aber deinen Sohn auf die Seite drückst, ist sträflich und nahezu eine Sünd! Du erwartest jetzt von mir, dass ich deinem Buben und seiner lieben Waldlerin helfe. Das will ich auch, aber ich erwarte von dir, dass du dich endlich zu deinen Leuten bekennst. Das romantische Getue da drin im Gebirg hat keinen Taug. Das gilt nicht nur für dich, sondern auch für die Königinmutter und ihren Sohn, diesen vernarrten Wagner-Anbeter! Ihr seid alle miteinander von einem weltfernen Krampf befallen; dass sich der deine endlich löst, wollen wir jetzt in Angriff nehmen!«

Kleinlaut fragte Perréne: »Was verlangen Sie von mir?«

»Was ich verlange? Dass du in München bleibst und deiner Schwiegertochter, diesem feinen Mädl, tatkräftig unter die Arme greifst! Stell dir doch vor, was die mitmacht bei dem saublöden Gered der Leut!«

»Ich kenne sie ja nicht!«

»Damit, Perréne, beichtest du eine große Schuld! Beeil dich, sie zu bereuen und zu sühnen!«

»Ich weiß nicht, wie ich's anfangen soll. Seien Sie lieb, Professor, gehen Sie mit und führen Sie mich bei ihr ein!«

Dann schritten sie miteinander über den Odeonsplatz. Der Professor musste sie führen, denn es hatte schon zwei Tage ununterbrochen geschneit.

Als sie bei Hausnummer elf ankamen, fragte Pettenkofer: »Hast du Geld bei dir?«

»Wie viel soll's denn sein?«, fragte Perréne zurück.

»Angesichts dessen, was du bisher versäumt hast, wären 1000 Mark nahezu ein Pappenstiel. Weil du die aber nicht dabeihast, schieß ich sie dir vor.«

Er zog seine Brieftasche, und sie öffnete ihren Muff. Dann stieg er die fünf Stufen zum Portal hinauf und pochte mit dem Türklopfer. Nach einer längeren Weile kreischte das Türschloss, das wuchtige Tor ging ein Spältchen auf, dahinter stand eine blasse Frau, am Arm ein ebenso blasses Kind.

»Aurelia, mein Schatz, mach auf und lass uns geschwind hinein! Bei der verteufelten Kälte wird man sonst gar noch ernsthaft krank!«

Pettenkofer sagte es polternd und zog Perréne unsanft mit sich in das Vestibül.

Über dem fing das Kindchen zu weinen an, sodass Relli vorauseilte und es im Nebenzimmer in die Wiege legte. Dann kam sie zurück.

»Bitte!«, sagte sie und bat die Besucher in das kleine Speisezimmerchen, das nur mäßig beheizt war. »Wir müssen sparen, denn Holz und Kohlen sind jetzt teuer.«

»Und der Andreas? Wie geht's ihm?«

»Danke, Herr Professor, es geht ihm recht ordentlich! Er hat schon das dreifache Geburtsgewicht. Aber jetzt kommen die ersten Zähnchen, und die tun ihm halt weh.«

»Richtig so! Zähne tun weh, wenn sie kommen, und noch viel mehr weh, wenn sie faul sind und herausgerissen werden müssen. Putz dir deshalb fleißig dein sauberes Gebiss, Aurelia, damit du's noch hast, wenn du Urgroßmutter wirst!«

»Ach du lieber Gott! Herr Professor!«, seufzte die junge Frau und begann zu weinen.

Da trat Perréne vor und schloss sie in ihre Arme: »Aurelia, ich bin deine Schwiegermutter!«

Professor Pettenkofer wandte sich ab von den beiden und ging in das Zimmerchen, wo der kleine Andreas heftig schrie. Er nahm das Kind aus der Wiege auf einen Arm und ging mit ihm, ein Puppenliedchen summend, auf und ab. Da verstummte der kleine Schreihals; die tiefe Bassstimme des Arztes verströmte eine betörende Ruhe: »Ja, ja, mein lieber Anderl«, sagte er darauf vor sich hin, »da meinen die Weiber allweil, nur sie kämen mit eurer Generation zurecht. Schmarrn! Nicht auf Mann oder Frau kommt's an, sondern auf den Charakter! Wenn zwei Männer wie du und ich sich treffen, dann wird nicht viel Gesumse gemacht; man versteht sich eben, und damit basta! Ich versteh dich, dass du Zahnschmerzen hast; und du hörst auf zu schreien, weil du spürst, dass ich das nicht mag! Man respektiert sich eben, und mit dem gegenseitigen Respekt schafft man Probleme aus der Welt, zum Beispiel Zahnschmerzen. Mit deinem Vater wird's auch noch Probleme geben, doch wir werden sie meistern!«

Bis hierher reichte die beruhigende Kraft der professoralen Stimme. Doch jetzt konnte auch sie das bohrende Zahnweh nicht mehr besänftigen, und die Gleichgestimmtheit der männlichen »Charaktere« versagte – jetzt musste die Mutter her!

Da traten sie ein, alle beide, und nahmen dem Professor das weinende Kerlchen ab. Und wie die Henne ihre Küken durch ein melodienreiches Glucken und ein vielseitiges Hin- und Hergetänzel immer wieder lockt und beschwichtigt, so taten es auch die beiden Frauen. Und wären auch zwischen Mutter und Großmutter noch ein paar Schwierigkeiten zu überbrücken gewesen – das Kind baute die Brücken.

Schloss Suresnes

Perréne kehrte nicht mehr nach Hohenschwangau zurück. In einem langen Brief dankte sie der Königinmutter und erklärte, sie sei jetzt fest entschlossen, ihre vielen Versäumnisse der Familie gegenüber nachzuholen und bei ihrer Schwiegertochter zu bleiben. Sie schrieb auch an Dr. Funkler und wünschte ihm weiterhin Erfolg in seinen Forschungen.

Dann kam das Weihnachtsfest des Jahres 1881.

Freiherr von Feilitzsch im Staatsministerium der Justiz hatte für alle »Korrektionshäuser« des Königreichs Bayern einen Erlass herausgegeben, demzufolge jeder Häftling oder »Büßer«, der zu Hause Kinder habe, am Heiligen Abend von seiner Familie besucht werden dürfe.

So erschienen also die Schwiegermutter und die Schwiegertochter mit dem kleinen Andreas im »Criminalstrafortsgebäude« in der Au; sie durften eine ganze Stunde verweilen. Dabei kamen natürlich auch die Aussichten für ihrer aller Zukunft zur Sprache. Perréne ließ keinen Zweifel darüber, dass man das Haus am Odeonsplatz verkaufen und sich in die Schwabinger Gasse zurückziehen müsse. Das war eine recht ungute Nachricht, doch konnte sie dem Sohn auch eine freundlichere bringen: Professor Pettenkofer sei bereits drauf und dran, ihm einen brauchbaren Dienstherrn ausfindig zu machen, der das sechsmonatige Einsitzen im Gefängnis weiters nicht tragisch nehme.

Angesichts der Beziehungen, über die Perréne verfügte, bat Veit-Lukas die Mutter, den Verkauf des großen Hauses zu betreiben und das kleine so instand setzen zu lassen, dass man dort gemeinsam wohnen könne. Er dankte ihr auch, dass sie ihnen in dieser üblen Lage zu Hilfe gekommen sei.

Aurelia, ganz in sich versponnen, sagte nicht viel. Was sollte sie auch sagen? In vier Monaten würde sie ihr zweites Kind gebären. Das viele Reden hat keinen Zweck, sagte sie sich. Sie betete viel und legte ihre Sorgen in die Hände Gottes. Er hat bisher alles zum Besten gelenkt, er wird sie auch in der kommenden Zeit nicht im Stich lassen! Alles andere, die vielen weltlichen Dinge, all das gehört, wie sie vom Vater gelernt hatte, in die Hände der Männer. Sie hatte einen Mann, einen feinen, wenn auch jähzornigen. Sie war ihm in die Ehe gefolgt, nicht weil er das Schlösschen am Odeonsplatz sein Eigen nannte, sondern weil sie ihn lieb gewonnen hatte. Wenn also nun das Schlösschen verloren war, hatte sie nichts von dem verloren, worauf ihre Hoffnung ruhte. Er blieb ihr, und seine Mutter hatte zu ihr gefunden – was wollte sie mehr!

Als sie das »Criminalstrafortsgebäude« wieder verließen, riss sich Relli zusammen. Sie wollte nicht weinen und damit dem Mann das Leben noch schwerer machen. Sie sagte nur: »Veit-Lukas, es ist doch recht nebensächlich, wohin uns der Lebensweg führt; wichtig allein ist, dass wir ihn gemeinsam und aufrecht gehen!«

Damals war die Künstlergilde »Allotria« im Münchner gesellschaftlichen Leben zu hohem Ansehen gelangt – nicht zuletzt wegen ihres »Sprechers«, des berühmten Malers Franz von Lenbach. Dieser prächtige Mann, Sohn eines Maurers aus Schrobenhausen, hatte als Porträtist Eingang gefunden in die Fürstenhäuser Europas, wusste um seine Bedeutung und leitete darum die Gilde mit souveräner Selbstherrlichkeit.

Als die Königinmutter Marie früher noch ihre Teeabende gegeben hatte, war er wiederholt geladen gewesen und dabei auch der damals noch sehr spritzigen Perréne begegnet. Nun wollte es der Zufall, dass er ihr in der Hofapotheke wieder begegnete. Er und der Pettenkofer waren gerade dabei, lauthals über König Ludwig herzuziehen und ihn der Veruntreuung von Staatsgeldern zu bezichtigen. Lenbach wollte sogar etwas läuten gehört haben, der Herrscher hätte eine Verbrecherbande gedungen, dass sie ihm durch Bankeinbrüche die noch anstehenden Prachtbauten finanziere. Dem freilich widersprach Pettenkofer energisch, und so polterten die beiden Männer derart heftig miteinander, dass sie Perrénes Eintreten zunächst gar nicht merkten. Erst als diese ihren Gruß wiederholte, wandte sich der Maler ihr zu, erkannte sie und fuhr ihr gleich mit seinem mächtigen Vollbart ins immer noch liebliche Gesichtchen: »Mein liebes Franzosenmädl, du wirst doch nit gar wieder in München sein?«

»Warum nicht, großer Meister? Und ich beabsichtige auch hierzubleiben!«

»Ist wohl nix mehr los auf Hohenschwangau, seitdem daneben der neue Schwanstein bis in die Scheißhäuser hinein an Türklinken und Fensterwirbeln vergoldet wird!«

»Aber Franz Lenbach, muss es denn so platt sein!«

Der Maler holte tief Luft: »So platt, wie's nötig wär, will mir's gar nit aus'm Maul raus!« Drauf blies er die Luft mit dicken Backen wieder aus und kehrte sich dem Professor zu: »Max, unsere ›Allotria‹ braucht ein Gästehaus. Beschaff uns eins!«

»Vielleicht kann ich eins anbieten, und nicht das schlechteste: Odeonsplatz Nummer elf!« Perréne sprach's, und die beiden Männer schauten sie groß an.

»Meinst du das Schlösschen von der Hagn?«, fragte Lenbach.

»Ebendas meine ich! Es steht zum Verkauf für einen, der gut zahlen kann, und eure Gilde kann es!«

»Mädl, darüber lässt sich reden!«, schnarrte der Maler und grinste Perréne an, als wenn er sie vor lauter Freundlichkeit annagen wollte.

Am Aschermittwoch 1882 wurde beim königlich bayerischen Notar am Stachus ein Kaufvertrag gefertigt, demzufolge das Haus am Odeonsplatz für 45.000 Mark auf die Künstlergemeinschaft »Allotria« eigentümlich überging. Es war eine stattliche Summe. Davon zweigten die zwei Frauen sofort 1000 Mark ab und ließen das Häuschen in der Schwabinger Gasse wieder wohnlich einrichten, denn die Wagenremise und den Rossstall würde man vorab nicht mehr benötigen: Veit-Lukas hatte die Kutschiererei satt bis über die Ohren.

Um die gleiche Zeit etwa, nämlich während der letzten Faschingstage, hatte Professor Max Pettenkofer bei einer Redoute den Hüttendirektor Emil Schüler kennengelernt. Der war kurz zuvor von der Saar in München angekommen, nachdem er das Schwabinger Schloss Suresnes erworben hatte. Weil nun die Reichen und die Gescheiten schon seit eh und je die Spitze der Gesellschaft bilden, hatten sich die beiden Männer bald angefreundet, zumal Schüler auch noch ein Leiden mit sich herumschleppte, das der pfleglichen Behandlung durch den Professor bedurfte.

Gelegentlich eines Besuches auf Suresnes brachte Pettenkofer die Rede auf den noch einsitzenden einstigen Oberleutnant Radlmeier de Serrat, der sowohl wegen seines Jähzorns wie auch wegen seiner Rechtlichkeit zum Totschläger geworden war: So sehr können Schuld und

Charakter sich verquicken, dass die Rechtsprechung unweigerlich zum Hinken kommt! Am End steht dann eine verpatzte, wenn nicht gar zerbrochene Existenz! Die Charakterlosen jedoch, die sich wie die Blindschleichen durchs Gestrüpp schlängeln und keiner herzhaften Tat fähig sind – weder im guten noch im bösen Sinne –, gelten als unbescholten und ehrenhaft! Aber brauchbar sind sie zu nichts!

»Der Mann interessiert mich!«, sagte der Hüttendirektor. »Wir bräuchten hier einen gediegenen Verwalter. Ein ehemaliger Offizier müsste das Zeug dazu haben!«

Darauf der Professor: »Ich könnt mir vorstellen, dass er's Ihnen danken wird!«

Ein paar Wochen danach und wenige Tage nachdem Veit-Lukas seine sechs Monate abgesessen hatte, gebar seine Frau Aurelia in der Schwabinger Gasse Zwillinge. Es waren zwei Mädchen, die in der Taufe die Namen Barbara und Walburga erhielten. Bärbl und Burgl sollten sie gerufen werden. Obwohl sie sich vollkommen gleichsahen, waren sie doch leicht auseinanderzukennen, weil die Bärbl auf der Oberlippe ein kleines Muttermal hatte. Das sah zwar jetzt sehr niedlich und neckisch aus, doch die Hebamme ließ keinen Zweifel daran, dass es sich später, wenn das Mädchen in die Jungfernjahre käme, zu einem erbsengroßen Ding auswachsen würde.

»Dann in Gotts Nam!«, sagte Aurelia. »Wenn sie brav wird und nur deshalb keinen Mann kriegt, weil sie das Muttermal hat, dann soll sie ruhig ledig bleiben, denn dann verdient sie keiner!«

Als die junge Mutter schon wieder in der Wohnung umhergehen konnte, kam Professor Pettenkofer ins Haus. »Das bin ich ja schon der dreifachen Großmutter schuldig!«, meinte er launig. Dann untersuchte er die Säuglinge gründlich, horchte sie ab und murkste an ihren Arm- und Beingelenken herum. »Eine echte Waldlerrass!«, sagte er darauf. »Die Sorte ist nit umzubringen!«

Beim Verlassen des Hauses fasste er Veit-Lukas unterm Arm und raunte ihm zu: »Komm mit, ich hab dir was Wichtigs zu sagen!«

Darauf schlenderten sie langsam zur Residenz hinüber, und der berühmte Mann teilte dem Radlmeier mit, was ihm möglicherweise Glückliches begegnen könnte. »Eine Aufgabe, der du gewachsen bist und die dich sicherlich nicht zum Jähzorn auflaufen lässt. Denn die Schlossleut selbst, diese Schüler'schen, sind Gemütsmenschen und legen allerhand Wert auf Kultur. Bist du musikalisch?«

»Leider nicht, Herr Professor, aber meine Relli. Sie hat von Kindheit an auf der Harfe gespielt, musste aber das Instrument daheim lassen im Böhmerwald, als sie mit ihrem Vater nach Bayern kam.«

»Das ist gut, Veit-Lukas! Ich werde es gleich weitersagen und den Schüler fragen, wann du dich bei ihm vorstellen sollst. Hast du was Anständigs anzuziehen?«

»Ich mein' schon, Herr Professor! Denn jetzt, wo wir das große Haus versilbert haben, besitzen wir eine ganze Stange Geld.«

»Geh haushälterisch damit um, mein Lieber, denn heutzutage sind die Nutscherln weg, eh man sich's versieht. – Pass jetzt auf deine Familie auf, auf die vielen Weibsen! Und in den nächsten Tagen kommst du bei mir vorbei!«

»Vergelt's Gott!«

»Segn's Gott, du wilder Bengel!« Und Pettenkofer gab ihm einen leichten Faustschlag auf die Brust.

Der Hüttendirektor war ein Grandseigneur. 1870 hatte er als Oberst der Reserve den Franzosenkrieg mitgemacht – ein Soldat bis auf die Knochen. Der Oberleutnant musste ihm daher gefallen. Der und nur der konnte als Verwalter des Ritterguts Suresnes infrage kommen.

»Wenn Sie wollen, Oberleutnant, dann zeige ich Ihnen jetzt das Schloss und die Domäne. Denn schließlich müssen Sie wissen, was Sie zu verwalten haben!«

»Ich bitte darum, Herr Oberst!«

»Beginnen wir also mit dem Haus!« Emil Schüler ergriff seinen Stock, der ihn die Gichtbrüchigkeit leichter ertragen ließ, und stakte voraus. Dann sagte er erklärend: »In den Seitenflügeln von Suresnes liegen je sieben Zimmer, im Mittelbau zwei Säle, die Hauskapelle, eine Gemäldegalerie und die Bibliothek. Übrigens habe ich mir sagen lassen, Ihre Gattin sei musikalisch?«

»Sie hat von Kindheit an Harfe gespielt, ist aber seit einigen Jahren völlig aus der Übung.«

»Das ist nicht schlimm! Übungen können wiederaufgenommen werden. Wichtig ist, dass man's einmal gelernt hat. Meine beiden Söhne und die Tochter lieben die Musik. Ich könnte mir vorstellen, dass wir noch ein paar Musiker beiziehen und in unserem Hause ein kleines Kammerorchester aufbauen. – Doch gehen wir weiter! Dort hinten liegt das Verwalterhaus, das Waschhaus, die Kegelbahn und das Brunnenhaus mit dem Wasserturm; in ihm steht ein Triebwerk, das Schloss und Park aus dem Schwabinger Bach mit Wasser versorgt. Hier linker Hand haben wir ein Glashaus für den Winter sowie ein Sommerbassin eingerichtet. Letzteres ist für das junge Volk gedacht; sie wollen unentwegt baden und sich dann wie die unreifen Paradeisäpfel der Mittagshitze aussetzen, bis sie einen herrlichen Sonnenstich haben.«

Veit-Lukas fragte: »Habe ich recht verstanden, Herr Oberst, dass Sie da ein Haus für den Verwalter haben?«

»Sie werden doch nicht glauben, lieber Freund, dass ich Sie tagtäglich zwischen der Innenstadt und Schwabing

hin- und herpendeln lasse! Ein, zwei Wochen, ja! Denn
schließlich müssen Sie erst prüfen, ob es Ihnen bei uns
zusagt. Dann aber packen Sie Ihre Leute und ziehen drüben ein; ist schon alles gerichtet.«

Darauf wandten sie sich den Ökonomiegebäuden zu:
»Wir haben 24 Rinder, sieben Pferde und dort ein kleines
Hühnerstübchen. Unser Garten erstreckt sich über sieben
Tagwerk und ist mit 400 Obstbäumen bepflanzt. In den
zwei Remisen des Ökonomiehauses stehen acht Wagen
und ebenso viele Schlitten. Darüber wohnen die Leute
des Baumeisters und zwei Ehehalten. Und jetzt schauen
wir uns noch das an, was dem Jungvolk am meisten Spaß
macht. Kommen Sie, Oberleutnant!«

Sie wandten sich dem Park zu, der von mächtigen
Edelkastanienbäumen ringsum bestanden war. Seitlich
der Kieswege ließen sich feine barockisierende Sand-
steinfiguren bewundern, unter denen ein sitzender Lau-
tenschläger und eine kokette Tänzerin sich besonders
hervortaten. Der Oberst blieb davor stehen und meinte:
»Ja, als man noch so jung war wie die da!« Und gleich
ging er weiter. Da kamen sie zu einem gedeckten Tanz-
platz; daneben dehnte sich, aus hausteinernen Quadern
gebaut, ein geräumiges Gartentheater aus: »Hier soll sich
die Jugend ergötzen und uns Alten zeigen, wie schön
es gewesen wäre, wenn wir zu leben verstanden hätten.
Doch wir haben nicht gelebt, sondern nur geschuftet und
Jahr um Jahr auf das Leben gewartet.«

Er schaute den jungen Mann an, und der erwiderte:
»Warum so traurig, Herr Oberst? Jeder einzelne Tag kann
schön sein!«

Schlosskonzert

Da hatten sie sich nun in der Schwabinger Gasse kaum wohnlich eingerichtet, als der große herrschaftliche Ökonomiewagen von Suresnes bei ihnen vorfuhr, all ihr Hab und Gut auflud und in das Verwalterhaus des Schlosses brachte.

»Wir sind rechte Zigeuner geworden«, sagte Aurelia, als sie das Kinderwagerl mit den Zwillingen durch den Park schob, »aber jetzt sind wir wohl ins Paradies gekommen!«

Perréne, die den kleinen Andreas auf dem Arm trug, erwiderte: »Mög's uns allen gelingen! Wir zwei werden immer darauf bedacht sein müssen, dass Veit-Lukas nicht wieder über die Stränge schlägt.«

Darauf Aurelia: »Ich befürchte es nicht; die sechs Monate haben ihm genügt.«

Das Verwalterhaus war mit seinen neun Räumen eine kleine Villa für sich. Ein paar noble Möbel, die man im Herrenhaus nicht mehr untergebracht hatte und nicht auf dem Dachboden verkommen lassen wollte, standen vereinzelt da. Bei etwas Fantasie und etlichen Zukäufen konnte man damit das eine und andere Zimmer elegant einrichten.

Als eine knappe Woche vergangen war, während der Veit-Lukas sich leidlich in die neue Amtsführung eingearbeitet hatte, lud Emil Schüler das Verwalterehepaar zum Souper ein. Diese Einladung sprach die Tochter des Hauses, Mademoiselle Bethy Schüler, aus, war doch die

Gattin des Obersten schon einige Jahre zuvor gestorben. Bethy hatte im kleinen Salon decken lassen, denn es saßen nur noch ihre beiden Brüder Karl und Oskar mit an der Tafel. Die Unterhaltung nahm sehr bald freundliche und gelöste Formen an, zumal als man auf die Musik zu sprechen kam. Die Schüler-Kinder – sie waren alle um die 30 – interessierten sich außerordentlich für alpenländische Volksmusik, was bei ihrer Herkunft von jenseits des Rheins verwunderlich schien. Der Oberst indes erklärte das mit dem Hinweis, dass er seine Frau einst aus dem Tirol geholt hatte.

Aurelia stand bald im Mittelpunkt des Gesprächs.

Sie sei also eine Harfenistin?

Als Kind und junges Mädchen habe sie viel gespielt und sei nach Aussage des Vaters darin auch recht geschickt darin gewesen!

Und jetzt habe sie kein Instrument mehr?

Leider nein! Denn sie sei seinerzeit mit dem Vater nach München gekommen, um zu arbeiten und Geld zu verdienen; da habe sie nicht ans Musizieren denken können!

Ob sie sich denn das Instrument nicht mit der Post kommen lassen könne? Winterberg in Böhmen sei doch nicht aus der Welt!

Das sei nicht möglich, weil die Harfe – eine Doppelpedalharfe – gar nicht ihr gehört habe, sondern der Herrschaft, nämlich der Frau Fürstin Schwarzenberg!

Sei sie da Kammermaid oder so was gewesen?

Da wurde Aurelia über und über rot im Gesicht. Veit-Lukas hatte das kommen sehen und erklärte deshalb mit wenigen Worten die uneheliche Herkunft seiner Frau, worauf die Schüler'schen alle miteinander ihr mit ausgesuchtem Respekt begegneten. Die Tochter des Hauses versicherte, sie werde veranlassen, dass man möglichst umgehend aus Mittenwald oder Ammergau oder aus dem

Tirol eine Doppelpedalharfe erhalte. Solche musikalischen Fähigkeiten dürfe man nicht brachliegen lassen! Zugleich wolle sie sich um einen Hackbrettspieler und um einen Gitarristen umsehen. Dann könnte man zu sechst – ihre Brüder spielten Zither und Kontrabass, sie selbst Geige und Bratsche – ein kleines »Kammermusikensemble-bayerisch« bilden.

Darauf meinte der Oberst bedächtig: »Wir dürfen nicht eigennützig sein, sondern wollen bedenken, dass die junge Frau unseres Verwalters Mutter dreier Kinder ist!«

Erwiderte Veit-Lukas: »Wir haben das große Glück, dass meine Mutter bei uns ist. Sie hat uns während der vergangenen Monate viel geholfen und wird auch Aurelias Teilnahme an den Musikproben ermöglichen.«

Es wurde Herbst. Über die alte Schwabinger Heide fegte der Wind und sauste durch die mächtigen Kastanienbäume des Schlossparks von Suresnes, ließ auch die Fülle der vergilbten Blätter niederregnen auf die weite Wiese und die gepflegten Kieswege ringsum. Perréne liebte den Wind – er war ihr von Hohenschwangau her vertraut – und führte an solchen Tagen die drei Kinder gerne spazieren, die Zwillinge im Wägelchen, Andreas bereits auf eigenen, wenn auch noch wackligen Beinchen. Er war, wie es allgemein hieß, ein sonniges Kerlchen und erfreute sich besonders der Gunst Bethys; sie lud ihn oft zum Essen ein und war überhaupt bemüht, der jungen Verwaltersfrau helfend beizuspringen.

Beim Herrn Hüttendirektor Emil Schüler verhielt sich's etwas anders. Der hatte gleich von Anfang an Frau Perréne mit wohlgefälligen Augen verfolgt, war auch immer wieder – rein zufällig! – im Park unterwegs, wenn sie sich mit den Enkelkindern dort aufhielt. Dabei schien er von der Gicht urplötzlich völlig geheilt zu sein, denn er pflegte bei diesen »zufälligen« Begegnungen den Stock nicht zu benützen, nahm auch stets Haltung an, als ob er noch wie einst als Kavallerieoberst hoch zu Ross säße und die Front seines Regiments abritte. Seine beiden Söhne, die ihn manchmal hinter den Gardinen beobachteten, lächelten und meinten freundlich spöttelnd, beim Herrn Vater kündige sich wohl ein dritter Frühling an.

Wieder einmal schob Perréne die Mädchen die gesandeten Wege entlang, und wieder einmal kam er aufrecht daher und begrüßte sie mit Handkuss: »Es ist erstaunlich, *chère madame,* wie hartnäckig Sie tagein, tagaus diesen hässlichen Winden und Wettern trotzen. Wenn unsereiner als alter Reiter das tut, ist's verständlich! Wüsste man nicht, dass Sie Französin sind, möchte man glauben, Sie stammten aus dem bayerischen Oberland.«

»Nun ja, Herr Oberst, die Hälfte meines Lebens habe ich im Oberland verbracht; da gewöhnt man sich an die rauere Natur.«

»Freilich, freilich! Ich habe vernommen, dass Sie Hofdame Ihrer Majestät gewesen sind. Man merkt es Ihnen aber auch an. Diese *tenue,* die Vornehmheit, dieses disziplinierte und stets kontrollierte Gebaren verrät die Frau von Welt. Erscheint Ihnen da unser Leben auf Suresnes nicht schrecklich leer und trist?«

»*Mon Dieu!* Herr Oberst, wenn man in die Jahre gekommen ist …«

»Verzeihen Sie, geschätzte Madame, dass ich Sie unterbreche! Sie wollen in die Jahre gekommen sein? Ja, in gewisse Jahre schon! Nämlich in die Jahre, in denen eine Frau imstande ist, den Mann aufzurichten, zu erfrischen und ihm neues Leben einzuhauchen.«

»Aber, Herr Oberst …!«

»*Pardon, chérie,* reden Sie nicht! Lassen Sie mich gestehen, dass mich, seitdem Sie bei uns weilen, allein Ihr

Anblick schon bezaubert und entzückt hat, und ich stehe nicht an zu behaupten, dass Sie mir Jahre des Lebens schenken würden, wenn ich Sie hier als Schlossherrin einführen dürfte! Bitte, verargen Sie mir diese gradlinige und offene Rede nicht!«

Perréne blieb stehen: »Herr Oberst, wir wollen dieses Thema jetzt nicht weiterverfolgen! Denn es wäre unklug und töricht von mir, über Unbedachtes zu reden.«

Als sie am Abend die Kinder zu Bett gebracht hatten und zu dritt in ihrer Stube beisammensaßen, berichtete Perréne, was ihr heute mit dem Oberst im Park geschehen war.

Da meinte Veit-Lukas launig: »Mama, dann wirst du ja meine Chefin!«

Perréne erwiderte: »Wenn ich das über mich brächte, wäre ich froh – nicht meinetwegen, sondern in eurem Interesse. Ist doch möglicherweise zu befürchten, dass er euch aufsässig wird, wenn ich ihm einen ablehnenden Bescheid geben muss – und das muss ich!«

Darauf Veit-Lukas: »Mama, er ist altgedienter Offizier; eine solche Blöße, wie du befürchtest, darf er sich nicht geben. Eine andere Frage wäre es freilich, ob du nicht auf sein Angebot eingehen solltest – deinetwegen!«

Perréne schüttelte den Kopf: »Bedenkt doch, dass er über kurz oder lang eine Krankenpflegerin braucht; die Ehefrau wäre am billigsten und bequemsten. Und dann: Meint ihr, ich möchte mich mit seinen Kindern um das große Erbe prügeln? Nein, ich will bei euch bleiben und mich an den Enkeln erfreuen!«

Es ist in keinem Tagebuch zu lesen, auf welche Art und Weise Perréne dem alten Herrn Schüler ihre Ablehnung vermittelt hat. Sie scheint aber das Problem mit viel Feingefühl gelöst zu haben, denn es gab keinerlei Misston zwischen ihm und den Verwaltersleuten. Im Gegenteil! Als die Zugvögel das Frühjahr 1883 ins Land brachten, waren die sechs Musikanten auf Suresnes in erstaunlicher Vollkommenheit zusammengewachsen, sodass sie es wagen konnten, vor einigen erlesenen Gästen zu konzertieren.

Aufgrund der Verbindung, die das Schloss Suresnes zum Münchner Künstlerkreis hatte – von diesen Leutchen war das noble Haus damals »Rosenau« genannt worden –, lud das »Sextett Bethy Schüler« zu einem »Bayerischen Musikabend« am 28. Mai in den Schlossgarten ein. Und sie kamen. Neben den Dichtern Paul Heyse, Henrik Ibsen und Ludwig Ganghofer erschienen aus der Barer Straße die meisten »Allotrianer«, ebenso der junge Hofschauspieler Joseph Kainz, dem man Günstlingsbeziehungen zu König Ludwig nachsagte. Auch die Maler Spitzweg, Defregger, Piloty, Habermann und der kleine Heinrich von Zügel erschienen, sowie der große Franz von Lenbach mit seiner um 26 Jahre jüngeren gräflichen Gemahlin Moltke. Die beiden Münchner Bürgermeister fehlten ebenso wenig wie der gerade erst geadelte Professor Max von Pettenkofer.

Großes Aufsehen erregte auch der etwas »spinnate« Nachbar Gabriel Wörlein, der Pächter des Seehauses am Kleinhesseloher See. Er trug eine maßgeschneiderte blutrote Admiralsuniform, die ihm den Spitznamen »Admiral Gaberl« eingebracht hatte. Er befehligte nämlich auf dem See eine Flotte von zwanzig Gondeln; auch rühmte er sich, Erfinder und Besitzer eines »Dampfbootes mit menschlicher Betriebskraft« zu sein. Aller Augen waren auf ihn gerichtet, sodass die beiden zuletzt eintreffenden Gäste fast niemandem auffielen: der stille »Abtrünnige« Ignaz von Döllinger und der ganz junge, arme Franz Stuck, der Keramikteller bemalte, um nicht verhungern zu müssen.

Eine bunte Gesellschaft also, die sich auf Bänken und Stühlen zwischen den duftenden Rosenbeeten erwartungsvoll niederließ. Aus den Gewölben der Kolonnade zur Linken hingen Lampions nieder und verströmten ein mildes, rotgelbes Licht über die bereitstehenden Instrumente.

Als niemand mehr zu erwarten war, trat Direktor Emil Schüler – jetzt wieder mit Stock! – in einen Gewölbebogen und begrüßte die Geladenen mit freundlichen Worten. Er bat sie, diesen Abend als den Auftakt zur Bildung einer großen Münchner Kulturfamilie zu betrachten. Suresnes werde allen Kunstbeflissenen jederzeit offen stehen und seine Galerie, seine Säle, sein Theater und die Bücherei allen Künstlern und Kunstfreunden zur Verfügung stellen.

Dann kam der alte Herr auf seine Musikanten zu sprechen: »Neben meiner Tochter und den Söhnen werden Sie zwei Schwabinger Jungbauern und – Sie dürfen staunen! – eine böhmische Harfenistin hören. Das Repertoire setzt sich ausschließlich aus bäuerlicher Festmusik im alpenländischen Raum zusammen. Wir haben es in jahrelangem Bemühen gesammelt und in monatelanger Arbeit durchgefeilt. Wenn wir auch die dörfliche Tanzmusik unserer Tage keineswegs gering schätzen, so wollen wir doch den festlichen Charakter unseres Programms noch einmal unterstreichen und betonen, dass in früheren Zeiten, als die Bauern diese unsere Musik schufen, ebenfalls dazu getanzt wurde – ein Umstand, der uns mahnt, mit großer Achtung auf unsere Altvordern zurückzuschauen, der uns aber auch mahnt, zur Hebung des Niveaus unserer heutigen Volksmusik beizutragen. Und jetzt möge es Ihnen, verehrte Gäste, gefallen!«

Während man die Worte des Hausherrn mit angemessenem Beifall bedachte, zogen die sechs Musikanten im

Gänsemarsch in die Kolonnaden ein, jeder mit seinem Instrument, ausgenommen Aurelia, deren hellhölzerne große Harfe von ihrem Gatten Veit-Lukas hereingetragen wurde. Mit der natürlichen Würde, die das Bewusstsein seines Könnens dem Künstler verleiht, gruppierten sie sich um Zither und Hackbrett, und Bethy Schüler sprach: »Wir beginnen mit dem ›Pinzgauer Hochzeitsmarsch‹.«

Sie schmiegte sich die Geige ans Kinn, schaute reihum ihre Leute an und – alle setzten ein. Weiß Gott!, das war ein Höchstmaß an Präzision des Taktes und der Eleganz der Melodienführung! Eine Fülle von Harmonie und wechselseitiger Einfühlung! Die so spielen, sind keine Dorfmusikanten, sondern Berufene!

Dem Marsch folgten ein hochzeitliches Tafelstück »Bauernmenuett aus Imst« und der »Ameranger Jager-Walzer«. Der »Schindlschneider-Walzer« und ein leichtfüßiger »Webertanz« schlossen sich an.

Inzwischen war hinter den üppig blühenden Kastanienbäumen die Mondsichel aufgegangen. Direktor Schüler kündigte eine Pause an und ließ den Gästen auf feinen Silberplatten edle Wachauer Weine reichen. Die leise Unterhaltung drehte sich ausschließlich um das hohe Niveau von Musik und Musikanten, und nicht wenige pflichteten begeistert dem Wunsch des Gastgebers bei, eine von Suresnes ausgehende Münchner Kulturfamilie ins Leben zu rufen. Vor allem versprachen sich die beiden Bürgermeister von dieser Schüler'schen Initiative den friedlichen Ausgleich einer sich anbahnenden Feindseligkeit zwischen den alten und den jungen Künstlern; denn schon redete man in der Stadt unüberhörbar von der Verknöcherung des Althergebrachten und von einem neuen Kunstverständnis.

Nach der Pause wurde die Musik im »Tegernseer Menuett« und mit dem »Tanz aus einer Mittendorfer

Redoute« noch lieblicher und beschwingter, und die Künstler konnten dabei ihre beachtlichen technischen Fertigkeiten demonstrieren.

Die Gäste drückten ihre Begeisterung durch lange anhaltenden Applaus aus, verlangten sogar die Wiederholung eines Tanzteils. Der Wunsch wurde erfüllt. Danach packten die Musikanten ihre Instrumente ein, ohne dass jemand das Ende des Konzerts angesagt hätte. Das wirkte befremdend, bis man mit einem Mal feststellte, dass Aurelia ihren Platz nicht verlassen hatte. Jetzt zog sie die Harfe an sich, senkte den Kopf und wartete. Das leise Raunen unter den Gästen verebbte; es wurde ganz still, so still, dass man sogar an der großen Espe, die mitten im Park stand, die Blätter lispeln hörte. Da sagte die junge Frau: »Zum Ausklang, verehrte Gäste, hören Sie die ›Burghausener Abendmusik‹.«

Was dann kam, fesselte einen jeden einzelnen der Zuhörer vollends. Eine andachtsvolle Melodie, aus der man die Unendlichkeit zu erahnen glaubte, gekrönt von einem jubelnden Finale, das nach Freiheit rief. Wahrhaftig, in diesen Akkorden rauschte der ganze Böhmerwald, in ihnen flüsterten die Quellen der jungen Moldau, in ihnen beteten die Schulkinder von Winterberg – wie einst die kleine Aurelia Hartauer selbst, als sie zur ersten Kommunion gegangen war!

Der »Bruder« von Piesenkam

Dem Kalender nach stand der Frühlingsanfang bevor, aber noch immer fegten Schneestürme von Freising her über die Schwabinger Ebene. Wer nicht gezwungen war, das schützende Dach und die warme Stube zu verlassen, blieb daheim und genoss die Stille zwischen seinen vier Wänden. Auch auf Suresnes hatte sich der Lebensrhythmus verlangsamt. Dazu kam, dass die Idee von der Münchner Kulturfamilie nicht recht greifen wollte. Hauptgrund waren die Eifersüchteleien, vor allem bei den Malern. Jung und Alt verstanden sich nicht, und die rechthaberischen Alten wollten nicht einsehen, dass die Zukunft nun einmal den Jungen gehört.

Im Schloss wurde zwar weiterhin fleißig musiziert und gut musiziert, doch nur im Kreise einiger Eingeweihter, die nicht von kämpferischem Geist beseelt waren, sondern »das Stigma der Friedfertigkeit« trugen. So wünschte es der alte Herr Schüler. Er hielt es mit dem Sprichwort der Römer: *»Inter arma silent musae –* Wo Waffen lärmen, müssen die Künste schweigen!«

Die junge Verwaltersfamilie gedieh prächtig, denn alle waren zufrieden. Nein, nicht alle! Perréne quälte sich mit Gedanken an ihren älteren Sohn. Gewiss, Veit-Benedikt war bereits hoch in den Dreißgern; in dem Alter ist man langsam selbstständig geworden. Doch als Mutter hätte man trotzdem gerne gewusst, wie's denn bei dem großen Buben inwendig aussieht, dort, wo eben nur eine Mutter hinschauen und gegebenenfalls auch hinfühlen darf.

So setzte sie sich eines Tages im April hin und schrieb zwei Briefe: einen an den Landrichter von Tölz, Joseph Schmitt, den anderen an Pater Cölestin Haunschild, den Guardian der Tölzer Franziskaner. Darin bat sie beide Herren um Mitteilung, wo sich der Einsiedler aufhalte, der vor Jahren in der Schaftlacher Gegend gelebt haben soll; sein Name: Veit-Benedikt Radlmeier de Serrat, ein ausgebildeter Theologe, der sich jedoch den bischöflichen Weihen nicht unterzogen habe.

Nach kaum 14 Tagen antworteten beide Herren im gleichen Sinne: Der Einsiedler, der in der Gegend nur »Bruder« genannt werde, hause nach wie vor in der Klause neben der Allgaukapelle und führe ein heiligmäßiges Leben. Gegenwärtig liege er jedoch krank darnieder und werde sowohl von der Pfarrei Piesenkam wie auch vom Franziskanerkloster in Tölz betreut. Leider habe er bisher abgelehnt, einen städtischen Arzt zu empfangen, was man sehr bedauere. Auch sei er von vornherein dagegen, in das städtische Spital zu gehen. Man wisse also beim besten Willen nicht, was man noch zu seinem Wohle tun solle. Vielleicht sei es ihr, der Mutter, möglich, den guten »Bruder« von der Sinnlosigkeit seines Widerstandes zu überzeugen. Der Guardian fügte noch hinzu, er betrachte es als eine göttliche Fügung, dass sich die Mutter eben jetzt nach dem Sohn erkundigt habe.

Perréne wandte sich an den Direktor Schüler mit der Bitte um ein Reitpferd. Der alte Herr fühlte sich geschmeichelt, dass sie ihn um Hilfe bat. Weniger begeistert waren Veit-Lukas und seine Relli. Eine Frau, die allein bei diesem kühlen, regnerischen Wetter durch tiefe Wälder reitet, über weite, einsame Fluren, wo weder Haus noch Hütte stehen, wo sich aber vielleicht Gaunervolk und lichtscheues Gesindel herumtreibt! Könne sie denn das verantworten?

Sie konnte es! Welche Mutter hätte es nicht gekonnt!

Perréne ritt nach Holzkirchen, ließ in der Gastwirtschaft kurz das Ross versorgen und stand, als der Abend zu dämmern begann, vor der Allgaukapelle bei Piesenkam. Weil sich weder in dem kleinen Gotteshause noch in der danebenliegenden Einsiedelei etwas rührte, saß sie ab und führte das Tier in einen Heustadel, der nicht weit entfernt im Schutz hoher Fichten stand. Hier war es geschützt und geborgen; einen Eimer Wasser wollte sie ihm noch bringen, sobald sie den Sohn gesehen hätte.

Als sie wieder zur Kapelle zurückkam, trat sie kurzerhand ein, ging nach vorn zum Altar und zündete da eine Kerze an. Diese nahm sie und klopfte dann hinten unter dem Chor an die Holztür, auf der in ungefüger Schrift das Wort *Klausur* geschrieben stand. Klausur! Was störte es sie, dass hier ein weibliches Wesen nicht eindringen durfte! Sie war die Mutter! Vor der Mutterliebe aber erstarren und verdorren alle menschlichen Verordnungen!

Sie öffnete die Tür. Weil sie jedoch in dem engen Raum nichts wie ein paar Gartengeräte erblickte, stieg sie die knarzende Holztreppe hinauf, die kaum größer war als eine Hühnersteige, und stand da vor einem kleinen, erkaltenden Kachelofen. Aus dem Kämmerlein daneben hörte sie Husten und Röcheln. Sie schaute hinein und gewahrte den Sohn, der in einem Kasten voll dürren Buchenlaubs lag.

Sie schaute ihm in die gläsernen Augen.

»Veit-Benedikt!«, sagte sie sanft.

Doch er erkannte sie nicht.

Sie zündete noch ein paar Kerzen an, die herumstanden, entfachte auch im Ofen erneut das Feuer. An einer Stange über den Kacheln hingen etliche Beutel getrockneter Blätter. Sie beroch sie und entnahm dem einen eine Handvoll Brusttee. Als das Wasser im Blechtopf kochte, übergoss sie die Blüten und gab darauf den Absud löffelweise dem Sohn ein. Veit-Benedikt schluckte gierig, erkannte jedoch seine Mutter noch immer nicht.

Nach einer Stunde schwitzte er, sodass die Kutte ganz nass war. Perréne stellte fest, dass er unter dem rauen Büßergewand weiter nichts anhatte. Mit großer Mühe zog sie ihm den übel riechenden Stoff vom Leib und rieb mit einem Büschel Stroh den dürren Körper des Sohnes ab, so wie man ein dampfendes Ross abreibt. Dann eilte sie hinab in die Kapelle, ging in die Sakristei und packte ein Messgewand, ein paar Ministrantenchorröcke und zwei Altartücher; auch den alten, schweren Rauchmantel aus Brokat nahm sie mit und kehrte zu Veit-Benedikt zurück. Sie hüllte ihn in all das weiße Zeug ein, legte den Rauchmantel darauf und breitete noch ein paar herumliegende Säcke darüber. Den Ofen heizte sie so ein, dass die Herdplatte zu glühen anfing; darüber hängte sie die nasse Kutte auf. Und erneut flößte sie dem Sohn vom heißen Tee ein, und erneut schwitzte er zum Erbarmen.

Stunde um Stunde verrann, es wurde Mitternacht, Walpurgisnacht; Veit-Benedikt schlief.

Perréne setzte sich auf den wackligen Stuhl, der vor dem Betschemelchen stand – und auch sie schlief ein.

Da geschah es nun – war's Wirklichkeit, war's ein Traum? –, dass die heilige Walburga aus der Wand herauszutreten schien, sich vor Perréne hinstellte und fragte: »Wie gefällt dir diese Walpurgisnacht?«

Perréne erwiderte: »Die Dichter schildern sie uns anders! Aber das ist ihr gutes Recht! Müssen sie doch zeitlebens von Träumen zehren, weil ihnen die Wirklichkeit vieles schuldig bleibt. Doch warum fragst du? Euch Heiligen sind doch die Dinge unseres Lebens geläufig!«

»Nicht alle!«, antwortete Sankt Walpurga. »So ist es mir unbegreiflich, dass ein Mann wie dein Sohn, der unter kultivierten Verhältnissen aufgewachsen ist, sich so weit vergessen kann, dass er kein Hemd trägt.«

Perréne dachte eine Weile nach, dann sagte sie: »Hängt das nicht mit eurer viel gepriesenen Kasteiung des sündigen Leibes zusammen?«

Etwas unmutig erwiderte die Heilige: »Kasteiung hin, Kasteiung her! Schweiß, Dreck und Gestank haben noch keinen für den Himmel qualifiziert!«

»Der Meinung war ich auch!«, stimmte ihr Perréne zu. »Doch scheint man in den geistlichen Lehranstalten, die mein Sohn bis zur Neige genossen hat, anderer Meinung zu sein. Wie wäre er sonst in diese Verhältnisse geraten?«

»Du musst ihn befreien!« Sankt Walpurga sprach's und war wieder in der Wand verschwunden.

Perréne erwachte, und es war höchste Zeit, denn eine der Kerzen war niedergebrannt und hätte in dem prasseldürren Holzhäuschen leicht eine Feuersbrunst entfachen können. Heftig blies sie auf den lodernden, schwimmenden Wachsdocht. Dabei sprühten ein paar Tropfen auf Veit-Benedikts Gesicht – und er schlug die Augen auf.

»Mama?«, fragte er.

Da kniete sie sich zu seinem Bettkasten hin und barg ihr Gesicht weinend an seinem Hals.

Niemand weiß, was in dieser Nacht zwischen Mutter und Sohn gesprochen wurde. Es muss ein langes Gespräch gewesen sein und bis in den frühen Morgen hinein gedauert haben. Als die Sonne aufging, kam der Mesner von Piesenkam; er brachte Milch, Brot und einen Riegel Käse. Beim Anblick der noblen Frau staunte er nicht wenig. Perréne bat ihn, seinem Pfarrer mitzuteilen, sie wolle ihren Sohn ins Spital nach Tölz bringen, und ersuchte um einen Wagen.

Der Wagen mit den pfarrherrlichen schnellen Rössern fuhr eine Stunde später bei der Allgaukapelle vor; der

Kutscher hatte viele Decken mitgebracht. Er und Perréne betteten den zum Skelett abgemagerten Einsiedler hinein.

Zwei Stunden später stand ein Arzt vor Veit-Benedikts Krankenlager und wiegte bedenklich den Kopf: »Lieber Bruder, Sie gehören zu denen, die mit dem Tod gewissermaßen auf Du und Du stehen. Sie leiden an der Auszehrung im höchsten Grade. Seien Sie auf alles gefasst!«

Zu Perréne aber sagte er draußen vor der Tür: »Verwöhnen Sie ihn noch die paar Tage!«

Veit-Benedikt Radlmeier de Serrat starb in Tölz und wurde im Priestergrab bei »Unserer Lieben Frauen in der Sonnen« beigesetzt. Seit Menschengedenken hatte man keine solchen Massen von Trauergästen gesehen.

»Wenn wir diesen Mann«, fing der Bürgermeister Schretzenstaller seinen Nachruf an, »wenn wir diesen Mann, der uns in der Blüte seiner Jahre verlassen hat, jetzt zu Grabe tragen, dann wollen wir nicht vergessen, dass er trotz seiner Jugend vollendet war. Was heißt vollendet? Er und ihr und ich, wir alle waren und sind Entwürfe, einmalige Konzepte unseres Herrgotts. Der Entwurf ist grundsätzlich etwas Unfertiges und schreit nach seiner Vollendung. In der Ausführung dieses Entwurfs, in seiner Vollendung liegt unsere ganz persönliche Aufgabe, unsere ganz persönliche Note. Darum passiert es ja auch so oft, dass mancher von uns uralt werden muss, ehe der Gevatter Tod bei ihm anklopfen darf, weil er eben noch nicht fertig ist! Unser Herrgott muss mit uns Geduld aufbringen, Geduld und Langmut, weil er sieht, dass sein schöner Entwurf noch in den Kinderschuhen steckt und dass die Verwirklichung einfach nicht vorankommen will. – So verhält sich's mit uns! – Mit ihm verhielt sich's anders!

Er hatte auf die höheren Weihen verzichtet – und zwar aus Ehrfurcht vor dem Priestertum, das manche unserer heutigen Geistlichen schandvoll in den Dreck treten; kaum ein anderer wäre ihrer so würdig gewesen wie er. Auch das stand auf dem Reißbrett seines göttlichen Entwurfs. Denn der Herrgott wollte nicht, dass er – was leicht hätte sein können! – in München oder in Freising dereinst zu hohen Ämtern und Würden aufstiege, nein, er hat ihn in die Einsamkeit geschickt, damit er mit den armen Bauernkindern und den alten, gebrechlichen Austragshäuslern das tue, was wir verlernt haben: nämlich beten! Ich selber war erst vor Kurzem in der Allgaukapelle; ich selber habe seine Gottesfurcht erkannt; ich selber habe aber auch gesehen, wie die Holzbänke der Kapelle glatt gescheuert waren von den Knien und den Armen der Beter, die er tagtäglich um sich geschart hatte. Diese glatt gescheuerten Bänke in der Allgaukapelle zählen vor unserem Herrgott gewiss hundertmal mehr als die mit Samt und Brokat überzogenen Betstühle der Fürsten und Prälaten. – Veit-Benedikt Radlmeier de Serrat, du hast dich von uns nur ›Bruder‹ nennen lassen! Lieber Bruder, du hast uns in der frühen Vollendung deines göttlichen Entwurfs hier im Oberland die Augen geöffnet für das eine und Einzige, das nottut: den Herrgott zu lieben mit allen unseren Kräften und aus ganzem Herzen, aus ganzer Seele, und unseren Nächsten wie uns selbst.

Er wollte dir's großzügig vergelten, wir aber wollen dich nicht vergessen!«

Dann stellten sie die leichte Last des Sarges mit dem ausgedörrten Bruder hin zu den prunkvollen Totenhäusern gewichtiger Pfarrherren und Dekane. Hoffentlich hatten auch sie ihren göttlichen Entwurf, getreu den Worten des Bürgermeisters, nobel vollendet!

Die Gräfin aus dem Osten

Es war für die braven Münchner und überhaupt für alle städtischen bayerischen Bürger nicht leicht, die Liebe zu ihrem Königshaus mit der Bauwut und dem daraus resultierenden Schuldenberg ihres Königs zu vereinen. Ludwig II. wurde geliebt und abgelehnt zugleich. Und weil diejenigen, die ihn nicht mochten, einflussreicher waren und die Regierungsmacht hatten, musste es zu Spannungen kommen, denen keine auch noch so große Verehrung gewachsen war, zumal ja die meisten Mitglieder des königlichen Hauses die Meinung der Regierung teilten. So braute sich 1886 das Verhängnis zusammen, das in der Entmündigung Ludwigs seinen Höhepunkt erreichte, um sich dann in seinem ein paar Tage später erfolgten geheimnisumwitterten Tod zu vollenden.

Damit ging das bayerische Königtum gemäß der Erbfolge auf seinen Bruder, den Prinzen Otto über. Der saß freilich immer noch geistig umnachtet in Fürstenried. Man musste also auf Prinz Luitpold, den Onkel der beiden Brüder, zurückgreifen. Ihn machte man zum »Prinzregenten«. Luitpold war bereits 65 Jahre alt und galt als ein liebenswürdiger, seriöser Herr, besonders bei den Bewohnern der Landeshauptstadt. Die Bauern, Holzfäller und Flößer draußen am Land verhielten sich ihm gegenüber lange Zeit zurückhaltend; denn so leutselig wie manche seiner Vorgänger war er nicht. Auch fehlte ihm der Stich ins Märchenhafte von Ludwig II., dass er etwa in der Winterkälte bei Fackelschein durch die mondhellen Nächte gefahren wäre. Weil er jedoch ein sportlich durchtrainierter Mann, ein leidenschaftlicher Jäger und ein kühner Berggänger war, gelang es ihm schließlich, die Gunst und Freundlichkeit auch des kleinen Mannes in Bayern zu gewinnen, sodass seine 26-jährige Prinzregentenzeit mit zu den glücklichsten Epochen des Bayernlandes zählt.

Die Idee der Münchner Kulturfamilie war mit Emil Schüler Anfang 1891 zu Grabe getragen worden, denn der neue Schlossherr auf Suresnes wusste mit den alten, in ihrem Ruhm erstarrten Münchner Größen nichts Rechtes anzufangen. Paul Heyse, Franz von Lenbach, Gabriel von Seidl, die die Szene beherrschten, waren nicht gewillt, die Gangart der Jungen zu würdigen.

Um diese Zeit gingen über Schwabing etliche Sterne erster Größe auf, die durch ihr faszinierendes Leuchten diesem Münchner Stadtteil zu Weltruf verhalfen.

Im Herbst 1892 kreuzte ein junges Mädchen in der bayerischen Landeshauptstadt auf, Olga Gräfin Orlowskaja, aus dem Osten stammend, von daheim hinausgeworfen, liiert gewesen mit einem alten Mann, auf einem Pfarrhof religiös berieselt, nunmehr mit einem Hamburger Assessor verlobt, doch von diesem für ein einjähriges Malstudium in München freigegeben – keine Schönheit, aber ein köstlicher Wildfang.

Es war ein diesiger Spätnachmittag, als die junge Gräfin in Begleitung des großen, schwarzäugigen Malers Franz Stuck in der Kanzlei des Verwalterhauses von Schloss Suresnes erschien.

»Wir hätten gern Herrn Schüler gesprochen!«, sagte der Maler.

»Leider!«, erwiderte Veit-Lukas. »Herr Schüler gedenkt sich bis zum Frühjahr außer Landes aufzuhalten. Darf ich wissen, worum es sich handelt?«

Stuck wandte sich zur Seite, deutete auf die junge Frau und sprach:

»Es geht um meinen Besuch, die Gräfin Olga Orlowskaja. Ich wollte sie der liebenswürdigen Wohltätigkeit des Herrn Schüler empfehlen. Die Gräfin ist nicht sonderlich begütert, möchte aber gern für ein Jahr in München studieren. Wohnung und Atelier konnte ich ihr in der unmittelbaren Nachbarschaft bereits besorgen; auch für den Mittagstisch hat sich schon ein Gönner gefunden. Meine Bitte an das Haus Schüler ginge also dahin, der Gräfin jeweils das Abendessen zu stiften.«

Veit-Lukas schaute das kleine Fräulein an, und es war, als hätte in diesen paar Augenblicken ein Funkenstrom zwischen ihnen hin und her gewechselt. Zu Stuck sagte er: »Bis zur Rückkehr des Herrn Schüler kann ich Ihre Bitte erfüllen; nachher müssen Sie mit dem Chef des Hauses selbst sprechen. Das Abendessen wird drüben im kleinen Schlosssaal serviert. Frau Gräfin werden sich unseren acht ständigen Gästen anschließen!«

Stuck und seine Dame bedankten sich sehr höflich und gingen. Veit-Lukas schloss die Kanzlei und begab sich hinauf in die Wohnung zu seiner Familie. Der elfjährige Andreas saß hinter seinen Schulbüchern, die Zwillingsschwestern jedoch bestürmten den Vater, mit ihnen noch vor dem Abendessen einen »pfundigen« Ritt durch den Englischen Garten zu machen. Frau Aurelia wandte ein, dass der Vater bestimmt müde sei. Er aber fühlte sich an diesem Tag noch recht frisch und gab den Wünschen seiner Töchter nach.

Bald jagten sie zu dritt auf den düsteren Wegen, die mit üppigem Herbstlaub bedeckt waren, dahin zum Kleinhesseloher See, in die Hirschau, dann zurück zum Chinesischen Turm, um am End über die Schönfeld- und Ludwigstraße nach Suresnes heimzukehren.

Veit-Lukas pflegte, wenn die Kinder zu Bett gegangen waren, sich mit Frau und Mutter zusammenzusetzen und über die Ereignisse des Tages zu reden, um sie in ihrer Einsamkeit ein wenig teilhaben zu lassen am Leben drüben im Schloss und in der Stadt, draußen auf den Fluren und im Gestüt hinterm Gasteig; denn da musste er überall sein. Er berichtete ihnen, welche Art von Besuchen gekommen waren und was sie gewollt hätten. Nur vom heutigen Besuch der Gräfin Orlowskaja sagte er nichts. Wozu auch? Relli könnte nur unruhige Gedanken kriegen!

Unruhige Gedanken?

Wer hatte da unruhige Gedanken?

Am folgenden Abend visitierte der Verwalter pflichtgemäß die Tischgäste im kleinen Saal.

»Sind Sie zufrieden, Gräfin, mit dem Traktament auf Suresnes?«

Er fragte und setzte sich an ihren Tisch.

Sie glühte ihn mit ihren schönen Augen an: »Wie könnte Lazarus unzufrieden sein über das, was von den Tischen der reichen Prasser fällt?«

Das war eine reichlich kecke Antwort aus dem Mund eines »Lazarus«; Veit-Lukas parierte: »Wir sind aus Ihrer Heimat Russland einiges gewöhnt; Töne der Unverschämtheit scheinen aber eine neue Variante zu sein!«

Er erhob sich, verneigte sich leicht und ging.

Die Gräfin Olga, die mit ihrem Gleichnis aus der Bibel hatte recht geistreich scheinen wollen, war ins Fettnäpfchen getreten. Außerdem schien der Funkenstrom, der gestern zwischen ihren Augen und denen des Verwalters so plötzlich entstanden war, unterbrochen zu sein.

Doch slawische Mädchen sind, was das Herz betrifft, kämpferische Naturen und werfen keine Flinte ins Korn, wenn sie erkannt haben, dass sich das Schießen lohnt. Kommt Zeit, kommt Rat, und Rom wurde auch nicht an einem Tag erbaut.

Auf der Kegelbahn von Suresnes trafen sich jeden ersten Freitag im Monat junge Münchner Künstler. Das war immer ein lustiges Treiben, denn das gastliche Haus Schüler stiftete jeweils einen kleinen Banzen Bier. Als sie Anfang November wieder einmal zusammenkamen, musste anstelle des verreisten Hausherrn sein Verwalter Radlmeier den Anstich des Banzens besorgen, musste auch eine Zeit lang das muntere Spiel mitmachen. Mit Franz Stuck und einigen anderen Malern war auch die Orlowskaja unter den Kegelgästen. Sie schien sich in den paar Wochen ihres Münchner Aufenthalts schon recht gut eingelebt zu haben, denn sie flog schier aus einer Umarmung in die andere. Die jungen Männer mochten ihre frische Art, ihr herzhaftes Lachen, besonders jedoch das glanzvoll frivole Spiel ihrer Augen. »Mit der brauchst erseht gar nich ins Bett ze gehn; die macht's mit ihre Ochen!« Diesen Ausdruck hatte ein schlitzohriger Sachse geprägt, der ebenfalls in dieser Gesellschaft verkehrte.

Veit-Lukas hatte die Gräfin immer wieder im kleinen Saal beim Abendessen gesehen, war ihr aber stets ausgewichen. An diesem Freitag ging das nicht, denn er musste den ersten Maßkrug jedem einschenken – auch ihr. Als sie sich kokett bedankte, flüsterte sie ihm zu: »In eurem Gewächshaus drüben ist es schön warm. In zwei Stunden hätte ich Sie dort gern gesprochen, um mich zu entschuldigen!«

Da war nun kein Überlegen und kein Sich-Besinnen mehr.

Der harte Nordwind peitschte gewaltige Regenschwaden an die großen Flächen des Glashauses, pfeifend brach er sich am eisernen Gerüst und heulte im hohlen Rauchfang. Schwer fiel die Tür an der Kegelbahn hinter ihm ins

Schloss, als Veit-Lukas in die tosende Nacht hinaustrat. In weiten Sprüngen eilte er hinüber, ohne auf die tiefen, aufgeweichten Erdrabatten zu achten, die die Gärtner kurz zuvor säuberlich gerichtet hatten. Die Tür des Gewächshauses stand leicht offen; die Gräfin hielt sie von innen. Als er sie öffnete, schlug ihm der feuchte Geruch der Palmen und Sträucher und der südländischen Orangenbäumchen entgegen, die hier den Winter überdauern sollten. Er sah die Umrisse der hellen Mädchengestalt und sank dann mit ihr auf die warme Ofenbank hin, wo sich bisweilen die Gärtner zur Mittagsstunde gütlich taten.

Frau Aurelia wunderte sich am anderen Morgen über die schmutzigen Stiefel ihres Mannes: »Habt ihr denn auf einem Ackerfeld gekegelt? Mit der Bürste war da gar nichts auszurichten. Ich musste sie unter die Wasserpumpe halten!«

»Der Regen hat mir derart ins Gesicht geschlagen, dass ich vom Weg abgekommen sein muss.« Er sprach's und rieb sich die müden Augen.

»Hast du schlecht geschlafen?«

»Könnt ich nicht sagen! Doch der Tabakqualm macht mir zu schaffen. Fast jeder raucht seine stinkende Pfeife; etliche der künstlerischen Herren priemen sogar!«

»Pfui Teufel! Ich glaub, ich müsst dir davonlaufen, wenn du dieses Laster hättest!«

Veit-Lukas wurde für einen Augenblick nachdenklich, als sie vom Davonlaufen redete. Dann wandte er sich aber seinem Sohn zu: »Wie geht's dir in Latein und Französisch, Andreas?«

»Bin's zufrieden, Vater!«

»Und die Lehrer, sind die auch zufrieden?«

»Glaub schon! Geschichte macht mir freilich mehr Spaß!«

»Läufst ganz auf deinen Urgroßonkel Ambros hinaus! Der soll mit seinem Geschichtswissen den damaligen König Ludwig so begeistert haben, dass der ihm sogar etliche großartige Fachbücher geschenkt hat. Drüben in meinem Zimmer stehen sie; darfst sie dir jederzeit holen. Doch behandle sie pfleglich! Denn nicht jeder Hofkutscher hat ein solches Geschenk bekommen!«

Andreas war ein bescheidener, doch aufgeweckter Bub: »Vater, wie viele Jahre muss ich denn ins Wilhelm gehen, bis ich in den Marstall kommen kann?«

»Mein Gott, Kind, das hängt nicht von uns ab, sondern von der königlichen Stallmeisterei; wann sie dich eben brauchen können. Wir müssen der Großmama schöntun, damit sie sich bei den zuständigen Hofherren umsieht, denn jeder hat Großmama gekannt, und viele haben sie sehr gern gehabt.«

»Sie ist aber auch eine feine Großmama!« Mit dieser Bemerkung rundete Andreas das Gespräch ab.

Perréne bewohnte zwei Zimmer über der Kanzlei des Verwalters. Wenn sie sich auch im Allgemeinen nicht über Schlaflosigkeit beklagen konnte – ist man 60, hat man genug geschlafen! –, so hatte sie doch in dieser Nacht wegen des fürchterlichen Sturms stundenlang kein Auge zugetan. Dazu kam das ständige Zuschlagen der Kegelbahntür. Denn dieses junge Münchner Künstlervolk war ungezogen! So hatte sie sich an ein Fenster hingesetzt und die Wucht der vorübersausenden Regenböen beobachtet. Was tut man denn nicht aus lauter Langeweile! Da war es ihr auf einmal beim Aufhuschen eines fernen Wetterleuchtens vorgekommen, als wäre einer drunten quer durch die Anlagen gesprungen. Sachte, um die Kinder und die Schwiegertochter nicht zu wecken, war sie deshalb hinuntergeschlichen und hatte geprüft, ob die Türen richtig verschlossen wären. Darauf hatte sie sich zu Bett begeben und war gegen den Morgen hin eingeschlafen.

Beim gemeinsamen Frühstück erschien sie nicht. Das geschah öfter. Als sie aber schließlich kam, trug ihr der Enkelsohn Andreas sofort seine Bitte wegen der Stallmeisterei vor. Mit wohlgefälligem Schmunzeln quittierte sie seine netten Worte, dass sie einst bei Hofe doch so bekannt und beliebt gewesen sei, und versprach ihm, sich im kommenden Frühjahr mit einem der zuständigen Herren über ihn zu unterhalten. Dann begab sie sich, warm angezogen, hinaus in den Park. Es regnete nicht mehr, und der Wind tat ihr wohl. Im Dahinschlendern begegnete sie dem Gärtner Wenzel. Er grüßte sie und fing gleich in seinem Böhmakerdeutsch zu schimpfen an. Da sei doch wahrscheinlich einer von diesen lausigen Kegelbrüdern durch den Park gelaufen und in die frisch aufgerichteten Beete gelatscht! »Im Suff mußäs passirt sajn, Gnefrau, im Suff! Filaicht ham auch die Härrn Fangerles gschpilt, is ja mäglich! Muss aber auch ajn Waiblichs migschpilt ham; da, Gnefrau, schaun S här, pitschän! No, Gnefrau, was is das fir klajns Fusserl da in Dräck!«

Perréne versprach ihm, der Sache nachzugehen, und verfolgte die Spuren weiter. Kein Zweifel, das war die Richtung, in der sie gestern Nacht ein Mannsbild hatte springen sehen, und diese Richtung deutete auf das Glashaus! Wer in einer Wetternacht zum Lieben hierher kommen musste, der hatte viel zu verbergen!

Dann fielen die ersten Winterstürme ein und hüllten die Idylle Suresnes in weiße Pracht. Die Zwillinge vergnügten sich tagtäglich auf der Eisbahn drunten im Englischen Garten und kamen jedes Mal mit roten Backen heim. Frau Aurelia freute sich an ihnen. Wenn sie nur nicht immer so heftig wären! Doch darin waren sie halt ihrem aufbrausenden Vater nachgeraten.

Perréne hatte das Gespräch mit dem Wenzel über die Fußspuren längst vergessen, hatte es auch in der Familie nicht der Rede wert gefunden. Das Künstlervolk, das jetzt hier verkehrte, war sowieso nicht nach ihrem Geschmack, noch weniger das, was diese »Secessionsmaler« malten. Und was man da so lesen konnte! Von emanzipierten, starken, aber schuldlos unter der Fuchtel des Mannes leidenden Frauen! Weiters von männerfressenden Dämoninnen und Mänaden, von der *femme fatale,* von der weiblichen Sphinx, an der kein Mann vorbeikommt, ohne ihr den Tribut seines Geschlechts zu entrichten! Und erst die Bilder! Jetzt galt nichts mehr, was einst eine begehrenswerten Frau ausgemacht hatte, ein breites Becken, runde Schenkel oder ein wogender Busen! Nein, jetzt war das Schönheitsideal ein knabenhaft schlankes Weibchen mit Brüstchen wie Knöpfen an der Trachtenjoppe, kurzen Haaren – die ganze Gestalt wie eine Hopfenstange in der Hallertau! Und so was soll Kinder kriegen und aufziehen?

Anfang Dezember veranstalteten sie wieder ihren Kegelabend. Und gleich am Tag darauf kam der Wenzel ganz aufgeregt Perréne entgegen: »Da schaun S' die Sapper an, Gnefrau! Da die grossn und da die klajn! Da hat ajner die Dame for sich hergschom wie ajn Schnefluk. Und da hatr zwaj klajne Ausschrajtungen gmacht nach linx, und da ajn lajchts Sajtnschpringerl nach forn – und schon war er mit Dame in Glashaus. No, Gnefrau, und was hams quollt in Glashaus? Schaun S' herrajn, wies mir ham zerwilt Kanape! Is rajnstr Sindnpful. Abr mußma ferschtän altes Schprichwort: ›Frajnd, mussti Medln schibn, pissi falln! Und dida war quiss ajne fallsichtige Persänligkajt!«

Perréne sah die Fußspuren im Schnee, sah aber auch, dass sich die des Mannes beim Verwalterhaus verloren, während die kleineren, zierlichen bis zum Eingangstor zu verfolgen waren. Und ihr schwante Schreckliches.

Während der Wochen bis zum Christfest saß sie Nacht für Nacht an ihren Fenstern und schaute. Sie öffnete die Doppelfenster und das Guckerl und horchte hinaus. Dabei fror sie gottsjämmerlich, denn sie wagte nicht, den Ofen zu schüren, weil man's durchs ganze Haus gehört hätte; und die Schwiegertochter wäre sicherlich gleich gekommen und hätte nachgeschaut, denn sie war sehr fürsorglich.

Kurz vor dem Heiligen Abend verdichtete sich Perrénes Ahnung zur Gewissheit. Sie sah den Sohn aus dem Haus schleichen, hin zum Tor, und dann mit einer kleinen Frau zum Gewächshaus zurückkehren. Sie kleidete sich an, wickelte etliche Lappen um ihre Schuhe, ging hinter dem Haus vorbei und stellte sich in den Mondschatten bei einer Hecke nahe dem Glashaus. Und wartete.

Sie wartete eine Stunde und noch eine Stunde, und die Kälte kroch in all ihre Glieder hinein wie eine große Spinne. Die Mitternacht war längst vorüber; von Sankt Ursula her schlug's eine Stunde – welche Stunde? Perréne hörte nichts mehr. Ihre ganze Aufmerksamkeit richtete sich auf die zwei, die vor ihr hinter den blinden Glaswänden ihr sündiges Spiel trieben.

Da knarrte die Tür.

Perréne eilte hin.

Hoch aufgerichtet gleich einer rächenden Göttin stand sie vor dem Weibchen und schlug etliche Male in das fahle, kleine Gesicht mit den Knabenaugen. Und mit unirdisch tiefer Stimme gurgelte sie: »Ich bin bloß seine Mutter! Wär ich seine Frau, hätt ich dich jetzt erschlagen!«

Darauf kehrte sie ins Verwalterhaus zurück.

»Siste, viator! – Wanderer, bleib stehn!«

Lautlos, wie sie weggeschlichen war, betrat Perréne ihre Wohnung. Sie begab sich zu Bett, doch sie hörte nicht auf, gottserbärmlich zu frieren. Sie stand wieder auf, heizte ordentlich ein und bereitete sich ein Bad. Aber auch das half nicht gegen den Schüttelfrost, der sie nun überfiel.

In aller Herrgottsfrühe erschien Aurelia bei ihr. Sie brauchte nicht erst zu fragen, sondern erkannte von selber, dass die Schwiegermama in hohem Fieber lag. Sofort weckte sie ihren Mann. Er fuhr mit dem Schlitten in die Stadt hinein zum Professor von Pettenkofer. Trotz seiner fast 75 Jahre stieg der berühmte Arzt ein und kehrte mit Veit-Lukas nach Schloss Suresnes zurück.

»Was machst du denn bloß für Sachen, mein liebes Großmutterl!«, sagte er und fühlte der Armen den Puls. »Ist man über die sechzig, muss man leiser treten!« Und zu Aurelia und Veit-Lukas, die danebenstanden, meinte er: »Wenn ich jetzt wieder fort bin, erstens eine abkühlende Waschung; zweitens das Zimmer nicht so warm; drittens eine starke Fleischsuppe; viertens viel Obst; und endlich fünftens starken Tee von Hagebutten, Holunder oder Lindenblüten! – Relli-Kind, wiederhol, was ich verordnet hab!«

Aurelia wiederholte, und er tätschelte sie auf die Wange. »Das Wichtigste jedoch, Perréne, musst du selber beachten: Keine Aufregung, kein bekümmertes Spintisieren, keine Sorgen um die Zukunft, keine Angst, weder vorm Leben noch vorm Sterben!«

Der noch rüstige alte Herr stand auf und küsste die Kranke auf die Stirn: »Morgen bin ich wieder da! Und jetzt brav sein und – wenn du kannst – beten!«

Keine Aufregung! – Perréne dachte an dieses Wort, drehte sich zur Wand und weinte.

Es wurde Weihnachten, es kam das Jahr 1893, Professor Pettenkofer schaute immer wieder bei Perréne vorbei. Sie magerte ab – und keine Besserung stellte sich ein. Der kluge Arzt hatte bald erkannt, dass die Hauptursache ihres Verfalls mehr im seelischen Bereich zu suchen war. Er deutete seine Erkenntnis wiederholt an, drang aber in diesen Bereich nicht weiter vor. Frauenherzen sind Uhrwerke von hoher Präzision; setzt das Werk vorübergehend einmal aus, darf man's ja nicht schütteln!

Schon in den ersten Frühjahrswochen wurde es für Veit-Lukas zur traurigen Gewissheit, dass das Gut Suresnes wirtschaftlich nicht mehr zu halten war. Die Schüler'schen Erben lebten außer Landes auf großem Fuß, und dies bereits auf Kosten der Substanz. Der Verwalter musste Gründe veräußern, die Wasser- und Jagdrechte verkaufen, die Viehbestände um mehr als die Hälfte reduzieren, die beiden Gärtner und das gesamte Schlosspersonal entlassen. Damit war's natürlich auch mit den geselligen Versammlungen der jungen Künstler vorbei. Die Gräfin Orlowskaja hatte sich sowieso seit jener Winternacht nicht mehr blicken lassen, sondern war längst in die ausgestreckten Arme anderer Gönner gefallen. Auch in Veit-Lukas' Fantasie verblasste sie allmählich. Dies umso mehr, als er sich bewusst wurde, dass auch seine Stunde auf Suresnes bald geschlagen haben würde, spätestens dann, wenn die fiskalischen Behörden kämen, um ihre Siegel an Türen und Fenster zu drücken; an die Bilder in der Galerie hatten sie sie schon gedrückt.

Was dann?

Als er eines Abends nach Dienstschluss wie gewöhnlich seine Mutter zusammen mit Aurelia am Krankenbett besuchte, sprach er offen über die erbärmliche Lage, in der das Gut und folglich auch er sich befand. Da huschte – wie seit vielen Wochen nicht mehr – ein feines Lächeln über Perrénes Gesicht, und mit dem ihr eigenen souveränen Ausdruck sagte sie so fast wie vor sich selber hin: »Kinder, seit einem Jahr hat man das kommen sehen; freilich, so rasch hatte ich den Zusammenbruch nicht vermutet. Auch unser lieber Professor Pettenkofer hat mich darauf aufmerksam gemacht. Da habe ich dann ein bisschen Vorsehung gespielt, und er hat kräftig mitgetan. Kurz gesagt: Veit-Lukas, du darfst diesen Herbst in die Schreibstube der Oberstallmeisterei einziehen, und unser Andreas muss gleichzeitig zu den Eleven in den Marstall einrücken. So! Nun wisst ihr's! Geht jetzt und lasst mich schlafen!«

Ob sie in der darauffolgenden Nacht schlafen konnte? – Wahrscheinlich ebenso wenig wie all die Wochen vorher. Auch die Freude ist imstande, den Schlummer zu verjagen.

Veit-Lukas schlief ebenfalls nicht. Was hatte er doch für eine Mutter! Durch seinen Seitensprung war er Ursache ihrer Krankheit geworden. Sie hatte in nobler Art geschwiegen, war aber dabei für ihn und seine Familie tätig geworden. Jetzt lag sie da, und die Zeit war abzusehen, wo sie nicht mehr da, sondern droben am Gottsacker bei Sankt Silvester liegen würde. Das hatte der Professor unmissverständlich zu seiner Relli gesagt: »Nur noch geschenkte Tage!«

Mitte März waren diese geschenkten Tage abgelaufen. Mit dem Rosenkranz in der kleinen, knochigen Hand fand man sie in der Morgenfrühe, wie schlafend – doch sie war bereits kalt.

Selten wurde in Schwabing ein Mensch so kümmer-
lich und erbärmlich zu Grabe getragen wie sie. Neben
der Familie schritten nur noch zwei Männer hinter dem
Sarg mit: der Professor Max von Pettenkofer und der ent-
lassene Gärtner Wenzel. Der Kaplan, der sie einsegnete,
sprach die Totengebete recht schnell herunter, denn ein
eisiger Wind wehte von Kranzberg herein und ließ ihm
geradezu das Wort im Mund erstarren. An eine Grabrede
hatte er nicht gedacht. Was sollte man auch sagen über
diese ältliche Frau? Gut, in jungen Jahren war sie im Hofdienst gestanden! Doch was tut sich nicht alles bei den
Höflingen! Und überhaupt, man sieht's ja, wie der Hof
ihre einstigen Dienste würdigt! Kein einziger Betresster
hat ihr das Geleit gegeben oder – wie der Mesner in solchen Fällen immer zu sagen pflegte – »kein Hund hat sie
angeschissen«!

Veit-Lukas ließ seiner Mutter einen schönen Grabstein
setzen mit einer Marmorplatte darauf. In diese ließ er
einen lateinischen Text einmeißeln, den er selber zusammengestellt hatte. Er lautete:

Siste, viator!
Hic quiescit in Domino
Perréne Radlmeier de Serrat,
nobilitate nec non virtutibus ornata.

Vivae raptus est maritus abrupta morte
primogenitusque in odore sanctitatis,
alterum vero filium peccatorem reliquit.
Requiescat in pace!

Das heißt:
Wanderer, bleib stehen!
Hier ruht im Herrn

Perréne Radlmeier de Serrat,
durch Adel ebenso ausgezeichnet
wie durch Tugend.

Sie verlor zu Lebzeiten einen verunglückten Gatten
und ihren erstgeborenen heiligmäßigen Sohn;
ihren zweiten ließ sie in Sünden zurück.
Sie ruhe in Frieden!

Aurelia konnte nicht recht begreifen, warum Veit-Lukas auf der lateinischen Inschrift bestanden hatte. Er aber und seine Mutter im Jenseits wussten es; und die vielen Diesseitigen, vor allem die Neugierigen, brauchten es nicht zu wissen. Für ihn war diese Marmorplatte eine Beichte – und die Beichte unterliegt dem Geheimnis!

Zu dieser Zeit kehrte auch der Erbe des Hauses Schüler aus dem Ausland nach Suresnes zurück, denn er hatte in der Fremde all sein Geld vertan, hatte auch Wechsel gezogen auf die Bayerische Hypothekenbank in München, und diese Wechsel waren geplatzt.

Kaum war er nun auf seiner Domäne angekommen, da erschienen die Gläubiger scharenweise und brachten gleich die Gendarmen mit. Diese nahmen alle Bücher mit und brachten ihn und seinen Verwalter Radlmeier de Serrat vor Gericht. Der Richter aber und seine Assessoren, die die geplatzten Wechsel der Hypothekenbank vor sich liegen hatten, bezichtigten den Schüler des Betrugs. Er jedoch rechtfertigte sich und erklärte: »Wie konnte ich wissen, dass die Wechsel nicht mehr gedeckt waren? Wozu habe ich denn einen Verwalter?«

Veit-Lukas hatte mit dieser Erklärung seines Chefs gerechnet und gab den Gerichtsherren anhand der Bücher zu erkennen, dass er den Chef noch vor dessen Reise ins

Ausland von der Misslichkeit der Finanzlage unterrichtet hatte. Schüler konnte das nicht leugnen, denn die Bücher waren von ihm gegengezeichnet worden, wenn er auch dabei mit seinen Gedanken vielleicht schon jenseits der Berge war.

Da legten nun die Gerichtsherren Hand an alles bewegliche Schüler'sche Gut und ließen es versteigern. Der daraus gewonnene Erlös reichte freilich bei Weitem nicht, die Forderungen der Gläubiger zu decken, sodass sich jetzt die Bank auch des unbeweglichen Gutes bediente, indem sie zunächst das Verwalterhaus zum Kauf anbot. Veit-Lukas musste es schleunigst räumen.

Er hatte jedoch in der Salpetergasse, nahe beim Marstall, bereits eine Mietwohnung erworben. So konnten sie im August umziehen. Die Stadt München hatte sich an ihn gewandt mit der Bitte, ihr das Häuschen in der Schwabinger Gasse wegen baulicher Veränderung der Straßenzüge zu verkaufen. Er tat es, doch schweren Herzens. Denn wenn es ihm auch nicht mehr diente, so war doch hier über 80 Jahre vorher der erste Radlmeier, der Invalide aus der Oberpfalz, eingezogen. Alle Nachfahren hatten das Häuschen bewohnt und geliebt, hatten es wieder und wieder umgebaut, hatten es verlassen und waren zurückgekehrt, je nach der Gunst oder Ungunst der Zeit. Dieses Haus Nummer sieben hatte die Funktion einer Gluckhenne ausgeübt, die die Ihrigen im Bedarfsfall unter den Flügeln versammelt. So fiel es nicht leicht, sich von ihm zu trennen.

Aurelia gab ihrem Mann jedoch zu bedenken, dass sie beide noch jung genug seien, um sich später eine dauernde Bleibe zu erwerben. Denn seien erst einmal die Kinder aus dem Haus, lebe sich's leichter. Das mit den Kindern würde nicht allzu lange dauern; Andreas zählte bereits zur Hofgesellschaft, wohnte auch dort; und die Zwillinge waren schon so entwickelt, dass man wohl auch davon ausgehen konnte, dass sie in vier, fünf Jahren nicht mehr zu Hause sitzen würden.

Die beiden Mädchen bereiteten Aurelia große Sorgen. Impulsiv wie ihr Vater, kannten sie nicht Maß und Ziel. Wie sollte das werden, hätten sie erst einmal für einen Mann Feuer gefangen! Dazu kam, dass sie strotzten vor lauter Kraft und Gesundheit. Sie brauchten jetzt Betätigung. Auf Suresnes hatten sie einfach ein Pferd aus dem Stall ziehen und durch den Englischen Garten oder nach Schleißheim hinausjagen können. Hier im Marstall gab's zwar auch Pferde, noch viel schönere Pferde; an die ließ man aber – wenn überhaupt! – nur die höheren Töchter heran, und diese musste ein Reitlehrer oder Eleve begleiten.

»Denkt euch nichts«, sagte Andreas wiederholt zu seinen Schwestern, »in einem Jahr bin ich so weit; dann schmuggle ich euch einfach mit unter die anderen. Seid ihr aber einmal dabei, so zählt nicht mehr das Reitkleid, sondern nur noch die Reiterin!«

Der liebenswürdige Bruder hatte sich getäuscht.

Dieses neue Jahr verging, es vergingen auch noch die Jahre 1895 und 1896, ohne dass die beiden Radlmeier-Töchter Anschluss an die höhere Münchner Damengesellschaft gefunden hätten. Andreas hatte sie ein paarmal beim Ausritt der Institutstöchter mitgenommen. Doch sie waren zu sehr aufgefallen; aufgefallen durch ihre natürliche Schönheit, durch ihren kühnen und eleganten Reitstil und – durch ihre bescheidenen Kostüme. Außerdem lenkten sie die Aufmerksamkeit der jüngeren Offiziere und Höflinge auf sich – was man als gesellschaftliche Todsünde ahndete.

Das tat ihnen weh, und Mutter Aurelia litt mit ihnen. Bis eines Tages die Burgl mit der Nachricht daherkam, der »Turn- und Sportverein 1860« trage sich mit dem Gedanken, auch den Damenringkampf in sein Programm aufzunehmen, und suche interessierte Mädchen. Vater Radlmeier war von dieser Idee nicht angetan. Weil aber die Mutter geltend machte, die Kinder müssten auf irgendeine Weise ihre überschäumende Kraft loswerden, willigte er ein mit dem Vorbehalt, dass die Übungen nicht bis in die Nacht hinein dauern dürften. Diese Bedingung ließ er auch den Vereinsführer wissen, und der versprach, den väterlichen Willen zu respektieren.

Bärbl und Burgl Radlmeier wurden also Damenringkämpferinnen.

Aurelia war gottfroh, denn die ermüdenden Übungen, so hoffte sie, würden mehr Ausgeglichenheit in die Gemüter der Mädchen bringen. Außerdem konnte der Umgang mit den männlichen Sportskameraden viele kindische Verklemmungen entkrampfen, zumal die jungen Herren durchweg vertrauenswürdig wirkten.

Eine andere, fast gegenteilige Sorge bereitete der Sohn Andreas seinen Eltern. Was die Mädchen zu lebhaft waren, das war er zu lätschig. Nicht in dem, was seinen Beruf als Hofkutscher betraf, sondern im privaten Bereich. Denn in der Stallmeisterei schätzten sie seine stets reservierte Haltung sehr, und der junge Freiherr von Lerchenfeld, Obriststallmeister, konnte sich seinem Vater gegenüber nicht lobend genug aussprechen. Zu Hause jedoch hing der Junge langweilig herum und machte den Eindruck, als wäre er sich selbst im Wege.

»Jetzt ist der Bursch 16 Jahr' alt und liest Märchenbücher!« Veit-Lukas sagte es kopfschüttelnd zu seiner Frau. »In dem Alter hatte ich was anderes im Kopf, weiß der Himmel!«

Begütigend erwiderte Aurelia: »Sei doch froh, dass er noch kein Schürzenjäger ist! Bei seinem Aussehen und seinem Benehmen ist mir um ihn nicht bange; er kriegt schon noch eine, die ihn aufmischen wird!«

»Der wird genau wie sein Urgroßonkel Ambros. Der hätte zeitlebens keine Frau gekriegt, wenn nicht zu später Stunde noch diese grandiose Schauspielerin gekommen wär. Die hat ihn dann einfach gepackt und vor den Traualtar geschleppt. Aber solche Schlepperinnen, die was taugen, gibt's nicht viele!«

»Braucht's auch nicht!«, entgegnete die Frau. »Irgendein braves Mäderl wird sich schon eines Tages finden, vielleicht nicht grad in der Stadt. Doch auf dem Land draußen tät sich gewiss manch eine alle zehn Finger abschlecken, wenn sie einen Hofkutscher bekäm.«

»Na ja, dann verwöhn ihn nur weiter, deinen Lätschenbeni!«

»Du bist hässlich, Veit-Lukas, und versündigst dich an deinem eigenen Kind!« Frau Aurelia sprach's und wandte sich von ihrem Manne ab.

Er folgte ihr und umarmte sie: »Relli, du weißt doch, dass ich's nicht so mein'! Er ist eben wie du: ein feiner, lieber Kerl, der keiner Fliege ein Leid zufügen könnt, 's wär ja ein Jammer, wenn's lauter solche Heißsporne gäb wie mich. – Aber du magst mich schon noch?«

»Du herzlieber Narr, was bleibt mir denn anderes übrig!«

Das Gewitter

Betrifft Hofkutscher Andreas Radlmeier de Serrat: Sie haben am 16. August 1900 vormittags neun Uhr vor dem Hotel »Vier Jahreszeiten« in der Maximilianstraße Seine Exzellenz Botschafter Emilio Conte Ridolfi abzuholen und nach Schloss Schleißheim zu fahren. Geschlossene Kutsche. Zweispännig. Retourfahrt ohne!

Fünf Minuten vor neun Uhr fuhr Andreas vor. Dem Portier sagte er mit gedämpfter Stimme, auf wen er warte; und der sagte es einem Zweiten, Jüngeren, der eilends im vornehmen Vestibü: des großen Hauses verschwand. Eine Viertelstunde später erschien der alternde Conte Ridolfi; in seinen Arm hatte sich die Gräfin Olga Orlowskaja eingehenkelt. Trotz aufgetragener Schminke sah man ihr die Strapazen der vergangenen Nacht an, während er im Bewusstsein vollbrachter Heldentaten stolz neben ihr daherschritt. Sie stiegen ein; der Portier schloss den Wagenschlag.

An der Residenz vorbei, durch die Ludwigstraße, über Schwabing fuhren sie bald im Kieferngarten dahin, hinter dem sich das freie Feld weithin öffnete. Die glühende Augustsonne brütete über den abgeernteten Äckern; ein Ähren lesendes Mädchen richtete sich am Feldrain kurz auf und winkte. Andreas grüßte ein paarmal mit knallender Peitsche zurück.

Ob's nicht heut noch ein Gewitter gibt?

Um die Ohren der Pferde fliegt ein dichter Schwarm giftiges Geschmeiß. Man muss sie ständig in Trab halten.

Wenn wenigstens ein leises Lüfterl über die Ebene striche! Aber nichts, kein Hauch! Als ob die heiße Luftsäule auf den Stoppeln angewachsen wär!

Da öffnete der Conte das Fenster: »Setzen Sie Madame an der Moorschwaige ab!«

»Verstanden, Exzellenz!«

Die Moorschwaige, kurz vor Schleißheim, war schon seit den Tagen des Kurfürsten Max Emanuel als Absteigequartier zwecks galanter Abenteuer bekannt. Gewöhnliche Herbergsgäste traf man hier nie. Für solche wäre auch die in Brokat, Samt und Seide strotzende Einrichtung der Zimmer kaum erschwinglich gewesen.

Andreas bog in den Hof der Schwaige ein.

Der exzellente Herr führte die Gräfin in das Haus, während ein Knecht mit zwei Wassereimern daherrannte, die Pferde zu tränken.

Eine halbe Stunde später bestieg der Conte den Wagen wieder, und bald fuhr man in den glanzvollen Schlosshof von Schleißheim ein, wo der Botschafter erwartet wurde. Beim Aussteigen steckte er dem Hofkutscher ein Goldstück in die Ärmelstulpe und raunte ihm zu: »Madame wird mich in zwei Stunden zurückerwarten. Geben Sie ihr diesen Brief in die Hand und den Pferden die Peitsche um die Ohren!«

Lächelnd erwiderte Andreas abermals: »Verstanden, Exzellenz!«

Also hatte er noch knapp zwei Stunden Zeit!

Er fuhr in den Marstall, wo dienstfertige Knechte die Rösser abrieben und mit Futter versorgten, während zwei königliche Wagner die Politur der verstaubten Kutsche wieder auf Glanz brachten und die Naben der Räder schmierten.

In der Schlosstafern bestellte sich Andreas einen Nierenbraten, Wirsing und fünf Scheiben von den kernigen böhmischen Knödeln, denn der Chefkoch kam aus Karlsbad und hatte alles, was im Schloss hauste, in diese Knödel verliebt gemacht. Zwei Maß Hacker-Bier rundeten das böhmische Nationalgericht ab.

Mittlerweile begann die dritte Nachmittagsstunde, Zeit zur Heimfahrt nach München. Als Andreas die Tafern verließ, sah er, dass sich der Himmel über Garching ganz und gar verdunkelt hatte, im Hintergrund eine schmutziggelbe Wand aufgestiegen war. Über der Ebene braute sich das Gewitter zusammen. Ob es wohl aushalten würde, bis er drunter weg wäre?

Mit schnellen Schritten war er im Marstall. Sein Gefährt stand bereit. Zwei Sprünge, und er saß am Bock. Ein Knecht reichte ihm die Zügel. »Auf geht's!«, rief er, und dann fuhr er in die herandräuende Finsternis hinein, der Schwaige zu. Da sah er vor sich die Gräfin Orlowskaja im Reisemantel. Wollte die denn mit zurückfahren? »Retour ohne!«, hieß es in seinem Einsatzbefehl. Was wollte sie dann? Er erinnerte sich der Worte des Botschafters, hielt kurz an, reichte der Verwunderten den Brief herab, und mit »Holla, holla!« brauste er davon. Arme kleine Madame!, dachte er. Dann war er wieder auf der Landstraße – und mitten im peitschenden Regen.

Mit einem Male ein fürchterlicher Knall, ein greller Feuerschein – und knapp hinter dem Wagen fuhr der Blitz in ein paar halbwüchsige Kiefern. Die Pferde bäumten sich wiehernd auf, die Deichsel brach, die Kutsche fiel um, Andreas flog in hohem Bogen über den Weg. Mit dem vorderen Deichselstück an den Kummeten rasten die Rösser durch eiergroß niederprasselnde Hagelbrocken davon, auf Moosach zu. Als sie das Dorf erreicht hatten, blieben sie bei dem kleinen Anwesen des Rosswachters Daniel Jordan stehen, denn das Unwetter war gegen Föhring hin abgezogen, und die liebe Sonne lächelte.

Die Frau des Hüters und seine Tochter kamen neugierig an den Gartenzaun.

»Das sind Hofrösser!«, sagte die 15-jährige Kathi. »Da muss was passiert sein!« Und sofort eilte sie den Fahrweg dahin, auf dem die dampfenden Pferde herangeprescht waren. Bald hatte sie die Unglücksstelle erreicht. Da lag der junge Mann, der ihr beim Ährenlesen am Vormittag mit der Peitsche zugeschnalzt hatte. Sie neigte sich zu ihm nieder: »Kann ich Euch helfen? Ich bin die Jordan-Kathi!«

Er erwiderte mit schmerzverzerrtem Gesicht: »Vielleicht könnte jemand im Marstall zu München melden, dass der Andreas Radlmeier hier liegt mit einem gebrochenen Arm und dass die Kutsche hin ist.«

Sie half ihm sachte auf und sagte: »Ich will's gleich dem Vater sagen; der ist der Rosswachter von Moosach. Könnt Ihr gehen?«

Freilich konnte er gehen; er hätte auch allein aufstehen können, aber es tat ihm wohl, ihre kleinen Hände an sich zu spüren. Darum ließ er sich auch ein bisschen stärker, als es notwendig gewesen wäre, von ihrem Arm an ihre Brust stützen. Dabei schaute er ihr in das klare, aber herbe Bauerngesicht: »Hast du nicht vor ein paar Stunden in dieser Gegend Ähren gelesen?«

»Und zugewunken hab ich Euch auch!«, antwortete sie verschämt.

»Du darfst mich ruhig duzen; bin doch höchstens vier Jahr' älter als du!«

»Aber ein Hofherr!«

»Sag nicht Hofherr, sondern Hofdiener!«

»Mit so was, wie Ihr seid, hab ich bisher noch nicht einmal reden dürfen, geschweige denn du sagen!«

»Dann sagst du's eben jetzt!«

Da blieb sie kurz stehen und küsste ihn ganz zart auf die Wange: »Das ist lieb von dir, Andreas!«

Am gleichen Abend noch schiente ein Hofmedikus den linken Oberarm des Kutschers ein und verordnete ihm einen Monat Ruhe. – Was fängt ein junger, von Sehnsucht erfüllter Mann mit einem Monat Ruhe an, zumal wenn's ein goldener September ist?

Fast täglich zog Andreas Radlmeier sein Pferd aus dem Marstall und ritt in Richtung Moosach. Die Kathi traf er tagsüber selten an, weil sie bei den Bauern zum Kartoffelnachklauben war; das brachte ihr an manchem Tag einen ganzen Zentner ein. So hockte er sich oft stundenlang zur Jordanin hin und ließ sich über die Kathi erzählen. Die Frau spürte ja, wo ihn der Schuh drückte, und wusste, dass ihr Töchterl vom gleichen Schuh an gleicher Stelle gedrückt wurde. Drum machte sie auch kein Hehl daraus und meinte, dass sie sich eine dauernde Verbindung zwischen ihnen nicht vorstellen könne; als bloßes »Schleckerl« aber sei ihr das Deandl zu schade. Denn wenn auch – wie das alte Sprichwort sage – die Liebe das Brot der Armen sei, so wolle sie doch nicht eines Tages ein Brot verkaufen müssen, das schon von mehreren Seiten angebissen sei.

Trotz solcher scheinbar von mütterlicher Verantwortung getragener Worte hatte die Jordanin durchaus nichts dagegen, dass die Kathi, wenn sie heimkam, oder sonntags, wenn sie daheim war, mit dem Hofkutscher in die Felder spazierte oder sich bei schlechtem Wetter mit ihm in die Kammer verkroch. Dass sie da nicht – wie die Bauern sagten – den Rosenkranz miteinander beteten, konnte sich die Alte an den fünf Fingern der Hand abzählen. Und weiß der Himmel, sie zählte es gerne ab, stammte doch dieser junge Gesell aus einem ehrenwerten Haus; solche aber sind wie die dummen Fliegen, die auf die Leimrute gehen und dann dran kleben bleiben. Der liebe Herrgott segne den Fliegenleim!

Er segnete ihn. Denn am Abend, bevor Andreas seinen Dienst wieder antreten konnte – der Arm war völlig geheilt –, versprach er der Jordanin in die Hand, ihre Tochter zur Frau zu nehmen, und besiegelte dieses Versprechen mit dem Goldstück, das ihm der Conte Ridolfi in Schleißheim geschenkt hatte. Die Kathi aber bat er, bis dahin lesen und schreiben zu lernen, was von ihr als einem Kind der niedrigsten Schicht – einer Rosswachterstochter – noch niemand gefordert hatte. Eine Lese- und Schreibfibel hatte er ihr gleich mitgebracht.

Seine Eltern ahnten, was im Gange war, hielten sich aber mit Fragen oder Andeutungen zurück. Als er ihnen dann gegen Allerheiligen seine Absicht kundtat und sie um ihr Einverständnis bat, dachten sie daran, wie sie selbst zueinandergefunden hatten. Veit-Lukas meinte beiläufig, Andreas solle sich bei seinen noch jungen Jahren vor Übereilung hüten. Mehr sagte er nicht. Mutter Aurelia wünschte, sein Mädchen bald zu sehen; die Zwillinge schlossen sich ungestüm dem Wunsch der Mutter an.

Am Christtag, als die Flur zwischen München und Moosach in weißer Glitzerpracht erstrahlte, ritt Andreas Radlmeier hinaus und holte die Jordan-Kathi zu seinen Eltern ins Haus an der Salpetergasse. Wenn sie den Besuch Seiner Königlichen Hoheit des Prinzregenten erwartet hätten, sie wären nicht feierlicher dagestanden, als er das Mädchen vor der Haustür aus dem Sattel hob und seinen Schwestern übergab.

Welch eine Begegnung war das!

Die beiden kraftstrotzenden Zwillinge, in festtägliches Weiß gekleidet, mit gestärkten Spitzen und schwingenden Rüschchen übersät, empfingen das blasse Armeleutekind, das in einer schäbigen, blauen Kattunschürze, in Mutters schwarzem Wollschal und in neuen, vom Vater erst geschnitzten Holzschuhen frierend vor ihnen stand.

Schüchtern und fragend schauten Kathis Augen auf die zwei Mädchen, so als wäre sie mitten in ein Märchen hineingeraten und ihr kämen zwei Prinzessinnen entgegen. Im Hausflur stand Mutter Aurelia; wortlos schloss sie das künftige Schwiegertöchterchen in die Arme. In der großen Stube, nahe dem Christbaum, hatte sich Vater Veit-Lukas in soldatischer Haltung aufgebaut – eingedenk seiner Leutnantsjahre, als er noch selbst den höheren Töchtern nachgestiegen war. Er begrüßte die Kathi mit einem Handkuss, was für sie einer Offenbarung gleichkam.

Als nach kurzer Zeit Andreas erschien, der sein Pferd in den Stall zurückgebracht hatte, fühlte sich das Mädchen sichtlich von einer Last befreit.

»Gefallen dir meine Leut?«, fragte er sie. Das war natürlich eine ausgesprochen dumme Frage, auf die ein Naturkind wie die Kathi nicht antworten konnte. Denn ein Nein wäre beleidigend gewesen, und ein Ja oder eine sonstige Lobhudelei hätte ihr läppisch vorkommen müssen. Darum sagte sie nichts, lächelte und henkelte einen Arm in den seinigen. Veit-Lukas nahm diese Verlegenheit wahr und lenkte das Gespräch auf ihre Eltern.

Da begann das Mädchen zu erzählen, frisch von der Leber weg, dass der Vater die Rösser aller Moosacher Bauern zu hüten habe und sommers draußen auf der Hutweide in einer Hütte schlafen müsse; dass er jetzt im Winter mit der Mutter von Haus zu Haus »klöpfeln« gehe, wobei sie Verserl und G'sangl vortrügen, die er selber gemacht habe. So hätten sie bisher immer genug Brot und Nudeln gehabt, ja, manchmal sogar eine Scheibe Geselchtes, und um Weihnachten herum – wie eben jetzt – ein Stückerl Kesselfleisch oder eine Kanne Wurstsuppe. Not hätten sie nie gehabt, denn für die Beschaffung von Kartoffeln und Weizenähren sei sie selbst seit ihrer frühen

Jugend zuständig gewesen, »und weil ich allweil fleißig aufg'lesn und aufklaubt hab, hat's immer g'langt! Nur ab und zu ist uns das Salz ausgangen, doch da hat die Kocherin beim Herrn Pfarrer ausg'holfn.«

Und da sagt dieses Kind, sie hätten nie Not gehabt!

Dieser Gedanke bewegte alle Radlmeier'schen, bis Veit-Lukas geradeheraus fragte, ob sie sich denn nach der Freiheit ihres Landlebens zutraue, Monate und Jahre im Gewühl der Großstadt zu verbringen.

Schlicht erwiderte sie: »Andreas wird mir schon helfen!«

Das Damenringen

Die Jordan-Kathi blieb auch nach den Feiertagen in München und wurde von den Radlmeier'schen sehr verwöhnt. Man kleidete sie ein, man besuchte mit ihr die feierlichen Gottesdienste bei Sankt Kajetan, man fuhr mit ihr im Schlitten durch den Englischen Garten. Am Nachmittag vor Silvester nahmen die Zwillinge sie mit in den Turn- und Sportverein zu einer großen Veranstaltung, zu einem Damenringkampf. Im neuen Jahr wollten sie nämlich draußen im Nymphenburger Volksgarten erstmals an die Öffentlichkeit treten; die heutige halböffentliche Vorführung sollte Generalprobe sein.

Dazu hatten sich auch ein paar Maler von der »Secession« eingeladen: die Herren Franz Stuck, Max Liebermann, Leo Samberger und Lovis Corinth. Nur studienhalber, wie sie sagten! Sie liebten und bewunderten – wie sie sagten! – das Prickelnde, Amazonenhafte kämpfender Mädchen, das sie in ihren neuen, naturalistischen Stil mit hineinnehmen wollten – wie sie sagten! Sie setzten sich also auf die Stühle, die rings um die Matten aufgestellt waren. Hier saß auch die Kathi, Liebermann neben ihr.

Als die Saallichter ausgelöscht worden waren und die Betreuer, Kampfrichter und Zuschauer im Dunkeln saßen, konnte Liebermann sich's nicht verwehren, seiner Nachbarin an die Schenkel zu greifen. Dabei wollte er ihr ein liebes Wort sagen. Doch dieses Wort blieb ungesagt, weil die Kathi es durch eine Watschn in seiner Kehle erstickte. Dann erhob sie sich und setzte sich auf die andere Seite.

»Hat eine gute Handschrift, das nette Ding!«, sagte Stuck leise.

Liebermann erwiderte: »Vor allem Kurzschrift!«

Und beide lachten sich an.

Da stürzte noch – gleichsam auf den letzten Drücker – der viel bewunderte und arg gefürchtete Georg Hirth herein. Das war der Chef der »Münchner Neuesten Nachrichten« und Herausgeber des Journals »Jugend«. Fast hörbar fiel den Veranstaltern ein Stein vom Herzen. Denn es wäre einem Todesurteil gleichgekommen, hätte er die Damenringkämpfe übersehen. Ganz hurtig setzte er sich hinten hin.

Darauf begannen die neun kämpfenden Damenpaare reihum mit ihrer Disziplin, und es war, weiß Gott!, nicht zu leugnen: Sie rangen ernstlich und nicht bloß zur Schau! Mit Bravour packten sie einander um die Hüften, versuchten, die Gegnerin aus dem Stand zu lupfen, und warfen sie – wenn's gelungen war – in elegantem Bogen auf die Matte; stürzten sich auch mit gleicher Grazie auf sie, um sie zu drehen und auf die Schultern zu legen. Das war nämlich der Unterschied dieser Kämpfe zu denen der Männer, dass nicht die Muskelkraft und nicht die Härte des Zugriffs den Ausschlag gaben, sondern die katzenhafte Geschmeidigkeit und feine Wendigkeit der überraschenden Bewegung. So wurde jeder dieser Kämpfe für den Zuschauer zum ästhetischen Genuss.

Dieser Genuss steigerte sich noch, als die Geschwister Radlmeier auf die Matte traten. Zwei Körper wie aus dem alten Griechenland, einer wie der andere, zwei Gesichter voller Charme – das waren keine Kämpferinnen, sondern Spielgefährtinnen, Tänzerinnen, junge Göttinnen beim Ballett. Jede Bewegung, jeder Schwung, jedes Hinwerfen und Wiederaufhüpfen glich im Hin und Her den klassischen Zügen geistreicher Schachspieler.

Die Männer gerieten denn auch in helle Begeisterung, und der Zeitungsmann Georg Hirth rief ein über das andere Mal von hinten her: »Nein, nein, das darf doch nicht wahr sein, dass sich die alten Griechen das Schauspiel solch herrlichen Wettstreits entgehen lassen konnten!«

Als alle Pflichtkämpfe beendet waren – eine Ausscheidung gab es nicht –, lud Hirth die gesamte versammelte Gesellschaft ins Café »Stefanie« an der Ecke Amalien-/Theresienstraße zu einem Umtrunk ein. Das Ereignis musste gefeiert werden! Die Künstler, die Mädchen und ihre Betreuer – alle mussten mit. Denn jetzt war für die Jugend und die Jugendlichkeit eine Bresche geschlagen worden in die angekränkelte und muffige Stimmung der Jahrhundertwende. »Unsere höchsten Kunstideale«, schrie er nach etlichen Gläsern Wein durch den Saal, »werden fortan von folgenden Themen geprägt sein: Frühling, Liebe, Brautzeit, Mutterglück, Spiel, Mummenschanz, Sport, Schönheit, Poesie und Musik!«

Wer hätte ihm angesichts der strahlenden Mädchen widersprechen können? Erneut erhob sich brausender Jubel und feierte ihn und diese Vorbotinnen einer neuen Zeit.

Bärbl, Burgl und Kathi kehrten am Abend, von einigen Sportskameraden begleitet, in die Salpetergasse zurück. Den ganzen Heimweg sprach die Kathi kein Wort. Als sie aber an der Haustür klingelten und Andreas ihnen öffnete, fiel sie ihm weinend um den Hals. Erst nachdem er eine Zeit lang ruhig auf sie eingeredet hatte, sagte sie: »Ich will wieder heim!«

Darauf zog sich der junge Mann mit ihr in seine Kammer zurück.

Während die Zwillinge den Eltern von der Einladung des Herrn Hirth und von ihrem Triumph auf der Matte erzählten, musste Andreas viel Mühe aufwenden, das aufgewühlte Gemüt seines Mädchens wieder zu besänftigen. Es war nicht so sehr die Unverschämtheit des Malers Liebermann, die sie aus dem seelischen Gleichgewicht gebracht hatte, sondern der allgemeine Lärm und Krach und das viele Getue, das vorgab, sinnvoll zu sein, dabei aber von schaumschlägerischer Albernheit strotzte: »Anderl, ich pass nit zu euch!« Das war ein gewichtiges Wort.

Andreas Radlmeier zuckte mit den Achseln: »Liebstes, wenn du davon überzeugt bist, dann müssen wir auch danach handeln. Aber vielleicht überlegst du dir's noch. Bleib jetzt bis Dreikönig bei uns, so wie wir's geplant hatten! Dann bringe ich dich zu deinen Eltern. Ich werde dich ganz und gar in Ruhe lassen – ein Jahr lang. Erst wenn das Jahr vergangen ist, ohne dass ich von dir gehört hab, weiß ich, wie du dich entschieden hast.«

Am Nachmittag von Dreikönig des Jahres 1901 ritten sie nach Moosach. Sie saß vor ihm im Sattel, an seine Brust gelehnt, und immer wieder wischte sie sich eine Träne von der Wange.

Am gleichen Nachmittag saß Münchens Königlich Bayerischer Polizeidirektor Leonhard von Lerner in seinem Privatkabinett und rauchte aus der langen Pfeife einen starken holländischen Tabak. Angesichts der bläulichen Rauchkringel, die er meisterlich vor sich hinzuhauchen verstand, hatten ihn schon wiederholt heilsame Erleuchtungen heimgesucht. Und wie dringend war gerade jetzt ein kräftiger Geistesblitz vonnöten! Der Schachermüller-Hias, getauft Matthias Kneißl, hatte vor einiger Zeit zu Irchenbrunn mit seinem teuflischen Drillingsgewehr im Hausflur beim Flecklbauern zwei Gendarmen erschossen, war darauf aufs Trittbrett seiner Kutsche gesprungen – der Kutsche des Herrn Polizeidirektors Leonhard von Lerner! – und in der Nacht bis Indersdorf mitgefahren; dort musste er untergeschlüpft sein. Nein, verwegener geht's nicht mehr und verbrecherischer auch nicht! Seit dem fraglichen Tag war er wohl da und dort einmal gesehen worden, aber man hatte ihn nie stellen können. Was also?

Schon eine halbe Stunde bewegte sich Herr von Lerner in langen Schritten von der Tür zum Fenster und dann übers Kreuz vom Schreibtisch zum Regal voll juristischer Verordnungen. Doch der ersehnte Blitz wollte partout nicht aufleuchten, die geistigen Energien wollten und wollten nicht zünden! Missmutig warf sich der königliche Beamte in den brokatenen Lehnstuhl, bediente sich kräftig des danebenstehenden kunstreichen Spucknapfes von Porzellan aus Selb und griff nach den »Münchner Neuesten Nachrichten«.

Was wird er wieder alles zusammengelogen haben, der unverschämte Hirth! Die jungen Pinsel heutzutage haben vor nix mehr keinen Respekt nit! Allen treten sie auf die Zehen. Drum schreien bald die Schwarzen, bald die Roten. Ministern, Rekrutenschindern und Schultyrannen, Bauernflegeln wie Kulturlümmeln, Kaiser oder Kutte – allen latschen diese Saubären in gleicher Weise auf die Zehen! Und doch: man muss sie lesen, diese »Jugendstilisten«! Denn was sie schreiben und wie sie's schreiben, ist gekonnt, ist ironisch meisterhaft, ist voll klassischer Niederträchtigkeit und Gemeinheit! Herrgott, diese Jugend lebt sich leicht! Die Alten müssen zahlen und dürfen sich dafür herzhaft beflegeln und ausgiebig durch den Dreck ziehen lassen!

Der von Lerner schlug die Lokalnachrichten auf: »Damenringen!« – Damenringen? Was ist das wieder für eine Schnapsidee: Damenringen! Und er las:

Eine uralte griechische Disziplin der nationalen Kampf-
spiele hat in unseren Tagen ein neues Gesicht gewon-
nen. Der »Turn- und Sportverein 1860« ließ vor Kurzem
18 Damen paarweise in den Ring treten – ein herrli-
cher Anblick! In Sonderheit waren es die bezaubernden
18-jährigen Zwillingsfräulein Bärbl und Burgl Radlmeier
de Serrat – Sie sehen sie im nebenstehenden Bild! –, die
selbst den olympischen Jünglingen Stürme hinreißender
Bewunderung entlockt hätten.

Denn so viel Mut, Kraft, Eleganz und Schönheit
hat man kaum je vereint gesehen. Wenn diese Sport-
art Schule macht, dann steht uns, dem sogenannten star-
ken Geschlecht, eine sauere Zukunft ins Haus – nicht zu
gedenken der herrlichen Prügel, die manch ein nächtens
heimkehrender Zecher wird auf seinem Rücken versam-
meln müssen –

In diesem Augenblick schlug beim Polizeigewaltigen der
Blitz ein: die Zwillingsfräulein!

Es war bekannt, dass der Schachermüller-Hias, getauft
Matthias Kneißl, gegenwärtig im heißen Alter von 25 Jahren, für saubere Dirndln äußerst empfänglich war; tat
man sich doch bereits hart, all die Bankerte zu zählen,
die einwandfrei auf sein Konto gebucht werden mussten.
Diese Zwillingsfräulein, fachgerecht auf den Hias angesetzt, würden ihn in eine Falle locken, ohne auch nur die
geringste Gefahr laufen zu müssen – bei ihrer körperlichen Verfassung!

Leonhard von Lerner begab sich Tage später in den
Marstall und nahm mit Veit-Lukas Radlmeier diskrete
Verhandlungen auf. Der Vater wies das Ansinnen des
Polizeidirektors zunächst brüsk zurück. Seine Töchter
seien keine Lockvögel für Verbrecher! Ihr guter Ruf gehe
ihm über alles!

»Auch über eine feudale Aussteuer?«, fragte der andere schlitzohrig.

»Und wenn er mir die Kinder niederschießt?«

»In dem Augenblick, wo er sich Ihrer Töchter anzunehmen gedenkt, wird er keinen Schießprügel bei sich tragen! Außerdem ist er eher von schwächlicher Gestalt, wohingegen Ihre Mädchen als Ringkämpferinnen in allen Zeitungen gepriesen werden. Käme es also zu einem Gerangel, müsste er unterliegen. Dazu wird es jedoch nicht kommen, denn hinter den Mädchen liegen 140 Gendarmen in Deckung.«

Veit-Lukas besann sich; dann fragte er: »Wo und wann soll das geschehen?«

»Herr Radlmeier, ich brauche von Ihnen ein eindeutiges Ja. Sie werden aber verstehen, dass alles andere Geheimnis der Polizei bleiben muss. Nur kann ich Ihnen eidlich versichern, dass Seine Königliche Hoheit, der Prinzregent, in alle Pläne eingeweiht ist und für die zugesagte Belohnung geradesteht.«

Da blieb einem kleinen Hofbeamten natürlich keine Wahl mehr, und Veit-Lukas sagte zu. Herr von Lerner schärfte ihm noch ein, mit gar niemandem, auch mit den Töchtern nicht, darüber zu reden. Die Instruktion der Mädchen werde erst in letzter Minute, und das durch ihn persönlich, erfolgen.

Darauf setzte sich ein Apparat in Bewegung, dessen Ablauf später weit über Bayern hinaus und bis ans deutsche Reichsgericht in Leipzig Beachtung fand. Viele Nordische spotteten freilich darüber, weil sie alles Bayerische zu begeifern pflegten; das verlangte damals bei ihnen der gute Ton.

Eine Bäuerin zu Irchenbrunn und eine Bäuerin zu Unterwittelsbach, bei deren der Hias schon seit Längerem ein und aus ging, arbeiteten den Gendarmen in die

Hände. Nach dem Mittagessen am 4. März 1901 zeigte die Bäuerin dem Hias in der Zeitung das Bild der zwei ringenden Mädchen, sagte ihm auch, er habe ihre Bewunderung erregt, und sie möchten ihn gern kennenlernen.

Der Hias rekelte sich vor Eitelkeit: Wo er sie denn finden könne?

Das sei freilich nicht ganz einfach, denn sie gehörten ins Aumacheranwesen zu Geisenhofen, und das sei ganz und gar verschneit. Momentan könne er sich diese Weibsen aus dem Kopf schlagen. Schon seit Tagen schlichen nämlich allerhand fremde Gesellen in der Gegend herum; da sei es ratsam, Unterwittelsbach nicht zu verlassen.

»Bäuerin, was ratsam ist und was nit, das darfst ruhig mir überlassen! Und wann ich ein Deandl haben will, dann hol ich mir's! Sogar vom Aumacher zu Geisenhofen! Verstehst?«

»Dass d' immer gleich so narrisch sein musst!«

»Halt 's Maul und gib mir den Bock raus, den ich gestern beim gnädigen Herrn Baron zu Kühbach hab mitgehn lassn! Wenn der Schachermüller-Hias bewundert wird, dann muss er sich erkenntlich zeigen!«

»Gestern hast g'sagt, der Bock g'hört mir! Und jetzt nimmst ihn mir wieder, eingebildeter Gockel!«

»Mach schon, Alte! Beim Herrn Baron laufen noch etliche Böck' umeinand!«

Und der Hias machte sich auf den Weg.

Es schneite und schneite. Wie ein Märchenhaus lag das Aumacheranwesen allein im Feld; aus seinem Rauchfang stiegen blaue Wölkchen auf: Die Deandln heizten die warme Stube ein; er würde ihnen auch einheizen!

Er klopfte. Beide kamen ihm mit schüchternen Blicken, aber lächelnd entgegen.

»Bist sicher der Schachermüller-Hias?«, fragte die Bärbl.

»Und du bist …?«, fragte er.

»Eine von zweien!«, erwiderte sie. »Geh eina! Draußt ist's kalt!« Dabei stieß sie ihn unsanft in die Stube hinein. Jäh schaute er sie an und wollte aus dem Arm unterm Mantel den Drilling herausziehen. Doch zwei Gendarmen hinter der Tür entrissen ihm Mantel und Gewehr. Er flüchtete hinten hinaus in die Scheune, von da auf den Dachboden hinauf. Hinter dem gemauerten Rauchfang wollte er sich jetzt decken, denn noch war nichts verloren: Er besaß immer noch den Revolver mit drei Kugeln. Und mit drei Kugeln erledigt ein Schachermüller-Hias fünf von diesen Leimsiedern. Wenn's grad sein muss, auch sechs!

Doch da hörte er jemanden kommandieren: »Vier Mann an jedes Fenster! Acht Mann an jede Ausgangstür! 45 Mann umstellen das Haus im näheren, die restlichen im weiteren Umkreis!«

Da fiel dem Hias das Gesicht zusammen. Hatten sie denn eine ganze Armee gegen ihn aufgeboten?

Sie ließen ihm jedoch keine Zeit, sich in Gedanken zu verlieren, denn nun begannen sie von allen Seiten, durch alle Ritzen und Spalten, aus allen Flintenläufen auf ihn zu schießen. Ihre Kugeln pfiffen um ihn herum – und trafen: am rechten Arm, in die linke Hand, ins Gesicht. Schließlich bekam er einen Bauchschuss und brach zusammen. Nun befahl der Kommandant den 45 Gendarmen, das Anwesen zu stürmen.

Als sie die Dachbodentreppe hinaufpolterten und ihn in seinem Blut liegen sahen, stellten sie das Feuer ein, denn er sollte ihnen lebend in die Hände fallen. Da brannte er jedoch mit letzter Kraft seine drei Schuss ab, ohne zu treffen. Nun überwältigten sie ihn.

Das Ausmaß seiner Verwundungen machte den sofortigen Abtransport in die chirurgische Klinik nach

München und dort einen operativen Eingriff erforderlich. Eine Kugel wurde aus seinem Leib entfernt, der Patient genas rasch und hatte in seinem scharf bewachten Krankenzimmer das seltene Vergnügen, die goldbeklunkerten Damen des Münchner Patriziats sowie die süß kichernden Nobeltöchter des bayerischen Adels an seinem Bett vorbeidefilieren zu sehen. Selbst Seine Königliche Hoheit der Prinzregent Luitpold wollte es sich bei seinen 80 Lebensjahren nicht versagen, den als ein halbes Weltwunder verschrienen Schachermüller-Hias »höchstpersönlich in Augenschein zu nehmen«. Der Hias war nämlich ein schöner Mann mit einem fein geschnittenen, intelligenten Kopf und langen, zarten Fingern, die einem Geigenvirtuosen alle Ehre gemacht hätten. Wenn der Krankenpfleger ihn im Rollstuhl unter schwerer Bewachung durch den Park der Klinik schob, drängten sich die neugierigen Weibsbilder vor den Toren, quetschten ihre dicken, roten Backen durch die Gitterstäbe und seufzten. Und die Augen manch einer wackeren Dirn leuchteten in gieriger Klarheit wie die des Herings im Aspik.

Als Matthias Kneißl Ende Oktober als geheilt ins Schwurgerichtsgefängnis nach Augsburg abgestellt werden konnte, wurde in der Landeshauptstadt, die damals eine halbe Million Einwohner zählte, in allen Pfarreien eine Volksmission abgehalten. Da hatte man aus den Klöstern und Abteien Bayerns die wortgewaltigsten Kanzelredner und die schärfsten Beichtiger aufgeboten, um den großstädtischen Sündenpfuhl wieder einmal gründlich auszumisten.

Bärbl Radlmeier hatte seit jenem Märztag im Aumacheranwesen zu Geisenhofen die Ruhe ihres Herzens verloren. Warum? Sie konnte jenen jähen Blick des Matthias Kneißl nicht vergessen, als sie ihn in die Stube hineingeschubst hatte. Sie hatte ihn, lieblich grinsend, den Händen seiner Häscher überliefert. Was besagte es schon, dass man ihr 2000 Mark Aussteuergeld gegeben hatte! Hinter jeder Mark, die sie davon nehmen würde, musste sie jene fast kindlich erschrockenen Augen des Mannes sehen, der gehofft hatte, sie in der nächsten Minute in seine Arme schließen zu können.

In der Standeslehre für die Jungfrauen bei Sankt Kajetan rief der Missionar am Schluss seiner wohldosierten Höllenpredigt das mächtige Wort aus: »Wir sind verräterische Judasse geworden! Lasst uns büßende Magdalenen werden!«

Darauf ging die Bärbl in den Beichtstuhl und erzählte dem Pater den ganzen Hergang und den Grund ihres Herzeleids.

Der erwiderte: »Liebe sündige Tochter! Wenn du auch am End unserer Gesellschaft einen Dienst erwiesen hast, dass der Mörder seiner gerechten Strafe zugeführt wurde, so hast du ihn doch durch die freiwillig dargebotenen Reize deines Leibes verführt. Verführung aber ist und bleibt Verführung – da beißt die Maus keinen Faden ab! Voreinst war es hierzulande Brauch, einer Verführerin eine nackte Wallfahrt zur starken Muttergottes nach Tuntenhausen als Buße aufzuerlegen. Denn sie sollte so den sündigen Leib der öffentlichen Verspottung aussetzen. Weil dies heutigentags nicht mehr zulässig ist, mildere ich diese Buße und verpflichte dich, leichtgeschürzt und barfuß diese Wallfahrt zu begehen!«

Der November kam, und dicht fiel der Schnee. Da verurteilten sie den Kneißl in Augsburg zum Tod, zu 15 Jahren Zuchthaus und zur Aberkennung der bürgerlichen Ehrenrechte auf Lebenszeit. Der Vorsitzende, Oberlandesgerichtsrat Rebholz, hatte in Anbetracht der trostlosen

Jugend des Verurteilten beim Reichsgericht um einen Gnadenakt gebeten. Das Gesuch wurde jedoch abgelehnt – ein Vorgang, den man in Bayern als Gehässigkeit deutete.

Im Februar 1902 richteten sie den Hias in Augsburg hin und begruben ihn am dortigen katholischen Friedhof. Anfangs strömte viel neugieriges Volk dahin. Bald aber war der Ruhm des bemerkenswerten Mannes verloschen wie der Blitz über den nächtlichen Alpen, und die Erinnerung an ihn war verflogen wie der Rauch der ausgeblasenen Kerze.

In Bärbls Herzen jedoch brannte die Kerze noch weiter, und sie brannte bis in den Monat Mai hinein, als das Mädchen die Tuntenhausener Wallfahrt antrat; früher hatte ihr's der Vater wegen Frost und Kälte nicht erlaubt.

Das Toleranzhaus

Am Dreikönigstag 1902 war es ein Jahr gewesen, dass Andreas Radlmeier und die Jordan-Kathi sich getrennt hatten. Und jetzt neigte sich bereits der Monat Mai seinem Ende zu, sie aber hatte nichts von sich hören lassen. Aus, der Traum!, dachte der junge Mann und würgte die letzten Reste tiefer Enttäuschung in sich hinab. Mutter Aurelia litt still mit ihm, während Vater Veit-Lukas bisweilen erklärte, von Disteln könne man eben keine Feigen ernten; auch er habe sich von dem Mädchen mehr erwartet. Dem widersprach Relli jeweils mit der Bemerkung, dass nicht nur alte Bäume schlecht verpflanzbar seien; auch vielversprechende Schösslinge vertrügen nicht jeden Boden. Man müsse der braven Kathi sogar dankbar sein, dass sie sich durch den bescheidenen Radlmeier'schen Wohlstand nicht habe blenden lassen, sondern lieber in ihre Not zurückgekehrt sei, als sich in eine feste, unauflösliche Bindung zu begeben, die vielleicht für alle Beteiligten zum Schicksal geworden wäre.

Diesen Gedanken war nichts Stichhaltiges entgegenzusetzen, und so fand man sich langsam mit der betrüblichen Tatsache ab. Andreas widmete sich mit ganzem Elan den Aufgaben seines Berufes und zeigte einen fast übertriebenen Fleiß. So wurde ihm das Vergessen leichter. Die Stallmeisterei quittierte seinen Einsatz mit der Beförderung zum Oberhofkutscher. Er war mit Abstand der Jüngste dieses Ranges, sodass man ihm allenthalben eine große Karriere voraussagte.

In jenen Monaten machten die »Elf Scharfrichter« von sich reden. Das war eine Gilde literarischer Münchner, sarkastisch, frech, morbid. Diesen Männern galt die herrschende Moral nichts. Das bürgerliche München reagierte 1906 mit der Gründung des »Münchner Männervereins zur Bekämpfung der öffentlichen Unsittlichkeit«. 2000 Männer fassten bei einer Versammlung im Löwenbräukeller den Entschluss, alle Verantwortlichen in der Stadt gegen den bedrohlichen Sittenverfall zu mobilisieren.

Durch dieses massive Aufbegehren des Volkes mussten sich auch die Stadtväter angesprochen fühlen. Sie traten zusammen und beschlossen in geheimer Sitzung die Errichtung eines »Toleranzhauses«, um das in den Straßen und Gassen grassierende Dirnenwesen einzudämmen. Ein Stadtrat, ein Arzt und ein Theologe wurden beauftragt, die Größe, die Statuten und die Leitung eines solchen Hauses eingehend zu besprechen.

Bei einer solchen Besprechung, die Leitung betreffend, erinnerte sich der Stadtrat des seinerzeitigen Damenringens, vor allem jener Zwillinge, deren Bild sogar in der Zeitung gewesen war, und er gab Folgendes zu bedenken: »Wegen der Eigenart dieses Hauses darf die Verwaltung auf keinen Fall in den Händen eines Mannes liegen, sondern muss von einer Frau getragen sein; diese muss bei Bedarf hart durchzugreifen verstehen.« Dann schlug er die beiden Radlmeierschwestern vor, die sich schon bei der Ergreifung des Kneißl verdient gemacht hätten. Weil Zwillinge, würden sie wahrscheinlich an einem Strick ziehen; als Ringkämpferinnen brächten sie die beste Voraussetzung fürs besagte Durchgreifen mit. Zwar dürfe man sie nicht mit polizeilichen Vollmachten ausstatten – das sei jedoch auch nicht nötig, denn bei ihrer körperlichen Wendigkeit könnten sie allenfalls auch einem randalierenden Mannsbild zeigen, wo die Grenzen der Gehörigkeit liegen.

Was die »lustigen Fräulein« selbst betreffe, die das Haus bevölkern sollten, so wisse man, dass sie im Allgemeinen friedlich und handsam seien und sich ohne Zweifel der Führung einer starken Geschlechtsgenossin unterordnen würden.

Diese kurzen Worte des Stadtvaters fanden uneingeschränkte Zustimmung.

Man wandte sich alsbald den Statuten zu und einigte sich auf sechs grundsätzliche Bestimmungen:

1. *Alle Regeln der zu erstellenden Hausordnung müssen von den Bewohnerinnen strikt befolgt und Verstöße von der Leitung streng geahndet werden.*

2. *Reinlichkeit ist im ganzen Hause, in Sonderheit aber auf den Toiletten und in den Bädern, oberstes Gebot.*

3. *Jeder Besucher muss über 18 Jahre alt sein und vorher ein Bad nehmen.*

4. *Die Bewohnerinnen dieses Hauses dürfen den Beruf nur ein bis zwei Jahre lang ausüben.*

5. *Sie müssen in ihren Mußestunden einen aufgefächerten Hausunterricht besuchen, um nach der Entlassung voll in einen anderen Beruf einsteigen zu können.*

6. *Einen Teil ihrer Einkünfte müssen sie auf die Sparkasse legen, damit auch von der finanziellen Seite her ihre weitere Zukunft in etwa gesichert sei.*

Dass sich die »lustigen Fräulein« wöchentlich einer fachärztlichen Untersuchung stellen müssten, verstehe sich von selbst und sei von ihnen bisher schon befolgt worden.

Über die Größe dieses einzurichtenden Hauses sowie über seine Lage habe ausschließlich die Stadt München zu befinden, nachdem sie auch allein die Gestehungs- und Erhaltungskosten trage.

Nun galt es, die beiden Radlmeier-Töchter abermals zu gewinnen. Dazu begaben sich die drei Herren gemeinsam in die Salpetergasse. Zunächst setzte der Theologe der gesamten versammelten Familie das sittliche Problem auseinander, nicht ohne dabei auf die Verantwortung hinzuweisen, die jeder Mensch für das Heil seiner Mitmenschen trage. Darauf erklärte der Arzt, es gebe halt nun einmal zwangsläufig Berufe – den seinen inbegriffen –, die sich mit dem Bodensatz der menschlichen Gesellschaft befassen müssten, wenn anders dieser nicht verheerende Ausmaße annehmen solle. Und er schloss seine kurze Rede mit dem lapidaren Satz: »Es gibt Kanalräumer; wir sind dankbar, dass es sie gibt!«

Schließlich ließ der Stadtrat die Katze vollständig aus dem Sack und nannte das Kind beim Namen. Den sofort einsetzenden Widerstand fing er mit der Feststellung ab: »Die Stadt nimmt die beiden Damen mit dem Augenblick ihrer Zusage in den gehobenen Beamtendienst auf, bei dementsprechender Besoldung.«

Das war ein Wort!

Nun wurden noch alle Einwände, die die Mädchen und die Familie vorbrachten, eingehend erörtert, Missverständnisse ausgeräumt und die einzelnen Punkte des Statuts verdeutlicht – und nach zwei Stunden war man sich einig.

Es dauerte aber noch länger als ein halbes Jahr, ehe das »Toleranzhaus« im Bahnhofsbereich seine Pforten öffnen konnte, mussten doch bauliche Veränderungen vorgenommen und die erforderlichen Hauslehrerinnen gefunden werden. Erschwerend kam dazu, dass der Stadtkämmerer den Befürwortern dieses Planes dauernd Prügel zwischen die Füße warf.

Um die Mitte des Jahres konnte das Haus in Betrieb genommen werden. Es tat seinen Dienst und entsprach größtenteils den Erwartungen. Vor allem konnte jetzt die Polizei gegen das gassauf-gassab wuchernde Dirnenwesen schärfer durchgreifen – zur stillen Missbilligung manches g'standnen Bürgersmannes; war es doch unauffälliger, in irgendeiner Hausdurchfahrt ein kleines Seitensprüngerl zu vereinbaren, als vor aller Augen in dieses »depperte Toleranzhaus« zu gehen! Doch das Haus setzte sich durch; es konnte während der folgenden zwei Jahre sogar etliche »Bekehrungen«, ja selbst einige Eheschließungen verzeichnen – dank der hervorragenden Führungsqualitäten der Geschwister Radlmeier.

Im Frühjahr 1906 lief die Nachricht durchs Bayernland: Der Kaiser kommt nach München!

Was will er denn, der Wilhelm?, fragte mancher und musste sich die einfache Antwort geben lassen: Auf der Kohleninsel in der Isar soll er den Grundstein legen für ein »Deutsches Museum«!

Ja, wozu brauchen wir denn ein Deutsches Museum? Haben eh Museen genug und gehen nicht hinein! Angefangen von dem spinnerten Kronprinzenbau am Königsplatz mit dem alten griechischen G'raffl bis zu dem technischen Schmarrn in der Maximilianstraß!

Zu dieser Zeit traf es sich auch, dass der Jordan-Kathi, die bei den Moosacher Bauern zum Federnschleißen ging, ein Stück Zeitung in die Hände fiel. Denn seit den Tagen, als sie mit dem Andreas Radlmeier befreundet gewesen war, hatte sie das Bedürfnis, Gedrucktes lesen zu lernen, nicht mehr losgelassen. Und sie las auf dem Zeitungsblatt folgende städtische Verlautbarung:

Nachdem zu erwarten ist, dass der hohe Besuch Seiner Kaiserlichen Majestät nicht wenige bedeutende Gäste in die Landeshauptstadt locken wird, stellen wir ab sofort Mädchen zwischen 18 und 24 Jahren zwecks Betreuung besagter hoher Persönlichkeiten in Dienst. Interessentinnen mögen sich im zweiten Stock des Rathauses melden. – Der Rat der Stadt München.

Betreuung! Was kann das heißen? – Dieser Ausdruck war der Kathi nicht geläufig. – Wird halt so was wie Dienstmagd sein: Schuhe putzen, Kleider ausbürsten, Betten machen, Zeitung holen und so weiter. Das wär nit schlecht! Da könnt sie sich ein paar Mark verdienen, denn sie bräuchte ein neues G'wand; aus dem Radlmeier'schen war sie in den vergangenen Jahren herausgewachsen, und verschlissen war's obendrein!

Also ging sie in diesem Gewand und mit dem großen, schwarzen Schultertuch der Mutter, das sie über den Kopf zog, nach München ins Rathaus, zweiter Stock.

Hier stolzierten bereits etliche Dämchen vor einer Tür hin und her. Sie waren prächtig aufgeputzt und dufteten nach erlesenen Parfümen. So müsst man auch duften!, dachte sie; aber sie hatte ja kein Geld, sich einen Duft zu kaufen! Nun ja, hinausschmeißen wird man sie deswegen wohl nit! Nur eines wollte ihr nicht einleuchten, je länger sie diese anderen Deandln ansah: dass die ebenfalls Dienstmägde werden wollen! Wer solches G'wand und einen solchen Duft hat, der könnt doch weiß Gott was Bessers werden! …

Die Duftdeandln gingen ins Amtszimmer hinein und kamen hell strahlend wieder heraus. Dann war die Reihe an ihr. Sie klopfte an die Tür, weil die anderen auch geklopft hatten, und betrat einen saalartigen Raum, wo hinter einem mächtigen Schreibtisch ein noch junger

Mann saß. Er sah sie und bleckte vor verhaltenem Lachen die Zähne: »Was willst?«

Sie stotterte: »Von wegen der Betreuung, Herr!«

»Du und Betreuung?«

»Hab's in der Zeitung g'lesen und bin grad 21.«

»Und du meinst, dass sich von dir einer betreuen lässt?«

»Herr, ich kann arbeiten und putzen und waschen.«

Er schaute sie eine Weile an und sagte dann: »Moment! Ich glaub, ich hab was für dich!« Dabei kramte er in einem Stoß von Papieren herum und zog ein Blatt heraus: »Stimmt! Geh jetzt zum Bahnhof hinauf ins Toleranzhaus! Die suchen so was wie dich!«

Sie sagte »Gelt's Gott!« und ging.

Und kam ans Tor des Toleranzhauses. Auf ihr Klopfen hin trat ein luftig gekleidetes Fräulein heraus, dem man den Verwendungszweck deutlich ansah. »Ja, und?«, fragte das füllige Ding.

»Mich schickt der Herr vom Rathaus!«

Das Fräulein ließ die Kathi ein und führte sie durch einen langen Gang. Hier standen andere Fräulein unter den Türstöcken; die hatten gar noch weniger an als die Türhüterin. Am hinteren Ende des Ganges kam ihnen die Bärbl Radlmeier entgegen. Sie schaute erst ein Weilchen und fragte dann: »Sind Sie nicht von Moosach?«

»Bin die Kathi; aber mich hat einer vom Rathaus hierher geschickt.«

»Hat er denn auch gesagt, was du bei uns sollst?«

»Arbeiten und putzen und waschen.«

»Dann stimmt's schon! – Komm jetzt zu mir herein!«

Sie betraten einen wohlgeordneten, geschmackvoll eingerichteten Raum, der von den Strahlen der Märzsonne durchflutet war.

Die Bärbl bot der anderen ein Gläschen Wein an: »Und wie geht's dir sonst, Kathi?«

»Wie's halt unsereinem so geht, wenn man aus der Not nit rauskommt.«

»Bist ein netts Deandl! Schad, dass zwischen dir und dem Andreas nix z'sammgangen ist! Möchtest's nit noch mal versuchen?«

»Weiß nit recht, ob's ein' Sinn hat.«

»Darf ich's dem Andreas sagen, dass du bei uns bist?«

»Freilich! Und wo ist die Burgl?«

»Wir führen zusammen dieses Haus, und sie kümmert sich manchmal noch um den Andreas, damit er in seinem Junggesellenhaushalt nicht verkommt.«

Die Kathi bekam droben unterm Dach eine Dienstbotenkammer und ließ sich während der ersten Wochen abends von Andreas abholen und morgens wieder zurückführen.

Dann – so Mitte Mai – hörte das mit einem Mal auf, und er bat seine Schwester Burgl wieder um ihre Hilfe.

Als sie das hörte, schüttelte sie nur den Kopf und meinte: »Du bist ein damischer Hirsch! Die Kathi ist doch schön und lieb wie die marmornen Engel in der Kelheimer Befreiungshalle!«

»Aber auch so kalt wie die!«, erwiderte er.

Um diese Zeit beförderte die Oberstallmeisterei Herrn Andreas Radlmeier de Serrat mit Wirkung vom 1. Juni 1906 zum »Königlich Bayerischen Hof- und Leibkutscher« und beauftragte ihn, sich in puncto Ross und Wagen darauf einzurichten, Seine Kaiserliche Majestät während Höchstdero Verweilens in München zu kutschieren.

Die Sommermonate gingen dahin und der Herbst auch. Schon im Oktober hatte die Stadt auf der Kohleninsel ein mächtiges Festzelt errichtet und für den hohen Gast eine Rednerbühne aufgebaut, damit man das kaiserliche Wort besser verstünde. Bald reisten auch schon die ersten Gäste an, alles, was das Reich an Adel, Macht und Intelligenz aufzubieten hatte; und das Toleranzhaus vermochte trotz seines erweiterten Angebots die Nachfrage kaum zu befriedigen.

Eine Tribüne – für mehrere Hundert Personen gedacht – baute man auch vor der Staatsbibliothek in der Ludwigstraße auf, unter Einbeziehung der steinernen Freitreppe. In dieser Straße sollte sich die Parade des königlich bayerischen Heeres abwickeln, galt es doch, dem allerhöchsten Kriegsherrn des Deutschen Reiches zu huldigen.

Am 12. November 1906 traf Seine Majestät Kaiser Wilhelm II. im Salonzug am Münchner Nordbahnhof ein und wurde bei nasskaltem Wetter im Achtergespann vom Hof- und Leibkutscher Radlmeier, gedeckt von etlichen Schwadronen bayerischer Hartschiere, in die Residenz gebracht. Am Abend war hier großer Empfang, und am nächsten Vormittag rückte man zur Parade aus. Es hatte gottlob zu schneien aufgehört, sodass sich sogar ein paar schüchterne Sonnenstrahlen über die Dächer in Münchens Prachtstraße hereinstehlen konnten. Kaiser Wilhelm betrat mit dem Prinzregenten Luitpold stramm die Tribüne, nachdem das diplomatische und das Offizierskorps sich bereits eine halbe Stunde zuvor dort der Rangordnung gemäß aufgebaut hatte. Die ganze Stadt schien auf den Beinen zu sein, um das Spektakel zu verfolgen.

Hinter dem Kaiser standen gestaffelt und erbärmlich frierend die preußischen Herren Obristen, Generäle und Marschälle, mit der goldenen Pickelhaube gekrönt, und schauten wie die trächtigen Bergschafe, wenn die Höhenwanderer vorbeikommen. Ein alter Bayer, der schon bei Sedan mitgekämpft hatte, brummte in seinen vom Hauchen angeeisten Graubart: »Lauter behelmte Latschenköpf!«

Mit klingendem Spiel zog das bayerische Heer vorüber. Der Kaiser konnte nicht umhin, dem 85-jährigen Prinzregenten wiederholt seine allergnädigste Bewunderung auszusprechen. Am Nachmittag vollzog Wilhelm die Grundsteinlegung zum Deutschen Museum, dieser »vaterländischen Versammlungsstätte«, wie er sich ausdrückte; er ehrte auch Oskar von Miller, den geistigen Vater des zu erstellenden Riesenprojekts.

Als er drei Tage später wieder zum Bahnhof fuhr, ehrte er auch den Hofkutscher Radlmeier, indem er ihm einen Verdienstorden persönlich um den Hals hängte.

Ende November war der sparsame Kaiserrausch Münchens verschwunden, die Tribüne an der Bibliothek noch nicht. Ein so hundsmiserables Wetter hatte eingesetzt, dass den Arbeitern die Finger erfroren wären. Und warum sollte es auch pressieren? Man hatte das Möglichste getan; jetzt musste »a Ruah hergehn«, wie die Alten sagten. Wieder unter sich sein, ein Schalerl Kaffee trinken, zwei Paar Weißwürscht' beim Donisl, drei Maß im Hofbräuhaus.

Was das Toleranzhaus betraf, so wurden alle Aushilfskräfte vertragsgemäß wieder entlassen. Bei der Jordan-Kathi war sich die Bärbl Radlmeier nicht ganz im Klaren, denn die hatte ihr das Rathaus als Dienstboten zugewiesen. Sie fragte also den alten Gabriel, den Hausmeister, ob man sie noch länger behalten solle. Er antwortete in seiner ungeschlachten Art: »Arbeitn tuats' guat. Sie hat's halt allweil mit die Buam.«

Da entschied sich die Bärbl, auch sie zur Entlassung freizugeben.

Wetterleuchten

Die Radlmeier-Zwillinge, unkündbar und mit Pensions-
berechtigung, erregten in Münchner Beamtenkreisen
reges Interesse. Äußerlich attraktiv und geistig begabt,
würden sie keine Schwierigkeiten haben, alsbald ein sauberes Mannsbild zu ergattern – so hätte man meinen können. Doch keiner, so viele ihrer auch kamen, blieb auf
Dauer bei einer von ihnen.

Im Frühjahr 1907, als am Stachus die roten Kastanien
blühten, kam einer, der einst zur Gilde der »Elf Scharfrichter« gehört hatte, abends ins Toleranzhaus. Er hatte
für einen glänzend gelungenen kabarettistischen Beitrag
eine stattliche Summe erhalten und glaubte, sich nach
monatelanger Entbehrung diesen Besuch gönnen zu müssen. Leider hatte er sich bereits im »Goldenen Hirschen«
einige Badener Weine zu viel vergönnt und war angesäuselt. Als er sich unter den »lustigen Fräulein« für eines
entschieden hatte und die Burgl ihm die vorgeschriebene
Taxe abverlangte, fing er an zu meutern und wies dieses
Verlangen mit Entrüstung und der lautstarken Bemerkung zurück, dass der Schöpfer – sofern es überhaupt
einen gebe – die Menschen zur Freiheit erschaffen habe,
auch zur Freiheit der Liebe. Wer dafür Bezahlung verlange, sei ein elender Hundesohn oder – wie im gegenwärtigen Falle – eine unverschämte Hündin.

Die Burgl war nun für diese Theologie nicht ansprechbar, packte den zart gebauten, bezwickerten Mann
und schob ihn zum Tor hinaus. Nicht dass sich dieser

Hinausschmiss etwa brutal vollzogen hätte, doch wegen des stark angeheiterten Zustands fiel der Gesell unglücklich, traf mit dem Kopf auf dem Treppenpodest auf – und blieb reglos liegen. Der Burgl wurde angst. Mit dem von ihm ausgesuchten Fräulein trug sie die leichte Bürde hinein in ihr Zimmer. Sie legten ihn auf die Chaiselongue. Darauf holte Burgl Wasser vom Hausbrunnen und besprengte das Hirn des Mannes. Dabei sah sie, dass er eine klaffende Wunde hatte. Sie wusch sie und verband sie mit einem Schaltuch. Da kam der Mann zu sich. Er schaute sich eine Weile um, und man erkannte, dass ihm die Erinnerung sachte zurückkehrte.

»Du hast mich ermorden wollen, schönes Kind!«, sagte er. »Aber es ist dir nicht gelungen. Komm her, ich will dich in meine Arme nehmen; denn ich lebe noch!«

Die Burgl, die neben ihm gesessen hatte, konnte – schon aus dem Gefühl der Dankbarkeit heraus, dass er noch lebte – nicht Nein sagen. So kam es, dass der Dichter Heinrich Lautensack, der auf der Technischen Hochschule studiert hatte, sich aber nun der Literatur und Filmkunst verschrieb, einige Monate lang von der Burgl ausgehalten wurde. Er hatte ihr nicht verschwiegen, dass er bald für längere Zeit nach Berlin gehen wolle. Doch sie hoffte, er würde sie heiraten, wenn er nach Jahr und Tag von Berlin wieder nach München zurückkehrte. War es nun seine Wankelmütigkeit, war es sein beginnender geistiger Verfall oder war es vielleicht doch das »steinerne Herz« der Burgl? – Jedenfalls legte er ihr vor seiner Abreise in die Reichshauptstadt den kleinen Vers aufs Nachttischchen:

Du warst mir oft ein Hochgesang,
In Dur und Moll wie Orgelklang,
Und trotzdem sag ich keinen Dank:
Denn Liebe kennst du nicht!

Das war ein bitterböses Wort. Die Burgl grämte sich sehr, doch geweint hat sie nicht, denn die Gabe der Tränen war ihr versagt.

Mutter Aurelia grämte sich auch. Sie konnte sich mit der beruflichen Stellung ihrer Töchter nicht abfinden und sagte ein über das andere Mal zu ihrem Gatten: »Darauf liegt kein Segen! So kommt's auch, dass die Mädel bis heut keinen Mann haben. Treibt einer ein sündigs Geschäft, kann er nicht gut erwarten, dass ihm der liebe Herrgott behilflich ist!«

Dasselbe sagte sie auch, als eines Tages die Bärbl zu ihr kam, um das schwere Herz bei der Mutter zu erleichtern. Die Bärbl litt immer noch unter einer Wahnvorstellung: »Ich hätt schon wiederholt einen Mann haben können, der mir gefallen hätt; doch jedes Mal, wenn's ernst werden wollte, hab ich hinter den Augen des Mannes den Blick vom Kneißl gesehen – und da war alle aufkeimende Zuneigung dahin.«

Aurelia nickte: »Der tote Kneißl hat gewiss die ewige Ruh noch nicht gefunden, und so geistert seine arme Seel herum, damit auch die anderen keine Ruh nit haben. Ich geb dir einen Rat, Bärbl. Mach dich auf und geh an sein Grab! Bet dort inständig für ihn und bitt ihn, er möge seinen Verfolgergeist von dir abwenden; denn schuld an seinem Tod bist ja schließlich nit du!«

Da fuhr die Bärbl nach Augsburg und begab sich auf den katholischen Friedhof an Kneißls Grabstätte. Ein paar Blumen lagen darauf; ein paar Leut kamen vorbei, nicht um zu beten, sondern um daheim und im Wirtshaus sagen zu können, sie hätten den braven Mann besucht, auf den die Gendarmen dortmals 1500 Schuss abgegeben hatten. Was für ein Armutszeugnis für die königlich-bayerische Gendarmerie! Habe dagegen er aus seinem Drilling einen Schuss abgebrannt, dann sei entweder ein Gendarm aufgesprungen wie ein Rehbock und dann liegen geblieben, oder er habe sich zusammengerollt gleich einem Igel, um seinen Geist ein paar Stunden später auszuhauchen. Das war eben der Kneißl! Friede seiner Asche!

Solche Reden hörte die Bärbl sogar an seinem Grab. Sie scherte sich jedoch nicht weiter darum, sondern kniete sich in das feuchte Gras hinein, faltete die Hände wie vor zwanzig Jahren, als sie zur ersten Kommunion gegangen war, und redete im Stillen mit dem Toten: »Lieber Matthias Kneißl, du weißt, warum ich da knie! Verfolg mich halt nimmer! 's hat mir schon viel Leid gebracht, dass ich mich damals auf die G'schicht im Aumacherhaus eingelassen hab, und noch immer seh ich kein End nit. Mög dir unser lieber Herrgott die ewige Ruh schenken, denn alle sagen, dass du ein lieber Kerl warst. Und ich selber glaub's auch, denn du hast Augen gehabt wie ein großer Bub. Aber bitt schön, mach sie jetzt zu vor mir, diese Augen!«

Hat er sie zugemacht? – Wir wissen es nicht. Nur dies wissen wir, dass die Radlmeier-Dirndln nie zum Heiraten gekommen sind.

Ihr Bruder Andreas war seit seiner Trennung von der Jordan-Kathi zu kühler Vornehmheit erstarrt, was man auch als simplen Stolz hätte bezeichnen können. Er mied seine Schwestern, mied auch den Vater. Vielleicht hätte er die Mutter ebenfalls gemieden, wäre er nicht froh darum gewesen, dass sie ab und zu in seiner Marstallwohnung für Ordnung sorgte. So konnte sie ab und zu ein paar liebe Worte schüchtern in den Vorhof seines Gemüts hineinflüstern. Er nahm sie dankbar an, schwieg aber weiter, und nur wenn sich's gerade ergab, küsste er die Mutter sanft auf die Stirn. Er kümmerte sich auch kaum ums Münchner Geschehen, er las keine Zeitung, höchstens gelegentlich ein paar Überschriften, und wies vor allem das wirre Treiben der Künstler und Umstürzler Schwabings mit kalter Missachtung von sich.

Darüber kam er einmal – bei einer kleinen Kutschenfahrt nach Dachau – mit dem Prinzregenten ins Gespräch und musste sich von dem damals 89-Jährigen sagen lassen, er sei mit seinen knapp 30 Jahren rückständig und ein ausgemachter Spießer. Freilich habe auch er, der Prinzregent, wenig Bezug zu diesem Farbengekleckse, das sich Malerei nenne, und diesem reimlosen Gestelze, das sich Dichtung schimpfe; aber man müsse es dulden, sei es doch in irgendeiner Form Wegweiser in die Zukunft, »in deine Zukunft, lieber Andreas, denn du hast sie noch vor dir!«

»Mag sein, Königliche Hoheit, doch da soll einer blaue Pferde gemacht haben. Müssen wir denn in der Zukunft die Dinge anders sehen, als sie sind? Das Weiße blau, das Schwarze rot?«

»Schwarz und Rot, mein Freund, werden sich in Zukunft noch oft in den Haaren liegen, und die Leut werden umeinanderschaun und nit wissen, was recht ist! Merk dir das!«

Etliche Tage nach diesem Dachauer Ausflug wurde Andreas zum Obriststallmeister vorgeladen: »Radlmeier de Serrat, eine Frage, die zwar intim klingt, jedoch gestellt werden muss!«

»Bitte, Herr Baron!«

»Gedenken Sie in absehbarer Zeit zu heiraten?«

»Heiraten dürfte so ziemlich das Letzte sein, was ich künftig vorhabe.«

»Danke! Dann können wir weiterreden. Ich habe Sie, so leid es mir tut, nach Leutstetten zu Seiner Königlichen Hoheit Prinz Ludwig zu versetzen. Sie werden dort die Funktion – natürlich auch das Gehalt! – eines Stallmeisters genießen. Dies nicht zuletzt in Ansehung Ihrer

Vorfahren, die seit fast 100 Jahren der Krone Bayerns als Hofkutscher gedient haben.«

Andreas machte eine tiefe Reverenz.

Der Obrist fuhr fort: »Das ist noch nicht alles; jetzt folgt der Pferdefuß! Sie wissen vielleicht, dass Prinz Ludwig in Ungarn eine angeheiratete Domäne besitzt. Sie wird von den Einheimischen verwaltet und bestellt. Es ist nun der Wunsch Seiner Königlichen Hoheit, dass Sie sich jeweils in der Zeit der Aussaat und der Ernte nach Gut Sarvar absetzen und in taktvoller Weise den Leuten auf die Finger schauen. Dazu ist die Kenntnis der Landessprache erforderlich. Also, Stallmeister de Serrat, ab sofort Ungarisch lernen und nach einem Jahr: Aufbruch zu den Magyaren!«

Welch eine Nachricht!

Als Andreas strahlend die Stallmeisterei verließ und auf die Gasse hinaustrat, ging gerade, tief gebeugt, das alte »Taubenmuatterl« mit dem schweren Futtersack vorbei; daraus streute sie an 42 Plätzen in ganz München Körner, die sie sich erbettelte. Ihre Armut rührte ihn so, dass er ihr gleich einen Gulden schenkte.

Leutstetten war eine Idylle. Hier wurde man nicht gelebt wie in München, sondern man konnte sich genussvoll der ländlichen Idylle hingeben, ähnlich wie man sich einen Becher Wein in kleinen Schlückchen einverleibt. Andreas bewohnte über dem kleinen Marstall drei entzückende Räume und wurde von einer Mamsell bedient, die schöne Zähne besaß und auch Ungarisch sprach; weibliche Reize hingegen hatte ihr der Himmel versagt. Zwei Stunden am Tag wollte er sich von ihr unterrichten lassen, soweit die Aufgaben seines Amtes es erlaubten.

Sie erlaubten es. Sie hätten sogar noch etliche Stunden mehr erlaubt, denn in Leutstetten war nichts los. Prinz Ludwig, den seine Bayern den »Millibauern« nannten, ritt meist mit etlichen Ökonomen aus und prüfte die Fluren, die Äcker, die Saaten und die Ställe. Die restliche Zeit verbrachte er in der Bibliothek oder auf der Jagd. Im Übrigen aber wartete er. Worauf? – Ob ihm vielleicht doch noch in seinen alten Tagen der bayerische Thron zufallen könnte, obwohl sein fast 90-jähriger Vater keineswegs bereit war, auf seine Prinzregentschaft zu verzichten.

Die Thronfolge in Bayern erwies sich überhaupt als ein Problem, denn der eigentliche König, der geistesgestörte Otto, lebte ja noch in Fürstenried bei einigermaßen guter physischer Gesundheit und ungebrochener Körperkraft. Stürbe jetzt der Prinzregent Luitpold – und dieses Sterben war abzusehen –, sollte man dann mit der Regentschaft, mit dieser »Stellvertreterei«, immer noch weiterwurschteln, wie man bisher schon über zwei Jahrzehnte gewurschtelt hatte? Oder wäre es nicht eher angezeigt, König Otto abzudanken? Wer aber kann oder darf einen König absetzen?

Darüber musste nachgedacht werden!

Die Herren von der Regierung wollten jedoch in diese Gedankengänge erst dann eintreten, wenn sie ein handfestes Gutachten über die gegenwärtige geistige Verfassung des armen Königs eingeholt hätten.

Graf H. wurde beauftragt, die Vorbereitungen zur Erstellung dieses Gutachtens zu treffen. Man brauchte einen Augenzeugenbericht. Der Graf ersuchte den Rektor des Luitpold-Gymnasiums und einen angesehenen Prälaten, sich darum nach Fürstenried zu bemühen. Der Rektor machte seine Zusage davon abhängig, dass noch eine Person mitgehen müsse, die der König zur Zeit seiner *lucida intervalla* – also seiner »lichten Augenblicke« – gekannt habe. Es könnte dann sein, dass er diese Person wiedererkenne und dass sich alsbald weitere *lucida intervalla* anschlössen. Wäre das der Fall, könnte man möglicherweise über einen freiwilligen Thronverzicht mit ihm verhandeln.

Diese Idee schien dem Grafen H. nicht abwegig, und er horchte sich nach einer solchen Person um. Da wurde ihm ein Leutnant Veit-Lukas Radlmeier de Serrat genannt, einst Kommandant des »Ehrendienstes« in Fürstenried, derzeit als Schriftführer im königlichen Marstall tätig. Er ließ den Mann ins Maximilianeum zitieren: »Wie lange ist es her, Leutnant Radlmeier de Serrat, dass Sie mit Seiner Majestät König Otto zuletzt gesprochen haben?«

»Etwa 30 Jahre, Graf!«

»Wo haben Sie mit ihm gesprochen?«

»Hauptsächlich im Schlosspark, wenn Seine Majestät nach den Mahlzeiten spazieren ging.«

»Konnte man diese Gespräche als vernünftig bezeichnen, will sagen, hat der König *lucida intervalla* gehabt?«

»Gewiss, Graf!«

»Könnte es sein, dass der König Sie wiedererkennen würde, wenn Sie ihm heute oder morgen begegneten?«

»Nach 30 Jahren, Graf?«

»Sind Sie denn so gealtert? Sie sehen noch recht flott aus!«

»Ich danke, Graf! Doch Ihre Frage kann ich nicht beantworten!«

»Gut!«, sagte Graf H. und erhob sich von seinem Schreibtisch. Er stellte sich dicht vor Veit-Lukas hin und fuhr fort: »Was von dieser Minute an zwischen Ihnen und mir gesprochen wird, unterliegt strengster Geheimhaltung!«

Danach legte er ihm den ganzen Plan auseinander und bat ihn, mit dem Rektor und dem Prälaten zusammen um eine Audienz in Fürstenried nachzusuchen und dann den sich daraus ergebenden Augenzeugenbericht zu erstellen.

Auf dem Heimweg wäre Veit-Lukas fast ein Unglück geschehen. Als er vom Maximilianeum herunterkam und die Isarpromenade überqueren wollte, sauste gerade der »spinnerte« amerikanische Maler Kniffler daher, auf einem Tandem sitzend, das von einem Traberhengst gezogen wurde. Die Münchner kannten ihn und wussten, dass es in seinem »Oberstübchen« nicht mehr ganz stimmte. Weil sie aber dem alten Grundsatz huldigten »Leben und leben lassn!«, scherten sie sich weiter nicht um ihn. Nur die Gassenbuben lauerten ihm gerne auf, denn er vollzog dieses Zeremoniell täglich von seiner Wohnung in der Au bis zum Atelier in der Amalienstraße und zurück. Heute hatten sich einige dieser nichtsnutzigen Gesellen, mit Zwieseln bewaffnet, in die dichten Kastanienkronen gehockt. Als nun der Meister des Pinsels vorübertrabte, nahmen sie das Pferd mit Sternchen unter Beschuss.

Offenbar sehr schmerzhaft getroffen, bäumte es sich auf, sodass der brave Mann die Balance verlor. Er stürzte, und der Hengst jagte mit dem auf der Straße ratternden Tandem davon, genau auf Veit-Lukas zu. Der wollte ihm in die Zügel greifen, wurde jedoch an die Seite gedrückt; und das war gut so. Denn sonst wäre er sicherlich von dem Gefährt umgerissen worden und hätte möglicherweise schweren Schaden erlitten.

Der Amerikaner hatte sich sofort erhoben und stand nun da, unschlüssig, wem er sich zuerst zuwenden sollte: dem Hengst oder dem Mann, der ihn hatte bändigen wollen. Weil er aber sah, dass der Hengst stand und der Mann lag, widmete er sich vorab einem der Buben, der gerade am Baumstamm herabrutschte. In aller Gemütsruhe zog er ihm die Hose herunter und behandelte klatschend dessen Hinterteil.

Umbrüche

Es war Oktober, ein stimmungsvoller Herbstmorgen. Ein bayerischer Hofwagen fuhr von München her die Forstenrieder Straße hinaus. Drei Herren saßen drin: der Rektor im Frack, der Prälat in seidener Hofsoutane, Veit-Lukas in befohlener Leutnantsmontur. Sie sprachen nichts miteinander. Radlmeier hatte nichts zu sagen, sollte er doch nur als königliche Gedächtnisstütze dienen; die beiden anderen waren so randvoll von Sorge um das Gelingen ihres Auftrags, dass sie sich die schon zum x-ten Mal wiederholten Reden immer wieder im Geiste vorsagten.

Sie fuhren in den Schlosshof ein, der Hofmarschall des Königs und ein Irrenarzt hießen sie willkommen.

»Wie befinden sich Seine Majestät?«, fragte der Prälat.

»Heute so gut wie schon seit Langem nicht, vor allem ruhig und gelassen«, erwiderte der Arzt.

»Dann darf man sich wohl eine fruchtbare Audienz versprechen!«, meinte der Rektor und zog die gestärkten Manschetten drei Zentimeter aus den Frackärmeln heraus, damit die in Gold gefassten mächtigen Onyxknöpfe auch recht zur Geltung kämen.

»Trotzdem«, entgegnete ihm der Arzt, »müssen die Herren wissen, dass die geistige Verfassung des Königs nach wie vor vollkommen getrübt ist.«

»Wann werden uns Seine Majestät empfangen?«, fragte der Prälat.

»Voraussichtlich in einer Stunde, beim Frühstück. Denn er hat soeben erst mit der Morgengymnastik begonnen!« Der Hofmarschall sprach's und grinste ein wenig dabei.

»Morgengymnastik?«

»Verzeihen, Herr Direktor, den burschikosen Ausdruck! Doch kommen Sie und sehen Sie selbst!«

Nun betraten sie das Schloss. Alle Wände waren gepolstert worden. Sie betraten ein ebenfalls wandgepolstertes Prunkzimmer und erblickten da den kräftig gebauten Mann, wie er pausenlos drei, vier kurze Schritte hastig vorwärts trippelte und ebenso hastig wieder zurück, immer an derselben Stelle, den Blick unverwandt auf die Mauer gerichtet, mit den Händen Kreise beschreibend. Unverständliche Laute, bisweilen auch Schimpfworte drangen aus seinem Munde. Ein furchtbares, ein erschütterndes Bild!

»Und das eine Stunde lang?«, fragte der Prälat.

»Manchmal auch mehrere – bis zu einem halben Tag!«, gab der Marschall zur Antwort und fuhr fort: »Heute hat er noch nicht das Frühstück eingenommen; darum ist nur mit einer Stunde zu rechnen.«

»Und wenn man ihn jetzt unterbräche oder anredete?«

»Ist nicht ratsam!«, antwortete der Arzt, ohne eine Begründung hinzuzufügen.

Sie begaben sich wieder hinaus auf den Gang, während der Hofmarschall beobachtend unter dem Türstock stehen blieb. Eine gute Stunde lang. Dann sagte er den drei Männern, sie sollten sich bereithalten, und ging mit dem Arzt hinein. Nach etwa einer Viertelstunde kehrte er zurück und bat sie in das Frühstückszimmer, wo der König vor eisernem Geschirr am Tisch saß und seine Semmeln und Hörndln hastig verschlang.

»Majestät, hier sind drei Herren von der Regierung, die bitten, ihre Aufwartung machen zu dürfen!« Der Marschall sprach's, der König schien nichts gehört zu haben.

Da begann der Rektor: »Gestatten, Eure Königliche Majestät, dass ...«

Otto schaute auf, sah Veit-Lukas Radlmeier und rief: »Ah, Leutnant!« Dann aß er weiter.

Der Rektor fing seine Rede von Neuem an. Doch wieder unterbrach ihn der König mit lauter Stimme: »Leutnant, was will denn der Grasaff?«

Der Rektor tat, als hätte er das harte Wort überhört, verbeugte sich und wollte in seiner Rede weiterfahren.

Da aber erhob sich König Otto jäh und schrie voller Zorn: »Leutnant, jag mir doch endlich die Saubande hinaus!« Und sogleich ergriff er, noch ehe der Marschall und der Arzt es verhindern konnten, die halb volle Teetasse, die Milchkanne sowie einen Teller und warf alles sehr geschickt auf den Prälaten, dass dessen rauschende Soutane vollauf bekleckert war. Der Arzt ging dazwischen, der Marschall bedeutete den Herren zu gehen, doch Otto entriss sich, packte einen Stuhl und schleuderte ihn den dreien nach. Ein Glück, dass sie die Tür in letzter Sekunde hinter sich zugemacht hatten, als der Stuhl dagegenknallte.

Graf H. las das Protokoll, das die drei Augenzeugen über ihren Besuch beim kranken König angefertigt hatten. Dann setzte er sich hin und schrieb an Seine Königliche Hoheit, den Prinzregenten Luitpold, folgenden Artikel mit der Bitte, ihn in die bayerische Verfassung aufnehmen zu lassen:

Wenn die wegen geistigen Gebrechens mit dem Thronerwerb eingetretene Regentenschaft so lange gedauert hat, als eine wegen Minderjährigkeit eintretende Regentschaft höchstens dauern kann (d. i. 21 Jahre), und jede Aussicht auf Wiedererlangung der Regierungsfähigkeit ausgeschlossen ist, so können die Vormünder des Königs in dessen Namen die Niederlegung der Krone erklären.

Nun zählte man aber nicht bloß 21, sondern bereits 25 Jahre Regentenzeit!

Den Artikel reichte der Graf H. zusammen mit dem Augenzeugenbericht beim Prinzregenten Luitpold ein. Der jedoch wies die Zumutung rundweg ab und betonte, er wolle jetzt, wo er bereits 90 Jahre alt sei, an den bestehenden Verhältnissen nichts ändern.

Damit war der Versuch, einen König zu stürzen, einen anderen zu erheben, gescheitert. Gott sei Dank!, sagten sich manche, denn jetzt können wir den Geburtstag des großen alten Herrn von Bayern ungetrübt feiern!

Noch Jahre danach hat man von dem Festakt geschwärmt, den der Münchner Stadtschulrat Georg Kerschensteiner mit 1800 seiner Schulkinder für den Prinzregenten im Thronsaal der Residenz vorbereitet hatte. Dreimal 30 Mädchen stellten die Lebenszeit des Herrschers dar: in hellgrünem griechischen Chiton mit dunkelgrüner Schärpe die Jugendzeit; in orangefarbenem Chiton mit grauer Schärpe die 30 Mannesjahre; das Greisenalter in hellviolettem Chiton mit dunkelvioletter Schärpe. Alle trugen Krönchen auf dem Kopf und führten goldverzierte Stäbe mit flatternden Bändern in den Händen. Zwischen ihnen schwebte auf geflügeltem Rad die weiße Symbolgestalt für die Zeit. Nach einem Bekenntnislied zum Heimatland Bayern sprach die »Zeit« eine Hymne:

Ewig jung und ewig gleich
führe ich das Weltenreich
durch das Werden und Vergehn
hin zu ew'gem Auferstehn.

Kein Befehl befiehlt mir eilen,
keine Macht heißt mich verweilen,
weder Wille noch Gewalt sagt mir Halt!
Nur des Herzens starke Regung
lässt das Gleichmaß der Bewegung
meiner Schritte stille stehn.

Diese »starke Herzensregung« offenbarte sich darauf in Jubelliedern, in rhythmischen Tänzen, in einfallsreichen Szenen, die sich vor allem um die Jagdabenteuer Luitpolds drehten, und fand ihren rauschenden Ausklang in einem Chor von 90 Harfen.

Der ehrwürdige Landesvater musste sich ein über das andere Mal die Augen trocknen. Mit ihm, so sagten sich alle Erwachsenen, die ihn dasitzen sahen, wird eine goldene Zeit des Königreichs Bayern zu Ende gehen! Und was kommt dann?

Diese Frage stellten sich viele, diejenigen, die sonst die Zeichen der Zeit zu deuten verstanden, wussten aber keine Antwort darauf.

»Und was kommt dann?« So fragten auch die Münchner Prediger von den Kanzeln herab, als im Lustspieltheater die Nackttänzerin Via Villany auftrat und in schamloser Weise die biblische Geschichte verhunzte, indem sie vier Frauen des Alten Testaments – »Salome und der Täufer«, »Susanna im Bade«, »David und Batseba«, »Dalila und Samson« – zwar gekonnt, aber schon am äußersten Rande der Frivolität darstellte. »Was kommt noch auf uns zu, wenn man bereits die Heilige Schrift in die Melasse der Unmoral tunken darf? Kann denn unser Herrgott noch länger zusehen? Muss er nicht den sodomitischen Feuer- und Schwefelregen auf unser Bayernland, auf unsere Münchner Stadt herniedersausen lassen? Wie lange noch darf denn eine üppige Sumpfdotterblume die

Vorübergehenden einladen, sie abzurupfen und dabei im Morast zu versinken? Was muss noch geschehen, damit geschehen kann, was geschehen soll?«

Am 11. Dezember 1912 abends kam ein schneller Reiter nach Leutstetten und meldete, dass Seine Königliche Hoheit Prinzregent Luitpold seinen Sohn zu sehen wünsche. Sofort musste der Stallmeister Radlmeier den leichten Rennschlitten richten, und um Mitternacht fuhren sie in den Schlosshof von Nymphenburg ein. Prinz Ludwig erkannte, dass die Zeit des 91-jährigen Vaters zur Neige ging. Als dann die Morgensonne aus den Nebelbänken über Freising emportauchte, erlosch das Leben des viel geliebten Herrschers langsam und allmählich.

Dann war auch das Begräbnis vorbei, ein Begräbnis von europäischem Rang, und wieder stellte sich die Frage: Was nun? Regentenschaft oder endlich das alte bayerische Königtum? Viel wurde beraten, viel erwogen, bis endlich Prinz Ludwig, der Nachfolger, tat, was die meisten begrüßten, wenige missbilligten, die Juristen aber verdammten: Er setzte den Schlusspunkt unter die »Stellvertreterei«.

Wir haben als König die Regierung des Landes angetreten und von den Uns nach Gottes Gnade zukommenden königlichen Rechten vollen Besitz ergriffen.

Im gläubigen Aufblick zu Gott, dessen gnädige Hand Bayern bisher geführt hat, erflehen Wir des Allmächtigen Segen und Beistand.

Gegeben in Unserer Haupt- und Residenzstadt München am 5. November 1913. Ludwig.

Das Weihnachtsfest beging die königliche Familie in Leutstetten. Silvester und Neujahr wollten die Prinzessinnen Adelgunde und Gundelinde in Sachrang verbringen.

Sachrang, ein kleines, verschlafenes Grenzdörfchen gegen Tirol zu, machte schon seit vielen Jahren von sich reden wegen der künstlerischen Gestaltung seiner Gottesdienste. Dort hatte einst ein genialer Müller großartige Musikwerke aufgeschrieben und mit seiner Dorfgemeinschaft, der man ebenfalls große Musikalität nachrühmte, in der feinen Barockkirche aufgeführt. Daraus war Tradition geworden, und gerade in den heiligen Zeiten kamen kunstbeflissene Zuhörer von weit her nach Sachrang.

König Ludwig – wie die meisten Väter verliebt in seine Töchter – hatte den Stallmeister Radlmeier mit einem Hofschlitten nach Schloss Wildenwart abgestellt, von wo aus sie Sachrang viel rascher erreichen konnten als von Leutstetten. So wusste er die Prinzessinnen in guten Händen.

Sowohl die Silvesterfeier wie auch das Neujahrshochamt beeindruckten die edlen Damen tief. Da war noch echte Gläubigkeit und blindes Gottvertrauen zu spüren, nicht Einbildung und Prahlsucht. Der heilige Michael drohte ja auch mit einem Flammenschwert mächtig vom Altar der Sachranger Kirche herab, bereit, jedem Großtuer eins aufs Fell zu brennen.

Andreas hatte am Neujahrsmorgen den Schlitten in der nahen Post eingestellt und stand jetzt wie ein Erzengel neben dem rot drapierten Betstuhl, den der Pfarrer den Prinzessinnen gerichtet hatte. Der Hochwürdige hatte auch seine Predigt auf sie ausgerichtet:

»Meine lieben Pfarrkinder! Während des vergangenen Jahres bin ich euch oft mit handfesten Grobheiten gekommen, wie ihr's eben gebraucht habt. Heut, wo wir zwei königliche Prinzessinnen unter uns sitzen haben, muss ich's feiner machen. Heut red ich euch von der Zärtlichkeit. Aber nicht von dem heuchlerischen Gesülze, mit dem mancher depperte Bursch sein Deandl überschwemmt, sondern von der noblen Zurückhaltung und von den heilsamen Hemmungen, die wir bei uns einbauen müssen im Umgang mit unseren Mitmenschen, wenn wir zärtlich sein wollen. Zärtlichkeit ist nämlich vorab eine Sprache des Herzens, eine tastende, fühlende und sanft berührende Ehrfurcht vor dem Leben im anderen, vor dem Geheimnis Gottes im anderen. Zärtlichkeit hat nichts mit Kleinmut zu tun, und schon gar nichts mit der Furcht vor der Härte des Lebens. Zärtlichkeit ist eine Kraft, eine Herzenskraft, die den anderen anpackt und zu ihm steht, wenn er versagen will; die eine Hand darüber hält, wo er verwundbar ist; die seine Zerbrechlichkeit steift und schient, vorsichtig wie der wohltätige Arzt. Zärtlichkeit ist eine unbändige Macht, die Macht des Unbewehrten, die Macht des Waffenlosen – die Macht des Kindes. Warum schmelzen denn die Herzen der Großmütter hin wie ein Klumpen Butter in der Sonne, wenn das hinterlistige Enkelchen naschen will? Weil's ihr mit Zärtlichkeit kommt! Und warum gibt der junge Bauer wegen einem Seidenfetzen für seine Alte die beste Kuh dran? Weils' ihm mit Zärtlichkeit kommt! Und warum lässt der Zöllner drüben an der Grenz das Wirtsdeandl mit einem Fuder Schmuggelwein passieren? Weil's ihm schöngetan hat! So ist das mit der Zärtlichkeit, meine lieben Pfarrkinder! Seid mir also hinfort keine Büffel mehr, denn dass ihr das sein könnt, habt ihr mir schon oft bewiesen! Beweist mir in dem kommenden Jahr, dass in euren Herzen auch die Kraft der Zärtlichkeit schlummert! Dass diese Kraft bald aufwache und in Sachrang wirksam werde, dafür segne euch Gott Vater, Sohn und Heiliger Geist. Amen!«

Danach begann das Hochamt. Und da bewiesen die Sänger am Kirchenchor ihrem Pfarrer gleichsam im Handumdrehen, wie zärtlich und melodisch und lieblich

sie ihr gesungenes Gebet in den geweihten Raum hinein-
hauchen konnten. Der Pfarrer aber stand am Altar, und
sein Gesicht verklärte sich …

Nach gut drei Jahren Ungarisch-Unterricht – und Andreas Radlmeier de Serrat war ein eifriger Lerner gewesen! – reiste er am 20. März 1914 mit der Eisenbahn
über Wien auf das königlich bayerische Hofgut Sarvar in
West-Ungarn.
   Was er da sah?

*Meine liebe Mama! Ich habe mich von Dir nicht verab-
schiedet, weil Dir das Herz nur noch schwerer geworden
wäre. Verzeih mir! Hier ist nichts wie Ebene und Weite,
und das Auge findet keinen Rand. In den Ställen hundert
Pferde und ebenso viele großgehörnte Ochsen, auf den
Feldern Kukuruz und Hafer. Das Herrenhaus steht leer;
ich bin in einen Seitenflügel eingezogen. Der Baumeister
und die fünf Oberhirten tasten mich noch ab, sind aber
freundlich. Wir sieben Männer werden im Hause bekocht;
an das scharfe Zeug muss ich mich erst gewöhnen. Sie trinken viel Wein, vertragen auch viel; ich muss mich zurück-
halten. Ich habe die Weisung mitbekommen, bis in den
Spätherbst hinein hierzubleiben, um mich einzugewöh-
nen. Im Herbst werden auch, wie es hieß, die Prinzessinnen kommen. Grüß mir Vater und sag ihm, er soll in
Pension gehen. Ich umarme Dich, Mama! Andreas.*

Der Herbst kam, doch die Prinzessinnen kamen nicht,
denn der Weltkrieg hatte begonnen. Die jungen ungari-
schen Männer auf Sarvar wurden zum Militärdienst eingezogen. Andreas musste mit ein paar Alten und vielen
Frauen zusammenarbeiten. Diese Frauen gingen ihm in
ihrer maßlosen Eifersucht mitunter sehr auf die Nerven.

Es genügte, zur einen ein paar Worte mehr zu sagen als zur anderen, und schon war der Teufel los. Dabei hielt er es auch hier wie mit dem Wein: Er hielt sich sehr zurück. Trotzdem geschah es nicht selten, dass sich etliche buchstäblich in die Haare gerieten und gottsjämmerlich zerzausten – seinetwegen.

Von der Oberstallmeisterei in München wurde ihm mitgeteilt, an seine Rückkehr sei vorab nicht zu denken. Im Gegenteil, nachdem man volles Vertrauen in ihn gesetzt habe, erwarte man, dass er das Krongut nach bestem Ermessen eigenständig weiterverwalte, bis der Friede eingetreten sei – was nicht mehr allzu lange dauern dürfte.

Indes, die Monate vergingen und Jahre vergingen – und kein Friede war in Sicht.

Das letzte Kapitel

Dafür rief Kurt Eisner, gegen den die Preußen bereits einen Haftbefehl erlassen hatten, im Landtag zu München in der Nacht zum 8. November 1918 die Räterepublik aus. Da verließ der 73-jährige König Ludwig III. um halb elf Uhr nachts seine Residenz, um sie nie wiederzusehen. Eine abenteuerliche Flucht begann und führte ihn – den zu Tode Erkrankten – am Ende auf sein Krongut Sarvar. Hier verschied er im Kreise all seiner angereisten Kinder im Oktober 1921 mit dem Wort eines Papstes auf den Lippen: »Ich habe die Gerechtigkeit geliebt und das Unrecht gehasst, darum sterbe ich in der Verbannung.« Neun Tage zuvor hatte er noch auf dem Königsplatz in München für die gefallenen Söhne seines Volkes einen Kranz niederlegen lassen.

Mit seinem Hofkutscher Radlmeier und dem Kriminaloberwachtmeister Kießling war er noch, wenn das Wetter freundlich tat, ums Herrenhaus herum ein paar Schritte spazieren gegangen. Dabei war er einmal plötzlich stehen geblieben und hatte dem Kutscher gesagt: »Bleib du hier, wenn ich fortgeh!«

Dann war er fortgegangen und am 5. November bei Unserer Lieben Frau in München von Kardinal Faulhaber beigesetzt worden.

Andreas Radlmeier de Serrat blieb. Er blieb auch deswegen, weil er nicht wusste, womit er in der Heimat seinen Lebensunterhalt hätte verdienen können, denn in seiner

Person war die vierte Generation einer Hofkutscherfamilie erloschen – und alle hatten außer den Aufgaben ihres Hofdienstes nichts gekonnt und nichts gelernt. Er blieb aber vor allem wegen Irmina, der Tochter des Kommissars, den die neue ungarische Regierung auf die Domäne Sarvar gesetzt hatte.

Irmina, zehn Jahre jünger als Andreas, hatte ihren Mann an der russischen Front verloren. Von Beruf Ökonomierat, konnte sie ganz die Aufgaben ihres Vaters – die Verwaltung des Gutes – wahrnehmen. Sie ließ sich hierin aber gern von Andreas unterstützen. So lebten die beiden harmonisch miteinander Jahr um Jahr bis in den Zweiten Weltkrieg hinein. Als sich dann dieser seinem unseligen Ende zuneigte und die Russen von Rumänien nach Ungarn heraufzogen, ergriffen Andreas und Irmina miteinander die Flucht nach Westen.

Fliehende Ungarndeutsche waren ihnen noch kurz vor der österreichischen Grenze am Neusiedler See begegnet. Seitdem hat sich ihre Spur verloren.

Glossar

Accoucheur	– Geburtshelfer
Adjunkt	– Amtsgehilfe
Äskulap	– Gott der Heilkunst
Au revoir	– (franz.) auf Wiedersehen
außigrasen	– einen Seitensprung machen, (dem Partner) untreu sein
C'est la vie	– (franz.) So ist das Leben!
Chaiselongue	– gepolsterte Liege mit Kopflehne
Chiton	– hemdartiges Kleidungsstück, das im antiken Griechenland üblich war
Confiteor	– Gebet zum Sündenbekenntnis
désagréable	– (franz.) unangenehm
Diridari	– bayerischer Ausdruck für »Geld«
Diseuse	– (franz.) Vortragskünstlerin
Ehehalten	– Dienstboten, Knechte und Mägde
Eleve	– Schüler, Auszubildender
en grand cortège	– (franz.) mit großem Gefolge
Epiphanie	– Fest der Erscheinung des Herrn, 6. Januar
Equipage	– elegante Kutsche
Federnschleißen	– Trennen der (Gänse-)Daunen von den Federkielen – ein notwendiger Schritt für die Herstellung von Daunendecken etc.
Festtag der Unschuldigen Kinder	– 28. Dezember

Flora	– Münchner Unterhaltungszeitschrift der 1820er-Jahre
Fuß	– Längenmaß, in Bayern 1809 landesweit auf 29 Zentimeter festgelegt
Gantausschreibung	– Konkurs
Garçon	– (franz.) Ober
Gäuwagerl	– kleine Kutsche ohne Dach
gewappelt	– privilegiert; raffiniert, durchtrieben
Guardian	– der auf Zeit ernannte Klostervorsteher bei den Franziskanern und Kapuzinern
Hartschier	– Angehöriger der Leibgarde des bayerischen Königs
Hebe	– Göttin der Jugend
Hinfallende Krankheit	– Epilepsie
Jager	– Gemeint sein können damit nicht nur die Jäger, sondern auch die bayerischen und österreichischen »Grenzjäger«, die Grenzwächter der damaligen Zeit.
Kirchensturm, Klostersturm	– Im Rahmen der Säkularisation wurden in Bayern ab 1803 die Klöster aufgehoben und dabei viele Kunstschätze vernichtet.
Königgrätz	– heute Hradec Králové, in Nordböhmen; dort siegten 1866 die Preußen in der Entscheidungsschlacht gegen die Österreicher, Bayern und eine Reihe deutscher Mittelstaaten
Kummet	– gepolsterter Bügel um den Hals von Zugtieren

Landauer	– viersitzige Kutsche mit zurück-schlagbarem Verdeck
Ländhüter	– Oberaufseher über den Schiffsver-kehr in einem (Fluss-)Hafen
Lätschenbeni	– bairisch für einen langweiligen, an-triebslosen Menschen
Lichtmess	– Mariä Lichtmess: 2. Februar
Lola Montez	– Künstlername der Tänzerin Maria Dolorez Gilbert, mit der König Ludwig I. eine Affäre hatte und die er als »Gräfin Landsfeld« in den Adelsstand erhob
Löwenhund	– Verschiedene Darstellungen zeigen König Max I. mit einem Jagdhund von vermutlich afrikanischer Rasse.
Ludwigskanal	– Unter Ludwig I. von Bayern gelang es, die Donau durch eine künstliche Schifffahrtsstraße mit dem Main zu verbinden. Die Bauarbeiten zu die-sem Kanal begannen 1836.
Malefizhaus	– Untersuchungsgefängnis (in frühe-ren Zeiten war dort auch gefoltert worden)
Mariä Geburt	– 8. September
Marterl	– Bildstock (zur Erinnerung an Ver-unglückte oder mit einem Heiligen-bild)
Martini	– Martinstag, 11. November
Montgelas	– Maximilian Graf Montgelas (1759–1838) prägte von 1799 bis zu seinem Sturz 1817 die bayerische Politik. Seine stramm antikirchliche Haltung wurde und wird vielfach kritisch beurteilt.

Nagaika	– (russ.) Peitsche (als Instrument zur Bestrafung von Menschen)
Orlando di Lasso	– Renaissancekomponist († 1594), wirkte seit 1564 als Leiter der Hofkapelle in München
Palais Royal zu Tegernsee	– König Max Joseph ließ sich die Gebäude des 1803 aufgehobenen Klosters Tegernsee zu einer Sommerresidenz umbauen.
Pavillon Royal	– alter Name des Prinz-Carl-Palais in München
pelzi(g)	– bairisch für »ärgerlich«
postillon d'amour	– Liebesbote
priemen	– Kautabak kauen
Profos	– Feldrichter
Rehbachstöckl	– Gartenschlösschen in Berchtesgaden
Schlosstafern	– ➤ Tafern
Secessionsmaler	– Die »Secession« war eine 1892 gegründete Vereinigung von bildenden Künstlern aus München, die bewusst in Opposition zum stattlichen Kulturbetrieb und zu den traditionellen Münchner Künstlern gingen.
Stutzen	– Jagdgewehr mit kurzem Lauf
Tafern	– Schenke, Gastwirtschaft
tenue	– (franz.) Haltung
Trivialschule	– Elementarschule, Grundschule
Turkos	– tunesische und algerische Schützenregimenter im französischen Heer
Wallern	– heute Volary, in Südböhmen
Walpurgisnacht	– die Nacht vom 30. April auf den 1. Mai

Weiset	– Geschenk zur Geburt oder Taufe eines Kindes
welsch/Welschland	– alter Ausdruck für italienisch/Italien
Widum	– Pfarrhof
Winterberg	– heute Vimperk, in Südböhmen
Würmsee	- alte Bezeichnung für den Starnberger See
Zeitlang	- Sehnsucht
Zentner	- Georg Friedrich von Zentner (1752–1835) gehörte seit 1810 zu den bestimmenden Figuren innerhalb der bayerischen Politik.
Zuaven	- in Nordafrika rekrutierte Söldner

Weitere Historische Heimatromane

Das Pfand des Herzogs

Bayern im 15. Jahrhundert: Der junge Herzog Christoph träumt von der großen
Liebe und der Herrschaft über das Reich seiner Väter. Zusammen mit Ekbert
von Kirnstein erlebt er viele Abenteuer, aber auch Schicksalsschläge …

Bibliografische Angaben:
Carl Oskar Renner
Das Pfand des Herzogs
304 Seiten

ISBN 978-3-475-54305-0

Das Wunder von Frauenchiemsee

Frauenchiemsee 1003: Sophia würde gerne Nonne werden, doch Graf Adalbert will sie zur Ehe zwingen. Sophia kann fliehen. Dann begegnet sie Azo … Ein gut recherchierter Roman, der uns eintauchen lässt in die Welt des Mittelalters.

Bibliografische Angaben:
Doris Strobl
Das Wunder von Frauenchiemsee
368 Seiten

ISBN 978-3-475-54428-6

Mehr Informationen zu unserem Verlagsprogramm finden Sie unter www.rosenheimer.com